息子と恋人

D.H.ロレンス
小野寺健・武藤浩史 訳

筑摩書房

目次

第一部　6

第二部　281

息子と恋人

第一部

第一章　モレル夫婦の初期の結婚生活

「谷底」が建つ前は、「地獄長屋」だった。「地獄長屋」は、グリーンヒル小路の小川ぞいの、壁がぶくぶく膨らんだ茅葺きの小家の集まりだった。そこには野原ふたつへだてた向こうの小さな露天掘りの炭鉱の坑夫たちが住んでいたが、ささやかな炭鉱はハンノキの下を流れる小川をほとんど汚さず、起重機の回りを重くものうげな足取りで進む驢馬の力で、石炭を地上へはこびだしていた。この地方には、チャールズ二世の時代（一六六〇―一六八五）から採掘していたいくつかの山をふくめて、いたるところにこれと似た炭鉱があって、わずかな数の坑夫と驢馬が蟻のように、地面に穴を掘って、麦畑や牧草地の真ん中に、奇妙な小山や黒いしみを作っていた。教区のいたるところに、こういう坑夫の家の集落や二軒長屋が散在し、農家や靴下製造をなりわいとする家がちらほらと見える。これがベストウッド村だった。

ところが、六十年ほど前に突如、変化が起こった。露天掘りの炭鉱が、資本家の経営する大鉱山に押しのけられたのだ。ノッティンガムシャーとダービーシャーにまたがる炭田と鉄鉱が、発見されたのだった。カーストン・ウェイト社が登場した。村をあげての興奮のうちに、パーマストン卿（一七八四―一八六五、イギリスの首相）が、シャーウッドの森のはずれのスピニー・パークで会社初の炭鉱を開いた。

　そのころ、古くてもう住めないと言われていた悪名高い「地獄長屋」が焼き払われ、大きなごみが一掃された。

　カーストン・ウェイト社は、この鉱山があたったので、セルビーからナットールにいたる方々の川の流域に新たな炭坑をさらに掘り、じきに六つの鉱山から石炭が搬出されるようになった。ナットールは森に囲まれた砂岩の高台にあり、鉄道はここからカルトゥジオ修道会僧院の廃墟を過ぎ、ロビン・フッドの井戸の古跡を過ぎてスピニー・パークまで下り、さらに麦畑の中の大きなミントン炭鉱にいたる。ミントンからは、谷間の耕地の中をバンカーズ・ヒルまで行くと二線に分かれ、一線は北に向かってベガリーへ、さらにセルビーへと続く。そこからはクライチや、ダービーシャーの山々が望めた。六つの炭鉱が田園に打ちこまれた黒い鋲さながらに、鉄道という鎖で環状につながっていた。

　多数の坑夫を収容するために、カーストン・ウェイト社はベストウッドの丘の斜面に、「スクエア」と呼ばれる大きな四角い住居ブロックをいくつも作り、続いて谷間の川ぞいの「地獄長屋」の跡地に、「谷底」を建てた。

「谷底」は、ドミノ牌の六のように三つのブロックが二列に並んで、一ブロックには十二軒あった。二列に並ぶこの住宅は、ベストウッドから下るかなり急な斜面の麓に位置し、屋根裏部屋の窓からは、セルビーに向かってゆるやかに上る谷の斜面を見渡せた。

家屋自体は堅固で立派だった。一巡してみると、小さな正面の庭には、下の日当たりの悪い区画の家なら、アツバサクラソウやユキノシタが咲いているし、上の日当たりのよい区画の家なら、ヒゲナデシコや普通のナデシコが咲いている。表側の窓は小ぎれいで、ささやかなポーチもあれば、イボタの生垣、それに屋根裏部屋から突き出た窓も見える。だが、これは外側のことで、坑夫の妻の誰ひとりとして使わない、表の応接間までの眺めにすぎなかった。生活の場である台所は家の奥にあり、そこからは、いじけた灌木のある裏庭と、汲み取り式便所小屋が見えた。家の裏は隣のブロックの家の裏と背中あわせになっていて、この家と家の間にずらりと並んだ便所小屋にはさまれ、細い路地が走っていた。ここここそが子供たちの遊び場でもあれば、女たちが世間話をしたり、男たちが煙草をふかしたりする場所にもなるのだった。だから、建物の造りはどっしりしているし、見た目はどんなによくても、実際に「谷底」で暮らすのは、快適とは程遠かった。生活の場はいつも台所で、台所の前は、便所小屋がずらりと並んだ不潔な路地だったのである。

ミセス・モレルは、「谷底」にあまり移りたがらなかった。ベストウッドより低い場所のこの住宅に彼女が移った時、築後すでに十二年たって傷みはじめていた。だが、選択の余地はなかった。それに、入った家は上の区画の一番端の家だったので、隣家は片側の一軒だけで、反対側には庭が付いていた。端の家に入ったおかげで、彼女は両隣にはさまれた家の女たちに対して、社会的優位めいた気分を味わった。ほかの家の家賃は週五シリングなのに、彼女は五シリング六ペンス払うのである。だが、大した慰めにはならなかった。

　彼女は三十一だった。結婚して八年たっていた。どちらかといえば小柄できゃしゃな体つきだったが、きりっとした風があり、はじめ、「谷底」の女たちとなかなかなじめなかった。越してきたのは七月で、九月に三番目の子が生まれる。

　夫は坑夫だった。この新しい家に移ってまだ三週間という時に、お祭りがあった。彼女はその間じゅう夫が飲み歩くことを確信していた。彼はお祭りの月曜の朝早く、家を出て行った。二人の子供たちはすっかり興奮していた。七つのウィリアムは、朝食がすむとすぐにお祭りのある空地をうろつきに飛び出して行った。おきざりにされたまだ五つのアニーは、自分も行きたいと言って、午前中ずっと、ぐずついていた。ミセス・モレルは自分の仕事をした。まだろくに近所の人たちを知らなかったから、この小さな女の子を頼める相手はいなかった。そこで彼女は、お昼ご飯を食べたら連れて行ってあげるから、とアニーに約束した。

　ウィリアムは、十二時半にまた戻ってきた。金髪で顔にそばかすのあるこの男の子はとても活発で、少しデンマーク人かノルウェー人のようだ。

「お母さん、ご飯できた？」帽子もぬがずに駆けこんでくるなり彼は叫んだ。「だって一時半から始まるんだよ、向こうの男の人がそう言ってるんだ」

「できたらすぐ食べさせてあげるわよ」母親は答えた。

「できてないの？」彼は青い目で憤然と母親をにらんだ。「じゃ、食べないで行くよ」

「それはいけません。五分でできるわ。まだ十二時半よ」

「始まっちゃうよ」男の子はべそをかきそうな声でわめいた。

「始まったって、死にゃしないじゃないの」母親は言った。「それにまだ十二時半よ、たっぷり一時間はあるわ」

少年はあたふたと食卓に食器をならべはじめた。三人はすぐ席についた。ジャムをつけたプディングをみんなで食べていると、少年が椅子から跳びあがって、じっと耳をすました。遠くから、メリーゴーラウンドの音楽とラッパの音がかすかにきこえ始めたのだ。頬をぴくつかせて母親を見た。

「だから言ったじゃないか！」彼は食器戸棚に置いてある帽子のところへ跳んで行った。

「プディングを持って行きなさい――それにまだ一時五分過ぎなんだから、始まってやしないわよ――お小遣いの二ペンスだって、もらってないでしょ」母親は一息で言った。

子供はがっくりきて戻ると、二ペンスもらって一言も言わずに出て行った。

「あたしも行く、あたしも行く」アニーが泣きだした。

「連れてってあげるわよ、泣いて騒ぐんじゃないの」と言った母親は、午後もおそくなってから、子供をつれて丈の高い生垣の蔭をとぼとぼと丘の上まで登って行った。すでに草を刈りとった牧場では、牛が二番草を食《は》んでいた。暖かい、静かな日だった。

ミセス・モレルはお祭りが嫌いだった。メリーゴーラウンドには、蒸気機関で動かすものと、小馬が引くものと、二つあった。三つの手廻しのオルガンが鳴り、射的場からはときどきピストルを撃つ音がきこえてくる。「椰子の実落とし」（ボールを投げ棚の上の椰子の実を落とす遊び）の男が振るがらがらがやかましい音を立て、「サリー小母ちゃん」（女性の木像が口にくわえているパイプを棒を投げて落とす遊び）に呼びこもうとする男がわめき、「ピープ・ショウ」（のぞき眼鏡を通して見せる見世物）の係の女も金切り声をあげている。母親は、ウォーレス・ライオンの小屋の前で、黒人を一人殺し、白人二人を一生不具にした有名なライオンの絵に魅せられている息子を見つけた。その息子は放っておいて、アニーに飴を一本買ってきてやった。間もなく、息子がひどく興奮して母の元へやってきた。

「来るなんて言わなかったじゃないか――すごくいろんなものがあるでしょう?――あのライオン、人を三人も殺したんだよ――ぼく、あの二ペンスつかっちゃった――それで、ほら、見て」

彼はポケットからピンクの薔薇の絵が描いてある卵立てを二つ、引っぱりだした。

「あの小屋でもらったんだよ、ビー玉を穴ん中へいれるんだ。二度やったら、二度とも続けて入ったんだ――一度が半ペニーなんだよ――薔薇がついてるでしょ、ほら。ぼく、これが欲しかった」

母には、息子が母のためにそれを欲しかったことがわかった。

「まあ!　ほんとにきれい」彼女も喜んだ。

「お母さん、持っててくれる?　ぼく、こわしゃしないかと、こわくって」

母が来たので興奮しきった彼は、お祭りの敷地じゅう彼女を引っぱりまわし、何から何まで見せて歩いた。「ピープ・ショウ」のところでは、母親がその絵に物語を作ってきかせると、魔法にかかったように耳を傾けた。けっして母親を離れようとしなかった。子供らしく母親が得意でたまらない様子で、ずっとぴったりくっついていた。と言うのも、小さな黒のボンネットをかぶりマントをはおった母のように上品な女は、他にいなかったのだ。母は知り合いの女に会うと微笑んだ。

　そして、疲れると、息子に、

「さあ、もう帰る？　それともまだいる？」と訊いた。

「お母さん、もう帰るの？」彼は不満そうにふくれて叫んだ。

「もうですって？　四時を過ぎてるじゃないの」

「どうして、こんなに早く帰るんだい」彼は泣きそうだった。

「あなたは、帰りたくなければそれでもいいわよ」彼女は言った。

　母が小さい娘をつれてゆっくり歩きだすと、息子はいっしょに帰らなかった自分に心が痛んだけれど、それでもお祭りから帰る気にはなれず、突っ立ってその姿を見送った。母が月　星《ムーン・アンド・》亭《スターズ》の前の空地を通りかかると、中から男たちの怒鳴り声が聞こえ、ビールの匂いがした。夫もここにいるだろうと思って、すこし足を速めた。

　息子は六時半ごろに、すっかり疲れて、やや青白い、どことなくみじめな顔つきで帰ってきた。

「ウィリアム！」母は息子にすこし腹を立てているように言った。「あと五分遅かったら食べものをきれいに片づけていたろうね。またこんなまねをしたら、何時間もお腹をすかせることになるよ！」

　そして息子に食事を出してやった。彼はみじめだった。自分でも気がついていなかったが、母を先に帰したことで傷ついていた。母親がいなくなると、お祭りはすこしも面白くなくなった。

「お父さん、帰ってきた?」と息子が訊いた。

「いいえ」

「お父さん、月星亭で給仕の手伝いしてるよ。窓んとこの、黒いブリキ板のたくさん穴があいてるところからのぞいたら見えたんだ、腕まくりしてたよ」

「ふん!」母親が吐きすてた。「お金がないのよ。すこしでもいいから、お手当にありつきたいのね」

子供たちは母親の寝室の窓に腰かけるのを許されて、家族づれがバザーで買ったおもちゃを抱えて帰ってくるのを眺め、にぎやかな楽隊の音と歓声、バチバチという射的の音、薄いトタンの標的にパンと当たるかすかな音に耳を傾けた。最後に、疲れて、ベッドに入った。

暗くなって針仕事もむりになると、ミセス・モレルは立ちあがって戸口へ行った。いたるところから祭日の興奮とどよめきが聞こえてくるので、ようやくその気になって、家のわきの庭へ出た。女たちが、緑の脚の白い仔羊だの木製の馬だのをかたく抱きしめた子供をつれて、お祭りから帰ってくる。もうこれ以上は飲めないといった男が、ふらふらしながら通りすぎる。たまには、家族づれでのどかにやってくる模範的な夫もいた。だが、たいていは女子供だけだ。薄明かりも消えてゆく中で、家にいる母親たちが、白いエプロンの下で腕組みをしながら路地の角に突っ立って世間話をしていた。

ミセス・モレルは孤独だったが、もう慣れていた。二階では、息子と小さな娘が眠っている。

だから、自分の背後にどっしりと動かない家庭がある気はしていた。だが、これから生まれてくる子を思うと、みじめになった。世界は、それ以外、自分には何も起こらない索漠とした場所に思えた。少なくとも、ウィリアムが成人するまでは、自分には、この索漠とした忍従の他に、何もない。子供たちが大きくなるまでは。子供たち！　彼女にはとても、この三人目を生む余裕はなかった。生みたくなかった。この子の父親は酒場で給仕のまねをしてビールをついで廻っては、自分も酒浸りになっている。彼女は夫をさげすみながら、その夫に縛りつけられていた。また子供が生まれるのは、耐えがたかった。ウィリアムとアニーがいなかったら、これ以上貧しさと醜さと卑しさと戦うのは、耐えられなかった。

体を動かすのもおっくうなのに、家の中にいられなくなって、正面の庭へ出た。暑くて息が苦しかった。自分のこれからの人生を思うと、生き埋めにされている気分だった。

表の庭は、イボタの生垣に囲まれた、小さな正方形だった。そこに立って、花の香りと暮れてゆく美しい夕べにひたって、気持を鎮めようとした。家の小さな門の向かいには踏み越し段があって、そこから丘の上まで、背の高い生垣の下を道が走っていた。その両側のすでに草を刈った牧場に、夕日が燃えるようにかがやいていた。空では、光が鼓動し、脈打っていた。夕映えはたちまち草原《くさはら》から退き、地面も生垣も薄墨色に煙った。暗くなると、丘の上に赤いかがやきが現れた。そのかがやきから、今は小さくなったお祭りのざわめきが聞こえてきた。

時折、生垣の足元の小道の暗闇から、家路につく男たちがよろよろ現れた。一人の若者が下り坂のさいごの急斜面で駆け足になり、音を立てて踏み越し段に衝突した。ミセス・モレルはぞっとした。その若者は、木戸が彼をいためつけようとしていると思ってでもいるのか、猛烈な悪態《あくたい》をつきながら立ちあがったのが、かえって哀れだった。

こんな生活がずっとつづくのだろうかと思いながら、ミセス・モレルは家の中へ入った。このごろでは、あきらめかけていた。娘時代がはるかかなたに思えた。こうして「谷底」の裏庭を重い足どりで歩いている自分が、十年前にはシアネスの町の防波堤の上を軽々と駆けていた娘と同じ人間なのか、分からなくなった。

「わたしには関係ない！」と思った。「こんな人生、わたしには関係ない。これから生まれる子供だって！　わたし自身が無視されているような人生だ」

人生が人を捉えて、その体を動かし、生涯をまっとうさせても、その人生には中身がなく、当の本人が忘れられているようなことがある。

「待って、待って、それでも、待ち望んでいるものはけっして来ない」

それから彼女は、台所を片づけ、ランプをともし、暖炉の石炭を足してから、あくる日の洗濯物を選りだして水に浸した。それだけすませると椅子に座って、針仕事にかかった。彼女の針は、何時間も、きらきらと規則正しく布の間を動きつづけた。時々、嘆息をついて、痛くなった体を動かした。その間も、こんな生活の中で、子供にはどうすれば一番いいのだろうか、たえず考えていた。

十一時半に夫が帰ってきた。黒々とした口ひげの上の頬が真っ赤で、ぴかぴか光っていた。首が、うなずくようにかすかにゆれていた。上機嫌だった。

「おう！　おう！　待っててくれたのかい？　アントニーの手伝いをしてたんだ。それで、いくらよこしたと思う？　たったの半クラウン（かつての二シリング六ペンス銀貨）だ。さ、これで全部だ――」

「残りはビールで穴埋めしたつもりなのよ」彼女は無愛想に言った。

「それもなかったんだぜ――嘘じゃねえ。ほんとさ。今日はちっとも飲めなかった、飲めなかったのさ」彼の声がやさしくなった。「さあ、おまえにクッキーを持ってきてやったぞ、子供たちには椰子の実だ」彼はクッキーと、毛のはえた椰子の実を、テーブルに置いた。「おまえは一度だってありがとうって言ったことがねえな？」

　妻は仕方なく椰子の実を持って、中に樹液が入っているかどうか振ってみた。

「いい実だぞ、まちがいねえ。ビル・ホジキンソンにもらったんだ。おれが『ビルよ』って、『おまえ、椰子の実を三つもいりゃしねえだろう、うちのチビと女房にやるから一つくれねえか』って言ったら『やるよ、ウォルター』って言うんだ。『どれでも気に入ったのを持っていきな』ってな。だから、ありがとうって一つもらったのさ。奴の目の前で振ってみるわけにゃいかねえと思ったが、奴が『いい実かどうか確かめた方がいいぜ』って言うんだ。だからよ、いい実なのはまちがいねえ。あいつはいい男だぜ。ビル・ホジキンソンはよ、いい奴だ！」

「酔っぱらってれば何だってくれるわ。あなただっていっしょに酔っぱらってるでしょ」ミセス・モレルは言った。

「なに、この糞ばばあ、誰が酔っぱらってるって？」モレルは言った。今日一日、月星亭の手伝いをしたせいで大ご機嫌の彼は、喋りつづけてとまらなかった。

ミセス・モレルはひどく疲れている上に彼のお喋りにむかむかして、夫が暖炉に石炭を足しているうちに、さっさと寝てしまった。

ミセス・モレルは古い家柄の中産階級の出だった。その家はハッチンソン大佐（一六一五—六四。清教徒革命の指導者で、ノッティンガム出身の代議士。）とともに戦った代々非国教徒の、敬虔な組合教会主義者として知られていた。レース製造業者だった彼女の祖父は、ノッティンガムの同業者がたくさん倒産した時期に破産した。父のジョージ・コパードは機械工で、その白い皮膚と青い瞳が自慢の、大柄で気位の高い美男だったが、彼がそれ以上に誇りにしていたのは誠実さだった。ガートルードは、小柄な体格こそ母親似だったものの、その誇り高く不屈な気性は、父方コパード家のものだった。

ジョージ・コパードは自分の貧乏をひどく恥じていた。彼はシアネスの造船所の機械工の頭になった。ミセス・モレルすなわちガートルードは次女だった。彼女は母親の味方で、母がいちばん好きだったが、その反抗的な澄んだ碧眼と広い額は、父方のものだった。彼女は上品でユーモアに富みやさしい心を持った母親にたいする父の傲慢な態度を、憎んだ。シアネスの防波堤の上を駆けて行って船を見つけたこと、造船所では誰からもかわいがられ、お愛想を言われたことを覚えていた。可憐でなかなか気位の高い子だったのだ。私塾で自分が助手をつとめたおかしな女の校長のことも覚えていた。この仕事は楽しかった。そして、ジョン・フィールドがくれた聖書をまだ持っていた。十九歳の時には、いつもジョン・フィールドといっしょに礼拝堂から帰った。彼は裕福な商家の息子で、ロンドンの大学に行き、いずれは商売に身を捧げることになっていた。

彼女は、二人が自分の実家の裏手のブドウ棚の下に座っていた九月の日曜の午後のことを、いつまでも隅々まで覚えていた。ブドウの葉の隙間から洩れる日ざしが、二人の上にレースのスカーフのような美しい模様を落としていた。美しく黄葉した平たい花のようなブドウの葉もあった。「じっとしてて」と、彼は叫んだ。「きみの髪の毛は何に似ていると言えばいいんだろう！　銅か金みたいに光ってるかと思うと、銅を熱したときみたいに赤くも見えたりする。日があたると、そこだけ金糸がまじっているようにも見える。茶色だなんて、誰が言ったんだろう。きみのお母様は、茶がかったねずみ色だとおっしゃるけれど」

彼女は彼のきらきら輝いている目を見ていたが、女の晴れやかな顔の裏には、昂まる心が隠れていた。

「でも、あなたは商売は嫌いだと言ってるじゃないの」彼女は追及した。

「嫌いさ。大嫌いだよ！」彼は激しく叫んだ。

「そして、牧師になりたいのね」彼女はすがるように言った。

「そうだとも。自分でも一流の牧師になれる自信があれば、そうなりたいんだ」

「それなら、どうしてならないの？——どうして？」女の声が反抗的になった。

「わたしが男だったら、絶対なってみせる」

彼女は昂然と頭をもたげていた。その彼女を前にして、彼はすこし怖けた。

「何しろ親父が頑固で。親父はぼくに商売をやらせる気でいる、もう、止めようがない」

「でも、あなた、男でしょ」と、彼女は叫んだ。

「男にだって、できないことはある」彼は途方に暮れて眉をしかめた。

今では、彼女も「谷底」での経験から男の人生を多少は知っていたから、男だからといって何でもできるわけではないのはわかった。

二十歳の時、彼女は健康を害してシアネスを離れた。父は退職して故郷のノッティンガムにひっこんだ。ジョン・フィールドの父は破産した。ジョンは教師になり、ノーウッドへ赴任した。それきり、二年後に意を決して問い合わせてみるまで彼女はジョンの消息を知らなかった。彼は、自分の下宿の女主人で財産のある四十歳の未亡人と結婚していた。

それでも、ミセス・モレルは、ジョン・フィールドがくれた聖書を手放さなかった。彼女はもう彼を信じていなかった――どういう男だったのか、そしてどういう男ではなかったのか、かなりよくわかっていた。だから、自分自身のために彼のくれた聖書を大切にして、彼の思い出をそっと傷つけず胸の底に秘めておいた。彼女は死ぬ日まで三十五年間、彼のことを口にしなかった。

二十三になった時、彼女はあるクリスマス・パーティで、エリウォシュ渓谷の青年に会った。その時、モレルは二十七だった。がっしりした体格で姿勢がよく、実に見映えがした。黒々と波打つ髪は艶やかで、一度も剃ったことがないあごひげも、黒々と生気にみちていた。頬はピンク色で、しじゅう、それも腹の底から笑うので、赤く濡れた唇が人目を引いた。そのよくひびく高らかな笑い声は、めったに聞けないものだった。ガートルード・コパードは、彼に見惚れた。彼は生気にあふれ、活気にみちていた。声色がとびきり滑稽になることも多く、誰とでもこだわりなく話して皆を楽しませた。彼女の父も、ユーモアにかけては誰にもひけをとらなかったが、父のユーモアには辛らつなところがあった。この男のはそれとは違ってやさしく、知性とは無縁の温かみがあって、無邪気に遊んでいるようだった。

彼女自身はこの反対だった。好奇心が強く、理解が速く、人の話を聞くのがとても楽しかった。人に話させるのも上手だった。さまざまな思想に興味があり、非常に知的だと思われていた。一番好きなのは、宗教とか哲学、政治などについて、教養のある男と議論することだったが、そういう楽しみに恵まれることはめったになく、いつも人々に自分のことを語らせて、それを楽しむ側にまわっていた。

体はわりあい小柄で華奢だった。ひろい額に茶色の絹のような巻毛がたれていた。正面から相手を見すえる青い瞳は、誠実で真剣だった。コパード家の美しい手をしていた。着るものはいつも地味だった。その晩は濃紺の絹の服に、銀製の帆立貝をつないだ変わった形の首飾りをしていた。装飾といえばこれに、あと、ねじれた形の重い金のブローチをつけているだけだった。まだまったく汚《けが》れを知らず、深い信仰に心を浸して、純真そのものの魅力を放っていた。

ウォルター・モレルは、彼女の前で自分が溶けてしまった気がした。この坑夫にとって、彼女は貴婦人《レディー》というあの神秘と魅惑の塊だった。彼に話すとき、彼女は南部の美しい英語を話した。彼はぞくっとした。彼女はじっと彼を見ていた。男はダンスが上手で、生きる喜びであるかのように踊った。彼の祖父はフランスからの亡命者で、英国のバーの女といい加減な結婚をした。男が踊るのを見ていたガートルード・コパードは、その喜びあふれる動きに魅せられた。黒い髪のたれさがった赤い顔が、肉体に咲く花に見えた。どのパートナーにおじぎをする時も、男はいつも笑っていた。こんな相手に出会ったことのなかった彼女は、何とすばらしい男だろうと思った。

彼女にとってすべての男の原型だった父のジョージ・コパードは、気位が高く、美貌で、辛らつだった。神学書が愛読書で、共感を抱く人間はただ一人、キリストの使徒パウロだった。人を監督するにきわめて厳しく、親しさにも皮肉が感じられ、官能的な喜びをいっさい受けつけなかった。この坑夫とはまったく異なっていた。ガートルード自身にも、ダンスを軽蔑するところがあった。ダンスが上手になりたいなどとは考えたこともなければ、ロジャー・ド・カヴァリーのような簡単な踊りさえ、覚えなかった。父親に似た高潔厳格なピューリタンだった。だからこそ、ほの暗い金色の柔らかなこの男の命の官能的な炎に魅せられたのだ。思想や精神のたがをはめられてはじめて白熱する彼女の命の炎とはちがって、肉体そのものからゆらめきのぼるロウソクの炎にも似た男の炎が、彼女には何か、自分の彼方にあるもののように思えたのである。

彼が近づいて来て、大きな体で彼女におじきをした。ブドウ酒を飲んだ時のような温かさが、女の全身に広がった。

「さあ、こんどはわたしと踊ってください」彼の声は愛撫のようだった。「ぜひあなたが踊るところを見たいんです」

彼女は彼に、自分は踊れないとすでに断ってあった。彼女は彼のへりくだった態度をちらりと見ると、微笑んだ。その微笑みはとても美しかった。男の心が動いて、すべてを忘れた。

「いいえ、わたしは踊りません」女の声はやさしかった。きよらかに、鈴のようにひびいた。

勘のはたらく彼は、気がつくと、うやうやしく腰をかがめて、彼女の隣に座っていた。

「でも、あなたまで踊るのをおやめになってはいけません」と彼女はとがめた。

「いや、こんどのは踊りたくないんです――私の好きなダンスじゃないので」

「それなのに、わたしをお誘いになったのですね」

こう言われた彼は、腹をかかえて笑った。

「そういやそうだ。これじゃ気どってみてもだめだな」

こんどは彼女の方が吹き出した。

「気どりをお捨てになったようにも見えませんよ」

「豚のしっぽみたいなもんでね、気どってなきゃ、かっこがつかねえんだ」彼は豪快に笑った。

「何か飲まない?」と男が訊いた。

「いいえ、いりません――のどはぜんぜん渇いていません」

彼は言葉につまって、この女は絶対禁酒主義者なのだなと思い、拒まれた気がした。

そこで、礼儀正しく、つぎつぎに訊きたいことを訊くと、彼女は、はきはきと答えた。面白い男だと思った。

「坑夫なんですか!」彼女は驚いて声を上げた。

「そうだよ、十のときに山に入った」

彼女は目を丸くして彼を見た。

「十のときから!　さぞお辛かったでしょう?」

「すぐ慣れるもんだよ。鼠みたいに穴ぐらで暮らしてて、夜になると外の様子をひょいと見に出てくるのさ」

「目が見えなくなったような気がするわね」彼女は眉をしかめた。「そうだよ、ほんとにもぐらみたいに這いまわってる奴もいるよ」彼は笑った。「もぐらみたいにな！」と彼は顔を前へつきだして、目の見えないもぐらが鼻で臭いを嗅ぎながら、方角を探っているかっこうをしてみせた。「ああ、もぐらだよ！」彼はまっすぐ断定した。「あんなもぐり方、あんた、見たことないだろうよ。だけど、そのうちおれが案内するから、自分で見ればいい」

彼女はびっくりして彼を眺めた。目の前で、突然、人生の新しい側面が開けたのだ。何百人という坑夫が地中で汗を流して働き、夕方になると出てくる、そういう生活があることを理解したのだ。男が気高く思えた。彼は毎日、命を賭している。それも朗らかに。彼女は純粋に謙虚な思いで、少し甘えるように、彼の顔を見つめた。

「あんた、嫌かい？」彼はやさしく訊いた。「嫌だろうね、着てるものが汚れるからな」

彼女はそれまで、こんな風に「あんた」呼ばわりをされたことがなかった。

次の年のクリスマスには二人は結婚して、彼女は三カ月のあいだ完全に幸福だった。六カ月のあいだは、とても幸福だった。

彼は禁酒の誓約書に署名し、禁酒主義者の水色のリボンをつけた。ぱっと派手にやるのが好きな男だったのだ。二人が住んでいるのは彼の持家だと、彼女は思っていた。小さな家だったが暮らしにくいこともなく、家具も彼女の堅実な魂に合うどっしりしたいいものだった。隣近所の女たちは、少しなじみにくく、モレルの母親や姉妹も彼女の上流風なところを何かにつけ嘲笑した。だが、夫が身近にいてくれさえすれば、彼女はこの生活に何の不満もなかった。

時には、恋人の会話に飽きた彼女が、まじめに心の内を話そうとすることがあった。彼女には、彼が尊敬の念を抱いて聞いていても、理解していないことがわかった。彼女は心と心の繊細な結びつきを深めようという気持を失った。ふと不安の閃光を感じた。彼が夕方になるとそわそわしだすこともあった。この人はわたしのそばにいるだけでは満足できないのだ。彼がこまごました手伝い仕事に手をつけると、彼女は嬉しかった。

手先がきわめて器用な男で、どんなものでも作れたし、修理もできた。だから彼女はこんな風に切りだすのだった。

「あなたのお母さんのところの暖炉の火掻き棒はとてもいいわ——小さくてしゃれていて」

「そうかね？　あれはおれが作ったんだ、だからおまえにも作ってやろう」

「何ですって、でも鉄よ！」

「だったらどうだって言うんだ？　まったく同じじゃなくたって、そっくりなのを作ってやるよ」

彼女は、家の中が散らかるのも、うるさいハンマーの音も、気にならなかった。夫は仕事が見つかって幸福だった。

ところが七カ月たったとき、彼のよそ行きの上着にブラシをかけていた彼女は、胸ポケットに書類が入っているのにさわって急に好奇心に駆られ、それをひっぱり出して読んでみた。結婚するときに着たこのフロックコートはめったに着なかったから、それまでは、この書類を見つけて不審に思うような機会もなかったのだ。それはこの家の家具の請求書で、まだ未払いだった。

「ねぇ」その夜、彼が体を洗い、食事をすませたところで彼女は言った。「これがあなたのフロックコートに入ってたんだけど、まだ支払いをすませていないの？」

「ああ。暇がなかったからな」

「でも、わたしにはみんな払いはすんでいるって言ってたじゃないの。わたしが土曜にノッティンガムへ行って払ってくるわ。他人の椅子に座って、支払いのすんでないテーブルで食事するのは嫌だもの」

彼は返事をしなかった。

「あなたの銀行の通帳、持ってってもいいでしょう？」

「いいよ、役に立つかどうかわからないけどな」

「でも——」彼女は言いかけた。彼の話では、まだたっぷり預金があるはずだったから。だが、いろいろ訊いてみてもむだだということを悟った。彼女は苦いやりきれない怒りで、体を強張らせて座っていた。

翌日、夫の母親のところへでかけた。

「ウォルターの家具は、お義母さまが代理で買ってくださったんでしょう？」彼女はたずねた。

「ああ、そうだよ」姑はつっけんどんに返事した。

「で、夫はそのお代にいくらお渡ししたんでしょうか」

義母は激怒した。

「そんなに訊きたいんなら言うけど、八十ポンドだよ」

「八十ポンド！　それでもまだ、四十二ポンド未払い分があるんですか！」

「仕方がないね」

「でも、みんな、何に使ったんです？」

「探せば、みんな、書類があるんじゃないかね——それにあたしが貸した十ポンドと、ここでの結婚式にかかった六ポンドもあるよ」

「六ポンドですって！」ガートルード・モレルは思わず叫んだ。彼女の父があれだけ莫大な金を結婚式に使った上に、ウォルターの実家での飲み食いにさらに六ポンドも彼の金を浪費したとはひどい話だ。

「それで、夫は自分の二軒の家には、いくら出したんでしょうか」彼女は訊いた。

「自分の？——どの家のことだい」

嫁は、唇まで真っ青になった。夫は、自分が住んでいる家も隣の家も、自分の所有だと言っていたのだ。

「わたし、わたしたちの住んでいる家は——」と口を開けていると、義母は、

「あれはあたしの家だよ、二軒とも」と言った。「それに、まだ払いもすんでないよ。抵当の利子を払うのがやっとでね」

ガートルードは血の気の引いた顔で黙って座っていた。こういう時の彼女は、父親そっくりだった。

「では、わたしたち、お義母さまに家賃をお払いしなくてはなりません」彼女は冷たく言った。

「ウォルターが払ってるわよ」母親は答えた。

「おいくらですか」

「一週間、六シリング六ペンス」

あの家には高すぎる家賃だ。嫁は、昂然と頭をあげたまま、まっすぐ前を見ていた。

「あんたはいい身分だよ」姑が皮肉を言った。「お金の苦労は一人で背負って、あんたには勝手なことをさせといてくれる夫がいるんだから」

新妻は黙した。

夫にはほとんど何も言わなかったが、彼にたいする彼女の態度が変わった。高潔で誇り高い彼女の魂の中の何かが、岩のように頑なになった。

十月になると、彼女はクリスマスのことだけを考えた。二年前のクリスマスに、彼と出会った。去年のクリスマスに、結婚した。このクリスマスに、彼の子を産む。

親切なたちだったので、じきに隣人たちと知り合いになって、立ち話をすることが多くなっていた。ただ、話す言葉のちがいから、夫の実家でそうであるように、気どって見られるのではないかと心配した。だが、常に「敬聴」されつつも、彼女は隣人たちに好かれた。

「あんたは踊らないの、奥さん?」十月のある日、すぐ隣の女が訊いてきた。ベストウッドのブリック・アンド・タイル亭でダンス教室が始まるというので皆が騒いでいた。

「ええ——踊りたいと思ったことが全然ないのよ」ミセス・モレルは答えた。

「まあ！　それでよくあのご主人と結婚したわね。あのダンスの名人と」

「あら、あの人が名人だなんて」ミセス・モレルは笑った。

「でもほんとよ！　マイナーズ・アームズ亭の娯楽室で五年以上、ダンス教室をやってたわ」

「あら、そう?」

「ほんとですとも」相手は意地になった。「火曜と木曜と土曜に、いつでも大勢つめかけてさ——男と女のあぶない話もいろいろあったようよ」

この種の話はとても不愉快だったが、それをたっぷり聞かされた。はじめ、近所の女たちは、彼女に容赦なく話した。彼女にはどうしても上流風のところがあったからである。

夫の帰宅が、遅くなりだした。

「このごろ、あの人たち、とても遅くまで働いてるのね?」彼女は洗濯女に言った。

「いつもと変わらないと思うけどね。ただ、エレン亭へ寄ってみんなで一杯やって、そのうちにお喋りが始まっちゃうとねえ！　ご飯も冷たくなっちゃうけど、自業自得だよ」

「うちの主人は飲みませんけど」

洗濯女は持っていた洗濯ものを取り落とした。ミセス・モレルを見つめ、何も言わず、仕事に戻った。

子供が生まれる時、ガートルード・モレルはひどく体調を崩した。夫はいたわってくれた。これ以上ないほどいたわってくれた。だが、彼女は実家から遠く離れているのが、ひどく淋しかった。今では彼がそばにいても淋しく、彼がいる時の方がなおさら淋しい感じがした。

生まれた男の子は、はじめは小さくて弱かったのに、たちまち大きくなった。きれいな子で、金色の巻毛は濃く、目は暗い青で、これは徐々に明るい灰色に変わっていった。母は子を熱愛した。母の苦い失望がちょうど限界に達した時、人生が信じられなくなり、魂が索漠と淋しくなった時に、子が生まれた。母は子を溺愛して、父は嫉妬した。

ついに夫を軽蔑するようになった。子供の方に気持が向いて、その父親をかえりみなくなった。家庭を持つことの目新しさが失せ、夫も妻を無視しはじめた。あの人には忍耐力がない、と妻は苦々しく独りごちた。あの人は一瞬一瞬に何を感じるかがすべての人だ。根気がない。見せかけの裏には、何もない。

夫婦の間で戦いがはじまった。どちらか片方が死ななければ終わらない、血なまぐさい、恐ろしい戦いだった。妻は夫に責任をとらせるために、義務を果たさせるために、戦った。だが、彼はあまりにも彼女と違った。彼は純粋に感覚的なたちだったのに、妻は何とか道徳や宗教を植えつけようと必死になった。物事を直視させようとした。夫はそれに耐えられず、狂ったようになった。

赤ん坊がまだとても小さかったころ、父親はひどく短気に、不安定になった。子供が少しでもむずかると、父親がわめきだした。そしてそのむずかりかたがほんの少し激しくなると、坑夫の硬い手が赤ん坊を撲《なぐ》った。妻は夫を憎んだ。何日も憎んだ。夫は飲みに出て行った。妻は、夫が何をしようとほとんど無関心になった。だが、帰ってきたときには痛烈な皮肉を浴びせた。

夫婦の間にへだたりができると、彼は意識的にか無意識にか、以前なら考えられなかったひどいことをして、彼女を深く傷つけた。ウィリアムはちょうど一歳で、そろそろ歩きはじめ、かわいいお喋りをするようになっていた。愛敬のある子で、男の子のふさふさとカールした髪の色が、濃くなりかけていた。この子は、父親が大好きだった。父親も気が向くと、とても優しく子を甘やかし、つぎつぎにいろんな遊びを思いついて、子をよろこばせた。父子がいっしょに遊んでいるのを見ていると、どっちが赤ん坊だろうと母は思った。

モレルは休日だろうと平日だろうと、いつも朝早く、五時から六時ごろには起きた。日曜の朝には、彼が起きて朝食をつくった。暖炉の火が絶えることはなかった。寝るときに、石炭の大きな塊を一つ置いて、朝になる頃ほぼ燃えつきるようにするのである。日曜日には子供も父親といっしょに起きたが、母はもう一時間かそこいら寝坊をした。階下で父と子供が遊びながら、お喋りをしているこの時くらい、休まる時はなかった。

まだ一歳で母の自慢の種だった頃のウィリアムは本当にかわいかった。お金はなかったが、母方の伯母たちが服を買ってくれた。ダチョウの反った羽根をつけた小さい白い帽子をかぶり、同じ白のコートを着たウィリアムの頭のまわりには、髪の毛がほわほわっと絡みあっていて、それが母の喜びだった。ある日曜の朝、彼女は、階下で父と子がお喋りをしているのをベッドの中で聞いていた。そのうちに、うとうとと眠りこんだ。そのあと、階下へ降りて行ってみると、暖炉の火が勢いよく燃えていて、部屋は暑く、食卓に朝食がざっとならべられていた。夫が何となくおずおずと、暖炉のそばの肘掛椅子に座っていた。彼の脚のあいだに、子が立っていて、毛を刈られた羊のようなとても奇妙な丸頭で、ふしぎそうに彼女を見ていた。暖炉前の敷物に広げた新聞紙の上には、キンセンカの花弁のような三日月形の巻毛が数限りなく散らかっていて、赤々と燃える火に照らされていた。

母親は立ちすくんだ。わたしの初めての子なのだ。真っ青になり、口がきけなかった。

「どうだい、この子は？」夫は不安げに笑った。

彼女は両手の拳を固め、振りあげ、詰めよった。夫はひるんだ。

「殺してやる、殺してやる！」彼女は言った。二つの拳を振りあげたまま、憤怒に息を詰まらせた。

「こいつを女の子にしたかねえだろ」夫は妻の視線を避けてうつむき、おびえた声で言った。もう笑えなかった。

母親は、わが子の虎刈りのいがぐり頭を見た。その髪に両手をのせて、愛おしげに撫でた。

「ああ——坊や！」それ以上、何も言えなかった。唇が震え、顔がくずれ、子供をひったくるようにかかえあげると、その肩に顔を伏せて、悲痛に泣いた。彼女は、声をあげて泣けない女の一人だった。声をあげれば男のように傷つく女だった。女のむせび泣きは、体のどこかをえぐり取るように聞こえた。夫は膝に両肘を突いて、両手を死ぬほど握りあわせていた。息もできず、気も失いそうになって、火をにらんでいた。

じきに、女は泣きやみ、子供をあやすと、朝食を片づけた。暖炉前の敷物の上の巻毛が散乱する新聞紙には、手をつけなかった。その新聞紙は夫がまとめると、暖炉の奥に放りこんだ。彼女は口をきっと結んで、妙にひっそりと仕事をつづけた。夫は小さくなっていた。情けなくこそこそするばかりで、その日は食事もみじめだった。妻はあらたまった口をきき、彼の行いにはまったくふれなかった。それでも、取りかえしのつかない何かが起こったことを、夫は感じた。

のちになって彼女は、自分がばかだった、子供の髪はいずれ刈らなければならなかったのだからと言った。しまいには、夫に、あの時あなたが床屋になってくれたのはちょうどよかったとまで言った。だが、この行為が彼女の魂に何か重大事を引き起こしたことは、夫も妻も、知っていた。彼女はその時の光景を、自分がいちばん苦しんだ経験として、生涯忘れなかった。

この男っぽい無骨な行為が、彼女の夫への愛にとどめを刺した。それまでの彼女には、どれほど激しく反抗していても、迷い離れた相手を熱く追い求めるようなところがあった。だが今では、彼の愛を求めることをやめてしまった。彼は無縁な人間になった。その結果、人生はずっと耐えやすくなった。

それでも彼にたいする反抗は依然として続いた。何代にもわたるピューリタンの血を受けついだ高潔な道徳感覚が彼女には残っていた。それが一種の宗教的な本能と化して、彼を愛していればこそ、かつて彼を愛したことがあったからこそ、彼女はほとんど狂信的になった。夫が罪を犯せば、激しく責めた。酒を飲んだり嘘をついたりしても、臆病かと思うと、時折開きなおっても、情け容赦なく鞭をふるった。

不幸は、妻があまりにも夫と正反対だということにあった。彼女は彼の器の小ささに満足できず、彼が到達すべき大きさを求めた。彼をその能力以上に高貴な人間に仕立てあげようとして、彼をほろぼした。彼女は自分自身も切り刻み、傷つけ、その傷は痕を残したが、だからと言って自分自身の評価は下がらなかった。それに、彼女には子供たちがいた。

夫はかなり飲んだが、坑夫としてはとくに多いわけではなく、それもビールだけだったから、健康に影響することがあっても、体をこわしはしなかった。酒盛りはだいたい週末だった。金、土、日の三日間は、毎晩店がしまるまで、マイナーズ・アームズ亭に座りこんでいた。月曜と火曜は十時ちかくなると立ちあがってしぶしぶ帰った。水、木二日の晩は家にいることもあり、出てもせいぜい一時間だった。飲んだせいで仕事を休むことはない、と言ってよかった。

だが、きちんと働いているのに、賃金は減っていった。彼は口が軽くてよけいなことを言うたちだった。上から何か押しつけられるのが大嫌いだったから、監督の悪口ばかり言った。パーマストン亭でも、こんなことを言った。

「監督の野郎よ、今朝おれたちの切羽《きりは》へ来やがって、『おい、ウォルター、これじゃだめじゃねえか。この支柱はどうしたんだ?』なんて言いやがる。『ええ、何の話でえ?』って言ってやったよ。『この支柱が何だって?』『ここんとこの支柱はだめだ』ときた。『そのうちに、天井が落ちてくるぞ』だとよ。『そんなら、あんたがその辺のべたついたとこに突っ立って、あんたの頭で支えてくれねえか』って言ってやったらよ、やっこさんかんかんになりやがって、ぎゃあぎゃあわめくのなんの、他の奴らは大笑いよ」モレルは物まねが上手で、上品な英語を話そうとする監督の、間の抜けたきんきら声をまねてみせるのだった。

「『何を言うんだ、ウォルター。おまえとおれじゃ、どっちの腕が上なんだ?』そこでおれも言ってやった。『あんたがどのくらい物知りなのか知らねえけどよ、アルフレッド。あんた、ベッドに行ってまた戻ってくるぐらいはできるだろ』」

こうしてモレルは飲み仲間をいつまでも笑わせた。それに彼の言うことも、多少は事実だった。この監督は無教育な男で、昔はモレルといっしょに下働きの子供同士だったたから、おたがいに相手を嫌ってはいても認めあっていた。だがアルフレッド・チャールズワースは、切羽頭《きりはがしら》のモレルが酒場でこういうお喋りをするのを許せなかった。その結果、腕のいい坑夫で結婚当時など時によると週五ポンドもかせいだモレルが、だんだん、石炭の少ない、掘るのに骨も折れるし金にもならない切羽へまわされるようになったのだった。

切羽頭が炭鉱会社と契約するのである。ある程度の長さの石炭層を二、三人の切羽頭で請け負って、ある所まで掘り進むのである。掘り出した石炭一トンあたり四分の三ポンドくらい稼いで、その稼ぎの中から、日雇いの穴掘り役や積み込み役に賃金を払い、道具や火薬代なども支払うという仕組みだった。いい切羽を割り当てられ、炭鉱もフル操業の場合、百トン、二百トンの石炭が採掘できて、結構な収入になった。よくない切羽だと、同じように働いても、稼ぎはほとんどなかった。三十年間、モレルは一度も、いい切羽を貰わなかった。しかし、モレル夫人が言うように、それは自業自得だった。

それに、夏の炭鉱は暇である。よく晴れた夏の午前十時、十一時、あるいは十二時ごろ、坑夫たちがぞろぞろつながって家へ戻ってくることもよくあった。坑口には空のトロッコ一台見えない。丘の斜面の女たちは、暖炉前の敷物をばたばた柵に叩きつけてはたきながら、機関車にひかれて谷を上って行く貨車の数をかぞえる。

「七台だよ」女たちはおたがいに言う。「ミントン炭鉱かスピニー・パーク炭鉱だ。こりゃ少ないわ」

そして子供たちは、昼ご飯の下校時に野を見渡して、巻揚機の車輪がとまっているのを見ると、「ミントン炭鉱は休みだぞ。父ちゃんは家にいるぞ」と言うのだった。

そして、週末に入る金が減ることを思って、女と子供と男たちの上を、暗い影が覆った。

夫は妻に、一週間に三十シリング渡すことになっていた。これで家賃、食料、衣類、会費、保険料、医者への払いといった、すべてをまかなうことになっていた。たまに金回りがいいときには、三十五シリング渡した。しかし、妻に二十五シリングしか渡さないときの方がずっと多かった。冬に、まあまあの切羽にあたると、週に五十から五十五シリングかせげることもあった。こういう時の彼は幸福だった。金曜の夜から土曜、日曜と散財して、一ポンド金貨かそこらをきれいにはたいてしまう。そのくせ、その中から、子供たちに一ペニー余計にやることはめったになく、リンゴを一包みさげて帰ることもなかった。すべては酒代に消えた。不景気のときには苦労も大きくなったけれど、そのかわり彼が酔っぱらう回数も減ったので、ミセス・モレルはよく、「お金がない方がいいのかもしれない。あの人の景気がいいと、一刻も心やすまる時がないのだから」と言うのだった。

四十シリング稼ぐと、夫は自分の分に十シリングとった。三十五なら五、三十二なら四、二十八なら三、二十四なら二、二十なら一シリング六ペンス、十八なら一シリング、十六なら六ペンスを自分の小遣いにとった。彼は一ペニーでも貯金することはなく、妻にも貯金する余裕をあたえないどころか、妻は時折、彼の借金を払わされた。飲み屋の借金ではない。それは女たちに廻されてくることはなかった。カナリヤを買ったり、高級ステッキを買ったりした借金だった。

お祭りの時期にはモレルの稼ぎが少なかったから、ミセス・モレルはお産にそなえて貯金に努めていた。だから、自分は家で苛々しているのに夫は外で遊んで金を使っていると思うと、はらわたが煮えくりかえった。休みは二日続いた。その火曜の朝に、モレルは早起きをした。彼は上機嫌だった。まだ六時にもならないうちから、彼が階下で一人で口笛を吹いているのが聞こえた。生気にみちた音楽的で心地よい口笛だった。たいていは讃美歌を吹いていた。声がよく、子供のころには聖歌隊にいて、サウスウェル大寺院でソロを歌ったこともあった。それは、朝の口笛だけでもわかった。

妻はベッドに横になったまま、夫が庭で器用に直しものをしている音を聞いていた。口笛が鋸や金槌の音にまじって、響きわたった。よく晴れた早朝、子供たちはまだ眠っていて、自分もベッドに寝たまま、彼が男の幸福にひたっている音を聞いていると、いつでも温かく安らかな気持になった。

九時になって、子供たちが裸足でソファに座って遊んでいるうちに、母親が台所で洗いものをしていると、彼は大工仕事をやめ、腕まくりをしてチョッキの前をだらりとあけた格好で、入ってきた。黒い髪が波打ち、厚い黒い口ひげをはやした彼は、今でも男前だった。顔は赤くなり過ぎていたかも知れないし、ひねくれた感じもなくはなかった。けれども今の彼は上機嫌だった。

妻が洗いものをしている流し台の方へつかつかと近づいた。

「なんだ、ここにいるのか！」元気あふれる声だった。「どけよ、おれが顔を洗うんだからさ」

「わたしの用がすむまで待ってくれない？」

「ええっ？　おれが嫌だと言ったら？」

この機嫌のいいからかい方で、ミセス・モレルも笑いだした。

「それなら、あっちの天水桶で洗ったらどう」

「へ、何だよ。可愛げがねえな」

こう言いながら、ちょっと彼女を見ていたが、すぐそこを離れて、順番を待った。

彼は、今でもその気になれば申し分ないしゃれ者に戻れた。いつもは首にスカーフを巻いて出歩いたが、今日は念入りなおしゃれをした。顔を洗いながら吐く息や口をすすぐ音でも、意気込みはわかったし、台所の鏡の前へ飛んで行って、鏡が低すぎるので身をかがめるようにして濡らした黒い髪をたんねんに分ける手つきからでもわかったので、妻は苛立った。彼は折り襟《えり》をつけ、黒い蝶ネクタイを締め、日曜しか着ないフロックコートを着た。そして、すっかり粋になって、服装で足りない分は、自分の格好よさをうまく見せる本能で補った。

九時半に、ジェリー・パーディが迎えに来た。ジェリーはモレルの親友だったが、ミセス・モレルはこの男が嫌いだった。痩せて背が高く、まつ毛がない感じの狐顔だった。頭が木製スプリングの上にのっているみたいな、ぎごちなく弱々しくもったいぶった歩き方をする。冷たく抜け目のないたちだが、その気になれば気前よくも振舞える男で、モレルのことが大好きらしく、彼をそれなりに仕切っているようだった。

ミセス・モレルはこの男が大嫌いだった。その妻も知っていたが、結核で死んだその女は、最期のころにはひどく夫を嫌うようになって、彼が部屋に入ってきただけで喀血した。だが、ジェリーは、ぜんぜん気にしなかったようだ。今では、十五の長女が貧しい家の切りもりをして、下の二人の子供の面倒を見ていた。

「けちで心の冷たい男だわ」とミセス・モレルは言った。

「あいつがけちだったことなんかありゃしない」とモレルは言い返した。「おれの知ってるあいつは、他の誰よりもさばさばと気前がいいくらいだ」

「あなたには気前がいいのよ」ミセス・モレルはやり返した。「でも、自分の子供たちには、お金をしっかり握ったまま渡しゃしないのよ、かわいそうに」

「かわいそうにだと！　いったい、どこがかわいそうだって言うんだ？　お聞かせ願いたいね」

だが、妻は、ジェリーのこととなると譲らなかった。

当の話題の主が、流し場のカーテンの上から細い首をのばすと、ミセス・モレルと目が合った。

「奥さん、おはよう！　だんな、いるかい？」

「ええ——おりますわ」

ジェリーは勝手に入って来て、台所の入口の脇に立った。腰を掛けろとも言ってもらえず、そこに突っ立ったまま、亭主族の権利を冷やかに主張した。

「いい天気だね」彼はミセス・モレルに言った。

「ええ」

「外を歩くにゃ最高だ——散歩にゃ絶好だよ」

「お二人で散歩におでかけですのね？」彼女は言った。

「ああ、二人でノッティンガムまで歩くつもりさ」彼は答えた。

「まあ！」

二人の男は嬉しそうに挨拶をかわしたが、ジェリーは堂々としているのに、モレルは妻の前であまり嬉しそうな顔をするのをはばかって、少しおとなしかった。それでも、さっさと、威勢よく、ブーツの紐を結んだ。二人はノッティンガムまで十マイル、野原を歩くつもりだったのだ。「谷底」から丘の上へ、朝の中へ、朗らかに登って行った。まず、月星亭で一杯やり、つぎはオールド・スポット亭でまた一杯やる。そこからは延々と五マイルはアルコール抜きで歩き、ブルウェルに着いたところであけたビターの味は、何とも言えなかった。だが、野原を歩いている途中で、乾草を刈っている連中相手にお喋りをして、そこにもたっぷり一ガロンはつまっている壜があったから、ノッティンガムが見えて来たころには、モレルは眠くなっていた。二人の前から爪先上がりにひろがる町は、真昼のつよい日ざしにつつまれて煙り、南方の頂には、教会の尖塔や大工場や煙突群が林立していた。町に入るさいごの野原で、モレルはオークの木の下に横になり、一時間以上ぐっすりと寝た。また歩こうと起きあがると、妙な気分に襲われた。

二人は、ジェリーの妹もまじえて、メドウズ地区で昼飯を食べると、つぎはパンチ・ボウル亭に足を向けて、鳩レースの熱狂にくわわった。モレルは、トランプには生まれてから一度も手を出さなかった。トランプには恐ろしい魔術的な力がひそんでいると思って、「悪魔の絵」と呼ぶほどだった。だが、九柱戯《スキトルズ》（九本のピンを用いるボウリングのような球技）とドミノの名人だった。彼はニューアークから来た男に、九柱戯を一試合挑まれた。古い細長いバーにいた男たちは、一人のこらずどちらかに賭けた。モレルは上着をぬいだ。ジェリーは帽子を手に金を集めてまわった。テーブルの男たちは、じっと勝負を見つめた。ジョッキを握ったまま、立っている者もいた。モレルは大きな木の球をそっと撫でてから、転がした。彼は九柱を派手に倒して半クラウン勝ち、飲み代はこれで払えた。

七時になるころには、二人ともご機嫌だった。七時半の汽車で帰宅した。

その日のモレル夫人は気がめいって惨めだった。できる範囲で洗濯したが、衣類を叩くのは手にあまった。ウィリアムが母に代わって掃除をした。

「母さん、ほかにすることがある?」と彼は訊いた。

「いいや、何もないけど、アニーを外へつれていっておくれ」

「ぼく嫌だよ」

「嫌でも何でもやるの」そこでウィリアムが妹に手を焼きながら外へつれ出すと、母親は働いた。息子は自分に重荷をおしつけた母親に怒っていたが、それでも、何か訳があるのが分かっていて、母親がかわいそうだった。だから幼いながらも母への愛に心をなやませ、最善をつくそうとした。

午後の「谷底」は、耐えがたかった。家に残った者はみんな戸外へ出た。女たちは二人、三人とかたまって帽子もかぶらず白エプロン姿のまま、家の列の間の路地で世間話をした。男たちも、飲み疲れると、道端にしゃがんで喋った。すえた臭いがただよい、乾ききった炎天の下でスレート屋根がぎらぎら光っていた。

ミセス・モレルは小さいアニーを、低地を流れる小川につれて行った。川まではせいぜい二百メートルだった。水は石や壊れた植木鉢の上をどんどん流れていた。母と子は、羊を渡すための古い木橋の手すりにもたれて川を見ていた。低地の反対側の端の、昔は羊を洗った泳ぎ場では、裸の男の子たちが深く黄色い池の回りを走ったり、よどんで黒っぽい湿地を時々、肌をきらきら輝かせて駆け抜けるのが見えた。ミセス・モレルはウィリアムがそこにいるのを知っていて、彼が溺れはしないか絶えず不安だった。アニーは背の高い生垣の下で、自分ではフサスグリだと言ってハンノキの木の実を拾って遊んでいた。この子からも目が離せなかった。飛びまわるハエがうるさかった。

子供たちを七時に寝かせ、しばらく働いた。

ウォルター・モレルとジェリーは、ベストウッドまで帰りつくとほっとした。もう汽車の時間を気にする必要はなかったから、これで輝かしい一日の仕上げができる。二人は家に戻った旅行者の満足な気持でネルソン亭に入った。ミセス・モレルは、自分の夫は死んでも目新しいことが一つもないだろうと、いつも言っていた。炭坑から家に戻るのが奈落から煉獄に上がるようなものだから、その次の行き先のパーマストン・アームズ亭での酩酊はすでに夫の天国だと言うわけだった。

涼しくなると、「谷底」の小さな庭にも、花の芳香がただよった。ミセス・モレルは花を見、夜の匂いを嗅ごうと、外へ出た。隣家のミセス・カークが留守でなければ二人はお喋りをしただろうが、今日のミセス・モレルは独りだった。子供たちが魔鳥と呼ぶ真っ黒のアマツバメが、右に左に、頭のすぐ上を飛んでくる矢じりのようにパッと走っては、家の角から首をのぞかせ、幅のひろい軒に飛びうつり、すぐにまたパッとここも離れて飛んで、その小さな啼き声は無音で滑空する鳥ではなく、光の中から生まれるようだった。誰かが踏みにじったベンケイソウが辺りに散らかって、散った白薔薇の花弁とまじっていた。ミセス・モレルはかがんでその汚れを払い、小さな黄色い頭をまた持ちあげてやった。

明日はまた仕事だ、と思うと男たちは気が滅入った。それに、たいていは金を使いはたしていた。翌日の仕事にそなえて寝ておこうと、おぼつかない陰気な足取りで、もう家に帰るものもいた。ミセス・モレルはそういう男たちの物悲しい歌声を聞きながら家へ入った。九時が過ぎ十時が過ぎても、「あの二人」はまだ帰ってこなかった。どこかの家の門口で、一人の男が、讃美歌「慈悲深き光よ、われを導け」を、間のびした大声で歌っていた。ミセス・モレルは、感傷的になった酔っぱらいがこの讃美歌を歌うたびに、腹が立った。

「流行歌《ジェネヴィーヴ》でも歌ってればいいのに」と言った。

台所には、煮出したハーブやホップの匂いが立ちこめていた。暖炉では、黒い大鍋がとろとろと湯気をたてていた。ミセス・モレルは赤土の厚い大鉢をとると底に白砂糖をざっとあけ、力いっぱい踏んばって大鍋をもちあげると、中の煮汁を注ぎはじめた。

ちょうどそこへ、モレルが帰ってきた。ネルソン亭ではとても陽気だったのに、家路につくと苛々してきた。とても熱くて地面に寝て、起きた後の不機嫌や不快感が、まだ残っていた。それに家が近づいて、良心のとがめにも襲われた。自分が怒っているのに気がつかなかった。だが、庭木戸をあけようとしてあかないと、蹴とばして掛金をこわした。妻がちょうど鍋から煮汁をあけているところへ入って行った。夫はすこしよろけて、食卓にぶつかった。煮立った液がゆれた。妻がはっと後ろへさがった。

「何よ！　酔っぱらって帰ってきて！」彼女は叫んだ。

「どうなって帰ってきただと！」帽子が目までずり落ちた夫が怒鳴った。

突如、彼女に火がついた。

「酔っぱらってないって言うの！」彼女が叫んだ。

もう大鍋は下へ置き、大鉢の中の砂糖をかきまぜて煮汁へ溶かしこんでいた。夫は両手でどんと食卓をたたき、妻にぐいと顔を突きつけた。

「酔っぱらってないって言うの、だと？」夫がくり返した。「そんなご託をならべるなあ、おめえみてえな性悪女だけだ」

「あなた、一日中大酒飲んでて、それで夜中の十一時に酔ってないなんて――」妻は砂糖をかきまわしながら返した。

「一日中飲んでたわけじゃねえ――一日中飲んでなんかいるもんか――いい加減なことを言いやがって」と夫がうなった。

「このわたしがいい加減なことを言ったというわけ？」と妻は返した。

「何だって――何だって――おう――おう、この野郎！」

「朝の九時から出てって、真夜中にころがりこんできて。それに、あなたのすてきなジェリーさんとでかけたとき、あなたが何をしてるのかは、お見通しよ」

「すてきなジェリーさんだと——何の話だ——おい——え、何の話だ?」夫は妻にぐいと顔をつきだした。

「他のことに使うお金はなくても、お酒を飲むお金はあるわけ?」

「今日は二シリングも使っちゃいねえ」

「飲みもしないで、ぐでんぐでんになるもんですか。それに」ミセス・モレルは突然、激して叫んだ。「あなたの愛するジェリーさんにたかるくらいなら、あの人が自分の子供の世話ができるようにしてあげなさいよ。子供たちは困ってるのよ」

「子供の世話だって——あいつのとこくらいよく世話をしてもらってる子供が、ほかにどこにいる、教えてもらいたいね」

「わたしのところですよ。あなたの子じゃないわ。世話なんかしてませんからね。——朝から晩まで大酒飲んでるお金があってもね——」

「嘘だ、嘘だ」夫はかっとして叫ぶと、テーブルを叩いた。

「子供も養えないくせに」妻はつづけた。

「それがお前に何の関係がある」夫はわめいた。

「何の関係がって、大ありよ。これでぜんぶまかなえって、たった二十五シリングよこして、あとは一日中遊び歩いて夜中によろよろ帰ってきて——」

「嘘だ、この野郎、嘘だ」

「そしてわたしはいつまでもせっせと、やりくりにあくせくしていくもんだと思ってるんでしょう。あなたは大酒を飲んで、ごきげんでノッティンガムへ飲みにくりだそうっていうのに――」

「嘘だ、嘘だ――黙れ、この野郎」

沸点に達した。どちらも相手への憎しみと喧嘩のこと以外、何もかも忘れた。妻も、夫に劣らず、火のように怒っていた。ついに、モレルは彼女を大嘘つきとののしった。

「違います」妻はほとんど息もできず、飛びかからんばかりに叫んだ。「そんなことは言わせませんよ――あなたこそ、見たこともないような、見下げはてた大嘘つきです」最後は肺から絞りだした。

「嘘つきはきさまだ！」モレルは両の拳でがんがん食卓を叩いてわめいた。「大嘘つきだ、大嘘つきだ」

彼女も拳を握りしめてきっとなった。

「できることなら、撲り倒してやりたい。このいくじなし野郎」女の声は低く震えていた。

そのあと、夫への激しい憎悪の高波に襲われた。夫が妻にわめき、食卓を叩くと、家が鳴った。妻は夫にありったけのさげすみと憎しみを注いだ。

「あなたがいると、家がけがれる」彼女は叫んだ。

「それなら出てけ――ここはおれの家だ。出てけ！」彼は怒鳴った。「家へ金を持ってくるのはおれだ、おまえじゃない。ここはおれの家だ、おまえのじゃない。さあ、出てけ――さあ、出てけ！」

「わたしだって出て行きたいわよ」と彼女は叫んだ。急に身ぶるいが来て、無力の涙が流れた。

「出て行きたいわよ、とうの昔に出て行きたかったわ、子供たちさえいなければ。ああ、まだ一人しかいなかった昔に、出て行けばよかった！」――突然涙が乾いて、怒りになった。「出て行かないのは、あなたのためだと思ってるんですか――あなたのためになんか、一分だってこの家にいるもんですか」

「それなら出てけ！」夫は怒り狂った。「出てけ！」

「だめよ！」彼女が向きなおった。「いやです」大声で叫んだ。「そんな勝手なことは言わせません。何でもあなたの好きなようになんかさせません。わたしには面倒を見なくちゃならないあの子たちがいます。まったく」彼女は吹きだした。「あの子たちをあなたにまかせられっこないでしょう？」

「出てけ」彼は拳を振りあげ、だみ声で叫んだ。妻がこわかった。「出てけ！」

「ありがたい話よ。笑っちゃうわ、笑っちゃうわ、ほんとに、あなたから逃げ出せたら」彼女は返した。

彼は眼を血走らせた真っ赤な顔を前へ突き出して彼女に近づき、その両腕をつかんだ。彼女は恐怖の叫びをあげて、身を振りほどこうともがいた。彼は少しだけ我にかえると、息をはずませて、妻を外へ出る戸口まで乱暴に押して行き、屋外へ突きだすと、中からがちゃんと閂をかけた。それから台所へ戻ると、落ちこむように安楽椅子に座りこみ、血がのぼって割れそうな頭を膝の間にうずめてしまった。こうして、疲労と泥酔から、彼は徐々に昏睡の中に沈んでいった。

八月の夜、月は空高く皓々と輝いていた。激情に灼かれたミセス・モレルは、ぶるっと身震いすると、自分が白い大きな光につつまれていることに気がついた。ひんやりした光にふれて、ほてった彼女の魂は衝撃を受けた。少しの間、女は、佇んだまま、戸口の側でつややかに光る大きなルバーブの葉をなすすべもなく見つめていた。それから、息を吸った。全身震えながら庭の小道を歩きだした。体の中では、子供がとても熱かった。しばらくは意識を抑えられず、さっきのやりとりを機械的に心の中で反芻した。何度も何度も反芻すると、その度に、ある言葉が、ある瞬間が、真っ赤な焼きごてのように、魂を焼いた。あのやりとりをくりかえし思い浮かべる度に、真っ赤な焼きごてが同じ箇所を焼き、やがてその痕がはっきり焼きつけられ、苦しみが燃えつきて、彼女はようやく我に返った。半時間はこのように錯乱していたに違いない。そして、ようやく、ふたたび、大きな夜と対峙した。彼女は怖くなって辺りを見まわした。いつのまにか家の横の庭に来て、長い塀ぞいの、赤スグリの植えこみ脇の小道を行ったり来たりしていた。この小さな細長い庭は、厚い茨の生垣によって、向かいの家々との間を貫く道と仕切られていた。

彼女は歩を速めて、家の脇の庭から正面へまわった。そこまで来ると、空高くかかる月に正面から照らされ、白い光あふれる巨大な深淵に立つおもいがした。月の光は向かいの丘々を直射して、「谷底」のある谷をまばゆいばかりにつつんでいた。張りつめていた気持がゆるむと、なかば泣きながら息を詰まらせ、「うんざり！　うんざり！」とくり返しくり返しつぶやいた。

ふと、そばに何かがあるのに気がついた。自分の意識を貫くものの正体をたしかめようと、気を取り直した。背の高い白い百合が何本か、月光の中で揺れていた。大気は花の香りの霊気にあふれていた。ミセス・モレルは、恐怖に小さく息をのんだ。白い大きな花弁にさわると、体が震えた。花は月の光をあびて、大きくなってゆくようだった。その白い筒の一つに手をいれてみた。指についた金色の花粉は月の光の中ではほとんど色がわからなかった。身をかがめて、筒いっぱいの黄色い花粉を見ても、黒っぽく見えるだけだった。彼女は花の香りを深々と吸った。眩《めくら》みそうになった。

まわりを見回した。イボタの生垣が暗闇の中でかすかに光っていた。さまざまな白い花が咲いていた。真向かいには丘がひとつ影のように聳え、その手前に背の高い生垣が黒々とつづき、月の暗い光の中、牛たちが蠢《うごめ》いていた。そこかしこで、月の光が、波立ち、さわぐようだった。

ミセス・モレルは庭の木戸にもたれて、しばらく、ぼんやりと、外を眺めていた。何を考えているのか、自分でもわからなかった。かすかに気分が悪く、お腹の中の子は忘れられなかったものの、彼女は淡く光る大気の中に香りのように溶けていった。しばらくすると、お腹の子も母とともに月光の坩堝《るつぼ》に溶け入って、母は丘々と百合と家々とともに安らいだ。すべてが忘我の海にたゆたった。

われに返ると、疲れていて、眠りたかった。気だるい体で周囲を見まわした。フロックスの白い花が、木にシーツを広げたように見えた。その上を、蛾が一匹、跳ねるようにして、庭の向こうへ飛んで行った。それを目で追っていると目がさめた。フロックスの刺すような強い香りを二、三回吸いこむと、元気が戻った。小道を進んで、白薔薇の前で立ちどまった。素朴な甘い香りがした。薔薇の花の白い襞《ひだ》にさわってみた。その若々しい匂いをかぎ、ひんやりと柔らかい花弁にふれると、朝と日光が心にうかんだ。大好きな感触だった。だが、今は疲れていて、眠りたかった。神秘にみちた戸外で、彼女は孤独を感じた。

音はひとつもきこえなかった。子供たちは目をさまさなかったか、また眠ってしまったのだろう。三マイル向こうで、汽車が轟々と谷を通過した。夜はよそよそしく巨大で、白々とした闇がどこまでも広がっていた。その銀灰色の暗闇の霧から、はっきりしない、ざらついた音がきこえてきた。さほど遠くないウズラクイナの鳴き声、通過する汽車の嘆息、遠くの男たちの叫び声。

彼女は歩を速めて脇の庭から台所の窓に近づいた。おさまっていた心臓の鼓動がまた速くなった。掛金をそっと持ちあげてみた。ドアはまだ閂が降りていてびくともしない。静かにドアを叩き、様子を見て、また叩いた。子供たちを起こしてはいけない。隣人もだ。夫はおそらく眠っていて、そう簡単に目をさましはしまい。中へはいりたくて、心が熱くなった。把手にしがみついた。寒くなった。風邪をひいてしまう。身重だというのに！

頭から腕までエプロンをかぶると、また急ぎ足で横の庭へまわって台所の窓に近づいた。窓のしきいにつかまって覗いてみると、食卓に突っ伏して広げた夫の腕と黒い頭が、ブラインドの下からわずかに見えた。顔を食卓にくっつけて眠っていた。夫のそんな格好を見ると、なぜか何もかも嫌になった。ランプの芯から煤《すす》が出ている。光が赤味をおびていて、すぐにわかった。彼女が窓を叩く音が徐々に高まった。ガラスが割れるのではないかと思うほどになった。それでも彼は目をさまさなかった。

空しく窓を叩きつづけているうちに、石の壁の冷たさと激しい疲労のせいで、彼女は震えだした。たえずお腹の子が心配で、どうしたら暖をとれるだろうと頭をしぼった。彼女は石炭小屋へ行った。そこへ行けば屑屋に出そうと前の日に持ち出しておいた、暖炉の前に敷く古い敷物がある。彼女はこれを肩に掛けた。汚れていたが温かかった。それから庭の小道を行ったり来たりしながら、時々ブラインドの下から中を覗いてノックをくり返して、いずれ夫はあの窮屈な姿勢のせいで目をさますだろう、と自分に言いきかせた。

そして、一時間ほどたったころ、しずかに、執拗に、窓を叩いてみた。その音が、徐々に彼の意識に達した。諦めて叩くのをやめた彼女の目に、微動のあとに朦朧と顔を上げる夫の姿が映った。苦悩が彼を覚醒に追いやった。妻は容赦なく窓を叩いた。夫ははっと目をさました。とたんに拳を握りしめ、目をむくのが見えた。肉体的恐怖を少しも知らない男だった。強盗二十人が相手でも、真っ向からとびかかって行っただろう。あたりをねめまわし、戸惑ってはいたが、戦う気は充分だった。

「戸を開けなさい、ウォルター」妻が冷たく言った。

彼の拳がゆるんだ。自分のしたことが思い出されたのだ。夫の顔が、暗く、頑なに、うつむいた。急ぎ足で戸口へ行くのが見え、閂のはずれる音がした。扉が開いた。外には、銀灰色の夜が立っていた。暗黄色のランプ光の下にいた彼は、恐れおののき、急いで中へもどった。

家の中へ入ったミセス・モレルが見た彼は、戸口から階段へ、駆けるように逃げていこうとしていた。妻が入ってこないうちに逃げてしまおうと、あわてて首から引きちぎったカラーが、ボタンの穴まで裂けてころがっていた。それを見て、妻は腹が立った。

彼女は暖炉であたたまって、気を鎮めた。疲れきって何も考えられず、まだ残っている細かい仕事を、一つずつ片づけていった。夫の朝食の支度をし、炭鉱へ持ってゆく水筒をゆすぎ、作業服を暖めておくために暖炉の前に掛け、そのそばに靴を揃えて、洗ったスカーフと弁当袋とリンゴを二ついっしょにならべ、石炭を足してから寝室に上がった。夫はすでにぐっすり眠っていた。黒く細い眉を不機嫌そうに額の方にしかめ、頬の縦じわと怒った口元は、「おまえのことなど知るものか、何さまだろうとかまうものか、おれはおれの好きなようにやる」と言っているようだった。

夫を知りつくしているミセス・モレルは、そんな顔を見るまでもなかった。鏡に向かってブローチをはずしていた彼女は、顔中についた黄色い百合の花粉に気がつくと、かすかに微笑んだ。それを払いおとしてから、ようやく横になった。しばらくの間、彼女の心はあちこち火花を散らしていたが、夫が酔った眠りからはじめて目をさました時には、眠りこんでいた。

第二章　ポールの誕生と新たな戦い

大喧嘩のあとの数日は、ウォルター・モレルもおずおずと恥じていたが、じきに以前の乱暴で無頓着な男にもどった。それでもわずかに怯《ひる》んで、自信が減じた。肉体的にも縮んで、かつての美しい見事な押出しは衰えた。けっして太らなかったから、胸を張った堂々たる姿勢が失せると、プライドや道徳心とともに肉体まで萎縮したようになった。

それでも身重で働く妻のつらさがわかってきて、後悔から同情の念もつのったので、進んで妻の手助けをするようになった。炭鉱からまっすぐ帰宅し、夜は家にいた。それでも金曜になると落ち着かなくなったが、十時にはほとんど素面《しらふ》で戻って来た。

朝食はいつも自分で作った。早起きで時間がたっぷりあったから、他の坑夫のように、妻を六時にベッドから引きずりだしたりはしなかった。五時、日によってはもっと早く目をさますと、すぐにベッドを出て階下へ行った。妻は眠れない時、平和の一刻を待つかのようにこの時をベッドの中で待った。本当の休息は、彼が留守の間だけの気がした。

夫はシャツだけの格好で階下へ行くと、一晩中暖炉で暖めてある作業ズボンをはいた。暖炉の火は前の晩にミセス・モレルが石炭を足しておくので、消えることはなかった。だから家の中で朝一番に聞こえてくるのは、石炭の塊を火掻き棒でがんがん叩いて砕く音である。やかんに水を入れ、暖炉にかけて、その石炭でお湯をわかした。紅茶茶碗とナイフとフォーク、食物を別にすれば必要なものはすべて食卓に新聞を敷いて並べてあった。それから、朝食を作り、紅茶をいれ、ドアの下のすきまにぼろ布をつめてすきま風が入らないようにすると、暖炉に山のように石炭を積みあげてから、一時間を楽しむためにどっかと腰をおろした。ベーコンをフォークに刺して炙り、したたる脂をパンで受けた。そのベーコンを厚切りのパンにのせ、折りたたみ式ナイフで一口ずつ切りとって口にはこびながら、紅茶をカップの受け皿にあけて飲んだ。このときの彼は幸福だった。まわりに妻や子供がいたのでは、こんな楽しい食事は味わえなかった。彼はフォークが大嫌いだった。フォークは最近入ってきたもので、庶民の間ではまだほとんど知られていなかった。モレルのお気に入りは、折りたたみ式のナイフだった。寒い時など、よく暖かい暖炉に背中を向けて小さなスツールに座り、食物は灰止めの上に、カップは炉の前に置いて、一人で、食べて、飲んだ。そして前の晩の新聞を、わかるところだけ拾って、いちいち綴りを追いながら読んだ。明るくなってもブラインドをおろしたまま、ロウソクをつけておくのが好きだった。炭坑の習慣だった。

六時十五分前になると立ちあがり、パンを二枚厚く切り、バターをぬって白いキャラコの弁当袋にいれた。錫製の水筒には紅茶をいれた。坑内では、ミルクも砂糖もいれない冷たい紅茶が、彼は好きだった。それからシャツを脱いで、坑内用の下着を着た。厚地のフランネル製で、首のまわりを広くあけ、シュミーズのように袖を短かくしてあった。

それから二階の妻に紅茶を持って行った。妻が妊娠中で具合が悪いせいもあれば、たまたま思いついたせいもあった。

「おい、紅茶を持ってきてやったよ」と彼は言った。

「そんなことしなくてもいいのに、わたしが紅茶が嫌いなのは知ってるじゃないの」

「飲めよ、そうすればもう一度よく眠れるよ」

彼女はカップをうけとった。カップを持ってすすっている妻を見ていると、彼はうれしかった。

「全然お砂糖が入っていないわね」

「入ってるさ——でかい塊が一つ入ってるぞ」彼はむっとして答えた。

「どうかしらねえ」彼女はまた一口飲んだ。

髪がみだれているときの彼女の顔はかわいかった。彼は自分にこういう風に文句を言うときの妻が好きだった。もう一度彼女を見ると、出かけるよとも言わずに、出て行った。坑内の食事用にはバターのついたパンを二切れ持って行くだけだったから、これにリンゴかオレンジの一つでも彼女がつけてくれれば、彼にはご馳走だった。首にはスカーフを巻き、大きな重いブーツを履いて上着を着る。その大きなポケットに弁当袋と水筒を入れ、鍵はかけずに後ろ手にドアを閉めると、爽やかな朝の空気の中に出る。彼は早朝が好きだった。いつも六時には家を出た。坑夫たちは七時ごろまで坑内へ下ろしてはもらえず、歩く距離も三十分にすぎなかったのだが、たいていは野原を歩いて行った。そして夏など、起重機のある囲い地に肉の白いマッシュルームは隠れてないかと、濡れた草の茂みをうろついた。見つけると、大切そうにポケットにしまった。ひんやりした朝の空気を後に坑内に下りていくのは、少しも嫌ではなかった。もうすっかり慣れていて、ごく自然なあたりまえのことにすぎなかったのだ。坑道の入口に姿を現すときには、よく生垣から折ってきた細い枝を口にくわえていた。坑内に入ってからも口の中が乾かないように、一日中それをしゃぶりながら、野原を歩いていた時と変わらない幸福感にひたっていた。

その後、妻の出産が近づくと、彼は暖炉の灰をかきだしてそのまわりを拭いたり、あちこちを掃いたり、彼なりの大ざっぱなやり方で、出かける前にばたばた家の中を片づけるようになった。それがすむと、大得意で、二階の寝室へ上がって行った。

「さあ、すっかり片づけてやったぜ。おまえは一日中何もしなくていい。座って本でも読んでいろよ」

これを聞いた彼女は、腹は立ったが笑ってしまった。

「晩ご飯もひとりでにできるっていうの?」と返してみた。

「へっ、晩飯のことなんか知らねえよ」

「できてなかったら、知らねえじゃすまないでしょ」

「ああ、そうかもな」と答えて、夫は出て行った。

彼女が階下へ下りて行ってみると、片づいてはいてもきまって汚かった。自分で徹底的にきれいにするまで落ち着けないたちだった。ちりとりを持ってごみ捨て場へ出て行くと、その様子を見ていたミセス・カークが、頃合を見はからって自分の家の石炭置場へ出てきて、木の柵の向こうから声をかけてくるのだった。

「あいかわらず忙しいのね」

「そうなのよ」ミセス・モレルは諦め顔で答える。「仕方ないわ」

ミセス・カークは痩せていて、すぐヒステリーを起こすような神経質な女だった。ミセス・モレルはこの女が好きだった。二人の女はそれぞれちりとりを手に棚の両側から近づいて、しばらく話をした。

それで、

「無理すると倒れちゃうわよ」とミセス・カークが言った。「お宅の旦那は、手つだってくれないの？　うちのトムはわりあい感心なのよ」

「ええ、今朝も上がってきて、掃除はすっかりすませたから、一日中座って本でも読んでいればいいって言うのよ」

「まあ！　男ってばかねえ！」と、ミセス・カークは叫んだ。

「それで、暖炉は泥だらけだったのよ。暖炉前の敷物の下もごみでいっぱい」

ミセス・カークが、痩せた顔から歯をのぞかせて笑った。

「いつだってそう」と彼女が言った。「箒とはたきでそこらじゅうなでまわすと、それでもう満足なのよ」

「汚いのが気にならないのね」ミセス・モレルは言った。

「そう。うちのトムも同じ」

「みんな同じね」とミセス・モレル。

「ミセス・オルソップのこと聞いた?」

「いいえ」

「あら、そう? あそこの赤ちゃん、生まれたのよ」

「まさか! いつ?」

「おとといの晩――あの雷と嵐の後よ――」

「まあ!」

女たちは腹をかかえて笑った。

・・・・

「靴下屋、見た?」道の向こう側からひどく小さい女が叫んだ。髪は黒く、奇妙に小さく、いつでも窮屈そうな茶色いベルベットの服を着ているミセス・アントニーだ。

「見なかったわ」ミセス・モレルが言った。

「いやだ、来てくれないかなあ。渡すものは洗濯釜にいっぱいだし、たしか靴下屋の鐘の音が聞こえたと思ったんだけど」

「あ、あの端に」

二人の女が道の先の方を見ると、「谷底」のはずれに古風な二輪馬車がとまり、男が一人その上に乗って、クリーム色のいくつもの束の上にかがみこんでいた。そのまわりを女の群れがとりまいて腕をさしだしている。束をかかえている女もいた。ミセス・アントニーも、クリーム色の、まだ染めてない靴下の束を腕にぶらさげていた。

「今週は十ダースもやったわ」彼女はミセス・モレルに得意げに言った。

「まあ！　よくそんな時間があるわね」

「そりゃあ！」とミセス・アントニーは言った。「時間は作ろうと思えば作れるものよ」

「よくできること」とミセス・モレルは言う。「で、それだけ作っていくらくらいもらえるの」

「一ダースで二ペンス半」

「そうなの？　わたしならかかりっきりで二十四もの靴下をかがって、二ペンス半なんて、絶対にいや」とミセス・モレルは言う。

「まあ、そうかしら。どんどんできるわよ」

・・・・

靴下屋が鐘を鳴らしながら近づいてきた。女たちははぎ合わせた靴下を腕にぶらさげて、裏庭のはずれで待っている。靴下屋は下品な男で、女たちをからかったり、ごまかしたり、脅したりした。ミセス・モレルはさげすむように、台所の方へ戻った。

「谷底」では、女が隣の女を呼びたいときには、暖炉の奥を火掻き棒で叩くことになっていた。そうすると、暖炉同士が背中合わせになっているので、隣家の暖炉が大きな音を立てるのだ。ある朝、プディングを作っていたミセス・カークは、ごんごん暖炉を叩く音に飛びあがった。粉だらけの手のまま、境の柵に駆けつけた。

「叩いた？　モレルさん」

「カークさん、すみませんが」

ミセス・カークは洗濯釜を踏み台にして柵をのりこえ、モレル家の洗濯釜の上に降りて隣家に駆けこんだ。

「え、どうしたの、気分が悪いの？」彼女は心配そうに叫んだ。

「お産婆さんを呼んで来てもらえないかしら」ミセス・モレルが言った。

ミセス・カークは裏庭に出て行くと、持前の甲高い声をはりあげて、

「ア、ギー、ア、ギー」と呼んだ。

その声は「谷底」の隅々までひびいた。やっと娘のアギーが駆けてきて、産婆のミセス・バウアーを呼びに行き、ミセス・カークはプディングを放り出して、ミセス・モレルの看護にあたった。

ミセス・モレルはベッドへ行った。アニーとウィリアムの昼食は、ミセス・カークが作った。太った体でよたよた歩くミセス・バウアーが、モレル家をとりしきった。

「旦那さまに冷肉のハヤシを作って、リンゴとパンのプディングもつけてください」とミセス・モレルは言った。

「今日は、プディングはいらないでしょう」ミセス・バウアーは言った。

モレルは、終業時にまっさきに竪坑《たてこう》の下に来て地上に上がるリフトを待つタイプではなかった。作業終了の汽笛が鳴る四時より前に出てくる坑夫もいたのだが、そのころ、モレルの切羽は悪いところに当たっていて、竪坑から一マイル半もはなれているばかりか、彼はいつでも、助手が仕事をやめるまで自分もやめようとしなかったのである。だが、この日は、彼も仕事にうんざりし

ていた。二時になると、安全ランプを使う必要はない切羽だったので、緑のロウソクの光で自分の腕時計を覗いた。二時半にも、また覗いた。翌日の仕事の邪魔になる岩を削っていた。しゃがんだり、跪《ひざまず》いたりして、「せやっ、せやっ」と、思い切りつるはしを振るっていた。

「どうだ、やめねえか」隣の切羽頭のバーカーが叫んだ。

「やめる？　この世のつづくかぎり、やめねえぞ！」モレルがうなった。

そして、仕事をつづけた。彼は疲れていた。

「大変な仕事だな」バーカーは言った。

だが、怒りが我慢の限界に達していたモレルは答えなかった。ずっと、全力で、つるはしを振るっていた。

「やめたらどうだ、ウォルター」と、バーカーが言った。「へたばるまでやらなくたって、明日やりゃいいじゃないか」

「こんな仕事、明日までのばす気なんかねえよ、イズレイル」モレルは怒鳴った。

「おめえがやらなくたって、誰かほかのもんがやらあ」と返ってきた。

モレルはなおもつるはしを振るいつづけた。

「おーい、あがれ――終業だぞ」隣の切羽から出てゆく坑夫たちが叫んだ。

モレルはまだつるはしを振るいつづけた。

「後で追いつけや」と言って、バーカーは帰っていった。

彼が帰ってしまって一人きりになると、気分が荒れた。自分の仕事が終わらない。くたくたに疲れて、気が高ぶっている。汗みずくで立ちあがると、つるはしを放りだし、ぐいと上着を着、ロウソクを吹き消すと、ランプを持って切羽を出た。主坑道を、ほかの坑夫たちの灯がゆれながら動いてゆく。たくさんの声が空ろに響いていた。重い足をひきずって地下道を延々と歩いた。竪坑の底に座ると、大きな水滴がびしゃりと落ちてきた。大勢の坑夫が上がる番を待ちながら、やかましく喋っていた。モレルの返事は短く素っ気なかった。

「雨が降ってんだってよ」ジャイルズが、上からの知らせをつたえた。

モレルには一つ楽しみがあった。お気に入りの古傘がランプ小屋に置いてあるのだ。やっとリフトがきて乗りこむと、たちまち上へ出た。それからランプを返し、競売で一シリング六ペンスで買ったその傘を手にした。彼はちょっと炭鉱の土手に立って、野原を見わたした。野に灰色の雨が降っていた。濡れて光る石炭を満載した貨車が並んでいた。貨車の横腹の「C・W炭鉱」という白い字の上を、雨水が流れおちていた。坑夫たちの灰色の陰気な群れは、雨に濡れるのもかまわず、線路沿いを、野の上をぞろぞろ流れて行った。モレルは傘を開き、傘に降る雨の音を楽しんだ。

坑夫たちは足取り重くベストウッドまでの道を歩いた。灰色に汚れた上に、雨にも濡れたが、赤い口は元気よく喋っていた。その中にまじって歩いているのに、モレルは一言も口をきかなかった。むすっと眉をしかめているばかりだった。多くの男は一杯やりに、エレン亭やプリンス・オブ・ウェールズ亭へ入って行く。モレルは不機嫌なせいでその誘惑にも打ち勝ち、パークの塀にかぶさるように伸びた雨のしたたる大樹の下を、グリーンヒル小路のぬかるみ道を、とぼとぼと帰った。

ミセス・モレルは、ベッドの中で、雨の音と、ミントンから戻る坑夫たちの足音と、その話し声と、向かいの野道の木戸を彼らが通るたびにばたんばたんと鳴る音に耳を傾けていた。

「食器室の戸をあけると薬草ビールがあるわ」と言っておいた。「寄り道しなければ、飲みたがると思います」

だが、夫はなかなか帰ってこなかった。雨だから一杯やりたくなったのだろうと思った。あの人が生まれる子供やわたしのことなど、心配するわけがない。

彼女のお産はいつでも重かった。

「どっち?」死にそうな気分で尋ねた。

「男の子ですよ」

それを聞いて彼女は慰められた。自分は男たちの母だと思うと、心が昂ぶった。赤ん坊を見た。青い瞳で、ふさふさした金髪の、かわいい子だった。何もかも忘れて、熱い愛が噴きだした。自分のベッドの隣に子供を寝かせた。

夫は、気だるそうに、不機嫌そうに、何も考えず、庭へ入っていった。傘をすぼめると、それを流しに立てかけた。それから重いブーツを引きずって台所に入った。ミセス・バウアーが奥に通じる戸口に現れた。

「それがね」彼女は言った。「奥さん、とてもお具合が悪いのよ。男の子です」

坑夫はうなった。空の弁当袋と水筒を食器棚に置き、流し場に引き返して上着を掛けてから、戻ってきて、椅子に体を沈めた。

「飲みものは？」彼は訊いた。

ミセス・バウアーが食器室へ行った。コルクの栓がポンと音をたてた。腹が立って、食卓のモレルの前にすこし乱暴にジョッキを置いた。モレルは一口飲んで大きく息をつき、スカーフの端で大きな口ひげを拭くと、また一口飲んで大きな息をつき、椅子の背にもたれた。産婆は二度と口をきこうとしなかった。彼の目の前に夕飯を並べて、二階へ行った。

「旦那様だったの？」ミセス・モレルが訊いた。

「ご飯は出しました」ミセス・バウアーは答えた。

夫は、ミセス・バウアーが自分のためにテーブル掛けも掛けず、夕食用の大皿の代わりに小皿を出したのがおもしろくなかったが、食卓に両腕をのせると、やがて食べ始めた。その瞬間の彼には、妻の具合が悪かろうと、また一人、息子が生まれようと、どうでもよかった。疲れすぎていたし、夕飯が食べたかったし、食卓の上に腕をのせて座りたかったのだ。ミセス・バウアーに周りをうろつかれるのも、不快だった。暖炉の火が小さいのも気に入らなかった。

食事が終わっても、二十分ほど座っていた。それから、暖炉の火をかきたてて大きくすると、靴下をはいただけの足で、しぶしぶ二階へ上がった。今、妻と向きあうのは億劫だったし、疲れてもいた。顔は真っ黒で、汗で縞になっていた。下着は汗がまた乾いて、汚れがしみこんでいた。首に巻いたウールのスカーフも汚れていた。だから、妻のベッドの足もとに立った。

「で、具合はどうだ？」彼は訊いた。

分からなかった。


「大丈夫でしょう」彼女は答える。

「そうか」

次の言葉が見つからず、突っ立っていた。疲れていて、とても煩《わずらわ》しかった。自分の立場もよく分からなかった。

「お、男だってな」

妻は上に掛かっているシーツをめくって、子供を見せた。

「神の恵みを！」と、父はつぶやいた。妻は笑った。感じていない父性愛を感じているふりをするための形だけの言葉だったから。

「もうあっちへ行って」彼女は言った。

「ああ、そうだな」夫はそう答えると、くるりと背中を向けた。

行けと言われた夫は妻にキスしたかったが、勇気がなかった。妻もなかば気持が動いたが、そんな素振りは見せられなかった。坑内のほこりの臭いをかすかに残して夫がまた出て行くと、妻は大きく息をついた。

ミセス・モレルのもとに、組合教会派の牧師が毎日訪れてきた。このヒートン氏は若くて、とても貧しかった。妻を最初のお産で亡くしたので、牧師館に一人で暮らしていた。ケンブリッジ大学出の学士で、ひどく内気で、説教が苦手だった。ミセス・モレルはこの牧師が好きで、彼も彼女に甘えた。彼女の体調がいいと、彼は何時間でも話した。彼が生まれた子の名づけ親になった。

母親はベッドの中で、子供たちのことを考えていた。母に自分の生活はなく、朝から晩まで洗濯だ、料理だ、子供のお守りだ、裁縫だと忙しく、自分の人生は脇に置いて、子供という名の銀行に預けてしまっていた。子供のことを考え、その成長を待ち、自分が陰で支えて、大きくなった彼らが活躍するところを夢見た。すでにウィリアムは母の恋人だった。彼女は神経痛がひどくなる時があり、それでも青い顔で黙々と働いていると、

「歯が痛いの、母さん？」と彼は訊いた。

「ええ」

「ひどく痛むの？」

母は、痛みを忘れて、笑った。だが、授乳していて、体を動かせないほど痛むこともあった。すると、ウィリアムは、表の部屋に一人でつっぷして、泣きじゃくった。父親が「どうしたんだ、ぼうず？」と訊くと、ウィリアムは、

「母さんは歯が痛いの」と答えた。

それを聞いて母は「バカねえ、あなたはどこも痛くないんでしょ。泣くことなんかないでしょ」と言った。

「この子、意地悪な顔をしてるよ、母さん」と彼が言った。

「どこが？」と母が訊いた。

「にらんでる」

母は赤ん坊にさっと接吻した。赤ん坊の額には一本、まるで生まれる前にこの微小な意識が何

者かに脅かされたことでもあるような、奇妙なしわがあった。赤ん坊を見るたびに、母の心の中で、何かがうずいた。だが、いい子だった。母はよく座って子守歌を唄ってやった。

「分かりゃしないよ、何のために唄ってやるのさ」とウィリアムが言った。

「いいのよ、歌声は好きに決まってるわ」母が青い瞳にとろけるような温かい光をきらめかせて、赤ん坊に笑いかけ、その小さな手をしゃぶってやると、ウィリアムは側に立ったまま怒りに燃えた。

　牧師は夕方のお茶の時間まで、ミセス・モレルの所にいることがあった。そういう時の彼女は早々とテーブル掛けを掛けて、縁に細い緑色の線が入った一番上等な茶器を出し、夫があまり早く帰ってきませんようにと思った。それどころか、そういう日には夫が一杯やって来ても気にしなかった。子供の食事は昼食を主にすべきだと思っていたが、夫の方は夕方五時にたっぷり食べたがったので、日に二度きちんと料理しなくてはならなかった。だから、ミセス・モレルがプディングの生地をかきまぜたり、じゃがいもの皮をむいたりしている間、ヒートン牧師は赤ん坊を抱いて、たえず女の姿を眺めながら、この次にする説教について彼女の考えを訊いた。彼の考えは風変わりで、現実ばなれしており、彼女はそれを現実的なものに戻してやった。カナの婚礼（「ヨハネ福音書」第二章一〜十一節）についてこんな議論をした。

　彼が言った。

「キリストはカナで水を酒に変えたと言いますが、それは象徴です。それは結婚して夫と妻となった者の、平凡な人生やその血までが、それまでは霊感とは無縁な水のようなものだったのに、聖霊にみたされて酒になったということを象徴しているのです。人間の霊は、その構造全体が、愛が生まれると聖霊に満たされて、姿かたちもほとんど変わるのです」

ミセス・モレルはひそかに考えた。

「かわいそうに、若い奥さんが亡くなったからだわ。自分の愛を聖霊に仕立てているのね」

「ちがいます」と彼女ははっきり言った。「象徴にしてはいけません。こう言ってください——結婚式で、ワインが足りなくなった。客をもてなそうにも水しかなく——当時は紅茶も、コーヒーもなく、あるのはワインだけで——義父は困った。すべての人が水の入ったグラスを前にして座っている光景は、義父には耐えがたかった。妻と二人で恥じいった。花嫁は惨めに、花婿は不機嫌になった。イエスは、人びとの囁き声を聞き、不安げな表情に気がついた。それに、この人たちが貧しいことを知っていた。小作農だったのでしょう。そこでイエスは『これはひどい！——結婚式がめちゃめちゃだ』とひそかに思ったのです。それで大いそぎでワインを造ったのです。それから、こう言ってもいいでしょう——ワインとビールは違うのです。ワインはそれほど酔いません——そして東方の人たちはけっして酔いません。ビールは酔うので、とても悪い飲みものです」

貧しい牧師は彼女をじっと見た。人間の愛は聖霊の存在によって聖性と不死性が与えられると言いたくてたまらなかったのだ。ミセス・モレルは、牧師が聖書の内容を人々にとってリアルなものにすることの大切さを力説し、牧師自身の考えは時々そこに挟みこめばいいと言った。二人とも、とてもわくわくした。突然、ウィリアムが現れた。

「まあ大変！」とミセス・モレルが叫んだ。「もうそんなにおそいの？」

夫が早く帰ってこないように祈りながら、急いでやかんを火に掛け、一つだけきれいなテーブルクロスをさっと掛けた。ウィリアムとアニーはバターつきパンを一枚ずつ持って、通りへ遊びに行った。お茶には、ラディッシュとジャムとママレードを出した。すべてが清潔で美しかった。牧師とお茶をして、その説教をくさすのは、楽しかった。彼はバターつきパンを彼女に渡して、女が話しはじめるのを待った。

一杯目のお茶を飲み終わらないうちに、坑夫のひきずるような靴音がきこえてきた。

「大変！」ミセス・モレルは思わず叫んだ。

牧師はおびえた表情をした。モレルが入ってきた。ひどく尖った気分だった。「こんちは」と顎をしゃくると、牧師は立ちあがって握手をしようとした。

「だめだよ」モレルは手を見せた。「ほら、こんな手と握手したくねえだろうが。つるはしやシャベルの泥だらけだ」

牧師は狼狽して赤くなり、また座った。ミセス・モレルは立ちあがると、湯気を立てているシチュー鍋を持って出て行った。夫は上着を脱いで、安楽椅子を食卓のそばへひきずって行き、どんと腰をおろした。

「お疲れですか？」牧師は訊いた。

「お疲れですかって？　そうさ」モレルは答えた。「あんた、お疲れってのがどんなもんか知らねえだろ」

「はい」牧師は答えた。

「それ、このとおり」坑夫は作業着の肩を見せた。「今じゃちっとは乾いたんだが、それでも、雑巾みたいに汗でびしょぬれだ。触ってみろよ」

「何てことを！」ミセス・モレルは叫んだ。「ヒートン先生は、あなたの汚いシャツになんか触りたかありませんよ」

牧師はそっと手をのばした。

「そりゃそうだろう」モレルは言った。「だが、とにかくみんなおれの体から出てきたんだ。しかもおれのシャツがびしょびしょなのは毎日なんだ。飲むものはねえのか、山から真っ黒になって帰ってきたんだ」

「ビールはみんな飲んじゃったじゃありませんか」ミセス・モレルはそう言いながら、紅茶をついだ。

「あれでおしまいだって言うのか」――モレルは牧師の方に向いた。「真っ黒になっちまうからね。坑ん中にいると、泥だらけになっちまうんだよ、帰ってきたらぜったい飲まずにゃいられねえ」

「それはそうでしょう」と牧師は言った。

「ところが、たいてい何もありゃしねえ」

「水があるわよ――紅茶だってあるわ」と妻が言った。

「水！　水なんかで満足できるもんか」

夫は、紅茶を受皿にあけて、ふうふう吹き、黒い大きなひげを濡らして飲むと、嘆息をついた。それからもう一杯、受皿にあけてから、カップをテーブルの上に置いた。

「テーブル掛けが！」ミセス・モレルは、カップを大皿の上にのせた。

「おれみたいにくたびれて帰ってきたら、テーブル掛けになんかかまっちゃいられねえ」とモレルは言った。

「お気の毒にね！」妻は嘲るように応じた。

室内には肉と野菜と坑内作業着の臭いがたちこめた。

夫は牧師の方に身を寄せると、太い口ひげを突きだし、真っ黒な顔のせいで真っ赤に見える口を開いた。

「ヒートンさん、一日じゅう真っ黒な穴ん中で、この壁よりずっと固い切羽をぶっ叩いているとね――」

「愚痴をこぼすんじゃないの」ミセス・モレルが横から言った。

「愚痴をこぼすなだと――そうかい、そうかい！　お前は聞きたくないんだよな」モレルは妻から顔をそむけて、また牧師の方に向いた。「――帰ってきた時にゃくたくたで動きがとれねえんです」モレルは目の前にならんでいる夕飯をながめた。「じっさい、くたびれすぎてて飯も食えねえほどだ」こう言うと、石炭の粉がついて真っ黒な両腕を白いテーブルクロスの上にのせた。

「まあ、あなた、そのクロスは洗いたてなんですよ！」ミセス・モレルは思わず悲鳴をあげた。きれいなクロスはそれ一枚しかなかったのだ。

「おれは夕飯を裏庭で食わなきゃならねえのか？　犬みてえによ？」とモレルは怒鳴った。

「庭でなんて言ってやしませんよ」妻は冷やかに答えた。

モレルはまだ腕をテーブルクロスにのせたままだった。

「一日じゅう岩につるはしを叩きこんだ後じゃ、腕が疲れちまって、どうしようもねえんだ、ヒートン先生よ」

「分かります」と牧師は言った。

彼にとって、坑夫は見たこともない野獣のようだった。

「あなたの椅子にはアームがあるわよ」とミセス・モレルが言った。

「人の話に口を出さねえでくれねえか！」と夫は言った。

妻は、自分も奴隷のように働いているのだと言って返すには誇り高すぎた。坑夫は食べものを口へ運ぶたびに音を立てながら、ナイフで食べていた。その音を聞くと、妻は鳥肌が立った。夫は誰の気持にも無神経だった。少しして、ナイフを置いた。

「ヒートン先生」と彼は訊いた。「何かおれの頭の役に立つことを教えてくれねえかな？」

「カスカラは、緩下剤として……」牧師は口ごもった。

「この人にビールを減らして肝臓を大事にするよう言ってください」と、ミセス・モレルが言った。

「ビールを減らしてだと！」モレルが繰り返した。「おい！　おい！――何でもビールのせいだ――つい一杯やっちまうとだね、ねちねちねちねち言われるんだよ、ヒートンさん」

「一杯だったらうれしいわ」とミセス・モレルは言った。

妻は、聞き手さえあれば愚痴をこぼして同情を引こうとする夫が、嫌でたまらなかった。座って赤ん坊のお守りをしていたウィリアムも、父の偽りの感傷と母への愚かしい態度を、少年らしく憎んだ。アニーも父を好いたことがなく、ただ冷たく敬遠していた。

牧師が帰ってしまうと、ミセス・モレルはテーブル掛けを眺めた。

「ひどい！」彼女は言った。

「おまえが牧師をお茶に呼んだからって、おれが腕をぶらぶら下ろしてなきゃならないわけあるか！」彼は声を荒げた。

二人とも怒っていたが、妻の方は黙っていた。赤ん坊が泣きだし、ミセス・モレルが炉からシチュー鍋をとったはずみにアニーの頭にぶつけてしまうと、今度はアニーがぐずりだし、モレルがアニーを怒鳴った。この大騒ぎのさなかに、ウィリアムは視線を上げて、暖炉の上にかかる額のお祈りの大きな字を、はっきりと読みあげた。

「神よ、わが家を祝福したまえ！」

すると、赤ん坊をあやしていたミセス・モレルがウィリアムに跳びかかり、

「余計なまねをするんじゃないの」と言って、両頰を叩いた。

それから、座りこんで、笑いだした。やがて、その頰を涙がつたいはじめた。ウィリアムは自分が座っていたスツールを蹴とばした。「何がそんなにおかしい！」と夫がだみ声をあげた。

この頃、妻は夫の権威を破壊しつつあった。それまではあまりにも寂しくて、夫から離れがた

かったが、ウィリアムが成長してきて、その若い魂がすべて母親のものとなったのだ。アニーも父親に反発していた。そして、次男も生まれた。最後に生まれたこの赤ん坊が母のお腹にいる時も、母は夫を憎んでいた。そして、モレルは家にお金を入れなかった。彼には一群の友達がいて、その一人のジェリーが、男は働いて稼いだら自分の楽しみに使うべきだと主張した。彼らは妻たちの服従の度合を語り合った。モレルは自分の妻は充分に服従していないと思った。ある晩、ジェリーに「女なんぞにのさばらせておいてはいけない、男のくせに何をしている」と言われて熱くなり、その後で妻を怒鳴りつけた。

「おれの足音だけでお前を震えあがらせてやる」

これは彼女の人生を変える科白《せりふ》となった。それを聞くと、彼女は座りこんで、さんざん笑ったあげく、すっかり明るく上機嫌になった。夫は怒りと屈辱で破裂しそうになって、突っ立っていた。そして、妻に渡す金をできるだけ少なくし、大酒を飲み、女を見下す下品な男たちとつるんで、妻に復讐した。すると、妻は、夫が子供の生活を犠牲にして楽しんでいると考えて、子供の側について、夫に歯向かった。

ある日の夕方、牧師が帰ったすぐ後で、また夫が始めた騒ぎに我慢しきれなくなって、彼女はアニーと赤ん坊をつれて外へ出た。夫がウィリアムを蹴とばしたのを見た母は、彼を二度と許そうとしなかった。

羊のための橋を渡って、低地の隅を突っきり、クリケット場へ行った。川ぞいの低地は夕日を浴びて一面、黄金色にかがやき、水車を回す水音が遠くに聞こえた。グラウンドのハンノキの下のベンチに腰を下ろし、彼女は夕暮れと向かいあった。目の前に、クリケット場の緑が青々とどこまでも広がり、光の海のようだった。子供たちが、クラブハウスの蔭の青みがかったあたりで遊んでいた。ミヤマガラスの群れが、うっすら彩どられた高い空を、ねぐらをめざしてカアカア鳴きながら帰ってきて、長いカーブを描きながら金色の夕映えの中へ降りた。カラスは鳴きながらひと塊になってゆき、草地に黒々と浮かびあがる木立の上を、ゆるやかな渦に浮かぶ黒いかけらのように旋回した。

育ちのいい男たちが数人、クリケットの練習をしていた。ミセス・モレルにはボールの当たる音や男たちが急にあげる声が聞こえ、白い運動着姿が緑の芝生の上を音もなく動くのが見えた。芝生にはすでに夕闇が煙っていた。遠くの農場で、乾草の山の片側が残照を浴びて輝き、その反対側が青みがかった灰色になっていた。乾草を積んだ荷馬車が一台小さく、溶けゆく黄色い光の中を揺れながら渡っていった。

日が沈みかけていた。晴れた夕暮に、ダービーシャーの丘は赤い夕日を浴びて燃えあがった。ミセス・モレルはぬめやかに輝く空から日が落ちるのを見つめた。後には、天上に柔らかい花のような青が残る一方で、西の空は世界中の火がそこに押し寄せたように真っ赤になった。その焔の力でこの上ない青色の天の鐘ができあがるのだった。一瞬、野の向こうのナナカマドの実が、黒い葉蔭から燃えあがるように見えた。休閑地の隅の麦の刈り束が、命あるように輝いた。麦束が頭を垂れているような気がした。息子はヨセフ（『創世記』第三十章〜第五十章。兄弟の企みで奴隷としてエジプトに売られるが、彼の地で宰相となる。）のようになるかも知れない。東の空は、西空の真紅を映して桃色に浮かんでいた。丘の中腹で西日をぎらぎら浴びていた乾草の大きな山が、冷たくなった。

　ミセス・モレルには、小さな怒りが消え、すべてが美しく見える、静かな瞬間だった。安らぎを得て、自分を省みる力が戻った。時折、ツバメが一羽、彼女のそばをかすめた。時折、アニーが、手に一杯ハンノキの実を握って、やって来た。母の膝の上の赤ん坊は、光に向かって、休むことなく這いのぼろうとした。

　ミセス・モレルは膝の赤ん坊を見つめた。夫への気持から、この赤ん坊が生まれるのを、災いのように恐れていた。ところが、今では、この幼な子にふしぎに魅かれた。この子を思うと、病気か奇形があるかのように、心が重くなった。それでも、子供はとても元気そうだった。だが、妙に眉をしかめているのが、妙に沈んだ目をしているのが、気になった。何か苦しみを理解しようとしているようだった。この子のもの思いに沈む暗い瞳を見ていると、胸の上に重荷があるように感じた。

「何かとても悲しいことを考えてるみたいな顔をしてるわ」と、ミセス・カークは言った。

　母は赤ん坊を見ていた。突然、母の重い心が溶けて、熱い悲しみに変わった。子の上に顔を伏せると、胸の奥から涙が数滴、ぱっと散った。赤ん坊は指をもちあげた。

「わたしの坊や！」母は優しく叫んだ。

　その瞬間、魂の奥のどこかで、自分と夫が罪を犯していると感じた。

　赤ん坊は顔をあげて、母を見ていた。母と同じ青い目だが、その表情は重く沈んで、自分の魂に衝撃を与えて麻痺させた何かを、すでに知っているようだった。

この傷つきやすい赤ん坊が、彼女の腕の中にいた。まばたきもせずじっと母を見あげるその深く青い瞳は、彼女の心の奥のさまざまな思いを誘いだすようだった。もう夫を愛してはいなかった。この子も欲しくはなかった。それでも、その子が今、腕の中にいて、彼女の心をゆさぶっていた。このか弱い肉体と彼女をつないでいた臍の緒がまだ切れていないような気がした。熱い愛が、幼な子に向かってほとばしった。母は子を自分の顔と胸にかたく押しつけた。ある限りの力で、魂のすべてで、愛されずにこの世に生まれた子につぐないをしようと思った。こうして生まれてきたからには、その分だけもっと愛してやろう、自分の愛で包みこんでやろう。そのすべてを分かっている澄みきった目は母に苦しみと恐れをあたえた。わたしのことがすべて分かっているのだろうか？　お腹の中にいる間に何もかも聞いていたのだろうか？　この表情は母を責めているだろうか？　彼女は恐れと苦しみで、体の芯まで溶ける気がした。

もう一度、向かいの丘の縁に沈もうとしている真っ赤な太陽に目を向けた。突然、赤ん坊を両手で差しあげた。

「ごらん！　ごらん！　坊や！」

幼子を脈打つ真紅の太陽にむかってかかげると、胸のつかえが軽くなる気がした。子供は小さな拳をふりあげた。彼女は、この子を出てきたところへまた返したくなった自分の衝動を恥じるように、また胸に抱きしめた。

「この子が生きつづけたら」彼女はひそかに思った。「どんな人間になるだろう——何になるだろう？」

彼女の胸が騒いだ。

「ポールと名づけよう」突然、そう言った。なぜかは自分でも分からなかった。

やがて彼女は家に向かった。緑の濃い低地は一面、美しい影に包まれ、どこもかしこも暗くなりかけていた。

思ったとおり、家には誰もいなかった。それでもモレルは十時には帰ってきて、とにかくその日は無事に終わった。

この頃のウォルター・モレルは、度をこして苛々していた。仕事で疲れ切っているらしかった。家に帰ると、誰にたいしてもまともな口をきけなかった。暖炉の火が不景気だと怒鳴り、夕食に文句をつけた。子供たちがお喋りをすれば怒鳴りつけて、母親をかっとさせ、子供たちの憎しみを買った。

「そんなにひどく怒鳴ることないじゃないの」とミセス・モレルは何度も言った。「あたしたちは誰も耳が悪くはないんだから」

「どいつもこいつも蹴っとばしてやる」彼は吼えた。

彼が流し場で体を洗っているときに誰かが家へ入ってきたり出て行ったりしようものなら、「ドアを閉めろ！」と、「谷底」じゅうに聞こえる声で怒鳴った。

「かわいそうに、体が弱いのね！」妻は小声で言った。

「すきま風で肋骨が凍っちまうなんざ、まっぴらだ！」と彼はわめくのだった。怒ればかならず怒鳴った。

「何てことでしょう」とミセス・モレルはついに言った。「あなたがいると、家の中には片時の静けさもないわ」

「ああ、分かってら。お前はおれが姿を消さなきゃ承知できねえんだ」

「そうよ」と妻は静かに呟いた。

「おう、おう、何をぶつくさ言ってるか、分かってら。ずっと炭坑にいて欲しいんだろ。家に帰らないで馬みてえに働いてて欲しいんだろ」

「そうよ」妻はきつく口をむすんで背を向けて、もう一度呟いた。

夫は怒りに燃える頭をきっと突き出して、せかせか家を出ていった。

「野郎、見ていやがれ！」妻にたいしてひそかに呟いた。

彼は、十一時になっても帰ってこなかった。赤ん坊は具合が悪くてたえずむずかり、下に置けば泣きだした。疲れきっている上に産後の体がまだ回復していない妻は、自制心を失いそうだった。

「厄介者が帰って来ればいいのに」うんざりして呟いた。

子供は抱かれたままやっと眠った。だが、彼女は疲れていて、ゆりかごまでも運んで行けなかった。

「いや、あの人が何時に帰ってこようと何も言わないことにしよう」と彼女は思った。「わたしが疲れるだけだもの。何も言うまい」だが、自分が信用できなかった。何度も自分に言い聞かせて、こらえようとしていても、突然、怒りが爆発した。倦み疲れて、夫が帰ってきた時に顔を合わせずにすめばいいのにと思った。それでも先にベッドに入って夫も好きな時に入ってくるようにしない理由は、女なら誰でも知っている。

「何をあの人がしてもカッとしてしまうのは、自分でも分かっているけれど」と、情けなくなった。

夫の足音が聞こえると、耐えられなくなって嘆息をついた。夫は、仕返しのつもりで、泥酔寸前だった。彼が入ってきても、顔を合わせたくないので、赤ん坊を抱いてうつむいていた。だが、彼が通りすがりによろけて食器棚にぶつかり、錫の食器をがたがたさせ、白い光沢のある取手につかまると、妻の全身を、熱い炎が貫いた。夫は帽子と上着を掛けるとまた戻ってきて、子供の上に顔を伏せたままの妻を、突っ立って離れたところから睨みつけていた。

「この家には食べるものが何もないのかね？」召使にでも言うように、高飛車に訊いた。酔っていると、都会風に気取った口のきき方をすることがあるのだ。妻はそういう時の夫を最も嫌った。

「何があるか、ご存じよね」妻の口調もいかにも冷たくよそよそしかった。

夫はぴくりともせず、立って妻を睨んでいた。

「こっちは丁寧に物を尋ねているんだから、丁寧な返事をもらいたいね」と、気取った口をきいた。

「したじゃありませんか」それでも妻は夫にとりあわなかった。

夫がまた睨んだ。そして、ふらつく足どりでやって来た。食卓に片手をつくと、パンを切るナイフを出そうとして、もう片方の手でぐいと食卓の引出しを引っぱった。斜めに引いたので、引出しがひっかかった。カッとして、思いきり引っぱると、引出し全体が飛び出した。スプーンもフォークもナイフも、たくさんの金属食器が派手な音をたてて煉瓦の床に散らかった。赤ん坊がびくりと震えた。

「どういうつもりなの、この酔っ払い？」母が叫んだ。

「おい、こんなもんなぁ、おまえが自分で出すのがほんとじゃねえか。座りこんでいないで、世間並の女らしく亭主の給仕をしろ」

「あなたの給仕をするんですか——**あなた**の給仕を！」彼女は叫んだ。「なるほど」

「そうだ、おまえの務めを教えてやる。**おれ**の給仕をしろ、**おれ**の給仕をするんだ——」

「まさか。野良犬の給仕でもした方がましだわ」

「何——何だと？」

引出しをはめこもうとしていた彼は、妻のこの言葉にぱっと振り向いた。真っ赤な顔に目を血走らせていた。一瞬、何も言わず、彼女を睨みつけた。

「ふん！」妻は即座に夫を嘲った。

彼は興奮して引出しを引っぱった。引出しが抜けて、したたかに彼の向こう脛を打ち、反射的にその引出しを彼女に投げつけた。

浅い引出しの角が彼女の額にぶつかり、引出しは暖炉の中に飛びこんだ。彼女はよろめき、気を失って椅子から落ちそうになった。心底、嫌になった。彼女は子供をかたく胸に抱きしめた。何秒か経ち、やっとの思いで気を取り戻した。赤ん坊が訴えるように泣いていた。彼女の額の左側から、かなり出血していた。気が遠くなりそうな思いで、抱いている赤ん坊をちらりと見ると、白いショールに何カ所か血がしみていた。それでも、赤ん坊は無傷だった。ふらつく頭をまっすぐに持ちあげると、目に血が流れこんできた。

ウォルター・モレルはさっきの姿勢のまま、食卓に片手をついて、呆然と立っていた。何とか歩けそうな気になった彼は、よろけながら妻に近づくと、彼女が座る揺り椅子の背中をぐいとつかんで、あやうく彼女を放り出しそうになった。それから、妻の上にかがみこみ、ふらふらしながら心配そうに訊いた。

「当たったのか？」

またふらついて、子供の上に倒れそうになった。この事件に、彼はすっかり取り乱していた。

「あっちに行って！」彼女は自分を落ち着かせようと、必死だった。

彼がしゃっくりをした。「どれ――どれ、見せてみな」と言って、またしゃっくりをした。

「あっちに行って」彼女は叫んだ。

「見せろよ――なあ、お見せよ」

夫の酒臭い息がして、揺り椅子の背中をふらつく手で引っぱる力を感じた。

「あっちに行って」そう言って、弱々しく彼を突きのけた。

夫はたよりない足もとで立ったまま、妻をじっと見た。

赤ん坊を片腕に抱いて、妻は気力をふりしぼって立ちあがった。必死の思いで夢遊病者のように流し場まで歩いて行き、冷たい水で目を一分ほど洗った。だが、ひどく目まいがした。このまま倒れてしまうといけないと思い、また揺り椅子に戻った。体中が震えていた。赤ん坊だけは、本能的に抱きしめていた。

夫は苛々しながら何とか引出しを元の場所におさめると、床に膝をついて、思いどおりにならない手で散らかったスプーンを拾っていた。

妻の額からは、まだ血が流れていた。夫はじきに立ちあがると、彼女の方へ首を突き出す姿勢でやって来た。

「お前、どうなった？」彼はひどく情けない声で下手に出た。

「見ればわかるでしょう」

彼は前屈みの姿勢で膝のすぐ上を両手でつかんでいた。彼は傷をのぞきこもうとした。彼女は、濃い口ひげを生やした顔が突きつけられるのを、思いきり顔をそむけて、避けた。きっと口を閉じ、石のように冷たく心を閉ざした彼女の顔を見ると、彼は救いのない無力感に襲われた。やるせない思いで妻から離れようとした彼は、その時、顔をそむけた彼女の傷口から血が一滴、赤ん坊のか細くつややかな髪にしたたるのを見た。彼は、その重く暗い一滴の血が、つややかな金髪の上にふわりと載り、やがて毛がしなう様を、憑《つ》かれたようにじっと見た。また一滴、したたった。この血は、やがて赤ん坊の頭の皮膚まで染みこんでゆくだろう。彼はそれが染みこんでゆくところを憑かれたように凝視した。すると、彼のなかの男が、ついにくずおれた。

「子供は？」妻の言葉はそれだけだった。だが、女の低い張りつめた声は、彼を一層うなだれさせた。彼女は少し和らいで、

「中段の引出しから、綿をとってきてください」と言った。

夫がとても素直に、よろよろと、すぐに綿をとってくると、妻はそれを火で焦がし、自分の額に当てた。赤ん坊は腰かけた膝の上に移していた。

「それから、その洗ってあるスカーフ」

夫はまた引出しの中をかきまわして、すぐに赤い細いスカーフを持ってきた。妻はそれを受取ると、ふるえる指で自分の頭に巻きはじめた。

「おれが巻いてやるよ」夫がおずおずと言った。

「自分でできます」妻が答えた。

スカーフを巻き終わると、炭を足してドアの鍵を掛けておいてと夫に言いつけて、二階に上がった。

翌朝、ミセス・モレルは言った。

「ロウソクが消えたので、暗闇の中で火掻き棒を探していたら、石炭置場の掛け金にぶつけちゃったのよ」

小さな二人の子供は、びっくりしたように目を見張って、彼女の顔を見上げた。子供たちは何も言わなかった。だが、ぽかんとあけたその口が、彼らが無意識に感じとったこの悲劇を物語るようだった。

次の日、ウォルター・モレルは、昼食の時間近くまで寝ていた。前の晩にしたことは考えなかった。めったに物を考えない男だったが、そのことはぜったいに考えようとしなかった。不機嫌な犬のように、寝たまま苦しんでいた。彼がいちばん傷つけたのは自分自身だった。妻に一言も口をきこうとせず、詫びようともしなかった分、いっそう傷ついた。この苦しみから抜けだそうともがいていた。

「悪いのはあいつだ」彼は自分に言い聞かせた。だが、心の奥の意識が錆のように彼の意識を蝕んで、罰を与えるのを止めるすべはなく、まぎらすには酒しかなかった。

起きたり、口をきいたり、動く気になれず、ただ丸太のようにごろごろしているしかなかった。それに、ひどい頭痛もした。土曜日だった。正午近くなって起き出すと、自分で食器室へ行って食事の支度をし、うつむいてそれを食べると、長靴をはいて出かけて行ったが、三時には、すこし酔った、ほっとした顔で帰って来ると、そのまま、またすぐに寝た。夜の六時になるとふたたび起きあがって夕食をすませ、すぐに出かけた。

日曜日も同じだった。正午まではベッド。二時半までパーマストン・アームズ亭で過ごし、帰って食事をすると寝てしまって、ほとんど口をきかなかった。四時頃にミセス・モレルが日曜の一張羅《いっちょうら》に着替えに二階に行くと、夫はぐっすり眠っていた。彼が一度でも「すまなかった」と言ったなら、彼女も夫に同情しただろう。しかし、そうはならなかった。彼は頑として妻が悪いと思いこんだ。そして、自分をだめにした。だから、彼女は彼を放っておいた。妻と夫の熱い果し合いがあり、女の方が強かった。

夕食の時間になった。家族そろって食事をするのは日曜日だけだった。

「お父さんは起きないの？」とウィリアムが訊いた。

「寝かしときなさい」と母親は答えた。

家中にみじめな気持が漂っていた。子供たちもその腐った空気を吸って、沈んだ。気がふさいで、何をしたいのか、何をして遊びたいのか、分からなくなった。

夫は目をさますとすぐ寝床から出た。この習慣は生涯変わらなかった。片時もじっとしていられないのだ。二日続けて朝寝をすると、息がつまりそうになった。

階下へ降りてきた時にはそろそろ六時だった。びくびくと神経質なところは消え、また粗暴になっていて、ひるまずに部屋へ入ってきた。家族の考えや気持は、もう気にしなかった。

夕食のテーブルには彼の食器があった。ウィリアムが声に出して『子供の国』を読んでいるそばで、アニーがしきりに「どうして？」と訊いていたが、靴下をはいた父親のどさどさいう足音がきこえると二人とも黙りこんだ。父が入ってくると、身をすくめた。だが、ふだんの彼は、子供たちをとてもかわいがった。

彼は一人で乱暴に食事を作った。飲むにも食べるにも必要以上にやかましい音をたてた。誰も彼に声をかけなかった。彼が現れると、家中がすくんでしまい、黙りこくった。だが、彼はもう自分がのけものにされているのを気にしなかった。

食べおわったとたんにぱっと立ちあがり、出かける支度にかかった。ミセス・モレルをむかむかさせるのは、この速さ、すぐ家を出ようとするあわただしさだった。冷たい水でざぶんと顔を洗い、髪を濡らしながら洗面器の縁で鋼鉄の櫛をしきりにがりがり言わせている音が聞こえると、彼女は嫌悪感で目をつぶった。かがんで靴の紐を結ぶ時の身のこなしには、何をするにも慎しく物静かな家族と分ける、どこか下品な活気があった。彼はいつも自分との戦いから逃げていた。心の奥でも、「あいつがこれこれのことを言わなければ、あんなことにはならなかった。あいつが自分で招いたことだ」と言って、自分を弁護した。父が支度をしている間、子供たちはおとなしく待っていた。彼が行ってしまうと、ほっと溜息をついた。

外へ出てドアをしめると、彼は嬉しくなった。雨の晩だった。パーマストン・アームズ亭はなおさら居心地がいいだろう。楽しみに胸をはずませて道を急いだ。「谷底」のスレート屋根が、どこもかしこも雨に濡れて黒々と光っていた。いつでも石炭の滓で黒い道が、真っ黒なぬかるみに変わっていた。彼は足を急がせた。飲み屋の窓は一面、湯気でくもっていた。廊下には客の濡れた足のせいであちこちに水溜りができていた。だが中は空気がこもってはいても暖かく、にぎやかな人声とビールのにおいと煙草の煙がたちこめていた。

「ウォルター、何にするかね？」モレルが戸口を入ったとたん、叫ぶ声があった。

「何だ、ジムか、いったいどっから現れたんだ？」

みんなが席を空けて温かく迎えてくれる。彼は嬉しかった。彼らは一、二分でいっさいの重荷も屈辱感も憂鬱も溶かしてくれれ、彼は何の屈託もなく楽しい夜の一刻に晴ればれしていられるのだった。

だが、翌日の晩、庭の出入口のところにしゃがんで煙草を吸いながら、小路の向こう側の坑夫たちと喋ったり、炭鉱から帰ったばかりでまだ体も洗わずフットボールをやっている若者を眺めたりしていると、隣家の裏庭からミセス・カークがやって来た。

「こんばんは奥さん！」モレルは元気な、感じのいい声で言った。

「元気そうじゃないの」とミセス・カーク。

「何だい、どうかしたの」彼は叫んだ。

「奥さん、あんな風に額を割っちゃったじゃない」とミセス・カーク。

「ああ、ひでえ事故だったよ」

モレルは妻が近所にくわしく喋らなかったのにほっとして言った。

「どうしてあんなことになったのかしら」とミセス・カーク。

「おれにもさっぱり分からねえ」

「あの傷は一生残るよ」

「ゴンッて、ひでえ音がした」モレルは言った。「ああ、かわいそうになあ！　医者へ行けと言ってるのに行かねえんだ」

ミセス・カークはミセス・モレルに言った。

「お宅の旦那は、あんたがそんな目をしてるんだから医者へ行けって言ってるわよ」

「あら」とミセス・モレルは答えた。

次の水曜には、モレルは文なしだった。彼は妻を恐れた。妻を傷つけたせいで、妻を憎んだ。飲みに行く二ペンスの金もなく、ツケももう随分たまっていて、その晩は身の置きどころが分からなかった。そこで、妻が赤ん坊と庭に出ている間に、妻が財布をしまっておくタンスの一番上の引出しをかきまわして財布を見つけると、中を覗いた。半クラウンが一枚、半ペニーが二枚、六ペンスが一枚入っていた。その六ペンスを取り出し、財布をそっと元のところに戻して、彼は出て行った。

その翌日、八百屋に金を払おうとしたミセス・モレルは、財布から六ペンス出そうとして、愕然とした。それで、座りこんで考えた。「あの六ペンスはほんとうにあったのかしら？　わたし、使わなかったわよね。どこか他の場所に置かなかったかしら？」

途方に暮れた。家中探してみた。探しているうちに、夫が盗ったと確信した。財布の中身が、彼女の全財産だった。だが、彼がそんな風にこっそり彼女から盗み出すということの方が耐えがたかった。前にも二度同じ目にあった。最初の時は彼女もとがめず、彼も週末に盗んだ一シリングを財布に戻した。だから夫が持ち出したことが分かったのだ。二度目は返さなかった。

今度ばかりは、あんまりだと思った。その日は早く炭鉱から帰ってきた彼が昼食を終えると妻は夫に冷やかに言った。

「ゆうべ、わたしの財布から六ペンス出しました？」

「おれが！」彼は憤然と顔をあげた。「いや、出さねえよ。おまえの財布になんか目もくれやしなかった」

だが、嘘だということが分かった。

「ごまかしてもだめよ」妻は静かに言った。

「出しゃしない」夫は怒鳴った。「またおれに文句をつけようってのか？　もうたくさんだ」

「わたしが洗濯物をとりこんでるあいだに、あの財布から六ペンス盗んだのね」

「このまんまじゃすまさねえぞ」彼はやけになって椅子をぐいと後ろへ押すと、猛烈な音を立てて顔と体を洗い、思いつめた表情で二階へ上がって行った。やがて、着替えをすませ、青い格子縞の大きなハンカチで縛った大きな包みを持って降りてきた。

「いいか、いつ帰ってくるか分からねえぞ」と、彼は言った。

「帰ってきて欲しくもないうちに、帰ってくるんでしょうよ」妻がやりかえすと、彼はその包みをさげて出て行った。妻は座ったまま、かすかに震えていたが、心の中は軽蔑の念でいっぱいだった。もし彼がどこか他の炭鉱で職を見つけ、他の女と落ちついてしまったらどうしよう？　だが、彼女には分かりすぎるくらい彼が分かっていた――そんなことはできっこない。彼女には確信があった。それでも心の奥がひりひりした。

「お父さんはどこ？」学校から帰ってきたウィリアムが訊いた。

「家を出てくって」母は答えた。

「どこへ？」

「さあ、どこかしら。青いハンカチの包みを持ってったわ。もう帰ってこないんですって」

「ぼくたち、どうするの？」少年は叫んだ。

「心配しなくていいわよ。遠くへなんか行きゃしないわ」

「でも、お父さんが帰ってこなかったら」アニーが泣き声を上げた。

アニーとウィリアムはソファに座りこんで泣き出した。ミセス・モレルは、腰をおろして、笑った。

「二人ともばかね！」彼女は言った。「夜が明けるまでに、帰ってくるわよ」

だが、子供たちは泣きやまなかった。日が暮れてきた。ミセス・モレルも、疲れきって胸が騒いだ。これっきり彼がいなくなれば助かると思う一方で、子供のことを考えると動揺した。それに、まだ、彼をあきらめる気持の整理ができていなかった。心の奥では、夫が家出などできるはずのないことは、よく分かっていた。

庭の端の石炭小屋へ行くと、ドアの陰に何かある感じがした。覗いてみた。すると暗がりの中に、あの大きな青い包みがあった。彼女は石炭の塊に腰をおろし、包みを前にして笑いだした。とても大きなくせにとても情けないその包みが、結び目をだらんと耳のようにたらして暗闇の隅にこっそり置かれているのを見て、何度も笑った。

石炭の塊を持って家の中へ入った。アニーとウィリアムは、母がいなくなって、また泣いていた。

「おばかさんね」と彼女は言った。「石炭小屋に行って、ドアの陰を覗いてごらん。お父さんが遠くへなんか行ってないことが分かるから」

「ええっ？」ウィリアムが情けない声を出した。

「見て来てごらん」母親は言った。

ウィリアムがこそこそ出て行くと、後からアニーがすすり上げながら、ちょこちょこついて行った。すぐにウィリアムが、大きな包みを抱えて、大興奮で帰ってきた。

「じゃ、お父さんは家出なんかしないんだね、お母さん？」と彼は言った。

「しませんよ——お母さんには分かっていたわ——お母さんが心配してたのは、何かを質入れしやしないかってことだけですよ。さあ、もう一度あそこへ持って行って——もとあったところへ戻しておきなさい」

「でも——!」とウィリアムは口ごもった。「中身は何?」

「戻してきなさい」母親はくりかえした。「そして、気にしないの」少年はまた大きな包みをひきずって庭を戻ると、石炭小屋の戸の陰にどすんと置いた。子供たちは胸をなでおろしたものの、気は晴れず、そのままベッドに入った。

ミセス・モレルは寝ずに待っていた。夫が金を持っていないのは分かっていた。どこかに寄っているとすれば、また借金をふやしているわけだ。夫には愛想がつきた——もう限界だ。彼には、裏庭の外へ包みを持ち出すだけの勇気さえなかった。

考えこんでいると、九時頃に、夫がドアをあけて、こっそり、不機嫌そうに入ってきた。彼女は一言も口をきかなかった。夫は上着を脱いでから、そっと自分の安楽椅子に腰をおろして、靴を脱ぎはじめた。

「靴を脱ぐ前にあの包みをとってきたほうがいいんじゃありませんか」と、妻は静かに言った。

「今夜はおれが帰ってきた幸運に感謝したらどうなんだ」彼は下を向いたまま上目づかいに、すこしは威厳をとりつくろおうと、不機嫌そうに言った。

「まあ、どこへ行けたって言うんです? あの荷物を裏から持ち出すことさえできなかったのに」彼女は言った。

夫があまり間抜けに見えたので、腹も立たなかった。彼は靴を脱ぐ手を休めず、寝る支度にかかっていた。

「あの青いハンカチの中に何が入ってるのか知りませんけど」彼女は言った。「あのままにしておくなら、あしたの朝、子供たちにとって来させます」

そう言われると彼は立ちあがって出て行き、すぐに戻ってくると、顔をそむけたまま台所を突っ切って、そそくさと二階へ上がった。包みを抱えた夫が、急ぎ足でこそこそと家の中のドアの奥へ消えて行くのを見て、ミセス・モレルはひそかに笑った。しかし、彼女の心は苦かった。かつてはこの男を愛していたのだ。

第三章　モレルを捨て、ウィリアムをとる

次の一週間、モレルの荒れ方はほとんど手に負えなかった。坑夫によくあるように、彼は大の薬好きで、ふしぎなことに薬にはよく自分の金を出した。

「芳香硫酸を買っといてくれ」彼は言った。「なんで、あの薬を切らしてるんだ」

こう言われて、ミセス・モレルは彼のお気に入りの常備薬である芳香硫酸を買ってきた。彼は自分でニガヨモギ茶もいれた。屋根裏には、乾燥させた薬草の大束を、いくつも下げてあった。

ニガヨモギ、ヘンルーダ、ニガハッカ、ニワトコの花、ハゴロモグサ、ビロードアオイ、ヒソップ、タンポポ、シマセンブリがあった。たいてい何か一つは煎じ薬が暖炉の火にかけてあって、彼はそれをがぶがぶ飲んだ。

「うまい！」ニガヨモギ茶を飲むと、彼は舌なめずりして言った。「うまい！」そして子供たちにも、飲めとしつこく言った。

「おまえたちが飲んでる紅茶やココアなんかより、ずっとうまいぞ」と断言した。だが、子供たちは乗ろうとしなかった。

ところが今度は、丸薬だろうと、芳香硫酸だろうと、煎じ薬だろうと、何を飲んでも彼の訴える「いやな頭痛」はとれなかった。脳炎に悩まされた。ジェリーとノッティンガムへ行った時、地べたに寝てから、ずっと具合が悪かった。あれ以来、彼は飲みすぎては荒れた。ひどい状態になって、妻の看護が必要になった。彼くらい始末の悪い病人も考えられなかった。だが、そうは言っても、一家の稼ぎ手であることは別にして、妻は夫を本当に死なせたくはなかった。まだ、夫を求める気持がどこかに残っていたのだ。

近所の人々は、彼女にきわめて親切だった。たまに子供たちを食事に呼んでくれる家もあったし、彼女にかわって台所仕事をしてくれる女もいた。赤ん坊を一日あずかってくれることもあった。それでも、彼女の苦労の大きさには変わりがなかった。近所の人は毎日手伝ってくれるわけではないのだ。そうなると、彼女は赤ん坊と夫の面倒を見たり、洗濯や食事の支度をしたり、何から何までしなくてはならなかった。疲れ切った。だが、自分がしなくてはならない仕事の手を抜くことはなかった。

しかも、生活はかつかつだった。いくつかの互助会から入る週十七シリングの他に、毎週金曜日にバーカーともう一人の切羽頭《きりはがしら》が、ミセス・モレルのために、その週の切羽の収益の一部を割いてくれた。近所の人々もスープを作ってくれたり、卵とか病人向きのちょっとしたものをくれた。彼らがこれだけ気前よく助けてくれなかったら、返済不能な借金を背負わずには、切り抜けられなかっただろう。

何週間も経った。モレルはびっくりするほど良くなった。丈夫なたちなので、良化の兆しを見せるとたちまち回復に向かい、まもなく階下をぶらぶらするまでになった。病気の間、妻は夫をすこし甘やかした。そうすると、夫はいつまでも甘えようとして、よく頭を手で押さえては口もとをゆがめ、頭が痛いふりをしてみせた。だが、妻を騙せはしなかった。はじめは彼女も黙って微笑していたが、やがて、きびしく叱るようになった。

「まあ、そんなにめそめそするんじゃありません」

そう言われて、彼は多少傷ついた。それでも仮病を使うのをやめようとはしなかった。

「まるで甘やかされた赤ちゃんね」と、妻にぴしゃりと言われた。

すると彼は憤って男の子のようにぶつぶつ悪態をついた。泣きごとを止めて、いつもの自分に戻らないわけにいかなかった。

それでも、家の中はしばらく平和な状態がつづいた。ミセス・モレルは前より夫に寛大になり、彼もほとんど子供のように彼女に寄りかかって、上機嫌だった。妻がそれだけ寛大になったのは前ほど夫を愛さなくなったからだとは、二人とも気づかなかった。その頃までは、彼はとにかく彼女の夫であり男だった。彼が彼自身にすることは彼女自身の問題でもあると感じていた。彼女の人生は夫に依存していた。夫への妻の愛が潮のように引いて行くその流れには、数限りないいくつもの段階があった。だが、退潮は決して止まらなかった。

三番目の子供が生まれた今、妻の気持はもはや、どうしようもなく夫に引き寄せられることはなくなった。それは遠くにあって高まることを知らない潮とおなじになった。妻はほとんど夫を欲しなくなった。夫との距離が増し、夫は、自分の一部と言うよりただの環境も同然となった。夫が何をしようとさほど気にならず、放っておけるようになった。

人生が歩みを止め、これから先の歳月に切なさがただよう人生の秋が訪れた。妻はなかば悲しみを感じながら、容赦なく夫を棄てようとしていた。夫を棄てて、愛と人生を子供に求めようとしていた。これからの彼は、抜け殻同然だった。彼の方でも、多くの男たち同様、自分の場所をおとなしく子供たちに譲った。

二人の間は本当は終わっていたのに、この回復期に、夫婦は新婚当時の数カ月のような関係を多少取り戻そうとした。彼が家にいて、子供たちは寝てしまってから、彼女が縫物をしている時――彼女はシャツにしても子供たちの着るものにしても、すべて自分で縫った――彼は輪投げの輪を投げるように、一語一語ゆっくり拾って、彼女に新聞を読んできかせた。彼女が次に来ると予測した語を教えて、先を促すこともあった。すると彼はおとなしく耳を傾けた。

二人の間には、奇妙な沈黙があった。妻が、きゅっきゅっとかすかに音を立てながらぐんぐん針を動かして行く。彼が煙草の煙を吐いて口で「ぽっ」と音を立てる。部屋は暖かく、夫が火にむかって唾を吐くと、炉格子にかかってじゅっと音を立てた。すると、彼女はウィリアムのことを考えはじめる。ウィリアムはもうずいぶん大きくなっていた。もう組で一番になっていて、先生は学校一できる子だと言っていた。母にとって、彼は若く、はつらつとして、彼女にふたたび輝かしい世界を見せてくれる男だった。

だが、側の夫はまったく一人ぼっちで、何一つ考える種もなく、何となく居心地が悪かった。彼の魂は闇の中を手さぐりで妻を探したが、妻はすでに消えていた。魂に穴があいたような虚しさがあった。落ち着けず、苛立った。やがて、この空気に耐えられなくなり、それが妻にも伝わった。少しでも二人きりになると、二人とも息苦しくなった。そして、夫が寝に行くと、妻はほっとして一人で仕事をし、考え、生きることを楽しんだ。

夫は家で居場所のないことに耐えられず、ひと息つける雰囲気を求めて、パーマストン亭とジエリーの方にまた戻った。妻は、夫が去り、心の奥で、ほっとした。

彼は勝負に負けた。かつての自分に戻り、力と権威と矜持を見せる瞬間はもちろんあったが、それはこだまに似ていた。赤ん坊にもふしぎに惹かれたが、ポールは父に触られるのを嫌がった。子が八カ月の頃、耳が化膿してひどく不機嫌な時があった。父は子を抱いて慰めてやりたかった。病気の子の世話ができれば、父のためにもよかっただろう。だが、息子は父を拒んだ。父の腕の中で突っぱり、いつもはおとなしい子がきーきー叫び、父の手から離れようとした。モレルはその小さな拳が握りしめられ、顔をそむけて涙でいっぱいの青い目が狂ったように母親の方に向けられるのを見て、やりきれなくなって、こう言うのだった。

「お前、こいつを抱いてくれ！」

「あなたの髭がこわいのよ」と妻は言いながら、子供を受けとって抱きしめた。それでも、妻の心は痛んだ。父は、この子を恐れた。

そして、また、子供ができた。離れつつある夫婦のささやかな平和と愛情のひと時が実りを生んだ。赤ん坊が生まれた時、ポールは一歳五カ月だった。その頃のポールは色の白いぽっちゃりした物静かな子で、濃い水色の目をしていたが、かすかに眉にしわを寄せる奇妙な癖は残っていた。今度の赤ん坊も男で、金髪で丸々していた。妊娠を知ったミセス・モレルは、経済的にも、夫を愛していないことからも、がっかりした。だが、子供はかわいかった。

子はアーサーと名づけた。ふさふさした金髪の巻き毛のとてもかわいい赤ん坊で、この子は初めから父を好いた。母はこの子が父親好きなのをよろこんだ。父の足音がきこえると、赤ん坊は両手をあげて声を立てた。父も機嫌がいいと、甘く優しく、「どうした坊主？ いま行くぞ」と、すぐに返した。

彼が作業着を脱ぐと、母はすぐ子供にエプロンを掛けてやり、父親に渡した。

父親にキスされたりあやされたりして、顔中石炭の粉だらけになった赤ん坊を抱きとって、母は時々叫んだ。

「まあ、ひどい顔！」

すると父は嬉しそうに笑った。

「この子はちっちゃな炭坑夫だ。な、チビ助!」と彼は叫んだ。

彼女の中で父も子らの一部に成るこういう時が、今では彼女の人生の幸福な瞬間だった。そのうち、ウィリアムは大きく頑丈にますます活発になった。もともと体が弱く無口だったポールの方は痩せてきて、母親のあとを影のようにちょこちょこ追いかけた。普段は元気で色々興味を示すくせに、ポールは時折、ふさぎの虫に取りつかれた。母がふと見ると、この三つか四つの男の子はソファで泣いていた。

「どうしたの?」と訊いても、返事はない。

「どうしたの?」母も重ねて訊いて、不機嫌になった。

「分かんない」とポールはすすり泣いた。

母がなだめよう、笑わせようとしても、効き目はなかった。母親は頭に血が上ってきた。すると、いつもこらえ性のない父が椅子からとびあがり、

「泣きやまないなら、泣きやむまでなぐるぞ」と怒鳴った。

「そんなことはさせません」母は冷たく言った。

そして、子供を抱えて裏庭へ出て行き、彼の小椅子にどすんと放り出して、こう言った。

「さ、ここで泣きなさい、しようがない子」

するとルバーブの葉にとまっている蝶に気がまぎれたり、とうとう泣き疲れて眠ったりした。ふさぎこむのはそう始終ではなかったが、母の心に影を落とし、母のポールの扱いは他の子供に対するものとは違うものになった。

ある朝、ミセス・モレルは「酵母《こうぼ》お！」という叫び声を聞いて、マグを持って裏通りへ出た。「酵母お！」はまだ家の門口までは来ていなかったので、彼女は待った。酵母屋は缶を樽の中へ突っこんで、女たちが渡すカップを満たしてやりながら、讃美歌の断片を口ずさんでいた。白い髯《ほおひげ》で球根のような可笑しい顔を包んだ陽気な老人だった。そのおんぼろの荷車にはビール酵母の樽がふたつ、濡れ布をかけて載せてあった。車を引いて進みながら、讃美歌の断片を歌っていた。彼は三カ月前に改宗したのだ。

川の向こうで、いつか会おう、
そこは大波の来ない静かなところ――酵母お！

という多少ふざけた大声が通りの向こうから聞こえてきた。酵母屋は、カップに半ペニー分の酵母を入れてやりながら女たちをからかった。突然、ミセス・モレルは、誰かが自分を呼んでいるのに気がついた。茶色のベルベットの服を着た痩せて小さなミセス・アントニーだった。

「モレルさん、お宅のウィリーのことでお話があるんだけど」

「あら、そう？」ミセス・モレルは答えた。

ミセス・アントニーはこちらに来ずに、通りの向こう側に立ったまま叫んだ。

「うちのアルフィーをつかまえて、後ろからカラーをちぎったりする権利はないでしょう？」

「まあ、ウィリーが？」とミセス・モレルが返した。どっちの女も矜持があって近づこうとしなかった。

「そうよ——信用できないんなら、その証拠をとってくるわ」

「その必要はないでしょう」とミセス・モレルは言った。「でも、なぜうちのウィリアムがやったと思ってるんです？」

「えっ、それじゃ、うちのアルフィーが嘘をついてるっていうの。この『谷底』にはアルフィー以上に正直な子はいないわよ。いいわ。アニー・バウアーやそのお仲間に訊いてごらんよ。ウィリーはうちの子のカラーをつかんでびりって破って取っちゃったのよ。それに、他人に破かれたからといって、新しいのを買ってやる余裕なんか、うちにはないし——」

「ええ、そうね」とミセス・モレルは言った。

「だから」とミセス・アントニーは頭から湯気を立てた。「ウィリーにはたっぷりお仕置きしてもらわなくちゃ、たっぷり」

「『われは十字架にあり、苦難にありて、見つけしは——』酵母お！——酵母おお！——奥さん、いくらにするね？」

「半ペニー分でいいわ」ミセス・モレルはマグを渡しながら言った。

「はい、マグに半ペニー分。そうらできたての酵母がしたたってら。あんたに神の祝福がありますように」酵母屋は答えた。彼とその車は、二人の女の間にあった。

「『百合はいかにして育つかを思え』だよ——はい、ミセス・アントニー、半ペニー分。みんな、半ペニー分。それでいいやね『労せず、紡《つむ》がざるなりい、だ。しかるに、ソラマンだに』（『マタイ福音書』第六章二十八～九節、「ソラマン」は賢者「ソロモン」のこと）——ありがとう——ござい」

酵母屋は二人の女に少しの影響も与えず、去った。ミセス・アントニーは前よりもさらに怒っていた。

「あんたの子は、よその子をつかまえて背中のとこを破いたのよ」と繰り返した。

「お宅のアルフレッドは、ウィリーと同い年ですよ」ミセス・モレルは言った。

「かも知れないけど、だからと言って、うちの子のカラーをつかんで捥《も》いじゃっていいわけはないでしょ」

「ええ、でも」ミセス・モレルは言った。「わたしは体罰はしないんです。たとえ打つとしても、その時には、子供の言い分も聞いてやります」

「うんと叩いてやれば、少しは良くなるわよ」ミセス・アントニーは引っこまない。「よその子のきれいなカラーをわざとちぎるような子はね——」

「絶対わざとじゃないわ」ミセス・モレルは言った。

「このあたしが嘘つきだって言うのね！」ミセス・アントニーがわめいた。

ミセス・モレルは庭へ入って門を閉めた。酵母のマグを持った手が震えていた。

「でも、お宅の旦那さんに話すからね」ミセス・アントニーが後ろから叫んだ。

お昼に、この時十一歳のウィリアムが食事をすませてまた外へ行こうとしていると、母親が言った。

「あなた、どうしてアルフレッド・アントニーのカラーを捥いだりしたの？」

「ぼくが、いつあいつのカラーを掭いだって言うのさ?」
「いつだか知らないけど、あの子のお母さんがそう言ったわよ」
「ああ——昨日だよ——それに前っから破けてたのさ」
「でも、あなた、それをもっと破いたんじゃない?」
「そりゃ、ぼくの持ってたコブラー(糸の先に橡(とち)の実をつけた玩具)が十七回も勝ったんだ——そしたらアルフィー・アントニーがね、
アダムとイブと「ツネッテ」君で、
小川へ行って、水浴びて
アダムとイブが溺れたら、
助かったのは誰だった?
て謎かけしたから、ぼくが「ツネッテヤル」君だって言って、あいつをつねったんだ。そしたら、あいつ、すごく怒って、ぼくのコブラーをひったくって逃げたんだ。だから、追っかけてって、あいつをつかまえかけたら、あいつ、さっと逃げようとするから、それでカラーが破けちゃったんだ。でも、ぼくのコブラーは取り返したよ——」
彼はポケットから、紐の付いた黒い橡《とち》の実を引っぱりだした。この古いコブラーはもう十七ものやはり紐を付けた他のコブラーを打ち負かしたのだった。ウィリアムはこの古強者が自慢だった。
「でも」とミセス・モレルは言った。「あの子のカラーを破いちゃだめよ」

「だって！」彼は言った。「破こうと思って破いたんじゃないよ――それに、もう前から破けてた古いゴムのカラーなんだぜ」

「今度は気をつけるのよ、わたしだって、あなたがカラーを破かれて帰ってきたらいやですからね」と母親は言った。

「知るもんか、わざとやったわけじゃないんだ」

子供は叱られて、かなりしょげた。

「そうよ――でも、もっと気をつけてね」

無罪放免になったウィリアムは喜んで逃げていった。近所とのいざこざが大嫌いなミセス・モレルは、ミセス・アントニーに弁解しておこう、それで事はおさまるだろうと思った。

ところがその晩、炭鉱から帰ってきたモレルがひどく機嫌の悪い顔をしていた。台所に立ってぎろりと周りをにらんだきり、しばらくは物も言わなかったが、やがて、

「ウィリーはどこだ？」と訊いた。

「あの子に何の用？」と訊いた妻には、もう見当がついていた。

「とっつかまえたら思い知らせてやる」モレルは言って、水筒をがんと食器棚の上に放りだした。

「ミセス・アントニーがあなたをつかまえて、アルフィーのカラーのことをごたごた言ったんでしょう」ミセス・モレルは鼻で笑った。

「誰にとっつかまろうと、よけいなことを言うな」モレルは言った。「あいつをつかまえたら、骨をがたがた言わせてやる」

「変な話ね」ミセス・モレルは言った。「よそのガミガミ女がうちの子のでたらめな悪口を言いに来ると、すぐ向こうの肩を持つなんて」

「思い知らせてやるんだ！　どこの子供だろうと関係ない。勝手にその辺の子の着てるものを破いてまわるようなまねをさせるものか」

「破いてまわるんですって？」妻は繰り返した。「あの子はアルフィーを追っかけてたんですよ、アルフィーがあの子のコブラーをとりあげたから。そして相手が逃げようとしたから、はずみでカラーをつかんだのよ――あの家の子のやりそうなことじゃありませんか」

「分かってる！」モレルは大声を出して威嚇《いかく》した。

「聞く前から、分かってるのね」妻は辛らつだった。

「うるさい」モレルが怒鳴った。「分かってるんだ」

「違うんじゃないかしら」ミセス・モレルは言った。「どこかのお喋りにけしかけられて、自分の子供をぶつなんて」

「分かってる」モレルはまた言った。

それきり黙りこんで、椅子に座って、怒っていた。突然、ウィリアムが駆けこんできた。

「お母さん、ご飯食べられる？」

「飯の他にも食らわすものがあるぞ」モレルが怒鳴った。

「大きな声、出さないで」ミセス・モレルが言った。「それに、そんな変な顔、しないで」

「もうすぐ変な顔になるのは、こいつの方だ！」モレルは椅子から立ちあがり、息子を睨みつけ、わめいた。

　年の割に背が高いものの、とても繊細なウィリアムは真っ青になり、怯えたように父を見ていた。

「外に出なさい！」母が息子に命じた。

　ウィリアムに逃げだす気転はなかった。突然、父が拳を固め、身をかがめた。

「**おれ**が叩き出してやる！」獣のようにがなった。

「何ですって！」母は憤怒にあえいだ。「あんな女のでたらめな話のせいで、この子に手出しなんかさせませんよ、ぜったい」

「させない？」モレルがわめいた。「させないだと？」

　そして息子を睨むと、彼に駆け寄った。母は拳を振りあげて、二人の間に飛びこんだ。

「**やめて**！」彼女が叫んだ。

「何だと！」止められた夫は一瞬とまどった。「何だと！」

　彼女はぐるっと息子を振りかえった。

「外へ出なさい！」母が激昂して命じた。子供は催眠術にかけられたようにくるっと向きをかえて、飛び出した。モレルも戸口に突進したが、間にあわなかった。彼は石炭の粉で真っ黒な顔を怒りに青くして、引き返してきた。しかし、今は、妻の方がいきり立っていた。

「やってごらんなさい！」彼女はよく響く大きな声で言った。「あの子に指一本でもふれてごらんなさい！　一生後悔しますよ」

彼は妻が怖かった。頭から湯気を立てながら、腰をおろした。

少し間があった。突然、妻が話し出した。

「だめ！　あなたは前にも同じことをしたけれど、もう二度とさせません！　あなたがこの子を蹴って大きな痣を作ったときのことは忘れていませんよ。シャープのお婆さんがこの子の悪口を言ったからって。——あんなことは二度とさせません」妻はあえいだ。激しい怒りですっかり息を切らしていた。

「させないだと？　させないだと？」夫は繰り返した。

「ごろつきの、意気地なしの、ならずもの！」妻は叫んだ。「アントニーみたいな性悪女に子供をなぐれと言われて言いなりになるほど度胸がないの？　あの人の言いなりで、家へ帰ってくれば息子をなぐり倒すんですか——そんなのは、意気地なしのごろつきよ！　わたしがここにいるかぎり、そんなことはさせません！」

「お前がここにいてどうなるか、見ものだな」モレルは脅した。

「二度とさせません、わたしの子供たちには指一本ふれさせません」

「てめえ！　てめえ‼」夫がうなった。

そして、その夜は出かけて泥酔し、週末にはウィリアムに小遣いをやらなかった。

「もらわないほうがいいよ」と、ミセス・モレルは息子に言った。

子供たちが大きくなって放っておけるようになると、ミセス・モレルは「ウィメンズ・ギルド」に入った。これは生活協同組合下部組織の婦人ばかりの小さなクラブで、毎週月曜日の晩には、ベストウッド生協の食料品部の二階の細長い部屋で集会があった。女たちは協同活動の利点やその他の社会問題を話し合うのが目的だった。ミセス・モレルも口頭発表をすることがあった。いつも家事に追われている母が、座って、彼女らしくぐんぐん筆を進め、考えては、本をひろげ、また筆を執るその姿を見ると、子供たちは奇妙な気分になった。そして、こういう時の母親に限りなく深い尊敬を感じた。

彼らは「ギルド」が大好きだった。自分たちから母親をとられてもこのクラブにだけは不平を感じなかった——一つには母親自身が「ギルド」を楽しんでいたし、一つには「ギルド」から子供たちも恩恵を得られたからだ。夫たちの中には、妻がやけにしっかりしてきたというので反感を持ち、「おしゃべり工場」と呼ぶ者もいた。たしかに、女たちは「ギルド」の視点から、それぞれの家庭、自分たちの生活について考え、問題点を見つけられるようになった。そこで坑夫たちは、自分たちの妻が新しい物の見方を身につけたことにずい分苛々した。ミセス・モレルもまた、月曜の晩にはいつもいろいろな話を抱えて帰ってきたので、子供たちは母親が帰ってくる頃には、ウィリアムに家にいてもらいたがった。母親が彼にいろいろな話をして聞かせたからである。

そして、ウィリアムが十三になった時、彼女は生協の事務所に彼の就職口を見つけた。彼は非常に利発で、物おじするところがなく、荒っぽい顔立ちの中に、本物のヴァイキングのような青い瞳が輝いていた。

「机に座って働かせたりして、あいつをどうしようってんだ?」モレルは言った。「ズボンのけつがすりへるだけで、金になんかなりゃしねえじゃねえか。はじめはいくらもらえるんだ?」

「はじめがいくらかは、問題じゃありません」ミセス・モレルは言った。

「ばか言え!　おれといっしょに炭鉱で働かせてみろ、はじめっから週に十シリングは楽々かせげるんだぞ。それでも椅子に座ってけつをすりへらしながら六シリングもらう方が、おれといっしょに十シリングもらうよりましだと言うんだな」

「あの子は炭鉱へはやりません」ミセス・モレルは言った。「以上」

「おれならかまわないが、あいつにはやらせられないってわけだな」

「あなたのお母さんが、十二のあなたを炭鉱へやったからと言って、わたしまであの子に同じことをさせなきゃならない理由はありません」

「十二だと——もっとずっと前からだ!」

「いくつだっていいわよ」

母にとって大自慢の息子だった。夜学にかよって速記を習い、十六になるまでには、一人の例外を除いて、速記と簿記にかけてはこの事務所随一の腕を持つ事務員になった。やがて、夜学で教えるようにもなった。だが、火のような性格で、持前の善意と体の大きさで、何とか受け入れてもらった。

男のすることは——悪いことでなければ——ウィリアムは何でもした。風のように走ることができた。十二の時に競走で一等になって、鉄床《かなとこ》型のガラスのインクスタンドをもらった。それを食器棚の上に誇らしげに飾り、母は喜びに身を震わせた。彼はひたすら母のために走ったのだ。

その鉄床を握って、「お母さん、見て！」と息を切らせて家に飛んで帰ったのだ。これは彼女がはじめて手にした、まぎれもない貢物だった。彼女は女王のようにそれを受け取った。

「まあ、きれい！」母は叫んだ。

「谷底」の子供たちは、柵のまわりで遊んでいる時にウィリアムが通りかかると、大声で囃《はや》した。

「跳んでよ、ウィリー――跳んでよ」

すると彼は、かれこれ四、五フィートはある柵を見事に跳びこしてみせた。

子供たちは「すげえぞ！」とまた囃《はや》した。

石を投げても、ベストウッドのどの少年よりも遠くまで投げられた。仲間や競争相手がひどく焼きもちを焼いて、生垣の向こうのいちばん遠い石は彼が投げた石じゃないと言い張った。そこで、ウィリアムはばかばかしそうに、自分の石に「W・M」と、自分の名前の頭文字を書きこんだ。

　十七の年にはイルキストンでの自転車競走で勝った。父がある時、例の自慢癖で、パブの客のなかで家の息子にかなう奴はいないと豪語した。ウィリアムは父親の自慢の正しさを証明しなければという気になった。母は賛成しなかった。

「ぼくは勝ってみせるよ、母さん」と彼は叫んで、左右のふくらはぎを叩いた。その日一日、ミセス・モレルはどきどきしながら落ちこんでいた。息子が死ぬかもしれない、けがをするかもしれない。彼の心臓は自転車競走に耐えられるほど強くはないと思いこんでいた。ところがウィリアムは夜おそく、オーク材の小さな書きもの机を持って帰ってきた。

「ほーら、母さん！」彼は言った。「これを母さんに持って帰るって言っただろう？」

だが、母は息子に、二度と自転車競走には出ないと約束させた。

彼には生徒がいて、家で速記を教えていた。だが、火のように激しい性格なので、生まれつき勉強に向いている子供しか耐えられなかった。生徒たちには台所のテーブルで教えた。そこは暖かく、ランプが点されていて、とても静かだった。ソファの上のインド更紗のクッションは柔らかく、赤い綿のテーブルクロスもいい感じだった。十三か十四の少年の生徒が不安そうに座っている間、ウィリアムの方はたいてい手早く精力的に練習問題を直していた。ウィリアムは苛つき、うんざりして、鼻を鳴らした。そして、突然、大声をあげた。

「このおたんちん。さっきの文はちゃんと書けていたのに、今度のは――」

あわれな生徒はウィリアムの肘の上から覗いて、不安そうに赤いハンカチで洟をかんだ。時にはミセス・モレルが自分の揺り椅子に座って縫物をしていることもあった。すると、正式に、授業が始まって、ウィリアムの苛々が高まってゆき、ついに爆発した。

「このとんま、糞ったれ、処置なしのバカヤロウだ。もう千回も教えたのに――」

「ウィリアム！　ウィリアム！」と母が叫んだ。「恥を知りなさい！　お前には誰だって我慢できませんよ。ロバート、こんな人を相手にしないでね。いけないのはあなたじゃなく、この人の怒りっぽいところよ。あなたはよくできるわ」するとロバートは恥ずかしそうな感謝のまなざしをミセス・モレルに向けるのだが、ウィリアムは止まらなかった。

「おい——たのむから頭よくなってくれ！　いいか！」

ついに、ミセス・モレルは、あわれな子供たちの気持を考え、授業のある日にはいつも家を空けるようにした。

ウィリアムは八時には勤め先へ行かなくてはならなかったから、母は七時に起きて支度をしてやった。彼はたいてい遅刻、さもなければ遅刻すれすれだった。それでも彼を急がせることはできなかった。彼は母と二人きりの朝食を楽しんだ。陽気なたちなのでぺちゃくちゃと母親相手にしゃべり、彼女をからかったりした。

ある朝、彼は母に汚れていないワイシャツを出してくれと言った。母がそれを持ってくると、彼は暖炉の前のカーペットに立っていた。母は座って紅茶を飲んだ。彼はウールのワイシャツを目の前でひろげてみせた。たくさん継ぎがあててあった。

「母さん、これは何というものですか」と彼は訊いた。

「ワイシャツ」と答えて、彼女は笑いだした。

「花の名前が変わっても、薔薇の香りは変わらない！（シェイクスピア『ロミオとジュリエット』第二幕第二場の名前をめぐっての有名なセリフ）」彼は気まぐれに引用した。

「ま、ひどい男——こんなのはこれだけよ——それに誰も気がつきゃしない」

「ズボンの下から絶対に見えない？——下から光り出して、ばれそうだ」まだ疑わしげにワイシャツを調べていた。

「それを着なさい——もう時間よ」母は揺り椅子で紅茶をすすりながらそう命じて、思わず吹き出した。彼女の真ん前に大きく頑丈な青年が立ちはだかって、継ぎはぎだらけのワイシャツをひろげていた。

「わがヨセフの服よ！（『創世記』第三十七章第三節。ヤコブが子ヨセフに与えた多彩なコートに因む）」と彼はシャツに呼びかけた。「お前を嫉妬する者は誰もいないだろう——ひとつ、ふたつ、みっつ、よっつ——」彼は継ぎの当たっている箇所をかぞえて「もとの服の部分はどこだよ、母さん」

「早く着なさい！」母は命じた。

「でもぼくが事故に遭って病院へ運ばれて、そして意識を取り戻してみると四人の看護婦がぼくのワイシャツの裾を持ち上げていたら——」と彼は文句を言った。

「何てきちんとお世話されているんでしょうって言うでしょうね」と母親は笑った。

ウィリアムは四苦八苦してそのワイシャツに体を通し、まだ頭が出ていないのに、

「ソロモンの栄華の時だにも——」と言い出した。

「ちがいますよ」とミセス・モレルは笑った。「ソロモンのシャツに、こんなにたくさん継ぎを当ててくれる人なんか一人もいないわ——」

ウィリアムは少し困ったように肩ごしにじっと見た。

「ああ、悲しきシャツの裾！」と子が嘆いた。

いまやミセス・モレルは体を揺すって笑っていた。何とか気を落ち着かせると、テーブルをどんと拳で叩いて、こう叫んだ。

「さあ、服をお召しませ！　もう八時十五分前ですよ」

「こんな継ぎだらけのシャツで、急いで着られっこないじゃないか」

「ばかなこと！」と母が叫んだ。「いずれ自転車で首の骨を折るわよ――」

「そうだよ、死んだら、このシャツで恥をかくよ」と子が遮った。

母はぱっと立ち上がると、ヘアブラシをつかみ、息子の頭を叩いた。

「その頭をとかしなさい」母は命じた。

互いが互いを火照らせた。子のおかげで母の気持が温もり、母のおかげで子は温もった。

そのうち、彼は野心を抱くようになった。収入はすべて母親に渡したが、週に十四シリング稼いでくると、母は小遣いとして二シリングは返してやった。彼は酒を飲まないので、これだけで金持になった気がした。ベストウッドの中流階級とのつきあいがはじまった。この小さな町では、国教会の牧師以上に高い身分はなかった。その次が銀行の支店長、つづいて医者、そして商人たちで、その下に無数の坑夫がいる。ウィリアムは薬局や学校教師や商家の息子たちとつきあいはじめた。職工集会所でビリヤードをやり、さらに母親の反対を押し切って、ダンスもした。チャーチ・ストリートで開かれる入場料六ペンスのダンス・パーティから各種のスポーツ、ビリヤードにいたるまで、ベストウッドで楽しめるものなら何でも楽しんだ。

「ワルツだと！」と父が叫んだ。「きさまにワルツができるのか。おれがもっと体が動いた頃は、三ペンス硬貨の上でくるっと回れたぞ」

「そうでしょうね」と言ったウィリアムは信じていないようだった。

「ほんとだぞ！」父は胸を張って抗議した。

「じゃ、やってみてよ――見たいから」

だが、父に子供たちの前で踊る勇気はなかった。

「いや、それはごめんだ！　あんなものはみんなくだらねえ、お前には一体、何の役に立つっていうんだ」

「ぼくはお父さんの後を追ってるんですよ」とウィリアムは言った。

「それは一層ばからしいぞ」と父は言う。

「体が硬くなって踊れなくなったら、そうも言えるだろうけど」とウィリアムは言う。

「二十年は踊ってねえ」父は熱くなって叫んだ。

「やめるのは辛かったでしょう」

だが、ウィリアムの方はやめなかった。彼は女に大変もてた。

「パウロ君（ポールの名を使徒の聖パウロにかけたあだ名）」ダンスの後で弟のポールとひとつベッドに寝ながら、兄は言った。「パウロ君、白いサテンのドレスの女だぜ――いいかい白のサテンがスリッパのところまであるのさ――サットンに住んでいる――おれに夢中だ！　明日会うんだ」

　二週間たってポールは訊いてみる。

「あの白いサテンの女の子はどうしたの？」

「パウロ君、あんな女、どうでもいい――だめだったよ。だけどリプリーにかわいい美人がいるんだ――ふわっと桜の匂いがするんだ――百合みたいにきれいなんだ」

　ポールは目もくらむばかりに美しい花のような女性たちの話をいやというほど聞かされた。彼女たちの大半は、ウィリアムの胸の中で切花のようにほんの二週間ばかり咲いていた。

　時には、恋する女がこの浮気男を追いかけてきた。ミセス・モレルは戸口に知らない娘が現れるとすぐに、鼻をつんと上げた。

「モレルさんはいますか？」と娘が訴える口調で訊く。

「主人ならいますよ」ミセス・モレルは答える。

「あの、**若い方**のモレルさんなんですけど」娘は言いにくそうに繰り返す。

「どの子です？　幾人もいるんですよ」

　そうすると、若い女は顔を真っ赤にして、しどろもどろになった。

「あの――あたし、モレルさんにお会いして――リプリーで」と説明した。

「ああ――ダンスでね」

「ええ」

「わたし、息子がダンスでお会いする娘さんには感心できないんですよ。それにあの子は家に**おりません**」

　母は息子が行く安っぽいダンス・パーティを嫌っていた。

「お前は、ああいうとこへ行くような厚顔無恥のはすっぱ娘をわたしが知らないとでも思ってるの」と言った。

「え、お母さん、このぼくは厚顔無恥なんかじゃないでしょ」

「さあ」と母親は笑った。

「ぼくがあの娘たちと恋におちるなんて考えていないでしょ？　そんなことはしない。ただあの娘たちと遊んでるだけだ」

「でもあの娘たちはお前と遊びで終わるつもりじゃない。それもまずいでしょ」

「どうして？　ぼくは結婚なんかしないよ。心配しないで。ぼくはお母さんみたいな女の子を見つけるまでは結婚しないから。そんなのは、ずっと先のことだ。その時は——三十になって、うろうろしているのが嫌になった時だ」

「いずれ分かるわよ」と、母親は答えた。

それから、彼は、母親がその娘を失礼なやり方で追い払ったと言って怒って帰ってきた。大ざっぱなたちだが、眼差しは熱く、歩く時はいつも大股で歩いた。時には眉をしかめ、しばしば陽気に帽子を後ろへずらした。今の彼は眉をしかめていた。帽子をソファに投げ、頑丈な顎に手を当て、母親を上から睨みつけた。母は小さく、髪を額から後ろへひっつめていた。その静かな雰囲気には威厳があったが、とても温かみもあった。息子の怒りが分かって、母はひそかに震えた。

「お母さん、昨日、ご婦人がぼくを訪ねてきた？」と息子が尋ねた。

「ご婦人は知らないけれど、若い子なら来たわよ」

「でも、なぜ教えてくれなかったの？」

「つい忘れちゃったのよ」

息子は少しかっとなった。

「きれいな娘だったでしょう――きちんとしてたでしょ？」

「見なかったわ」

「茶色の大きな目の！」

「ええ」

彼はまたかっとした。

「で、母さんは何て言ったんだ？」

「あなたは留守だって」

「それだけ？」

「あなたが一度会っただけの女の子に自宅に来てもらいたくない、と言っただけ」

「そんなこと、言う必要ないのに」とウィリアムが返した。「あの娘の親父は金持なんだ――召使が二人もいるんだ――」

「召使がついて来たわけじゃないいんだから、分からなかったわ」

「でも意地悪くすることはなかったでしょ――彼女がここへ来ては悪いわけはないじゃないか」

「厚顔無恥のはすっぱ娘だと思ったのよ」

「違う――違う――父親は――」

「召使を二人置いているって言うんでしょ」母がすかさず言った。

「違う――父親はウドリントンの獣医だ――それに母親は――」

「あれは厚顔無恥のはすっぱ娘です」

「違う――それにかわいかったでしょ」

「見なかったわよ」

「見たくせに――本当のことを言いなよ――」

「見・ま・せ・ん・で・し・た。娘たちに言ってやりなさい、あなたを追っかけるんなら、母親の家に来てあなたに会いたいと言うのはおやめなさいって。ダンス教室で会うような不良娘に――」

「絶対いい娘なのに」

「絶対に違います」

言いあいはそこで終わった。ダンスとなると、母と息子は大喧嘩になった。この戦いは、ウィリアムが、下品な町と評判のハックナル・トーカードの仮装舞踏会へ行くと言いだしたとき頂点に達した。彼はスコットランド高地人の仮装をするつもりだった。衣裳は、友人が持っていて彼にぴったり合うものを借りられた。その衣裳が届いた。母は冷淡に受けとったきり、開けてみようとしなかった。

「ぼくの衣裳、届いた?」ウィリアムが大声で訊いた。

「表の部屋に小包が来てるわ」

彼は飛んで行って紐を切った。

「これを着たあなたの息子って、どう?」母に衣裳を見せて夢中になっていた。

「そんな姿、想像したくありません」

舞踏会の晩、彼が仮装をしに家へ帰って来ると、母は外套を着、帽子をかぶっていた。

「ぼくの仮装を見てくれないの？」と息子が訊いた。

「ええ、そんなの見たくないわ」と母が答えた。

母の顔はいく分青ざめ、冷たく険しい表情だった。この息子が父親と同じ道をたどるのを恐れていた。ウィリアムは一瞬躊躇した。不安にはっとした。だが、その時、リボンのついたスコットランドのボンネットが目に入ると、母を忘れて、嬉々としてそれを手に取った。母は出かけた。

ウィリアムはついに、自分がどれほど落胆したか、知らずに終わった。その瞬間の興奮と期待の気持で今この時を乗り切るたちだったが、彼のプライドのすべては、母に見てもらうことにかかっていたのだ。後になってこの舞踏会を思い出すと、いつも心が傷んだ。

それでも、その時は、すっかり興奮して二階へ上がっていった。ポールが兄の着替えを手伝った。

「パウロ君、これが仮装のひとそろいだ。こっちに渡してくれたまえ」ウィリアムは、四苦八苦してとても短かくぴっちりした黒のパンツをはいた。母親の鏡台の前に立つと満面の笑みを浮かべた。

「黒の短パン姿だ！」と言って、くるっと体をねじった。そして、こう言い足した。「スコットランド高地の本物はね、パウロ君、パンツをはかないのだぞ——裸の上に直にキルトだ。で、おれが高く足を上げちゃったりすると、まわりのご婦人がたは——ああ、そりゃ、まずい！」

小さい弟はたしかにその通りだとは思ったが、事の深刻さは分からなかった。

「立派な脚が二本。パウロ君！　立派な脚だ！　ランニングで四回と自転車競走で二回優勝した、悪くない腿だ！」そこでウィリアムは若くて逞しい太腿をぴしゃりと叩いた。「筋肉だよ、君！　だがひとつ欠点がある。膝と膝がくっつかないんだ。ちょっとがに股なんだ。だけど、力を出すにはその方がいいんだ。ニコラス・ニックルビー（ディケンズの同名の小説の主人公）はいい脚をしていた。挿絵で見ると、膝と膝をくっつけられる。ミスター・グッドもできたんじゃないかな。『ソロモン王の洞窟』（ライダー・ハガードの大衆冒険小説）で『白く美しい脚』と書かれたのはミスター・グッドだったよな？　ここ、留めてくれ。この衣裳、半端なく似合うだろ、パウロ君」

「はい」とポールはうやうやしく言った。

「ほんものの高地族はだな」ウィリアムはつづけた。「キルトを巻きつけなきゃいけないのだ。これもそういうキルトだといいな。ちょっとやってみよう。おれなら巻けると思うんだ、パウロ君。キルトを巻くあたりのサイズが結構あるからな。お前じゃだめだろう――箱の蓋みたいにペちゃんこだから。そのあたりがふくらむように神様にお願いするんだな。そうでないと一生キルトをはけないぞ」

　ポールは漠然と、なぜキルトをはきたがらなくてはいけないのだろうと思った。自分は華奢で小さいから、背が高く逞しい兄のようになるのは無理だった。

「さあ、今度は膝を見てみろ！――いいだろう？――すげえ膝だ――すげえよ――脚全部もだ。勤め先で、この前みんなが賭けたんだ、詰めものをしてるんだって。そこでおれが書きものをしていると、ヴィッカーズが忍び寄ってきてピンを刺した。おれは天井が落ちそうなくらい叫んで跳びあがると、奴の頭をぶんなぐった。ほんとだよ――その辺の皮膚を自転車競走でだめにしたのは惜しかった」

「ピンクの歯みがき粉を少し塗ってみたら」とポールは言った。

「そうだな――消毒にはなるって言うからな――でも、痛いよ！　おれの体はまさに高地人そのものだ――黄味がかった茶色の髪、青い瞳、しかも獰猛だ――パウロ君――獰猛さを支える筋肉もある――もしおれが入隊志願するなら、スコットランド高地連隊だな――歯みがき粉っていうのは名案だが――」

　ウィリアムが衣裳を着終えると子供たちの一団と近所の人びとが数人見物に来た。それから出かけた。彼はすばらしい時間をすごした。ところがあらためて考えてみると、辛かったように思えてきた。母が一日、二日、彼に冷たかったのである。彼はすごく決まっていたのに！　二人の間にまた寂しさの影がしのびこんでいた。

　その頃、彼は勉強をはじめた。一人の友人とフランス語やラテン語などを学んだ。じきに、顔色が悪くなった。勤めの後、フレッド・シンプソンの家へ行き、二人で真夜中まで、午前一時近くまで勉強した。ミセス・モレルは強く諫《いさ》め、激しく怒り、もっと健康に気をつけてくれと懇願した。

「やっていると、時間を忘れちゃうんだ」と彼は言った。「二人ともね。――そのうちにフレッドのお母さんに下から怒鳴られる」

　こういう勉強の夜がある一方、ソワレと呼ばれる夜会やダンスの夜もあった。彼は大きくなるにつれ痩せてきた。無頓着な光がその目から消えた。

そんな彼に気を配り、そんな彼を待っていると、母は心臓が少しひやりとした。ウィリアムは「ものになる」だろうか？　かすかな不安が息子への誇りと混ざりあっていた。息子の成長をとても長いこと待っていたので、彼が失敗するのは耐えられなかった。息子にどうしてほしいのかは、分からなかった。彼には自分らしく生きてほしい、母が息子に注ぎこんだすべてを結実させてほしいと思っただけかもしれない。ウィリアムの人生に、母は自分の人生の結実を見たかった。それだけだった。全身全霊で、彼を強く、安定し、まっすぐ前へ進む人間にしようとした。ところが息子は目標がはっきりせず、母を当惑させた。時々脱線して、父親そっくりになった。母の心は落胆と憂慮に沈んだ。

彼は何十回も恋愛ごっこをしたが、ひとつとして恋愛に近づくことはなかった。母親は彼が出世街道を邁進しているかぎり、恋愛ごっこは気にしなかった。だが、底の浅い尻軽女に捕まって大失敗するのではないかと、それが心配だった。

十九の時に、急に生協をやめて、ノッティンガムで就職した。新しい職場へ変わると、給料は週十八シリングから三十シリングに増えた。大変な昇給だった。母も父も大得意だった。誰もがウィリアムを褒めた。ぐんぐん出世してゆく感じだった。母は、彼の力を借りて、その弟たちも助けてやりたいと思った。アニーは、今では教師になる勉強をしていた。ポールも非常に頭がよく、彼の名づけ親であり今でもミセス・モレルと交際のあるあの牧師から、フランス語とドイツ語を習い、勉強は順調に進んでいた。甘やかされてとてもハンサムなアーサーは公立の小学生だったが、奨学金をもらってノッティンガムの中学校をめざそうという話があった。

　ウィリアムはノッティンガムの職場に移ってから、一年はその勤め先にいた。猛烈に勉強して、どんどん真面目になってきた。どこか焦燥感があった。ダンスや舟遊びは今も出かけていたが、酒は飲まない。この家の子供たちはみんな徹底した禁酒主義者だった。ウィリアムは夜とても遅く帰ってきて、さらに遅くまで勉強した。母親は、もっと身体に気をつけて、あまり何もかもと欲ばらないようにと懇願した。

「ダンスに行きたければ行きなさい。でも、会社で働いて、遊びもして、その上勉強もしようっていうのはおやめ。むりですよ。体がもたないわ。どれか一つにすることね――遊びに行くか、ラテン語の勉強をするか。両方しようとするのはやめなさい」

　それから、彼はロンドンで年収百二十ポンドの地位を得た。夢のような金額だった。母は、喜んでいいのか悲しんでいいのか、ほとんど分からなかった。

「お母さん、来週の月曜に、ライム・ストリートの会社へ来てくれって」手紙を読みながら目を輝かせて、彼は叫んだ。ミセス・モレルは頭の中がしんと静まり返った気がした。彼は母に手紙を読んできかせた。「『木曜日までに諾否の御返事をいただきたく。敬具――』年俸百二十ポンドで雇おうって言うんだ、しかも面接さえないんだ。おれはやってみせるって言ったよね！　ロンドンへ出るんだよ！　お母さんには毎年二十ポンドはあげられるぜ。家中金がうなるようになるぞ」

「そうだね」母の声は悲しげだった。

母が、成功を喜ぶより自分がいなくなるのを悲しむかも知れないなどとは、彼には思いもよらなかった。だが、彼の出発の日が迫るにつれ、彼女の心は暗い絶望に閉ざされはじめた。彼女はウィリアムをあまりにも愛していた。それ以上に、彼に希望をつないでいた。ほとんど彼にすがって生きていた。彼のために何かしてやるのが好きだった。彼の茶碗をならべてやり、彼が自慢にしているカラーにアイロンをかけてやる。息子にカラーを自慢してもらうのが嬉しかった。クリーニング屋などなかった。だから、凸面の小さなアイロンを当てると、自分の腕の力一つで艶が出るまで、充分に仕上げた。これからは、それもしてやれなくなる。彼はいなくなってしまう。この息子が自分の心の中からも去って行く気がした。残される彼女の心に息子は住みつづけてくれないだろう。それが辛く悲しかった。彼は彼のほとんどすべてを持って行ってしまった。

出発の二、三日前に、ちょうど二十歳だった彼は、台所の食器棚の上の状差しにたまったラブレターを焼いた。一部を母に読んできかせたものもあった。彼女が自分でわざわざ読んだものもあった。だが、その内容のほとんどは取るに足らなかった。

土曜日の朝に、彼は言った。

「さあ、パウロ君、ぼくのとこへ来た手紙を整理するから、きれいな絵がついてるのはおまえにやろう」

土曜は彼の最後の休日になるので、ミセス・モレルはその分の仕事を金曜のうちにすませておいた。彼が好きな米の菓子を持って行かせるつもりで、それを作っていた。母がそれほど落ちこんでいることに、彼はほとんど気づいていなかった。

まず一通を状差しから抜いた。藤色がかった便箋で、紫と緑でアザミの絵が入っている。ウィリアムは匂いを嗅いでみた。

「いい匂いだ！　嗅いでみろ」

そう言って、便箋をポールの鼻先につきつけた。

「ふーん！」ポールは息を吸いこんだ。「何の匂いだろう！」

「これはジョッキー・クラブ（オーデコロンの商品名）だ」とウィリアムが知ったかぶりをした。

「アザミのはずはないよ」とポールは言った。「アザミは匂わないもの」

「ねえ、ちょっと聞いて──『愛しいあなた』──だって。──お母さんもちょっと」

「ばか娘たちの手紙なんか、聞きたくないわよ」と母が言った。

「でも、ちょっと、聞いて。『あなたは自分の名前を教えてくれなかったわ。だから〝あなた〟と呼ぶしかありません。手紙を書かずにはいられません。そうしないと頭が変になってしまいます』──お母さん、どう？」

「おばかで、気も変なのね、頭が悪くて、しかもその頭が狂っちゃったのね──その上、お前をつけあがらせて、自業自得なのが、分からないのね」

「つけあがってないよ。女がおれに夢中なだけさ」

「そんなの、いばれるようなことかい？　ばかだねえ！」

「つけあがらせて、自業自得だなんて言っちゃいけないよ、母さん」とポールが口をはさんだ。

「そりゃ、そうだねえ」と母は笑った。

「『あなたがキルトをはいているところを見てから、スコットランドのものがとても好きになりました。とってもよく似合います。あのキルトをはきストッキングをはいて、あなたくらいよく似合う人は見たことがありません。——』おれの膝だ——おれの膝なんだ、母さん。あの娘《こ》たち、考えずにはいられないんだ」

「育ちの悪い娘たちはね」

「アザミを切りぬいておけよ、パウロ君。きれいだろう?」

ポールはラブレターの飾りの花を愛した。ウィリアムはその手紙を焼いた。次の手紙はピンク色で、隅に桜の花があった。

「桜だ！」ポールは、大きく息を吸った。「最高だ——嗅いでごらんよ、お母さん」

母親も形のよい小さな鼻を便箋にあてがった。

「こんなくだらないものの匂いを嗅ぐなんて嫌だわ」彼女は鼻をすすりながらそう言った。

「この娘の父親はクロイソス（紀元前六世紀のリディアの王）なみの大金持なんだよ。いくら財産があるか分かりゃしない。この娘は、ぼくがフランス語を知ってるもんだから、ぼくのことをラファイエットって呼ぶんだ。『このとおり、もうあなたを許しているのよ』か——ありがたい話だな。『今朝あなたのことを母に話しました。母は、あなたが日曜日のお茶に来てくださればと言っていますが、父の許しも得なくてはなりません。父も許してくれることを願っています。その成果はお知らせします。それでも、もし、あなたが——』」

「その何をお知らせですって?」ミセス・モレルが口をはさんだ。

のにねえ」

「『成果』――こりゃ変だね！」

「『成果』ねえ！」ミセス・モレルは嘲るように繰り返した。「とても教養のある人だと思ってた
　ウィリアムはすこし間が悪くなって、この娘は放り出し、桜の花の絵がついている隅を、ポールに渡した。彼はさらにいろいろなラブレターを拾い読みして聞かせた。母は笑ったり、悲しんだり、息子の身を案じたりした。

「あのね」彼女は言った。「どの娘もほんとに頭がいいわよ。みんな、あなたにおべっかを使いさえすれば、あなたが、まるで頭を撫でられた犬みたいにすり寄ってくるのを知ってるわ」

「ああ、いつまでも頭を撫でていられやしないさ」と彼は答えた。「撫でなくなったとたんに、おれはさっさと逃げ出すさ」

「でも、そのうち、気がついてみると首輪がはまってて、もうちぎれないのよ」と母親は答えた。

「おれは大丈夫！　どんな女だって平気だよ、お母さん。いくら向こうがうぬぼれてたって無駄さ」

「うぬぼれてるのはあなたよ」彼女は静かに言った。

　まもなく、いい匂いのする恋文の束は、すべてねじれた黒い灰の山になり、残りはわずかにポールのもらった三、四十の、ツバメや忘れな草やキズタなどのきれいな絵がついた切れはしばかりになった。そして、ウィリアムは新たな人生の一頁を始めるために、ロンドンへ発った。

第四章　若いポールの生活

ポールは母親に似て、華奢で小柄な体格になりそうだった。金髪は、赤っぽくなり、そのうちに濃茶色に変わった。瞳は灰色だった。色白のおとなしい子で、何かにじっと聴きいるような目をしていた。下唇が厚く、下がり気味だった。

一体に年齢より大人だった。他人の気持、特に母親のそれにひどく敏感だった。母が苛々しているとすぐに分かって、不安になった。彼の魂は常に母を気づかっているようだった。

大きくなると、丈夫になった。ウィリアムはあまりにも年が違いすぎて遊び相手にならず、はじめはアニーにばかりくっついていた。アニーは母に言わせればおてんばの「気まぐれ屋」だったが、この弟が大好きだった。だからポールは彼女に引きずり回されて、いっしょに遊んだ。彼女は「谷底」の小さな暴れん坊たちと、缶けりをして走り回った。まだ一人前には遊べないポールは、いつでも彼女とならんで駆けた。おとなしい子なので目立たなかった。けれども、姉はこの子をとても可愛がった。弟も、彼女に水を向けられれば、何にでも愛着を持つようだった。

アニーは大きな人形を持っていて、そう好きではないけれど、大層ご自慢だった。ある日、この人形をソファに寝かせて、ソファの背掛けをふとんの代わりにかけた。そしてそれきり忘れてしまった。一方、ポールはソファの肘掛けから飛び降りる練習をしてみたくなった。やってみると、布に隠れた人形の顔の真上に飛び降りて、人形をつぶしてしまった。アニーが飛んで来て悲鳴をあげ、座りこんで大粒の涙を流した。ポールはじっと動かなかった。

「お母さん、あんな所にあるなんて、分かりっこなかったんだ、あんな所にあるなんて、分かりっこなかったんだ」彼は何度も何度も繰り返した。アニーが泣きつづけている間、彼は何もできずみじめな気持で座っていた。アニーの嘆きはそのうち収まった。しょげこんでいた弟を、姉は許した。だが、それから一日、二日して、彼女は仰天した。

「あのアラベラを生け贄にしようよ」とポールが言ったのだ。「火をつけて焼こうよ」

彼女は慄然としたが、同時に魅せられた。弟が何をするのか、見てみたかった。弟は煉瓦で祭壇をつくると、アラベラの顔や体からおが屑を少し引きずり出し、空ろな顔の中に蠟のかけらを詰め、灯油を少しかけて、全体に火をつけた。蠟のしずくがアラベラの割れた額からとけ出して、汗のように炎の中にしたたって行くのを、彼は悪魔のように嬉しそうに見つめた。愚かそうな大きい人形が燃えている間、彼は何も言わずに喜んだ。ついに炎が消えると、燃えかすを棒の先でかきまわして、まっ黒になった手足を突つき出し、石で叩いて粉々にした。「アラベラ夫人の生け贄でした」と、彼は言った。「全部なくなってよかった」

何も言えなかったが、この言葉にアニーの胸は騒いだ。彼は自分が壊したことで、この人形をひどく憎んでいるようだった。

母親だけでなく、子供たちはすべて、妙に父親を嫌っていた。特にポールがそうだった。モレルは、あいかわらず怒鳴り散らしては酒を飲んでいた。周期があって、一度始まると何カ月かは荒れて、一家の生活を悲惨なものにした。ポールは、ある月曜の晩のことを決して忘れなかった。彼が「少年禁酒会《バンド・オヴ・ホープ》」から帰ってくると、目のふちを黒く腫らした母がいて、暖炉前の敷物に仁王立ちでうなだれている父がいて、仕事から戻ったばかりのウィリアムが父を睨みつけていた。幼い子供たちが部屋に入る時はしんとしていたが、大人は誰一人振り向かなかった。

ウィリアムは唇まで蒼白で、両拳を固めていた。妹や弟が静まって、子供の怒りと憎しみの目でじっと見守り始めると、ウィリアムがようやく口を開いた。

「卑怯者、ぼくが家にいる時はやる勇気もないくせに」

だが、父は頭に血がのぼっていた。ぐいと息子の方に向きなおった。体はウィリアムの方が大きかったが、筋骨のたくましさでは父が上で、父は怒りに我を忘れていた。

「やれねえだと?」彼はわめいた。「やれねえだと? もっとその軽口叩いてみろや。貴様の首を叩き落としてくれるわ。ああ、やったるわ。やったるわ」

父は膝から屈んで、獣のように醜く拳をかまえた。ウィリアムは憤怒に真っ青だった。

「やるのか!」彼はは りつめた静かな声で言った。「だが、これが最後になるぞ」

父は撲りかかる姿勢で拳を引きながら、前屈みでじりじり近づいた。ウィリアムも拳を構えた。その青い目に、笑いにも似た光がきらめいた。彼は父を見つめていた。どちらかがあと一言何か言ったら、戦いが始まっていただろう。ポールはそれを期待していた。幼い三人の子供たちは、血の気の引いた顔でソファに座っていた。

「二人とも、やめて」ミセス・モレルが厳しい声で叫んだ。「今夜はもうたくさん。**あなた!**」

と言って彼女は夫を振り向いた。「この子たちを見てごらんなさい！」

　モレルはちらりとソファの方を見た。

「この子たちを見ろだと、このげす女！」彼は嘲った。「何だってんだ、おれがこの子供たちに何をしたってんだ、え？　だが、こいつらはおまえにそっくりだ、おまえが、こいつらを手なずけて、おまえの汚ねえやり方や考え方を教えこんじまいやがった。おまえのせいだ、おまえのせいだ」

　彼女は答えようとしなかった。誰も口をきかなかった。しばらくすると、彼は靴をテーブルの下に放りこんで、二階へ寝に行った。

「どうして、ぼくに撲らせないんだよ？」父親が上へ行ってしまうと、ウィリアムが言った。

「あいつをやっつけるなんてチョロいもんだ」

「けっこうなことだね――自分の父親をかい」彼女はたしなめた。

「父親！」ウィリアムが返した。「あれが父親かよ！」

「だって、おまえ――あの人だって――」

「でも、どうしてぼくに片をつけさせないんだ？　やれたじゃないか、簡単に」

「何を言うの！」彼女は叫んだ。「まだ、**そこまで**は来ていないよ」

「とんでもない、それどころじゃないよ。お母さん、自分のこと見てみろよ。どうして、ぼくに思い切りやらせてくれなかったんだ？」

「耐えられないからよ、もうそんなことは考えないで」彼女はぱっと叫んだ。

子供たちはみじめな思いでベッドに入った。

ウィリアムが大人になろうとする頃、一家は「谷底」から引越して、この谷を一望のもとに眺められる丘の上の家に移った。谷は真ん中がふくらんだ鳥貝か蛤の殻のような形で、眼下にひろがっていた。家の真ん前に、トネリコの巨大な古木があった。ダービーシャーから吹いてくる西風があたりの家々に思い切り吹きつけると、この古木も悲鳴を上げた。モレルはその音が好きだった。

彼は「音楽みたいだな。あれを聞いてるとよく眠れるよ」と言った。

だが、ポールとアーサーとアニーは嫌がった。ポールの耳には、まるで悪魔の声に聞こえた。新しい家に移った初めての冬、父の荒れ方はひどかった。子供たちは、広く暗い谷に面した通りで夜の八時まで遊んだ。それから、ベッドに入った。母親は階下で縫物をした。家の前にこういう広大な空間がひろがっていて、子供たちの心に、夜と果てしなさと恐怖が沁みた。恐怖の源は、風にきしむ巨木の悲鳴と、家庭不和の苦しみだった。ポールは、もうかなり眠ったあとで、階下のどすんどすんという音で目をさますことがよくあった。とたんに、すっかり目がさめた。と、泥酔同然で遅く帰ってきた父のわめくだみ声が聞こえ、激しく言い返す母の声が聞こえる。父ががんがんテーブルを叩く音がして、父の声も甲高く、胸くそ悪い、獣のような怒鳴り声になった。そして、そのすべてが、風に揺れるトネリコの巨木の耳をつんざくような悲鳴の中にかき消された。子供たちはじっと息を殺して、風のうなる音が止み、父の行いを聞きとれる時を待った。また母を撲るかも知れなかった。恐怖と闇の中の激情と血の匂いがあった。彼らはベッドの中で、胸がはりさけそうだった。木に吹きつける風がどんどん激しくなった。その巨大な竪琴のすべての弦が、ひゅうひゅうと、きいきいと鳴りつづけた。と、突然、恐ろしい静寂が訪れた。戸外も、階下も、至る所が、しんと静まり返った。どうしたのだろう？　血が流れた静寂なのだろうか？　父は何をしたのだろうか？

子供たちはじっと寝たまま、闇を呼吸した。すると、ようやく父が長靴を放り出して、靴下だけで二階へ上がって来る足音が聞こえる。彼らはまだ聞き耳をたてている。そのうちにやっと、風が静かなら、水道水をやかんに入れる低い音が聞こえてくる。母が明日の朝の用意をしているのだ。これで彼らも安心して眠りにおちることができた。

だから、朝になると楽しかった——夜、闇のただ中にぽつんと一つ点いている街灯のまわりで遊んだり踊ったりするのも、とても楽しかった。だが、心の奥のどこかが、不安にしめつけられていた。彼らの目にはある暗さがあって、これは一生消えなかった。

ポールは父を憎んだ。子供の頃の彼は、彼だけの熱烈な信仰を持っていた。

「お父さんがお酒をやめますように」彼は毎晩祈った。

「お父さんが死にますように」と祈ることもよくあった。

夕食のあとでもまだ帰ってこないと、

「炭鉱で死んでしまいますように」と祈った。

この夕食がまた、一家にとってひどく辛い時だった。子供たちは学校から帰ってくると軽い夕食をとる。炉では大きな黒鍋が煮たっているし、竈《かまど》にはシチュー鍋が入っていて、モレルの食事の準備はできている。五時には帰るはずだった。ところが、彼はもう何カ月も毎晩、仕事の帰りに飲んでいた。

寒くて早く日が暮れる冬の夜には、ミセス・モレルはガス灯のガスを倹約するため、真鍮の燭台をテーブルに出して獣脂ロウソクをともした。子供たちはパンにバターか垂れ脂をつけた夕食をすませれば、あとは外へ出て遊ぶだけだった。だが父親が帰って来ないと、その気になれなかった。一日じゅう働いたあと、家へ帰って食事をし体を洗おうともしないで、鉱山の汚れをつけたまま座りこんで、すきっ腹で酒をあおっている彼を思うと、ミセス・モレルは堪《たま》らなかった。母の気持は子供たちにも伝わった。今ではもう、彼女が一人で苦しむことはなかった。子供たちも一緒に苦しんだ。

ポールは他の子供たちと一緒に外へ遊びに行った。黄昏の光に包まれた眼下の広い谷底では、炭鉱のあたりに点々と小さな灯が集まっていた。最後に帰って来る坑夫たちが二、三人、暗くなった野の道をだらだら登ってきた。ガス灯の点灯夫がまわってきた。もう帰ってくる坑夫はいなかった。闇が谷間をとざし、労働は終わり、夜になった。

ポールは心配になって、台所へ駆けこんだ。食卓にさっきのロウソクがまだ点っていて、暖炉では火が勢いよく燃えていた。ミセス・モレルがぽつんと座っていた。炉では鍋が湯気を立て、テーブルで夕食の皿が待っていた。部屋中のすべてが待っていた。闇を隔てた一マイル先で、鉱山の汚れにまみれたまま食事もとらずに飲んだくれている男を待っていた。ポールは戸口に佇んだ。

「お父さん、帰ってきた？」

「見ればわかるでしょ」ミセス・モレルは不毛な質問にむっとした。

　子供はそのまま、母のそばでうろうろした。二人は同じ不安を共有した。じきに、ミセス・モレルは、じゃがいもを漉《こ》しに部屋を出た。

「真っ黒に焦げちゃったけど、もうどうでもいい」彼女は言った。二人とも口数少なかった。ポールは、父が仕事から帰ってこないことに苦しむ母を、ほとんど憎んだ。

「どうして気にするんだよ？」と彼は言った。「お父さんが寄り道して飲みたいんなら、飲ませとけばいいじゃないか」

「飲ませとけば、って！」ミセス・モレルはかっとした。「そんなことしてごらんなさい！」

　仕事の帰りに一杯やる男は、たちまち自分も家庭も破壊してしまうことが分かっていた。子供たちはまだ小さいのだから、稼いでくれる男が頼りだった。ウィリアムがいるのでモレルがだめになった時に頼れる人間がやっとできて、ほっとはした。それでも、夜、夫の帰りを待つ部屋の張りつめた空気は同じだった。

　時間は刻々と経った。六時になっても、テーブル掛けもそのまま、並んでいる食事もそのまま、室内の不安の中で待つ空気もそのままだった。ポールはもう耐えられなかった。外で遊ぶ気にもなれなかった。そこで、一軒おいた隣のミセス・インガーの家へ、話相手になってもらいに行った。彼女には子供がなかった。夫はやさしい人だったが、店に勤めていて帰りが遅かった。だから戸口に彼が顔を見せると、

「お入り、ポール」と言ってくれた。二人でしばらく話していると、急に少年は立ちあがり、

「ぼく、もう帰ります、何かお母さんの手伝いがあるかも知れないから」と言った。た。

彼はきわめて快活な顔をしていて、自分の心配は口に出さなかった。そのまま走って家へ帰った。

モレルは、その頃、苦虫を嚙みつぶしたような顔で帰ってきた。

「お早いお帰りだこと」ミセス・モレルは言った。

「おれが何時に帰って来ようと、それがどうだってんだ」夫は叫んだ。

父が危ないので、家中が息を殺していた。彼は獣同然に食事をすませると、食器をみんな一山にして押しやり、テーブルの上に両腕をのせた。そのまま眠りこんだ。

ポールはこんな父親が大嫌いだった。モレルは黒い髪にすこし白髪のまじった小さい意地悪そうな頭をむき出しの腕にのせて眠っていた。肉の厚い鼻と薄いけちな眉毛の、汚ない真っ赤な顔を横に向けて、ビールの臭いと疲労と不機嫌を発散させていた。急に誰かが部屋に入ったり音を立てたりすると、顔を上げて怒鳴った。

「静かにしねえと、頭に一発くらわせるぞ！　てめえ、分かったか！」

「てめえ、分かったか」とやくざのように怒鳴られるのはたいていアニーで、この言葉を聞くと一家は父への憎しみにふるえた。

父は家庭のことからいっさい閉め出された。誰も父に何ひとつ話さなかった。子供たちは母親

一人だと、その日にあったことを何でも話した。ひとつのこらず。彼らにとって、母親に話すまでは何も起こらないに等しかった。だが、父が現れたとたん、一切が止まった。彼は、家庭という幸せに順調に回転している機械の歯止めのようなものだった。そして彼も、自分が家に入ったとたんに、沈黙が訪れ、生の流れが塞き止められ、冷やかに遇されることを、いつも気づいていた。だが、今となってはその根はあまりにも深く、変えられなかった。

父は、子供たちに話しかけられるのが心から好きだったのに、子供たちにはそれができなかった。時々、ミセス・モレルはこう言った。

「お父さんに話さなきゃだめよ」

ポールは子供向け新聞の懸賞に入選した。家中が大喜びだった。

「じゃ、お父さんが帰ってきたら報告しなくちゃね」と、ミセス・モレルは言った。「お父さんは、いつでも誰も何も話してくれないって言ってるでしょ」

「分かった」とポールは言った。しかし、父親に話さなくてはならないくらいなら入選しない方がましだと思った。

「お父さん、ぼく、懸賞に入選したんだ」彼は言った。

モレルは振り返った。

「そうか？　どういう懸賞だ？」

「ああ、何でもないよ——有名な女の人たちのことだよ」

「それで賞金はいくらだ、もらったのは」

「本だよ」

「何だ、ほんとか！」

「鳥の本だよ」

「ふん――ふん」

これで終わりだった。父親と他の家族との間に、会話は成り立たなかった。彼は除け者だった。彼は自分の中の神を否定してしまった。

自分の家族の生活の中へ戻って来られるのは、手仕事を楽しんでいる時だけだった。彼は時々、晩に、自分の靴や水筒ややかんを修理した。かならず誰かにそばで見ていてほしくて、子供たちもその役を楽しんだ。彼が真の自分に戻って何かを心から行う時、家族はその行為の中で彼と一つになった。

彼は手先の器用ないい職人で、機嫌がいいとかならず歌を歌った。何カ月も、いやほとんど何年も、獣のように荒れる時期があった。それが、時々、また陽気に戻った。「どけどけ――じゃまだじゃまだ！」と叫びながら、彼が真っ赤な鉄片を持って洗濯場へ駆けて行く姿を見るのは楽しかった。

それから、真っ赤になった軟らかい鉄を鉄床の上で叩いて、それを望む形に変えた。一瞬座ってハンダ付けに没頭することもあった。急にハンダが溶け、鏝《こて》の先でいじりまわされると、子供たちは大喜びだ。部屋中に焼けた松やにと熱い錫の匂いがたちこめ、モレルはじっと息を詰めて集中した。靴直しの時は金槌の音が陽気なので、彼はかならず歌を歌った。炭鉱ではくモールスキンのズボンに継ぎを当てることもよくあった。妻にやらせるには汚なすぎるし生地も堅すぎるので自分でするのだが、その時の彼も幸福だった。

　だが、子供たちが一番喜ぶのは、父が導火線を作る時だった。父は屋根裏から、長くて傷のない麦藁を一束とってくる。これを手で一本一本、金線のように光るまでこすると、十五センチくらいの長さに切り、できるだけ一本ずつ太い方の端にV字形の刻みをいれる。彼はいつでも、麦藁をみごとに切れるピカピカの鋭利なナイフを携えていた。それから、テーブルの真ん中に火薬をあけた。白くなるまで拭きこんだテーブルの上に、火薬の黒い小山ができた。彼が藁を切り揃えて行くと、ポールとアニーが火薬を詰めて栓をした。火薬の黒い粉が掌のしわの間をつたってちょろちょろと藁の口に入り、まわりに散らかりながら藁に一杯になってゆくのを見るのが、ポールは大好きだった。その後で、紅茶茶碗の受皿に載せた小さい塊から親指の爪でちょっと取った石鹼で栓をした。これで一本できあがりだ。

「見て、お父さん！」ポールが言う。

「おう、それでよし、かわいい坊主だ」父はこの次男にふしぎなくらい優しい言葉を浴びせた。ポールはその導火線を缶にいれた。次の朝、父が炭鉱へ持って行き、石炭を爆破するのに使った。

　今でも父が大好きなアーサーが、モレルの椅子の腕にもたれて言った。

「炭鉱の話をしてよ、お父さん」

　モレルはこれが大好きだった。

「そうだな、小さな馬がいるんだぞ――タフィっていってな」彼は喋りはじめる。「こいつ、ずるい馬でな！」

モレルの話は温かみがあった。タフィのずるさが、体に感じられた。

「茶色の馬だ」彼は子供に答える。「背はそんなに高くない。鎖をがちゃがちゃ言わせて切羽に入ってくるだろう？　するとくしゃみをするんだ」

「『よおタフィ、どうしてくしゃみなんかするんだ？　嗅ぎ煙草でも嗅いだか？』って言ってやる」

「そうすると、またくしゃみをして、そっとすり寄ってきて、頭をこすりつけるのさ、人なつっこいんだよ。『タフィ、何が欲しいんだ？』って言ってやる」

「ほんとは何が欲しいの？」アーサーがかならず訊いた。

「煙草が欲しいんだよ、坊主」

このタフィの話となるときりがなかった。みんな、大喜びした。

時には新しい話になった。

「なあおまえ、どう思う？　昼飯の時に上着を着ようとしたら、腕を鼠が駆けあがってくるじゃねえか。『こら、やい！』って怒鳴りつけてな。やっとこさ尻尾をつかまえたよ」

「それで、殺したの？」

「そうさ、悪さをするからな。坑ん中は鼠の巣になってるんだ」

「何を食べて生きてるの？」

「馬がこぼす麦だよ――それにうっかりしてるとこっちのポケットにもぐりこんで昼飯を食っち

まう――どこに上着を掛けといたってだめだ――何しろすばしっこくて、ろくなことはしねえ奴らだからな」

こういう幸せな晩に恵まれるのは、モレルが何か手仕事をする時に限られていた。しかもそういう晩には、彼はひどく早くから寝てしまう。時には子供たちより早いことさえあった。仕事がすんで、新聞の見出しにざっと目を通してしまえば、起きている理由がなかったのだ。

子供たちは、父がベッドで寝ていると安心した。彼らもしばらくベッドの中で小声で話した。と、突然、光が幾筋か天井を走って、彼らははっとした。九時の交替で外を歩いてゆく坑夫たちの手に揺れるランプの光だ。子供たちは坑夫の声を聞きながら、彼らが暗い谷へ降りてゆく姿を思い描いた。時には窓のそばまで行って、ランプが三つ四つ揺れながら暗い野原をだんだん小さくなって行くのを見送ることもあった。その後でベッドに駆けもどって、暖かな毛布の下で丸くなるのは嬉しかった。

ポールは体が弱く、すぐに気管支炎をおこした。ほかの子供たちはみんな丈夫だった。これも母親がポールに特別な感情を抱く理由だった。ある日、彼は、昼食の時間に具合を悪くして帰って来た。そのことに大騒ぎする一家ではなかった。

「どうしたの?」母親は咎めるように訊いた。

「何でもない」彼は答えた。

だが、昼食を食べなかった。

「お昼を食べないなら、午後は学校へ行けないわよ」母は言った。

「どうして?」

「どうしてでも」

それで彼は昼食の後、ソファに子供たちが好きな暖かい更紗のクッションを並べて横になると、そのまま微睡《まどろ》んだ。母はアイロンをかけていた。彼女はアイロンをかけながら、子供の喉で鳴る、小さな落ち着かない音を聞いていた。また昔のように、この子が重荷になってきた。この子は初めから、育つまいと思っていた。だが、その幼い体には逞しい生命力が隠れていた。彼が死んだら、むしろ少しほっとしたかもしれない。この子にたいする母の愛には、いつでも強い苦痛が混じっていた。

彼は、半覚醒状態で、、母がアイロンを置台に戻すときのガチャッという音や、アイロン台の上でアイロンを押しあてる時の小さくドッドッという音をぼうっと聞いていた。一度目をさました時に見ると、母は暖炉の前の敷物に立って、熱を耳で聞こうとでもするように、熱いアイロンを頬に近づけていた。苦悩と幻滅と自己犠牲にきっと口を結んだその静かな顔、ほんのすこし曲っている鼻、本当に若々しい、敏捷で温かな表情をたたえたその青い目を見ていると、彼は愛情で胸が苦しくなった。こういう風に静かな時の彼女は、生命力にあふれて凛々しく見えたが、同時に与えられるべきものを奪われている印象を与えた。その印象が、彼女は一度として生の充足感を味わっていないというその印象が、少年の心を深く傷つけた。そして自分にはその償いが出来ないという無力感に苦しみつつも、彼の心は忍耐強く頑固になった。それは彼の子供っぽい目標になった。

母がアイロンに唾をかけると、唾は小さな玉になって黒光りのする表面を走り消えた。それから跪《ひざまず》いて、暖炉前の敷物の粗布の裏地に、力をこめてアイロンを当てた。赤く燃える暖炉の火に母の体はほてった。ポールは、母がしゃがんで首をかしげている姿勢が好きだった。母は身のこなしが軽くきびきびしていて、そういう彼女を見るのは、常に喜びだった。子供たちにとって、彼女の行い、彼女の動きは、非の打ちどころがなかった。部屋は暑く、熱されたリネンの匂いに包まれていた。そのうちに、あの牧師が来て、彼女とそっと話し始めた。

ポールは気管支炎で寝ていたが、あまり気にしてはいなかった。起きたことは仕方がない、無理をしても意味がない。彼は夜が好きだった。八時を過ぎて灯りが消されると、暖炉の炎が壁や天井の暗闇の上で跳ねあがるのが見られた。巨大な影が揺らめき、跳びあがり、そのうち部屋中で男たちが無言で争っているような気がしてきた。

父は、寝る前に病人の寝ている部屋へやってきた。病人には誰に対しても優しかった。だが、ポールにすれば、父はこの雰囲気を壊してしまうのだった。

「眠ってるのか、坊主？」父はそっと訊いた。

「ううん――お母さんは来るの？」

「洗濯物を畳んでるとこだが、もうすむよ。何か用かい？」父はポールにはめったに乱暴な口をきかなかった。

「用じゃないよ。でも、あとどのくらいかかるの？」

「すぐだよ、坊主」

父は、ちょっと暖炉前の敷物の上でぐずぐずしていた。息子が自分に出て行ってもらいたがっているのが感じで分かった。それから、階段の一番上へ行くと、妻に言った。

「この子がお前を呼んでるぞ。まだどのくらいかかる?」

「すんだら行きますよ、しょうがないわね! お眠りって言ってよ」

「お眠りってさ」父親はポールに優しく繰り返した。

「でも、**お母さん**が来てくれなくちゃ嫌だ」子供は駄々を言った。

「おまえが来なくちゃ眠れないとさ」モレルは階下に向かって叫んだ。

「しょうがないわね! すぐ行きますよ。下に向かって怒鳴らないで。他の子たちが——」

すると、父はまた寝室に入ってきて、暖炉の前にしゃがみこんだ。彼はこの上なく火を愛していた。

「すぐ来るってさ」彼は言った。

父は手もちぶさたにうろうろした。子は苛々して熱っぽくなりかけた。父のせいで、病人の苛立ちが余計つのる気がした。父は息子をしばらく眺めてから、最後にそっと言った。

「坊主、おやすみ」

「おやすみ」ポールは一人になれるのにほっとして、くるっと向きを変えた。

ポールは母親といっしょに寝るのが大好きだった。衛生学者が何と言おうが、眠りはやはり愛する者とわかちあう時にこそ最も完全だった。相手の体に触れている温もりと魂の安心と安らぎとこの上ない心地よさが眠りを紡いで、肉体も魂もその中にすっぽり包《くる》まれ癒された。ポールも母に寄りそって眠ると良くなった。母も、いつもなかなか寝つけないたちなのに、やがて深い眠りに落ちると、生きる気力も甦る思いがした。

回復期の彼はベッドに起きあがって、野原で毛のふわふわした馬が飼葉桶に首をつっこんだり、踏みにじられて黄色くなった雪の上で藁を蹴散らしているのを眺めた。坑夫たちが家へ帰って来る姿を、雪景色の畑の中を黒い小さな人々の群れがとぼとぼと帰って来る姿を眺めることもあった。そして、やがて、雪の上に、暗青色の夜の闇が立ちこめた。

回復期には全てがすばらしかった。窓ガラスにぱっとついた雪片が、ツバメのように一瞬止まったと思うとつと消えて、水が一滴ガラスを伝《つた》った。吹きつける雪は、殺到しては飛び去る鳩の群れのように、家の角をまわって渦巻いた。谷の向こうでは、一面真っ白な雪原を、黒い小汽車がたよりなげに這って行った。

一家はとても貧しかったので、子供たちは経済的な助けになれれば喜んだ。夏になると、アニーとポールとアーサーは朝早くから出かけて、キノコを探した。濡れた草をかきわけていると、雲雀《ひばり》が飛び立ち、キノコの真っ白な美しい裸体が緑の中に隠れていた。半ポンドもとれれば、狂喜乱舞した。ものを見つける喜び、自然の手からじかに何かを受けとる喜び、そして家計の助けになる喜びがそこにあった。

しかし、牛乳で煮る小麦がゆ用の落穂拾いがすんだ後では、一番の収穫は黒イチゴだった。母は、土曜に、プディング用の果物を買わなければならなかったし、母自身、黒イチゴが好きだった。そこでポールとアーサーは、黒イチゴさえあるところなら森だろうが灌木林だろうが採石場の跡だろうが、至るところを週末ごとに漁り歩いた。炭鉱ばかりのこの地方では、黒イチゴは稀少になっていた。だが、ポールは遠くまで出かけた。彼は自然の中、林の中が好きだった。また、手ぶらで母の元へ戻ることにも耐えられなかった。お母さんはがっかりするだろう、そのくらいなら死んだ方がましだ。

「何てことでしょう！」子供たちが腹をすかせくたくたになって遅く帰ってくると、母親は叫んだ。「いったいどこまで行っていたの？」

「うん」ポールは答えた。「ちっともないんだよ。だからミスク・ヒルまで行ったんだ。そしたら、お母さん、ほら！」

彼女は籠の中をのぞきこんだ。

「まあ、りっぱなキノコ！」

「それに二ポンド以上あるよ――二ポンド以上あるんじゃない？」

彼女は籠を持ちあげてみた。

「そうねえ」疑わしそうな返事だった。

ポールは、それから、花のついた小枝を取りだした。いつでも自分が見つけたいちばん美しい小枝を、母に持ち帰った。

「まあ、きれい！」恋人から贈物を受けとる女のようなふしぎな口調だった。

ポールは、手ぶらで帰って母に「だめだった」と告白するくらいなら、何マイルでも、一日中歩いた。まだ幼かった頃には、母はそれに気がつかなかった。彼女は子供が大人になるのをじっと待っている女性で、その時の心はまずウィリアム一人が占領していたのだ。

だが、ウィリアムがノッティンガムへ出て前ほど家にいなくなると、母親はポールを話相手にした。ポールは無意識のうちに兄に嫉妬し、兄は弟に嫉妬していた。二人は、同時に、仲がよかった。

二番目の息子に対するミセス・モレルの親密感は、長男への気持のように情熱的と言うよりは、もっと複雑で繊細だった。金曜の午後に、ポールが父の給料を取ってくることになっていた。五つの炭鉱の坑夫たちは金曜に給料をもらうのだが、一人一人別々に受けとるのではない。それぞれの切羽の給料が、仕事の請負人としての切羽頭にまとめて渡され、その頭《かしら》がさらに酒場か自分の家で、これを分配するのだった。子供たちがこの金を取りに行けるように、金曜の午後の学校も早く終わった。最初はウィリアム、つぎにアニー、そのあとはポールと、モレル家の子供たちは、自分が働きに出るようになるまでは、みんな金曜の午後にこの金を取りに行った。ポールはいつでも三時半に、ポケットに小さなキャラコの袋をいれて出かけた。すべての小道を、主婦たちが、娘たちが、子供たちが、男たちが、ぞろぞろ列を作って会社へ向かう姿が見られた。

会社の建物はとても立派だった。グリーンヒル小路のはずれにあって、手入れの行きとどいた庭に囲まれた、大邸宅かと見まがう赤煉瓦造りの、新しい建物だった。待合室は玄関を入ったところにある。床には青煉瓦を敷き、壁沿いにぐるりとベンチをめぐらした、何の飾りもない細長い部屋だった。ここに石炭に汚れた坑夫たちが座った。彼らは早く着いていた。女子供はたいてい、赤い砂利道をうろついた。ポールはいつも、芝生の縁や大きな芝の土手を観察した。小さな三色スミレや忘れな草が生えているからだ。たくさんの人声が聞こえた。女たちは、よそ行きの帽子をかぶっていた。娘たちは、大声でお喋りをしていた。小犬たちがあちこちを走りまわった。周囲の緑の木立は、ひっそりしていた。

　すると、中から「スピニー・パーク――スピニー・パーク」と呼ぶ声が聞こえてきた。スピニー・パーク炭鉱組が、みんなぞろぞろと中へ入った。ブレティ炭鉱の番が来ると、ポールも人ごみについて中へ入った。支払い部屋はかなり狭かった。真ん中をカウンターで仕切り、半分ずつに区切ってある。カウンターの後ろにブレイスウェイト氏と、部下のウィンターボトム氏の二人が立っていた。ブレイスウェイト氏は薄くなった白い顎鬚をはやし、旧約聖書の峻厳な族長といったところのある大男だ。いつもは巨大な絹の首巻をぐるぐる巻いて、夏の盛りになるまで暖炉で盛んに火を焚かせた。窓は開いていなかった。冬に新鮮な外気の中から入ってきた人々は、この空気で喉がからからになることがあった。ウィンターボトム氏の方は小柄で太っていて、つるつるに禿げていた。彼は面白くない冗談を言い、ブレイスウェイト氏は坑夫にもっともらしい訓戒を垂れた。

　部屋はいっぱいで、炭鉱で汚れたままの坑夫、一旦家へ帰って着替えた坑夫、女たち、子供が一人二人、犬もたいてい一匹いた。かなり小さいポールは、坑夫たちの脚の陰に押しやられ、暖炉の火に焙られる運命になることが多かった。彼には名前を呼ばれる順序は分かっていた――切羽の番号順だ。

「ホリディ」ブレイスウェイト氏のよく通る声が響いた。すると、ミセス・ホリディが黙って前へ出て、金を貰い、脇へどいた。

「バウアー――ジョン・バウアー」

一人の少年がカウンターに近づいた。大柄で怒りっぽいブレイスウェイト氏が眼鏡ごしに彼を睨んだ。

「ジョン・バウアーだ！」彼は繰り返した。

「ぼくです」少年が言った。

「おや、おまえ、前はちがう鼻をしてたじゃねえか」つややかなウィンターボトム氏がカウンター越しにのぞきこんで言った。人々は父親のジョン・バウアーのことを思ってくすくす笑った。

「どうして父親が来ないんだ？」ブレイスウェイト氏が大声で裁判官のように言った。

「体の具合が悪いんです」少年は甲高い声で答えた。

「酒を飲むなと言ってやれ」偉大なる会計係が判決をくだした。

「そう言って蹴っとばされても気にするなよ」後ろで誰かが野次った。

男たちがみんな笑った。大柄で横柄な会計係は、次の支払票に目を落とした。

「フレッド・ピルキントン！」彼は素知らぬ顔で呼んだ。

ブレイスウェイト氏は、この会社の大株主だった。

ポールは自分の番が次の次なので、胸がどきどきしてきた。暖炉の枠に押しつけられ、ふくらはぎがとても熱かった。だが、人をかき分けて前へ出られそうにない。

「ウォルター・モレル！」よく響く声がした。

「います！」ポールの声は小さくか細く甲高かった。

「モレル――ウォルター・モレル！」会計係は繰り返しながら、もう次をめくろうと、支払票に人差指と親指を当てていた。

ポールは恥ずかしさに体が震えて、叫べないし、叫びたくもなかった。前にいる人々の背中に隠されていた。その時、ウィンターボトム氏が救ってくれた。

「来てるよ。どこにいる！　モレルんとこの子は？」

このでぶで禿げで赤ら顔の小男は、部屋中をすばやく見まわし、暖炉を指さした。坑夫たちが振り向いて脇にどくと、陰から少年の姿がのぞいた。

「いた！」ウィンターボトム氏が言った。ポールはカウンターへ行った。

「十七ポンド十一シリング五ペンス。なぜ呼ばれた時、大声を上げなかったんだ？」とブレイスウェイト氏が言うと、支払票の上にどんと銀貨が五ポンド入った袋を置き、それから器用な指先で金貨を十ポンド積みあげると、銀貨の隣へぽんと置いた。金貨はきらきら光りながら書類の上に崩れた。会計係の勘定がすむと、少年はそれを全部まとめて、カウンターの上をウィンターボトム氏の前までずるずる押して行った。ここで家賃や道具代を差し引くのだ。ここでまた、辛い思いをした。

「十六シリング六ペンスだ」ウィンターボトム氏が言った。

少年はすっかりあがっていて計算ができなかった。銀貨を数枚と十シリング金貨を一枚押しやった。

「これでいくらよこしたつもりだ？」ウィンターボトム氏が言った。

少年は相手を見たまま、黙っていた。何ひとつ訳が分からなかった。

「舌がないのか？」

ポールは唇を噛み、さらに何枚か銀貨を押しやった。

「学校では勘定の仕方を教えないのか？」相手は訊いた。

「代数《でえすう》とフランス語だけさ」誰か坑夫が言った。

「生意気と図々しさもだ」もう一人が言った。

ポールのせいで誰かが待っていた。彼は震える指先で金を袋へ入れ、そっと外へ出た。こういう時は、地獄の責苦だった。

外へ出て、マンスフィールド通りを歩く時の解放感といったらなかった。公園の塀の苔の緑が目に沁みた。果樹園のリンゴの木の下で、白や金色の鶏が餌をついばんでいた。家へ帰る坑夫たちが列をなして歩いていた。少年は恥ずかしくて塀ぎわを歩いた。知っている坑夫はいくらでもいるのに、顔が真っ黒で誰が誰だか分からなかった。これも初めての拷問だった。

ブレティ地区のニュー・インという酒場に着いたが、父はまだだった。おかみのミセス・ウォームビーは父方の祖母と友だちで、モレルのことも知っていた。

「お父さんはまだ来てないよ」大人の男と話すことの多いおかみは、見下すような、いたわるような奇妙な口調で言った。

「おかけよ」

ポールは酒場のベンチに浅く尻をのせた。隅の方には金の勘定をして、それぞれの賃金の分前を取っている坑夫たちがいた。また新しい坑夫たちも入ってきた。皆ちらりとポールを見やったが、言葉は掛けなかった。やっとモレルが入ってきた。顔は真っ黒でも、颯爽としてどこか気取っていた。

「やあ」彼は優しく息子に言った。「先んじられたか？　何か飲むか？」

ポールを含めて子供たちは皆厳格な禁酒主義者で、大勢の男の前でレモネードを飲むくらいなら歯を抜かれた方がましだった。

おかみは見下すような顔で、子供の激しく迷いのない道徳心を憐みつつ憤《いきどお》っていた。ポールは怖い顔をして店を出た。そして、黙って家へ入った。金曜日はパンを焼く日で、たいてい焼きたての丸パンがあった。母はそれをポールの目の前に置いた。

突然、彼は燃えるような目をして、母親に食ってかかった。

「ぼく、もう絶対会社へは行かない」彼は言い放った。

「まあ、どうしたの？」母親は驚いた。息子が急に怒りだしたのが、むしろ可笑しかった。

「もう絶対行かない」彼は言い張った。

「あらそう、いいわ、お父さんにそう言いなさい」

「ぼくは絶対――絶対お金を取りになんか行かない」

「じゃ、誰かカーリンさんとこの子に頼むわ。六ペンスもらえて喜ぶでしょうからね」ミセス・モレルは言った。

この六ペンスは、ポールにとって唯一の収入だった。たいていは誕生日のプレゼントを買うのに消えたが、収入であることは違いなく、とても大事だった。それでも——

「じゃ、あそこの子にやればいい！」と、彼は言った。「ぼくはいらないよ」

「いいわよ」母親は言った。「でも、そのことで、わたしに当たらないでね」

「いやな連中だ。下品でいやな人たちだ、だからもう行かない。ブレイスウェイトさんはエイチの発音を抜かすし、ウィンターボトムさんなんか、ろくに英語が話せないんだ」

「だからあなたはもう行きたくないというの？」ミセス・モレルは微笑した。

少年はしばらく黙りこんだ。顔は青ざめ、目は暗く憤怒に燃えていた。母親は相手にせず、自分の仕事で忙しくした。

「いつだって人がぼくの前に立っちゃうんだ。だからぼくは動けやしない」彼は言った。

「それなら、頼みさえすればいいじゃない」彼女は答えた。

「それにアルフレッド・ウィンターボトムなんか、『学校じゃ何を習ったんだ』なんて言うし」

「あの人は何も習わなかったでしょうね」ミセス・モレルは言った。「それは確かよ、礼儀だって、頭の方だって——あのずるさは生まれつきね」

「それにみんなで『代数《でえすう》とフランス語だけさ』なんて言うんだ。学校じゃフランス語なんか教えてくれなかったよ」

「だとしたって」と母親は微笑した。「かんしゃく起こすことないわ。すぐに切れちゃって、あなたってほんとに赤ちゃんね」

「そんな！」彼は泣かんばかりの顔で母を見た。それでも悲しみというより怒りと憎しみに慄えていた。

「まったくばかよ」と母は言った。「ただ『こんどはぼくの番です』ってことが言えなくて、順番飛ばされたからって、かんしゃく起こすのね。そんなのすべてあなたが悪いんでしょ」

こうして母なりのやり方でポールをなだめた。彼の不条理なまでに過敏な神経は、母の心を傷めた。時々、彼の目の中の憤怒に気づいて、彼女の眠っている魂ははっとして一瞬首をもたげた。

「支払いはいくらあった？」彼女は訊いた。

「十七ポンド十一シリング五ペンスで差引かれたのが十六シリング六ペンス」少年は答えた。

「今週はよかった、お父さんの差引分も五シリングきりだし」

これで彼女は夫の稼ぎを計算し、彼が渡す分が足りなければ釈明を求めることができた。モレルは決して一週間の稼ぎを教えなかった。

金曜の晩はパンを焼き、市場へ買物に行った。留守番をしてパンを焼くのがポールの役目だった。彼は、家にいて絵を描いたり本を読んだりしているのが大好きだった。絵を描くのは、特に好きだった。アニーは金曜の晩にはいつも男友達と遊びまわっていたし、アーサーもいつものことで遊ぶのに忙しかった。そこで、家にはポールだけが残った。

ミセス・モレルは市で買物するのが大好きだった。ノッティンガム、ダービー、イルキストン、マンスフィールドと四方からの道路が集まる丘の上のちっぽけな広場に、露店がたくさん並んだ。周辺の村々から、四輪馬車がくりだして来た。市場には主婦たちがあふれ、通りは男たちでいっぱいになった。通りのいたるところにこれだけ人があふれると壮観だった。ミセス・モレルはレース屋の女と喧嘩をし、果物屋の男に同情するのが常だった。この男は抜けていたが、そのおかみさんは嫌な女だった。やくざ者だが剽軽《ひょうきん》な魚屋とはいっしょに笑った。リノリウム屋の分不相応をたしなめ、雑貨屋を冷たくあしらった。瀬戸物屋にはどうにも我慢できなくなった時だけ足を向けた。小皿の矢車草の模様に魅せられたのだ。それでも彼女は冷たくとりすましていた。

「このお皿、どのくらいかしらと思ってね」と、彼女は言った。

「奥さんなら、七ペンスだ」

「ありがとう」

彼女は皿を下へ置いて、店を離れた。だが、この皿を手にしないまま、市場を後にすることはできなかった。もう一度、鍋類が無造作にならべてあるところへ引き返し、見ないふりをしながら、こっそり横目でさっきの皿を眺めた。

彼女は小柄で、黒い服にボンネットをかぶっていた。もう三年目のボンネットで、アニーは嘆き悲しんだ。

「お母さん！」と娘は哀願した。「お願いだから、そんな凸凹のボンネットはかぶらないで」

「じゃ、何をかぶればいいんだい？」母はぴしっと切り返した。「これで充分だよ」

初めは羽根の飾りがあって、それが花に変わり、今では黒のレースと小さな黒曜石だけになっていた。

「落ちぶれたみたいだ」とポールは言った。「もうすこしぱっとした感じにできないの？」

「生意気言うと叩くわよ」ミセス・モレルは言って、颯爽と黒いボンネットの紐をあごの下で結んだ。

彼女はもう一度、皿に目をやった。彼女も相手の瀬戸物屋も、歯に何かが挟まれたように居心地が悪かった。突然、彼が叫んだ。

「五ペンスでどうだい?」

彼女ははっとした。買うまいと思ったが、気がつくと身を屈めてその皿を持っていた。

「いただくわ」彼女は言った。

「買ってあげましょうってわけだね?」瀬戸物屋は言った。「貰いもん同然なら唾でも吐いたらどうだい」

ミセス・モレルは冷やかに五ペンスを渡した。

「ただでくれたことにはならないわ」と彼女は言った。「嫌なら五ペンスでよこさなくたってよかったんですもの」

「こんなどうしようもねえ土地じゃ、持ってってもらいさえすりゃ、いいとしなくちゃな」彼は愚痴った。

「そうね、景気の悪い時もあれば、いい時もあるわよ」ミセス・モレルは言った。

だが、彼女はすでに瀬戸物屋を許していた。二人は友人だった、彼女はもう気がねなしに店先のものをいじれた。彼女は幸せだった。

ポールは母を待っていた。家へ帰って来るときの母が好きだった。一番魅力的な母がそこにいた――意気揚々と、山のような荷物をかかえ、疲れているくせに豊かな気分にあふれていた。入口に彼女の軽く元気な足音が聞こえると、彼は描きかけの絵から顔をあげた。

「ああ！」彼女は戸口で吐息をつくと、彼に笑いかけた。

「うわっ、すごい荷物！」彼は画筆を置いて声をあげた。

「ほんとに！」彼女はあえいだ。「アニーったら、迎えに来るなんて言っといて。重いったらありゃしない」

買物袋と紙包をテーブルの上に置いた。

「パンはできた？」と訊きながら、竈の方へ行った。

「最後のが、今焼けてるとこ」彼は答えた。「見なくても大丈夫だよ、ぼく忘れやしないから」

「あの瀬戸物屋ったら！」竈の戸を閉めながら、彼女は言った。「嫌な瀬戸物屋だって、言ってたでしょう？　でも、そう悪い人じゃなかったわ」

「そう？」

少年は母親をじっと見ていた。彼女は黒いボンネットを脱いだ。

「だめね、あれじゃもうかりっこないわよ――近頃じゃ皆そう言うけど――だからあの人、無愛想なんだわ」

「ぼくだってそういう気になるだろうな」

「そうね、あたりまえの話よ。あの人、あたしにこれ――いくらでこれ、よこしたと思う？」

彼女はしわくちゃの新聞紙の中から皿を出し、立ったまま、皿に見とれた。

「見せてよ！」ポールは言った。

二人は立ったまま、ほれぼれと皿を見た。

「ぼく、矢車草が描いてあるのって、好きだ」ポールが言った。

「そうね、あなたが買ってくれたティーポットを思い出したわ」

「一シリング三ペンスだ」

「五ペンスよ！」

「母さん、安すぎる」

「そうよ。ただで取ってきたみたいなもんじゃない？　でも、散財しちゃって、それ以上は出せなかったの。あっちだって、嫌なら渡さなきゃよかったんだわ」

「そうだよ、ね」ポールが言い、二人は瀬戸物屋から強奪したような不安を、たがいに打ち消しあった。

「果物の煮たのをいれるといいね」ポールは言った。

「カスタードか、ゼリーでもいいわ」

「赤かぶやレタスもいい」

「パンを忘れちゃだめよ」母の声は嬉しさにはしゃいでいた。

ポールは竈をのぞいて、下段のパンを軽く叩いた。

「焼けたよ」彼は言って、母に渡した。

彼女も叩いてみた。

「そうね」と言うと、袋の中のものを出しにかかった。「ああ、わたしは悪い女だわ、お金の使い方が荒くって、今にお金がなくなっちゃうわ」

　ポールは、母が何に散財したのかを見ようと、そばへ飛んで行った。母はまた新聞紙の包みを取り出して、根のついた三色スミレと赤いヒナギクを何本か見せた。

「四ペンスもしたのよ！」母は嘆いた。

「安い！」息子は叫んだ。

「そうなのよ。でも、今週はそんなお金ないのにね」

「でも、きれいだ！」彼は叫んだ。

「そうでしょう！」彼女も喜びをかくせず叫んだ。「ポール、この黄色いのを見てごらん。ね、この花！――お爺さんの顔みたいじゃない？」

「ほんとだ！」ポールは叫んで、屈むと匂いを嗅いだ。「それに、とてもいい匂い！　でも、すこし泥がついてるよ」

　彼は流しへ駆けて行ってふきんを取ってくると、そっと三色スミレの泥を拭いた。

「ほら、濡らすと、こんなだ！」

「ほんとう！」母が叫んだ。幸せあふれる声だった。

　スカーギル通りの子供たちは、よその子とは違うという誇りを持っていた。モレル一家の住んでいる通りの端には、あまり子供がいなかった。その分、数少ない子供たちは結束した。女の子も喧嘩や乱暴な遊びに加わったし、男の子も踊りや輪になる遊びやごっこ遊びに入って、男と女がいっしょに遊んだ。

アニーとポールとアーサーは、雨が降らない時の冬の晩が好きだった。坑夫たちがみんな家へ帰ってあたりが真っ暗になり、通りに人影がなくなるまで、彼らは家から出なかった。それから、坑夫の子供らしくオーバーは軽蔑していたので、スカーフを首に巻いて外へ出た。通りの入口は真っ暗だ。そして、通りの向こうにも、大きな夜が丸ごと、ぽっかりと穴があいたように広がっていた。下のミントン炭鉱のあたりに、いくつかもつれたように灯が見え、反対側のセルビーにも、同じくらい遠く、灯が見えた。一番遠く小さな灯は、闇を果てしなく広く見せた。子供たちは不安げに、野道の端に立つ一本の街灯を見た。この小さな明るい場所に誰の姿も見えないと、男の子二人は心底、寒々とした気持になった。両手をポケットに突っこんで、ひどく惨めな思いで暗い家々を眺めながら、夜に背を向けて街灯の下に立っていた。すると、突然、短い上着とその下の子供用ドレスが見えて、脚の長い女の子が一人、飛んできた。

「ビリー・ピリンスやあんたのとこのアニーやエディ・デイキンはどうしたの？」

「知らない」

だが、そんなことはどうでもよかった——三人集まったのだ。三人で街灯を囲んで遊んでいると、他の子供たちも大声をあげて集まってきた。すばしっこく激しい遊びになった。

街灯は一本だけだった。背後には、すべての夜を集めたような、大きな暗闇の谷が広がっていた。前方にも、大きな暗い道が、丘の頂の向こうまでつづいていた。時折、そこから人影が現れて、野道を下って行った。十メートルも行けば、その姿は夜に吸いこまれた。子供たちは遊びつづけた。

他に遊び相手がいないので、彼らはものすごく親密だった。誰かが喧嘩を始めれば、遊びはそれでだめになった。アーサーもとても気が短かったが、ビリー・ピリンス――ほんとうの名はフィリップス――はさらに酷かった。二人の喧嘩が始まると、ポールはアーサーの肩を持たないわけにいかないし、ポールの肩はアリスが持った。ビリー・ピリンスの方には、いつでもエミー・リムとエディ・デイキンが味方をした。六人は戦い、激しく炎のように憎みあい、怖くなって家へ逃げ帰った。こういう激しい内輪喧嘩の後で、丘の頂を越えてゆく無人の道の上に、大きな赤い月がゆっくりのぼって来た時のことを、ポールは一生忘れなかった。月は、巨大な鳥のように、じりじりと頭《こうべ》を持ち上げた。彼は、月は血と化するという聖書の言葉を思い出した（『黙示録』第六章第十二節など）。そして翌日、急いでビリー・ピリンスと仲直りをすると、また熱く激しい遊びを、広大な闇に囲まれた街灯の下で始めた。ミセス・モレルが表の客間に入って行くと、子供たちの終わらない歌が聞こえてきた。

私の靴はスペインの革で
　私の靴下は絹。
指にはみんな指環をはめて、
　ミルクの中で体を洗う。

夜の中から聞こえてくるその声は、いかにも遊びに我を忘れ切っていて、人の子のものとは思えなかった。母は胸をつかれた。八時になって、子供たちが真っ赤な顔で目をぎらぎらさせて口早に夢中で喋りながら帰って来ると、彼女にはその気持がよく分かった。

一家は、見晴らしがよく、眺望が巨大な帆立貝の形に広がるスカーギル通りの家が大好きだった。夏の夕方には、女たちが野の柵にもたれてお喋りをしながら西を見ると、夕映えの空がたちまち燃えあがり、やがてダービーシャーの山並みが遠い真っ赤な空を背景にイモリの背のように黒々と浮かびあがった。

その夏は、炭鉱、特に軟炭を産出する炭鉱の完全操業がなかった。隣家のミセス・デイキンは、野の柵のところへ暖炉前の敷物をはたきに行ったついでに、のろのろと丘を登ってくる男たちを観察した。それが坑夫であることはすぐに分かった。すると、この目端のきく痩身長軀の女は、丘のてっぺんに立って、疲れた足で登ってくるかわいそうな坑夫たちを脅すように待ちかまえた。まだ十一時だった。木に覆われた遠い山々には、夏の朝の背景をなす美しい黒のクレープのような靄がまだ残っていた。先頭の男が、柵のところまで来た。彼が手をかけると、柵が、ぎ、ぎと鳴った。

「あら、もう仕事はおしまい？」ミセス・デイキンは叫んだ。

「そうだよ」

「もう帰らされるなんて、難儀ねえ」皮肉っぽく言った。

「まったくだ」男は答えた。

「まあ、あんた飛んで帰ってきたくせに」

男は行ってしまった。ミセス・デイキンは自分の裏庭に入って、ミセス・モレルが屋外便所に灰を捨てているのを見つけた。

「奥さん、ミントンは終業みたいよ」彼女が叫んだ。

「ひどい話！」ミセス・モレルは憤然と声を上げた。

「まったくよ！　今、ジョント・ハッチリーに会ったわ」

「わざわざ靴の底を減らしに行かなくたってよかったのにね」ミセス・モレルが言うと、二人ともうんざりして家の中へ戻った。

坑夫たちは、ほとんど汚れていない顔で、またぞろぞろ帰ってきた。モレルは戻りたくなかった。よく晴れた朝は好きだったが、せっかく炭鉱まで働きに出てきながら、また帰らされるのは、むしゃくしゃした。

「何でしょう、こんな時間に！」家へ入ると妻が叫んだ。

「仕方ないじゃないか！」彼も怒鳴った。

「お昼の支度だって、ほとんどできてませんよ」

「それなら、持ってった弁当を食うさ」夫が切なそうに叫んだ。面目なく傷ついていた。

学校から帰った子供たちも、父親がひからびかけた汚いバターつきパンの厚いのを二枚、炭鉱まで持って行ったのをまた持って帰って、お昼と一緒に食べているのを見て驚いた。

「お父さんはどうして今ごろ、お弁当なんか食べてるの?」アーサーが訊いた。

「食わなきゃ、ぶっつけられちまうからだ」モレルが鼻を鳴らした。

「でたらめを言って！」妻は叫んだ。

「さもなきゃ、ただ捨てちまうかだ？」モレルは言った。「おれは、お前たちみたいな散財屋じゃねえ。炭鉱の埃だらけの汚ねえところへパンを落としたって、拾って食うんだ」

「鼠が食べるから」ポールは言った。「無駄にはならないよ」

「バターつきパンなんぞ、鼠にやってたまるか」モレルは言った。「汚なかろうが何だろうが、無駄にするくらいなら、おれが食う」

「そんなものは鼠にやって、その分、今度一杯飲む時に倹約なさったら？」ミセス・モレルは言った。

「ああ、けっこうだね！」と彼は叫んだ。

その秋、一家はひどく貧しかった。ウィリアムはロンドンに出たばかりで、母は彼の金が届かないので困っていた。一、二度十シリング送ってはきたが、ロンドンへ出たばかりの彼には、いろいろと出費が多かった。手紙は一週間に一度はかならず来た。友達ができたとか、フランス人に英語を教えてその代わりフランス語を教えてもらっているとか、ロンドン生活は心から楽しいだとか、自分の生活のすべてを、たっぷり、母に書いてよこした。すると、母親はまた、彼が家にいた頃と変わらず自分のものだという気持になった。彼女も毎週、飾り気のない、多少ふざけた手紙を書いた。家の中を片付けながら、彼女は朝から晩まで彼のことを思っていた。彼はロンドンなのだった。きっと成功するだろう。彼は、母の贈った愛情の印《しるし》をつけて戦場に出ている騎士のようなものだった。

ウィリアムがクリスマスに五日間帰って来ることになった。いまだかつて、一家がこれほどの準備をしたことはなかった。ポールとアーサーはその辺の土地を歩きまわって、柊《ひいらぎ》と常盤木《ときわぎ》を探した。アニーは紙で昔風のきれいな輪飾りを作った。買いこんだ食料に空前の豪勢さだった。ミセス・モレルは大きく豪勢なケーキを作った。そして女王のような気分で、ポールに、アーモンドの皮のむき方を教えた。彼はその細長い実の皮をうやうやしくむくと、全部の数を数えて一つもなくなっていないことを確かめた。卵を泡立てるにも冷たい場所がよいということなので、少年は氷点近くまで温度が下がる流し場に立って、丹念に、丹念に泡立て、白身がだんだん固まって雪のようになってくると、興奮して母親のところへ飛んで行った。

「見て、お母さん！　きれいじゃない？」

彼は泡を少し鼻の頭にのせて、吹き飛ばした。

「これ、無駄にしないで」母親は言った。

家中が興奮しきっていた。ウィリアムがクリスマス・イヴに帰ってくるのだ。ミセス・モレルは食器室を見渡した。大きなプラム・ケーキ、ライス・ケーキ、ジャム・タルト、レモン・タルト、ミンス・パイ、これらが二枚の大皿に並べてあった。最後の作りかけは――スペイン風タルトとチーズ・ケーキだ。家中が飾りつけられていた。台所で小さなタルトの形を整えている母の頭の上では、その下ならキスをしてもいいという赤い実ときらきらの飾りがついた柊の枝が、ゆっくりゆっくり廻っていた。暖炉では轟々と火が燃えている。焼きあがった菓子の匂いが漂っていた。ウィリアムは七時着の予定だったが、遅れているのだろう。子供たち三人はすでに迎えに出かけていた。彼女は一人だった。だが、七時十五分前になると、モレルがまた戻ってきた。妻も夫も、口をきかなかった。モレルは自分の安楽椅子に腰掛けたものの、妻は興奮に身の置き所がなく、黙々と菓子を焼きつづけた。いかにも丹念なその仕事ぶりだけが、母の興奮を物語っていた。時計は刻々と時を刻んだ。

「何時に帰って来ると言ってるんだ?」モレルが訊いた。これで五度目だった。

「汽車は六時半に着くのよ」彼女は強くはっきり言った。

「それなら七時十分にはここに着く」

「ばからしい。ミッドランド線は何時間も遅れるわ」彼女は関心なさそうに言った。だが、遅れると思っていれば早く来る気がしたというわけだった。モレルは戸口まで彼の姿を探しに行ったが、また戻ってきた。

「いやね、あなた。卵の上にじっとしてられない牝鶏ね」彼女は言った。

「あいつが食うものを、出しといた方がいいんじゃないか?」父は訊いた。

「あわてることはありません」

「おれの見立てとはちがうな」彼は苛々と椅子の上で向きを変えながら言った。彼女は自分のテーブルを片づけ始めた。やかんが歌っていた。二人は待って、待って、待った。

その頃、子供たち三人は、家から二マイル離れたミッドランド本線レズリー・ブリッジ駅のホームにいた。一時間も待っていた。汽車が来た――が、彼は乗っていない。線路沿いに赤と緑の信号が点っていた。ひどく暗く、ひどく寒かった。

「ロンドンからの汽車が来たかどうか、あの人に訊いてごらんよ」駅員の制帽をかぶった男の姿を見て、ポールはアニーに言った。

「いやよ」アニーは言った。「静かにしてるのよ——追い出されるかも知れないわ」

しかし、ポールは、男に、自分たちがロンドンからの汽車で来る人を待っているのだと言いたくてたまらなかった。すごく格好いい気がする。そのくせ、誰かに、ましてや庇のついた制帽の人物に近づいて物を訊くなど、怖くてとてもできなかった。三人の子供たちは、追い出されるのと自分たちがホームを離れている間に何かが起こるのが心配で、待合室に入る勇気もなかった。

ずっと、暗く寒い所で待っていた。

「もう、一時間半遅れてる」アーサーが情けない声を出した。

「でも」とアニーが言った。「クリスマス・イヴだから」

皆、黙りこんだ。兄が帰って来ないのだ。三人は線路の闇を凝視した。ロンドンはこの先だ！とてつもなく遠いように思えた。ロンドンから来るのではどんな事故がないともかぎらない、と思った。三人とも不安で話し出せなかった。体も心も冷え冷えとして沈黙したまま、ホームで身を寄せ合っていた。

二時間以上経ってやっと、遠い闇の中から、こちらに曲りながら近づいてくる機関車の灯が見えた。赤帽が駆け出した。子供たちは胸をときめかせて後ろへさがった。マンチェスター行きの長い列車が停車した。二つのドアが開くと、その一つからウィリアムが降りてきた。三人は飛んでいった。彼は元気よく荷物を渡すとたちまち、この大列車がレズリー・ブリッジのような小さな駅に停まってくれたのは自分のためなのだと、説明し出した。停まる予定ではなかったそうだ。

その頃、両親もそろそろ心配になっていた。テーブルには食事の準備もでき、肉料理もすんで、用意はすっかり整っていた。ミセス・モレルは黒いエプロンを掛けた。一張羅を着ていた。それから椅子に掛けて、本を読むふりをした。一刻一刻が拷問になった。

「ふん！」夫が言った。「一時間半経った」

「子供たちも迎えに行ったのに！」彼女が言った。

「汽車はまだ着かねえんだろうな」

「クリスマス・イヴなんです。何時間も遅れるんです」

心配のあまり、夫婦は互いに少し怒っていた。外では、身を切る寒風に、トネリコの木がうめき声をあげていた。巨大な夜がここととロンドンの間に横たわっている！　ミセス・モレルは胸が痛んだ。時計のぜんまいのかすかな音にも苛ついた。あまりにも遅い。これ以上耐えられそうにない。

ついに子供たちの声が聞こえ、入口に足音がした。

「帰って来た！」モレルが飛びあがって叫んだ。

父は出て行こうとして思いとどまった。母は二、三歩戸口の方へ駆け寄って、待った。さっと動く気配があり、ばたばたと足音がして、ぱっとドアが開いた。ウィリアムがそこにいた。トランクを置くと、両腕に母親を抱いた。

「母さん!」母は叫んだ。

「ウィリアム!」

 二秒間だけ、母は息子を抱きしめてキスをした。それから身を離すと、平静になろうとして言った。

「でも、ずいぶん遅かったのね！」

「まったくね！」彼も叫ぶと、父の方を向いた。「やあ、父さん！」

二人の男は握手をした。

「やあ、ウィリアム！」

父の目は濡れていた。

「もう来ないのかと思ったぞ」彼は言った。

「そんな！　来るにきまってるよ」息子は叫んだ。

それから、母を振り返った。

「でも元気そうね」母親は笑いながら、誇らしげに言った。

「そりゃあ！」彼は叫んだ。「そうだよ――家へ帰って来たんだから」

立派な男になっていた。大きくて、背すじが伸び、恐れを知らぬ目をしていた。部屋を見まわして、常磐木や柊の枝や菓子型に入れて暖炉に置いた小さなタルトを眺めた。

「驚いた、母さん！　みんな昔の通りだ！」ほっとしたように聞こえた。

皆の動きが一瞬止まった。と、ウィリアムは急に飛びだすと、暖炉のタルトを一つとり、丸ごと口に押しこんだ。

「こりゃまたでけえ口だあ！」父親が叫んだ。

彼の持ってきたプレゼントの数は果てしがなかった。有り金のこらずプレゼントにはたいたのだ。家の中に豪勢な雰囲気があふれた。母親へのは、白っぽい地に金をあしらった柄《え》の傘だった。母はこの傘を死ぬまで放さず、何よりも大事にした。皆が何かしら贅沢なものをもらった上、見たこともない菓子類が何ポンドも出てきた。「ターキッシュ・ディライト」や「クリスタライズド・パイナップル」といった、子供たちの目には、ロンドンのような華やかな町でなければあり得ない菓子ばかりだった。ポールはこういう菓子のことを友達に自慢した。

「本物のパイナップルで、薄く切ったのを固めてあるんだ――すげえんだ！」

家中が幸福に酔っていた。どんなに苦しいことがあってもやはり我が家はいいと思い、家族を激しく愛した。パーティがいくつも開かれ、喜びの声があふれた。人々はウィリアムを見に、ロンドンでどう変わったかを見にやってきた。そして、「すっかり紳士になった、実に立派になったものだ！」と思った。

彼が帰ってしまうと、子供たちは一人きりでいろいろな所に隠れて泣いた。父はしょげて寝てしまい、母はまるで麻薬で感覚が痺れ、感情も麻痺したような気がした。彼女はウィリアムを熱く愛していた。

ウィリアムは大きな船会社と関係のある弁護士事務所に勤めていたが、六月になると、弁護士が、その会社の船でごく安く地中海を旅行してきたらどうかと言ってくれた。ミセス・モレルは手紙で「ぜひ行ってらっしゃい。こんな機会は二度とないでしょう。家で休暇を送るより、地中海を航海する船に乗ってもらう方が、私としても嬉しいくらいです」と言ってやった。だがウィリアムは、二週間の休暇で帰郷した。若者らしく地中海には行きたかったし、貧しい者らしく南欧の魅惑にも憧れたものの、家に帰れるという気持には打ち勝てなかった。大いに報われたと母は感じた。

第五章　ポールが人生に乗り出す

モレルは、危険を気にしない不注意な男だった。だから、しじゅう、事故に遭った。空の石炭用荷車のがらがら進む音が家の前で止まると、ミセス・モレルは表の客間に駆けこんだ。けがか何かでぐったりした夫が、埃まみれの青い顔で車の中に座りこんでいるのではないかと思うのだ。そして、予感が的中すると、助けに飛び出して行くことになった。

ウィリアムがロンドンへ出てから一年たち、ポールは学校を出たばかりでまだ就職のきまっていなかった頃のことだ。ミセス・モレルは二階にいて、とても絵の上手なポールが台所で絵を描いていると、ドアにノックがきこえた。彼は腹立たしげに画筆を置いて、出て行った。同時に二階でも、母親が窓をあけて下を見た。

石炭に汚れた少年が戸口に立っていた。

「こちらはウォルター・モレルさんの家ですか?」と少年は訊いた。

「ええ」ミセス・モレルが言った。「どうしたの?」

だが、すでに見当はついていた。

「ご主人がけがをしたんです」

「ああ、何てことかしら!」彼女は声をあげた。「あの人はけがをしない方が不思議なくらい。で、こんどはどんなけがが?」

「よくは知らないんだけど、脚のどっかです。会社の方で病院へ連れて行きました」

「まあ大変だ!」彼女は叫んだ。「ほんとに何て人かしら! 五分と安心できないわ。一刻ものんびりしちゃいられない。ようやく親指の方がよくなったと思えば、今度は——あなた、主人を見たの?」

「竪坑の上がり口で見たんだけど。みんなで昇降機で上へあげて、でもあの人は気絶してたけど。そいでもランプ置場でフレイザー先生が診察するとすごく大きな声で、ものすごく喚《わめ》いて、家へ帰るんだって——病院なんか行かねえ! って」

少年の言葉が、途切れた。

「あの人なら家へ帰りたがるわよ、おかげでわたしがひどい目に遭うんだけど。ありがとうね。ああ嫌だ、つくづく嫌になるわ」

彼女は階下へ降りた。ポールは機械的に絵の続きを描いていた。

「それに病院へ入れられたということは、かなり悪いのね」彼女は続けた。「それにしても、何て不注意な人だろう！　ほかの人は、こんなけがしないのに――それで、その負担のすべてを、わたしに押しつけたいみたい――やっと少しは楽になってきたというのに――さ、そんなもの片づけなさい、絵を描いてる場合じゃないわ――汽車は何時のがあるかしら――どうせケストン駅まで歩いて行かなきゃならないわ――寝室の掃除が終わらないわ」

「ぼくがやっとくよ」ポールは言った。

「いいのよ――七時の汽車で帰ってこられると思うから――ああ嫌になるわ、お父さん、きっとまた大騒ぎするわよ！　それにティンダー・ヒルんとこの花崗岩の舗道ったら――腎結石みたいって言うのも分かるわ――めちゃくちゃに揺れるんだから。どうして直さないのかしら、あんなにひどいままにしといて、みんな救急車であそこを通るって言うのに――ここへ病院を建てればいいのに。土地は会社のものになってるんだし、事故は始終なんだから、病院はやってけるわ。ところがだめで、ノッティンガムまでのろのろ救急車で十マイルも運んでくんだから。ほんとにひどい話だわ！――ああ、あの人、大騒ぎだろうねえ！　きまってるわ！　誰がついてったのかしら――バーカーさんよ、きっと。かわいそうに、逃げ出したがってるわよ。でも、あの人なら、絶対よく面倒を見てくれるわ。でも、どのくらい入院してることになるんだろうねえ――お父さんはさぞ嫌がるわ！　でも脚だけですんだのならまだよかった」

こう言いながらも、支度を進めた。急いで胴着を脱ぎながら、湯わかし器の前にしゃがんでブリキ缶にゆっくり水がそそがれてゆくのを見ていた。

「こんな湯わかし、海へ放りこんじゃいたいわ!」把手をがちゃがちゃやりながら彼女が叫んだ。小柄な女にしては驚くほど形のよい、がっしりした腕だった。

ポールは絵の道具を片づけると、やかんを火にかけ、お茶の支度をした。

「汽車は四時二十分までないよ。お茶を飲んでから行けばいい」

「とんでもない、むりよ!」彼女はタオルで顔を拭きかけたまま、目をしばたたいた。

「大丈夫だよ。とにかく、お茶の一杯くらい飲んで行かなきゃ。ケストンまで、一緒に行こうか?」

「一緒に行く? そんなことして、いったい何になるの?——さあ、何を持っていけばいいだろう? ああ、ほんとに! きれいなシャツと——洗ってあってほんとによかったわ。でも風に当てないと——靴下と——これはいらないかも知れない——それとタオルがいるわね——それからハンカチ、と——あとは何かしら?」

「櫛とナイフとフォークにスプーン」ポールが言った。父は前にも入院していた。

「足先の状態もどうなっていることやら」ミセス・モレルは櫛を使いながら、言葉を続けた。その長い茶色の髪は絹のように美しかったが、もうちらほら白いものが混ざっていた。

「あの人は腰から上はひどく神経質に洗うけど、その下は問題じゃないと思ってるの。でも病院じゃ、ああいう人には慣れてるかも知れないね」

ポールが食卓を整えた。とても薄いバターつきパンを一、二枚、母のために切った。

「さあ、できたよ」と言って、母の座るところに紅茶を置いた。

「そんなことしてる暇はないわよ！」彼女は怒って叫んだ。

「でも、食べなきゃだめだ。ほら、もうできたんだから」彼は引かなかった。

そう言われて、腰をおろすと、彼女は紅茶をすすり、黙って少し食べた。思いをめぐらしていた。
二、三分後に、家を出た。ケストン駅まで二マイル半を歩いた。病院へ持って行くもので、買物袋はぱんぱんだった。ポールは、生垣にはさまれた道を母が上って行く姿を見つめた。小さな体でさっさっと歩いて行くその姿から、ポールはこれでまた母が一苦労するのだと思い、胸が痛んだ。母も心配を抱えて足早に歩きながら、背後の息子が母を思い、母の荷を少しでも軽くしてやろう、母を支えようとさえしているのを感じた。そして病院に着くと、「重傷だと話せば、あの子は動転してしまうだろう。気をつけなくては」と思った。そして、とぼとぼと家路につきながら、家に戻ればポールが自分の荷を軽くしてくれると思った。
「ひどいの？」家へ入ったとたんに、ポールが訊いた。

「かなりひどいわ」彼女は答えた。

「どんな？」

彼女は嘆息をついて腰をおろし、ボンネットの紐をほどき始めた。仕事で固くなった小さな手で顎の下の結び目をほどくために上げた母の顔を、息子はじっと見つめた。

「まあ、本当に危ないというわけではないの」と彼女は言った。「でも看護婦さんの話だと、ひどい骨折なんですって。何しろ大きな岩が、脚の——この辺に——落ちて来たの——複雑骨折——

―何本か骨が皮膚を破って飛び出して――」

「うう――こわい！」子供たちは声をあげた。

「だから」と、彼女は続けた。「お父さんはもちろん、死ぬ死ぬって言ってるわ――ああいう人だもの。『もうおしまいだ！』って、わたしの顔を見て言うのよ。『ばかなことを言わないで』って言ってやったわ。『どんなにひどい骨折だって、脚の一本くらい折れたからって、死ぬもんですか』ってね。『ここを出る時は棺桶の中だ』って呻くから『木箱に入れて庭へ連れてってくれって言うんだったら、病院だって絶対そうしてくれますよ。でも、あなたが良くなってからね』って言ったの。婦長さんも『その方がいいと私たちが判断すれば』って言ってくれたわ。とってもいい婦長さんなのよ。ただ、ずい分厳しいわね」

母は、ボンネットを脱いだ。子供たちは何も言わず待った。

「たしかに、ひどいけがはひどいけがよ」彼女は続けた。「当分はひどいままでしょう。ショックも大きかったし、血もたくさん出たのよ。それにひどい骨折をしてるのも確かだし。そう簡単に治るかどうか、分からないわ。熱が出たり壊疽《えそ》になる危険もあるし――予後が悪ければおしまいね。でもその点になると、お父さんは血がきれいだし、肉の治りもすばらしく早いから、予後が悪いことなんて考えられないのよ。たしかに傷はあるけど――」

彼女は興奮と不安に青ざめていた。三人の子供たちも父がひどく悪いのを悟って、家中が不安に静まり返った。

「でも、お父さんはいつでも治る」

しばらくしてポールが言った。

「わたしもそう言ったのよ」母は言った。

皆、何も言わずに動き回った。

「お父さんは本当にもうだめみたいな顔をしていたけど」彼女は言った。「婦長さんは、あれは痛みのせいだって言うの」

アニーが母親の外套とボンネットを片づけた。

「帰ろうとしたら、わたしを見つめるの！『汽車の時間があるから帰らなくちゃいけないのよ、ウォルター――子供たちも待ってるし』って言ったの。わたしを見つめるの。かわいそうだわ」

ポールはまた筆をとって絵を描きはじめた。アーサーは外へ石炭を取りに行った。アニーは暗い顔で座りこんでいた。ミセス・モレルは、最初の赤ん坊がお腹にいるころ夫が作ってくれた揺り椅子にじっと座ったきり、思いに沈んでいた。とても悲しかったし、大けがをした夫が、かわいそうでならなかったが、心の奥の奥は、愛の炎が燃えさかっているはずなのに、空ろで虚しかった。女なら憐みの心でいっぱいになるはずの、命をかけても夫の看護につくしてよい時なのに、できるものなら代わりに自分がその苦しみを引き受けたいと思うはずの時なのに、心の奥のどこかで、夫にも、夫の苦しみにも、冷淡だった。気持がどんなに昂ぶっても夫を愛せないということの事実が、彼女には最も辛かった。しばらく、思いに沈んでいた。

「そうだ！」急に言いだした。「ケストンまで半分くらい行ったところで、わたし、家で履いてるまんまの靴で来たのに気がついたの――ほら、これ」茶色の爪先のすり切れたポールの古い靴だった。「恥ずかしくて、どうしたらいいか分からなかったわ」と言い足した。

翌朝、アニーとアーサーが学校へ行ってしまうと、ミセス・モレルは、家の仕事を手伝っているポールに、またこう話した。

「病院にはバーカーさんがいたわ。気の毒に、暗い顔してるの。『この人を連れてここまでいらっしゃるの、大変だったでしょうね』って言ったのよ。『話す気にもなりませんよ、奥さん！』って。『ええ、この人のことですもの、分かりますわ』『モレルさんが、かわいそうだった、かわいそうだった！』『そうでしょうね』『がたんと揺れるたんびに、こっちの心臓が口から飛び出しちまいそうな気がした。それに、時々、悲鳴をあげるし！　奥さん、いくら金もらったって、二度とあんな目に遭うのはごめんだ』『よく分かりますわ』『でも、とんだことだったねえ、それに治るまでにゃけっこうかかるだろうし』『そう思うんです』ってね。バーカーさんていい人よ──ほんとにいい人。どこかとても男らしいところがあって」

ポールは黙って仕事を再開した。

「それにもちろん」ミセス・モレルの話は続いた。「お父さんみたいな人には、病院暮しは辛いのよ。規則だの規律だのってものが分からない人だから。それに誰かに体をいじられるのが嫌いで、何とか触らせまいとするの。腿の筋肉がやられた時は、日に四回は包帯をとりかえなきゃいけないのに、わたしか自分のお母さんでなきゃ触らせないの。そんな風だから、今度も看護婦さんに我慢できないでしょう。だから、置いて来るのが嫌だった。お別れのキスをして出て来る時は、ほんとに申し訳なかったわ」

こんな風に、息子に喋った。まるで息子に向かって声に出しながら考えているようなもので、彼の方でも一緒に苦しんで彼女の重荷を軽くしてやろうと、できるかぎり耳を傾けた。ついには、自分でも知らないうちに、ほとんど何もかもをこの息子に打ち明けるようになった。

モレルは一時、重態に陥った。一週間危篤状態が続いた後で、良くなり始めた。父親が良くなりそうだというので一家も一息つくと、幸福な生活が始まった。

夫の入院中も、生活には困らなかった。毎週、炭鉱から十四シリング、傷病互助会から十シリング、傷害基金から五シリング入ったほかに、幾人もの切羽頭が、五シリングから七シリングほどミセス・モレルに届けてくれたから、ゆとりが持てた。それに病院のモレルは快方に向かっていたから、一家はとてもとても幸せで穏かな日を送った。土曜と水曜には、ミセス・モレルがノッティンガムまで見舞いに行った。そしてかならずささやかなお土産を買って帰った。ポールには小さな絵具のチューブか画用紙、アニーには絵葉書を二、三枚。これは家中で何日かさんざん眺めたあげく、アニーにもう出してもいいという許可が出た。アーサーに、糸鋸《いとのこ》か、ちょっとした綺麗な木材を買ってくることもあった。母親は嬉々として、ノッティンガムの大きな店を見てまわった話をした。そのうちに画材屋の人たちに覚えられ、彼らはポールのことも知った。本屋の女店員も、彼女にとても興味を持った。ノッティンガムから帰って来た日のミセス・モレルは話の宝庫だった。三人の子供たちは、寝る時間まで母を囲んで話を聞いたり、口をはさんだり、意見を言ったりしていた。そんな時、ポールはよく翌朝のための石炭を足す役を務めた。

「今は、ぼくがこの家の主人だね」彼は母に嬉しそうに言うのだった。彼らは家庭がどんなに安らぎに満ちた場所になれるかを、初めて知った。そして、そんな冷酷なことを口に出すものは一人もいなかったが、やがて父が戻って来ることを、ほとんど残念に思った。

ポールは十四になっていて、仕事を探していた。いく分小柄で華奢な体つきで、髪は濃茶色、目は淡い水色だった。顔も子供っぽい丸みが消えて、どことなくウィリアム似の、角張ってゴツゴツした感じになってきて、驚くほどよく動いた。いつもは何でも見通しているような、生気がみなぎった温かい表情をしているが、突然、笑みを浮かべると、母親そっくりの、とても美しい笑顔になった。ところが、たえず動いている心の奥に何かわだかまりがあると、虚《うつ》けた醜い表情になった。人が理解してくれなかったり、軽く見られたりすると、たちまち愚かな無骨者になり、厚意を示されると、すぐに魅力的な人間に戻った。

初めて接するものにはいつも苦しい思いをした。七歳で学校へ行き始めた時は、悪夢であり拷問だった。しかし、そのうち、学校が好きになった。そして、世の中へ出て行かなければならない時が来てみると、彼は身のすくむような自意識に苦しんだ。その年齢にしたらきわめて絵が上手だったし、牧師のヒートン先生に習って、フランス語もドイツ語も数学も多少心得ていた。だが、実務で役立つようなものは、何一つ身についていなかった。きつい肉体労働ができる体ではないと、母は言っていた。手で何かを作るのは好きではなく、その辺を駆けまわったり、自然の中へ出かけたり、本を読んだり、絵を描いたりといったことを好んだ。

「何になりたいの？」と母が尋ねた。

彼にはまったく見当もつかなかった。絵を描いていられればよかったが、それは無理なので、そう言えなかった。何もしないのが強い望みになった。しかし、もうどうしても稼がなくてはならない。自分が世の中で金銭的な価値があるとは感じなかったし、どんな仕事でも週給三十や三十五シリングは稼げると知っていたので、いつも、

「何でもいいよ」と答えた。

「それじゃ答えになりません」と母は言った。

だが、正直、それ以外に答えようがなかった。この世のものに関する彼の望みは、どこか家の近くで毎週三十シリングか三十五シリングを地味に稼いで、いずれ父親が死んだら母親と一軒家を持って、絵を描いたり行きたいところへ行ったりしながら、ずっと幸せに暮らすというものだった。事を成すということに関しては、これだけだった。それでも、実は気位が高い彼は、人を自分と比べて、容赦ない評価を下すこともあった。画家に、本物の画家になるのもいいと思ったが、本気で考えることはなかった。

「それなら、新聞の求人広告を見なきゃだめよ」と、母親は言った。

彼は母を見た。そんな屈辱的なことには耐えられそうになかった。だが、何も言わなかった。朝起きると、そのことしか考えられなくなっていた。

「求人広告を見に行かなければ」

この思いが朝の真正面に立ちはだかって、人生のあらゆる喜びばかりか人生そのものを踏みにじった。心臓が締めつけられた。

そして、十時に、家を出た。彼は無口な変わった子に見られていた。この小さな町の日当たり

のいい道を歩いてゆくと、出会った人たちみんなに「あの子は生協の図書室へ新聞の求人広告を見に行くのだ。仕事の口がないのだ、きっと母親に養ってもらってるんだ」と腹の中で思われているような気がした。生協の衣料品部の裏の石段をこそこそ上がると、図書室をのぞいた。たいてい一人か二人、何の仕事もない老人や互助会の援助で生活している坑夫がいた。入ってゆくと、その人たちが顔をあげたので、顔から火の出る思いでテーブルの前に座り、格好だけニュースに目を通すふりをした。この人々が「十三の小僧が図書室の新聞なんかに何の用があるんだろう」と思っているのが分かったから、ひどく苦しんだ。

そして、沈んだ気持で窓の外を見た。すでに産業主義の虜囚だった。向かいの庭の古い赤塀の上から、大きなひまわりの花がいくつも顔を出して、昼食の材料をかかえて急ぎ足で通って行く女たちをはなやかに見おろしていた。谷には金色の麦が、日を浴びて一面に広がっていた。麦畑に囲まれた二つの炭鉱からは、白い湯気がゆらゆら立ちのぼっていた。彼方の山の中腹のオルダズリーの森が黒々と美しく見えた。ポールの心はすでに沈んでいた。自分は奴隷にされるのだ。美しい故郷の谷にあった彼の自由はすでに消えかけていた。

ケストンから、樽を積んだビール屋の荷馬車が、がらがら音を立てて登ってきた。裂けたインゲンのさやからこぼれた豆のように、片側に四つずつ巨大な樽が並んでいる。そっくり返って悠然と揺られて行く御者の位置は、ポールの目の位置とあまり変わらなかった。その小さな弾丸のように丸い頭の毛が日を浴びて白く見え、ズックの前掛けの上でぶらぶら揺れている太く赤い腕にも、毛が白く光っていた。彼のかがやく赤ら顔は、日光と一緒に眠っているようだった。御者にかまわず走って行く栗毛の美しい馬の方が、はるかに主人然としていた。

ポールは、自分もばかになりたいと思った。「ぼくもあの男みたいなでぶか、日なたぼっこの犬になりたい。豚になりたい。ビール屋の御者になりたい」と思った。

そのうち、図書室にやっと誰もいなくなったので、あたふたといくつかの広告を紙切れに写しとったポールは、すっかり安心してそっと部屋を出た。母親はこの写しを一通り見ると、

「そうね。当たってごらん」と言った。

ウィリアムが見事な商業英語で書いてくれた願書があったので、ポールはこれを多少直して写した。彼の書く字は実にひどくて、何をやらせても上手なウィリアムは、かんしゃくを起こした。

兄は、すっかり鼻高々だった。ロンドンに出た彼は、ベストウッドの頃の友達より社会的地位がはるかに上の人々と付きあえた。彼とおなじ事務所にいる書記の中には、すでに法律を修めて見習いのような形で来ているものもあった。ウィリアムはいかにも快活だったから、どこでも友達ができた。だから、これがベストウッドだったら、あの近づきがたい銀行支店長も下に見るような、牧師宅にしてもただお義理から訪ねてやるというような相手の家をたちまち訪ねたり泊ったりするようになった。その結果、彼は自分を大物だとうぬぼれだした。あまりにもやすやすと紳士になれたことに、自分でも驚いた。

母宛ての彼の手紙は満足げに書かれたものが多かった。

「リンプスフィールド村、マーミドン邸にて。

母さん

今午前一時です。思い描いてください。あなたの息子は由緒あるオークの椅子に座って、卓上に置かれた最新の模様の電気スタンドを前にこの手紙を書いているのです。夜会服姿で、二十一歳の誕生日に母さんがくれた金のカフスボタンをつけ、自分にとても満足しています。ただただ、この姿を母さんに見せたくてたまりません。栄光の頂点にあったソロモンだって、かなわないでしょう。この週末はルーズモアの家で過ごすので、こうして手紙を書いています——」

母は、彼が得々としている様子を喜んだ。ウォルサムストウにある彼の下宿はえらく寒々していた。ところが、この若者から来る手紙が熱病じみてきた。生活が何もかも変わったために落着きを失い、自分の足でしっかり立っていられず、新生活の急流の中で目をまわしているようだ。母は案じた。彼が自分を見失って行くのが感じられた。ダンスをし、劇場へでかけ、ボート遊びをし、友達と出かけて、しかもその後で、勤め先でも法律の世界でもできるかぎり出世しようとして、下宿の寒い部屋で夜遅くまでラテン語にかじりついているのを彼女は知っていた。今ではもう、母に一銭も送っては来なかった。彼の少ない収入は、彼自身の生活にみんな消えた。彼女の方でも十シリングあれば助かるような苦しい時を除けば、息子の金を欲しくはなかった。彼女は今でもウィリアムに夢を託し、自分が後押しをして彼を出世させる夢を捨ててはいなかった。彼のことを自分がどれほど案じ苦しんでいるか、自分でも決して認めようとはしなかった。

その頃の彼はダンス・パーティで会った娘のことを盛んに書いてよこした。ブルネットのそれなりに若い美人で、たくさんの男がしきりに追いまわしている令嬢ということだった。

「もし他の男の人たちもその女の人を追いかけていなかったら、はたしてあなたも追いかけるかしら」と、母は書いた。「大勢の人にまじっている間は何の不安もなく、得意でいられます。でもあなたが勝って、その人と二人きりになった時にはどういう気持になるか、それをよくお考えなさい」

ウィリアムはこういう説教をうるさがって、女を追いまわすのを止めなかった。彼はその娘を舟遊びに連れ出した。「お母さんも彼女を見れば、ぼくの気持がわかるでしょう。背が高く、上品で、澄みきった褐色の肌をしていて、髪は漆黒、その灰色の目と言ったら、夜の水面の光のようにきらきらして、人を玩《もてあそ》びます。彼女を見るまでは、辛らつなことをおっしゃればいいでしょう。服装も、ロンドン中のどんな女にも負けません。彼女とピカデリーを歩く時のぼくの体は昂然とそり返っています」

ミセス・モレルは心の奥で、息子は気持の合う女というより、きれいな服を着た美しい体とピカデリーを歩いているのではないかと思った。それでも、疑念を抱きつつ喜んでやった。立って洗濯桶を見下ろしながら、息子への思いにふけった。金のかかるおしゃれな妻を背負いこんで、ろくに稼げず、郊外の醜い狭小住宅で生活苦に沈んでゆく息子の姿が目に浮かんだ。「そんなばかなこともないだろう――取り越し苦労だわ」と思った。それでも、ウィリアムが一人で間違いを犯さなければいいがという不安は、片時も彼女の心を離れなかった。

まもなくポールに、ノッティンガム市スパニエル通二十一番地トマス・ジョーダン外科用器具製作所から面接の通知が来た。母は大喜びした。

「ほら、ごらんなさい！　四通しか手紙を出さなかったのに、三通目でもう返事が来たじゃないの。わたしが昔から言ってた通り、あなたは運がいいのよ」と、目をかがやかせて、母が叫んだ。

ポールはジョーダン社の便箋にある、伸縮自在の靴下や他の飾りをつけた木製義足の絵を見てぎょっとした。伸縮自在の靴下があるのは知らなかった。ポールはビジネスの世界を実感できた気がした。そして、その隙のない価値体系や非人間性が怖くなった。木製義足が商売になるということも異様に思えた。

火曜日の朝、母と子は一緒に出かけた。八月の日差しがかっと暑かった。ポールは、歩きながら、胸が締めつけられる思いだった。他人の前でさらし者になって決められるくらいなら、激しい肉体的苦痛を味わう方がましだった。それでも、盛んに母親と喋っていた。こういう辛さは決して母に打ち明けようとはしなかったから、母はただぼんやりと察するばかりだった。彼女は恋人のようにはしゃいでいた。ベストウッド駅の切符売場では、ポールは母が自分の前に立って財布から金を出すところをじっと見ていた。黒いキッドの古手袋をはめた母の手が、すり切れた財布から銀貨を取り出すのを見ていると、彼の心は母への愛の痛みにいたたまれなくなった。

母はとても興奮していて、とても陽気だった。彼は母が他の乗客の前でも大声で話すので穴があったら入りたくなった。

「あら、あの牛を見てごらん、ばかね！」と、彼女は言った。「まるでサーカスみたいにぐるぐる廻ってるよ」

「きっとウシバエが食いついてるんだよ」彼はうんと低い声で言った。

「何が食いついてるって？」彼女は明るい声で、何の気がねもなく訊き返した。

しばらく、言葉がとぎれた。その間じゅう、彼は、向かいの母をたえず意識していた。不意に、二人の目が合うと、母は微笑んだ。明るく、美しく、愛にあふれ、心の通う、まれな笑顔だった。それから、どちらも窓外に目をやった。

急に彼の顔を見て、母がきっぱり言った。

「絶対に受かると思うわ――それに受からなかったとしても、まだ三つ目だから仕方ないわよね。でも、受かるわよ。あなたは身の程知らずに運がいいから」――そんな風に話したら、他人にも聞こえてしまう！

鈍行列車の十六マイルが終わった。母と息子は一緒に冒険にのりだす恋人同士のようにわくわくしながら、ノッティンガムの駅前通りを歩いて行った。キャリントン通りで、二人は足を停め、橋の欄干にもたれて下の運河を行く荷船を眺めた。

「ヴェニスにそっくりだ」両岸に工場の高い塀がつづく川面に日が差しているのを見て、彼は言った。

「そうかしらね」母も微笑み答えた。

いろいろな店を覗くのが楽しくて仕方なかった。

「あそこにあるブラウスね」と母親が言う。「あれ、アニーにちょうど似合うんじゃないかしら？　一シリングと、十一と四分の三ペンスよ。安いじゃない？」

「それに、手縫いだしね」彼も言った。

「そうよ」

時間はたっぷりあったので、二人は急がなかった。都会がもの珍しく、楽しくてならなかった。だが、少年の心の奥は不安に縛られていた。トマス・ジョーダン社の面接が怖かった。

セント・ピーターズ教会の時計を見ると、そろそろ十一時だった。二人は「城」に通じる狭い道に入った。この辺は陰気で古くさく、店も天井が低くて薄暗かった。真鍮《しんちゆう》のノッカーのついた暗緑色の扉と家から舗道へ降りる黄土色の階段が続いた。その先には、半眼に閉じた狡猾な目のような小窓のある古い店があった。母と息子は「トマス・ジョーダン社」という看板を見落とさないように、きょろきょろ探しながら歩いた。未開の荒野で狩をするようだった。興奮に浮足立っていた。

不意に、暗い大アーチの入口が目に入ると、そこにあるいろいろな社名の中に、トマス・ジョーダンがあった。

「ここだわ！」ミセス・モレルが言った。「でも、ここのどこなのかしら？」

二人はあたりを見まわした。片側は陰気くさい奇妙なボール紙工場だし、反対側は安ビジネスホテルだった。

「この奥だ」と、ポールは言った。

二人はドラゴンの口の中へでも入る気持で、アーチを潜った。奥はぐるりと建物に囲まれた、井戸の底のような広い中庭になっていて、藁や箱やボール紙が一面に散らかっていた。木箱の一つに日光が当たって、その中の藁が黄金色にたなびいて地面に達していた。しかし、それ以外は穴蔵のようだった。ドアがいくつもあって、階段も二つあった。真正面の、階段の上の汚れたガラス戸に「トマス・ジョーダン社——医療器材」という文字が、不気味に現れた。ミセス・モレルが先に立ち、息子が後に続いた。断頭台に上るチャールズ一世の心の方が、母の後から汚い階段を上り汚い戸口に向かう時のポールよりは軽かっただろう。

扉を押し開けたミセス・モレルは、嬉しい驚きに立ちつくした。目の前に大倉庫が広がっていた。いたるところにクリーム色の紙包みが置かれ、腕まくりをしたワイシャツ姿の事務員たちが自然体で動きまわっていた。落ちついた明りの中で、つやのあるクリーム色の包みが発光するようだった。濃茶色の木のカウンターが伸びていた。万事がしずかで、まったく気取りがなかった。ミセス・モレルは二歩入ったところで立ち止まった。ポールはその後ろに立った。母はよそゆきのボンネットをかぶって黒のヴェールをたらし、息子は少年向きの大きな白いカラーをつけてノーフォーク・スーツを着ていた。

事務員の一人が顔をあげた。やせて背が高く顔の小さい男だった。その視線に隙はなかった。ガラスばりの事務室になっている部屋の奥を振り返ってから、こっちへやって来ると、何も言わずに礼儀ただしく意向を尋ねるように、ミセス・モレルの方に身をかがめた。

「ジョーダンさんにお目にかかりたいのですが」と彼女が言った。

「呼んでまいります」と、その青年は答えた。

彼はガラス張りの事務室へ行った。赤ら顔に白い頰ひげの老人が顔を上げた。ポメラニアンみたいだとポールは思った。と、その小柄な男がこっちへやって来た。脚が短く、肥り気味で、アルパカの上着を着ていた。誰だろうと片耳をそば立てた犬のように、のっしりと出て来た。

「お早うございます！」客かどうか分からないまま、ミセス・モレルの前に立った。

「お早うございます。息子のポール・モレルを連れて伺いました。今朝伺うようにとご通知をいただいたものですから」

「こちらへどうぞ」ジョーダン氏はビジネス風にするつもりで無愛想に言った。

二人はこの製造業者の後について、客の尻にこすられて光っている黒い模造皮革張りの椅子のある汚い小部屋に入った。卓上には、脱腸帯がうず高く積まれ、山羊の柔皮製の黄色い輪がいくつも絡みあっていた。新品で生きているようだった。ポールは新しい山羊の柔皮の匂いを嗅いで、これは何だろうと思った。すでにぼうっとして、物の表面しか分からなくなっていた。

「お掛けなさい」ジョーダン氏は怒ったように、馬毛の椅子をミセス・モレルに指差した。彼女は自信なさげに浅く腰かけた。小柄なジョーダン氏はごそごそすると、一枚の紙を見つけた。

「これは君が書いたのかね？」彼は素っ気なくその紙をつき出した。ポールにはすぐ自分の手紙だとわかった。

「はい」彼は答えた。

その時の彼の心には二つの思いが同居していた。第一は嘘をついた罪悪感だった。手紙の文を作ったのはウィリアムなのだから。もう一つは、自分の手紙がこの老人の肉づきのいい赤い手に握られていると、家の台所のテーブルにあった時とどうしてこうも違った未知のものに見えるのだろう、という思いだった。自分の一部が迷子になった気がした。老人の手紙の持ち方にも腹が立った。

「字はどこで習った?」老人は不機嫌そうに訊いた。

ポールは、ただ恥じいるように相手を見たまま、返事をしなかった。

「ほんとうに字が下手で」母親が脇から申し訳なさそうに言った。そしてヴェールを上げた。ポールは、母がこの品のない小男に毅然とした態度をとらないのに腹を立てながら、ヴェールを上げた母の顔を美しいと思った。

「で、君はフランス語ができるんだって?」あいかわらず厳しい口調で、小男は訊いた。

「はい」

「学校はどこだ?」

「町の小学校です」

「フランス語もそこで習ったのかね?」

「いえ――ぼくは――」少年は真っ赤になって、それきり詰まってしまった。

「名づけ親に習ったのです」ミセス・モレルがなかば訴えるように、なかばよそよそしく言った。

ジョーダン氏の動きがちょっと止まった。それから、また苛々と、いつでもすぐ動き出しそうなその手が別の紙片をポケットから引っぱり出すと、それを広げた。紙がばりばりと鳴った。

彼はそれをポールに渡した。

「読みなさい」彼は言った。

フランス語の手紙だったが、外国人の細くて華奢な手書きなので、少年には判読できなかった。

ポールはぼうっと手紙を見つめた。

「ムッシュー」読みだしはしたものの、すっかり取り乱して、ジョーダン氏の顔を見た。「これ――これ――」

「手書きです」と言いたかったのだが、もうすっかり頭が混乱して、そんな言葉さえ出て来なかった。自分の愚かさに打ちのめされ、ジョーダン氏に憎しみを燃やしながら、必死の思いで手紙に視線をもどした。

「『拝啓――お送りください』――ええと、ええと――これ何だろう――ええと――『二足――グレイの糸のストッキングを』――ええと――ええと――『ただし』――ええと――この辺の字が読めません――ええと――『ドワ――指のない』――ええと――字が読めない」

「手書きが読めない」と言いたかったのだが、依然として「手書き」という言葉が出てこなかった。彼がつまったのを見てジョーダン氏は、手紙をひったくった。

「『折り返し二足、爪先のないグレイの糸のストッキングをお送りください』」

「でも」ポールはすぐに言った。「ドワは手の指――も指します――普通は――」

小男がポールを見た。彼は「ドワ」が「手の指」なのかどうか知らなかった。分かっているのは、自分の商売にとっては「爪先」の意味だということだった。

「足に手の指がついてるもんか！」彼はぴしゃりと言った。

「でも、たしかに、手の指という意味です」少年はがんばった。

自分に恥をかかせた男を憎んでいた。ジョーダン氏は、青白い顔の間抜けで反抗的な少年に目をやり、それから、母親を見た。彼女は他人の厚意にすがらなくては生きていけない貧乏人特有の無表情な顔で、静かに座っていた。

「で、いつから来られるかね？」彼は訊いた。

「ええ」ミセス・モレルは答えた。「いつからでもすぐ来られます。もう学校は卒業しましたから」

「ベストウッドに住むのかね？」

「はい――でも――駅に――八時十五分前には着けます」

「ふむ！」

結局、ポールは週給八シリングで、螺旋《らせん》部の下級事務員に採用されることになった。少年は「ドワ」は「手の指」だとがんばった後は、一言も口をきかなかった。母の後について外の階段を降りた。彼女は愛情と喜びにあふれた明るい青い目で息子を見た。

「ここなら気に入ると思うわ」彼女は言った。

「『ドワ』はぜったい『手の指』なんだよ、お母さん――それにあの字だよ――あの字は読めないよ」

「気にしちゃだめよ、ポール――あの人は悪い人じゃないわ。それにあの人と顔を合わせることはそうないわよ――初めに出て来た若い人、いい人だったじゃない――きっとここの人たち、好きになるわ」

「でも、ジョーダンさんは品がないでしょう？　あの人がこの会社をみんな持ってるのかな？」

「あの人は職工から出世したんじゃないかしら」彼女は言った。「あまり人のことを気にしちゃだめよ。あなたに意地悪をしてるわけじゃないんだから——あれがここの習慣なのよ——あなたはいつでも、世間の人がわざとしてるみたいにとるけど、そういうわけじゃないのよ」

とてもいい天気だった。がらんと人気《ひとけ》のない市場の上に、光の揺れる青空が広がり、舗道の花崗岩の敷石もきらめいていた。ロング通りの商店は日陰にひっそりしていたが、その日陰にも色彩があふれていた。鉄道馬車が市場を横切るあたりがちょうど果物屋の屋台のならんでいる場所で、果物が日を浴びて燃えあがるような色を見せていた。リンゴがあり、赤っぽいオレンジや小さな西洋スモモやバナナの山があった。二人が通りかかると果物が温かく匂った。ポールの屈辱感と憤りはおさまった。

「どこでお昼を食べる？」母が訊いた。

「何か買って、植物園で食べれば？」

「だめよ、それは」

「モーリーへ行こう」

「あそこの紅茶は濃すぎるわ。だめだめ。あなたが就職したんだから、きちんと食べましょう」

とんでもない浪費という気がした。ポールは生まれてから、まだ一、二度しか食堂へ入ったことがなく、その時にも紅茶一杯と菓子パン一個だけだった。ベストウッドの人間はたいてい、ノッティンガムまで出ても、食べるのは紅茶にバターつきパン、あとは保存加工の牛肉がせいぜいだと思っていた。本格的な料理を食べるのは大変な贅沢と思われていた。ポールは罪を犯している気がした。

それなりに安そうな店を見つけた。だが、メニューを見たミセス・モレルは、何でもとても高いので気が重くなった。そこで彼女は一番安いもの、ポテトつきのキドニーパイ（牛や羊の腎臓をいれたパイ）を注文した。

「こんなとこ、入らなきゃよかったんだよ、お母さん」ポールは言った。

「いいのよ。二度と来やしないから」

彼女はポールに小さなカラントのタルトを食べろと言った。息子は甘いもの好きなのだ。「食べたくないよ、お母さん」彼は訴えた。

「いいのよ、おあがり」母は承知しなかった。

そして、ウェイトレスの姿を探した。ところがウェイトレスは忙しそうで、すぐ呼ぶ気にはなれなかった。母と息子はウェイトレスの気が向くまで待っていたが、彼女は男の客たちとふざけていた。

「どうしようもない女ね！」ミセス・モレルがポールに言った。「ごらん、あの男の人にプディングを持ってってたわよ、あたしたちよりずっと後から来たくせに」

「いいんだよ、お母さん」ポールは言った。

ミセス・モレルは怒っていた。しかし自分が貧しく、注文も貧弱だったので、すぐには権利を主張する勇気がなかった。二人は待ちに待った。

「行かない、お母さん？」彼は言った。

その時、ミセス・モレルが立ち上がった。ウェイトレスがそばを通りかかった。

「カラントのタルトを一つ持って来てくださらない？」ミセス・モレルがはっきりした声で言った。

女は横柄な顔でふりむいた。

「もうすぐです」女は言った。

「ずいぶん待ってるのよ」ミセス・モレルは言った。

女はすぐにタルトを持ってきた。ミセス・モレルは冷やかにお勘定を要求した。ポールは穴があったら入りたかった。母親の手きびしさに驚嘆した。彼女がこんな小さな権利でも主張できたのは長い年月の戦いがあったからこそだということが、彼には分かった。彼女にも、彼におとらず、気後れがあったのだ。

「あんなとこ、二度と行くもんですか！」外へ出てほっとすると、彼女は言い放った。

「さあ、キープ画廊やブーツ薬局や他にも一、二軒寄って行きましょう」

二人は画廊にある絵を批評した。母は息子に、彼がひどく欲しがっている貂の尾の毛でできた小さな画筆を買ってあげると言った。しかし、彼はそんな散財を許さなかった。婦人帽子屋や生地屋の前に立っていると彼は退屈しかけたが、母が興味深そうに眺めているのを見ると、それで満足だった。二人は町を彷徨《さまよ》いつづけた。

「ごらん、黒ブドウだわ！」彼女が言った。「食べたいわねえ。何年も前から買いたいと思ってるんだけど、当分は手が出ないわ」

次には花屋の入口に立ちどまって、匂いを楽しんだ。

「ああ！　ああ！　ほんとにきれい！」

ポールが見ると、店の暗がりで黒い服を着た若い美しい女が、カウンター越しにじっと様子をうかがっていた。

「店の人が見てるよ」彼は母を店の前から離そうとした。

「でも、あれは何の花？」彼女は動こうともせずに、大声で訊いた。

「アラセイトウだ！」彼は匂いを急いで嗅いで教えた。「見て、桶一杯もあるよ」

「そうね――赤と白だわ。でも、まさかアラセイトウがこんな匂いがするなんて知らなかったわ！」こう言うとやっと戸口を離れて彼をほっとさせたのもつかのま、また窓の前で立ちどまった。

「ポール！」彼女は、黒服の美しい売り子の目の届かない所に行こうとしていた息子に向かって、叫んだ。

「ポール！　ちょっとここをごらん！」

彼はしぶしぶ引き返した。

「ほら、あのフクシアの花を見てごらん！」彼女はこう叫んで花を指さした。

「ほう！」彼も興味ありそうな不思議な声を出した。「今にも花が落ちそうだ。あんなに大きく重そうにさがってて」

「それに花がたくさん！」彼女は叫んだ。

「びっしりからみあってて」

「ほんとう！」彼女は感嘆の声をあげた。「何てきれいなの！」

「どんな人が買うんだろう？」彼は言った。

「まったくね！」母も答えた。「わたしたちじゃないわね」

「うちの客間じゃ枯れちゃう」

「ほんとに、ああ寒くて日も差さない穴倉じゃ。どんな花を飾っても枯れちゃうわ。台所でも育たないし」

二人は買物を二、三してから、駅に足を向けた。建物の間の暗い運河の彼方、緑の木立に覆われた茶色い断崖の上に、やわらかい日差しを浴びた奇跡さながらに美しい「城」が見えた。

「昼食時に外に出るのが楽しみだな」ポールは言った。「この辺をよく歩いて、みんな見たいな。ほんとうに美しい」

「そうね」母親も肯いた。

母親と過ごしたこの日の午後は、申し分ないものだった。幸せな気分に浸り、快い疲れに酔い、美しい夕暮時に帰宅した。翌朝、彼は定期券の申込書を書いて駅へ行った。帰ると、母は床を洗いにかかろうとしていた。彼はソファに体を丸めて座った。

「土曜日までには定期券が届くって」と、彼は言った。

「それで、いくらなの？」

「一ポンド十一シリングくらい」

母は黙って、床を洗いつづけた。

「高い？」息子は訊いた。

「そのくらいだろうと思ってたわ」母は答えた。

「ぼくは週給に八シリングを稼ぐし」

彼女は返事をせずに、仕事を続けた。しばらくして、こう言った。

「あのウィリアムは、ロンドンへ行った時に、毎月一ポンド送るって約束したのよ。十シリングは送ってきたわ――二回。でも今じゃ、頼んだって一銭もないにきまってるわ。欲しいわけじゃないのよ。でも、この定期代のような思いがけない出費は、頼ろうかとつい思ってしまうのは仕方ないでしょ」

「兄さんはたくさん稼ぐからね」ポールは言った。

「年に百三十ポンドよ。でも誰でも皆同じ。約束だけは気前がいいけど、それっきりだからね」

「一人で一週間に五十シリング以上使ってるんだね」ポールは言った。

「わたしは、この家を三十シリング足らずでやってるのよ」彼女は答えた。「その上、臨時の出費のやりくりもしなきゃならない。でも一度家を出ちゃったら、家へお金を入れることなんか考えもしない。それくらいなら、あのおしゃれ女に入れあげた方がましなんでしょ」

「そんなにおしゃれ屋さんなら、自分のお金があるはずでしょ」

「そうよ、でもお金はないのよ。ウィリアムに確かめたの。その人に買ってあげた金の腕輪なんか、ずいぶんしたにきまってるわ。わたしには、金の腕輪なんか買ってくれた人いたかしら」

「でも、欲しくもなかったよね」

「欲しくなかったわよ——でも欲しがったとしても同じだったわ」

「お父さんは何もくれたことがないの?」

「そうね——リンゴを半ポンドくれたわ——それだけよ——それで終わり。結婚前のことね」

「なぜ?」

「わたしがばかだったのよ、『何か買ってやろうか』って言われたときにも『何もいらない』って答えたんだから。でも、妻にプレゼントするなんてこと、考えたこともないのよ! ウィリアムだって、見栄っ張り女とつきあわなければ、金の腕輪なんか買やしないでしょうに」

「その人、たくさん持ってるんだろうなあ」と息子は言った。

「そうよ、たっくさん! でも、ウィリアムも見栄を張ってもっとプレゼントをしなくちゃいけないでしょう。まったく何も考えていないんだから! 数シリング稼いでいるうちはわたしの側にいてくれるけど、まとまったお金が稼げるようになって、ちょっと安心してもう大丈夫となったとたん、逃げ出しちゃうのね。そして、また、苦労の繰り返し。困っても頼れる相手なんかいなくて、誰も助けてなんかくれない」

「兄さんに頼めばいいじゃないか」

「ええ、そうすると、彼は借金することになるわ。それならわたしが自分で借金すればいい。あの子に何か頼んで借りをつくるのはまっぴらよ。手紙だってくれなくていい。女の子のお世辞だの、二人でオペラへ行ったことなんか、聞きたくないわ。わたしを何だと思ってるんだろう——でもね、子供はおかまいなし! あの子たちにはあの子たちの人生、生き方があって、わたしのことなんかどうでもいいの。でもわたしはお荷物にはなりたくない。頼みごとはしたくない。——そしてお父さんにはわたしがあの世へ行くまで長生きしてもらいたい。子供のお荷物になったらみじめですからね」

「でも、お母さん——ぼくがすぐに稼ぐようになるよ——そしてぼくのお金を使えばいい。ぼくはぜったい結婚しないから」

「みんなそう言うわ、ウィリアムだって、いつもそう言ってたの。ちょっとたてば、あなただって変わるわ」

「そんなことはない」

「あら、そうですか」

　母は黙って赤煉瓦の床を洗いつづけた。

「お母さんはどうするのさ」とポールが訊いた。

「生協から引き出さなくちゃならないだろうねえ——そうすると出資金に食いこむから、分配金が満額はもらえなくなるねえ。本当は出資金には二度と手をつけたくないの」

　少年はとても悲しかった。怒っていたと言ったほうがいい。自分のために金が必要になるのはやりきれなかった。

「そうか」彼は言った。「すぐに昇給するから、ぼくのお金はみんな使ってよ」

「そんなこと言われても」と母は言った。「でも土曜の朝までに三十シリングは用意できないわねえ」

ウィリアムは彼の「ジプシー」を手に入れつつあった。彼はルイザ・リリー・デニス・ウェスタンという名のその娘に、母に送る写真を一枚くれと頼んだ。写真が届いた。美しいブルネットの娘の横顔で、かすかに作り笑いをしている。しかも、布切れ一枚見えない、胸まで裸の写真なので、かなりのものだった。

「たしかにルイザの写真はみごとなもので、美人だということは分かります」ミセス・モレルは息子に書いてやった。「でも、自分の好きな相手の母親に送るというのに——初めての写真に——あんな写真を娘が渡すというのは、良い趣味だと思いますか？　たしかにあなたの言うとおり、美しい肩です。しかし、わたしは初めからあんなにたくさん肩を見せてもらえるとは思っていませんでした」

この写真が客間の戸棚の上にあるのを、モレルが見つけた。それを太い親指と人差指でつまんで持ってきた。

「こりゃ誰だ？」彼は妻に訊いた。

「ウィリアムとつきあっている娘ですよ」ミセス・モレルは答えた。

「ほう！　写真で見ると、きらきらしてるな。だが、あまり息子のためにゃならねえ女だ。何て名前だ？」

「ルイザ・リリー・デニス・ウェスタンっていうのよ」

「うへっ！」坑夫は叫んだ。「女優かい？」

「違います。ちゃんとしたお嬢さんのはずです」

「まさか！」彼は写真を睨んだまま叫んだ。「お嬢さんだって？　こんなまねをして、この娘はいくらかかると思ってるんだ？」

「お金はないんですよ。年とった叔母さんと暮らしてるんですけど、その叔母さんが嫌いなんです。少しばかりお金をもらうだけなんですよ」

「へえ！」モレルは写真を置いた。「こんな女にひっかかる奴なんて」

「母さん」ウィリアムから返事が来た。「写真がお気にいらなくて残念です。送った時には、母さんがあれを下品と考えるかも知れないなどとは、思ってもみませんでした。しかしジップに、あれは母さんの堅い考え方には合わなかったと話しましたので、彼女がもう一枚お送りしますから、こんどは気に入っていただけると思います。彼女はいつも写真を撮られています。写真家から、ただでいいから撮らせてくれないかと頼まれます」

まもなく、新しい写真が届いた。娘のまぬけな短文がついていた。今度は、黒サテンでスクエアネック、小さなパフスリーブのコルセットふうの服だった。黒いレースを美しい両腕に垂らしていた。

「この人、イブニング以外、着ないのかしら」ミセス・モレルが皮肉に言った。「感心すべきところだろうけど」

「意地悪だよ、お母さん」とポールは言った。「肩を出した初めのだってきれいだと思うよ」

「そう？　まあ、わたしは嫌ね」と母は答えた。

月曜日の朝、ポールは初出勤のために六時に起きた。ひどく嫌な思いをしたあの定期券も、べストのポケットにおさまっていた。それに黄色い横線が何本も入っているのがとても好きだった。母親が蓋のついた小さなバスケットに弁当をつめてくれると、七時十五分の汽車に乗るために六時四十五分に家を出た。母は道まで送って来てくれた。

完璧な朝だった。トネリコの木から子供たちが「鳩《ピジョン》」と呼ぶ細い緑の実が、そよ風にのってきらきら光りながら家々の前庭に飛んで落ちた。谷間には光をふくんだ暗い靄《もや》が一面にたちこめ、実った麦の穂波がゆらゆら輝き、ミントン鉱山からたちのぼる湯気はたちまちに溶けた。時折、風が吹きつけた。ポールは、緑に輝くオルダズリーの丘の森を眺めた。故郷にこれほど強い愛着をおぼえたのは初めてだった。

「行ってきます、お母さん」彼は言った。笑っていたがとても悲しかった。

「行ってらっしゃい」母親も明るく優しく答えた。

母は白いエプロン姿で通りに立って、彼が野を渡ってゆくのを見送った。彼は生命力に満ちた引きしまった小柄な体をしていた。野を遠ざかって行くその姿を見ていると、あの子は自分が到達しようと思ったところへきっと到達するだろうという気がした。すると、ウィリアムを思い出した。ウィリアムなら、木戸のあるところまで迂回しないで、いきなり柵を跳びこしただろう。あの子はロンドンへ出てりっぱにやっている。ポールはノッティンガムで働きだす。これで息子を二人、世の中へ送り出したわけだった。二つの町、二つの産業の中心地のそれぞれに、自分は一人ずつ男を送りこんだのだ、この男たちがわたしの望んだものを成就してくれるだろう。そう思った。二人とも、彼女から生まれた分身なのだ、彼らの仕事も彼女のものになるだろう。その日の午前中、彼女はずっとポールのことを考えていた。

　ポールは八時にジョーダン医療器具工場の薄暗い階段を上がり、最初の荷物用大棚に所在なげに寄りかかり、誰かが呼びに来てくれるのを待った。場所はまだ眠っていた。カウンターには大きなシーツがかかっていた。いるのは男二人きりで、隅の方で上着をぬいでシャツの腕をまくりながら、お喋りしていた。八時十分過ぎだった。時間通りにどっと出社する習慣のないことは明らかだった。ポールは二人の事務員の声に聞き入っていた。すると誰かが咳をしたので見ると、部屋の奥の事務室で、赤と緑の刺繍のある黒のベルベットの丸い喫煙帽をかぶった老人の事務員が手紙を開封していた。ポールはじっと待っていた。下級事務員の一人が老人のところへ行って、陽気な大声で挨拶した。明らかにこの年寄りの「上役」は耳が遠いのだ。やがて、若い男がポールのいるカウンターのところへ大股で偉そうにやってくると、ポールを見つけて声を掛けた。

「やあ！　きみが新人だね？」

「はい」と、ポールは答えた。

「ふむ！　名前は？」

「ポール・モレルです」

「ポール・モレルね？　よし、回って、こっちへ来なさい」

　ポールはカウンターが長方形になっている所をぐるっと回って、彼の後についた。ここは二階だった。床の真ん中に大きな穴があいていて、回りをカウンター群が塀のようにとり囲み、その穴は昇降機が上下する穴であると同時に、階下の明かりとりの役も果たしていた。天井にもこれと見合う直方形の大きな穴があいていて、上を見ると最上階の穴の周囲の柵の向こうに何か機械が見えた。そして、すぐ上はガラス屋根で、ここから三階分の明かりいっさいを採るのだから、光は下へ行くほど弱くなって、一階はいつでも夜同然だし、二階も薄暗かった。工場は最上階、卸しが二階、倉庫が一階の、古い、非衛生的な建物だった。

ポールはとても暗い隅まで連れて行かれた。

「ここが螺旋部だ」とその事務員が言った。「きみはパップルワースさんと一緒に螺旋部だ。パップルワースさんがきみのボスだが、まだ来ていない。八時半までは来ないんだ。だから、何だったら、あそこにいるメリングさんとこから手紙を取ってきとくといい」

若い男は事務室の老人を指さした。

「分かりました」ポールは言った。

「帽子はこの釘へ掛ける。これがきみの記録台帳だ。パップルワースさんももう来るよ」

こう言うと、痩せた若者は忙しそうに大股で床の穴の向こう側へ行ってしまった。

一、二分して、ポールはガラスばりの事務室へ行ってドアの前に立った。喫煙帽の老人が眼鏡ごしにこっちを睨んだ。

「お早う」温かみと貫禄を感じさせる声だった。「螺旋部宛の手紙かな、トマス?」

ポールはトマスと呼ばれて、むっとした。それでも手紙をもらって薄暗い自分の席へ戻った。そこはカウンターの角で、荷物用大棚もちょうど切れていて、隅には扉が三つあった。高いスツールに腰掛け、手紙の中で読みにくくない筆跡のものを読んでみた。こんな内容だった。

「至急、去年いただいたのと同じ、足先はなく太腿まである絹の婦人用螺旋ストッキングをお送りいただけると幸いです――長さ――腿から膝まで――」あるいは「チェンバレン少佐宛、以前注文したのと同じ、絹の非伸縮性吊り包帯をお送りいただけると幸甚に存じます」

その多くは、フランス語やノルウェー語のものもあり、ポールにはさっぱり分からなかった。彼はスツールに座ったまま、「ボス」の到着を落ち着かずに待っていた。八時半に上の階へ行く女工が彼の脇をぞろぞろ通った時は、恥ずかしくてたまらなかった。

パップルワース氏は、他は皆働き出していた九時二十分前頃に、クロロダイン・ガム（麻酔、沈痛作用がある）を噛みながら現れた。痩せて、顔色が悪く、鼻が赤く、せかせかと落ち着きがなかった。きちんとした堅苦しい身なりだった。年は三十六くらいの、どことなく犬のような、頭の回転が速そうな、憎めなくて抜け目がなさそうな、温かくかすかに卑怯そうな男だった。

「きみ、ぼくんとこへ来た人？」彼は言った。

ポールは立ちあがって、そうですと答えた。

「手紙、とってきた？」

そこで、パップルワース氏はガムをひと噛みした。

「はい」

「写したかい？」

「いいえ」

「じゃ、やろう。早いとこ片づけよう。上着、着かえた？」

「いいえ」

「古いのを持ってきて、会社へ置いとくんだな」最後の方は奥歯でクロロダイン・ガムを嚙みながらだった。彼は荷物用大棚の背後の闇に消えたと思うと、上着をぬぎ瘦せた毛深い腕を出して、しゃれた縞のワイシャツの袖をまくりながら戻ってきた。そして別の上着に腕を通した。ポールは彼がとても瘦せていて、ズボンの後ろがだぶだぶなのに気がついた。スツールをつかんでポールのスツールの横に引き寄せ、腰掛けた。

「お座り」彼が言って、ポールも座った。

パップルワース氏は、ポールにくっつきそうだった。手紙の束をつかみ、前の棚から細長い記録台帳をぐいと抜き出して、ぱっと開くと、ペンを取って、言った。

「さあ、よく見て。ここへ手紙の内容を写すんだ」

二度、鼻をすすり、素早くガムをひと嚙みし、一通の手紙をじっと睨んだと思うと急に静かになり、一心に仕事にかかって、美しい装飾的な書体で、さっと台帳に書きこんだ。ちらっとポールを見た。

「いいかな?」

「はい」

「できそうかい?」

「はい」

「よし、やってみなさい」

パップルワース氏はスツールから飛び降りた。ポールがペンを取った。パップルワース氏はいなくなった。手紙を写すのは楽しかったが、時間はかかるし、手間もかかるし、その上、字がひどく下手だった。四通目にかかって、忙しさを楽しんでいると、またパップルワース氏が現れた。

「さあ、仕事、はかどってる？　すんだ？」

ガムを噛み噛み、クロロダインの臭いをさせて、ポールの肩ごしに覗きこんだ。

「まいったぜ、こりゃ達筆だ！」皮肉だ。「まあいいや、何通やった？　たった三通！　おれならとうに終わってるよ。早くやれ、それから手紙に番号を打っとくんだ。ほら、こんな風だ。さあ、がんばれ！」

ポールがせっせと手紙を写している間、パップルワース氏は忙しそうに飛び回っていた。不意に、耳のそばで甲高い口笛のような音がして、少年は跳びあがった。パップルワース氏が来て一本の管から栓を抜くと、驚くほど機嫌の悪いえばった声で、

「はい？」と言った。

ポールの耳にも、管の口から女性らしい声がかすかに届いた。通話管を見たことがなかった彼は驚いて目を見張った。

「それじゃ」パップルワース氏は不機嫌な声で、管に言った。「前の仕事を片づければいいじゃないか」

また、可愛く怒った女の声がかぼそく聞こえた。

「いつまでもお喋りの相手をしちゃいられないんだ」と言って、パップルワース氏は管に栓をし

てしまった。

「急いでくれよ、きみ」彼は頼むようにポールに言った。「ポリーの奴が、早く注文をまわせとわめいてる。もう少し速くならないか？　どれ、どいてごらん」

彼は台帳を取りあげると、ポールがひどく悔しそうなのもかまわず、自分で写しはじめた。速くて、字もうまかった。これがすむと、幅三インチくらいの黄色く細長い紙を何枚かとり、女工に渡すその日の注文を書いた。

「おれのすることを見てるんだよ」てきぱきと仕事を片づけながらポールに言った。ポールは上司が黄色い紙に脚や腿や足首の気味悪い小さな絵を描いて、そこに斜線を引いたり数字や簡単な指示を少し書きこんだりするのを眺めていた。書き終わると、パップルワース氏はぱっと立ちあがった。

「いっしょに来なさい」両手に黄色い紙をひらひらさせながらドアから飛び出すと、彼は階段を駆け降りて、ガス灯の点っている地下室へ飛びこんだ。ひんやりと湿気た倉庫を抜け、細長いテーブルのある細長い陰気な部屋を抜け、天井が高すぎない居心地よい小部屋に入った。ここは別棟だった。赤いサージのブラウスを着、黒い髪を頭のてっぺんにまとめた小柄な女が、つんとした小チャボみたいに待ちかまえていた。

「着いたぜ！」とパップルワース氏が言った。

「何よ、その言い方！」ポリーは叫んだ。「みんな、三十分近く待たされてるのよ。時間をむだにして！」

「喋ってばかりいないで、自分の仕事をすませることだけ考えなよ」パップルワース氏は言った。「前の仕事を終わらせなよ」

「みんな土曜にすませちゃったことなんか、よく分かってるでしょ！」ポリーはその黒い瞳をぎらりと光らせ、突っかかった。

「おっとっとっとっと！」彼はからかった。「今度来た若い奴だよ。前の子みたいに堕落させないでくれよ」

「前の子みたいにですって！」ポリーは反復した。「そうね、たくさん堕落させてますからね。まったく、あなたと仕事をした子をそれ以上堕落させるのは骨が折れるわ」

「仕事の時間だ、お喋りはやめ」パップルワース氏が冷たく厳しく言った。

「とっくに仕事の時間だったのよ」ポリーはそう言うと、昂然と頭をもたげて歩き去った。小柄で背筋の伸びた四十歳の女だった。

　その部屋の高い窓際のベンチの上に、丸い螺旋機が二つあった。内扉の奥にもう一つ細長い部屋があって、あと六台、螺旋機があった。きちんとした服の上に白いエプロンをかけた若い女が数人、立ち話をしていた。

「お喋り以外することがないのかい？」パップルワース氏は言った。

「あんたを待ってたんじゃないの」美人の娘が笑った。

「さあ、仕事、仕事」彼は言った。「おい、きみ。もうここに降りる道はわかったろう」

　ポールは上司について二階にもどった。こんどは照合と送り状の仕事をさせられた。机に向かって立ったまま、下手くそな字で格闘した。そのうち、ジョーダン社長がガラスの事務室からそりかえって出て来て彼の背後に立ったのには往生した。突然、一本の赤く太った指が、彼が記入中の送り状を押えた。

「ミスター・J・A・ベイツ殿だと！」耳のすぐ後ろで怒った声が叫んだ。

ポールは自分が下手な字で書いた「ミスター・J・A・ベイツ殿」を眺めて、今度は何が悪いのだろうと思った。

「学校でこんなことも教えなかったのか？『ミスター』を付けたら、『殿』は要らん——一度に二つ付けちゃだめだ」

少年は自分が気前よく尊称を付けすぎたのを後悔し、ちょっと迷ってから、震える指先で『ミスター』を消した。ジョーダン氏はいきなりその送り状を引ったくった。

「新しく書き直して！　そんなものを紳士に送りつける気か？」こう言うと、青い書類をびりびり破り捨てた。

ポールは恥ずかしさに耳まで赤くなって、初めからやり直した。ジョーダン氏はまだ見ていた。

「いったい、学校じゃ何を教えてるのかね。もうすこしましな字が書けそうなもんだ。近頃の若者は、詩の朗読だのヴァイオリンの弾き方なんてことばかりやってて——きみ、彼の字を見たかね？」彼はパップルワース氏に訊いた。

「ええ——立派じゃないですか？」パップルワース氏は知らん顔で答えた。

ジョーダン社長は小さくうなったが、意地悪い感じはなかった。この社長は口ほどには怖くない人だとポールは思った。実際、この小男は、言葉づかいこそでたらめだが、部下の仕事に口を出さず、細かいことには目をつぶるというくらいには紳士だった。ただ、自分がオーナー社長に見えないのを知っていて、相手になめられないために、はじめはオーナー然とふるまう必要があったのだ。

「ええと、きみの名前は何だっけ?」パップルワース氏がポールに訊いた。

「ポール・モレルです」

子供というのはなぜか自分の名前を口にするのをとても恥ずかしがるものだ。

「そうだった! よし、すぐに自分の仕事だ、それから――」

パップルワース氏は椅子に腰をおろして、何か書きはじめた。真後ろの戸から女の子が現れて、成形したばかりの伸縮性布製品をいくつかカウンターの上に置いて戻った。パップルワース氏は淡い水色の膝バンドを取り上げ、黄色の指示票と一緒に手早く調べて脇へ置いた。次は肌色の義足だった。それらを片づけ二、三枚指示票を書くと、ポールについてくるように言った。今度は、さっき女の子が現れた戸から出た。出てみると、あまり高くない木の階段の一番上で、下には二方の壁に窓のついた部屋があり、遠い方の端に五、六人の女の子が座って、ベンチにかぶさるようにして窓の明かりでミシンをかけていた。皆で「青い服の二人の女の子」を歌っていた。戸が開いた音にいっせいに振り返り、部屋の反対側からパップルワース氏とポールが彼女たちを見ているのに気がつくと、歌うのをやめた。

「もうすこし静かにできないかね?」パップルワース氏が言った。「この工場じゃ猫をたくさん飼ってると思われる」

高いスツールに腰掛けた背の曲がった女が、長く物憂い顔をパップルワース氏に向け、アルトの声で、

「じゃ、みんな牡猫ね」と言った。

ポールの手前、パップルワース氏がいくら偉そうに見せようとしても、無駄だった。階段を降りてその仕上げ室へ入って行くと、背の曲がったファニーの側へ行った。スツールの上にのっている胴の丈がやけに短いので、赤茶色の髪を編んだ頭が、青白く物憂い顔同様、ばかに大きく見えた。暗緑色のカシミヤの服を着ていて、その窮屈な袖口からのぞいた、神経質に縫物を下に置く手首は、細く平らだった。パップルワース氏は彼女に、膝当ての問題箇所を見せた。

「あら、何もわざわざあたしに小言を言いに来なくたっていいじゃないの――あたしのせいじゃないわ」彼女の頬が紅潮した。

「きみのせいだとは言ってない――ぼくが言うようにやってくれるね！」パップルワース氏は手短かに答えた。

「あたしのせいだと言わないけど、そういうことにしたいんでしょう」背の曲がった女は泣きだしそうな声をあげた。「上役」の手から膝当てをひったくり「ええ、やりますよ、でもズケズケ言わないでね」と言った。

「これは、今度来た子だ」パップルワース氏は言った。

ファニーは振りむくと、とても優しく微笑んだ。

「まあ！」

「そうなんだ。きみたちで甘やかさないでくれよ」

「あたしたちは甘やかしゃしませんよ」彼女は憤然とした。

「じゃポール、行こう」パップルワース氏が言った。

「オ・ルヴォワ、ポール」女の一人がフランス語まがいで言った。

皆がくすくす笑った。ポールは一言も口をきかずに、顔を真っ赤にして部屋を出た。

一日は実に長かった。午前中は工員がパップルワース氏の指示を求めにたえず来ていた。ポールは何か書いたり、正午の便に間に合うように小包の包装をする仕事を習った。一時というか正確には一時十五分前になると、パップルワース氏は汽車に間に合わないと言って出て行った。彼の家は市外にあった。一時になると、ポールはすっかり淋しい気持で、弁当箱を持ってあの細長い簡易テーブルのある地下の倉庫へ降りて行き、陰気でみじめなその部屋で、一人ぼっちの食事を慌しく摂った。それから外へ出た。明るくのびのびした町へ出ると、心が弾んでどこかに行きたくなった。だが、二時には、あの広い部屋の片隅にいた。まもなく女工たちが何か言いながら、ぞろぞろ通り過ぎた。上の階で脱腸帯製作の重労働や義手義足の仕上げをしている、品の良くない娘たちだった。ポールは手持ちぶさたで、座って黄色い注文伝票にいたずら書きをしながらパップルワース氏を待っていた。パップルワース氏は三時二十分前に戻って来た。それから座りこんで、ポールとまるで年齢まで同じ相手のように世間話をした。

週末で計算書を作る必要でもないかぎり、午後はまず大して仕事はなかった。五時になると、男たちは皆、あの簡易テーブルのある地下へ降りて、お茶をした。板がむき出しの汚い卓の上で、バターつきパンをがつがつ食べながら、それに劣らず性急で下品でだらだらしたお喋りをした。そのくせ上の部屋では、いつでも明るく陽気だった。地下であることと簡易テーブルが雰囲気を変えてしまったのだ。

お茶がすんでガス灯にみんな火が点ると、仕事のペースが上がった。夜の便をたくさん出さなくてはならなかった。作業室で成形したばかりでまだ温かいストッキングが届いた。送り状を作り終えたポールは次に包装と宛名を書く仕事に取りかかり、それから積みあげられた小包を秤にかけて重さを量る仕事にかかった。到るところで重量を叫ぶ声が飛び交い、分銅のぶつかる音、てきぱきと紐を切る音、メリング老人のところへ忙しなく切手をもらいに行く足音が響いた。そして、ようやく、ズックの袋をさげた郵便屋が陽気に笑いながらやって来た。これでほっとしたところで、ポールは弁当箱をつかむと、八時二十分の汽車に乗るために駅へ駆け出した。工場での一日はぴったり十二時間だった。

母親は、彼の帰りを心配して待っていた。ケストン駅から歩かなくてはならなかったので、九時二十分くらいでないと家へ着かない。朝は七時前に家を出た。母は彼の健康を心配した。しかし苦労人だった彼女は、子供たちも同様の苦労をするのは仕方ないと思っていた。子供たちも与えられた条件は耐えしのばなければならなかった。ポールも、日も差さず空気の悪い職場と長い労働時間に健康が蝕まれたが、ジョーダン社を辞めなかった。

疲れた青い顔で帰って来た。母親はじっと彼を見た。息子の満足そうな表情を見ると、すべての不安が消えた。

「で、どんなだった?」彼女は訊いた。

「とっても可笑しいんだ、母さん」彼は答えた。「ぜんぜん忙しくないし、みんな親切にしてくれる」

「それで、あなたはちゃんとやれたの?」

「うん、字が下手だとは言われたけどね。でも、ぼくの上司のパップルワースさんが社長に、大丈夫って言ってくれたんだ。ぼく、螺旋部だ、母さん。一度見に来てよ。とってもいいとこだから」

　彼は何でも母に話した。見たこと、考えたこと、どんなに小さな経験でも。ただ一つ隠しておいたのはミスター・J・A・ベイツと書いた上に「殿」までつけた、あの失敗だけだった。母に知られたら恥ずかしくて堪らなかっただろう。自分が言われた不愉快なことはいっさい教えず、いいことだけ話して、母には自分が幸せで好かれていて、世間とうまくやっていると思わせるよう——たしかに大方はそうだった——いつも気をつけた。彼は母の元に、ちょっとした恥辱や不名誉以外は、すべて持ち帰った。自分のせいで母に恥辱や不名誉を味わわせるのはどうしてもできなかった。

　ポールはすぐに会社が好きになった。パップルワース氏にはどことなく高級酒場の雰囲気があって、いつでも気どりがなく、ポールのことを仲間のように扱ってくれた。時折、不機嫌になると、いつもより余計にクロロダイン・ガムを噛んだ。それでも、相手を怒らせるタイプではなく、怒った時も、人に不快感をあたえるより自分を傷つける方だった。「まだ、あれをやってないのか?」と叫んだりした。「さあ、さあ、ゆるりゆるりと行くんだな」そうかと思うと、こういう時の彼がポールには一番分からなかったのだが、ひどく威勢よくふざけることがあった。

「あしたは牝のヨークシャ・テリアを連れて来るぞ」と嬉々としてポールに言った。

「ヨークシャ・テリアって何ですか」

「ヨークシャ・テリアを知らんのか? **ほんとにヨークシャ・テリアを知らんのか!**」パップルワース氏は唖然とした。

「それ、あの絹みたいな手ざわりで小柄な——鉄色と鈍い銀色がまじった犬ですか?」

「それだよ。すばらしい牝でね。もう五ポンド分は子犬を産んでるんだ。親犬自体が七ポンド以上するんだよ。体重は二十オンスもない」

あくる日、その牝犬が現れた。ぶるぶる震えて憐れっぽいチビだった。決して乾かない雑巾みたいで、ポールは好きになれなかった。すると、男が犬を呼んで、下品な冗談を言いはじめた。それでも、パップルワース氏はポールの方にうなずきながら、小声で話を続けた。

社長はその後一回だけポールの様子を見に来たが、ペンはカウンターの上に置くなと注意しただけだった。

「一人前の事務員になるつもりならペンは耳へはさめ。耳だ!」

それから、ある日、ポールに向かって「なぜもっと胸を張っていない? こっちへ来い」と言うと、ガラス張りの事務室へ連れて行き、背筋を伸ばす特殊な矯正器を体に着けてくれた。

しかしポールは女工たちがいちばん好きだった。男たちは下品でいささか退屈した。どの男も好きだったが、面白みに欠けた。階下を仕切る小柄で活発なポリーは、ポールが地下室で弁当を食べているのを見つけると、自分のところの小ストーブで何か温めてあげようかと言ってくれた。翌日、母は温めるといいものを弁当に入れてくれた。彼はそれをポリーのいる快適で清潔な部屋へ持って行った。すぐに、昼食はいつも彼女と食べる習慣ができあがった。朝八時に会社に着くと彼女のところへ弁当を持って行き、昼の一時に下へ降りれば、食事が温まっていた。

ポールはあまり背が高くない青白い顔の青年だった。茶色の濃い髪の毛で、顔立ちはごつごつして、唇の厚い大きな口だった。ポリーは小鳥みたいだった。ポールは彼女を「コマドリちゃん」とよく呼んでいた。元は無口な方だったが、彼女が相手だと何時間でも座りこんで、自分の家のことを喋った。女工たちは皆、彼の話を聞きたがった。彼は女たちが環になって囲む真ん中のベンチに座りこんで、笑いながら話しつづけた。真面目で、そのくせ利発で愉快で、いつでも女たちにたいする心遣いを忘れない彼は、それなりに面白がられ、女たち皆に好かれた。彼の方でも女たちが大好きだった。自分はポリーのものだと思っていた。それから、ふさふさした赤毛で、リンゴの白い花のような顔をして、ささやくように話す、みすぼらしい黒いワンピースを着て淑女然としたコニーは、彼の多感な心を揺すった。

「きみが座って糸を巻いているとね」と彼はコニーに語った。「まるで紡ぎ車をまわしているみたいだよ——ほんとに素敵だ。テニソンの『アーサー王牧歌』に出てくるエレインみたいだ。描けるものなら、きみの絵を描きたい」彼女は恥ずかしそうに顔を赤らめ、ちらりと彼を見た。その後、彼は、そのスケッチを描いて、大切にした。コニーは糸車の前のスツールに腰掛け、真面目に口を結んで、真紅の糸を桛《かせ》から糸車に巻きとっていた。燃えたつ豊かな赤毛が色のさめた黒い服にかかっていた。

きりっとして、図々しく、いつも彼に腰を突き出しているような格好をするルーイとは、よくふざけた。

「何、作ってるの？」

「そんなこと訊いてどうするの？」ルーイがからかうように顔を上げる。

「あなた、自分でも知らないんじゃないかと思うからさ」

「え、なぜ？」彼女はポールの小生意気を面白がった。

「知っているような顔をしていないもの」

「じゃ、どんな顔？」

「何か考えごとをしてるみたいだよ。何、考えていた？」

彼女は横目でポールを見て噴きだした。

「それを知りたい、のね！」

「白状しなよ」と彼は言った。「きみのストッキングをぐるっと回そう」

そして、ルーイの機械のハンドルをつかむと回しはじめた。彼女はいきなり彼を引きはがした。

「だめよ」彼女は叫んだ。

二人は笑いながら見合った。

エマはいく分不器量で年も取っていて、彼を子供扱いした。しかし、それを楽しんでいたので、彼も気にしなかった。

「針はどうやってこの機械にはめるの？」彼が訊いた。

「邪魔しないで、あっちへ行って」

「でも、どうやって針をはめこむのかくらい、ぼくも知ってなくちゃ」

エマはその間もずっと機械を回す手を休めなかった。

「あんたが知らなきゃいけないことなら、たくさんあるわよ」彼女は返した。

「だから、どうやって機械に針をさしこむんだか、教えてよ」

「ああ、ほんとにうるさい子ね！　ほら、こうやってさしこむの」

彼はエマの手もとをじっと見た。不意に、ピーッと笛が鳴った。するとポリーが現れ、澄んだ声で、

「ポール、パップルワースさんが、いつまで下で女の子たちと遊んでるつもりなのかってさ」と言った。

ポールが「さよなら！」と叫んで上へ飛んで行くと、エマは居住まいを正して、

「あたしの方から機械をいじらせたわけじゃないわ」と言った。

「何やってたんだ？」ポールが現れると、パップルワース氏が言った。

「エマと話してただけです。それと針のさしこみ方を習って」

「仕事を持って、下へ行って、あっちに住んだらどうだ」

「でも、特に仕事らしい仕事もないでしょう?」

「さっき、社長がきみを探してたんだ。叱られるぞ! それにこの台帳はどうなってる?」

ポールはさっと元気よく働きだした。

二時に女たちが皆、昼休みから帰って来ると、彼はたいてい仕上げ室の背の曲がったファニーのところまで駆けあがった。パップルワース氏は三時二十分前まで帰らなかったので、ポールは始終ファニーの横に座ってお喋りをしたり、絵を描いたり、女たちと歌ったりした。

「あら、ポール」とファニーが叫んだ。「あんた、今日は来ないのかと思ったわ。あたしたちなんかどうでもよくて、あっちへ行きっぱなしかと思ったわ」

「町へ行ったんだ」

「それで、何の用があったの?」

「母さんに鉢に盛られたクランベリーを買ってあげようと思って」

「で、買えたの?」

これで話が始まると、あとは果てしなくつづいた。ポールはファニーが大好きだったし、ファニーもポールを愛した。背の曲がった彼女は二十九だったが、とても苦しんできた。彼はファニーの側に座って窓の外を眺め、そこから一面に見える煙突や尖った古屋根の稜線の奇異な絡みあいをスケッチするのが楽しくてならなかった。それから、

「ファニー、歌ってよ」と言った。

「あらいやだ、本心じゃないくせに」彼女は細い手で素早く落ち着きなく針を運びながら答えた。「からかってるだけでしょ」

「違うよ！　母さんにもきみがどんなに歌が上手か話していたのに――」

「ポール、お母さんは、あたしを見たらどう思うかしら。杖をついた猿だと思うわね」

「きみがどんなかは、ぼくが話したから知ってるよ。母はきみが好きなんだ。ねえ『あの居酒屋で――』を歌ってよ。ぼくのスケッチも傑作になるぞ」

するとと、少し迷ってから歌い始めるのだった。美しいアルトの声だった。皆サビの部分になると声を合わせて盛り上がった。ポールは五、六人の女工たちと同じ部屋に座っていてもぜんぜん照れなくなった。

歌い終わったファニーはこう言った。

「あたしのこと笑ってたでしょ」

「ファニー、そんなばかなこと言っちゃだめ！」女たちの誰かが叫んだ。

ある時、コニーの赤毛が話題になった。

「ファニーの髪の方がきれいだわ、あたし大好き」エマが言った。

「あたしをばかにしなくたっていいのに」ファニーは顔を真っ赤にして言った。

「あら、でも、ね、ポール。この人の髪、美しいわ」

「すばらしい色だよ」彼は言った。「土みたいな寒色系なのに、艶がある。沼の水みたい」

「まあ嫌だ！」一人の娘が笑って叫んだ。

「あたしって悪口ばっかり言われるんだわ」ファニーが言った。

「でも、その髪、おろしたらどうかしら、ね、ポール」エマが真剣な顔をして叫んだ。「本当に美しいわ。ポールにおろして見せたげなさいよ、ファニー。この人、何か描きたがってるんだから」

ファニーはおろそうとしなかった。しかし、おろしてみせたかった。

「じゃ、ぼくがおろしてあげるよ」ポールが言った。

「ええ、よかったらおろしてもいいわ」とファニーが言った。

そこで彼が髪からピンをそっと外すと、豊かなむらのない濃茶色の髪が、曲がった背中の上にさっと広がった。

「何てたっぷりした美しい髪だ！」と、彼は声をあげた。

女たちはじっと見た。沈黙があった。ポールは巻かれた髪を揺すってほぐした。

「すばらしい！」髪のいい匂いを嗅ぎながら言った。「絶対に何ポンドもする」

「死んだらあんたにあげるわよ、ポール」ファニーは少しふざけて言った。

「腰掛けて髪を乾かしているとふつうの人と見たところちっとも変わらないわよ」一人が、脚が長く背の曲がったファニーに言った。

かわいそうなファニーは病的に神経過敏で、いつも人にばかにされていると思っていた。ポリーはつっけんどんでてきぱきしていた。この二つの部署は常に交戦中で、ポールが知っているファニーはいつも泣いていた。彼は愚痴の聞き役にされ、ポリーのところへ調停に行く役まわりになるのだった。

ジョーダン社長の娘は画家だった。彼女はコニーをモデルに描いた。コニーがミス・ジョーダンにポールのことを話したので、ミス・ジョーダンはポールのスケッチを少し見たいと言って、会いに来た。素っ気なくてきぱきした女だったが、ポールに少し興味を持った。

こんな風に、日々が楽しく過ぎた。工場は家庭的な場所だった。忙しく仕事に追いまわされる者はいなかった。小包を出す時間が迫って仕事が早くなり、男たちが一丸となって一所懸命働く時がいつも好きだった。同僚の事務員の働く姿を見るのが好きだった。人が仕事になり、仕事が人になって、しばらくこの二つが一つになる。女たちは違った。女の実体は仕事の中にはなく、どこかに置き去りにされて待っているように見えた。

家へ帰る夜の汽車の窓から、彼は町の明かりを眺めた。光は丘の斜面では厚くちりばめられ、谷では一つに融けて明々と輝いていた。生きている実感で、彼は幸福だった。さらに先には、星からこぼれて地面にまき散らされた無数の花弁のようなブルウェルの明かりが見えた。その先に、雲に吐きかける熱い息のような鉱炉の真っ赤な火が揺らめき燃えていた。

ケストンから家まで、長い上り坂を二度、短い下り坂を二度、全部で二マイル以上歩かなければならなかった。彼はよく途中で疲れて、坂を上りながらあと幾つあるか、街灯を数えた。丘の頂から、真っ暗な夜に、五、六マイル向こうの村々を見まわすと、それらは光る生き物の大群のように輝いていて、足元に天を見る思いだった。マールプールとヒーナーはそのきらめきで彼方の闇を蹴散らしていた。時折、その間にひろがる暗い谷の姿が、南のロンドンや北のスコットランドへ疾駆する大列車の侵入により浮かび上がった。汽車は闇の上を水平に突き進む弾丸のように、煙をあげ火を噴き谷間に轟音を響かせて通りすぎた。汽車が去ると、またひっそりと、町や村がまたたいた。

家の角に到ると、夜の反対側の顔があった。今ではトネリコの木も友に見えた。ポールが戸をあけると、母が嬉しそうに立ちあがった。彼は得意げに八シリングをテーブルに置いた。

「役に立つかな、母さん?」彼が心配そうに訊いた。

「あなたの定期代やらお弁当代やらで、ほとんどないのよ」と母は答えた。

それから、彼はその日一日のことを彼女に話した。波瀾万丈とは程遠かったけれども、まるでアラビアン・ナイトのように、彼は来る夜も来る夜も、母にその日の体験を物語った。息子の人生が母自身の人生であるかのようだった。

第六章　家族の死

アーサー・モレルも大きくなってきた。気が早く、軽率で、したいとなると抑えられないのは、父親そっくりだった。勉強が嫌いで、やらされると散々文句を言って、すぐにまた遊びに出かけた。

体格がよく、身のこなしも美しく、活気にあふれた彼は、今でも一家の花だった。髪は濃い茶色で血色が良く、長いまつ毛が影を落とす暗青色の瞳に、度量の広さと気性の激しさがあいまって、人気者になった。だが大きくなるにつれ、その気性が乱れた。些細なことで怒鳴りだし、耐えがたく粗野に不機嫌になった。

母を愛したが、母は時折うんざりした。アーサーは自分のことしか考えなかった。やりたい楽しみを邪魔するものは、たとえ母だろうが誰だろうが憎んだ。困ったことになると、母に延々とこぼした。

「何言ってるの！」学校のある先生が自分を憎んでいると彼が不平をならべて、母親に言われたことがある。「嫌だったら何とかしなさい。何ともならないなら、辛抱しなさい」

前は愛し崇拝していた父親のことも毛嫌いするようになった。モレルは年をとるにつれ、ゆっくりだめになっていった。かつては動いている時も何もしていない時も美しかった肉体が、年とともに熟すことなく縮んでゆき、賤しく汚くなった。品のない、しみったれた雰囲気になった。さもしい老人のような父親に怒鳴られたりあれこれ命じられたりして、アーサーは激怒した。父の行儀は悪化の一途をたどり、その振舞いは不快きわまるものとなった。思春期という大切な時期にある子供たちにとって、醜悪な父の存在は鼻についた。家の中で父の見せる態度は、坑内で炭坑夫仲間に示すものと同じだった。

父に嫌悪を覚えると、アーサーは「汚えぞ、くそ親父！」と叫んですぐに家を飛び出した。モレルの方は、子供たちが嫌がれば嫌がるほど意地を張った。十四、五歳のきわめて傷つきやすい年ごろの子供の嫌悪感をかきたて半狂乱にすることをほくそ笑んでいるように見えた。だから、すでに父親が年をとって衰えてから大きくなったアーサーは、他の子にまして父を憎んだ。

時折、父の方でも子供たちの見下すような憎悪を感じるらしかった。

「おれくらい、家族のために一所懸命働く奴はいやしない！」とよく怒鳴った。「精一杯働いて、犬みたいに扱われる——もう我慢しないからな、おい、分かったか！」

こんなに脅したり、実際の働き以上の大口を叩いたりしなければ、子供もすまないという気持になったかも知れない。ところが、今では喧嘩といえばほとんど父子のいさかいになり、父はただ自分の存在を示すためだけに、意地で忌わしい態度をとりつづけた。子供たちは彼を嫌いぬいた。

ついに、アーサーがあまりに熱く手に負えなくなったので、彼がノッティンガム中学の奨学金を獲得すると、ミセス・モレルは市内に住む自分の姉妹の一人の家に下宿させて、週末だけ帰って来るようにした。

アニーはまだ週給約四シリングの公立小学校代用教員だったが、試験に合格したので、じきに十五シリングに昇給予定で、家の経済も安定するはずだった。

ミセス・モレルはポールにしがみついていた。彼はおとなしく、秀才でもなかったが、絵はやめなかったし、母親にもくっついて離れなかった。彼のすることはすべて母親のためだった。母は、彼が夜帰るのを待って、その日よく考えたこと、たまたま思いついたことを、洗いざらい話した。彼は腰をおろして熱心に耳を傾けた。二人は人生を分かちあった。

ウィリアムはすでに例のブルネットと婚約して、八ギニーもする婚約指環を買ってやっていた。子供たちは信じがたい値段に息を呑んだ。

「八ギニーだと！」モレルも言った。「ばかな奴だ！　少しでもおれに寄こせば、あいつも男をあげられたものを」

「**あなた**にあげる！」妻が叫んだ。「どうして**あなた**になんかあげるんです！」

彼女は夫が婚約指環を買ってくれなかったことを思い出し、ばかだとしてもケチではないウィリアムの味方をした。だが、当の息子は、今では、婚約者と出かけた舞踏会の話や彼女が着たあれこれのきらびやかな洋服のことしか書いてこなかった。二人で名士然と劇場へ出かけた話などを嬉々として書いて来た。

彼はその娘を家へ連れて来たがった。母は、クリスマスに来るように言った。貴婦人同伴で帰ってきたが、プレゼントは何もなかった。母は軽い夕食を用意してあった。足音を聞くと、立って戸口へ向かった。ウィリアムが入って来た。

「やあ！　お母さん」彼は慌しく母にキスすると脇へどいて、黒白のチェックの美しい服を着て毛皮にくるまった、背の高い顔立ちの整った娘を紹介した。

「ジップだよ！」

ミス・ウェスタンは手をさしのべ、歯を見せて少し笑った。

「まあ、ミセス・モレル、はじめまして！」彼女が声をあげた。

「お腹《なか》がすいてるでしょう」ミセス・モレルは言った。

「まあ、いいえ。汽車の中でお食事しましたの——太っちょさん、あたしの手袋持ってる？」

大きくいかついウィリアム・モレルがぱっと彼女を見た。

「え、持ってないけど？」彼が言った。

「じゃ失《な》くしたんだわ。怒らないでね——」

彼の顔が曇ったが、何も言わなかった。ジップはちらと台所を見まわした。その下でキスをしてもよいキラキラした柊の飾りだの、額のうしろの常磐木だの、木の椅子や松材の小卓だのが密集する狭い台所が彼女には珍しかった。そこへモレルが入って来た。

「やあ、お父さん！」

「やあ、ウィリアム！　着いたのか」

握手が終わると、ウィリアムは許嫁を紹介した。彼女はさっきと同様に歯を見せ微笑んだ。

「モレルさん、初めまして」

モレルはばか丁寧に頭をさげた。

「おかげさまで。あなた様もお元気で——ぜひおくつろぎになってください」

「まあ、ありがとうございます」彼女は答えたが、すこし可笑しそうだった。

「二階で一休みしていらしたら」ミセス・モレルが言った。

「おさしつかえなければ。でも、ご迷惑はかけたくありませんわ」

「迷惑なんかじゃありません——アニーがご案内します——お父さん、この鞄を上へお運びなさい」

「おめかしに一時間もかけたりするなよ」ウィリアムが許嫁に言った。

アニーは真鍮の燭台を持つと、恥ずかしくてろくに口もきかずに、先に立ってモレル夫婦が彼女のために空けた表側の寝室へミス・ウェスタンを案内した。ここも狭く、ロウソクの光だけで寒かった。坑夫の妻は、よほど重病でなければ、寝室で火を焚かなかった。

「鞄をおあけしましょうか？」

「まあ、どうもすみません！」

アニーは女中のように仕えた後、次は階下へ湯たんぽを取りに下りた。

「彼女、ずい分疲れてると思うよ、母さん」ウィリアムが言った。「汽車がひどくて、てんやわんやだった」

「何か薬でもあげようかね」

「いや――それは大丈夫」

だが、空気が冷えていた。三十分後に、ミス・ウェスタンは紫がかった色のドレスを着て降りて来た。坑夫の家の台所にはもったいないなかった。

「着換えなくてもいいって言ったじゃないか」とウィリアムが言った。

「あらあら、太っちょさん！」と言った彼女は、ミセス・モレルの方を向くと例の美しい笑みを浮かべて「この人、しじゅう、文句を言ってますでしょ？」

「あらそう？」ミセス・モレルは言った。「困ったものね」

「ほんとに！」

「寒いでしょう」と母親は言った。「もっと火のそばへお寄りなさい」

　モレルが弾かれたように自分の肘掛椅子を空けた。

「ここへお座んなさい。この椅子にお座んなさい！」と叫んだ。

「いけないよ、父さん——自分の椅子をゆずっちゃ——ジップ、ソファにお掛け」ウィリアムが言った。

「いかん、いかん！」モレルが叫んだ。「この椅子んとこがいちばん暖かいんだ。ここへお座んなさい、ミス・ウェッソン」

「ほんとうに恐れいります」と言うと、彼女は上座に当たる坑夫の椅子に座った。台所の暖かさが体にしみとおって来て、彼女はぶるっと震えた。

「ねえ、太っちょさあん、ハンケチ取って来て！」女はウィリアムの方に口を突き出して、二人きりのような親密な口調で言った。他の人間は居心地悪くなった。彼女は明らかに彼らも人間だということが分かっておらず、彼女にとって彼らはとりあえずそこで生きているものに過ぎなかった。ウィリアムはたじろいだ。

　南ロンドンのストレタムであれば、ミス・ウェスタンがこういう家を訪れることは、間違いなく貴婦人が下級の者の家を訪問してあげることと同義だったろう。彼らは滑稽な連中、つまり労働者階級なのだから。彼らに合わせるなんて、論外ではないか。

「わたしがとって来ます」アニーが言った。

　ミス・ウェスタンは召使が口をききでもしたように知らん顔だった。だが、アニーがハンケチを持ってまた降りて来ると「まあ、ありがとう」と慇懃《いんぎん》に言った。

彼女は、汽車で食べた食事がひどくまずかったことや、ロンドンの生活や舞踏会の話などをした。実はとても緊張していて、怖くて喋りつづけたのだった。モレルはずっと太い撚《ひね》り煙草をふかしながら彼女から目を放さず、その饒舌なロンドン言葉に聞きいった。ミセス・モレルはいちばん上等の黒い絹のブラウスを着て、おだやかに言葉少なに応えた。弟妹たち三人は黙って讃嘆の面持で兄の許嫁を囲んだ。ミス・ウェスタンはまさに王女だった。彼女のために出すものはどれも最上だった。最上の茶碗に最上のスプーンに最上のテーブル掛けに最上のコーヒーポットだった。子供たちは、彼女が感動するに違いないと思った。彼女の方は、この人々が理解できず、どういう態度をとればいいのか分からず、落ち着かなかった。ウィリアムは冗談を飛ばしてみたが、かすかに居心地が悪かった。

十時ごろになると、「疲れてるんじゃない、ジップ？」と彼が言った。

「ええ、そうねえ」彼女はとたんに親密な口調になって、かすかに首を傾げた。

「ぼくがロウソクを点《つ》けてやりますよ、母さん」彼が言った。

「そうね」と母は答えた。

ミス・ウェスタンは立ちあがって、ミセス・モレルに手をさし出し、「お母さま、おやすみなさい」と言った。

ポールは湯沸かしの前に座って、石製のビールボトルにお湯を入れていた。アニーはその温かいボトルをフランネルの古い坑内着でくるみ、母親におやすみのキスをした。空いた部屋がないので、彼女は兄の許嫁と同じ部屋で寝た。

「ちょっとお待ち」ミセス・モレルがアニーに言った。アニーは湯たんぽを抱えて腰をおろした。ミス・ウェスタンは握手をしてまわって皆を閉口させてから、ウィリアムに案内されて部屋を出た。五分もすると、ウィリアムはまた階下へ戻った。彼は傷ついていたが、自分でもその理由が分からなかった。皆が寝てしまって、母と二人きりになるまではほとんど口をきかなかった。それから、昔と同じように暖炉前の敷物の上に脚を開いて立ち、迷いながらも口を開いた。

「で、母さん？」

「で？」

揺り椅子に座って、この息子の身を思い、なぜか傷つけられ辱められた気がした。

「彼女のこと気に入った？」

「ええ」気ののらない答えだった。

「まだ恥ずかしがってるんだ、母さん。慣れてないんだ。叔母さんの家とは違うんだね」

「もちろん、そうよ。あの人だって困ってるでしょう」

「そうなんだ」と彼は言ったが、すぐ顔をしかめて、「でも、あんなにお高くとまらなくたっていいのに」

「はじめのうちは慣れないだけよ。大丈夫よ」

「そうなんだ」彼は感謝して言ったが、その表情は暗かった。「彼女、母さんとは違うでしょう――真面目になれない――考えることができない」

「若いのよ」

「そうなんだ！――お手本がなかったんだ。母親は彼女が子供のうちに死んで、叔母さんの家で育ったんだけれど、全然そりが合わなくて。父親は道楽者で――人の愛を知らないいんだ」

「まあ！　お前がその埋め合わせをしてあげなくちゃね」

「だから――いろいろと許してあげてね」

「何を許せって言うの？」

「うまく言えないけど――軽薄に見える時も、それは彼女にもっと深いものを教えてくれる人間がいなかったからだと思ってほしいんだ――彼女はぼくのことが大好きなんだし」

「それは誰だって分かりますよ」

「でも、母さん、彼女は――彼女は、この家の人間とは違うんだ。彼女のまわりにいる人間は――考え方がぼくらとは根本的に違うみたいなんだ」

「性急に決めつけてはだめよ」ミセス・モレルは言った。

だが、彼の内心は乱れているようだった。

ところが翌朝には、ウィリアムは歌を歌いながら家の中ではしゃいでいた。

「おーい！」彼は階段に座って声をかけた。「そろそろ起きるかーい？」

「ええ」彼女は蚊の鳴くような声で返事をした。

「メリー・クリスマス！」彼は叫んだ。

寝室から彼女が鈴が鳴るようなきれいな声で笑うのが聞こえた。三十分たっても、降りて来なかった。

「起きるって言ってたけど、ほんとに起きようとしてたかい？」彼はアニーに訊いた。

「ええ」とアニーは答えた。

彼はしばらく待っていたが、また階段を上がっていった。

「新年おめでとう」と声をかけた。

「ありがとうちゃん！」はるか彼方から笑い声が返ってきた。

「早くしてよ！」彼は頼みこんだ。

一時間近くなるのに、彼はまだ待たされていた。いつも六時前に起きるモレルは、時計を見て、

「いや、こりゃあ驚いた！」と叫んだ。

ウィリアム以外の家族は食事を始めた。彼は階段の下へ行った。

「復活祭の卵でも持ってかないとだめか？」と、苛ついた声で叫んだ。彼女は笑っただけだった。これだけ身支度に時間を掛けたからには、魔法のように変身して現れるのではないかと一同期待した。ようやく現れたブラウスにスカート姿の彼女は、実に美しかった。

「ほんとにずっと支度をしてたのかい？」彼は訊いた。

「まあ、いやね！　そんなこと訊くものじゃないわよ、ねえお母さま？」

はじめ、彼女は大貴婦人を演じた。ウィリアムと礼拝堂へ出かけた時など、彼はフロックコートにシルクハット、彼女はロンドン仕立の服に毛皮のオーバーという出立ちで、ポール、アーサー、アニーの三人は、誰もが地面にひれ伏して崇拝するのではないかと思った。一張羅を着て通

りの端に立っていたモレルも、きらびやかな二人が歩いて行く姿を見ると、自分が王子と王女の父親になった気がした。

だが、彼女は、そう偉いわけではなかった。一年ほど前から、ロンドンの事務所で、秘書のような事務員のような仕事をしていた。

だが、モレル家にいるあいだは、女王気取りだった。自分は座ったまま、アニーやポールを召使のようにかしずかせた。ミセス・モレルにはある種空虚な饒舌をもって対し、モレルには庇護を与えるかのようだった。だが、一日、二日経つと、彼女の態度が変わった。

ウィリアムは、彼女との散歩にいつもポールかアニーを連れて行きたがった。その方がずっと面白かった。それにポールは「ジプシー」を心底あがめていた。彼女と一緒の時のポールの崇拝ぶりがあんまりなので、母は呆れた。

二日目のこと、リリーが「あら、アニー、あたしどこへマフを置いたかしら？」と言うと、ウィリアムが「自分の寝室にあるくらい分かってるじゃないか。どうしてアニーに訊くんだ」と口を挟んだ。

リリーは怒ってきっと口を結び、自分で二階へ上がった。ウィリアムは妹が召使のようにあしらわれることに怒っていた。

三日目の晩のこと、ウィリアムとリリーは客間の暗がりの中、暖炉のそばに座っていた。十一時十五分前に、母が翌朝のために石炭を足す音が聞こえた。ウィリアムが台所へ行き、許嫁も後から来た。

「もうそんなに遅いの、母さん?」母は独りで座っていたのだ。

「遅いというわけじゃないけど——いつもは今頃寝るんだよ」

「じゃ、寝たらどう」と、彼は言った。

「あなたたちを二人きりにして? まさか、そんなことはできないわ」

「ぼくたちを信用できないの?」

「信用できてもできなくても、そんなことはしません。あなたたち、十一時まで起きててもいいわよ、わたしは本を読んでいますから」

「ジップ、おやすみよ」彼は許嫁に言った。「母さんを起こしとくわけにはいかないから」

「ロウソクはアニーが点けたままにしてありますよ、リリー」ミセス・モレルは言った。「見れば分かるでしょうけど」

「ありがとうございます。おやすみなさい、お母さま」

階段の下でウィリアムがキスした後、彼女は寝室へ行った。彼は台所に引き返した。

「ぼくたちが信用できないの、母さん」彼はやや気色ばんで、同じ話を蒸しかえした。

「あのね、皆が寝た後、あなたたちみたいな若者を下の部屋で二人っきりにするわけにはいかないの」

彼もこの返事に従わざるをえなかった。母におやすみのキスをした。

復活祭には、ウィリアムは一人で帰って来た。そして母親と、許嫁のことを延々と話し合った。

「ねえ、母さん、ぼくは離れていると彼女のことなんかちっとも気にならないんだ。これっきり逢わなくても平気だと思う。でも、夜一緒にいると、好きで好きでたまらなくなる」

「その程度の愛情で結婚するのは変な話ね」と、ミセス・モレルは言った。

「おかしな話だ！」彼は叫んだ。彼は悩み、迷っていた。「でも——今じゃぼくたちの間にはもういろいろあるから——あきらめるのは無理な話だ」

「自分が一番よく分かっていると思うけど」ミセス・モレルは言った。「あなたの言うとおりだとしたら、わたしには愛には思えない——その、愛という感じがあまりしないわ」

「ああ、分からない、母さん。彼女は孤児で——」

二人にはどんな結論も出せなかった。彼は混乱し、苛立っているようだった。母親はかなり遠慮した。彼は力と金のすべてを許嫁との交際につぎこんだ。実家へ帰っても、母をノッティンガムまで連れ出す余裕さえほとんどなかった。

ポールはクリスマスに給料が十シリングに上がって、大喜びだった。会社は結構楽しかったが、勤務時間が長いのと屋内にばかりいるので体には悪かった。この息子の存在がどんどん大きくなっていた母は、何とかしたいと思った。

月曜の午後は毎週休みだった。五月のある月曜の朝、二人きりの朝食の時に、母親が切り出した。

「今日はいいお天気になりそうね」

彼ははっとして顔をあげた。何か話があるのだ。

「リーヴァーズさんが新しい農場へ越したのは、知ってるでしょう。先週、ご主人に、奥さんのところへ遊びに行ってやってくれって言われたので、お天気だったら今日あなたを連れてくって約束したのよ。行かない？」

「うわっ、最高！」彼は叫んだ。「今日の午後行くの？」

「あなたが疲れなければね——遠いのよ」

「どのくらい？」

「四マイル」

「へーん——ぼくは四マイルくらい歩いたって疲れやしない。問題はそっちでしょ。歩ける？」

「もちろん歩けるわ」

「いいねえ——いいねえ！」ポールは叫んだ。「じゃ、急いで帰ってくるよ。きれいな農場なの？」

「彼はそう言ってるわ——自分の目で確かめればいいわよ」

「ぼく、ミセス・リーヴァーズを知らないけど——母さんは？」

「え、あなた知ってるわよ。茶色の大きな目をした、ちょっと哀れっぽい人。礼拝堂でわたしたちの向かいの席だった人」

「おぼえてない」

「あなた、他のものはともかく、あの人の帽子はおぼえていると思ったけど——知り合って六年間、新しいのをかぶったことないんですもの。小さくて黒くて、ちっぽけなレースが気まぐれみたいに貼りつけてあるやつ。日曜ごとにあれがあの人の頭にのっかっているのを見ていて、また今週もかと思うと、むしりとってやりたくなったものよ。でもご亭主はとても格好よくて、ハンサムよ」

「奥さんは貧乏なんじゃない？」とポールは言った。

「まさか！　わたしと似たりよったりよ。でも新しいものは、その気がなくって買わないの」

「でも、いい女《ひと》？」

「ええ、ずっと好きよ。でも、ご主人のためにきちんとした服装をしないのはねえ――あれはプライドね、プライドだけね」

「どうして？」

「そうね、小柄で華奢で洗練された人なのよ。茶色の大きな哀しげな目をしていて――感じやすいのね。子供が七人いて、夫のアルフレッドは稼ぎが悪いから、たいへんな人生だったのよ！ご主人はあまり働かないし――まあ、もしかして――でも、そう、零落して身を粉にして働く境遇になっても、プライドが高くて他の庶民と同じ体裁にする気になれないのね。だから昔の服を着古して――でも、かわいい人よ」

「プライドが高いの？」

「他人に対してはそうじゃないわ。でも、自分に対してはとても高いのよ。貧しくて働きづめで魂が傷ついてしまって、貧乏への復讐のつもりで、あんな黒い帽子にこだわるのね。いや、ご主人への当てつけかも、ああ分からない。でも、あなたはあの人のこと好きになるわよ。わたしも好きよ」

「まあ、農場で会うなら帽子はかぶってないよね」

「だといいわね」とミセス・モレルは言った。「でも、あの小さな体であんなに大きな苦労をしょいこむのは本当にひどい話。それでも、当てつけにひどい帽子をかぶりつづけるのはねえ。ご主人はどんな気持がするか――！」

ポールは浮き浮きした気持で駅へ急いだ。ダービー通りで、一本の桜の木が光りかがやいていた。雇用市（町村で毎年催される、召使などを傭うための市）広場の古い赤煉瓦塀が真紅に燃えあがり、春は緑の炎となっていた。大通りはがくんと下り坂になり、埃も立たないさわやかな朝の大気の中、光と影の美しい模様に輝きながら、静まり返っていた。木々は、大きな緑の肩を誇らしげに傾げていた。午前中ずっと倉庫の中にいた少年の心には、戸外の春が広がっていた。

昼食時に家に帰ると、母親が興奮していた。

「でかける？」彼は訊いた。

「支度をしてからね」と母は答えた。

「でも、仕事はすんでるじゃないか」

「そうね」

ポールは昼食を食べにかかった。母親はフライパンを持った。

「時間がないっていうのにルバーブのフリッターを作ろうって、どういうつもりさ」と、彼は言った。

「フリッターを作るって決めたからよ。それにわたしだって、支度はすぐできるわ」

母親がフリッターを作ったのは、平日でポールが昼食に帰ってくるのはこの日だけで、フリッターは彼の好物だからだった。

「やめてよ——あっち行って。そんなのはぼくにやらせて」と彼は言った。

彼は立ち上がって、フライパンの柄をつかもうとした。

「そんなことはさせません」母親は言ってフォークを振りまわした。「時間はたっぷりあるのよ」

彼は負けて食事に戻り、母親は料理をつづけた。

「出かける支度をしなきゃいけない時にフライパンをいじってるなんて、いかにも女だね」

「自分は何でも分かると思ってるのは、いかにも男の子ね」母親は言った。息子の前に甘いものを置いた。

「母さん、真っ赤な顔になっちゃったよ」彼は言った。「向こうへ着くころにはのぼる朝日だね」

「じゃ、わたしの顔は見ないで」

「お願いされたって、見ないよ」

「恩知らず」

「赤っ面！」

母親はふんと笑って、ポールに言わせれば「亀みたいに」背伸びした。

「顔は洗ったの？」彼は訊いた。

「洗いましたよ」

「そう見えないな、いつもみたいに鼻の頭に汚れがついてる」

母は鏡をのぞきに行った。

「いやになるわ！」彼女は叫んだ。

じきに彼が立ち上がった。

「ぼくが後片づけをするから、お母さんは着替えなさいよ」彼は言った。

母は従った。彼は食器を洗って片づけ、母のブーツを出した。とてもきれいになっていた。ミセス・モレルには靴を汚さずに泥道を歩ける生来の繊細さがあった。それでもポールは心をこめて磨かずにいられなかった。たった八シリングで買ったキッドのブーツだけれども、彼には世界一愛おしい靴に思えて、花でも扱うように丁寧に磨いた。

突然、母が少し恥ずかしそうに、奥の戸口に現れた。新しいコットンのブラウスを着ていた。ポールは飛びあがって駆け寄った。

「うわっ、すごい！」彼は声をあげた。「クラクラくる！」

彼女はかすかに、偉そうに鼻をすすって、昂然と頭を上げた。

「全然クラクラしないわ！　とても地味よ」

歩き出した彼女のまわりを、彼は蝶のように舞った。

「どう」本当は照れながらも、わざと偉ぶって、彼女は訊いた。「気に入った？」

「とっても！　こんな美しい小柄な女性と外出できるなんて！」

彼は後ろへまわって背後から母を眺めた。

「うーむ！　町で母さんの後ろを歩いたら、『あの小柄な女、うぬぼれてるかな』って思うな」

「あら、それは事実に反します」ミセス・モレルは答えた。「似合ってるかどうか、自信がないのよ」

「そんな！　汚い黒を着て、焼けこげの新聞紙かぶってるみたいに見せたいの？　とても似合ってるよ、すてきだ、母さん」

母は嬉しそうにちょっと鼻をすすったものの、おだてには乗っていないふりをした。

「これ」彼女は言った。「たった三シリングだったのよ。既製服がそんな値段で、買えっこないでしょ？」

「そうだろうな」

「それで、生地もいいの」

「すっごくきれいだ」

白地に薄紫と黒の小枝の模様が入っていた。

「でもわたしには若すぎるんじゃないかしら？」と彼女は言った。

「母さんに若すぎるって！」彼が憤慨して叫んだ。「白髪のかつらでも買って、かぶってみたら？」

「もうじき、その必要もなくなるわ」彼女は答えた。「白髪が増えるばかりだからねえ」

「何言ってるんだ」と彼は言った。「白髪のお母さんなんて、まっぴらだ」

「我慢してもらうほかないね」奇妙な声だった。

二人はめかしこんで出かけた。日射しが強く、母はウィリアムがくれた傘をさしていた。大柄でないポールでも母よりかなり背が高かった。彼は鼻高々だった。

休耕した畑に、伸びはじめたばかりの小麦が絹のように光っていた。ミントン鉱山から白く細長い湯気が立ち昇り、時々咳きこむような音や荒い衝突音が聞こえた。

「ほら、あそこ！」ミセス・モレルが言った。母子は道に立って、じっと眺めた。ぼた山を、馬と荷車と人のシルエットが、空を背景にのろのろと登って行く。天を背景に坂を登って行き、登りきったところで人が荷車を傾けた。大きなぼた山の急斜面を滓《かす》が雪崩れて、思いがけず大きな音が聞こえた。

「ちょっと座って、母さん？」彼の言葉で母が土手に腰をおろすと、彼は手早くスケッチした。彼が緑の中に赤煉瓦の家々がかがやく午後の風景を描く間、母は黙っていた。

「世界ってすばらしい所だわ」と彼女は言った。「すばらしく美しい」

「炭鉱もだ」彼は言った。「あの大きなぼた山、まるで生きてるみたいだ——ぼくたちの知らない大きな生き物だ」

「そうね、そうかもしれないわ」と母は言った。

「それにずらっと並んでる貨車。まるで餌を待つ獣の行列みたいだ」

「貨車が並んでるのはありがたいわ」彼女は言った。「今週は仕事もまあまあということだからね」

「でも、ぼくは、いろいろな物から人間の息吹や手ざわりが伝わってきて、生きている感じがするのが好きなんだ。どれもこれも人間の手で動かしてるからこそ、あの貨車にだって人間の感触があるんだ」

「そうね」ミセス・モレルは言った。

二人は並木道になった大通りを歩いて行った。彼はたえず母に何か話していたが、母も倦きずによく聞いていた。ネザミア湖の端を通ると、岸辺の水面に、花びらを散らしたように日光がきらきら踊っていた。それから私道に入り、やや不安気に、大きな農場に近づいて行った。犬が一匹、猛烈にほえた。女が顔を出した。

「こちらへ行くと、ウィリー農場へ出ますでしょうか？」ミセス・モレルが訊いた。

ポールは追い払われるのが怖くて、母の後ろに隠れていた。しかし、女は愛想よく道を教えてくれた。母子は小麦と燕麦の畑を抜け、小橋をわたって、荒れた牧草地に入った。タゲリが、白い胸を光らせ、ピーッと鳴きながら二人のまわりを旋回していた。湖は青く静まり返っていた。頭上高く、アオサギが一羽浮かんでいた。向かいの丘の上に緑の森がこんもりと静まっていた。

「荒れ道だね、母さん」ポールが言った。「カナダそっくりだ」

「美しいわ！」ミセス・モレルはあたりを見まわした。

「あのサギを見て——ほら——あの脚」

彼は母にあれを見ろ、これを見るなと指図した。彼女は満ち足りていた。

「でも」彼女が言った。「この先はどっちの道かしら？　リーヴァーズさんは森を抜けろと言ってたけど」

左手に、柵に囲まれた暗い森があった。

「ここに道があるんじゃないかな」とポールは言った。「母さんの足はやっぱり町の道向きだよね」

小さな木戸があったのでそこを入ると、すぐに森の緑に囲まれた広い小道に出た。片側は若い樅と松の木立で、もう一方は、オークの老木の生えた空地が下りの斜面になっていた。オークの木々の間に、ブルーベルの花の真っ青な海が、点々と、榛《はしばみ》の若木の下、オークの枯葉の淡い黄褐色の絨緞の上に、広がっていた。ポールは母にブルーベルを教えた。

「刈ったばかりの干草が少しある」と彼は言った。それから、また忘れな草を摘んで来た。仕事で荒れた母の手が彼の摘んだ小さな花束を握っているのを見ると、彼の心は愛にうずいた。母は申し分なく幸福だった。

だが、その馬道が終わるところに、乗り越える柵があった。ポールはさっと越えた。

「さあ」彼は言った。「手を貸してあげるよ」

「いいの――ほっといて。わたしのやり方で越えるから」

彼はいつでも支えられるように、両手を出して下に立った。彼女は用心深く上った。

「何て上り方だ！」母が無事に地面へ降りると、彼は偉そうに叫んだ。

「柵なんて嫌ね！」母も声を上げた。

「柵も乗り越せないなんてへぼだよ！」彼が応じた。

正面、森の縁《へり》にそって、農場の低く赤い建物が集まっていた。二人は歩を速めた。森と同じ高さの地面にリンゴ畑があって、石臼の上に花がこぼれていた。生垣の下に深い池があり、その上にオークの木が覆いかぶさっていた。木蔭に何頭か雌牛が見えた。母屋とその他の建物がコの字型の三方に並び、森と向かいあって日光を抱いていた。とても静かだった。

　柵で囲まれた小さな庭に母子が入って行くと、赤いナデシコの匂いがした。開け放しのドアのそばに粉だらけのパンがいくつか、冷ますために並べてあった。牝鶏が一羽入ってきて、それを突《つつ》こうとした。不意に、汚れたエプロン姿の娘が戸口に現れた。十四歳くらいで、血色がよく色が浅黒かった。短かく切った黒い巻毛がのびやかでとても美しい、黒い瞳の娘だった。羞《は》じらい、いぶかり、他人の侵入に少し怒っていた。彼女が姿を消すと、すぐにまた別の、大きな濃茶色の目で血色のいい、小柄で華奢な女が現れた。

「まあ！」彼女は声をあげると、少し顔を紅潮させ微笑んだ。「見えたのね。ほんとによく来てくださったわ」親しみのこもった、どこか悲しげな声だった。

　二人の女は握手をした。

「本当にお邪魔じゃないんですか？」ミセス・モレルは言った。「農家のお仕事が大変なのは分かっていますから」

「とんでもない！　珍しい方が来てくださるのは、本当にありがたいんです。何しろ人里離れていて」

「ええ」ミセス・モレルは言った。

　二人は客間へ通された――天井の低い細長い部屋で、暖炉の中にテマリカンボクの大きな束が置いてあった。女たちがここで話していたので、ポールは外を見に行った。庭でナデシコの匂いを嗅ぎ草木を見ていると、柵の脇の石炭の山のところへ、さっきの娘が急ぎ足でやって来た。

「これはセイヨウバラでしょう?」彼は柵にそった低木を指して訊いた。

　彼女ははっと大きな茶色の目を見開いて、彼を見た。

「花が咲けばわかるけど、セイヨウバラじゃないかな?」彼は言った。

「分かりません」彼女は口ごもった。「真ん中がピンクの白い花です」

「それならメイドゥンブラッシュ（バラの一種。頬を赤らめる乙女の意。正確にはメイドゥンズブラッシュ）だ」

　ミリアムは赤くなった。温かく赤く染まると美しかった。

「分かりません」彼女は言った。

「庭にはあまり花がないですね」と、彼は言った。

「越してきて一年目ですから」彼女はよそよそしく少し見下すように答えると、後ずさりして家の中へ入ってしまった。彼は気にしないで、あたりを探索した。じきに、母も出て来て、一緒に建物を見て歩いた。ポールは有頂天だった。

「それに鶏や仔牛や豚の世話もなさるんでしょう?」ミセス・モレルはミセス・リーヴァーズに言った。

「いいえ、家畜の世話をする暇はありませんし、私は慣れていませんから。家の仕事だけで精一杯です」

「それはそうでしょうね」ミセス・モレルは言った。

　すると、さっきの娘が来た。

「お母さん、お茶がはいったわ」彼女は静かな美しい声で言った。

「あら、ミリアム、ありがとう。じゃ行くわね」母親は機嫌をとるように答えた。「モレルさん、そろそろお茶をいかがですか?」

「もちろん」ミセス・モレルは言った。「いつでもご都合のいい時に」

ポール母子とミセス・リーヴァーズは一緒にお茶にした。それから、ブルーベルが咲き乱れる森へと出かけた。道には忘れな草が煙っていた。母と息子は恍惚とした。

家に戻ると、リーヴァーズ氏と長男のエドガーが台所にいた。エドガーは十八くらいだった。それからジェフリーとモリスという、十二と十三の大きな男の子も学校から帰っていた。主人のリーヴァーズ氏はハンサムな男盛りで、金茶色の口ひげを生やし、風に青い目を細めていた。

「ざっと見たかい?」リーヴァーズ氏は元気に尋ねた。

「全部ではありませんが」少年は答えた。

それから、ポールはジェフリーとモリスと一緒に出ていった。

「どこで働いてるの?」とジェフリーがポールに訊いた。三人とも照れていた。

「ノッティンガムのジョーダン外科器具工場です」

「で、そこでのきみの仕事は?」

「事務員です」

「で、何をするの?」

「手紙を写したり、注文書を作ったり、送り状を作ったりです」

「どういう手紙を写すわけ？」

「ああ——どんな手紙だって——大抵は伸縮自在ストッキングの注文書ですけど」

「伸縮自在ストッキング！——何、それ？」

たくさん説明しなければいけなかった。

「中にはフランスとか、いろんな国からのものもあるんです」とポールは言った。

「それも写すの？」

「ええ」

「フランス語のまま？」

「いいえ、訳します」

「へえ、フランス語が分かるんだ」

「少しは——ドイツ語も」

「へえ、誰に習ったの？」

「名づけ親です——代数とユークリッド幾何学も」

「そんなもの、詰めこまれるのはまっぴらだ」と、ジェフリーは言った。

男の子たちはあきれるほど偉そうだったが、ポールはほとんど気に留めなかった。男の子たちで鳥の卵を探しにでかけて、ありとあらゆるところに潜りこんだ。皆で鶏に餌をやっていると、ミリアムが出て来た。少年たちは知らん顔だった。牝鶏が一羽、黄色いヒヨコと一緒に、小屋に入っていた。モリスが穀物を手に一杯握って、牝鶏についばませた。

「きみもできるかい?」と彼はポールに訊いた。

「やってみよう」ポールは言った。

彼は小さく温かいわりあい器用そうな手をしていた。ミリアムはじっと見ていた。彼が握った穀物を牝鶏に差しだした。鶏はよく光るきつい目でじっと睨んだ、と突然、彼の手を突《つつ》いた。彼はびっくりして笑いだした。「コツ、コツ、コツ」鶏の嘴《くちばし》が彼の掌を突いた。彼がまた笑うと、他の男の子たちも一緒に笑った。

「突いて噛むけど、痛くないよ」最後の一粒がなくなるとポールは言った。

「なあ、ミリアム」と、モリスが言った。「こんどはお前、やってみろ」

「いや」彼女は叫んで後ずさりした。

「やあい弱虫！　甘ったれ」兄弟がはやした。

「ちっとも痛くないよ」とポールは言った。「ちょっと噛むけど、気持がいいくらいさ」

「いや」とまた叫んで、黒い巻毛を振りながら後ずさりした。

「できっこないよ」ジェフリーが言った。「ミリアムは詩の暗唱しかできねえんだ」

「木戸から飛ぶのも――口笛吹くのも――滑り台に乗るのも――できやしない。よその女の子にぶたれたって、それっきり――一人で偉そうにしてるばっかりで――『湖上の美人』（十九世紀の作家、サー・ウォルター・スコットの有名な長詩）のつもりだよ、へっ」モリスは叫んだ。

ミリアムは恥ずかしさと惨めさで真っ赤になった。

「あなたたちなんかより勇敢だわ」彼女は叫んだ。「あなたたちなんて、ただの意気地なしのい

かった。

「意気地なしの弱虫でいじめっ子じゃないの！」彼らはミリアムの気取った口調をまねて、からじめっ子じゃないの」

こんな馬鹿には腹も立たない
馬鹿に返事は、するだけ損々

一人がミリアムの機先を制して、大声で笑いながら詩を暗唱した。

彼女は家の中へ入った。ポールは男の子たちと果樹園に行った。そこには即席で作った平行棒があって、皆で力技を競った。ポールは力があるというより敏捷な質《たち》だったが、それも役立った。低く垂れさがっているリンゴの枝の花にさわってみた。

「花は取らない方がいいよ」一番年上のエドガーが言った。「来年、リンゴがならないから」

「取りゃしないよ」と言って、ポールは枝から離れた。

男子たちはポールに敵意を抱いて、自分たちだけで遊びたがった。ポールは母を探して、ぶらぶら家へ戻った。裏を廻ると、ミリアムがとうもろこしを少し握って、鶏小屋の前にひざまずいていた。唇を嚙みしめ思いつめた姿勢でしゃがみこんでいた。牝鶏は意地悪く彼女を見ていた。おそるおそる彼女は手をのばした。鶏がひょいと首を出した。彼女はなかば怖さから、なかば悔しさから、声をあげて飛びのいた。

「痛くないよ」ポールは言った。

彼女は真っ赤になって、ぱっと立ち上がった。

「やってみたかっただけよ」小さな声だった。

「ほら、痛くないよ」彼はそう言うと、麦を二粒だけ掌にのせて、牝鶏に掌をじかにちょんちょん突《つつ》かせた。「くすぐったいだけさ」

彼女は手を出したと思うと引っこめ、また出して、叫び声をあげて飛びのいた。彼は顔をしかめた。

「ぼくなら、顔に餌をのせて突かせたって平気なのに」ポールは言った。「ちょっとぶつかるだけなんだから。とても上手なんだよ。そうでなけりゃ、毎日地面を掘り返しちゃうからね」

彼は厳しい顔でじっと待った。ミリアムはようやく掌を突つかせると、軽い叫びを上げた――怖いのと、怖くて痛かったせいで、哀れに見えた。だが、すでに一度やった彼女は、もう一度やってみた。

「ほらね？」ポールは言った。「痛くないだろう？」

彼女は黒い瞳を大きく見開いて彼を見た。

「そうね」笑ったが震えていた。

そして立ち上がって、家へ入ってしまった。何かポールに腹を立てているようだった。

「あの人はわたしのことをその辺の女の子だと思っている」と思った。自分が「湖上の美人」のようなりっぱな淑女であることを示したいと思った。

ポールは、母の帰り支度ができたのに気がついた。母は息子を見てにっこり笑った。彼は大きな花束をもらった。リーヴァーズ夫婦は野中の道を送ってくれた。丘々が夕日を浴びて黄金色だった。森の奥で、ブルーベルの紫が深まっていった。枯葉のかさこそいう音と鳥の鳴き声の他は至るところが静まりかえっていた。

「美しい所ですねえ」ミセス・モレルが言った。

「ええ」リーヴァーズ氏は答えた。「ささやかながらいい所です。兎さえいなければねえ。牧草地がすっかり裸にされちゃうんです。地代程度だって稼げるかどうか」

彼が手を叩くと野がざわめいて、至る所から茶色い兎が飛び出した。

「まあ驚いた!」ミセス・モレルは声を上げた。

彼女とポールだけになった。

「楽しかったね、母さん」彼は静かに言った。

細い月が上ろうとしていた。彼の胸は幸福感にうずいた。母も幸せで叫びたいくらいだったので、ずっと喋りつづけた。

「ほんとに、わたしがあのご主人を助けられたら!　わたしが鶏や仔牛の世話をしてあげられたら!　乳のしぼり方も覚えて、あの人と話し合って、将来の計画をたてられればねえ!　ほんとに、わたしがあの人の妻だったら、うまく農場をやってみせるのに!　でもあの奥さんには体力がないの——とにかく体力がないのよ。あの人はあんな辛い生活を背負ってはいけなかったのよ。お気の毒だわ、旦那さんのためにも。ほんとに、わたしがあの人と結婚していたら、不満なんかなかったろうに！　あの奥さんだってそうでしょうけど。あの奥さん、とてもいい人だから」

ウィリアムは聖霊降臨節（五月の半ばごろにあたる）に、また許嫁をつれて帰って来た。一週間の休暇で、いい天気に恵まれた。ウィリアムとリリーとポールは、午前中はたいてい一緒に散歩に出た。ウィリアムは子供の頃の話をする以外、許嫁とはあまり口をきかなかった。ポールは、二人に向かって延々と喋りつづけた。彼らは三人でミントン教会脇の牧草地に寝ころんだ。片側で、カースル農場そばの屏風のように一列に並ぶポプラ並木がこきざみに美しく揺れていた。生垣のサンザシが重く垂れていた。野にはヒナギクやセンノウの花が笑いさざめいていた。二十三になった大柄のウィリアムは体重が減り、少しやつれてもいて、その体を草の上に横たえ日を浴びながら夢を見ていた。その間、彼女は彼の髪を指先でいじっていた。ポールは大きなヒナギクを集めていた。彼女は帽子を脱いでいた。その髪は馬のたてがみのように黒かった。ポールは戻って来るとその漆黒の髪にヒナギクをからませた――白と黄のヒナギクが光り輝き、ピンクのセンノウがわずかに添えられた。

「さあ、若い魔女みたいだ」とポールがリリーに言った。「どうだい、兄さん？」

リリーは笑った。ウィリアムは目をあけて彼女を見つめた。その凝視の中には充たされない屈辱と激しい讃美があった。

「あたし、ひどいことにされてない？」彼女は恋人を見おろして笑った。

「たしかに！」ウィリアムは微笑んだ。そして、寝ころんだまま、じっと彼女を見ていた。絶対、彼女と目を合わせなかった。見ていたいだけで、見つめあって一つになりたくはなかった。そして彼女を避けたがっていることが彼の目に痛々しく浮かんだ。彼はまたそっぽを向いた。彼女はダイアモンドがきらめく色の浅黒いほっそりした手を、もう一瞬彼の髪の中にさ迷わせてから、こう言った。

「ポールはやり方を知ってるわ」

「いいじゃないか」とウィリアムは言った。「それできみが幸せなら。朝はポールの役割、ぼくは夜の方だ」

彼女は笑ってポールの方を向いた。

「耳の上にもう三本飾らせて」と彼女の上に立ってポールが言った。「それで完成だ」

彼女がうなずき、彼はヒナギクをからませた。

「髪に太陽の匂いがするでしょ?」と彼が言った。「さあ、これで舞踏会へ行けばいい」

「ありがとう」彼女は笑った。

三人は立ちあがり、家路についた。

「まだ帽子をかぶらないで」とポールが言った。

「いいかしら?」彼女はウィリアムに訊いた。「こんな格好でかまわないかしら?」

ウィリアムがまた彼女を見た。女の美しさが彼を傷つけているようだった。花を飾った彼女の頭を見て、眉をしかめた。

「似合ってるぞ、と言えばいいのかい」と彼は言った。

彼女は帽子を被らず歩いた。しばらくすると、ウィリアムも機嫌を直して、ずい分優しくなった。橋に来ると、二人のイニシャルを彫って、ハートで囲んだ。

イニシャルを刻む彼の頑丈だが神経質な手には濡れた毛が光り、そばかすがある。彼女はそれを、じっと魅入られたように見つめた。

ウィリアムとリリーがいる時の家には、いつも悲しさと温かさとある種の優しさがあった。だが、ウィリアムはよくかんしゃくを起こした。彼女は八日間の滞在のために、五着のドレスと六枚のブラウスを持って来ていた。

「あの、すみませんけど」と、彼女はアニーに言った。「このブラウス二枚、洗ってくださらない――それから、これも」

それで、アニーは翌朝、ウィリアムとリリーが出かける時間に、立って洗濯をしていた。ミセス・モレルは激怒した。ウィリアムも、許嫁が妹に対してとる態度を見とがめて時折、彼女を憎んだ。

日曜の朝の彼女は目がさめるほど美しかった。カケスの羽のように青い流れるような光沢のある薄絹のドレスに、深紅の薔薇でほとんど覆われた大きなクリーム色の帽子をかぶっていた。いくら感嘆してもたりなかった。だが、夜に出かける際に、彼女はまた尋ねた。

「太っちょさん、あたしの手袋持ってる?」

「どの?」とウィリアムが訊き返した。

「新しい黒のスウェードのよ」

「いや」

探したが、出て来なかった。

「これなんだよ、お母さん」とウィリアムは言った。「これでクリスマスから四つも手袋をなくしてるんだ——一つ五シリングもするのを!」

「あなたにもらったのは二つだけよ」リリーは抗議した。

夕食後、彼女はソファに座っているのに、彼は暖炉前の敷物の上に立って、リリーを憎んでいるように見えた。その日の午後、ウィリアムは彼女を残して、昔の友人に会っていた。彼女は座って一冊の本を眺めていた。夕食後、ウィリアムは手紙を書こうと思った。

「あなたの本があるわ、リリー」と、ミセス・モレルが言った。「しばらく、これでも読んでいたら?」

「いいえ、結構です。ただ座っていますから」とリリーは答えた。

「でも退屈よ」

ウィリアムは苛々と猛烈な勢いで手紙を書きなぐった。それに封をしながら、彼は言った。

「本を読むって! 生まれてから一度だって本を読んだことないんだ」

「まあ、そんなひどいことを!」ミセス・モレルは大仰な言葉に怒った。

「本当なんだ、母さん――読んでやしないんだ」そう叫ぶと、はじかれたように立ちあがり、また暖炉の前に立った。「生まれてから一冊だって読んでないんだ」

「おれにそっくりだ」と、モレルが合の手をいれた。

「何が書いてあんだか分からねえんだよ、うんざり眺めてたってよ。おれとおんなじだ」

「でも、そんなこと言うものじゃありません」とミセス・モレルは息子をたしなめた。

「でも、本当なんだ――読めないんだ――何の本を渡したの？」

「アニー・スワン（一八五九―一九四三。スコットランドのロマンチックな作家）の軽いものなんだけど。日曜の晩に堅苦しいものなんか読みたくないでしょう」

「じゃ、絶対、十行だって読みゃしなかったよ」

「そんなことないわよ」母は言った。

その間ずっと、リリーはソファにみじめに座っていた。彼がさっと彼女の方を向いた。

「すこし、読んだかい？」彼は訊いた。

「ええ、読んだわ」彼女は答えた。

「どのくらい？」

「何ページだか覚えてないわ」

「覚えてることを何かひとつ話してごらん」

彼女は言えなかった。

「お黙り、ウィリアム」と母親が言った。「そんなことを言って！」

「でも、読めないんだ、母さん！」彼は痛烈だった。「読んでも何も分からない。読めない、話もできない。彼女と話せる話題なんか何ひとつない。服のことと自分がどう他人にちやほやされるかということしか考えない」

「この人の言うことなんか気にしないでね、リリー」とミセス・モレルは言った。

「おれに言わせりゃ、本のなかに鼻をつっこんでる奴はバカよ」とモレルも言いそえた。

あわれなリリーは公然と侮辱された。ウィリアムは彼女を憎んでいるように見えた。その後、ミセス・モレルは彼女に思いきり易しい本を見つけてやったが、彼女が雨の日の午後わずか数行と悪戦苦闘している姿は憐れだった。二ページ以上読めたためしがなかったのだ。彼はたくさん本を読み知的に活発で、頭の回転も速かった。彼女は愛の戯れとお喋り以外、何も理解できなかった。彼は昔から、考えたことのすべてを母に話して篩《ふるい》にかける習慣があったので、話相手になってもらいたい時にべたべたいちゃつかれると、この許嫁を憎んだ。

「ねえ、母さん？」遅くなって母親と二人きりになると彼は言った。「彼女にはお金のことが分かってないんだ。頭が空っぽなんだ。給料を貰うと、急にマロングラッセみたいなつまらないものを買っちゃうんで、ぼくが彼女の定期だの、いろんなものを買ってやらなきゃならないんだ。下着もだ。でも、結婚したがるんだ。来年には結婚してもいいんじゃないかと思うけど、この調子じゃ——」

「ひどい結婚になるね」母親は答えた。「わたしなら、考え直すね」

「ああ、今さら別れるわけにはいかない。だから、なるべく早く結婚するけれど」と、彼は言った。

「いいわよ。あなたがそのつもりなら、そうなるでしょう。止められることじゃないでしょう。でもね、このことを考えると、母さんは眠れないよ」

「ああ、彼女は大丈夫だ。二人で何とかやって行きます」

「それで、あなたに下着まで買わせて平気なの？」母親は訊いた。

「まあ」彼は言い訳のように話しはじめた。「彼女の方から頼んだわけじゃないんだ。ただ、ある朝――寒い朝――駅で彼女が震えてて止まらないんだ。だから、たくさん着こんで来たかって訊いた。『そのつもりだわ』って言うから『下着は温かいのを着てるのかい？』って訊いたんだ。そうしたら、『いや、木綿のよ』って言うから、どうして、こんな天気にもっと厚いのを着なかったんだって言ったら、持ってないって言うんだ。気管支炎になりやすいたちなのに！　仕方ないから温かいのを買いに連れてった――まあ、お金は多少あれば、それでいい――定期が自分で買えるくらい貯めといてくれれば――でも、それもぼくに頼るから、ぼくが工面しなくちゃならない――」

「見通しは暗いわね」ミセス・モレルは吐きすてた。

　彼は青ざめていた。どこまでも屈託がなくて笑ってばかりいたあのゴツゴツした顔に、今は苦悩と絶望が刻まれていた。

「でも、今さら別れるわけにはいかない。もう手おくれだ」彼は言った。「それに、彼女なしではいられないこともある――」

「いい？　人生の一大事よ」ミセス・モレルは言った。「救いがたく失敗した結婚くらい悲惨なものはないわ。わたしのだって結構ひどいから、そこから学んでくれたっていいのに——でも、わたしのよりはるかにひどい結婚だってたくさんあるのよ」

彼は両手をポケットに突っこんで、暖炉脇の壁によりかかっていた。彼は骨がゴツゴツした大男で、その気になれば世界の果てまで行くだろう。だが、その顔に絶望が浮かんでいた。

「もう別れられない」と、彼は言った。

「でもね、婚約の破棄よりもっとひどいことだってあるのよ」

二人とも黙りこんだ。ウィリアムは部屋の向こうを見つめていた。今助けられるのは母だけだった。だが、彼は、母に決めさせなかった。彼はこれまでの流れに執着した。

「もちろん、これ以上の過ちを犯さないために別れる方が、こうと決めたからといってそれにこだわるよりも、はるかに立派だわ」とミセス・モレルが言い足した。

ウィリアムは微動だにせず部屋の隅を見つめていた。

「もう別れられない」と言った。

時計が時を刻んだ。母と子は対立したまま黙っていた。彼はもう何も言おうとしなかった。最後に、母が言った。

「さあ、ベッドに行きなさい——朝になれば元気になるわ——それに、いい知恵も浮かぶかもよ」

彼は母親にキスすると出て行った。母は朝のために石炭を足した。彼女の心は今までになく重かった。夫のことで心がくずおれそうだった時も、生きる気力までは失わなかった。だが、今の彼女は、魂そのものが傷ついた。打撃をうけたのは、「希望」だった。

許嫁に対するウィリアムの変わらない憎悪は、しじゅう、表面化した。家での最後の晩にも、彼女を罵倒した。

「母さん、彼女がどんな女かぼくの言うことが信じられないのなら言うけど、彼女は三回も堅信礼を受けたんだ！」

「ばかなことを！」ミセス・モレルは笑った。

「ばかじゃない、事実なんだ！　それが彼女の堅信礼なんだ――派手に人目をひくお芝居みたいなものだ」

「違います！」リリーが叫んだ。「違うわ、嘘よ！」

「何だって！」彼はさっと彼女の方を向いて叫んだ。「ブロムリーで一度、ベケナムで一度、どこか他の所で一度だ」

「他なんかありません！」彼女は泣いていた。「他なんかないわ」

「あるよ！　それがなかったとしても、じゃ、なぜ二度も堅信礼を受けたんだ？」

「一度はまだ十四だったんです、お母様」彼女は涙をうかべて訴えた。

「そうね」ミセス・モレルが言った。「よく分かるわよ。この子の言うことなんか気にしないで。ウィリアム、そんなひどいこと言う人がありますか」

「でも事実なんだ。彼女は信仰が好きなんだよ――青いベルベットの表紙の祈禱書だって持ってる――そのくせ信仰なんか、たいして持ってないんだ、あのテーブルの脚程度だ。三度も堅信礼を受けたのは見せびらかすため、自分を見せつけるためだ、万事がそうなんだ――万事が！」

リリーはソファで声をあげて泣いていた。強い女ではなかった。

「愛だってそうだ！」彼は叫んだ。「ハエに向かって愛してくれって言えばいい。おまえにとまって、愛してくれるさ――」

「もうお黙りなさい」ミセス・モレルは叱った。「そんなことを言いたいのなら、どこか他へ行ってちょうだい。ウィリアム、わたしはあなたのことが恥ずかしいわ！　どうしてもっと男らしくしないの。娘さんのあら探しばかりして。そのくせ、婚約者ぶって！」

ミセス・モレルは怒りに我を忘れ、口がきけなくなった。

ウィリアムは黙った。それから後悔して、女を慰めようとキスした。だが、彼の言ったことは真実だった。彼は彼女を憎んでいた。

彼らが帰る時、ミセス・モレルはノッティンガムまで送って行った。ケストン駅まで長い道のりだった。

「ねえ、母さん」彼は母に言った。「ジップは軽薄なんだ。何も心に深くしみるということがない」

「ウィリアム、そんなこと言わないでちょうだい」ミセス・モレルは並んで歩いている娘を思ってとても気まずかった。

「でも、本当なんだ、母さん。彼女は、今はぼくをとても愛してるけど、ぼくが死んだら、三カ月もすれば忘れてしまうだろう」

ミセス・モレルは怖くなった。息子の最後の言葉の静かな苦さに、胸が激しく騒いだ。

「どうして分かるの！」彼女は言い返した。「あなたに分かるはずない——だから、そんなこと言う権利はないわ」

「この人、いつもこんなことを言ってるんです！」リリーが叫んだ。

「ぼくが墓に入って三カ月もすれば、きみはもう誰かほかの男を見つけてる。ぼくのことは忘れている」彼は言った。「それがきみの愛だ！」

ミセス・モレルは、ノッティンガムで二人が汽車に乗るのを見送って、帰宅した。

「あれでは」彼女は悲しそうにポールに言った。「だめだわ。将来も希望がないわ。本当に結婚したらどうなるか、怖くて考えられない。ウィリアムにあの娘と別れる気持さえあれば、あんなにあの娘を苦しめはしないよ。でも二人は互いにしがみついて、結局、互いを殺してしまうだろう。ケストンへ行く途中でウィリアムがああ言った時は、足から力が脱けてゆく思いだったわ。あの娘もかわいそうに。でも、あの娘はウィリアム向きではないわ。絶対に違う。こんなことを言ってはいけないけど、あの娘、体が弱いんだから、ウィリアムと結婚するよりも、死んでくれた方がいい」

その一夏、ミセス・モレルはウィリアムのことを考えていた。彼は今では自滅しつつあるように見えた。だが結婚はまだ遠い先の話だった。

「一つだけ慰めになることがあるわ」と母はポールに語った——「あの子には、結婚するだけのお金ができないわ。間違いなく。そうやってあの娘はウィリアムを救うことになる」

これで彼女は元気になった。まだ絶望的な事態ではない、ウィリアムは決してあの女と結婚しないと固く信じた。ポールを手もとに置いて、事態を見守った。

夏中、ウィリアムの手紙は熱にうかされたようだった。不自然に張りつめていた。時には馬鹿に陽気で、たいていは単調で辛らつだった。

「ああ」と母親が言った。「あの子は、愛する価値もない人形同然の中身の空っぽな女の子を相手に、破滅の道を進んでいる」

彼は実家に帰りたがった。夏の休暇は終わっていて、クリスマスは遠かった。十月第一週のノッティンガム・グースフェアのある土曜と日曜に帰れるという、大喜びの手紙が届いた。

「元気がないわね」彼を見て、母が言った。

ウィリアムをまた独り占めできて、彼女は泣きそうだった。

「うん、具合が悪かった。このひと月、ずっと風邪が尾をひいているみたいだった。でも、治りかけていると思う」

十月らしいよい天気だった。彼は学校を逃げ出した生徒のようにはしゃいだ。そのあとで、また黙りこんで、内にひきこもった。今までになく痩せて、目に憔悴《しょうすい》の色が見えた。

「働きすぎよ」と、母は彼に言った。

結婚資金をつくるために余計に働いている、と彼は言った。母と二人で話したのは土曜の夜だけだったが、その時の彼は悲しげで、許嫁に優しかった。

「それでもね、母さん、もしぼくが死んだら、彼女はふた月、悲嘆に暮れて、あとは忘れちゃうと思う。きっと、一度だって、ここまでぼくのお墓参りに来たりしない」

「まあ、ウィリアム、おまえは死にません。なぜそんな話をするの？」

「でも、死んでも死ななくても――」彼は答えた。

「ああいう性格なの――そういう人なのよ。おまえが自分で選んだのだから――ま――不平は言えないわね」と、母は言った。

日曜の朝、彼はカラーを付けながら、顎を持ちあげて、母に言った。

「ね。カラーのせいで、顎の下にひどい発疹ができた」

顎と喉の境目一帯が、赤く腫れあがっていた。

「これはよくないわ、この薬を塗っときなさい。カラーを変えないとね」と、母は言った。

彼は日曜の真夜中に帰った。二日間の休みで元気になり、体重も増えたようだった。

火曜の朝、ロンドンから、彼の病気を伝える電報が来た。床を洗っていたミセス・モレルは立ちあがってその電報を読むと、隣の人を呼び、大家《おおや》に頼んで一ポンド借り、着がえをしてロンドンに発った。ケストン駅まで道を急ぎ、ノッティンガムでロンドン行き急行に乗った。ノッティンガムでは一時間近く待たされた。黒いボンネットをかぶった小柄な女が、ロンドンのエルマーズ・エンドへの行き方を赤帽たちに不安そうに訊いてまわった。ロンドンまで三時間かかった。隅で放心したように身じろぎもせず座っていた。キングズ・クロス駅でも、誰一人エルマーズ・エンドへの行き方を知らなかった――寝間着と櫛と歯ブラシを入れた網の袋をさげて、人から人へと訊いてまわった。ようやく、キャノン・ストリート駅まで地下鉄で行けと教えてもらった。

ウィリアムの下宿に着いたのは六時だった。ブラインドは下りていなかった（人が死ねばブラインドを下ろす）。

「あの子の具合は？」彼女が訊いた。

「相変わらずいけませんわ」と、下宿のおかみが言った。

彼女について二階へ上がった。ウィリアムは目を血走らせ、顔色の変わった姿で、寝ていた。服が散らかり、部屋には火の気もなく、ベッドそばの台に牛乳が一杯置いてあった。他に誰もいなかった。

「おまえ、おまえ！」母は勇気を出して言った。

彼は答えなかった。母の方を向いたが、母の姿は見えてなかった。

すると、口述された手紙を読みなおしてでもいるように、彼は力のない声でこう言いはじめた。

「本船船倉の洩水により砂糖が凝固して岩質に変化せしため、破砕の必要を生じ――」

まったく意識がなかった。ロンドン港のこういう砂糖の積荷の検査が彼の仕事だったのである。

「いつからこうだったんです？」母は下宿のおかみに尋ねた。

「月曜の朝六時に帰って来て、一日中眠ってたみたいです。夜、話し声が聞こえて、今朝、あなたを呼んでくれと言われて、電報を打って、お医者を呼びました」

「火をいれていただけません？」

母は息子をなだめよう、静かにさせようとした。

医者が来た。肺炎だと言った。さらに、カラーで擦れた顎の下から珍しい丹毒が始まって顔に広がっている、脳へ来なければよいがと言った。

ミセス・モレルは腰をすえて看病にかかった。彼女は息子のために祈った。母のことが分かりますようにと祈った。だが、彼の顔色は悪くなるばかりだった。夜は、彼と格闘した。彼はうわごとを言いつづけ、意識が戻る気配はなかった。午前二時に激しい発作があり、彼は死んだ。

ミセス・モレルは下宿の寝室で一時間、小ゆるぎもせず座っていた。それから、家の人を起こした。

六時になると、下宿の家政婦の手を借りて、納棺の準備をした。それから、もの寂しい近所を歩いて、戸籍吏と医者に連絡を取った。

九時には、スカーギル通りの自宅に電報を打った。「ウィリアム昨夜死す。金持参の上、父、上京されたし」

家には、アニーとポールとアーサーがいた。父は仕事に出ていた。三人の子供は一言も発しなかった。アニーは怖くなり、しくしく泣きだした。ポールが父を呼びに出かけた。

天気のいい日だった。ブレティ炭鉱から白い煙がゆっくり上がって、優しい青空の陽光の中に溶けていった。、巻揚機の大輪が空高くきらめいていた。貨車に石炭をふるい落とす選別機があわただしく音を立てていた。

「父に会いたいんです。ロンドンへ行かなくちゃならないんです」少年は竪坑口《たてこう》で最初に会った男に言った。

「ウォルター・モレルかい？　あっちにいるジョー・ウォードに話しな」

ポールは上の小さな事務所へ行った。

「父に会いたいんです。父はロンドンへ行かなくちゃならないんです」

「おやじ？　切羽にいるのか？　名前は？」

「モレルです」

「え？　ウォルターか？　何かあったのか？」

「ロンドンへ行かなくちゃならないんです」

男は電話のところへ行って、下の事務所に掛けた。

「ウォルター・モレルに面会だ——無煙炭の四十二号。何かあったんだ——息子が来てる」

そう言うと、男はポールの方を向いた。

「すぐあがって来るよ」

ポールは竪坑口の方へぶらぶら行き、炭車を積んだ昇降機が上がって来るのを見ていた。大きな鉄の檻が台座に座ると、いっぱい積んだ炭車が吐きだされ、空《から》の車が入ると、どこかでチンとベルが鳴って、昇降機がぐらりと揺れ、石のように落ちて行った。

ウィリアムが死んだとは思えなかった。こんなに忙しく世の中が動いているというのに、そんなはずはない。回送係が小さな炭車をぐいと転車台に乗せると、もう一人が土堤のカーブした線路を走って押していった。「ウィリアムは死んで、母さんはロンドンにいる。母さんはどうしているだろう？」少年は謎々を解くように、自問自答した。

昇降機が何度も上がって来たが、父の姿はまだなかった。ようやく、炭車脇に立つ人の姿が見えた！　昇降機が停まり、モレルが降りて来た。事故の後遺症で、少し足が不自由だった。

「ポールか！　ウィリアムが悪いのか？」

「ロンドンへ来いって」

人々が好奇の目を向けている竪坑口を離れた。線路ぞいまで来て、片側には日を浴びた秋の野原が、片側にはずらりと炭車が並ぶあたりへ出ると、モレルは怯えた声で言った。

「死んじゃいねえよな？」

「死んだ」

「いつだ？」

父の声が震えていた。

「ゆうべ。母さんから電報が来た」

モレルは二、三歩歩いたが、そこで炭車にもたれて片手で目を覆った。泣き声は聞こえなかった。ポールは佇んだまま、あたりを見まわして待った。計量機の上に炭車がのろのろと乗った。疲れたかのように炭車にもたれる父の姿の他は、ポールの目にあらゆるものが映った。

モレルは一度しかロンドンへ行ったことがなかった。怯えつつ悄然と、妻を助けに家を出た。それが火曜日だった。家は子供たちだけになった。ポールは出勤し、アーサーは登校し、アニーは友達に一人来てもらった。

土曜日の夜、ポールがケストンからの帰り道に角を曲ると、レズリー・ブリッジ駅から来た父母がいた。二人は暗闇を、疲れてばらばらに、何も言わず歩いていた。ポールは待った。

った。

「母さん！」暗闇の中でポールが呼んだ。小さな母の姿が、彼に気づく気配はなかった。彼がもう一度呼んだ。

「ポール！」彼女は関心なさそうに言った。キスをさせたものの、彼の存在が分からないようだった。

家でも、母は同じで、肩を落とし青白い顔で黙っていた。何も目に入らず、ただこう言った。

「ウォルター、お棺は今夜着きますよ。手伝いを頼んだ方がいいわ」それから子供の方を向いた。

「あの子を家へつれて来るのよ」

それきり、膝の上で手を組み宙を見つめたまま、沈黙に戻った。その姿を見ていると、ポールは息もできない気がした。家中、死んだように静かだった。

「今日も会社へ行ったんだ」彼が悲しい声で言った。

「そう?」母が沈んだ声で答えた。

三十分後に、モレルが考えあぐねる顔付きでまた部屋へ入って来た。

「あれが帰ってきたら、どこへ置くかな?」と妻に訊いた。

「客間です」

「じゃテーブルを動かした方がいいな」

「ええ」

「椅子を並べてその上に載せるか?」

「そう――ええ――そうね」

父とポールは、ロウソクを点けて客間へ行った。客間にはガスが来ていなかった。父はマホガニー材の大きな卵形のテーブルの天板を外し、部屋の真ん中を空けた。それから六脚の椅子を向かい合うように並べて、上に棺を置けるようにした。

「あいつ、これ以上ないってくらいでかいからなあ！」父は椅子の並べ具合を心配そうに見て言った。

ポールは張出し窓まで行って、外を眺めた。一本のトネリコが、大きな闇を背に黒々とそそり立っていた。仄光る夜だった。ポールは母の元へ戻った。

十時に、父が声を上げた。

「来たぞ！」

皆がぱっと立った。玄関の閂をはずして鍵をあける音がすると、ドアがまっすぐ開いて、夜が入ってきた。

「もう一本ロウソクを持ってこい」父が叫んだ。

アニーとアーサーが先に立った。ポールは母と後につづいた。彼は母の腰を抱いて、奥の客間へ入る戸口に立っていた。片づけた部屋の真ん中に、六脚の椅子が向かい合わせに並べてあった。アーサーが窓のレースのカーテン近くに一本のロウソクをかかげ、アニーが戸口で、夜に対して前かがみに立った。彼女の手の真鍮の燭台が光っていた。

車輪の音がした。下の通りの暗闇に、何頭かの馬と黒塗りの馬車、一個のランプ、そしていくつかの仄白い顔が見えた。幾人かのシャツ姿の坑夫が、暗がりで奮闘しているように見えた。じきに、重荷に頭《こうべ》をさげた二人の男が現れた。父と隣家の主人だった。

「落とすな！」父が荒い息で叫んだ。

彼と相棒が庭の急な階段を上がってロウソクの光の届くところまで来ると、棺の角が光った。後ろの方でも、別の男たちの手足が踏ん張っていた。先頭のモレルとバーンズがよろめいた。黒く見える大きな棺がかしいだ。

「しっかり持て、しっかり持て！」父が悲痛な声をあげた。

六人の担ぎ手は、大きな棺を肩に乗せ、狭い庭まで皆上がった。戸口までは、まだ三段あった。真っ暗な道路に、馬車の黄色い灯がぽつんと点っていた。

「さあ、行くぞ！」父が言った。

棺がぐらりと揺れた。男たちは重い荷を担いで、三段の階段を上がりだした。アニーのロウソクが瞬いたと思うと、先頭の男を見て、彼女がすすり泣きはじめた。六人の男の手足と低く下げた頭が入り乱れて、客間に入ろうとした。棺が、生きた肉体の上に悲しみそのもののように乗っていた。

「わたしの息子――わたしの息子！」ミセス・モレルが歌うように呟いていた。男たちの均衡が乱れて棺が傾くたびに「ああ、わたしの息子――わたしの息子――わたしの息子！」と声をあげた。

「母さん！」ポールは彼女の腰を抱いて泣いた。「母さん！」

彼女には聞こえなかった。

「ああ、わたしの息子、わたしの息子！」と繰りかえした。

ポールには父の額から汗がしたたるのが見えた。六人の男は室内にいた――上着を脱いだ六人の男が、棺の重みに負けまいと家具にぶつかりながら、部屋いっぱいに踏ん張っていた。棺の向きが変わり、静かに椅子の上に下ろされた。父の顔から汗が棺の上に落ちた。

「いや、この人ぁ重いや！」一人が言うと五人の坑夫が嘆息をつき、お辞儀をすると、まだ震えのとまらない体で階段を降りて行った。ドアが閉まった。

一家が、磨きあげられた大きな棺とともに客間に残された。納棺の時、ウィリアムの身長は六フィート四インチあった。明るい茶の重い棺が記念碑のように横たわっていた。ポールはそれが二度とこの部屋から出て行かないのではないかと疑った。母は光りかがやく板を撫でていた。

月曜日に、丘の中腹の小さな墓地に埋葬した。そこからはいくつもの野の向こうに大きな教会と家々を望むことができた。暖かい日差しの中で、白菊がほころびていた。

その日から、ミセス・モレルは頑として口をきこうとせず、人生に以前のような生き生きした関心を持とうとしなくなった。彼女は自分の中に閉じこもった。ロンドンから帰る汽車の中で、「わたしだったらよかったのに！」とずっと思い続けた。

ポールが夜、家へ帰ると、一日の仕事をすませた母は、以前はいつでも着がえて黒いエプロンを掛けていたのに、汚い仕事用エプロンのまま、手を組んで座っていた。今では、夕食を並べてくれるのはアニーで、母は口をかたく結んで、呆然と前を見て座っていた。ポールは何か母に話してきかせることはないかと頭を悩ました。

「母さん、今日ジョーダンさんのお嬢さんが来て、ぼくが描いた炭鉱の作業風景をきれいだと言ってくれたんだ」

だが、ミセス・モレルは無関心だった。毎晩、毎晩、聞いてもらえなくても、彼は無理に話をした。そんな母を見ていて、気が狂いそうになった。最後に「母さん、どうしたの?」と訊いた。

母には聞こえなかった。

「どうしたの?」彼はしつこく訊いた。「どうしたの、母さん?」

「分かってるでしょ」彼女は苛立たしげに言うと、後ろを向いた。

十六歳の若者は沈みきって床についた。十月、十一月、十二月と、彼は孤独で惨めだった。母親もがんばったが、気力が戻らなかった。死んだ息子を思いつづけるばかりだった。あの子にあんなむごい死に方をさせてしまった、と。

やがて十二月二十三日が来た。ポールは五シリングのクリスマス祝儀をポケットに、ふらふらになって家に辿りついた。彼を見て、母は心臓がとまった。

「どうしたの?」

「気分が悪い、母さん!　ジョーダンさんがクリスマス祝儀に五シリングくれた」

震える手でそれを母に渡した。彼女はそれを卓上に置いた。

「嬉しくないいんだ!」彼は母をなじった。

だが、猛烈な震えが来た。

「どこが痛むの?」母はポールのオーバーのボタンをはずしながら訊いた。

いつもの問いだった。

「気分が悪い、母さん」

寝間着に着換えさせ、寝かせた。肺炎です、危険な状態です、と医者は言った。

「ノッティンガムへやらずに家に置いておけばかからずにすんだでしょうか?」と母は真っ先に訊いた。

「これほど悪くはならなかったかも知れません」と医者は言った。

ミセス・モレルは自らの過ちに打たれた。

「死んだ者より、生きている者に気をつけてやるべきだった」と自分に言った。

ポールは重態だった。母は夜、彼に添い寝した。看護婦を頼むゆとりはなかった。病状が悪化し、危機が近づいた。ある晩、体中の細胞が激しく反応して壊れそうな時に意識が必死に最後の抵抗を試みる耐えがたい崩壊感覚の中で、彼は不意に、意識を取り戻した。

「死んじゃう、母さん!」彼は枕の上で空気を求めて、体をそらしながら叫んだ。

母は彼を抱きあげ、低く叫んだ。

「ああ、わたしの息子、わたしの息子!」

この声で彼は正気に戻った。彼は母を理解した。体中の意志が立ちあがって、彼を止めた。母の胸に頭を押しつけて愛の安らぎに浸った。

「見方によっちゃ」と彼の叔母は言った。「ポールがあのクリスマスに病気になったのは、よかったのよ。おかげで姉は救われたんだと思うわ」

ポールは七週間、寝ていた。床を離れた時には青白く頼りなかった。父は彼のために、赤と金色のチューリップの鉢を買って来た。彼がソファに座って母にお喋りをしていると、窓辺のチューリップが三月の日差しの中で燃えあがった。二人の心は完全に融けあっていた。今ではミセス・モレルの心の支えはポールだった。

ウィリアムの予言は当たった。クリスマスにリリーからミセス・モレル宛てに届いたのは小さなプレゼントと手紙だった。ミセス・モレルの妹のところへは、新年に手紙が届いた。「昨夜はダンス・パーティへ行きました。すばらしい人たちがいて、すっかり楽しみました」とあった。「私は踊りどおしで——一曲も休めませんでした——」

それきり、ミセス・モレルへの彼女からの音信はとだえた。

モレル夫婦は、息子の死後しばらく、おたがいに優しかった。モレルはよく無表情に大きく目をあけたまま、部屋の向こうを呆然と見つめていた。そして急に立ちあがると、あたふたとスリー・スポッツ亭へ飲みに出かけ、いつもの彼になって戻って来た。だが、息子の勤めていた事務所があるシェプストンへは、一生足を向けなかった。墓地にも絶対近づかなかった。

第二部

第七章　幼い恋

ポールは秋に何度もウィリー農場へ行っていた。下の男の子二人とは仲良くなった。長男のエドガーは初め、彼を相手にしようとしなかった。ミリアムも彼を近づけようとしなかった。自分の兄弟同様、自分をばかにするのではないかと思ったのだ。この娘はロマンチックな魂の持主だった。いたるところに、兜をかぶったり帽子に羽根をつけた男に愛されるウォルター・スコット（スコットランドの人気作家。一七七一―一八三二）のヒロインがいた。その空想の世界では、彼女自身も豚飼いの娘に姿を変えられた王女か何かだった。そんな彼女は、絵も描ければフランス語も喋れて、代数なども知っているし、毎日汽車でノッティンガムへ通っている、どこかウォルター・スコットの主人公に似たこの少年が、自分をただの豚飼いの娘だと思うのではないか、その下に隠された王女には気がつかないのではないかと不安だったので、つんとすましていた。

彼女の一番の友達は母親だった。二人とも茶色の瞳で、神秘主義的な見方を好み、内に宗教心を秘めて、宗教を呼吸し、人生を宗教の靄《もや》を通して見る女だった。ミリアムの心の中では、キリストと神が結びついて一つの偉大な存在となり、西の空に大きな太陽が燃える時は身を震わせて激しくこれを愛した。イーディス、ルーシー、ロウィナ、ブリアン・ド・ボア・ギルベール、ロブ・ロイ、ガイ・マナリングといったスコットの作中人物が朝日を浴びた木の葉を揺らし、雪の日には、彼女の屋根裏の寝室にひとり座っていた。これが彼女にとっての人生だった。あとは家の雑用をするだけのことで、せっかく掃除をした赤煉瓦の床を農場から帰って来た兄弟が泥だらけの靴でたちまち汚したりしなければ、それも嫌ではなかった。四つになる幼い弟を自分の愛で包みこんで、窒息させてしまうほど可愛がろうとした。敬虔に頭を垂れて教会に行けば、聖歌隊の他の娘たちの下品さや牧師補の卑俗な声にぞっとして身を震わせた。彼女の目には獣じみて粗野と映る兄弟と喧嘩ばかりしていた。父親も、あまり尊敬できなかった。大切な神秘的理想などと無縁の父は、ただ楽をして、腹が減った時に食べられればいいと思う男だった。

彼女は豚飼いの娘という自分の身分を嫌悪していた。人にまともに相手にしてもらいたかった。自分もポールのように、『コロンバ』（フランスの作家メリメの小説）だとか『部屋をめぐっての随想』（フランスの作家グザヴィエ・ド・メーストルのエッセイ）などが読めるなら、世間の人は今とは別の顔で接してくれるだろうし、もっと敬意を払ってくれるだろうと思って、知識を求めた。財産や地位で王女になることはできないので、自分の矜持を支える学問がどうしても欲しかった。普通の人とは違うのだ。くだらない人たちと十把一からげにされてはたまらない。差をつけるために自分が狙えるのは学問しかない、と思っていた。

内気ななかに野性を秘め、多感で繊細な彼女の美しさ――そんなものは、本人にとって何も意味しなかった。奔放な想像力を持つ魂でさえ、不充分だった。普通の人間とは違うという気持の彼女は、そのプライドの支えを必要とした。ポールのことは、切なく見つめた。だいたいにおいて男性を軽蔑していたが、今度の相手は新しかった。敏捷で、軽快で、品もあって、優しいかと思えば悲しげな表情も見せて、頭がよくて、知識もあった。家族に死なれた経験もあった。わずかな知識ではあったが、彼女はその持ち主に尊敬を抱いて、彼を天の高みにまで押し上げた。それでも、何とかしてポールを軽蔑しようとした。彼は彼女の中の王女を見ようとはせず、ただの豚飼いの娘だと見ていたからだ。

それどころか、彼は彼女をほとんど見なかった。

ポールが大病にかかると、ミリアムは彼が弱くなるのではないかと思った。そうなれば、自分の方が強くなるかも知れない。そうなれば彼を愛することもできるのではないか。弱った彼の愛しい女となり、彼の世話をすることができるなら、彼が自分を頼ってくれるなら、そう、いわば、彼をこの腕にかき抱けるなら、どれほど彼を愛せることだろう！

空の光も明るくなってプラムの花も咲きはじめると、すぐにポールは重い牛乳配達馬車に乗って、ウィリー農場へ出かけた。爽やかな朝にゆっくり坂を上ってゆくと、リーヴァーズ氏が少年に温かく声をかけた。馬にもかけ声をかけた。白い雲が流れて、春の緑に目ざめはじめた丘の向こうに集まった。眼下には、まだ茶色い牧草地とサンザシの木を背景に、ネザミア湖が真っ青に広がっていた。

ここまで四マイル半だった。道ぞいの生垣があざやかな若草色に芽吹き、ツグミが叫び声をあげ、クロウタドリが甲高く叱りつけるように鳴いていた。かがやかしい新世界の訪れだった。

台所の窓から外を覗いていたミリアムは、馬が白い大きな門を通ってまだ裸のオークの森を背にした庭に入って来るのを見た。厚いオーバーを着た若者が馬車から降りると両手をあげて、ハンサムで血色のよいリーヴァーズ氏が渡してよこした鞭と膝掛けを受けとった。

ミリアムが戸口に姿を見せた。そろそろ十六になる彼女は実に美しかった。温かそうな肌に浮かぶ表情は生真面目で、不意に、瞳がうっとりと開いた。

「ねえ」ポールは照れて横を向いた。「ラッパ水仙が咲きかけてる。ずいぶん早いじゃない？でも、何だか寒そうだ？」

「寒そう！」ミリアムの声は愛撫するように美しかった。

「蕾に青いところがあって——」言いかけて、ポールは恥ずかしそうに口ごもった。

「膝掛け、持ちましょう」ミリアムが優しすぎる声で言った。

「自分で持てるよ」少し傷ついたようだった。それでも、おとなしく渡した。

その時、ミセス・リーヴァーズが現れた。

「疲れたでしょう。寒いわね。コートをお脱ぎなさい。重いわね——こんな重いのを着てあまり歩いちゃだめよ」

手を貸してオーバーを脱がせてやった。彼は、こんなにいたわられるのは初めてだった。ミセス・リーヴァーズは、オーバーの重さに窒息しそうになった。

「あれ」大きな牛乳缶を振りながら台所を通り抜けようとするリーヴァーズ氏が笑った。「重くて動きがとれないじゃないか」彼女はソファのクッションをはたいて、ポールを座らせた。

　台所はひどく狭く、妙な形をしていた。元々は、小作人の住む小屋だったのだ。家具も古くて傷んでいた。それでも、ポールはここが好きだった――暖炉前の敷物代わりのズックの袋も、階段下のちょっとした奇妙な隅も、奥の方に引っこんでいる小さな窓も。その窓からは、ちょっと屈むと、裏庭のプラムの木々や遠くの丸く美しい丘が見えた。

「横になったら？」ミセス・リーヴァーズは言った。

「いえ、いいんです。疲れていません」彼は言った。「外を歩くのはいいですね？　リンボクの花が咲いていましたよ。クサノオウもたくさん咲いていたし。いい天気でよかった」

「何か食べる？　それとも飲みものでも？」

「いえ、けっこうです」

「お母さんは、お元気？」

「このごろ疲れてるみたいなんです。忙しすぎたんじゃないかと思うんです。でも近いうちにぼくとスケグネス（ノッティンガムの東にあたる、リンカンシャーの海水浴場）へ行けるかも知れません。いい休養になるでしょう。そうなるといいんですけれど」

「そうね」ミセス・リーヴァーズも言った。「あの人、病気にならないのが不思議なくらいだわ」

　ミリアムは、昼食の支度に動き回っていた。ポールはそこで起こるすべてを見ていた。顔は痩せて蒼白でも、目は前と変わらず生き生きと輝いていた。大きなシチュー鍋を竈にかけたり、火にかけてある鍋をのぞいたりするミリアムの、独特でロマンチックな動きをじっと観察した。この雰囲気は、万事が普通な彼の家のそれとは違った。首を伸ばして庭の薔薇の木を食べようとしていた馬に向かってミセス・リーヴァーズが大声で叫ぶと、娘は何かが自分の世界に侵入したようにはっとして、大きな黒い目で振りかえった。家の中も外も、静まりかえる気配があった。ミリアムはお伽噺の囚われの乙女で、その心は遠い魔法の国をさまよっているようだった。色のさめた古く青い服も、穴のあいた靴も、コフェチュア王（乞食娘と結婚したアフリカの王を歌ったテニソンの詩がある）が恋をした乞食娘の、夢を誘う衣裳としか見えなかった。

　ミリアムは、不意に、自分の動きのすべてを見ているポールの鋭く青い瞳に気がついた。すぐに、穴のあいた靴やすり切れた古い服に傷ついた。彼がすべてを見ていることが腹立たしかった。靴下がたるんでいるのまで見られている。彼女は真っ赤になって、流し場に逃げこんだ。仕事をする手がかすかに震えはじめた。持つものを片端からとり落としそうになった。いったん心中の夢想が揺らぐと、狼狽した体の震えが止まらなくなった。彼の観察眼に腹が立った。

　ミセス・リーヴァーズは仕事があったのに、しばらく座りこんで彼の相手をした。礼儀正しかったのだ。じきに非礼を詫びて立ちあがり、少しして鍋を覗いて、叫んだ。

「まあ、ミリアム、じゃがいもが空焚きになってる！」

　ミリアムは、何かに刺されたみたいに跳びあがった。

「え、ほんと！」彼女も声をあげた。

「あんたに頼んだりするんじゃなかった」母親はそう言いながら、鍋を覗いていた。

娘は撲られたように、体をこわばらせた。黒い目を大きく見開いて、じっと立ちすくんでいた。

「でも」恥ずかしさに顔をこわばらせて彼女は言った。「たしかに五分前に覗いたわ」

「そうよ、すぐこうなっちゃうのよ」

「そんなに焦げてませんよ、大したことないですよ、ねえ」ポールが言った。

ミセス・リーヴァーズは傷ついた茶色い瞳を若者に向けた。

「息子たちさえいなきゃ、かまわないんだけど」と彼女は言った。「じゃがいもが焦げてたらどんな騒ぎが起こるか、ミリアムは分かってるの」

「それなら、騒ぎなんか起こさせなきゃいい」彼は腹の中で思った。

しばらくして、エドガーが帰って来た。ゲートルをつけ、靴も泥だらけだ。農夫にしては小柄で、堅固しかった。ちらっとポールを見ると、よそよそしく会釈し、

「お昼、できてる？」と訊いた。

「すぐよ、エドガー」母親はすまなそうに言った。

「腹がへった」若者は言うと、新聞を取って読みはじめた。やがて、あとの男たちもぞろぞろ入って来た。食事が始まった。荒れた雰囲気の食事だった。母親が優しすぎ、妙にすまなそうなものだから、息子たちはかえって粗暴になった。エドガーはじゃがいもを口に入れ、兎のようにせかせか口を動かし、憤然と母親を睨みつけると、言った。

「このじゃがいも、焦げてるよ、母さん」

「そうなのよ。ちょっとの間、忘れたの。嫌だったらパンがあるわ」

エドガーは怒って反対側のミリアムを見た。

「ミリアムは何してたんだ、ミリアムが見てればいいじゃないか」

ミリアムが顔を上げた。口が開いた。黒い目が燃えあがり、顔がかすかに歪んだが、何も言わなかった。彼女は怒りと恥を呑み、黒い髪の頭を垂れた。

「ミリアムはよくやったわ」と、母は言った。

「じゃがいも一つ茹《ゆ》でる頭もありゃしない」エドガーは言った。「何のためにこの家に置いてるんだ？」

「戸棚に残ってるものを全部食べるためさ」モリスが言った。

「じゃがいものパイをミリアムが食べたのを、まだ恨んでるんだな」と父親が笑った。ミリアムは顔に泥を塗られた。母親は野蛮人と食卓を囲む場ちがいな聖者のように、辛そうに、黙っていた。

ポールは戸惑った。じゃがいもの二つ三つ焦げたくらいで、なぜこれほど感情が高ぶるのか、漠然と違和感を覚えた。この母親はどんなことも——ちょっとした家事さえも——宗教的信頼の問題に高めた。息子たちはこれを嫌った。自分たちが暗に切りすてられた気がして、粗暴な態度と小馬鹿にしたような傲慢さでこれに応えた。

ポールはちょうど少年期を脱して男になる時だった。どんなものでも宗教的な意味を帯びてしまうこの雰囲気は、彼にとって微妙な魅力があった。何かがあったのだ。彼の母親は論理的だった。ところが、この家には、それとは違う、彼が愛し、時には憎む何かがあった。

ミリアムと兄弟の口喧嘩は激しかった。午後になって兄弟がまたいなくなると、母親が言った。

「ミリアム、お昼の時のおまえにはがっかりしたわ」

娘はうなだれた。

「あの人たち、獣《けだもの》よ！」彼女が急に叫んだ。顔を上げ、目をぎらつかせていた。

「でも、兄さんたちには口答えしないって、約束したじゃない？」母親は言った。「母さんはそれを信じてたのよ。おまえたちが喧嘩するのは耐えられないわ」

「でも、あんなひどいこと！――あんな――下品なこと」

「そうね。でもエドガーに口答えをするんじゃないって、何度頼めばわかるの？　言いたいように言わせておきなさい」

「でも、どうして兄さんにだけ言わせておくの？」

「おまえには我慢する強さがないの？　せめて、母さんのためと思ってちょうだい。兄弟喧嘩しなきゃならないほど、おまえは弱いの？」

ミセス・リーヴァーズは「右の頬を打たれたら左の頬を差し出せ」という教えを、断固守っていた。息子たちにこれを植えつけることは全くできなかったが、娘たちはまだうまく行って、ミリアムは最愛の子だった。息子たちは左の頬を差し出されると嫌悪した。ミリアムは、よく頬を差し出した。すると、兄弟は唾を吐きかけて、彼女を憎んだ。しかし、彼女は誇り高い謙虚さを保って、自分一人の心に生きていた。

リーヴァーズ家には、いつもこの耳ざわりな不協和音があった。息子たちは、俗世をあきらめ身を誇り高く謙虚に保つことへの深い宗教的訴えかけにたえず強く反発しながら、その影響をのがれることができなかった。他人に対して普通の人間的感情を持ち、自然な友情を形成することができず、常に何かもっと深いものを求めて苛立っていた。普通の人々は浅薄で、取るに足らない、つまらない人間に見えた。その結果、ごく単純な世間的交際が不得手で、ひどく不器用だった。自分でも苦しいのに、彼らは寡黙に過ぎ、傲慢無礼な態度に出たりした。心の底に、魂と魂の触れ合いへの憧れがあったのに、彼らは真の交わりを求めていた。だが、まず自分の方から近づく努力をせず、人びとを変に見下してうまく行かなかった。彼らは真の交わりを求めていた。親密になろうと思っても、普通のつきあいさえ手に入れられなかった。交際で大切なささいなことを軽蔑したので、普通のつきあいさえ手に入れられなかった。

ポールはミセス・リーヴァーズに魅せられた。彼女といると、すべての意味が宗教的に高められた。傷つき成熟した彼の魂は、滋養を欲するように彼女を求めた。二人で力をあわせて、経験をふるいにかけ、最も大切な核を取り出している気がした。

ミリアムもこの母の娘だった。母娘は彼と共に午後の日を浴びながら野へ出た。三人で鳥の巣を探した。果樹園脇の生垣に、ミソサザイの巣が隠れていた。

「あなたに、ぜひこれを見せたいのよ」と、ミセス・リーヴァーズは言った。

ポールはしゃがんで、茨の間にそっと指を入れ、巣の丸い入口に触った。

「生きた鳥の体の中を触っているようだ。とっても温かい。鳥は胸で押して、巣を杯みたいな丸い形にするって言うけれど、じゃあ、天井はどうやって丸くするんだろう？」

二人の女は、鳥の巣に急に命の息吹を感じた。ミリアムは、その後、毎日、巣を見に行くようになった。巣はすっかり親しいものとなった。それから、彼女と生垣の道を歩いていると、彼が溝のわきにクサノオウの花を見つけたことがあった。扇形に金を刷《は》いたように咲いていた。「きれいな花だなあ」と彼が言った。「日が当たって花弁が平たくひろがると、太陽に体を押しつけているみたいになる」

これを聞いて、ミリアムはクサノオウに魅せられるようになった。擬人化の好きな彼女に刺激されたポールがこういう感想を口にすると、彼女にとってもそれが生命を持ちはじめた。彼女の場合、何かが自分のものになるには、それに先立ってまず想像の世界か魂の中で、その何かが燃えあがらなくてはならなかった。彼女の強い宗教性が彼女を普通の人生から遮断していた。そのために、彼女にとって、この世は尼僧院の庭か、罪や知識の存在しない楽園か、醜く残酷な場所かのいずれかだった。

この微妙に親密な雰囲気の中、自然への共通の感情を通して、二人の間に愛が芽生えた。

彼が彼女を理解するには、長い時間がかかった。病気の後も十カ月、家で療養しなくてはならなかった。しばらく、母とスケグネスへ行って、完全に幸福だった。だが、この海岸からも、彼はミセス・リーヴァーズに、岸辺や海のことを書いた長い手紙を出した。彼らに見てもらいたくて、リンカンシャーの平坦な海岸を描いたお気に入りのスケッチを持って帰った。絵には、母よりもリーヴァーズ家の人たちの方が興味を持ってくれたほどだった。ミセス・モレルの関心は、彼の芸術ではなく、彼と彼の達成にあった。ところがリーヴァーズ母子は、彼の弟子も同然だった。母は彼が静かに倦まず根気づよく芸術に向かうしっかりした決意の支えとなってくれたけれども、リーヴァーズ家の人たちは彼に火をつけ、制作に向かう情熱をかきたててくれた。じきに、息子たちとも仲良くなった。彼らの無礼は見せかけにすぎなかった。自信がある時の彼らには皆、不思議な優しさと魅力があった。

「休耕地に来ないか？」エドガーがおずおずと訊いた。

ポールは喜んでついて行った。鍬で除草をしたり、蕪の間引きをしたりして、この友人と午後を過ごした。納屋に積みあげた乾草の上に三人の兄弟と一緒に寝ころんで、ノッティンガムやジョーダン社の話をした。お返しに、彼らは、牛の乳のしぼり方を教えてくれたり、乾草を刻んだり蕪をつぶしたり小さな仕事を好きなだけやらせてくれたりした。夏に乾草の刈り入れを始めから終わりまで手伝い、ポールは彼らが好きになった。この一家は事実上、世間からまったく孤立していた。「滅びゆく種族の末裔《まつえい》」の趣があった。息子たちも、頑丈で健康でありながら、ひどく神経過敏で引っ込み思案なところがあって、とても孤独だった。だからこそ、いったん親しくなると、ほんとうに心の通った友達になれた。ポールと彼らは心から愛し合うようになった。

ミリアムと親しくなったのはもっと後のことだった。だが、ミリアムは、まだ彼の方では何とも思っていなかったうちから、彼の影響を受けていた。ある薄曇りの午後、男たちは畑に、子供たちは学校へ行って、家には彼女と母親だけしかいなかった時、ミリアムはしばらく躊躇してから、こう彼に言った。

「もうブランコ見た？」

「いや――どこにあるの？」

「牛小屋にあるの」

彼に何かをしてあげる時、彼女はいつも尻込みした。男の価値観が女とは非常に違っていて、彼女が大切に思うもの、彼女にとって貴重なものが、兄弟によく笑われたり馬鹿にされたりしたのだった。

「じゃ、行ってみよう」彼はそう答えて、ぱっと立ちあがった。

牛小屋は納屋の左右に一つずつあった。屋根の低い、暗い方には、牝牛が四頭入っていた。二人が頭上の暗がりの梁から下がるブランコの太い綱を探しに前に進むと、牝鶏がけたたましい声をあげて、壁の飼葉桶の上を飛びまわった。綱の端は、うしろの壁の釘に掛けてあった。

「大したロープだ！」ポールは感心して、声をあげた。早く乗ってみたくてブランコに腰掛けたが、すぐまた立ちあがると、

「さあ、先にお乗りよ」とミリアムに言った。

「ほら、腰掛けるところに袋を重ねて置くといいのよ」納屋の方に入りながら、彼女が言った。そして、彼が座りやすくした。そうするのが、彼女には嬉しかった。彼はロープを持った。

「さあ、お乗りよ」

「だめ、先に乗るのは」

彼女は脇で、静かに、ぽつんと立っていた。

「どうして？」

「あなたが先に乗って」彼女が訴えた。

男に譲る、男を甘やかすという喜びを味わったのは、この時が生まれて初めてと言ってもよかった。ポールは彼女の顔を見た。

「分かった」と言うと、ブランコに腰かけた。「気をつけて！」

彼が反動をつけて漕ぎだすと、ブランコはたちまち宙を切って小屋の外まで飛び出しそうな勢いになった。小屋の戸口の上半分があいていた。外はしとしと雨が降っていて、散らかった庭が見えた。黒い馬車小屋の前にしょんぼりと立つ牛が見えた。一番向こうに、一面灰緑色の森が見えた。彼女は真紅のベレーをかぶって、彼が漕ぐのを仰ぎ見ていた。彼も上から彼女を見たが、その彼の青い目がきらきら光るのが彼女には見えた。

「このブランコ、最高だ」彼は言った。

「ええ」

宙を切って漕いでいると、動く喜びに急降下する鳥のように、体中の細胞が震えた。彼は彼女を見下ろした。黒い巻き毛の上に真紅の帽子をのせた、上気した美しい顔が、彼を仰ぎ見ていた。深い思いに静まりかえる風だった。小屋の中は暗く、うすら寒かった。不意に、屋根裏からツバメが舞いおりてきて、戸口から飛び出して行った。

「鳥に見られてたなんて」彼が叫んだ。

ブランコの揺れに彼は身をゆだねていた。彼の体が目に見えない力で揺られているように上下するのを、彼女は感じとれた。

「ああ、止まる」彼は止まりつつあるブランコの動きそのものになったような、日常を超えた夢見心地の声を出した。彼女はうっとり彼を見ていた。彼が不意にブランコを止めて、飛びおりた。

「ずいぶん乗っちゃった」彼は言った。「でも、大したブランコだ——最高のブランコだ！」

ミリアムは彼がブランコに大まじめに取り組んで、こんなに熱くなるのがおかしかった。

「いいのよ、もっと乗ったらいいわ」彼女は言った。

「どうして——きみは乗りたくないの？」彼は驚いて訊いた。

「そうね、大して。それじゃ、少しだけ」

彼が腰掛けの袋を直してやると、ミリアムが座った。

「すごいんだ！」と言うと、彼が押し始めた。「踵《かかと》をあげてるんだよ、飼葉桶にぶつかるから」

ミリアムはポールが実に正確な間隔で、正確な力加減で、上手に押すのを感じて怖くなった。下腹に熱い恐怖がうねった。彼女は彼の意のままだった。再び、正確な間隔で、避けるすべもなく、しっかり突かれた。気を失いそうになって、固くロープを握った。

「ああ！」彼女は恐怖に笑った。「もう勘弁して！」

「でも、ちっとも高くないよ」彼は言い返した。

「でも、これ以上はだめ」

その声に恐怖を聞いて、彼はあきらめた。彼にまた前に突かれる時が来て、彼女の心は熱い痛みに溶けた。だが、彼は手を出さなかった。彼女は息をついた。

「ほんとに、これ以上はいや？」彼は訊いた。「今くらいの高さのままにしてあげようか？」

「いいの。一人でやらせて」

彼は脇へどいて、彼女が漕ぐのを見た。

「なんだ、ちっとも動いてないよ」と言った。

彼女は恥ずかしさに声もなく笑い、すぐ降りた。

「ブランコが漕げれば船酔いしないって」彼はそう言って、また自分で乗った。「ぼくはぜったい船酔いしないと思う」

彼が漕ぎはじめた。彼女は彼の中の何かに魅せられた。その瞬間、彼は動きそのもの、揺れそのものになっていて、体の隅々まで、揺れていないところがなかった。彼女は、我を忘れることが決してできなかった。兄弟たちも同じだった。ポールを見ていると、心が熱を帯びた。ブランコで宙に揺れる彼は炎と化して、彼女を熱くさせた。

一家とのポールの親交は、母親とエドガーとミリアムの三人にしぼられて来た。母親に彼が求めたのは、彼という人間を引き出してくれる、あの共感と魅力だった。エドガーは親友になった。そしてミリアムには、彼女がいかにも控え目なせいで、少し目上のように振舞った。

だが、この少女はゆっくり彼を突きとめた。彼がスケッチブックを持って来ると、最後の絵をじっといつまでも見ているのは彼女だった。そして目をあげて彼を見た。不意に、闇の中で金色の流れが水を揺らすように、その黒い瞳が光った。

「どうしてこの絵がこんなに好きなのかしら?」

驚いたように目を見開いて親密さを求めて近づいてくる彼女の表情を見ると、いつも彼の中の何かが後じさりした。

「どうして？」彼も訊いた。

「分からない――ほんとうにこの絵のとおりだって感じる」

「それは――それは、この絵にほとんど影がないからだ。光がゆらめいてるだろう？ 葉っぱの中や至るところに、ゆれてやまない命の原形質を描きこんだみたいだろ。こわばった形じゃないんだ。そんなの、ぼくには死んでるも同然だ。このゆらめきこそが、ほんとうの生だ。形は抜けがらだ。本当は、ゆらめきが中にあるんだ」


彼女はこういう言葉を、小指を口にくわえて、深く考えた。こういう言葉を聞くとあらためて生の実感が湧き、それまで何の意味もなかったものに生命が吹きこまれた。彼女はポールのたどたどしい抽象的表現の中に、何とか意味を見つけた。彼の言葉の導きで、自分にとって大切なものの真実がはっきりと分かった。


他の日のミリアムは、真っ赤な夕日を浴びる松の木立を描く彼の脇に座っていた。彼はずっと口を開かなかった。

「これだ！」突然、彼が言った。「これが描きたかったんだ。ねえ、松を見てみてよ、松の幹に見えるかい、それとも真っ赤な石炭かい？ 闇の中でめらめら燃えあがる炎だ。あの燃えつきることのない神の燃える柴（『出エジプト記』第三章二節）だ」


ミリアムも見たが、怖かった。だが、松の幹はすばらしく、くっきり彼女の目に刻まれた。彼は絵具箱を片づけ、立ちあがった。そして、不意に、彼女を見た。

「どうして、いつも悲しい顔をしてるんだい？」

「悲しい顔！」彼女はびっくりして、茶色の美しい目を彼に向けた。

「そうだよ。いつも、いつも、悲しい顔をしてる」

「違う――ぜったい、違う！」彼女は叫んだ。

「でも、喜んでいる時でさえ、まるで喜びの炎の源に悲しみがあるようだ」彼も折れなかった。

「きみは心から陽気になれない、いや、普通に大丈夫な気持にもなれない」

「ええ」彼女が考えこんだ。「なぜかしら――どうして」

「そういう人だからだ――きみの中身は違うんだ――松の木みたいにそして、突然燃えあがって――でも、ざわざわした葉っぱの陽気な普通の木とはとにかく違う――」

彼は言葉につまった。だが、彼女は彼の言葉をじっくり考えた。彼は新しい感情が興ったような不思議な昂揚した気分だった。彼女がとても身近にいた。初めて味わう刺激だった。

それからは、時折、ミリアムを憎んだ。彼女の末弟は、まだ五歳だった。体の弱い子で、ちょっと風変わりな弱々しい顔の中に飛びぬけて大きい茶色の目が――レノルズの『天使の聖歌隊』に描かれた天使に少し妖精をまぜたような子供だった。ミリアムはよくこの弟の前にひざまずいて、彼を抱き寄せた。

「ねえ、ヒューバート！」彼女はあふれる愛にくぐもった声で呼びかけた。「ねえ、かわいいヒューバート！」

そして、この弟を両腕に抱きしめたまま、なかば目を閉じた自分の顔をやや上に向け、愛にぬれた声でその名を呼びながら、体を左右にかすかに揺すった。

「やめて！」不安になった子供が叫んだ。「やめてよ、ミリアム！」

「ねえ、わたしのこと、愛してるわね！」と、まるで神が降りたように喉の奥でささやき、愛の頂点で失神したかのように体を揺すった。

「やめて！」子供は晴れやかな額に皺を作って繰り返した。

「わたしのこと、愛してるわよね？」彼女がささやきつづけた。

「なぜそんな大げさなまねをするんだ！」彼女の極端な感情に耐えられなくなって、ポールが叫んだ。「どうして普通にできないんだ？」

彼女は弟を放して立ちあがり、何も言わなかった。どんな感情も尋常の枠におさまらない彼女の激しさに、ポールは気が狂いそうなほど苛立った。ちょっとした時に、彼女のこうした恐ろしい裸の魂に触れ、彼は衝撃を受けた。彼は母の自制に慣れていた。こういう時には、自分の母の落ち着いた健全さをありがたいと心中思った。

ミリアムの体にやどる生命力はすべて目に集中していた。いつもは教会の暗闇のように暗いその目が、時に激しく燃えあがることがあった。ふだんは、たいてい、もの思いに沈んでいるような表情だった。キリストが死んだ時マグダラのマリアについて行った女たちの一人（『ルカ伝』第二十三、二十四章）だったのかも知れない。体にはしなやかさがなく、生きていなかった。歩く時は考えごとをしながら頭をさげて、体を鈍重にゆすった。不器用ではないが、彼女の動きはどれも動きという感じがなかった。食器を拭きながら、力を入れすぎて茶碗やコップを真っ二つに割ってしまい、悔しそうに呆然としていることがあった。怖がりで自分に自信がないので、何をするにも力をいれすぎる感じがした。だらしなさとか奔放さとは無縁だった。何をするにも激しく、がちがちに、力みすぎて、努力が努力だけに終わった。

体をゆすって一心不乱に前に進む歩き方は、めったに変わらなかった。時々、ポールと一緒に野を駆けた。すると、彼女の目がぎらぎらしながら陶然と燃えあがって、ポールは怖くなった。だが、体をつかうことには、臆病だった。牧場の柵の踏越し段にも不安を抑えきれず、苦しそうに彼の両手にしがみついて、平常心を失いかけた。わずかな高さでも、彼が何と言っても飛びおりようとしなかった。目が大きく見開かれ、晒されて震えだした。「だめ！」「だめ！」彼女は怖すぎて笑いのまざった叫び声を上げた。「さあ！」と叫んで彼女をぐいと前へ引っぱり、柵から飛びおりさせたことがあった。しかし、彼女の「ああ！」という激しくも切ない叫びに、彼の胸は痛んだ。それでも転ばなかったので、飛びおりられるようになった。

ポールとミリアムは、よく二人で野を抜けてネザミア湖へ行った。ポールは生まれつき機敏でとても活発だった。一つの場所から次の場所へ踊るように移った。だが、ミリアムは、いつもコースが決まっていて、ほとんど動かしようがなかった。そのうち、ポールは彼女と肩を並べて歩くようになり、同じ歩調になって、一緒にうなだれて歩いた。やがて二人は湖畔に出た。岸辺は白鳥の羽で白く散らかっていた。二人は小石のある所に座った。突然、平らないい石を見つけると、ポールは弾かれたように立ち上がり、水切り遊びを始めた。

「きみは切れる？」と彼がミリアムに訊いた。

「あまり上手じゃないわ」彼女は首を振った。座ったまま、ポールを見つめた。

「見て！　四回も跳ねた！」と、彼が叫んだ。

「ええ、とても上手ね」とミリアムがほめた。だが、彼はまもなくやめると、また彼女の隣に座った。

「どうして、きみは水切りをしたくないの」と彼は訊いた。

「さあ」と、ミリアムは答えた。

「きみは何かしたいとは思わないんだ」と彼は言った。

「ええ、でも、家事はしないわけにいかないわ」

話はそこで終わった。二人は本の話を始めた。

彼女は自分の境遇にとても不満だった。

「家にいるのが嫌なの？」ポールは驚いて訊いた。

「嫌じゃない人がいるかしら？」彼女は低く熱く答えた。「つまらないわ！　一日中、五分もすれば兄さんたちがまた汚しちゃうところを掃除ばかりしてるの。家にいるなんて、わたしはまっぴら！」

「じゃ、何を望んでるの？」

「何かやってみたいの。他の人と同じようにチャンスが欲しい。女の子だからって、家に縛りつけられて、何もしちゃいけないなんて。何もさせてもらえないのよ！」

「じゃあ、何がしたいの？」

「何でもいいから何かを知りたい――勉強でもいい、仕事でもいい。女だからできないのは、不公平だわ」

ミリアムはひどく怒っていた。ポールは驚いた。彼の家のアニーは女の子であることをほとんど喜んでいた。重い責任も課せられず、万事に楽だったので、女の子以外になりたいとは一度も思わなかった。だが、ミリアムは激しく男になりたがっていて、同時に、男を憎んでいた。

「でも、女だって男と同じくらい、いいんじゃない」彼は眉をしかめて言った。

「え！――何言ってるの！　男がみんな握ってるじゃないの」

「女だって、男が男に生まれたのを喜ぶように、女に生まれたのを喜ぶべきだよ」

「違う！」彼女は首を振った。「違う！　みんな、男が握ってる」

「でも、きみは何を望んでるの？」

「勉強がしたいの。どうして何かを知っちゃいけないの？」

「え！　数学とかフランス語とか？」

「どうして数学を知ってちゃいけないの？　そんなことってない！」彼女は食ってかかるように目を見開いて叫んだ。

「ぼくが知っている程度のことは教えてあげるよ。よければぼくが教えてあげる」

彼女は目を丸くした。彼が先生になれるとは思えなかった。

「どう？」彼は訊いた。

彼女はうつむいて、指をしゃぶりながら考えた。

「ええ」彼女はおずおずと答えた。

　彼はこういうことをすべて母に話した。

「母さんは男になりたいと思ったこと、ある?」

「たまにはね——でもばかげているわ——いや、自分以外のものになりたいと、ほんとうに思ったことは、一度もないわ」

「たまだとしても、どうして男になりたいと思ったの?」

「だってお前」と彼女は笑った。「わたしならたいていの男より何でもずっと上手にやれると思ったのよ——当たり前の話だけど」

「ぼくは女になりたくはない」ポールはじっと考えて答えた。「女の人がなる女よりも立派な女になれるとは思わない」

「そうね」母は笑った。「お前は無理ね——でも、わたしたちの方が男より有能じゃないかと感じることが時々あるのよ」

「母さんなら、できるかも」とポールは言った。

「さあ!」母は例によって鼻の先でおかしそうに笑うとこう続けた——「自然なものは、自分自身であることに満足するものよ。ひどく男になりたがる女は、まず間違いなく、優れた女じゃないわね」

「ぼくは、男になりたがる女は嫌いだ」とポールは言った。

「そういう女は、女としてのプライドがないのよ」と母は答えた。ポールは何でも母に話して、母を試金石とした。

「ミリアムに代数を教えるんだ」と彼は言った。

「そうなの」ミセス・モレルは答えた。「さぞあの娘のためになるでしょうね」

月曜の日暮れ時に、ポールは農場に出かけた。ミリアムは台所の掃除の最中で、彼が着いた時は、暖炉の前に膝をついていた。彼女以外は誰もいなかった。彼女が振り返ると、紅潮した顔が見えた。黒い瞳が輝いていた。美しい髪が顔のまわりに垂れていた。

「いらっしゃい!」彼女の声は優しく歌うようだった。「あなただって分かったわ」

「どうして?」

「足音で分かるわ。他に、こんなにきびきびと、しっかりと歩く人はいないの」

彼は腰をおろして、ため息をついた。

「代数、やるかい?」ポケットから小型の本を出して、彼は訊いた。

「でも——」

彼女が尻ごみしているのが分かった。

「やりたいと言ってたじゃないか」彼がねばった。

「でも、今夜?」彼女が口ごもった。

「でも、そのために来たんだ。勉強したいんなら、まず始めなきゃ」

彼女はちりとりで灰をすくい、少しおどおどと笑いながら彼を見た。

「ええ、でも今夜なんて! 考えてなかったわ」

「何言ってるんだ！　灰を捨ててこいよ、そうしたら始めよう」

　彼は外に出て裏庭の石のベンチに腰かけた。そこには大きな牛乳の缶がいくつか、逆さに立てて乾かしてあった。男たちは牛舎だった。バケツに迸る牛乳の音がかすかに歌のように聞こえてきた。まもなく、ミリアムが青みがかった大きなリンゴを幾つか持ってやって来た。

「これ、おいしいわ」

　彼が一口かじった。

「おかけよ」彼はリンゴを頬張りながら言った。

　ミリアムは近視なので、彼の肩ごしに本を覗きこんだ。彼はそれが気にさわった。すぐ彼女に本を渡した。

「いいかい、数字の代わりに字を使うだけのことだ。2とか6とかの代わりにaを置くんだ」

　彼が喋り、彼女は本の上に顔を伏せて、二人は勉強した。彼は頭の回転が速く、性急だった。ミリアムはまったく答えなかった。時々彼が「分かった？」と迫ると、恐怖で半ば凍りついた笑みを大きく見開いた目に浮かべ、ポールを見あげた。「分からないの？」彼は大声を出した。

　彼の教え方は速すぎた。だが、彼女は黙っていた。彼は彼女にたくさん質問を浴びせ、自分で興奮した。彼女が口をぽかんとあけ、おどおどと、すまなそうに、恥ずかしそうに笑うような表情を大きな目にたたえて、なすすべもなく座っているのを見ていると、ポールの頭に血が上った。するとエドガーが牛乳を入れたバケツを二つさげてやって来た。

「やあ！　何やってんだい？」

「代数」ポールは答えた。

「代数！」エドガーはおもしろそうに繰り返し、笑いながら行ってしまった。ポールは忘れていたリンゴをまた一口かじって、鶏に食い荒されて網のようになった庭の情けないキャベツを見ながら、みんな引っこぬいてしまいたいと思った。それから、ミリアムを見た。彼女は本にかじりついて没頭しているように見えたけれども、本当は分からなかったらどうしようと震えていた。それを見て、彼はむかむかした。彼女は薔薇色の美しい顔をしていた。だがその魂は必死に代数の教科書に向かって哀願しているようだった。彼が怒ったのを知った彼女は、代数の本をおどおどと閉じた。ポールは途端に、理解できずに傷ついた彼女に優しくなった。

「どこが難しい？」彼の口調は優しかった。

初めて聞く優しい声に、ミリアムはぱっと彼を見た。その黒い瞳が必死に見えた。ポールも傷つき、ミリアムが愛おしくてたまらなくなった。

「ねえ、ぼくにはやさしく見えるんだ」とポールは言った。「ぼくが慣れてることを忘れてしまうんだ。さあ――」

彼は辛抱づよく、優しく、その問題をもう一度教えてやった。エドガーが来て、彼の背後に立っていた。ミリアムの黒髪がポールの目の下にあった。彼女の頭は小さく、短く黒い巻き毛が絹のように流れていた。彼女は必死の様子だった。ポールの声はずっと愛撫のようだった。

「そうか」不意に、背後のエドガーが叫んだ。「でも――これは――」

彼の太い人差指が本の上に降りた。ミリアムはびくっとして身をひいた。ポールは友を振り返った。ハンサムなエドガーの茶色い健康的な瞳が好奇心にかがやいていた。彼に説明するのは、新鮮な空気を吸いこむようだった。

ポールはミリアムに定期的に教えた。たいてい居間が教室だった。そこで勢いよく始めた。ミリアムは必ずしっかり学んで、前の週のポールの課題を理解していた。彼女の方がポールより正確に覚えている時もよくあった。だが、ミリアムは呑みこみが遅かった。彼女が体を強張らせ、すっかり縮みあがってしまうと、彼の頭に血がのぼった。ミリアムを怒鳴りつけ、反省し、勉強に戻り、またかっとなって、罵倒した。彼女は黙って聞いていた。時折、ごくまれに、言い返すことがあった。潤んだ黒い瞳が彼を見つめ、熱く燃えた。

「覚える暇をくれないんだもの」

「分かったよ」彼はテーブルの上に本を投げ出して、煙草に火をつけた。それから、しばらくして、しおらしく彼女の元に戻った。こうしてレッスンが続いていった。彼はいつも、ひどく怒っているか、ひどく優しいかだった。

「どうしてこんなことで魂を震わせるの?」彼は叫んだ。「代数を学ぶのは聖なる魂じゃない。論理的な頭だけ使って考えられないの?」

また台所へ行くと、ミセス・リーヴァーズが咎めるように彼を見て、こう言うことがよくあった。

「ポール、あまりミリアムを苛めないでね。あの子、頭は良くないかも知れないけど、がんばってると思うのよ」

「つい怒鳴っちゃって」彼が情けなさそうに言った。「かんしゃく持ちなんです」

「悪く思わないでくれよ、ミリアム」彼が後で彼女に頼んだ。

「いいのよ」ミリアムは深く美しい声で彼を安心させた。

「わたしは気にしないから」

「気にするなよ、ぼくが悪いんだ」

それでも、彼女といると、頭に血がのぼった。不思議なことに、他の人にはこれほど腹は立たない。彼女には、思わずかっとした。一度、顔に鉛筆を投げたことがあった。沈黙が降り、彼女がかすかに顔をそむけた。

「そんなつもりは――」と言いかけ、体中の力が抜けて、彼はそれ以上続けられなくなった。彼女は決してポールを責めず、怒らなかった。彼はよく猛省した。それでも、怒りが、ふくらみすぎた風船のように爆発した。何も言わず必死でやみくもな彼女の顔を見ると、鉛筆を叩きつけたくなった。それでも、手を震わせ、苦しみに口をあけた彼女を見ると、彼の心は彼女のために熱い血を流した。彼女が引き起こすこの激しさゆえに、彼はミリアムを求めた。

彼はまた、よくミリアムを避けて、エドガーと出かけた。ミリアムとこの兄は気が合わなかった。エドガーは合理主義者で、好奇心が強く、人生に言わば科学的な関心を抱いていた。ミリアムにすれば、ポールが自分よりずっとくだらないエドガーについて自分が捨てられるのは、無性に腹が立った。しかし、ポールは、彼女の兄と一緒だととても楽しかった。二人は午後を、外に出たり、雨の日は屋根裏部屋で大工仕事をしたりして過ごした。二人で話したり、アニーがピアノを弾いて教えてくれた歌を、ポールがエドガーに教えたりした。リーヴァーズ氏も含めた男全員で、土地の国有化などの問題について激論することも多かった。ポールは前から母の意見を聞いていて、今のところ彼の意見も同じだったから、その考えを述べた。ミリアムも加わったが、早く終わってまた二人で話がしたいとずっと思っていた。

「結局のところ、土地が国有化されたって」と彼女は心の中で思っていた。「エドガーやポールやわたしが変わるわけじゃなし」

こうして、ポールが自分のところに戻るのを待っていた。

彼は絵の勉強をしていた。夜、母と二人きりの家で、集中して絵を描くのがとても楽しかった。母は縫物をするか、本を読むかしていた。描く手を止め、顔をあげ、一瞬、母に目をやると、その顔は温かい命にかがやいていた。それを見て、嬉しそうに絵に戻った。

「一番いい絵が描けるのは、母さんが母さんの揺り椅子に座ってくれる時だ」

「そりゃそうでしょう！」母親は信じないふりをするために鼻を鳴らして叫んだ。それでも、その通りだという気がして、彼女の心は燦々《さんさん》と震えた。彼女は何時間も、ポールが絵を描きつづけているのをかすかに意識して、縫物をしたり本を読んだりしながら、じっと座っていた。ポールは、一心不乱に鉛筆を動かしている最中も、自分の内に母の力強い温もりを感じていた。二人はとても幸せで、その幸せを意識しなかった。こういうとても大切な時間、本当に生きている時間を、二人はほとんど無視した。

彼の意識が動くのは、刺激を受けた時だけだった。スケッチが一枚仕上がると、彼はいつでもミリアムに見せたくなった。彼女に見せると、その刺激によって、自分では無意識のうちに生み出した作品を理解できるようになった。ミリアムと接触すると、目が開け、物の見方が深くなった。母親からは生命の温もり、物を生み出す力を得たが、ミリアムはこの温もりを白熱光に似た激しいものへ転化させた。

会社に戻ると、労働条件が前より良くなった。水曜の午後は、ジョーダン社長の娘の計らいで、会社を抜けて美術学校へ行き、夕方にもう一度会社へ戻れるようになった。終業時刻も、木曜と金曜は八時から六時に繰り上がった。

ベストウッドには小さいながらきちんとした図書館があり、年会費わずか四シリング六ペンスだった。ミセス・モレルもミセス・リーヴァーズも、子供が大きくなってきた頃にここの会員になった。図書館は職工会館の二部屋で、木曜夜七時から九時まで開いていた。ポールは読書家の母のためにいつも何冊かの本を借りてきた。ミリアムも家族のために五、六冊抱えて重い足取りで通ってきた。二人が図書館で会うのは習慣になった。

ポールは壁ぞいすべてに本が並べられた二つの小部屋を知りつくしていた。部屋は隅に大きな暖炉があるので暖かかった。司書のスリース氏は子供のような顔のまわりに真っ白な頰髭を生やしていた。背が高く、せんさく好きだったが、とても愛情豊かな人で会員をみんな覚えており、それぞれの身の上をみんな知っていた。スメドリー氏のほうは小肥りで、はげ頭で、知った風だった。

ポールは、スリース氏が最後の会員との世間話を終えるのを待っていた。それから借りる本をカウンターにどしんと置いた。スリース氏は、生き生きした、だが年をとってよく見えない青い目で、ポールを見た。

「二二五七番です」とポールは言った。

　スリース氏は炭鉱会社の事務主任の一人で、ポールよりずっと紳士だったが、その男がポールの告げた番号を元気よく復唱しながら、大きな台帳のページをめくった。

「ほう！　ほう！」司書は開いたページをちらっと見て叫んだ。それから温かく、にこやかに相手の少年を見て、嬉しそうにもみ手をした。

「ほう！　ポールか！――ほう！　お母さんは元気かい」と言った。

「元気です」ポールが答えた。「ありがとうございます」

「よかった、お母さん、日曜の夜、教会へ来なかったんでね」

「ええ、目が炎症を起こしたんで」

「それは――それは――お気の毒に！」

「今」とスメドリー氏が口をはさんだ。「とても元気だとお前さん、言ってたな」ポールはカウンターの向こうの小男に答えず、顔も向けなかった。スリース氏は大きな台帳で貸し出す本を照合していた。スメドリー氏は暖炉の石炭を足した。書架のあちこちに人が立って、さかんにお喋りをしていた。この人々が濡れた煉瓦の床の上を歩くヒールの音がかちかちと聞こえた。

「でも、お母さんは、今週末は出てこられるんだろう?」と、本の照合を終えたスリース氏が訊いた。

「はい」とポールは言う。

「よかった――よかった。どこへ行ったんだろうと思ってたんでね」

ポールの母親の調子を訊くのは、いつものことだった。だが父親のことは誰も訊かなかった。ポールは書架の方へ行った。入ってくる人の列は絶えず、傘を通路に置いては楽しそうに挨拶を交わしていた。ポールの知らない顔はなかったし、知らない身の上の人はいなかった。誰にも興味はなかった。雨ではミリアムは来ないかも知れない。彼は手に持った本をじっと眺めたが、彼女のことを考えると、しばらく目に入らなくなった。それから、また、視界に入ってきた。眠るように、時間が経った。人々が立ち去る音は聞こえたが、誰も入ってこなかった。ミリアムが来なかったら。そう思うと、目の前に荒涼として無益な夜が広がった。でも、彼女は来る。目の前はまだ暖かく豊かで、ミリアムが到着する瞬間より先のことは考えたくなかった。

「嫌な晩だな、アルフレッド。嫌な晩だよ」スリース氏が話し相手を求めて振り返った。図書館には誰もいなかった。

「たしかに」スメドリー氏が答えた。

と、スリース氏はポールがいるのに気がついた。

「やあ、ポール！」と氏は声を上げた。「探してる本がまだ見つからないのか」

「ポールが探してるのは本じゃないだろう」とスメドリー氏は言った。

「お――そうか！」とスリース氏が叫んだ。

「ほんとうは若いご婦人だろう」とスメドリー氏は言った。「けれども、今夜はウィリーウッドから出かけてくるような夜じゃないよ」

　廊下で足音がした。ポールは聞き耳を立てた。ミリアムではなかった。若者が一人入ってきた。彼女が現れるはずの戸口に若者が現れ、ポールはその若者を憎んだ。でもミリアムは来る。必ず来る女だ。ポールにとって、彼女の大きな魅力の一つは慣習にとらわれないことだった。来る時は、雨だろうと来る女だった。雨も大したことはなかった。ポールは雨の音に耳を澄ました。若者がどしゃ降りだと言っているのが聞こえた。嫌な奴だ。彼が何と言おうとミリアムは来るはずだ。ポールは来るという希望にすがった。来たいという彼女の気持が闇の向こうから伝わった。彼女に裏切られたことはなかった。彼女にとっては、内面がすべてで、外側は無に等しかった。

　廊下に彼女の足音が聞こえて、彼の緊張がゆるんだ。彼はじっと見た。彼女は戸口のところで一瞬立ち止まった。赤い帽子が雨に光り、縮れた髪は濡れて美しく、顔は光りかがやいていた。彼女は不安そうにポールを探した。彼女の近視の目が彼の目と合った。彼女の心が燃え、彼も火傷した。彼女は満ち足りてカウンターへ行った。ポールは彼女に背を向けた。

　するとミリアムがおずおずとやって来た。

「遅れた？」と彼女は訊いた。

「毎度のことだ」と彼は答えた。「濡れたかい？」

「いいえ――大丈夫」

「線路を歩いて来たのか？」

「そうよ、来ないいんじゃないかって思った？」

「ちょっと」

　ポールはかすかに笑ってみせた。

「きみのための本を選んだからご覧よ」と彼は言った。ミリアムは反射的に彼に従った。本はどうでもよかった。だが、ポールが彼女にいいと言って欲しかった。彼女はポールの腕ごしに覗きこんだが、目に入らなかった。だが、彼女は彼に触れた。

「どう?」彼は訊いた。

「いいわ」彼女は答えた。

　ミリアムの本が台帳に記入されると、二人はすぐに図書館を去った。二人は闇を喜んだ。幸せに酔った。ポールは大きな黒のレインコートを着ていて、そのケープの下に本を忍ばせた。二人は雨の闇に包まれ、木々から滴るしずくに濡れながら、マンスフィールド通りを肩をならべて歩いた。

　たちまち活発な会話が始まり、すぐに一冊の本についての議論になった。彼が熱く語るのを聞いていると、ミリアムの魂が広がった。本に導かれて、信じることの話になり、二人は本音を打ち明けあった。

「全体の中で個は重要ではない気がする」と彼は言った。

「ええ」ミリアムは重く考えこむ口調で答えた。

「以前は雀一羽も、髪の毛一本も、神は見ているという聖書の言葉（『マタイ福音書』第十章二九～三〇節、『ルカ福音書』第十二章六～七節）を信じていたけれど」

「そうなの？　それで、今は？」

「今のぼくの考えでは、雀という種は重要でも、雀一羽は重要じゃない。髪の毛も全体は大切だが、一本だけは大切じゃない」

「ええ」ミリアムは考えこむ様子だった。

「人びとは大切だが、一個人はそれほど大切じゃない。ウィリアムを見てごらん」

「ええ」ミリアムは考えた。

「兄さんの人生は意味がなかった」と彼は言った。「意味がなかった、としか言えない」

「ええ」ミリアムの声はとても小さかった。

人の数が増えれば増えるほど、人の価値は下がると彼女は信じていた。だが、ポールの話を聞くのは、彼女にとって生きることそのもののようだった。新生児に呼吸を始めさせるような。

「でも」とポールはつづけた。「ぼくらには正しい道がある――そこを行けば、そしてそこに近づければ、大丈夫だ。だが、道を間違えれば死ぬ。兄さんはどこかで道を間違えたんだ」

「じゃあ、自分の生の道をたどれば、死なないの？」とミリアムは訊いた。

「ああ、死なない。ぼくたちの内側の真実が、たどるべき道を行かせてくれる。この道しかないというその道を」

「でも、正しい道をたどっていて、自分でそれが分かるの？」と彼女は訊いた。

「ああ！　ぼくには分かる！　ぼくは自分の道をたどっていることが分かる」

「そう？」ミリアムは訊いた。

「そうだ――間違いない」

彼は街灯の下に立って考えていた。レインコートが濡れて光っていた。ミリアムは彼の顔を見た。自信に満ちた揺るぎない彼の目が、彼女の目を見つめた。彼はぶれなかった。彼女は魅せられた。ミリアムは燃え上がる心を抱えて家路をたどった。

だが帰ろうとして向きを変えたポールはもう彼女のことを忘れていた。こんなに遠くまで歩いて濡れたことで母が怒るだろうと思うと、それ以外は些事となった。それでもミリアムとの接触に火照ったまま、家路を急いだ。夜の体験に満ち足りていた。

「こんな晩に、ミリアム・リーヴァーズと歩いて帰ってきたわけですか？」家に入って一分後に、母が突然、顔を上げて訊いた。

「ずっと図書館にいたんだ」とポールは答えた。

「で、あの娘《こ》は来たの？」母の静かで手厳しい追及に、ポールはひるんだ。

「来ないと次の一週間読むものが何もないんだ」と彼は言った。

「大雨の中を十マイルもほっつき歩かせとくなんて、あの娘の母親はどういうつもりだろう」

「それほどの降りじゃないよ」と彼は言った。「大した降りじゃない」

「あなたのレインコートとブーツを見れば分かるわ」と母親が答えた。

「ほら、母さんに借りてきた本」母は怒っていて、見てもくれなかった。

その夏のある夕暮れ時、ポールはミリアムと一緒に図書館から帰る途中、ヘロッド農場脇の野を通っていた。この道だとウィリー農場までわずか三マイルだった。刈りいれを待つ草が一面黄色くかがやき、スカンポの花が濃い紅に燃えていた。高台を歩いていると、金色だった西の空がだんだん赤くなり、その赤が濃い紅に染ってきて、やがて冷たい青が光の方に忍び寄ってきた。二人はオールフリトンに向かう街道へ出た。道は、暗くなってゆく野を白く貫いていた。そこまで来て、ポールは迷った。彼の家までは二マイル、ミリアムの家までは一マイルだ。二人は、西北の空のかがやきの真下で蔭になっている道を眺めやった。丘の頂に、セルビーの町の飾りけのない家並や炭鉱の巻揚機が、夕空を背景に黒く小さいシルエットになって浮かんでいた。

時計を見た。

「九時だ！」彼は言った。

二人は、別れたくないまま、本を抱えて立ちつくした。

「今行くと森がとてもきれいよ」と彼女は言った。「あなたに見せたいわ」

ポールは彼女の後について、道の向こうの白い門までのろのろ歩いた。

「遅くなると家で文句を言うんだ」彼は言った。

「でも悪いことをしているわけじゃない」ミリアムはじれったそうに答えた。

彼はミリアムの後から、兎に食い荒らされた夕暮の牧草地を歩いた。森の中はひんやりして、葉とスイカズラの匂いと夕暮の光が漂っていた。二人は何も言わず歩いた。黒々と立ち並ぶ木の幹の間に広がる夜はすばらしかった。胸が高鳴り、彼は周りを見まわした。

ミリアムは、前に見つけた野薔薇の木を彼に見せたかった。すばらしく美しい木だった。だが、彼が見ないうちは、まだ自分の魂の中に入って来ない気がした。彼が見なければ、その木は彼女のものに、永遠のものにならないのだ。それでは満足できなかった。

森の道にはすでに露がおりていた。オークの老木立ちならぶ森には薄霧が立ちこめ始めていた。白く見えるものがひと筋の霧なのか、一面に咲くセンノウの花なのか迷って、ポールは足をとめた。

松林まで来ると、ミリアムはひどく真剣になり、ひどく緊張した。あの薔薇の木はなくなっているかもしれない。見つからないかもしれない。それでも絶対に見つけたかった。彼と一緒に花の前に立ちたいと熱く願った。二人で魂の交流を持ちたかった——胸高鳴る、神聖な経験を持ちたかった。彼は何も言わず彼女の横を歩いていた。二人はとても近かった。彼女が身を震わせ、彼は漠然と不安気に耳をそばだてた。

森のはずれへ出ると、前方に真珠貝のような空が見えた。地面は暗くなっていった。松林の端のどこかからスイカズラの匂いが流れていた。

「どこ?」彼は訊いた。

「真ん中の道を行ったところ」彼女は小さく震えて、そっと言った。

角を曲ると、彼女は立ちすくんだ。松にはさまれた広い道からは、いくら怯えたような目を凝らしても、しばらくは何一つ見分けられなかった。灰色がかってゆく光の中で、すべてのものの色が奪われていた。その時、ミリアムの木が見つかった。

「あ!」彼女は叫ぶと、急いで歩きだした。

とてもしずかだった。木は背が高く、枝を四方に伸ばしていた。その一部はサンザシの木の上にかかり、低くたれさがって生い茂った葉先は草にふれるところまで達して、一面の暗闇の中に真っ白で大きい星の破片のような花を散らしていた。象牙の浮彫りのように、大きな星を散らしたように、薔薇の花が葉と幹と草の黒々した塊の上にかがやいていた。ポールとミリアムは体を寄せあい、それを言葉もなく見つめた。一つ、また一つ、微動だにしない花のかがやきが二人に語りかけると、二人の魂の中の何かが燃えあがるようだった。暗闇が煙のようにあたりに立ちこめても、花は消えなかった。

ポールはミリアムの目を覗きこんだ。彼女は驚きに打たれた蒼白な顔で何かを待っていた。口が開き、黒い瞳も彼に見開かれていた。彼の視線が彼女の中に流れこんで来た。魂が震えた。彼女が望む魂の交流だった。彼は痛みを感じたように顔をそむけた。そして、薔薇の木の方に向いた。

「蝶のように歩いて身を震わせているみたいだ」と彼が言った。

彼女は自分の薔薇に目をやった。真っ白な花弁が内にめくれて清らかに見えるのもあれば、恍惚と外に開いているのもあった。木は影のように黒く見えた。思わず花に手を伸ばして、側へ寄り、祈るように花に触れた。

「さあ行こう」ポールは言った。

象牙色の薔薇の、処女の白い冷たい香りがした。彼はなぜか閉じこめられる不安を覚えた。二人は黙って歩きだした。

「また日曜に」彼は静かに言ってミリアムと別れた。神聖な夜に魂が満たされ、彼女はゆっくり家路についた。ポールは急ぎ足で小道を行った。森から開けた牧草地へ出てほっと息をつくとすぐに、全力で走りだした。甘い陶酔が血の中を駆けめぐるようだった。

ミリアムと出かけて帰りが少し遅くなると、母がかならず苛立って自分に当たるのに、ポールは気づいていた――だが、その理由がわからなかった。彼が家へ入って帽子を放り出すと、母は時計を見あげた。目が疲れて本が読めないので、座って考えていた。ポールがミリアムに連れ去られて行くのが肌で分かった。ミリアムが好きでなかった。「あれは男の魂を最後まで吸いつくす女だ」と思っていた。「ポールは阿呆だから平気で吸われてしまう。あの娘がいたら、息子は決して、決して一人前の男になれない」ポールがミリアムと出歩いていると、母は気が高ぶってくるのだった。

ちらりと時計を見あげ、冷たく、すこし物憂げに言った。

「今夜はずいぶん遠くまで行ったのねえ」

ミリアムとの触れあいで温まって開いていたポールの魂がしぼんだ。

「わざわざ家まで送って行ったんでしょう?」母親は続けた。

彼は答えなかった。ミセス・モレルは、ちらりと彼を見た。彼が帰り道を急いで額の髪が汗で濡れていること、ひどく眉をしかめていることに気がついた。

「あの子はよほど魅力的なんだね、お前が離れられずに、夜のこんな時間まで八マイルも歩きまわるようじゃね」

彼はさっきまでのミリアムの魅惑と、母親が怒っているという思いの板挟みに苦しんだ。何も言うまい、返事はすまいと思ったが、母を無視できるほど冷たくなれなかった。

「あの子と話すのが好きなんだ」彼はむすっと言った。

「他に話し相手はいないの？」

「ぼくがエドガーと出かけても何も言わないでしょう」

「言いますよ、言いますとも。誰と出かけたって、ノッティンガムまで行って来たあとで、夜こんなに遅く、遠くまで出歩くなんて。それに」——突然、声に怒りと軽蔑が出た——「いやらしいわ、若い男女がべたついて」

「べたつきゃしない」彼は大声を出した。

「じゃ何だって言うの？」

「違うよ！　お母さんは、ぼくらがいちゃついたりしてると思ってるの？　話をしてるだけだよ」

「いつまでも、どこまでも、延々とね」辛らつな返しだった。ポールは怒って、ブーツの紐を引っぱろうとした。

「何をそんなに怒ってるの？　彼女が嫌いだからでしょ」

「嫌いと言うのは違います。自分の子供が誰かとつきあうのは賛成できません。昔からそうです」

「でも、アニーがジム・インガーと出かけても、気にしないじゃないか？」

「あの子たちはお前たちより物が分かっています」

「どうして？」

「アニーって子は、そんな深刻になるたちじゃないのよ」

彼にはこの言葉の意味が分からなかった。だが、母は疲れて見えた。ウィリアムの死後、体が弱くなっていた。目も痛んだ。

「ねえ」彼は言った。「野や森はとてもきれいだよ――スリースさんがお母さんのこと訊いてたよ。会えなくて寂しいって――少しはいいの？」

「本当ならとっくに寝てる時間よ」母は答えた。

「何だい、母さん、十時半より前に寝たりしやしないじゃないか？」

「いいえ、寝ているわよ」

「母さんはぼくに意地悪したいから、勝手なことばかり言うんだろう？」

彼は知りつくしている母の額にキスした。眉間には深い皺が刻まれ、アップにした美しい髪は灰色になりかけていて、そのこめかみは誇り高かった。キスのあともしばらく母の肩に手を置いていた。それから、ゆっくりベッドに向かった。ミリアムのことはもう忘れていた。母の髪が温かく広い額から上げられた様子だけが目にうかんだ。そして、母はなぜか傷ついていた。

次にミリアムに会った時、ポールは彼女に言った。

「今夜は遅くならないようにしてね――十時まで。母がとても怒るから」

ミリアムはうなだれて、じっと考えた。

「どうして怒るの？」

「次の朝早く起きるんだから、遅くまで外にいちゃいけないって」

「なるほどね！」ミリアムの声は小さく、かすかに冷笑の響きがあった。彼はそれが嫌だった。そして、その日もまた、例によって遅くなった。

二人の間に恋が芽生えつつあるとは、どちらも認めなかっただろう。彼は自分がそんな感傷におぼれる愚かものではないと思っていたし、彼女も自分がもっと高尚な女のつもりでいた。二人とも成熟が遅く、しかも精神的な成熟が肉体的成熟よりずっと遅れていた。ミリアムは母に似て極端に神経質だった。ちょっと下品なことにも苦痛を感じてひるんだ。兄弟たちも、乱暴だったが、言葉は下品ではなかった。男たちは家畜の話をする時、かならず外へ出た。それでも、農家につきもののお産とか交配といった仕事が絶えずあったからか、ミリアムはかえってそのことに過敏で潔癖な気質になり、交配がわずかに仄めかされただけで嫌悪感を抱くようになった。そして、ポールも彼女の気質に染まり、彼らの交際はいつまでも清く純潔なものになった。牝馬が子をはらんだなどという話は、決して口に出せなかった。

ポールは十九歳になっても週給わずか二十シリングだったが、それでも幸福だった。絵の勉強も順調なら、生活もまずは楽しかった。その年の聖金曜日（復活祭の前の金曜日で、キリストの受難を記念する祭日）に、ヘムロック・ストーンの遺跡への徒歩旅行を計画した。一緒に行くのは同い年の若い男が三人、それにアニーとアーサー、ミリアムとジェフリーだった。ノッティンガムへ電気屋の見習に行っているアーサーも、帰省中だった。モレルは相変わらず早起きで、裏庭で口笛を吹きながら鋸を引いていた。七時頃には、彼が十字架パンを三ペンス分買っている声が聞こえた。パン売りの少女を「かわい子ちゃん」などと呼んで、上機嫌に喋っていた。そして、後からパンを売りに来た男の子たちを、「娘さんに先を越されたぞ」と言って、追い払った。やがてミセス・モレルも起き、子供たちも次々階下へ降りて来た。平日にいつもより少しでも遅くまで寝ていられるのは、全員にとって大きな贅沢だった。ポールとアーサーは朝食前に本を読み、シャツ姿のまま、顔も洗わず食事をした。これも休日の楽しみだった。部屋は暖かかった。不安も心配も何もなかった。家中に豊かさがあった。

息子たちが本を読んでいる間に、ミセス・モレルは庭に出た。一家は別の家に移っていた。ウィリアムの死後間もなく引き払ったスカーギル通りの家のそばの古い家に住んでいた。すぐに、庭から興奮した叫び声が聞こえた。

「ポール——ポール——来てごらん！」

母が呼んでいた。彼は本を放り出して出ていった。野までつながっている細長い庭だった。その日はダービーシャーの方から肌を刺す風が吹きつける、どんよりした寒い日だった。野原二つ向こうから先はベストウッドの村で、家の屋根や赤い壁がひしめき、その上に国教会や会衆派教会の塔がそびえていた。その先には森や丘が広がっていて、灰色に見えるペナイン山脈まで続いていた。

ポールは庭の母を探した。彼女の頭がまだ小さいスグリの木立の間に現れた。

「こっちへ来て！」と彼女が叫んだ。

「どうしたの？」

「来てごらん」

彼女はスグリの蕾を見ていたのだった。ポールはそっちへ行った。

「もう少しで気がつかないところだったわ！」彼女は言った。

息子は母の横についた。柵の下の小さな花壇に、できそこないの球根から生えたような貧弱な草の葉がもじゃもじゃと見え、シラの花が三輪咲いていた。ミセス・モレルはその深く青い花を指さした。

「ほら、これ！　スグリの木を見ていたら『おや、やけに青いものがある、お砂糖袋かしら』と思ってね、そうしたら、どう！　お砂糖袋だなんて！　シラの花は『雪の栄光《グローリー・オヴ・ザ・スノウ》』とも言うんだよ！　こんなにきれいに咲いて！　でも、一体どこから来たのかしら？」

「どこかな」とポールも言う。

「ほんとにふしぎ！　この庭の草なら、知らないものはないと思ってたのに。でも、見事だと思わない？　ちょうどあのスグリの木が、守ってくれたのよ。寒さにもやられず、ぜんぜん何ともなくて！」

彼はしゃがんで、釣鐘形の小さな青い花を上に向けた。

「すばらしい色だ！」

「そうでしょ！」母親は叫んだ。「スイスから来たんじゃないかしら、あそこではこういうきれいな花が咲くっていうから。雪の中に咲いてるところを想像してごらん！　でも、一体どこから？　こんな遠くまで種が飛んでくるわけもないでしょう？」

彼は前にごちゃごちゃした球根を試しに植えておいたことを思い出した。

「わたしには言わないんだから」

「うん、咲くかも知れないから、それまで放っとこうと思ったんだ」

「そうしたらこんなに！　もうすこしで見逃すところだったわ。そうしたら、死ぬまで自分の庭で『雪の栄光《グローリー・オヴ・ザ・スノウ》』を見ることなんかなかったわよ」

彼女はとても興奮していた。庭はつきることのない喜びだった。母が野につづく細長い庭のある家にとうとう住めたことを、ポールは喜んでいた。毎朝、食事がすむと、彼女はのんびり庭いじりを楽しんだ。彼女が庭の草木を皆知っているというのは嘘ではなかった。

徒歩旅行に行く連中は皆集まった。弁当も詰め、一行は笑い声もにぎやかに出かけた。水車に水を送る用水路を塀から身をのりだして覗き、トンネルのこちら側の水に紙を落としては、反対側へ勢いよく出てくるのを見たり、ボートハウス駅上の歩道橋に立って、下に冷たく光る線路を眺めたりした。

「六時半に特急『フライング・スコッチマン』が通過するのを見なきゃだめだ！」鉄道信号手を父にもつレナードが言った。「あっという間に通過しちゃうんだ！」一行はロンドンの方角を眺め、逆方向のスコットランドを眺め、二つの魔法の地を肌に感じた。

イルキストンでは、あちこちに坑夫たちがたむろして、酒場が開くのを待っていた。ここは、ぶらぶらしている怠惰な人間の町だった。スタントン・ゲイトでは鉄工場が火を噴いていた。何についても、喧々囂々《けんけんごうごう》の議論がもちあがった。トラウエルで、一行はもう一度ダービーシャーからノッティンガムシャーに戻り、昼時に、ヘムロック・ストーンに着いた。ノッティンガムとイルキストンから来た人であふれていた。

有難そうで立派な岩があるのだと思っていたのに、実際は腐ったキノコのような瘤だらけのねじれた貧弱な岩が一つあるだけで、それが野原の片隅にみすぼらしく立っていた。レナードとディックはすぐにこの赤色の古砂岩に、「L・W・」「R・P・」とイニシャルを彫りだした。ポールは、他に自分の名前を残すことのない者がイニシャルを彫るという皮肉な文章を新聞で読んだことがあるので、イニシャルを彫らなかった。それから、若者たちは皆、岩のてっぺんによじのぼり、周囲を眺めた。

下の野の到るところで工場勤めの若い男女が弁当を食べたり、ふざけたりしていた。その向こうには古いお屋敷の庭があって、イチイの生垣と、深い木立と、芝生のまわりの黄色いクロッカスが見えた。

「あそこの庭」ポールはミリアムに言った。「なんて静かなんだろう！」

彼女は黒々としたイチイと黄金色のクロッカスを見て、ポールに感謝のまなざしを投げた。他の仲間が一緒の時の彼は、自分のものとは思えなかったのだ。そういう時の彼は別人だった——彼女の内奥の魂のかすかな震えさえ見のがさない自分だけのポールではなく、彼女とは縁のない言葉をしゃべる違う人間だった。そういう時の彼女は深く傷ついて、知覚する力まで失った。彼がその卑しいとしか思えない面を捨ててまた彼女の元に戻って来てくれて初めて、生の実感もまた彼女の元に戻った。その彼が、今彼女に向かって庭を見るように言い、彼女との触れあいを求めてきた。彼女は野にいる連中に苛立って、クロッカスの蕾にびっしり囲まれた静かな芝生の方を向いた。静かな、至福に近い気持が訪れた。彼と二人で庭にいるようだった。

　ところが、彼はまたミリアムから離れて、他の仲間に加わった。まもなく、一行は、家路についた。ミリアムは一人、わざと遅れた。彼女は他の仲間と仲良くしなかった。人間関係をめったに持てない彼女には、友達、仲間、恋人と言えるのは、自然だけだった。薄れゆく日没が目に映った。暗く寒々とした生垣に、何枚か赤い葉が見えた。彼女は立ちどまると、優しく熱心に、それを摘んだ。指先の愛が葉をそっと撫でた。心の情熱が葉の上に火照った。

　知らない道で一人きりになったことに急に気がつき、急いで一行の後を追った。角を曲がるとポールがいて、何かの上に屈んで、夢中で倦《う》まずたゆまず、少し心細げに手を動かしていた。彼女は近づくのをためらい、様子をうかがった。

　道の真ん中で、夢中になっていた。彼方に一筋、夕方のどんより曇った空の切れ目から射す豊かな金色の光が、彼の姿を黒く浮かびあがらせていた。彼女は、沈む夕日が痩せて確固とした彼を自分に与えてくれたような気がした。彼女の胸の奥に痛みが走り、彼を愛さなくてはいけないことを知った。そこに彼がいた。彼の類い稀な才能があった。彼の孤独に気づいた。「受胎告知」を受けた聖母のように震えながら、ゆっくりと近づいた。

　ようやく彼が顔をあげた。

「あっ！」彼は嬉しそうに叫んだ。「待っててくれたの！」

　その目に深い影があった。

「どうしたの？」彼女は尋ねた。

「ここのバネが折れたんだ」

彼は傘のこわれた箇所を見せた。すぐ、それが彼のせいでなくジェフリーの仕業だと気がついて、彼女は恥ずかしくなった。

「もう古い傘よねえ？」彼女が訊いた。

いつもは小さなことを気にしない彼が、どうしてこんなつまらないことに大騒ぎをするのだろう。

「でも、これはウィリアムの傘だったんだ。母さんに気づかれてしまう」小さな声でそう言って、辛抱づよく傘をいじっていた。この言葉がミリアムを刃のように裂いた。これが、彼女が思い描いていた彼の、真の姿だった！　彼女はポールを見た。だが、その態度にどこか自分を隠しているところがあって、彼を慰めるどころか、優しく話しかける勇気さえ出なかった。

「行こう」彼は言った。「ぼくには直せない」

二人は、黙々と、道を歩いた。

同じ日の晩、ポールとミリアムはネザー・グリーンの木蔭を歩いていた。ポールはミリアムに話しかけるのだが、苛々した様子で、まるで自分を納得させようと必死になっているようだった。

「ねえ」彼は無理のある口調で言った。「愛すれば、相手も愛してくれる」

「まあ！」彼女は答えた。「小さい時にお母さんが言ったこととそっくりだわ、『愛は愛を生む』って」

「そうだ――そういうことだ――そうでなくてはいけない」

「そうよ――だってそうでなかったら、愛ってとても恐ろしいものかも知れない」

「そう、でも大丈夫だ――少なくとも、ほとんどの人は」と、彼は答えた。

これを聞いたミリアムは、彼が確信に達したと思って、自分自身も心強くなった。彼女は、あの時道で不意に彼に会ったことを一つの啓示だとずっと思っていた。この時の会話は、律法の言葉として深く彼女の心に刻みつけられた。

今や、彼女は彼と共にあり、彼を支えた。その頃、彼が傲慢な態度でウィリー農場の一家の感情を害した時も、彼女は彼の側を離れず、彼が正しいと信じた。

そして、同じ頃、何度も、忘れがたい、鮮明な彼の夢を見た。やがて、同じ夢がより精妙な心理的襞をもって繰り返されるようになった。

復活祭翌日の月曜祝日に、また同じ仲間でウィングフィールド館《マナー》へ遠足した。ミリアムは公休日の人ごみにもまれてレズリー・ブリッジ駅から汽車に乗るのが、とても楽しかった。一行はオールフリトンで汽車を降りた。ポールには、町の通りや犬をつれた坑夫たちが面白かった。ここにいるのは新しい型の坑夫だった。ミリアムは、教会に着くまで、何も面白くなかった。弁当の袋をぶらさげていては追い出されるのではないかと、彼らは怖くてなかなか教会に入れなかった。まず、細身の道化者レナードが先に入った。追い払われるくらいなら死んだ方がましと思っていたポールは、最後に入った。教会の中は復活祭の飾りつけがしてあった。洗礼盤には何百本という白水仙が活けてあり、ぐんぐん育ってゆくようだった。堂内は暗く、窓のステンドグラスが光に彩りを与え、百合と水仙の香りに空気が顫えていた。この雰囲気に、ミリアムの魂がかがやいた。ポールは、何か間違いをしないか怖かったが、場の雰囲気に敏感に反応した。ミリアムが彼の方を向いた。彼も応えた。二人は一つになった。彼は祭壇前の柵より前に行こうとしなかった。ミリアムはそういう彼が好きだった。彼の横で、彼女の魂が大きくなり、祈りとなった。彼は薄暗い聖域のふしぎな魅力に打たれた。彼の内の神秘主義的性向が小さく身を震わせながら目を覚ました。ミリアムは彼に魅きつけられた。彼もミリアムとともに祈りそのものとなった。

教会の境内に咲くラッパ水仙と黄水仙が陽を浴びて光りかがやき、はためくようだった。広い庭園の仔羊たちの、小さくめえめえという鳴き声が空気を震わせていた。レナードとディックは一杯やりにパブへ入って、ポールとアニーをうんざりさせた。

「パブへ何をしに入ったんだ」と、ポールは怒って訊いた。

「そりゃ、レモネードを一杯やりにね」とディックは笑った。

「それならどこかの店で買えるじゃないの」とアニーが言った。

「店だって！」とレナードは叫んだ。「逞しい英国魂が店でレモネードを飲んでるとこなんか、考えられるかい」

「考えられないさ」とポールは言った。「でも、君が逞しい英国ジョッキを持ってるところは見えるよ」

「ジョッキのどこが悪いんだ」レナードは言って、大きな口のまわりを拭いた。

ミリアムは、ポール以外の男とはめったに口をきかなかった。男たちはミリアムと話しだすと、とたんに居心地が悪くなった。だから、彼女はたいてい黙っていた。

一行が館《マナー》に行くけわしい道を登りだしたのは、昼過ぎだった。いかにも暖かく生命にあふれた日ざしの中で、何もかもがやわらかくかがやいていた。クサノオウやスミレが咲いていた。誰も彼も、幸福に満ち足りていた。蔦の葉のかがやきも、館の壁の雰囲気豊かな柔らかな灰色も、この廃墟を取り巻くものすべての優しさも完璧だった。

館は堅く白っぽい灰色の石でできていた。外壁は何の装飾もなく静まっていた。若者たちは興奮のきわみにあった。この廃墟を探険する喜びがかなわなかったらどうしようかと不安になりながら前に進んだ。崩れかけた高い壁の中の最初の中庭に入ると、農家用の荷車が何台かあり、梶棒もむなしく地面に置かれて、車の輪金には金色を帯びた赤い錆が光っていた。とても静かだ。

わくわくしながら六ペンスの入場料を払い、内庭に通ずるすっきり美しいアーチを恐る恐るくぐった。皆、びくびくしていた。かつて広間があった石畳の隙間から、一本のサンザシの老木が芽を吹いていた。周囲の薄暗い陰の中に、得体の知れない入口や荒れた部屋など、あれこれと見所があった。

「いいねえ！」と、レナードが叫んだ。

「言うことないね！」ポールもつづいた。

彼らが走り出し、探険が始まった。

「おい！」とレナード。「こりゃ、いい竈《かまど》だ！」

レナードはすぐその洞穴に這いこんだ。ディックとポールも後につづき、三人は腰をおろすと、大地の腹の中にでもいるような声で吼えた。

「ここだったら牛の一頭や二頭、料理できるな」とディックが言った。

「鹿だって大丈夫だ」とポールも言った。

「ロバだって大丈夫」とレナードも言った。

そう言うとレナードはロバの鳴き声を大声で真似て、あとの二人にぽかぽか撲られた。ポールが外気をもとめて駆け出し、探険はつづいた。そして、ようやくジェフリーと女の子たちに再会した。ジェフリーは食事をしていた。

「たしかに飯の時間だ」とレナードが言った。

「お先に」とジェフリーは言った。彼は出発したときから何だかんだと食べてばかりだった。

「わたしたち、どこへ座る?」とミリアムが訊いた。

「宴会場へ入ろう」とポールは言った。

「どうしてあれが宴会場だって分かるんだ」とレナード。

「絵で見たからさ」

「分かった、じゃあ、宴会だ」とレナードが言った。

青空を背景にぎざぎざの縁が高くそびえる大きな部屋の廃墟に腰をおろし、陽光の中、頭上の大窓のはざま飾りで鳴いている鳥を見上げながら、食事を摂った。

「ところでファッズボール卿」とレナードがポールに声をかけた。「この鹿肉の練りものを少々いかがかな」

「いや、けっこう、ステイボーン卿」とポールが答えた。「わが輩はこのパンとチーズを始末せねばならんのでな」

「お願いでござるが、少々片づけて場所を空けてはいただけんかな」とジェフリーが言った。

「いや、ひらにご容赦を、陛下」とレナードが言った。「陛下には、よくふくれておいでで」

「ポール」とアニーが言った。「この固ゆで卵をいかが」

「壮健なる貴族諸賢、今日は、われわれのただ一羽の不死鳥の産んだ、紋章つき卵の宴というわけだ。紋章を刻印せしはわれらが最も心優しき鶏殿なり――」と、ポールが言った。

「つまり、鶏の糞がちょびっと」とレナード。

「つまり、それがわれらが世代の誇り高き紋章だったってわけ、アーメン！」とアニーが言った。

「そは猖獗《しょうけつ》きわめる不潔《ふけつ》なお尻《けつ》なり」とポールが言うと、ミリアムが笑った。

昼食をすますと、この廃墟の探険を再開した。今度は女性も男に同行し、男が案内役をつとめた。隅の方に、今にも崩れそうな高い塔があって、そこにスコットランド女王メアリーが幽閉されたと言われていた。

「女王がこんな高いところまで登ったのね！」ミリアムがすり減った階段を登りながら小声で言った。

「登れたとすればね」とポールは言った。「なにしろひどいリューマチだったんだから。さぞ虐待されたんだろう」

「そんな仕打ちにあわせることはなかったと言うの？」とミリアムが訊いた。

「そうだよ。あの女王は元気が良すぎただけだ」

くねくね曲がる階段を上って行った。銃眼から吹きこんで来る強い風が階段をつたって吹きあげると、ミリアムのスカートを風船のように膨らませた。それを彼女が恥ずかしがるので、ついには彼が裾をつかんで押さえてやった。彼は、彼女が落とした手袋でも拾ってやるように、まったくさりげなくそうしてやった。彼女はこのことをずっと覚えていた。

塔の崩れたてっぺんのまわりには、古く美しい蔦が一面にからんでいた。淡色のナデシコも何本か、寒そうに蕾をつけていた。ミリアムが身をのりだして蔦をとろうとしたが、彼が止めた。彼女は彼の後ろで、彼が一本一本折っては騎士道の模範のような態度で渡してくれるのを受けとることになった。塔は風に揺れているようだった。森に覆われ、牧草地がかがやく田舎の自然が、何マイルも眼下に広がっていた。

館の地下礼拝堂も美しく無傷で保存されていた。ポールがスケッチした。ミリアムは側にいた。彼女は、スコットランド女王メアリーが悲惨を理解できない絶望的な目を凝らして、いつまでも救いの来ない山々を眺めているところを、あるいはこの礼拝堂に座って、その床の冷たさに劣らず冷たい神についての説教を聞かされているところを思い描いた。

一行は丘の上に大きくすっきりそびえるこの美しい館を振り返りながら、またにぎやかに出発した。

「きみがあの農場の持主だったら」とポールはミリアムに言った。

「ほんとう！」

「そこへ会いに行くんだったら、すばらしいだろうな!」

彼らはすでに石塀のつづく何もない田舎を歩いていた。ポールはそうした風景が大好きだったが、この辺から彼らの家まで十マイルしか離れていないのに、ミリアムにはまるで外国のように思えた。一行はばらばらになっていった。日差しとは反対の方向に傾斜した広大な牧草地を、無数の小さな花がきらきらかがやく道づたいに並んで歩きながら、ポールはミリアムの持っている袋の網目に指をからませた。すぐに、ミリアムは後ろのアニーがじっと嫉妬の目を向けるのを感じた。それでも、牧草地は一面かがやく陽光に浴し、道には宝石をちりばめたように花が咲いていて、ポールがこんな仕草をミリアムに見せるのも珍しかった。彼女はポールの指が自分の指に触れるのを感じて、袋の網の目の手をじっと動かさなかった。あたりは夢のように金色にかがやいていた。

ようやく高い所にだらっと広がる灰色のクライチ村に着いた。村の向こうには、ポールの家の庭からも見える有名なクライチ塔があった。休まず、さらに前進した。まわりも、眼下も、広大な風景が開けていた。男たちは丘の頂まで登りたがった。頂に、すでに半分削りとられた丸い塚があり、その上にずんぐりと逞しい古い塔が立っていた。昔は、ここから、はるか下の平地のノッティンガムシャーとレスターシャーに合図を送った。

高い吹きさらしの頂は風がひどく、吹きとばされないように、彼らは風を利用して塔の壁に張りついた。足元は石灰石を切り出したため断崖になっていて、そのさらに下に、丘々やマトロック、アンバーゲイト、ストゥニー・ミドルトンといった小さな村々が点在して見えた。男の子たちは左手の森の多い風景に、ベストウッドの教会を探した。それが、平地に建っているように見えるのにすっかり落胆した。ダービーシャーの丘々がミッドランズの淡々とした平野になって、南へひろがっていた。

ミリアムは少し風におびえたが、男たちは面白がった。一行はさらに何マイルも歩きつづけて、ウォトスタンドウェルに着いた。食料はすっかり食べつくし、みんな腹をへらしているのに、家に帰るお金はほとんどなかった。それでもなんとか、普通のパンとブドウパンを一つずつ買い、大きな折りたたみ式のナイフで切り分けて、きらきらかがやくダーウェント川の急流と宿の前で停まるマトロックからの四輪馬車を眺めながら、橋のたもとの塀に腰かけて食べた。

ポールは疲れて青い顔をしていた。まる一日、一行のまとめ役だったので、すっかりまいっていた。それが分かったミリアムは側を離れず、彼もミリアムに頼りきった。

アンバーゲイト駅では一時間待たされた。汽車はマンチェスター、バーミンガム、ロンドンなどへ帰る行楽客でいっぱいだった。

「ぼくたちも、そういう所へ帰っておかしくないわけだ——そういう風に見えるかも」とポールは言った。

帰り着いた時にはかなり遅くなっていた。ミリアムはジェフリーと家まで歩きながら、月が大きく、赤く、ぼうっと昇るのを眺めた。彼女は、自分の中で何かが充たされるのを感じた。

彼女にはアガサという小学校教師の姉がいた。姉妹は反目していた。ミリアムはアガサを俗っぽいと思っていたが、自分も教師になりたかった。

ある土曜日の午後、アガサとミリアムは二階で着がえをしていた。二人の寝室は厩の上にあった。天井が低く、あまり広くもない、がらんとした部屋だった。ミリアムは壁にヴェロネーゼ（十六世紀、ヴェネツィア派の画家）の『聖カタリナ』の複製画を掛けていた。彼女は、窓に腰かけた夢見顔のこの女性が好きだった（これは作者ロレンスの記憶違いで、ロンドンのナショナル・ギャラリーにある『聖ヘレナの夢』のことと思われる）。彼女自身の部屋の窓はどれも小さくて腰かけられないが、それでも、正面の窓にはスイカズラやアメリカ蔦が一面にからんでいたし、そこから庭の向こうのオーク林の梢まで見渡せた。裏の小窓も、ハンケチぐらいの大きさだったが、銃眼のように東を向いていて、美しい丘々の丸い頂の後ろから立ちのぼる曙光をのぞくことができた。

姉と妹は、たがいにあまり口をきかなかった。金髪で小柄で毅然としたアガサは、家の雰囲気に反発していた。「右の頰を打たれたら左の頰も」式の教えが嫌だった。社会に出ていた彼女は、多分に独立していた。だから、社会の価値観、身なり、作法、地位などをうるさく言ったが、これは皆、ミリアムが無視したいものばかりだった。

二人とも、ポールが来る時は、二階に隠れていたがった。階段を駆けおりて来て下のドアをぱっとあけると、彼が姉妹を待ち受けていてじっとこちらを見ている、という風にしたかった。ミリアムは立ったまま、ポールにもらったロザリオを頭から通そうと悪戦苦闘していた。髪に細かくからまってしまったのだ。ようやく掛けてみると、その赤茶色の木の珠が彼女の涼しげな褐色のうなじによく映えた。ミリアムは体がよく発達し、とても美人だった。だが、白漆喰の壁に釘で留めた小さな鏡に一度に映して見られるのは、体の一部にすぎなかった。アガサは自分の小さな鏡を買い、これを自分の体に合わせて立て掛けて、身づくろいをしていた。ミリアムは窓ぎわにいた。突然、チェインのカチッという聞きなれた音がして、ポールが門をぱっと開け、自転車を押しながら庭に入ってくるのが見えた。彼が家を見上げるのに気づいたミリアムは、あわてて引っこんだ。彼はのんきそうに歩いてきて、彼の自転車も生きているみたいに一緒についてきた。

「ポールが来たわ！」彼女は叫んだ。

「嬉しいんじゃない？」アガサが意地悪く言った。

ミリアムは呆然と立ちすくんだ。

「じゃ、姉さんは嬉しくないの？」

「嬉しいわよ。でも、あたしはポールにそれを気《け》どられるような、あの人に会いたがっていると思われるようなまねはしないわ」

ミリアムはびっくりした。彼が自転車を下の厩に置いて、馬のジミーに話しかけているのが聞こえた。昔は炭鉱で働いていた馬だが、今では弱ってしまった。

「どうだジミー、元気かい？　威勢の悪い顔してるじゃないか。困ったね！」

若者に撫でられた馬が首をあげて、綱が柱の穴をこする音が聞こえた。馬だけにしか聞こえないと思って彼が話すのを聞くのが、彼女は大好きだった。だが、ミリアムのエデンの園にも蛇がいた。彼女は、自分がポール・モレルを求めているのかどうか、真剣に心中を探った。そこに恥辱があるように感じた。ねじれにねじれた気持の中で、やはり自分は彼を求めていると思った。自らに有罪判決を下した。すると、新たな恥の煩悶が始まった。苦悩に身が縮んだ。自分はポール・モレルを求めているのだろうか？　そして彼はわたしが彼を求めていることを知っているのだろうか？　何とみっともない話だろう！　魂が恥ずかしさに身悶える思いだった。

　アガサの方が先に着がえを終わって、階下へ駆けおりて行った。彼女がポールに明るい声で挨拶するのを聞きながら、そういう声を出す時のアガサの灰色の目がどんなにかがやいているかをミリアムははっきり思いうかべた。自分がそんな風にポールに挨拶するのは大胆すぎる気がした。そして、自分が彼を求めているという自責の念に縛りつけられていた。思いあまった彼女は、ひざまずいてこう祈った。

「神さま、私にポール・モレルを愛させないでください。私があの人を愛してはいけないのでしたら、愛さないようお守りください」

　この祈りが異常だと気づいて、彼女は祈りをやめた。頭を上げて、よく考えた。彼を愛することのどこが悪いのか！　愛は神の贈り物ではないか。それなのに、恥の感覚がつきまとった。それは彼、ポール・モレルのせいだ。いや、そうだとしても、それは彼の問題ではない。それは彼女自身の、神との間の問題だった。自分が犠牲になろうと思った。だが、それは神の犠牲であって、ポール・モレルや彼女自身の犠牲ではない。少しして、また枕に顔をうずめて、こう祈った。

「けれども、神さま、もしも私が彼を愛することがあなたのご意志でしたら、彼を愛させてくださいーー人々の魂を救うために死んだキリストが愛したように。申し分なく彼を愛させてくださいい、彼はあなたの子なのですから」

　ミリアムは、黒髪をパッチワークキルトの赤とラベンダーの小枝模様の格子縞に押しつけ、しばらく、深い感動にひたったまま、身じろぎもせずひざまずいていた。彼女にとって祈りは、ほとんど欠かせなかった。彼女は自己犠牲の恍惚にひたり、自らを犠牲として無数の魂に最も深い喜びをあたえた神と一体化した。

彼女が階下へ降りると、ポールは安楽椅子にひっくりかえって、アガサに向かって猛烈に弁じ立てていた。アガサが彼の持って来た小品にけちをつけたからだ。ミリアムは二人をちらりと見て、二人の軽薄さから逃げた。一人になろうと、客間に行った。

ポールに口をきいたのは、ようやくお茶の時間になってからだった。この時もまだよそよそしかったので、ポールは彼女を怒らせてしまったのだと思った。

ミリアムは、毎週木曜の晩にベストウッドの図書館へ出かける習慣をやめた。春の間はずっと、週に一度ポールの家を訪ねていたが、彼の一家とのちょっとした事件や侮辱があって、先方が自分をどう思っているか分かって来たので、もう行かない決心をした。そこである晩、木曜の夜、彼の家へ行くのはやめるとポールに告げた。

「どうして？」彼は手短かに訊いた。

「何でもない。ただ行きたくないだけ」

「分かったよ」

「でも」と彼女はおずおずと続けた。「あなたがわたしに会いたければ、どこかへ一緒に行くのはかまわないわ」

「どこへ行くのさ？」

「どこかよ——あなたの好きなところ」

「どこへも会いに行きゃしないよ。なぜ家へ来るのをやめるのか、ぼくには分からない。でも、きみが来たくないんなら、ぼくも会いたくはない」

こうして、彼女にも彼にもとても大切だった木曜の晩は、なくなってしまった。彼はその代わりに絵を描いた。ミセス・モレルはこのなりゆきに満足して、鼻を鳴らした。

ポールは二人が恋人同士であることを認めようとしなかった。二人の親交はきわめて観念的で、魂の問題が中心を占め、思索という疲労を招く努力の果ての意識化を目ざしていたから、彼にはプラトニックな友情としか思えなかった。二人の間にそれ以外の何かがあることは頑として否定した。ミリアムは、それについて何も言わないか、とても小さな声で同意した。愚かなポールは、自分の身に起きていることが分からなかった。暗黙の諒解があって、二人は知人の当てこすりなどは一切無視した。

「ぼくたちは恋人じゃない、友達なんだ」と、彼はミリアムに言った。「**ぼくたち**にはそれが分かってるんだから、世間がどう言おうとかまわないじゃないか?」

時々、二人で歩いていると、彼女がおずおず彼と腕を組むことがあった。だが、彼は決まってそれを嫌がり、ミリアムにもそれは分かった。彼の心に激しい葛藤を生じさせるからだった。ミリアムと一緒の時のポールは、いつでも抽象的な世界の高みにいて、そこでは自然な愛の炎は繊細な思索の流れに変っていた。彼女もそう望んでいた。彼が陽気というか、彼女に言わせれば軽薄になっている時には、彼がまた彼女の元に帰ってくるのを、また彼が変化して自分の魂との格闘を始め、理解したいという情熱に燃えて気難かしい顔に戻るのを、じっと待った。彼が熱く理解を求める時、彼女の魂は彼の魂にぴったり寄りそい、彼のすべてを我が物とした。しかし、まず彼に観念的になってもらう必要があった。

彼女が腕を組むと、彼はひどく苦しんだ。意識が二つに裂かれる思いだった。彼女の腕の触れているところがひりひり熱くなった。心に内戦が起きて、そのため彼女に残酷になった。

夏の盛りのある晩、ミリアムは登り坂にあえぎながら彼の家を訪ねた。ポールは台所に一人きりで、母親が二階で動きまわっている音が聞こえた。

「スイートピーを見に行こう」彼はミリアムに言った。

二人は庭に出た。教会の塔が見えるこの小さな町の背後の空は、橙《だいだい》に近い赤だった。花の咲いた庭は暖かいふしぎな光にあふれ、葉の一枚一枚がくっきり浮かび上がっていた。ポールはスイートピーの美しい列にそって歩きながら、あちこちからクリーム色や水色の花を摘んだ。ミリアムはその香りを嗅ぎながら、後についた。花が実に力強く迫って来るので、ミリアムはそれを自分の体の一部にしてしまいたい気持に駆られた。身をかがめて花の匂いを嗅ぐミリアムは、まるで花と愛しあっているように見えた。ポールはそういう彼女を憎んだ。その仕草に、あまりにも自分をさらけ出しすぎた、親密すぎる何かを感じたのだ。

彼がかなりの花を摘み終えると、二人は家の中へ戻った。彼は一瞬、二階にいる母親の静かな動きに耳をすましてから、こう言った。

「こっちへおいでよ、花をつけてあげよう」そして、一度に二つか三つずつ、彼女のドレスの胸に花をつけては、少し後ろにさがって具合を見、口にくわえたピンを持って、「ねえ、女性は、かならず鏡を見ながら花をつけるもんだよ」と言った。

ミリアムは笑った。彼女は、花などは無造作につけるものだと思ったのだ。ポールがこんなに苦労して花をつけるのは、彼の気まぐれな遊びだ。

ミリアムが笑ったので、彼は少しむっとした。

「そういう女性がいるんだ——きちんとした女性はそうするんだ」と彼は言った。

ミリアムはまた笑ったが、笑い声が暗かった。彼が自分と他の女を一緒くたにしているのが分かったからだ。その辺の男の言葉なら無視できたが、彼が言ったとなると、傷ついた。

花をつけ終わろうという時に、階段を降りてくる母親の足音が聞こえた。彼は急いで最後のピンを留めると、ミリアムから離れた。

「母さんには黙ってて」彼は言った。

ミリアムは本を取りあげて戸口に立つと、悔しい思いで、美しい夕日を見つめた。もうポールの家へは来ないと、彼に言った。

「こんばんは、モレルさん」彼女はうやうやしくミセス・モレルに言った。この家へ入って来る権利のない人間のような言い方だった。

「あら、ミリアム、あなただったの」ミセス・モレルが冷やかに返した。

しかし、ポールは自分とミリアムとの友情には誰にも口を出させないと決意していたし、ミセス・モレルも表立って言い合いをするような馬鹿ではなかった。

家族そろって休暇に出かける経済的な余裕ができたのは、彼が二十歳の時だった。ミセス・モレルは、妹の家へ行ったのを別にすれば、結婚して以来、一度も休暇で出かけたことがなかったのだ。この年に、ようやくポールの貯金がたまって、一家そろって休暇に出かけることになった。大所帯となった。アニーの友達が数人、ポールの友達が一人、昔ウィリアムのいた事務所の青年が一人、それにミリアムも加わった。

借りる家の手配に手紙を書くので大騒ぎになった。ポールと母との議論が果てしなくつづいた。一家は家具つきの家を二週間ばかり借りたかった。母は一週間で充分だと思ったが、ポールは二週間に固執した。その朝郵便が来る前に出かけた彼が帰ってきた時、母はいの一番にこう言った。

「ポール、あのスケグネスの性悪女ね、あのちっちゃいバンガローに、一週間四ギニー寄こせって言ってきたわ」

「じゃ勝手に言わせときなよ」とポールは言った。

「そうね」と、母は憤然と答えた。そしてその晩、ポールはまた手紙を書いた。やっとメイブルソープ（ノッティンガムの北東約百マイルにあるリンカンシャーの海水浴地）から返事が来て、望みどおりのコテージが週三十シリングで見つかった。家中が歓声をあげた。ポールは母を思い、嬉しくてならなかった。これで、母もやっと休暇らしい休暇を楽しめる。ある晩、彼と母親がどんな家だろうといった話をしていると、アニーがやって来て、レナードも、アリスも、キティーも、やって来た。皆、小躍りして、期待に胸を膨ませた。ポールはミリアムにも話した。彼女は喜びながらも、じっと考えこむ風だった。だが、モレル家は興奮で沸き立った。

土曜朝七時の汽車で発つ予定だった。ポールはミリアムに、徒歩では遠すぎるから彼の家に泊まらないかと言った。彼女は前の晩の夕食からやって来た。皆、有頂天で、ミリアムでさえ歓待された。それでも、ほとんど彼女が現れたとたんに、一家の気持は息苦しく窮屈なものになった。ポールはすでにジーン・インジロウ（一八二〇―九七、英国の女流詩人）の、メイプルソープが出て来る詩を見つけてあって、これをどうしてもミリアムに読んで聞かせたいと思った。家族が相手では、詩の朗読のような感傷的なまねをする気にはなれなかっただろう。それでも、今は、彼らも一緒に聞くと言ってくれた。ミリアムはソファに座って、ポールだけを見つめていた。彼がいる時には、彼だけを見つめ、彼だけに心を奪われているようだった。ミセス・モレルは嫉妬に燃えながら自分の椅子に座っていた。彼女も聞き手の一人だった。さらに、アニーも、父も、加わった。父親は首をかしげ、覚悟をきめて説教を聞いているようだった。ポールが本の上に屈みこんだ。聴いてもらいたい人間はみんな揃った。ミセス・モレルとアニーは、この詩をいちばんよく聴いてポールの好意を勝ち取りたいミリアムと競争する気がまえでいた。彼は大得意だった。

「でも」とミセス・モレルが口をはさんだ。「『エンダビーの花嫁』って、いったい何なの？　鐘でその曲を鳴らすっていう話でしょ？」

「その曲はね、昔、洪水警報として鳴らしたものなんだ。多分、エンダビーの花嫁は、その洪水で死んだんだ」と彼は答えた。本当のことはまったく知らなかったが、そんなことを女たちの前で白状するような恥さらしな真似はできなかった。皆、ポールの言葉を聞いて、これを信じ、彼も自分の言ったことを信じた。

「それで、鐘の音を聞けば洪水だと分かったの？」母が訊いた。

「そうです、スコットランドの人が『森の花』（スコットランドの女流詩人の古歌にもとづく民謡）を聞けば分かるようなものです――鐘を逆方向に鳴らす警報だってあったでしょう」

「どうやって？」アニーが言った。「どっちへ鳴らしたって、鐘の音は同じじゃない？」

「でもね」と彼は説明した。「低い音のする鐘から始めて高い音の方へ、ダ・ダ・ダ・ダ・ダ・ダ・ダ・ダ！　とやればいい」

彼は音階を上がってみせた。皆が感心した。彼も得意だった。それから、ちょっと間を置いて、また詩に戻った。

「なるほど！」朗読が終わるとミセス・モレルが不思議そうに言った。「でも話全体が悲しすぎる気がするわ」

「おれも、どういうわけでみんな溺れ死ななきゃいけねえのか、分からねえ」モレルも言った。

一瞬、沈黙がおりた。アニーが立ちあがり、食卓を片づけはじめた。

「わたし、エリザベスって美しい名前だと思うけど」ミリアムは小声で言った。『息子の妻のエリザベス！』

「そうだね」とポールは言った。

「そうね」と彼の母も言った。「でもリジーって省略するのは嫌だし、ライザも大嫌い」

リジーやライザが何の関係があるのか、ポールやミリアムには分からないようだった。「でもエリザベスは！」とミリアムがつぶやいた。

「エリザベス女王は『偉大なエライザ』って呼ばれるのが大好きだったんだよ」とポール。

「そして明日来いってな！」と父が突然叫んだ。

ミセス・モレルが笑った——ポールも笑った。

「ありゃひでえ女だったんだろ」と、父は冗談を続けた。

「女王様に失礼なことを言っちゃだめ」とアニーが言った。

「女王様って！」と父。「お前ら皆、女王様同然じゃねえか。ただふんぞりかえってるだけだ」

ミリアムは立ち上がって、鍋を運ぼうとした。

「わたしにも洗い物させてください」と言った。

「とんでもない」アニーが叫んだ。「さあ、もう一度、座って。いくらもありゃしないんだから」

うちとけた態度では意見を押し通せないミリアムは、そう言われるとまた座りこんで、ポールとその詩集を眺めた。

ポールが旅行の指揮をとった——父親は役に立たなかった。ポールはブリキのトランクがメイブルソープでなくファーズビーで下ろされないかと、ひどく気に病んだ。馬車を呼ぶのも苦手だった。それをやってくれたのは、小柄で大胆な母親だった。

「ちょっと！」母が大声で馬車ひきを呼んだ。「ちょっと！」

ポールとアニーは恥ずかしさに笑いころげて、皆の蔭に隠れた。

「ブルック・コテージまでおいくら？」ミセス・モレルは訊いた。

「二シリングだよ」

「まあ、どのくらいの距離なの？」

「たっぷりありまさあ」

「あら、そうかしら」

そう言いながら彼女は乗りこんだ。一台の古い海岸馬車に八人がぎゅうぎゅう詰めになった。

「そうね」とミセス・モレルは言った。「一人あたりたった三ペンスだわね。もし路面電車で行ったら――」

馬車はどんどん走った。貸別荘が見えてくる度に、ミセス・モレルは叫んだ。

「この家かしら？　さあ、この家よ！」

皆、固唾をのんで座っていた。その前を通り過ぎると、いっせいに嘆息をついた。

「あんなひどい家じゃなくてよかった」とミセス・モレルが言った。「ぞっとしたわ」

馬車はどんどん走った。

「あの恥しらず女、海まで十分って言ったんだよ！」とミセス・モレルが叫んだ。

「一分ってのは、ほんとは一時間なんだ」とモレルが答えた。

皆、怒って、彼に食ってかかった。

「いつになっても着かないのかねえ！」とミセス・モレルが叫んだ。

「お母さん、そんなに怒鳴らないで」とアニーが言った。「いったい、御者にどう思われるかしら」

ミセス・モレルは顔を上げて、御者の表情を窺った。

「ああ、分からないねえ。でもあの顔つきから判断すれば、そんなに気にしてないよ」

やっと家に着いた。大通り脇の水路を見下ろしぽつんと立つ家で、前庭に入るのに小さな橋を渡るというので大騒ぎになった。だが、一軒だけとても離れているこの家を、皆、気にいった。片側に海に近い低地があり、白い大麦、黄色い燕麦、赤い小麦、緑の根菜などの畑が巨大なパッチワークをなして、地平線まで平坦に続いていた。

ポールがお金の管理をした。彼と母がいっさいを取り仕切った。全経費は、家賃、食料品その他すべて込みで、一人あたり一週間十六シリングだった。彼とレナードは朝、泳ぎに行った。父は早朝から散歩でぶらついた。

「ポール」寝室から母が呼んだ。「バターつきパンを食べて行きなさい」

「分かった」彼は答えた。

彼が海から帰ると、母は堂々と朝食のテーブルの主人役を務めていた。この家のおかみは若い女で、夫は目が見えず、彼女が洗濯仕事をしていた。だから、台所で鍋を洗ったり、ベッドの支度をしたりするのは、いつもミセス・モレルがやった。

「母さん、ほんとうに休むんだって言ってたじゃないか」ポールは言った。「それなのに働いて」

「働いて！」彼女が大声をあげた。「あなた、何言ってるの！」

彼は母と一緒に野を渡って、村や海へ行くのが楽しかった。彼女が板を渡しただけの橋を怖がると、子供みたいだと言って彼は笑った。たいていは、**母の**男みたいに、母にくっついていた。

ミリアムは、あまり彼と一緒にいられなかった――しかし、他の連中が「クーンズ・ショー」

に出かけてしまった時は別だった。黒人のまねをして顔を黒く塗った歌手たちが俗謡を歌う「クーンズ」は、ミリアムには我慢できないくらいばかばかしかったが、その影響からポールも同じ考えになって、あんな歌を聴くのはおろかしいと、アニーに偉そうに説教した。そのくせ、彼はそういう歌をみんな知っていて、通りを歩きながら声を張りあげて歌った。そして自分でも聴きに行くと、そのばかばかしさがひどく気にいった。それでも、アニーに向かって、こう言った。「くだらない！　知性のかけらもないじゃないか。バッタ並みの才覚じゃなきゃ、あんなもの聴きに行けないよ」そして、ミリアムにも、アニーをはじめ皆をばかにしきったように「皆クーンズへでかけたらしいよ」と言った。

ミリアムがクーンズの歌を歌っているのは、妙な見物《みもの》だった。彼女は、下唇から顎の先まで垂直に伸びていた。彼女が歌うと、ポールはいつもボッティチェリが描く悲しそうな天使を思い出した。

「恋人小路《ラヴアーズ・レーン》を私と一緒に
　歩いてちょうだい
　私と一緒に話してちょうだい」

といった歌の時でさえ、同じだった。

わずかに、彼がスケッチをしている時とか、他の連中がクーンズに出かけている夜しか、ミリアムはポールを独占できなかった。ポールはミリアムに、水平が好きなことを延々と語った。リンカンシャーの空や陸のいたるところに見られる果てしない水平線は、彼にとって意志の永遠性を意味した。それはちょうどノルマン様式（ノルマン人の影響を受けたイギリス建築のロマネスク様式）教会の反復される弓形のアーチが、徴りもせずやみくもに前へ跳躍をつづける人間の執拗な魂を表しているのと同じなのだ。これに対して、垂直な線とゴシック様式のアーチは、天をめざして一気に上昇し、絶頂に達して神の世界に没する。ぼくはノルマン様式で、きみはゴシックだ、と彼はミリアムに言った。こんな断定にさえ、彼女はただうなずいた。

ある晩、彼とミリアムは、どこまでも伸びる大砂浜をセドルソープに向かって歩いた。浜辺に長い波が押し寄せ、砕け、しゅっと音を立てながら泡となって這いあがってくる。暖かい晩だった。広い砂浜には二人の他に人影はなく、波の音以外、何も聞こえなかった。ポールは、波が岸にぶつかる時のごおんという音がとても好きだった。その音と浜の静けさに挟まれる自分を感じるのがとても好きだった。ミリアムも一緒にいた。すべてがとても張りつめた雰囲気になった。引き返す頃には、真っ暗だった。家までの道は、はじめ砂丘の間を縫い、次に水路の間の一段高い草の道になった。黒く静かな土地だった。砂丘の向こうから、海のささやきが聞こえた。二人は黙って歩いた。突然、彼がびくっとした。全身の血が燃えあがる思いで、ほとんど息ができなくなった。巨大な橙色の月が、砂丘の縁から二人を見つめていた。彼はそれに気づいて、立ちつくした。

「ああ！」ミリアムも月を見て声をあげた。

身じろぎ一つできず、彼は平地にどこまでも広がる闇にただ一つの、巨大な赤い月を見つめていた。心臓が高鳴り、両腕の筋肉が収縮した。

「どうしたの？」ミリアムがささやき、じっと待った。

彼は振り返ってミリアムを見た。彼女は彼の横に、ずっと陰の中にいた。帽子の影に隠れた彼女の顔が、彼に見られないまま彼を見ていた。だが、彼女は思いをめぐらしていた。かすかに怖かった。深く感動し宗教的な気持になっていた。彼女が最上の時だ。彼はこういう時の彼女に抵抗できなかった。胸に血が焔のように集まった。だが彼女にはたどりつけなかった。彼の血の閃光を、彼女はなぜか無視した。そして、ポールにも宗教的境地に達して欲しいと思った。その渇望を抱きつづけながら、彼女は彼の情熱にもなかば気づいていて、不安そうに彼を見つめた。

「どうしたの？」彼女がもう一度ささやいた。

「月だ」彼は答え、顔をしかめた。

「ええ」彼女もうなずいた。「すばらしいわね？」ポールはどうしたのだろうと彼女は思った。危機が去った。

彼にも、何が問題かが分かっていなかった。もちろんまだとても若いのに、ミリアムとの交際がとても観念的だったので、彼は自分が彼女を固く抱きしめて胸のうずきを鎮めたがっているのが分からなかった。彼女が怖かった。自分も普通の男が女を求めるように彼女を求めるのかも知れないという事実は、抑圧されて恥となっていた。そんなことを考えただけでミリアムが身震いして竦《すく》んでしまうのを見ると、彼は魂の奥底まで萎縮した。そして、この「純潔」ゆえに、二人は初めてのキスさえできなかった。彼女は、肉体的な愛の衝撃を、初めての情熱的なキスさえ、耐える力がないかのようで、彼は神経質に萎縮してしまい、唇を奪えなくなった。

二人で夜の湿地帯を歩いていても、彼はじっと月を見つめているばかりで、黙っていた。彼女は彼の横をとぼとぼと歩いた。ポールは彼女を憎んだ。彼女といると、なぜか自分を軽蔑せずにいられなくなった。前方を見ると、暗闇に一つ明かりが灯っていた。ランプが点いている彼らの家の窓だった。

彼は母や陽気な仲間を思って、嬉しくなった。

「まあ、皆、とうの昔に帰ってきたわ!」二人が入って行くと、母が言った。

「いいじゃないか!」ポールは苛々と叫んだ。「自分が散歩に行きたけりゃ、行ったって」

「でも夕食には、みんなといっしょに帰って来てもよさそうなものだけど」ミセス・モレルは言った。

「好きにさせてよ」彼は言い返した。「まだ遅くない。ぼくは好きにやるよ」

「はあ、そうですか」母親の口調は辛らつだった。「じゃ勝手になさい」

それきり、その晩、母は彼を構わなかった。彼の方も、それには気づかない、何とも思っていないふりをして、座って本を読んだ。ミリアムも小さくなって本を読んだ。ミセス・モレルは、息子をこんな風にしたミリアムを憎んだ。息子が怒りやすい、道学者風の、陰気な人間になりつつあると思い、それをミリアムのせいにした。アニーもその友達も皆、一つになってミリアムの敵にまわった。ミリアムには、一人の友人もなく、ポールだけだった。それでも、彼女は、この人たちのつまらなさを軽蔑していたので、大して苦にしなかった。

そして、ポールも、彼女を憎んでいた。ミリアムがいるとなぜか、のびのびと自然になれない。彼はみじめな思いで身悶えていた。

第八章　愛の戦い

アーサーは見習期間をすませて、ミントン炭鉱の電気工場に就職した。給料こそ少なかったが出世のチャンスがあった。ところが、彼は野放図で、尻が落ちつかなかった。酒を飲むわけでも賭けごとをやるわけでもないのに、次から次へ、決まって一時の衝動から向こうみずなことをしては、動きがとれなくなった。密猟者のように森へ兎を捕りに行ったかと思うと、一晩中ノッティンガムへ行ったきり家へ帰って来なかったり、ベストウッドの運河の深さを見誤ってとびこみ、河底の石や空缶で胸を傷だらけにしたりした。

勤めて何カ月にもならない頃、また、帰って来ない晩があった。

「アーサーの居場所はわかっているの?」朝食の時にポールが訊いた。

「知らないわよ」と母は答えた。

「あいつはばかだ」とポールは言った。「前向きに何かをするんならいい。ところが、あいつは、ただトランプをやってて帰って来れないとか、スケート・リンクから律儀に、女の子を家まで送っていったために、自分の家へ帰れなくなるんだから。まったくばかだ」

「いっそ、わたしたち皆が恥をかくようなまねをしてくれる方がいいかしらね」ミセス・モレルは言った。

「そうなりゃ、少しは尊敬もできる」とポール。

「それはどうかしら」母親は冷やかだった。

二人は朝食をつづけた。

「お母さんはアーサーがかわいくてたまらないの?」ポールは母に尋ねた。

「なぜそんなことを訊くの?」

「母親は末っ子が一番かわいいって、よく言うから」

「そういう人もいるかも知れない——でも、わたしは違うわ。あの子にはうんざりよ」

「本当は、ましな人間になってもらいたいわけだね?」

「少しは一人前の男の分別を見せてもらいたいわね」

ポールも気が立って、いらついていた。彼もしじゅう母親をうんざりさせていた。母は彼から太陽のような明るさが消えて行くのを見て、腹が立った。

朝食を食べ終わる頃に、郵便屋がダービーからの手紙を持って来た。ミセス・モレルは差出人の住所を読もうとして目をしかめた。

「こっちへ寄こせよ、見えやしないんだから!」息子は手紙をひったくった。

彼女はかっとして、平手打ちを食わせそうになった。

「アーサーからだよ」ポールは言った。

「今度は何？」ミセス・モレルは叫んだ。

「『お母さん』」とポールは読みはじめた。「『自分でもなぜこんなばかなまねをしたのかわかりません。ここまで、ぼくを引きとりに来てください。昨日、工場へ行かずにジャック・ブリドンとここへ来て、陸軍に入ってしまったのです。ジャックが、いつまでも事務所で椅子に座ってるのは嫌になったと言うので、ご存じのように、ぼくもばかですから、ついて来てしまいました』」

「『もう国からお金をもらう身になってしまいましたが、お母さんが引きとりに来てくれれば、帰るのを許してくれるかも知れません。ぼくは迷惑ばかりかけています。陸軍には、いたくありません。お母さん、ぼくは迷惑ばかりかけています。ばかなまねをしただけですから。でも、ここから救い出してくれれば、もう少し分別のある人間になることをお約束します――』」

ミセス・モレルは、揺り椅子に座りこんだ。

「それなら」と彼女は大声で言った。「このまま放っときましょう」

「そうだよ、放っておこう」とポールも言った。

沈黙がおりた。母親はエプロンの中で手を組んだまま、固い顔をして考えこんでいた。

「ほんとに嫌になるわ！」突然、彼女が叫んだ。「もう嫌‼」

「さあ」ポールの眉根も寄りはじめた。「こんなことで、くよくよしちゃだめだよ、母さん」

「じゃ、喜べと言うのかい？」彼女は息子に食ってかかった。

「あまり大げさに悲劇みたいに考えないほうがいいのさ」と彼は言い返した。

「バカだよ！——ばかな息子だ！」彼女が叫んだ。

「軍服がよく似合うよ」ポールが失言した。

母親は猛然と彼に食ってかかった。

「まあ、何てことを！　そんなことあるもんですか！」

「騎兵隊に入りゃいいんだ。人生のクライマックスだ、おっそろしく立派に見えるさ」

「立派ですって！　立派‼　さぞ立派でしょうよ——ただの兵隊が！」

「それなら、ぼくだって、ただの事務員じゃないか？」

「お前は全然違うよ！」母は傷つき、叫んだ。

「どうして？」

「とにかく一人前の男じゃないか、赤い軍服の輩とは違うわよ」

「赤い服だっていいじゃないか——ぼくなら、紺の方が似合うだろうけどね——顎で使われたりさえしなきゃ、かまやしない」

しかし母親はもう聞いていなかった。

「これから出世という時、そういう可能性のあった時に——なんて、はた迷惑な男でしょう——これでもう、一生はめちゃめちゃよ。こんなことをしてしまって、これからどうなると思う？」

「かえって、ものになるかもよ」と、ポールは言った。

「ものになんかなるものですか！　いいとこはみんな毟《むし》られちゃうわ。兵隊だなんて――ただの兵隊だなんて！――人に怒鳴られるままに動く人形にすぎないじゃないの！　立派なもんよ！」

「どうしてそんなに騒ぐのかな」とポールは言った。

「そりゃ、あんたは平気でしょう。でも母さんは平気じゃいられないわ」母親はこう言うと片手で顎を支え、もう片方の手でその肘を押さえて、怒りと悔しさに沸きかえる表情で、椅子に座りこんだ。

「で、ダービーへは行くの？」ポールは訊いた。

「ええ」

「行ってもむだだよ」

「自分で確かめてみるわ」

「でも、いったいどうして放っとかないんだ？　自分の意志で入ったんだろ？」

「もちろん」母親は叫んだ。「あなただって、あの子の本当の意志は分かってるでしょ」

彼女は支度をして、ダービー行きの最初の汽車で出かけ、アーサーと軍曹に会ったが、徒労に終わった。

その晩、モレルが食事をしている時、不意に、彼女が言った。

「今日、ダービーへ行く用事があったんです」

坑夫が視線を上げると黒い顔の中の白目が光った。

「そうかい？　何があったんだ？」

「またアーサーです！」

「ああ――今度は何をやらかした？」

「軍隊に入ったんです」

モレルはナイフを置いて、椅子の背にもたれた。

「まさか、そんなばかな」彼は言った。

「そして、明日、オールダショットへ移るんです」

「いや、こいつあ驚いた！」坑夫が叫んだ。

ちょっと考え、「ふむ！」と言ったきり、食事を再開した。急に、その顔が、怒りに歪んだ。

「あんな奴、二度と帰ってこなきゃいい」

「ばかな！」ミセス・モレルは叫んだ。「そんなことを言って！」

「そうだとも」モレルは繰り返した。「自分で兵隊になっちまうようなばかだ、放っときゃいい、もうあいつの面倒は見てやらん」

「今まで、たっぷり見てやったみたいな口ぶりね」彼女は言った。

この言葉に、モレルは、その晩パブに行けなくなりそうなくらい、がっくり来た。

「で、行ったの？」勤めから帰ったポールは母に言った。

「行ったわよ」

「面会できた？」

「ええ」

「何て言ってた？」

「わたしが帰る時は、わあわあ泣いてたわ」

「へえ！」

「わたしも泣いたんだから、『へえ』はないでしょう！」

ミセス・モレルはアーサーのことをひどく心配した。彼は軍隊になじめないと思っていた。実際、なじめなかった。軍の紀律は彼には耐えられなかった。

「でも、お医者さんは、アーサーの体格が完全に均斉がとれてるって言うのよ」彼女は誇らしげにポールに言った。「完全と言えるほど均斉がとれてるって。どの数字もばっちりなのよ。顔立ちもいいしね」

「顔はすごくいいよ。でも、ウィリアムと違って、女の子にもてないじゃないか？」

「そりゃ、性格が違うからよ。アーサーはお父さんそっくりだからね、無責任で」

母をなぐさめるために、ポールはこの頃あまりウィリー農場へ行かなかった。そして、秋にノッティンガム城で開かれた学生美術展に、水彩の風景と油の静物と二点を出して、二つとも一等賞をとった。大いに興奮した。

「母さん、あの絵、何等になったと思う？」ある晩、彼は家へ帰ってくるなり訊いた。その目を見た母には、彼が喜んでいるのが分かった。彼女の顔も輝いた。

「そんなの、あなた、分かりっこないでしょ！」

「あのガラスの水差しを描いたのが一等——」

「あら！」

「ウィリー農場で描いたスケッチが一等――」

「両方一等？」

「そう」

「あら！」

彼女は何も言わなかったが、その顔は上気した薔薇色に変わっていた。

「いいでしょ？」彼は言った。

「そうね」

「どうして天に昇るほど褒めてくれないの？」

母が笑った。

「天に昇らせたら、もう一度引きずりおろすのにひと苦労でしょ」

それでも、彼女は嬉しくてたまらなかった。ウィリアムはスポーツのトロフィーをよく取って来てくれた。彼女はそれを今でも大事にしていて、彼の死が許せなかった。アーサーはハンサムで――少なくとも、模範的な体で――それに心が広く温かいので、いずれ、ものにはなるだろう。けれども、ポールはひとかどの人物になるだろう。彼女は、ポールが自分でその能力に気づいていないだけに、よけい彼を信じきっていた。この子には大変な才能がある。彼女の人生は希望にあふれていた。いずれ報われる時が来る。生活の苦労も無駄ではなかったのだ。

展覧会の期間中、ミセス・モレルはポールには内緒で何回もノッティンガム城へ出かけた。細長い部屋を、他の作品を見ながらぶらぶら歩いた。そう、いい作品だわ。でも何かが欠けていて、どうしても物足りなかった。中には嫉妬を感じさせるほどの素晴らしい作品もあった。そういう絵の前では、長い間立ちどまって欠点を探そうとした。不意に、はっとして、心臓がどきどきし始めた。ポールの絵が掛かっているのだ！　心に刻まれているようによく知っている絵だった。

「氏名——ポール・モレル——一等賞」

彼女もこれまでたくさんの絵を見にきたことのあるこの城内の画廊に、息子の絵が公衆の目にふれるように掛かっているのがとても不思議だった。彼女はちらりとあたりを見まわして、自分がまた同じ絵の前に立っているのに気づかれていないか確かめた。

だが、息子のことが、誇らしかった。公園の方に歩いて行く身なりのいい婦人とすれ違うと、ひそかにこう思った。

「そうね、身なりはすばらしいけど——でも、あなたの息子さん、お城の展覧会で二つも一等を取ったかしら？」

そして、小さな体にもかかわらず、ノッティンガムの誰よりも胸を張って歩きつづけた。ポールも、自分がささやかながら母に孝行したという気がした。彼の作品はすべて母のものだった。

ある日、彼は城門通りを歩いていて、ミリアムに出会った。前の日曜に会っていて、町で出会うとは思ってもいなかった。ずい分目立つ女と一緒だった。金髪で、不機嫌そうで、反抗的な物腰の女だった。美しい肩のこの女の横で、うなだれてもの思いに沈むミリアムが、ふしぎと小さく見えた。ミリアムは、探るようにポールを見た。彼は、この初めての女をじっと見た。だが、女は彼を無視した。ミリアムには、彼の男性的気概が頭をもたげるのが見えた。

「やあ！」彼は言った。「ノッティンガムへ出て来るなんて、言ってなかったじゃないか」

「ええ」ミリアムは言い訳がましく答えた。「父の馬車で家畜市場まで来たの」

彼はミリアムの連れに目をやった。

「ミセス・ドーズのことは話したでしょ」ミリアムがかすれ声で言った。彼女は不安だった。「クララ、ポールを知ってる?」

「前に見かけたわ」ミセス・ドーズは彼と握手をしながら、冷淡に言った。人を見下すような灰色の目、蜂蜜のような白い肌。唇が厚く、かすかにめくれあがった上唇は、すべての男を嘲っているのか、接吻を熱く欲しているのか。当人は嘲っているつもりでいた。これも男を軽蔑して距離を置くつもりなのか、頭を後ろに引いてツンとしていた。黒い海狸《ビーヴァー》の、流行おくれの大きな帽子をかぶり、どこかもったいぶったシンプルなワンピースを着たところは、袋に入っているようだった。貧乏なのは一目で分かったし、趣味も悪かった。ミリアムの方は、いつもと変わらないすっきりした服装だった。

「どこでぼくをご覧になったのです?」ポールは女に尋ねた。

彼女は答えるのも億劫そうにポールを見て、それから、

「ルーイ・トラヴァーズと歩いてたでしょ」と言った。

ルーイというのは螺旋部の女工の一人だ。

「どうして、ルーイをご存知なんですか?」

彼女は答えなかった。ポールはミリアムの方を向いた。

「どこへ行くの？」

「お城」

「何時の汽車で帰るの？」

「父の馬車で帰るの。あなたも来られるといいのだけれど。お仕事が終わるのは何時？」

「今夜は八時までだめなんだ」

それきり、二人の女は行ってしまった。

ポールはクララ・ドーズがミセス・リーヴァーズの旧友の娘だという話を思い出した。この女がかつてジョーダン社の螺旋部の監督だったことがあり、その夫のバクスター・ドーズも義肢の鉄の部分を作る工場つきの鍛冶屋であることから、ミリアムは彼女とつきあい始めたのだった。この女を介して、ジョーダン社と直接接触し、ポールの立場も見当がつくような気がした。だが、ミセス・ドーズは夫と別居して、女権運動に首をつっこんでいた。頭がいい女という評判だった。その点がポールの興味をひいた。

ポールはバクスター・ドーズも知っていて、嫌っていた。歳は三十一、二の鍛冶屋で、時々ポールの仕事場を通り過ぎた――大きく、体格がよく、ハンサムで、人目をひいた。彼とその妻は妙に似ている所があった。彼もやはり白く、透きとおって、金色がかった肌をしていた。髪は薄茶色で、口髭は金色だった。態度が反抗的なところも同じだった。だが、そこから先は違った。こげ茶色で落ち着きのない彼の目は自堕落で、少し飛び出ていて、瞼がその上に垂れさがり、憎しみの匂いが少しした。口元も官能的だった。おそらく自分で自分を肯定できないために、自分にけちをつける奴は誰でも撲り倒してやるといった臆病な反抗心が、全身から発散されていた。

彼も初めて会った日からポールを憎んだ。彼の顔に注がれる芸術家の、個性を超えた冷静な視線に気がつき、かっとした。

「何を見てやがんだ？」彼はせせら笑いながら、凄んだ。

少年は視線をそらせた。だが、この鍛冶屋はよくカウンターの後ろに立って、パップルワース氏と話をしていた。不潔で堕落した会話だった。彼はまた若者が醒めて冷やかな目を自分の顔に向けているのに気づいた。蜂に刺されたようにぱっと振りかえり、

「何を見てやがんだ、この青二才」と嚙みついた。

少年は、わずかに肩をすくめた。

「いったい、てめえは！」ドーズがわめいた。

「気にするなよ」パップルワース氏は「生意気づらしたいヒヨッコ連中の一人なんだから」とでも言いたげな声でなだめた。

その日以来、ポールは彼がやって来るたびに、いつも変わらない妙に批判的な目で眺めては、この鍛冶屋と視線が合わないうちに目をそらせるようになった。ドーズは激怒した。二人は無言のうちに憎みあった。

クララ・ドーズには子供がなかった。彼女が夫を棄てると家庭はそれきりになり、彼女は母と一緒に暮らしていた。ドーズは妹のところに身を寄せた。この同じ家に義理の妹が一人いて、こ

の義妹ルーイ・トラヴァーズが現在のドーズの女だということをポールは何となく知った。ルーイは端正な顔立ちで、ポールをからかうような小生意気な娘だったが、そのくせ家へ帰る彼女に彼が駅まで同行すると顔を赤らめる女だった。

その次に彼がミリアムに会いに行ったのは、土曜の晩だった。彼女は客間に火を入れて待っていた。両親と幼ない子供たちの他は留守だったので、二人は客間を占領できた。細長く天井の低い暖かな部屋だった。壁にはポールの小品が三枚かかっていた。マントルピースには彼の写真が立ててあった。テーブルの上にも、背の高いローズウッドの古いピアノの上にも、色づいた葉をいけた鉢があった。彼が安楽椅子に座ると、彼女はその足元の、暖炉前の敷物にうずくまるように座った。彼女が信仰に身を捧げた女のようにそこにうずくまっていると、暖炉の火が愁いをたたえた彼女の美しい顔を赤く照らした。

「ミセス・ドーズのこと、どう思った？」彼女が静かな声で訊いた。

「あまり愛想がよくない」と彼は答えた。

「そうね、でもすてきな女性だと思わない？」深い声だった。

「ああ――背丈はりっぱだ。でも、趣味が悪い。いい所もあるけれど。あの人はほんとに性格が悪いの？」

「違うと思う。きっと不満があるの」

「どういう？」

「その――あんな男に一生縛りつけられるなんて嫌でしょう？」

「そんなにすぐ嫌いになるくらいなら、どうしてあの男と結婚したんだ?」

「そうね、どうしてかしら!」ミリアムが腹立たしげに繰り返した。

「あの男と張りあえるくらい強いからじゃないかな」とポールは言った。

ミリアムはうなだれた。

「そうかしら?」彼女は皮肉な口調で訊いた。「どうしてそう思うの?」

「彼女の口を見てごらんよ——情熱の口だよ——それにあの首を後ろに引く様子だって——」彼はクララの反抗的な姿勢をまねて、頭をぐいっと引いてみせた。

ミリアムは、さらにうなだれた。

「そうね」

しばらく、二人とも黙りこんでしまい、彼はその間、クララのことを考えた。

「それで、あなたが好きなのはあの人のどういうところ?」と、彼女は訊いた。

「さあ——あの肌と、彼女の肌合いというか——それに彼女は——どうだろうか——彼女には、一種の激しさがある——画家の目で見て言ってるんだよ、それだけのことだ」

「ええ」

彼は、ミリアムがなぜこんな妙な格好でうずくまったまま考えこんでいるのだろうと思った。いらいらさせられた。

「きみは、ほんとにあの人が好きなわけじゃないんだね、そうだろう?」彼が訊いた。

彼女は大きな黒い瞳でまぶしそうに彼を見て、「好きよ」と答えた。

「違う——無理だよ——ほんとうは」

「それじゃ、どうだって、言うの？」おずおずと訊いた。

「どうかな——彼女が男に恨みを持っているところが、きみは好きなのかも」

これは、むしろ彼自身がミセス・ドーズに惹かれた一つの理由に違いなかったのだが、彼はそのことに気がつかなかった。二人は黙りこんだ。彼の額に、このごろ癖になってきた眉根を寄せた際にできる皺が浮かんだ。ミリアムといる時にしかめっ面を作ることが特に多く、彼女はどうしてもその皺をのばしたかった。彼女はこの皺を恐れていた。それはポール・モレルの中に、彼女が自分のものにできない部分があることの印のようだった。

鉢の中の葉の間に、深紅の実があった。彼は手をのばして、一房もぎとった。

「きみが髪に赤い実をつけるとどうして、魔女とか尼僧に見えて、お祭り騒ぎしているように見えないんだろう？」と、彼は言った。

彼女は辛そうな剝き出しの声で笑った。

「どうしてかしら」

彼の生き生きと温かな両手はしきりに赤い実をいじっていた。

「きみはなぜ笑わないんだい？」彼は言った。「きみは決して、腹の底から笑わない。きみが声を上げて笑うのは、何か変なことがあったり矛盾を見つけたりした時だけだ。それも、苦しそうに笑っている」

ミリアムは叱られているようにうつむいた。

「一分でいいからぼくのことを笑ってほしい——一分でいいから。そうすれば何かが解き放たれる」

「でも」——彼女は怯えた必死の眼差しで彼を見上げた——「わたし、あなたのこと、笑う。確かに笑うわ」

「嘘だ！　いつも、どこかに、緊張がある。きみが笑うと、ぼくはいつも泣きたくなる。きみの苦しみが剝き出しになるような気がするんだ。きみを見てると、ぼくの魂が眉根を寄せて、考えこんでしまう」

彼女は絶望して、ゆっくり首を振った。「決してそんなつもりないのよ」

「きみと一緒のぼくは、いつでも、ひどく精神的になってしまう！」彼は叫んだ。

彼女は口をつぐんだまま、「それなら違った気持になればいいじゃないの？」と考えていた。だが、じっとうずくまって思いに沈むミリアムを見て、彼は自分がまっぷたつに引裂かれるような気がしていた。

「その、やっぱり、秋だから」彼は言った。「秋は誰でも肉体を忘れて精神だけになった気がする」

また、二人とも、黙りこんだ。二人の間のこの奇妙な悲哀に、彼女の魂は戦慄した。彼の瞳が暗く、深い深い井戸のように深くなり、彼がとても美しく見えた。

「きみはぼくを精神的にする！」彼が嘆いた。「ぼくは精神的になりたくない」

ミリアムは軽くぽんと音をたてて咥《くわ》えていた指を口から抜くと、ほとんど挑むように彼を見あげた。それでも、その大きく黒い瞳の中には裸の魂が見えた。体全体で切々と訴えていた。純粋な観念の中で接吻できるのなら、ポールはそうしていただろう。だが、彼にはそんな接吻はできなかった――そして、ミリアムは、それ以外の接吻を受け入れそうになかった。そして、彼女は彼に思いこがれていた。

彼は軽く笑った。

「じゃ、あのフランス語の本を持っておいでよ、ちょっと――ヴェルレーヌをやろう」

「ええ」彼女もあきらめたように低い声で答えると、立ち上がって本を取って来た。その赤い神経質そうな手がいかにも憐れげで、ポールは彼女を慰め接吻したい衝動に駆られた。だが、そんな勇気は――どうしても出なかった。何かが彼にそれを禁じた。彼の接吻は彼女のものではなかった。二人は十時まで勉強を続け、それから台所へ行って彼女の両親に合流すると、ポールはまた自然な陽気さを取り戻した。その目は暗く輝き、ふしぎな魅力を漂わせた。

納屋へ自転車を取りに行ってみると、前輪がパンクしていた。

「お椀にちょっと水を入れて来てくれないか」彼はミリアムに言った。「遅くなると、家で怒られるんだ」

彼は風防付ランプを灯して上着を脱ぐと、自転車を逆さに立てて手早く修理にかかった。お椀の水を持って来たミリアムは、彼のすぐ側に立ってじっと見ていた。ポールが手仕事をするところを見ているのが大好きだった。ほっそりして元気のいい彼は、どんなに慌てて仕事をする時でも、何となく伸び伸びしたところがあった。仕事に熱中している時は、ミリアムのことを忘れているように見えた。彼女は夢中で彼を愛した。両手で彼の脇の下を撫でおろしたかった。彼の欲望さえ興《おこ》らなければ、いつも彼を抱擁したかった。

「できた！」ポールはぱっと立ち上がった。

「どうだい、君はこんなに早くできやしないだろう？」

「ほんとう！」彼女は笑った。

彼が背筋をのばした。その背中が彼女の方を向いていた。彼女は両手を彼の脇の下にあてて、さっと下へ撫でた。

「あなたって、ほんとに素敵！」と、彼女は言った。

ポールは笑ったが、彼女の声を憎んだ。だが、その手の動きに、彼の血は烈しく燃えあがった。彼女にはそういう彼が理解できないようだった。物体のようなものだった。男としての彼が理解できなかったのだ。

彼はランプをつけると、自転車をどすんと納屋の床に置いてパンクしていないかタイヤを調べ、それからコートのボタンをはめた。

「これでよしと！」彼は言った。

彼女は壊れていることを知っているブレーキを試していた。

「ブレーキ、直した？」

「直さないよ」

「でも、どうして？」

「後ろのブレーキが少しは効くもの」

「でも、それじゃ危ないわ」

「足でとめるさ」

「直せばよかったのに」彼女はつぶやいた。

「大丈夫さ——あしたお茶においでよ、エドガーと一緒に」

「いいの？」

「おいでよ——四時頃に。迎えに来よう」

「いいわ」

ミリアムは嬉しかった。二人は暗い庭を門まで行った。母家の方を見ると、カーテンの引いてない台所の窓の中に、リーヴァーズ夫婦の頭が暖かな光を浴びて浮かびあがっていた。とても心地よさそうだった。松の木が続く行く手の道路は、真っ暗だった。

「じゃ、あしたね」彼は言うと、自転車に飛び乗った。

「気をつけてね」彼女が嘆願した。

「ああ」

彼の声はすでに闇の中だった。彼女は一瞬、立ちどまって、自転車の灯が地面に沿って、さっと闇の中に消えて行くのを見つめた。家へ戻る彼女の足どりはとても重かった。森の上をオリオン座が旋回し、オリオンの犬もなかば煙るように彼を追ってまたたいていた。それ以外は闇一色に包まれ、牛舎の牛の息が聞こえる他は、物音一つしなかった。ミリアムは今夜の彼の無事を真剣に祈った。彼が帰った後、ベッドに入っても、無事に帰れたろうかと不安なことがよくあった。

自転車にまたがった彼は、転がるように丘を下った。道が滑るので、そのまま走る自転車にまかせる他はない。二番目の急な下りにかかると、自転車がまっさかさまに突っこんで行くのが楽しかった。「行くぞ!」彼は叫んだ。下りきったところは闇の中でカーブしているし、ビール屋の馬車の酔った馭者は居眠りしているし、危険だった。自転車が身体の下から飛び出してしまいそうなのが、たまらなく楽しかった。向こう見ずになって、自分の女に男の復讐をしているようだった。評価されない自分をぶち壊して、女からすっかり奪ってやればいい。

矢のように通過すると、湖面の星が暗闇の上を銀のバッタのように跳んだ。それから、家までの長い上りになった。

「見てよ、母さん!」赤い実のついた小枝をテーブルに放り出して、彼は言った。

「へえ!」母親はちょっと見て、また目をそらせた。いつものように、一人で本を読んでいた。

「きれいだと思わない?」

「きれいね」

母が彼に腹を立てていることが分かった。彼はやや間をおいて言った。

「エドガーとミリアムが、あしたお茶に来るよ」

母は答えなかった。

「かまわない?」

母はまだ答えなかった。

「嫌なの？」

「嫌か嫌でないか、分かるでしょう」

「どうして嫌なのかな――ぼくは向こうでさんざんご馳走になっているのに」

「そうね」

「それなのにどうしてお茶くらいでけちけちするの？」

「わたしが誰にけちけちするのよ？」

「なぜ、そんなにがみがみ言うのさ？」

「もうよして！　あなたがあの人をお茶に呼んだんでしょ。それでいいじゃないの。ミリアムが来るのね」

彼は母にひどく腹が立った。母が嫌っているのはミリアムだけだということは分かっていた。彼は放り出すようにブーツを脱いで、床に就いた。

翌日の午後、ポールはミリアムたちを迎えに行った。二人がやって来る姿を見ると彼は嬉しかった。四時頃、彼らはポールの家に着いた。日曜の午後だというので、家の中はどこもかしこもきれいで静かだった。ミセス・モレルは黒い服に黒いエプロンを掛けて座っていた。客が来ると、彼女は立ちあがった。エドガーには温かだったが、ミリアムには冷たくよそよそしかった。それでもポールには、茶のカシミヤの服を着たミリアムがとても美しく見えた。

彼が母を手伝ってお茶の支度をした。ミリアムも手伝う気は充分あったが、こわくて言い出せなかった。彼は自分の家が自慢だった。ある種、風格のようなものがあると思っていた。椅子は木にすぎないし、ソファも古かったが、暖炉前の敷物も椅子に置くクッションも快適で、掛けてある複製画の趣味もよかった。すべてに簡素さがあった。本もたくさんあった。彼は自分の家庭を恥じたことなど一瞬たりともなかったし、その点はミリアムも同じで、それはどちらの家庭も理想的で温かかったからである。彼は食卓も自慢だった。食器もきれいだったし、テーブル掛けも上質だった。スプーンが銀製でなく、ナイフの柄が象牙でなくても、そんなのはどうでもよくて、何から何まで美しかった。子供たちを育てながら、ミセス・モレルは立派にやりくりして、すべてがしかるべきところに納まった家を作っていた。

ミリアムは少し本の話をした。得意の話題だ。だが、ミセス・モレルは冷淡で、すぐにエドガーの方を向いた。

エドガーとミリアムは、教会でも、初めはミセス・モレルの席に来ていた。父親はパブには行っても教会へは来なかった。ミセス・モレルはキリストの小さな戦士のように、教会ではモレル家の席の上座に座った。ポールはその反対の端に座った。初め、ミリアムは彼の隣に座っていた。その頃の教会は家庭のようだった。薄暗い座席、細く優雅な柱、あちこちに花があり、きれいな場所だった。そして、彼の少年時代からずっと、いつも同じ顔ぶれが、同じ席に座っていた。一時間半の間、礼拝の場の力で二つの愛が結びつきながら、ミリアムの隣、そして、母の側に座っているのは、ほんとうに甘美で心安らぐ体験だった。一度に、温かく、幸せに、信心深くなれた。礼拝が終わると、ミリアムと一緒に帰った。母は古い友人のミセス・バーンズの家で、夜が更けるまで話しこんだ。日曜の夜にエドガーとミリアムと一緒に歩く時、彼は心から生き生きしていた。夜、炭鉱の側を通る時、灯のともったランプ小屋や黒々と高くそびえる巻揚機や線路の横を、影のようにゆっくり回転している送風機の側を通る時、ミリアムの気配が戻ってきて、ポールは熱く、切なく、たまらなくなった。

ミリアムは、いつまでもモレル家の席にはいなかった。彼女の父が、また自分たちの席を確保したのだ。そこはモレル家と向かいあう、小さな廻廊の下だった。ポールと母が教会へ着くと、リーヴァーズ家の席はいつでも空っぽだった。ミリアムは来ないのではないか、と不安になった。何しろ家がとても遠いし、日曜は雨のことが多かったから。すると、すっかり遅くなってから、彼女があの大股の歩き方で入って来た。うなだれた顔は、暗緑色のベルベットの帽子の蔭で見えない。向かいに座った彼女の顔は、いつも蔭になっていた。しかし、そこにいる彼女を見ると、魂全体が揺らいだように、彼は熱く切なくなった。それは事を仕切る時の母を見て感じる、あの光りかがやく誇りと幸福とは違った。もっと崇高で、非人間的で、苦痛をともなうがゆえの強烈さがあった。彼には手の届かない何かのようだった。

この頃、彼は教会の正統的な信条に疑問を持つようになった。彼は二十一で、ミリアムは二十だった。彼女は春を恐れるようになった。彼が狂暴になり、彼女を深く傷つけたのだ。彼は彼女の信仰を残酷にどこまでも粉砕しようとした。生来批判的で冷静なエドガーは面白がった。だが、ミリアムは、彼女の人生のすべてであり彼女そのものである信仰を、愛する男のナイフにも似た鋭利な知性で切り刻まれ、無上の苦痛を味わった。彼は容赦しなかった。彼は残酷だった。二人だけで家に帰る時には、彼女の魂を殺そうとするかのように、さらに激しくなった。彼女が気絶しそうになるまで、彼女の信仰を傷つけ、血を流させた。

「あの娘《こ》はいい気になっている――わたしからポールを奪っていい気になっている」ポールが出かけてしまうと、ミセス・モレルの心が叫んだ。「普通の女ではない、普通の女なら、わたしが愛してやれる分をポールに残しておいてくれるだろうけれど、あの娘はポールを完全に自分のものにしようとしている。ポールを引きずり出して、何一つ残さず、ポール自身の分さえ残さず自分のものにしてしまおうとしている、あの娘に吸いつくされて――ポールは決して自立した男になれない」母は腰を下ろして、葛藤した。苦い思いが脳裏をめぐった。

ポールも、ミリアムとの散歩から戻ると、激しく苦悶した。唇を噛みしめ、両手を握りしめ、ものすごい速さで歩いた。そして、牧草地の柵をのりこえる踏み段まで来ると、しばらく、立ちどまって、動かなくなった。目の前に、暗闇が大きく口をあけていた。黒い斜面に米粒ほどの光の塊が点在し、夜の底で炭鉱の炎が燃えていた。何もかも不気味で恐ろしかった。どうして、これほどまでに心が引き裂かれ、混乱し、動くこともままならないのだろう？　どうして、母も家で座って苦しんでいるのだろう？　彼には、母の苦しみの大きさが分かっていた。でも、どうして？　自分も、どうしてミリアムを憎むのだろう？　母を思うと、ミリアムにとても残酷な気持になるのだ。ミリアムが母に苦しみを与えるので、自分はミリアムを憎むのだ。何のためらいもなく。どうして、ミリアムがいると、自分は自信を失ってもろく頼りない存在になってしまい、侵略してくる夜と空間から自分を守る充分な手立てを持っていない気持にさせられるのだろう。彼は激しくミリアムを憎んだ！　その後で、優しい気持と申し訳なさに襲われた！

不意に、また飛びこむように、家の方に駆けだした。母は彼の顔に苦悩の跡を見たが、何も言わなかった。だが、彼は、何か言ってもらわなければ気がすまなかった。すると、母は、ミリアムとそんなに遠くまで行ったことを怒った。

「どうして、ミリアムが嫌いなの？」彼が絶望して叫んだ。

「分からないのよ」母が悲しげに答えた。「好きになろうとしてみたの。何度も、何度も、してみたの、でも、だめ――だめ！」

彼は、二人の女の間で疲れ切り、途方に暮れた。

春は最悪だった。気持が揺れ、高ぶり、残酷になった。彼女のところへ行くまいと彼は決心した。すると、ミリアムが待っているのが分かる時間になった。彼が落ちつきを失ってゆくのが母には分かった。仕事を続けられなくなった。何一つ手につかなくなった。何かの力で、魂がウィリー農場の方へ引っぱられる思いがした。帽子をかぶって、何も言わず、外に出た。母は彼が行ってしまったのを知る。家を出た彼はほっと解放感を味わった。そして、ミリアムの側へ行き、また残酷になった。

三月のある日、ネザミア湖の岸で、彼は座っているミリアムの横で寝ころんでいた。光あふれる白い雲と青い空の日だった。光りかがやく大きな雲が頭上を行き、その影が静かに水面を移った。雲のないあたりは澄んだ冷たい青だった。ポールは枯草の上に仰向けになり、空を見ていた。ミリアムを見ることはどうしてもできなかった。彼女に彼を求める気配があり、彼はそれに抵抗していた。彼はいつも抵抗していた。情熱と優しさを彼女にあげたかったが、できなかった。

彼女は彼の体から魂を取り出したいのであって、彼そのものを欲しているのではないと感じていた。二人を結びつける経路を通じて、彼女は彼の力とエネルギーのすべてを、自分の中へ取りこんだ。彼女は、男と女が二人、一緒にいるために、彼と会いたがるのではなかった。彼のすべてを自分の中に取りこんでしまいたいのだ。彼は狂ったような激しさに追い込まれた。そこに、麻薬のような魅惑があった。

彼はミケランジェロを語っていた。それを聞くミリアムは、震える生命組織そのもの、生命原形質そのものに触れている気持になった。心の底から、満足を感じた。それでいて、最後は怖くなった。寝ころびながら白熱の追求をする彼の声を聞くと、しだいに彼女の心は恐怖でいっぱいになった。淡々として、意識を失ってしまったような、非人間的な声だった。

「もうやめて」彼女はポールの額に手を置いて、しずかに訴えた。彼は動きもままならぬように、じっと横たわっていた。彼の肉体はどこかに置き去りにされていた。

「いいじゃないか?——疲れたの?」

「ええ、それにあなたも疲れちゃうわ」

彼も気がついてちょっと笑った。

「君といると、いつもこうなってしまう」彼は言った。

「わたしがそうしたいわけじゃない」彼女はとても小さく答えた。

「議論が行き過ぎて、耐えられない気持になった時はそうだろう。でも、君の無意識はいつでもぼくがこうなるのを求めているんだ。そして、ぼく自身も、求めているんだと思う」

「じゃ、どうすればいいの」

「どうしようもないんだ。でも、君はいつもそうするじゃないか。どこかにあるぼくのスイッチを切って、ぼくの中からぼく自身を引っぱり出してしまう。ぼくは肉体を失い、幽霊のようになってしまう」

「やめて！」とミリアムは哀願した。

「今だって」と、彼はつづけた。「今だってぼくは自分の両手を眺めて、『この手は何をしてるんだろう』と思う。両手の中のあの液体が小波《さざなみ》を立てて、体中を駆けめぐっていて、ぼくはその小波なんだ。それがぼくの体中を駆けめぐり、ぼくもその中を駆けめぐるんだ。それとぼくの間に、壁はないんだ」

「でも！」と言いかけてミリアムは詰まった。

「拡散している意識のようなもの、ぼくの中身はそれだけだ。自分の肉体は空っぽで、自分は雲とか水とか、いろいろなものの中にいるような気がする」

ミリアムはポールを見た。まるで彼は物であって人ではないようなあの奇妙な表情がそこにあり、彼女はそれに強く魅せられると同時に、それを恐れた。だが、恐れるからこそ、それをさらに求めずにいられなかった。それでも、今は、やめてもらいたかった。

「いいかい」彼は続けた。「肉体としてのぼくが棄てられる。でも、そうなると、ここにいるぼくは生きていない。ぼくはきっと壊れてしまう。君はぼくを影のようではなく、太った普通の存在にしたいんだ。ぼくの魂をその鞘《さや》の中にきちっと固定したいんだ。でも、それは、脱け落ちてしまうと思う。ゆるんだ鞘から脱けて海に落ちたあの刀みたいに」

ミリアムはつらそうに考えこんだ。不意に、頭を上げると、きらきら光る目でポールを見た。「それなら、わたしがあなたの鞘になる」と彼女は言った。

震える両手がポールの方に差し出された。

「できるのならね」とポールは言った。「人の存在は自分の無意識に動かされていて、意志の力はそれほど大きくはない。ぼくたちは二人ともあまり正常じゃない——でも、ぼくは正常になりたい。君は違うと思う。きみは普通になりたくないんだ」

「そうよ」彼女は叫んだ。だが、その声には脅えが戻っていた。

「とにかく」彼は淡々と続けた、「今はだめだ。今はそのように扱われるのはごめんだ。今のぼくたちは二人とも血の流れていない魂に過ぎない。こうなるとこの魂と交差する波長の震動が生じて、本物の拷問のようになってしまう。ぼくそのものを求めてくれればいいのに。君のためにぼくが紡ぎ出す何かを求めるのじゃなくて！」

「わたしが！」ミリアムは悲痛な声を上げた。「わたしが悪いなんて！　じゃ、いつになったらわたしのものになってくれるの？」

「いや、ぼくが悪いんだ」彼はそう言うと、気を取り直して起きあがり、とりとめない話を始めた。自分が空っぽになった気がした。そして、このために、彼女を漠然と憎んだ。自分も同じくらい悪いということは分かっていた。だが、だからといって彼女への憎しみが消えることはなかった。

その頃のことだ。ある晩、彼は彼女を家へ送っていった。二人は森につづく牧草地の横で、別れられないまま立ちつくしていた。星が現れるころ、雲が出て来た。西の方に、二人の星座のオリオンが少し見えた。オリオンの宝石が一瞬光り、その下を雲の白い泡と格闘しながら走るオリオンの犬も見えた。

二人にとって、オリオン座こそ、すべての星座の中で一番大切なものだった。思いがあふれる不思議な時に、この星座を見つめたこともあった。見つめすぎて、一つ一つの星に住む気分になった。その晩のポールは、不機嫌で意地悪だった。オリオンもただの星座にしか見えなかった。彼はオリオンの美と魅力にあらがっていた。ミリアムは恋人の気持をこまかく観察したが、彼は自分の気持を口に出さなかった。別れる時が来ても、厚くなってきた雲を暗い表情で睨んだまま立っていた。雲の背後には、あの美しいオリオン座が今も歩みを進めているはずだった。

翌日は彼の家で、ミリアムも出席予定の小さなパーティがあった。

「迎えに行かないよ」彼は言った。

「あら、いいわよ、出かけてもこの天気じゃ」彼女はゆっくり答えた。

「そうじゃない——ぼくが迎えに行くのを家で喜ばないんだ。ぼくが家族より君を大事にするって言うんだ。分かってくれるだろう？　ぼくたちは友達にすぎないんだ」

ミリアムは驚き、同時に、彼を痛々しく思った。こう言うのは、彼には大変な努力だったのだ。これ以上少しでも彼にみじめな思いをさせまいと思って、ミリアムはその場を去った。歩いてゆくと、顔に細かい雨が吹きつけた。ミリアムは心の底まで傷ついていた。親に言われてすぐふらふらするポールを軽蔑した。心の奥の奥で、無意識のうちに、自分と別れようとしているのを感じた。だが、それだけは認めようとしなかった。ポールを哀れんだ。

この頃、ポールはジョーダン社で重要な人間になっていた。パップルワース氏が会社を辞めて自分の商売を始めたので、ポールは螺旋部の長になった。給料も、順調に行けば、年末には三十シリングに上がる予定だった。

ミリアムは、相変わらず金曜の夜に、よくフランス語を習いにやって来た。ポールはそれほどウィリー農場へ行かなくなり、彼女はこの勉強もそろそろ終わりだと思うととても悲しかった。それに、喧嘩はしても、二人は一緒にいるのが大好きだった。二人でバルザックを読んだり、作文をしたりして、非常に教養が高くなったつもりでいた。

金曜の夜は、坑夫の給料の精算日だった。モレルは切羽の親方仲間の希望に応じてブレティのニュー・インか、自分の家か、どちらかで「精算」することにしていた。切羽の上がりを分けるのである。バーカーが酒を飲まなくなったので、今ではモレルの家で精算していた。

家を出て教師をしていたアニーも、また家に戻っていた。相変わらずのおてんばだったが、すでに婚約もしていた。ポールはデザインの勉強をしていた。

モレルは、その週の稼ぎが少なくさえなければ、金曜の晩はいつも上機嫌だった。夕食が終わると、とたんに大騒ぎして体を洗いにかかった。男たちが精算している間、女は席をはずすのがたしなみだった。切羽の親方の精算のような男の秘密に首を突っ込んだり、一週間の正確な稼ぎ高を知ったりするのは、不作法なことだった。だから、父が流し場で水をはねかし始めると、アニーは近所に一時間ほどお喋りに出かけた。ミセス・モレルはパン焼きに精を出した。

「そのドアを閉めてけ！」父が怒声を張りあげた。

アニーは後ろ手にばたんとドアを閉めて出て行った。

「洗ってる最中にまた開けやがったりしたら、顎に一発ぶちかましてやるからな」石鹸の泡の中から、脅しをかけている。ポールと母親はその声に眉をひそめた。

やがて、石鹸水をしたたらせて、寒さに震えながら、流し場から走り出してきた。

「うう、寒い！　タオルはどこだ？」

タオルは椅子に掛けて、火の前で暖めてあった。ないと、彼はまたわめきちらしただろう。焼けつくような火の前にしゃがみこんで、体を乾かした。

「ぶ、ぶる、ぶ」寒さで震えがとまらないかのような声を出した。

「まあいやだ、そんな子供みたいなまねはやめて！」ミセス・モレルが言った。「寒くないですよ」

「あの流し場で素っ裸んなって洗ってみろ」髪の毛をごしごし拭きながらモレルが言った。「氷室みてえだ！」

「わたしなら、そんな大騒ぎしません」

「なあに、おまえみてえなやわな体だったら、ドアの取手みたいにこちんこちんなって死んじまわあ」

「どうして『ドアの取手みたいに』って言うのかな？」ポールが好奇心から訊いた。

「ええ？　知らねえよ。よくそう言うんだ」父親は答えた。「だが、あの流し場ときちゃ、すきま風だらけだ、肋骨の間を、門の木戸を吹き抜ける風みてえに吹き抜けやがる」

「すきま風の方も、あなたの肋骨を吹き抜けるのは、大変でしょうねえ」とミセス・モレルが言った。

モレルは情けなさそうに自分の脇腹を見た。

「何言ってんだ！　おれなんざ、皮を剝がれた兎みてえなもんだ。骨がとび出しちゃってるじゃねえか」と叫んだ。

「え？　どこかしら？」妻が返した。

「そこら中とび出してるさ！　薪のへえってる袋みてえなもんだ」

ミセス・モレルが笑った。彼は今でも、すばらしく若い体をしていた。筋肉質で、脂肪がまったくなかった。皮膚もすべすべしてきれいだった。二十八の男の体と言ってもいいくらいだ。年齢を感じさせるのは、石炭の汚れが皮膚の下までしみこんで、刺青でもしたように至るところに青い傷が残っているのと、胸毛が多すぎるくらいなものだ。それなのに、彼は情けなさそうに脇腹を手で押さえていた。ただ太らないというだけの理由で、自分は痩せっこけた鼠みたいだと信じこんでいた。

爪も割れ日に焼けた傷だらけの頑丈な父の両手がなめらかな脇腹を撫でているのを見ていると、ポールは不思議な気がした。同じ一人の人間のものなのが奇妙に思えた。

「昔は」と、彼は父親に言った。「父さんもいい体だったんだろうね」

「えっ!」坑夫は子供のようにびっくりして怯えた顔で振り向いた。

「そうよ」ミセス・モレルが叫んだ。「一所懸命狭いところへ体を突っこむようなまねさえしなけりゃ、よかったのよ」

「おれが!」モレルは声をあげた──「おれがいい体格だったって! おれは昔っからガイコツみたいだったぞ」

「あなた!」妻が大声をあげた。「ばかなことを言って!」

「ほんとの話だ!」彼は言った。「おまえは、どんどん弱りはじめてっからのおれっきゃ、知らねえじゃねえか」

彼女は座りこんで、笑った。

「鋼《はがね》みたいな体だったた。体ってことなら、あなたくらい初めから恵まれてた人はいないわ。ポール、あなたに若い頃のお父さんを見せたかったわ」彼女は突然大声で言うと、胸を張り体を伸ばして、昔のりっぱだった夫の姿勢をまねてみせた。父は照れくさそうに妻を見ていた。妻がかつて自分に抱いていた情熱がよみがえったのだ。その情熱の炎を、妻は、束の間、思い出した。彼は照れ、いく分怯み、謙虚になった。それでも、昔のかがやきがまた戻った。そして、すぐ、これまでに壊してしまったものを痛感した。その事実から逃げるために、彼はむやみに動きたくなった。

「ちょっと背中を洗ってくれ」彼は妻に頼んだ。

妻はたっぷり石鹸をつけたフランネルを持って来て、ぴしゃりと肩に当てた。彼は跳びあがって叫んだ。

「畜生、ひでえことをしやがる！　おっそろしく冷てえじゃねえか！」

「火とかげだったのね」彼女は笑いながら、彼の背中を洗ってやった。彼女がこんな身のまわりの世話をしてやるのは、めったになかった。こういうことは子供たちの仕事だった。

「あの世へ行っても、あなたにはまだ寒いでしょうね」と彼女は続けた。

「そうさ、おまえがすきま風を入れてくれるからな」彼は言った。

だが、背中は洗い終わった。妻はいいかげんに拭いてやると、二階へあがって行って、すぐに着がえのズボンを持って降りて来た。体が乾くと、彼は不器用にシャツを着た。それから、赤い顔を光らせ、髪の毛も逆立たせたまま、フランネルのシャツもズボンの外に垂らした格好で突っ立って、これから着る服を暖めはじめた。向きを変えたり、裏表をひっくり返したりしては、焦げるほどあぶった。

「まあ、あきれた！」ミセス・モレルは叫んだ。「早く着なさい」

「水の樽みてえに冷てえズボンに、脚をつっこむ気になんかなれるかね？」彼は言った。

ようやく坑内用のズボンをぬいだ彼は、黒服で身じまいした。こういうことは皆、暖炉前の敷物の上でする。アニーやアニーの仲良したちがいても同じことをするだろう。

ミセス・モレルは、竈のパンを裏返した。それから隅の赤い土鍋の中のパン生地をまた一摑み取ると、然るべき型にしてブリキの焼き型に入れた。その時、バーカーがノックして入って来た。静かで身の締まった小柄な男で、石塀も通り抜けられそうだ。黒い髪を短く刈りこんで、頭がゴツゴツしていた。坑夫の例にもれず顔色は悪いけれど、体は頑健だった。

「こんばんは」彼はミセス・モレルに会釈すると、腰をおろして嘆息をついた。

「こんばんは」彼女も愛想よく答えた。

「すっ飛ばして来たな」モレルが言うと、

「そうでもねえよ」と、バーカーは答えた。

彼は、この台所に来た男は皆そうするように、小さくなって座っていた。

「お宅の奥さんはどう?」彼女は訊いた。

すこし前に「こんど三番目が生まれるんでさ」と言っていたのだ。

「そうだね」彼は頭をかきながら答えた。「まあまあってとこだろうね」

「ええと――いつでしたっけ?」

「いや、今すぐにだって生まれるかも知れねえんだ」

「まあ! それで奥さんは順調なんですね?」

「ああ、大丈夫だ」

「それはよかったわ、奥さん、そう丈夫な方じゃないから」

「ああ――おれ、またばかをやっちまった」

「何なの?」

ミセス・モレルは、バーカーがそうばかなまねをする人間ではないのを知っていた。

「買物袋を持ってくるの忘れちまって」

「わたしのをお使いなさい」

「いや、それは奥さんが要るでしょう」

「いいの。わたしはいつも網の袋を持ってくから」

彼女はこの小柄なしっかりした坑夫が、金曜の夜に一週間分の野菜や肉を買っているのを見て、感心していた。「バーカーさんは小さいけど、あなたより十倍もりっぱな男だわ」と夫に言った。ちょうどそこへウェッソンが入って来た。痩せて、弱々しくて、少年のようにあどけなくて、笑い方もかすかに間が抜けているのに、子供が七人もいた。だが、彼の妻は情熱的な女だった。

「先を越されたな」彼は鈍そうにニタリとした。

「ああ」バーカーが返した。

ウェッソンは帽子と長いウールのマフラーを脱いだ。鼻の先がとがっていて赤かった。

「寒いんじゃありません？　ウェッソンさん」ミセス・モレルは言った。

「ちょいとこたえるね」

「じゃ、火の側へいらっしゃい」

「いや、ここで大丈夫」

坑夫は二人とも火から遠いところに座っていて、いくらすすめても暖炉に近寄ろうとはしなかった。暖炉の側は家族の聖地なのだ。

「あの肘掛椅子に座れよ」モレルが陽気な声ですすめた。

「いや、ありがてえがここでけっこうだ」

「いいえ、ぜひそうしてくださいな」ミセス・モレルもしきりにすすめた。

ウェッソンは立ち上がって、ぎくしゃくと席を移し、モレルの肘掛椅子にぎこちなく座った。

これでは厚かましいことになるのだが、火の側へ寄ってみればとても気持がよかった。

「で、胸の方はいかがですか？」とミセス・モレルが訊いた。

彼の青い目が明るくなり、また微笑んだ。

「ああ、まあまあだ」

「胸んなかがティンパニーみてえにごろごろってな」バーカーがちょっと口をはさんだ。

ミセス・モレルは「あらあら」といった表情で舌を打つと「いつか話したフランネルのシャツお作りになった？」と訊いた。

「まだでさ」ニタリとした。

「いったい、どうして？」彼女は声をあげた。

「いずれできますよ」ニタリとした。

「最後の審判の日までにゃな！」バーカーが大声で言った。

バーカーもモレルも、ウェッソンには苛立っていた。だが、そもそも、この二人は、やけに体が頑丈なのだ。

準備が大体できると、モレルは金の入っている袋をポールの方に押しやった。

「な、数えてくれ」彼は丁寧に頼んだ。

ポールは苛々と自分の本と鉛筆を置き、テーブルの上で袋を逆さに振った。銀貨が五ポンド入っている袋が一つと、一ポンド金貨、それに小銭が出てきた。手早く数えて、石炭量を記した計算書と照合して、金を順序よくならべた。バーカーが計算書をちらりと見た。

ミセス・モレルは二階へ上がって行き、三人の男はテーブルを囲んだ。この家の主人のモレルが、熱い火を背中に自分の肘掛椅子に座った。親方二人はもっと寒い席についた。誰一人、金を数えなかった。

「シンプソンの取り分はどうなってたっけな？」モレルが言うと、三人で少しの間、この日雇の賃金について議論し、その分を取り除けた。

「ビル・ネイラーの分は？」

この金額も全体から引かれた。

それから、ウェッソンだけは社宅住まいで家賃がすでに差引かれているので、モレルとバーカーは四シリング六ペンスずつ取った。さらにモレルのもらう石炭はすでに配達され、その分引かれているので、バーカーとウェッソンがそれぞれ四シリングずつ取った。あとは簡単だった。モレルは一ポンド金貨を、全部なくなるまで各自に渡して行った。続いて半クラウン貨をなくなるまで、さらにシリング貨をなくなるまで配った。最後に三人で分割できない端数が残れば、モレルが受けとって酒をふるまった。

終わると、三人は立ちあがって出かけた。モレルは、妻が二階から降りて来ないうちに逃げ出した。彼女はドアの閉まる音を聞いて、階下へ降りた。竈の中のパンをさっと見て、それからテーブルの上に目をやると、自分がもらえる分の金が載っていた。ポールはずっと絵を描いていた。

母が今週の収入を数えて怒りをつのらせているのが感じで分かった。

「ツッツッツッ！」母は舌打ちしていた。

彼は眉をひそめた。母の機嫌が悪いと、仕事ができなかった。彼女は数え直していた。

「たったの二十五シリング！」彼女は声を上げた。「計算書はいくらだったの？」

「十ポンド十一シリング」彼も苛々と答えた。この先が怖かった。

「かつかつの二十五シリングしかくれないのに、今週はあの人のクラブ費もある！　でも、彼の考えは分かるわ。あの人は、あなたが稼いでくるので、自分はもう家の面倒を見る必要はないと思っているのよ。自分はこのお金でじゃんじゃん飲み食いすればいいと思ってるのよ。でも、分からせてやるわ――」

「母さん、やめて！」ポールが叫んだ。

「何をやめるの？　聞かせていただきたいわ」母も声を上げた。

「もうそれ以上、言わないで――ぼくは仕事ができない」

彼女は黙りこんだ。

「いいわ、分かったわ。でも、わたしはどうやって切り盛りすればいいの？」

「でも、くよくよ悩んだって、どうにもなりゃしない」

「じゃあ、自分がこんな目に遭ったら、あなたならどうするの？」

「もうすぐ終わるよ――ぼくのお金を使えばいい――お父さんなんか放っとくんだ」

彼が仕事に戻ると、母はこわい顔でボンネットの紐を結んだ。母が苛々するのが耐えられなかった。しかし、今では、母に意見を言って自分の存在を認めるよう主張していた。

「上の段のパンが二本、二十分で焼けるからね」と母が言った。「忘れないでよ」

「分かった」彼が答えると、母は買物に出かけた。

彼は一人で仕事をつづけた。だが、いつもの高い集中力は乱された。木戸の音に耳を傾けた。七時十五分に低いノックがあり、ミリアムが入ってきた。

「あなた一人だけ？」

「ああ」

まるで自分の家のように、彼女はつば広のベレー帽と外套を脱いで、その辺に掛けた。彼はぞくぞくっとした。自分と彼女の、二人きりの家みたいだった。

彼女が側へ来て、彼の仕事を覗きこんだ。

「何なの？」

「デザインだ。装飾だの刺繍だのに使う」

ミリアムは近眼なので屈んで、デザインに顔を近づけた。

「気に入っているの？」彼女は訊いた。

「とても気に入っている。今は、様式化することに夢中なんだ」

「そうなの」

ミリアムは様式の勉強を好まなかった。しかし、それについては、ポールが一番よく分かっていると思った。こういうのは男のもので、自分の領分ではなかった。それでも——どうして彼が様式化に熱を上げているのか、知りたかった。様式的なもののどこに魅せられたのだろう？

「どこが好きなの？」彼女は熱心に見ながら、訊いた。

彼が例の自己弁護を始めた。引力こそがすべての形を作るのであり、何のさまたげもなくその力が発揮されれば、正しい幾何学的な線と比率を持つ薔薇が生まれる、などといった大理論をたどたどしく展開した。それを聞いていると、前は偽物としか思えなかった様式的な画に対するある種の共感が彼女の中に生まれた。とうとう、彼は、すべての本をさっと集めて、片づけだした。

「見てみる？」――彼はバランスをとりながら、考え考え言いだした。

「何を？」

「見せちゃおうか？――完成するまで見せないつもりだったけど」

彼は自分のしたことを何ひとつ彼女に隠しておけなかった。客間へ行って、茶色っぽいリネンのひと巻をとってきた。それをそっと広げて床の上に置いた。薔薇の花を型紙で見事にデザインしたカーテンだった。

「まあ、何てきれいなの！」彼女が叫んだ。

見事な赤い薔薇と暗緑色の枝を描いた、とても単純でどこか毒のある布地が足元に広がった。彼女はその前に膝をついた。黒い巻毛がはらりと垂れた。自分の作品の前になまめかしくしゃがみこむ女を見て、彼の動悸が速くなった。不意に、彼女がポールを見上げた。

「どうして残酷な感じがするのかしら？」と彼女は訊いた。

「え？」

「どことなく残酷な感じがある」と彼女は言った。

「それは分からないけど、とてもいいでしょ」彼はそう答えながら、愛おしむように布をたたんだ。女は思いをめぐらしながら、ゆっくり立ち上がった。

「で、あなた、この布《きれ》どうするの？」彼女は訊いた。

「リバティ（美術品に強い、ロンドンの有名デパート）へ送るんだ。母さんのために作ったんだけど、母さんはお金の方がいいと思うから」

「そう」ミリアムは言った。彼の言い方には少し辛そうなところがあり、金に興味のないミリアムは同情した。

彼はその布を客間へ戻しに行った。帰って来て、彼女の前にもっと小さい作品を放り出した。同じデザインのクッション・カバーだった。

「これは君のために作ったんだ」彼は言った。

彼女は震える手でいじっているばかりで、無言のままだった。彼は困惑した。

「しまった、あのパン！」彼が叫んだ。

上段のパンを竈から出し、トントントンと叩いた。焼けていた。冷ますために暖炉前に置くと、流し場へ入って両手を濡らし、土鍋から最後の白いパン生地をすくって焼型へいれた。ミリアムは、まだクッション・カバーの絵の上に屈みこんでいた。彼は立ったまま、両手についた粉をこすり落とした。

「気に入った？」彼は訊いた。

彼女は愛にかがやく黒い瞳で彼を見上げた。彼はぎごちなく笑った。そして、そのデザインを説明しはじめた。彼にとって、ミリアムに自分の作品を語ることほど、大きな喜びはなかった。彼女との話に、彼の情熱のすべてが、野生の血のすべてが流れこみ、作品を懐胎した。彼女が彼の想像力を生んで、彼に与えた。腹に子を宿した時に女が気づかないのと同じように、彼女はこのことを頭では分かっていなかった。だが、彼にとって、彼女にとって、この時こそが人生だった。

二人で話していると、二十二くらいの若い女が入って来た。小柄で、顔色が悪く、目がくぼんでいて、容赦ないところがどことなくあった。モレル家によく来る女だった。

「外套を脱げよ」と、ポールが言った。

「いいの、長居しないから」

女はソファに座っているポールとミリアムに向かいあって、肘掛椅子に腰をおろした。ミリアムは彼からすこし身をずらせた。部屋の中は焼きたてのパンの匂いが立ちこめていて暑かった。ぱりぱりの茶色いパンが暖炉にあった。

「今夜ここであなたに会おうとは思わなかったわ、ミリアム・リーヴァーズ」ビアトリスが意地悪く言った。

「別に変じゃないでしょう」ミリアムはかすれ声でつぶやいた。

「ねえ、あなたの靴を見せてよ」

ミリアムは居心地が悪そうにじっとしていた。

「見せてくれないのは、見せる勇気がないから、ってね」ビアトリスは笑った。

ミリアムは服の下から足を出してみせた。そのブーツには、ぐすぐすと情けない奇妙な表情があった。ミリアムの自信のなさと自意識の強さがあらわれていた。靴は泥だらけだった。

「まあひどい！　泥んこじゃない」ビアトリスが声を上げた。「靴は誰が磨くの？」

「自分で磨くわ」

「じゃわざわざ苦労したかったのね」ビアトリスは言った。「今夜こんな遠くまで出かけて来るには、あたしだったらよっぽどたくさん男が待っていなくちゃ。でも恋とくりゃ、ぬかるみなんか笑いとばしちゃうわね、そうじゃない？　パウロちゃん」

「なかんずく《インタエイリア》」ポールが言った。

「まあ！　外国語で弁じる気？　ミリアム、今の、どういう意味？」

この質問には巧みな皮肉が隠れていたが、ミリアムは気がつかなかった。

「とりわけ、って意味でしょう」彼女はおとなしく答えた。

ビアトリスはぺろっと舌を出し、意地悪く笑った。

「『とりわけ』かあ、パウロ君、愛は親兄弟や友達ばかりか恋の相手まで笑いとばしちゃう、ってこと？」

彼女は思いきり純真をよそおっていた。

「違う、愛はすべてを包む大きな微笑だ」と、彼は答えた。

「陰でくすくす笑うんでしょ——ねえ、パウロ君」

もう一度、声を出さずに、意地悪く笑った。

ミリアムは自分の内にこもって、何も言わず座っていた。ポールの友達は皆、彼女をいじめるのを楽しんだ。ポールは彼女を放っておいた。そうすれば彼女に復讐している気分になった。

「今でも学校へ出てらっしゃるの？」ミリアムはビアトリスに訊いた。

「ええ」

「じゃ、まだ解雇通告はもらってないのね？」

「復活祭にはそうなると思うわ」

「ただ試験に受からなかったというだけで追い出すなんて、ひどいじゃない？」

「どうかしら」ビアトリスは冷淡だった。

「アガサは、あなたくらいいい先生はいないって言ってるわ。何だかばかばかしいじゃない？どうして、あなた、試験に受からなかったのかしら？」

「脳みそ不足よ、ね、パウロ君？」ビアトリスはあっさりしていた。

「人に噛みつくだけの頭なんだ」とポールは笑って応じた。

「うるさいわね！」彼女は叫ぶと、椅子から飛びかかって、彼に平手打ちを食わせた。小さく美しい手をしていた。揉み合いになり、彼がその手首をつかんだ。彼女はそれをようやく振り切り、ポールのゆたかな濃茶色の髪を両手でつかんで揺すった。

「ビート」彼は、指で髪をまっすぐに引っ張りながら言った。「嫌な奴だ！」

彼女は嬉々として笑った。

「ねえ?」彼女は言った。「あたし、あなたの隣に座りたいわ」

「雌狐の隣へ座った方がましだよ」と言いながら、ポールは自分とミリアムの間を空けてやった。

「あら、きれいなお髪《ぐし》がぐしゃぐしゃになっちゃった!」ビアトリスはそう叫ぶと、自分の櫛で彼の髪をとかしてやった。

「それに、すてきでかわいらしい口髭!」彼女は声をあげた。ポールの頭を後ろへ傾けて、生えたばかりの口髭にも櫛をあてた。

「悪の髭よ、パウロ君。危険な赤髭! 煙草、持ってる?」

彼はポケットから煙草ケースを引っぱり出した。ビアトリスは中を覗いた。

「コニーがあんたにくれたいいモクはないの」と彼女は訊いた。

「どっかに一本あったなあ——」

ポケットをまさぐると、小さな箱があった。ビアトリスはそれを取った。

「あら、たしかに一本きり!」彼女は言った。「でも、これはミリアムが吸わなくちゃね。ミリアム、コニーの残りの一本をお吸いよ」

「いらないわ」とミリアム。「コニーってどなた?」

「彼から聞いてないの?」ビアトリスはひどく驚いて叫んだ。「パウロ・モレル君、この娘に隠してるなんて、卑怯だわ」

「一本、吸ってみたら」とポールがミリアムに言った。

「わたしが吸わないの、ご存知でしょ」

「まさか、コニーのさいごのモクをあたしが吸うなんてねえ！」ビアトリスはそう言うと、煙草を口にくわえた。彼が火をつけたマッチを差しだすと、彼女は優美な手つきで軽くふかした。

「まあ、本当にありがとう」彼女はからかうように言った。

こんな意地悪を楽しんでいた。

「この人、とても火のつけ方が上手じゃない、ね、ミリアム？」

「ええ、とっても！」ミリアムは言った。

彼も自分の煙草を一本出した。

「火？」ビアトリスは言うと、自分の煙草をポールの方へ向けた。

彼は火をもらおうと、彼女の方に屈みこんだ。その格好の彼に、彼女がウィンクする。ミリアムは彼の目がいたずらっぽく光り、肉の厚い官能的と言えそうな唇が震えているのに気がついた。これは本来の彼ではない。ミリアムには耐えがたかった。こんな彼とは、ミリアムは何の関わりもない。彼女は存在しないのも同然だった。彼女はポールの厚く赤い唇の上で煙草がゆれるのを見ていた。彼の豊かな髪が額に垂れさがっているのを憎んだ。

「かわいい子！」ビアトリスはそう言うと、彼の顎を上に向けて、頬に軽くキスした。

「おらもお返しのキスじゃ、ビート」

「だめじゃだめじゃ！」彼女はくすっと笑い、跳びあがって逃げた。「この人、恥知らずじゃない、ミリアム？」

「ほんと！　ところで、パンのこと忘れてるんじゃない？」

「うわっ！」ポールは叫んでぱっと竈の戸を開けた。青っぽい煙が噴き出し、焦げたパンの臭いが立ちこめた。

「あらあ！」ビアトリスも叫んで、彼の側に来た。彼が竈の前にしゃがみこむと、彼女はその肩ごしに覗きこんだ。「ねえ、これこそ、愛がすべてを忘れさせる、ってものよ」

ポールは情けない顔でパンを取り出していた。一つは熱の当たる側が真っ黒だ。煉瓦のように固くなったものもある。

「母さんにすまない」ポールは言った。

「焦げたとこを削るのよ」と、ビアトリスが言った。「おろし金を持ってらっしゃい」

彼女は竈の中のパンを並べなおした。ポールがおろし金を持ってくると、彼女がテーブルに広げた新聞紙の上でパンを削った。焦げた臭いを風で追い払おうと、彼はドアを全部開け放した。ビアトリスは煙草をふかしながらどんどん削って、炭になったところを叩き落とした。

「ミリアム、大変！　あなた、ひどい目に遭うわよ」とビアトリスは言った。

「あたしが！」ミリアムはびっくりして叫んだ。

「彼のお母さんが帰って来たとき、いない方がいいわ。あたし、アルフレッド大王がお菓子を焦がしちゃった訳は知ってたけど、やっと理解できたわ！　パウロ君は、通用しそうだと思ったら、勉強に夢中で忘れちゃったって話にするでしょう。アルフレッド大王の話の奥さんだって、もうすこし早く帰っていたら、アルフレッドじゃなくて、お菓子のことを忘れさせた図々しい女の方をなぐりつけてたはずよ」

彼女はパンを削りながら、くすくす笑った。ミリアムまで、つい思わず笑った。ポールは情けない顔で暖炉の火を整えた。

庭の木戸がバタンと鳴った。

ビアトリスは削ったパンをポールに渡しながら叫んだ。「早く！　濡れタオルで包んで」

ポールは流し場に姿を消した。ビアトリスはいそいで削り屑を暖炉の火の中に吹き入れて、何食わぬ顔で座りこんだ。アニーが飛びこんで来た。彼女はぶっきらぼうでとても頭のいい女性になっていた。強い光の中に入って来て、目をしばたたいた。

「何かが焦げてる！」彼女が叫んだ。

「煙草の臭いよ」ビアトリスがすまし顔で応じた。

「ポールはどこ？」

レナードも、アニーの後から入って来た。面長のおかしな顔の男で、青い目がとても悲しげだった。

「お二人が決着をつけてくれるように、出て行ったんじゃないか？」レナードはそう言って、ミリアムには同情するようにうなずき、ビアトリスのことは優しくからかった。

「違うわ」ビアトリスは言った。「九番目の女と一緒に出てったわ」

「いま五番目の女に会ったら、彼を探してたよ」とレナードは言った。

「そう——あたしたち、ソロモン王の赤ちゃん（『列王紀上』第三章十六～二十八節）みたいに、彼を共有するの」ビアトリスは言った。

アニーは笑った。

「おや、そう」レナードは言った。「それで、きみはどの部分を取るんだい?」

「さあ」とビアトリスは言った。「あたしはまず他の人に取らせるわ」

「そして、残りものをもらうってわけか?」レナードはおかしな顔をさらに歪ませた。

アニーは竈の中を覗いていた。ミリアムは一人でぽつんと座っていた。ポールが入ってきた。

「おみごとなパンじゃないの、ポール?」アニーが言った。

「それなら、姉さんが家にいて、手伝えばよかったんだ」ポールは言った。

「**あなた**が自分のつとめを果せばいいってことよねえ?」アニーは応じた。

「そうよ、そうよ!」ビアトリスが叫んだ。

「ポールは手いっぱいだったと思うよ」レナードが言った。

「今夜、ここまで歩いて来るの大変だったでしょ、ミリアム?」アニーが言った。

「ええ──でも一週間ずっと家にいたから──」

「だから気晴らしがしたくなったわけだよなあ」レナードが優しく当てつけた。

「そりゃ、ずっと家にいるわけにはいかないわよね」アニーも言葉を添えた。彼女はとても感じがよかった。ビアトリスはぐいっとオーバーを着、レナードとアニーと連れ立って出た。彼女も自分の彼に会いに行くつもりだった。

「あのパンのことを忘れちゃだめよ、ポール君」とアニーは言った。「さよなら、ミリアム。雨は降らないと思うわ」

皆いなくなるとポールはタオルに包んだパンを持って来て、それを開けると悲しそうに眺めた。

「ひどい！」と彼は言った。

「でも、いいじゃないの――たった二ペンス半でしょう」ミリアムがとげとげしく言った。

「そうだけど――これは母さんが一所懸命作ったパンだ。がっかりするだろうなあ――ああ、気にしても始まらないか」

またパンを流し場へ戻した。彼とミリアムの間に少し距離があった。彼は彼女と向きあって立ち、しばらく均衡を保ちながら、自分のビアトリスへの態度について考えた。罪悪感があったが、嬉しかった。なぜか分からず、ミリアムのことは、いい気味だと思った。反省の気持はなかった。ミリアムの方は、立ったまま動かない彼が何を考えているのだろうと思った。ポールの豊かな髪が、乱れて額にかかっている。どうして自分はあの髪を後ろへかきあげて、ビアトリスの櫛の跡を消してやらないのだろう？　どうして自分はこの両手で彼を抱きしめないのだろう？　そのしっかりした体は手の先、爪の先まで生きていた。他の女に触らせるのなら、わたしが触って何が悪いのだろう？

不意に、彼が動いた。ぱっと髪をかきあげて自分の方に近づいて来ると、ミリアムは怖くて震え出しそうになった。

「八時半だ！　さあ急ごう」彼は言った。「フランス語の練習帳はどこだい？」

ミリアムはおずおずと、暗い気持で、練習帳を取り出した。彼女は毎週、自分の内心の日記をフランス語で書いてきて、彼に見せていた。彼女に作文をやらせる方法はこれしかなかったのだ。

その日記はラブレター同然だった。それを今、彼が読もうとしていた。今の気分の彼にそれを読まれるのは、自分の魂の記録を冒瀆されるようなものだった。ポールが彼女の隣に座った。ポールのしっかりした温かい手が、自分の書いたものをきびしく採点して行くところを見ていた。

彼はただフランス語のみを見て、そこにある彼女の魂からは目をそむけた。だが、次第に、彼の手が動かなくなった。黙々と、身じろぎもせず、読みすすめた。ミリアムは震えた。

「『今朝、わたしは小鳥たちの声で目をさました』」彼は読んでいた。「『まだ夜は明け切っていなかった。しかし、わたしの部屋の窓はほの白く、やがて黄色になり、森の小鳥たちがいっせいに賑やかな歌声をあげはじめた。夜明け全体が震えた。わたしはあなたを夢見ていた。あなたもやはりこの夜明けを見ているだろうか？　わたしは毎朝のように小鳥の声で目をさます。そして、いつもツグミの声に何か恐ろしさを感じる。その声はあまりにも澄み切って――』」

ミリアムはなかば恥じ入り、かすかに震えていた。彼はじっと動かずに、理解しようとしていた。彼女が自分を愛していることだけは理解できた。彼は、彼に対する彼女の愛を恐れた。彼には善すぎる愛だった。彼はふさわしくなかった。彼女の愛ではなく、彼の愛が悪かった。彼は身の置き所なく、ミリアムの字の上に淡々と正解を書き入れて行った。

「いいかい」彼が静かに言った。「avoir につづく過去分詞は、その前に直接目的が来たら、その目的語と一致するんだ」

彼女は見て理解しようと、体を前に倒した。女のほつれた柔らかな巻毛が彼の顔をくすぐった。熱く真っ赤な鉄が触れたように、彼はびくっと震えた。女は赤い唇を哀れげに開け、浅黒く血色のいい頬に美しい黒髪をいく筋か垂らしじっとページを見つめていた。柘榴《ざくろ》のように豊かな肌の色だった。女を見ていると、彼の呼吸が速くなった。不意に、ミリアムが彼を見上げた。女の黒い瞳は二人の愛を剝き出しにしながら、恐れ、かつ、飢《かつ》えていた。ポールの瞳も黒く、そして、ミリアムを傷つけた。彼女を支配するかのような瞳だった。彼女は自己を制御する力をすべて失い、恐怖にさらされた。彼は、ミリアムに接吻するには、まず自分の中から何かを追い出さなければならないことを悟った。彼女を憎む気持がまた、かすかに、そっと帰って来た。彼は彼女の練習帳に戻った。

突然、彼は鉛筆を放りだして竈に飛んで行き、パンをひっくり返した。ミリアムには、ポールは速すぎた。彼女も激しくびくっとして、本当に体が痛んだ。彼が竈の前にうずくまる動きさえ、彼女を傷つけた。何か残酷なところが、焼型からパンを投げ上げそれをまたつかむ時の彼の素早さには、何か残酷なところがあった。彼の動きさえ穏やかであってくれたら、彼女も豊かで温かい気持になれたことだろう。だが、彼女は傷ついていた。

彼は戻って来て、練習帳を閉じた。

「今週はよくできたよ」と言った。

ミリアムには、自分の日記が彼の自尊心をくすぐったのが分かった。それで充分に報いられたわけではなかった。

「時々とても良くなる」と彼は言った。「詩を書くべきだ」

彼女は嬉しそうに顔をあげたが、すぐ信じられないというように首を振った。

「自信ないわ」彼女は言った。

「書いてみなよ！」

　彼女はまた首を振った。

「本を読もうか？　もう遅すぎるかな」彼が訊いた。

「遅いわ——でも少しだけなら」彼女が訴えた。

　ミリアムにとって、それは次の一週間の人生の糧を得る時間だった。ポールは彼女にボードレールの「バルコニー」を写させ、それを読んで聞かせた。彼の声は優しく愛撫するようだったが、しだいに残忍な響きを帯びてきた。彼には、強く感動すると唇を熱く苦くめくれ上がらせ歯を見せる癖があった。今もそうだ。そうされると、ミリアムは彼に踏みにじられる思いがした。彼の顔を見る勇気もなく、ただうつむいて座っていた。なぜポールの心がこれほど乱れて激情に駆られるのか理解できなかった。彼女はみじめだった。概してボードレールは好きではなかった——ヴェルレーヌも嫌いだった。

　ワーズワスの、

「野原で歌っている彼女を見よ
あのスコットランド高原の孤独な娘を」

といった詩なら、心が豊かになった。フッドの「美しきアイネス」も良かった。それから、ワー

ズワスの、
「静かで清らかな、美しき夕べ、
　いま尼僧のように静かで神聖な時を味わえば――」
でも良かった。こういう詩は、彼女に似ていた。ところが彼は苦く激しくこう読みつづけた。

「きみはその時の愛撫の美しさを思い出すだろう」


詩が終わり、彼は竈のパンを出して、うまく焼けたのを上に、焦げたパンを下に、土鍋に並べた。こちこちになったパンは、タオルにくるんだまま流し場に残した。

「母さんにはあしたの朝まで黙っていればいい」と彼は言った。「朝になれば、今夜ほど騒ぎにはならないだろう」

ミリアムは本棚を覗いて、彼に来ている葉書や手紙を見、並んでいる本を調べた。彼の興味を引いた本を一冊取り出した。彼がガス灯を消し、二人は家を出た。鍵を掛けることはしなかった。

その晩も、彼が家に戻ったのは十一時十五分前だった。母は揺り椅子に座っていた。アニーは一本に編んだ髪を背中に垂らし、暖炉前のスツールにじっと座り、膝に頬杖をついて暗い顔をしていた。テーブルに、あの忌々しいパンがタオルの包みから出して置いてあった。ポールが息を切らせて入って来た。誰も口をきかなかった。母親は地方紙を読んでいた。ポールはオーバーを脱ぐと、ソファへ行って腰をおろした。母は彼が通れるようにそっけなく椅子をずらした。誰一人、口をきかなかった。ポールはひどく気まずくなった。何分か、座ってテーブルの新聞を読むふりをしていた。それから――

「あのパンのこと、忘れちゃったんだ、母さん」と言った。

どちらの女も返事しなかった。

「さあ。二ペンス半ぽっちのことだから、弁償するよ」

むっとした彼は、三ペンスを卓上に置き、母の方へ滑らせた。母はそっぽを向いた。その口は固く閉じられていた。

「そう」とアニーが言った。「あんたは、お母さんがどんなに具合が悪いか知らないものね！」

アニーは暗い顔で火を見つめていた。

「どうして母さんの具合が悪いんだ？」ポールが横柄に訊いた。

「まあ！」アニーは言った。「家までやっと帰って来たのよ」

彼が母親をじっと見た。具合が悪そうだった。

「どうして、家へ帰るのが大変だったの？」と彼は訊いた。まだ詰問口調だった。母は答えなかった。

「あたしが帰って来たら、母さん、真っ青な顔でここに座ってたのよ」アニーは今にも泣きそうな声だった。

「だから、どうして？」ポールは繰り返した。眉にしわを寄せ、目をかっと見開いていた。

「誰だっておかしくなっちゃうわ」母が言った。「あんなに荷物を抱えて——肉と野菜と、カーテンを二組——」

「じゃ、なぜそんなに持ったんです。持たなくたっていいのに」

「じゃ、誰が持つの？」

「肉はアニーをやればいい」

「そうよ、肉くらい喜んで取りに行くわ。でも知らなかったんだもの。あんたはミリアムと出かけてて、母さんが帰って来た時に家を空っぽにして」

「で、どこが悪かったの？」ポールは母に尋ねた。

「心臓じゃないかと思うのよ」母は答えた。たしかに口の周囲が少し青かった。

「前にもそういうことがあったの？」

「そう——割合よく」

「それなら、なぜぼくに教えなかったの、なぜ医者に行かなかったの？」

ミセス・モレルは彼が偉そうな口をきくのに腹を立て、体を動かした。

「あんたは何にも気がつかないのよ」とアニーが言った。「ミリアムと出かけるのにばかり熱心で」

「へえ、そうかい——姉さんがレナードと出かけるのだって同じじゃないか？」

「あたしは十時十五分前に帰ってたわ」

少しの間、沈黙がおりた。

「まさか」母が吐き捨てた。「パンをすっかり焦がしても気がつかないほど、おまえがあの娘に夢中になるとはねえ」

「ビアトリスも来てたんだ」

「そうですか。でも、パンが焦げちゃった理由は分かってます」

「なぜだよ?」彼がかっとした。

「あなたがミリアムに夢中だったからです」母も激しく答えた。

「ああ、そうですか――それは違う!」彼は憤然と応じた。

彼は惨めでやりきれなかった。新聞を鷲づかみにして読みはじめた。アニーはブラウスのボタンをはずし、長い髪を一本に編むと、ポールに素っ気なくおやすみを言い、寝室に上がった。

ポールは座って新聞を読んでいるふりをした。母が自分を咎めたがっているのが分かった。心配で、母の具合が悪い訳も知りたかった。だから、本当はさっさと寝室に逃げたいのを我慢して、じっと座っていた。張りつめた沈黙があった。時計がカチカチ大きな音を立てていた。

「お父さんが帰ってこないうちに寝た方がいいわよ」母はきびしい口調で言った。「何か食べたいなら、お食べなさい」

「何もいらない」

金曜の夜は坑夫たちが散財する夜だったので、母も息子のためにちょっとした夜食を買っておくのが習慣だった。今夜の彼はすっかり怒っていて、それを見に食器室まで行こうとさえしなかった。母に対する侮辱だった。

「金曜の夜にセルビーまで行ってくれなんてわたしが頼んだら、さぞかし大騒ぎだろうにね」とミセス・モレルが言った。「でもおまえはミリアムが迎えに来れば、疲れを忘れるんだねえ。それどころか、何も食べも飲みもしたくなくなる」

「彼女を一人で帰すことはできない」

「そうかしらね？　じゃあの娘《こ》はどうして来るの？」

「ぼくが頼んでるからじゃない」

「おまえが欲しなければ来やしない――」

「じゃ、たとえばぼくが欲したとして、それが何なんだ――」彼は言い返した。

「そりゃ、いいわよ、もっともな理由があるのなら。でも、泥道を何マイルも何マイルもふらついて、夜中に家へ帰ってきて、翌朝はノッティンガムに出勤だなんて――」

「そんなこと、母さんに関係ないでしょ」

「そうですよ、ばかばかしいもの。あの娘にはそんなに魅力があるのかい、そんなに遠くまで追いまわさずにいられないほど？」ミセス・モレルの言い方はひどく辛らつだった。彼女は顔をそむけてじっと座ったまま、黒い綿サテンのエプロンを繰り返しぎゅっと引っぱるように撫でていた。その動きを見るのは辛かった。

「彼女のことは好きだけど――」

「好き！」まだからむ口調でミセス・モレルは言った。「おまえには、あの娘以外に好きなものがないみたいだよ。アニーだって、わたしだって、おまえはもう誰一人、目に入らないんだね」

「何を言ってるんだ、母さん――ぼくは彼女を愛してはいない――ぼくは――彼女を愛してるわけじゃないんだ――彼女は、ぼくが嫌がるから、ぼくと腕を組んで歩きさえしないんだ」

「じゃ、どうして、おまえはしょっちゅうあの娘のところへ飛んで行くの！」

「話したいからだ――前から言ってるじゃないか。でも、愛してはいない」

「他に話す人はいないの？」

「ぼくたちが話してるような話ではね。お母さんには興味がない話がたくさんある――」

「どういう――？」

母の激しさに、ポールの息が短くなった。

「それは――絵画とか――本とか。母さんはハーバート・スペンサーになんか興味がないだろう」

「そりゃあ」と母は悲しく答えた。「おまえだってわたしの歳になれば」

「でも、今のぼくには興味がある――ミリアムも同じだ――」

「じゃ、どうしておまえに分かるの」ミセス・モレルが急にやり返した。「わたしが興味を持つはずないなんて？　訊きもしないくせに！」

「でも、興味ないでしょ、母さんは、ある絵が装飾的かどうかなんて興味ないし、どんな様式かなんてどうだっていいでしょ」

「どうして、わたしが興味ないなんて分かるの？　訊きもしないじゃない。わたしにそういう話をして確かめたことないでしょ？」

「でも、こういうことに母さんは関心がない。分かってるじゃないか」

「じゃ、どういうことなら？――どういうことなら、わたしも関心があるって言うの？」彼女が反撃した。彼は苦痛に眉をしかめた。

「母さんは年を取っている、ぼくたちは若い」

ただ母の年齢の人間が抱く興味と彼の年齢のそれとは違うということを言ったつもりだった。だが、言ったとたん、失言に気づいた。

「ええ、そんなこと、よく分かってるわよ――わたしは年を取っています。だから引っこんでる方がいいんでしょ。あなたとはもう何の関係もないのね。わたしはあなたを世話するだけでね――残りは皆ミリアムのものなのね」

たまらなかった。自分こそ母の命なのだと直観した。そして、結局、彼にとっても、母が一番大事な、ただ一つの無上の存在だった。

「嘘だ、母さん、嘘だって、分かってるでしょ！」

この叫びを聞いて、母はポールが哀れになった。

「でも、そう見えるわ」彼女は自分の絶望を脇に置いて、そう言った。

「違う、母さん――本当に彼女を愛してはいない。彼女と話はするけれど、やっぱり母さんの元へ帰りたいんだ」

彼はすでにカラーもネクタイもはずしていて、喉もとをのぞかせた格好で、ベッドに行こうと立ちあがった。キスしようと母の上に身をかがめると、母は彼の首に両腕をまわして、肩に顔を埋め、およそ彼女らしくなくむせび泣き始めた。彼は苦悩に悶えた。

「たまらないの。他の女ならいいけれど――あの娘だけは。あの娘はわたしの分を残してくれない、ほんの少しも残してくれない――」

ポールはすぐに、ミリアムを強く憎んだ。

「わたしは一度だって――ねえ、ポール――一度だって、本当に夫というものを持ったことがない――」

彼は母の髪を撫でた。唇を母の喉に押しあてた。

「あの娘はわたしからおまえを奪うのが嬉しくてならない――普通の女と違うの」

「母さん、ぼくは彼女を愛していません」と呟いた。みじめになって、頭を垂れ、目を母の肩に埋めた。母は長く熱い口づけを彼にした。

「ポール!」火のような愛に震える声で言った。彼も自分では気づかないまま母の顔を優しく撫でていた。

「さあ」と母は言った。「もうおやすみ。あしたの朝は疲労困憊よ」

話していると、帰って来た夫の足音が聞こえた。

「さあ、お父さんよ――早く寝て」不意に、怯えたかのように、ポールを見た。「わたしがわがままなのかしらね。あの娘が好きなら、あの娘とつきあいなさい」

見たこともない母の顔だった。ポールは震えながら接吻した。

「ねえ、母さん！」彼がそっと言った。

モレルがよたよたと入って来た。帽子が片方の目の上までずり落ちていた。戸口でバランスを直した。

「また悪だくみか？」悪意が感じられた。

母の気持は、突然、自分に絡んでくる酔っぱらいへの憎悪に変わった。

「少なくとも、わたしは酔っぱらってません」彼女は言った。

「へ――へ！　へ――へ！」彼はせせら笑った。

モレルは廊下へ出て、帽子とオーバーを掛けた。それから食器室へ三段降りる音が聞こえた。片手にポーク・パイを握りしめて戻って来た。母がポールのために買っておいたパイだった。

「それだって、あなたのために買ったんじゃありません。たった二十五シリングしかくれず、お腹がだぶだぶになるまでビールを飲んで来るあなたに、誰がポーク・パイまで買っとくもんですか」

「何！　何だと！」モレルはバランスを崩しながら唸った。

「何だと！　おれのもんじゃねえ？」彼は肉の入っているパイを見ると、急にかんしゃくを起こして、火の中へ放りこんだ。

ポールがぱっと立った。

「人のものを勝手に捨てるな！」彼が叫んだ。

「何――何だと！」モレルも突然わめいたかと思うと、飛び上がって拳を固めた。「この野郎、

かかれるように低く身構えていた。

「やってみろよ！」狂暴になったポールは、頭を片側に傾けた。「かかってこい！」この時の彼は、何でもいいから撲りたくてたまらなかった。モレルは拳を上げ、いつでも跳びかかれるように低く身構えていた。

息子は、口元に微笑をうかべて立っていた。

「ウッシャア！」父は低く叫ぶと、息子の顔すれすれに大きく拳をふるった。本気で撲る気にはなれずに、ぎりぎりのところではずした。

「よおし！」ポールはそう言いながら、次の瞬間に自分が打つはずの父の口元を見た。撲りたくて手が疼いた。ところが、背後でかすかな呻き声が聞こえた。母が真っ青になっていた。口元が黒ずんでいた。父はまた一撃を加えようと体をゆらした。

「父さん！」ポールの叫びが、部屋に響きわたった。

モレルははっとして、直立した。

「母さん！」ポールが呻いた。「母さん！」

母が悶えはじめた。まだ動けないのに、見開いた目はじっと彼を見ていた。徐々に意識が戻ってきた。ポールは母をソファに寝かせ、ウィスキーの小瓶を取りに二階に駆けあがった。母はようやく一口すすった。涙がさっと彼の顔をこぼれ落ちた。母の前にひざまずき、声はあげなかったが、次から次へと涙が顔をつたった。部屋の反対側の父は、膝に両肘をついてこっちを睨んでいた。

「どうしたんだ？」とモレルは訊いた。

「気が遠くなったんだ」ポールは答えた。

「ふむ！」

老いた父はブーツの紐をほどき始めた。寝室によろよろと消えた。彼の最後の戦いはこの家で戦われた。

ポールはひざまずいたまま、母の手を撫でていた。

「元気になって、母さん——元気になって！」何度も何度も繰り返した。

「何でもないよ」母がつぶやいた。

ようやく立ちあがった彼は、大きな石炭を一つ取ってきて明朝に備えた。それから、部屋を清掃し、整頓し、テーブルに朝食の支度をすると、母のためのロウソクを持ってきた。

「母さん、ベッドまで行ける？」

「ええ、行くわ」

「アニーと一緒に寝なよ、父さんと一緒じゃなく」

「いいえ、自分のベッドで寝ます」

「父さんと寝るのはだめだ」

「自分のベッドで寝ます」

母が立ちあがると、ポールはガス灯を消し、母のロウソクを手に母の後にぴったり付いて、二階へ上がった。踊り場まで上がると、母を抱きしめて接吻した。

「おやすみ、母さん」

「おやすみ！」母は言った。

惨めな思いに打ちのめされて、彼は顔を枕に押しつけた。それでも、今も母を一番愛していることが分かって、魂のどこかが安らいだ。それは、あきらめという苦い安らぎだった。

その翌日、父が彼をなだめようとしているのが、ポールにはやりきれなかった。誰もがこの事件を忘れようとした。

第九章　ミリアムの敗北

ポールは、自分も含めてすべてに不満だった。彼の一番深い愛は、母のものだった。母を傷つけたり、自分の母への愛を裏切ったりしたと感じると、もう耐えられなかった。春になって、彼とミリアムとの間に戦いがあった。今年は、憎しみが大きかった。彼女も漠然と気づいていた。かつて祈りを捧げた時に抱いた、自分はこの愛の犠牲になるというあの予感が、彼女のあらゆる感情にまとわりついた。彼が自分のものになると、心の底で信じていなかった。そもそも自分自身をほとんど信じていなかった。自分が彼の求める女になれるとも思っていなかった。生涯を彼と幸せに暮らす自分の姿など想像さえしなかった。彼女の未来に見えたのは、悲劇と悲哀と犠牲だった。犠牲においては誇り高く、あきらめにおいては強い女だった。日々の生活を過ごしてゆくタイプではなかった。悲劇のような、大きいこと、深刻なことなら、立ち向かえた。ささやかな日常生活に満足するのは自信がなかった。

復活祭の休みは楽しく始まった。ポールは生来の素直な人間に戻っていた。だが、これがやがて狂うだろうという予感はあった。日曜日の午後、彼女は寝室の窓辺に立って、向こうのオークの森を眺めていた。明るくかがやく午後の空の下、木々の枝に黄昏がからまっていた。窓の前に垂れるスイカズラの灰緑色の葉の塊には、すでに芽を吹きかけているらしいものもあった。春になった。彼女は春を愛し、そして、恐れていた。

木戸がカチリと鳴って、彼女は立ちつくした。うっすらと陽ざしのある曇り日だった。ポールが自転車を押して庭へ入ってきた。いつもなら、彼はベルを鳴らすと、家に向かって笑うのだった。今日の彼は口を固く閉じ、どことなくふてくされ、嘲笑うような、冷酷な態度で歩いていた。ミリアムにはもう彼という人間がよく分かっていたので、その若い体の鋭利で高慢な姿勢を見れば、彼の心の中まで見当がついた。いつもの場所に自転車を置く置き方にも冷たい几帳面さがあって、ミリアムの心は沈んだ。

ミリアムは不安気に下へ降りた。着ているのは自分でも似合うと思っている網目の新しいブラウスだった。小さなひだ飾りのついたハイカラーのブラウスで、スコットランドのメアリー女王のようだし、驚くほど女らしく見えて威厳もあると自分では思っていた。二十歳になった彼女の胸は充分にふくらみ、体は豊潤な線を描いていた。その顔は優しくつややかな仮面のようで、無表情だった。だが二つの目は、ひとたび見あげると、夢のように美しかった。彼女はポールが怖かった。新しいブラウスに気がつくに違いない。

容赦ない皮肉な気分のポールは、原始メソジスト教会の有名な説教師が行う礼拝の物真似で、一家を笑わせていた。テーブルの上座に座り、よく動く顔の中の、優しく光ったり、笑いに踊ることもあるその目の表情を次から次へと変えて、様々な人間をからかった。彼の諷刺は、あまりにも現実そっくりで、いつもミリアムは傷ついた。頭がよすぎて、残酷すぎた。このように容赦ない憎しみにあふれる目で人をからかいだすと、彼は自分も他人も誰一人容赦しなくなるようだった。だが、ミセス・リーヴァーズは笑いころげて涙を拭いているし、日曜の昼寝から覚めたばかりのリーヴァーズ氏もおかしくて頭を撫でていた。三人の兄弟も、もじゃもじゃの眠そうなシャツ姿で、時折、爆笑していた。一家は何よりも物真似が好きだった。

ポールはミリアムに目もくれなかった。後になって、ポールがブラウスに気がついたこと、芸術家の目でそれを認めてくれたことは分かったが、そこには温かさのかけらもなかった。彼女は緊張して、棚から茶器を下ろすのさえやっとだった。

男たちが乳しぼりに出て行くと、ミリアムは思いきって彼に話しかけた。

「今日は遅かったわね」

「そう?」と彼。

しばらく沈黙がおりた。

「自転車で来るの大変だった?」

「別に」

彼女はせっせと食卓の準備を続けた。それが終わると、

「お茶まですこし時間があるわ。ラッパ水仙を見に行かない？」と言った。

彼は何も答えず、立ち上がった。二人は裏庭の芽を吹きはじめたスモモの木の下へ出た。丘も空もすっきり見えて寒かった。何もかも洗われたように輪郭がくっきりしていた。ミリアムはポールをちらりと見た。ポールは青ざめて無表情だった。大好きなポールのこの目や眉がこれほど残酷に見えることに彼女は傷ついた。

「風が強くて疲れたの？」と彼女は訊いた。

表面には現れない彼の疲労感に気づいたのだ。

「いや、違う」

「道は大変でしょ――森の風が唸っているもの」

「雲で分かるけど、西南の風だ。来る時は追い風だったんだ」

「わたしね、自転車に乗らないから、分からないのよ」彼女がつぶやいた。

「そのくらい、自転車に乗らなきゃ分からないかな」

皮肉を言わなくてもいいのに、と彼女は思った。二人は黙って歩いていた。家の裏手にある茂り放題の藪のある空地を回ると茨の生垣があって、その下の灰緑色の葉の間から、ラッパ水仙が首をもたげていた。花の外側は寒さで緑色だったが、それでもすでに花開いたものもあって、黄金色のひだ飾りがかがやいていた。ミリアムはその一つの塊の前にひざまずくと、野趣あふれる

花を両手にはさんでその黄金色の顔を自分の方に向け、口や頬や額を押しつけて愛撫した。彼は両手をポケットに突っこみ、側に立ってそんな彼女をじっと見た。彼女はほころびた黄色い花を一つ一つ、訴えかけるように彼の方に向け、たっぷり愛撫しつづけた。

「なんて素晴らしいんでしょう？」彼女はつぶやいた。

「素晴らしいって！　ちょっと言いすぎだ――かわいらしいってとこだな」

自分のほめ方にけちをつけられた彼女は、また花の上にかぶさった。ポールは、屈みこんで灼熱のキスを花に浴びせながらその精髄を吸いこむ女を見つめていた。

「どうして、きみは何でも愛撫したがるんだろう！」ポールが苛々と言った。

「でも、触るのがとても好きだから」彼女の声は傷ついていた。

「まるで相手の心を引きずりだすようなつかみ方をしなくたって。ただ好きだというんじゃだめなのかい？　どうして、もう少し自分を抑えるとか遠慮するとかできないの？」

彼女は苦しみにあふれる顔で彼を見上げながら、そのまま唇でひだ飾りのある花を愛撫し続けた。花の香りの方が、男よりずっと優しくて、あやうく声をあげて泣きそうになった。

「きみは何でも、魂を巧みに抜き取ろうとする」と彼は言った。「ぼくは決して甘い言葉で魂を盗もうとはしないよ――とにかく、正面からぶつかるね」

自分でも、自分の言っていることがよく分かっていなかった。ただ成り行きから出てきた言葉だった。彼女はポールを見た。彼の体は、固く、逞しく、彼女に敵対して、武器のように見えた。

「きみは何が相手でも、愛してくれと懇願する」彼は言った。「まるで愛の乞食だ。花に対してさえ、媚びへつらわずにはいられない――」

　ミリアムはリズミカルに、体を揺すりながら、口で花を愛撫し、花の匂いを吸いこんでいた。その後、この花の匂いを嗅ぐたびに体が震えるようになった。

「きみは、自分が愛したいとは思わない――愛されることにいつも異常なまでに焦がれている。プラスにはなれない、マイナスの存在なんだ。吸いとろう、吸いとろうとばかりして、自分を相手の愛で満たさなくてはおさまらないみたいだ。きみには何かが不足しているからだね」

　残酷な言葉に呆然として、彼女は何も聞こえなかった。彼には自分の言っていることが少しも分かっていなかった。鬱々と苦しむ彼の魂が、はばまれた情熱に熱せられ、電気の火花のようにこういう言葉を発火したかのようだった。彼女には、彼の言葉の意味が分からなかった。ただ、彼の残酷さと自分への憎しみの下にうずくまるだけだった。ぱっと理解するたちではなかった。何でも、じっと、じっと考えた。

　お茶の後、ポールはミリアムには知らん顔で、エドガーたち兄弟とばかり喋っていた。楽しみだった休日にひどく惨めになったミリアムは、彼が自分の方を向いてくれるのを待っていた。ようやく、彼も折れて、側へ来た。彼女は、彼のこんな気分の原因を突き止めようと決意した。気分の問題だと思っていたのだ。

「少し森を歩いてみない？」正面切って頼めばポールがけっして拒まないのを知っていて、こう切り出した。

兎の繁殖地まで行ってみた。途中に、いたちを捕える罠があった。樅《もみ》の小枝を細長く馬蹄形にならべて、真ん中に兎の内臓が仕掛けてあった。ポールはちらりと見て、顔をしかめた。彼女と視線があった。

「いやね？」彼女は言ってみた。

「そうかな。いたちが兎の喉に歯を立てた方がいいかい？――一匹のいたちを助けるか、たくさんの兎を助けるか――どちらかが死ななきゃならない！」

彼は生の残酷さに参っていた。そんな彼がかわいそうだった。

「家へ帰ろう、遠くまで行きたくない」と彼は言った。

二人はライラックの木の側を通りかかった。青銅色の葉が芽吹こうとしていた。乾草の山は、もうわずかしか残っていない。茶色い四角な記念碑というか、石柱のように見えた。最後に刈った乾草が小さなベッドのようだ。

「ここにちょっと座らない？」ミリアムは言った。

彼は、不承不承座り、固くなった乾草の壁に背をもたせかけた。目の前には、まるい丘々が古代円形劇場のように並んで夕映えに燃えていた。小さく白い農家がくっきり見えた。牧草地は金色にかがやき、暗くなった森もなお残照を浴びて、梢の上に重なる梢が遠くにはっきりと見えた。夕空は晴れあがり、東の方は優しく深く紅潮し、その下の大地は静かに息づいていた。

「美しいわね？」ミリアムが訴えた。

だが、彼は顔をしかめただけだった。世界がむしろ醜くあればいいと、その時は思っていた。

すると、大きなブルテリアが口をあけて駆けよって来ると、彼の肩に前足を掛けて顔をなめまわした。ポールは笑って顔をのけぞらせた。ビルというこの犬が大きな救いになった。いくら払いのけても、すぐまた跳びかかって来た。

「よせよ」ポールは言った。「ぶんなぐるぞ」

だが、犬はどうしても離れようとしなかった。ポールと犬の小ぜりあいになり、ビルは何度突きとばされても、ますます勢いこんで、大喜びでまたもんどりうって来た。犬は思いきり口をあけ、ポールは仕方なく笑いながら、犬と人がもつれあった。ミリアムはじっと見ていた。ポールの姿は哀れを誘った。何かを愛そう、優しくなろうと一所懸命で、犬を突きころがす乱暴な手つきも愛に他ならなかった。犬は起きなおると、白い顔の茶色い目をくりくりさせながら、嬉しさに息をはずませてまたよたよた戻った。犬はポールが大好きなのだ。ポールは顔をしかめた。

「ビル、もうたくさんだ」彼は言った。

だが、犬はがっしりした二本の足を愛情に震わせながらポールの腿にのせると、赤い舌で彼をなめようとした。ポールはのけぞった。

「よせ」彼は言った。「よせ――もうたくさんだ」

犬は別の楽しみを求めて、幸せそうにちょこちょこと走り去った。

彼はみじめに遠い丘々を睨んでいた。自然の静かな美しさがやりきれなかった。エドガーとサイクリングに出たかったが、ミリアムを放り出す勇気はなかった。

「何が悲しいの？」ミリアムがそっと訊いた。

「悲しくないよ、そんなことないさ」彼は答えた。「どこも悪くない」

ミリアムには、機嫌の悪い時のポールが決まって「どこも悪くない」と言うのが不思議だった。

「でも、どうしたの？」うまくなだめようと訴えた。

「何でもない！」

「嘘よ！」彼女がつぶやいた。

彼は小枝を一本拾って、それで地面を突き始めた。

「黙っててくれよ」彼は言った。

「でも、気になる——」彼女は答えた。

彼が憤然と笑った。

「きみはいつだってそうだ」

「黙ってるのはひどいわ」彼女がつぶやいた。

彼は苛立ちを抑えかねるように、とがった枝の先で地面を突いて、突いて、突いて、土を掘り返した。彼女はそっと、しっかりとその手首に自分の手を重ねた。

「やめて！　棒を捨てて」と彼女は言った。

彼は枝をスグリの茂みに放りこんで、乾草に寄りかかった。もう動きがとれなかった。

「どうしたの？」彼女が優しく訴えた。

彼は寝たまま動かなかった。目だけが生きていて、苦しみにあふれていた。

「ねえ」最後に、疲れ切って、彼が言った。「ねえ——ぼくたち、別れた方がいいよ」

それは彼女が恐れていたことだった。すぐに、目の前のすべてが真っ暗になった気がした。

「どうして！」彼女がつぶやいた。「何があったの？」

「どうもしやしないよ――今のぼくたちがどこにいるのかが分かっただけだ――もう駄目だよ――」

彼女は悲しくても我慢して、じっと待った。彼に焦れてもどうにもならない。とにかく、彼もようやく自分の悩みを語ろうとしていた。

「ぼくたちは友達でいることに同意した」ポールは生気のない、沈んだ声で続けた。「何度も、何度も、友達でいようと話した！　それが――友達のままでもいられないし、かと言って、どこかに行きつくわけでもない」

ポールがまた黙った。ミリアムはじっと考えた。この人は何を言いたいのだろう？　本当にうんざりする。彼には絶対に譲ろうとしない何かがある。それでも、我慢してやらなくちゃならないのだ。

「ぼくは、きみと友達以上にはなれないんだ――そこまでだ――ぼくの性格に欠陥があるからなんだ。それで、二人の関係もバランスが崩れてしまう――それが我慢できないんだ。もう、おしまいにしよう」

最後の言葉には熱い怒りがあった。彼は、ミリアムの方が自分が彼女を愛するより彼を愛していると言いたかったのだ。彼は彼女を愛せないのかも知れない。彼女には彼の求めるものが欠けているのかも知れない。この自己不信こそ、彼女の魂の最も深いところにある動機だった。それはあまりにも深いので、それを理解したり直視する勇気がなかった。自分には何かが欠けているのかも知れない。限りなく微妙な恥の感覚のように、この思いがいつも彼女を怯ませた。それなら、彼なしで生きて行こう。彼を求めるような真似はすまい。人生の観察者に徹しよう。

「でも、何があったの？」彼女は言った。

「いや何も――みんなぼくの問題だ――ちょうど今ごろ、はっきり出て来る。復活祭が近くなると、ぼくたちはいつでもこうだ」

ポールがすっかり頽《くずお》れた。ミリアムはかわいそうになった。少なくとも、彼女はこんな無力なもがき方はしなかった。何と言おうと、ひどく惨めなのはポールの方だった。

「それで、どうしたいの？」彼女は尋ねた。

「どうするって――きみのところへ、しょっちゅうは来られない――それだけだ。きみを独占する権利なんかないんだ。だって――つまり、ぼくはきみとつきあうには何かが欠けている――」

彼は私を愛していない、だから私が別の男を愛する機会を奪ってはいけないと言っているのだ。何て愚かで、物が見えてなくて、どうしようもなく稚拙な男だろう！　他の男など眼中にないのに！　男なんかどうでもいいのに！　だが、彼のことは、ああ、彼女は彼の魂を愛していた。その彼に何かが欠けているのだろうか？　そうなのかも知れない。

「でも、分からない」彼女はかすれ声で言った。「昨日は――」

黄昏の光が消えてゆくと、彼には耳ざわりで忌々しい夜になった。彼女は、苦悩の重さに頭をたれた。

「ぼくは分かってる」彼は叫んだ。「きみには分からない！　きみには決して、ぼくが――ぼくが肉体的にだめだってことが――ぼくが雲雀《ひばり》みたいに空に舞いあがれないのと同じように」

「何がだめなの？」彼女がつぶやいた。彼女は恐れた。

「きみを愛せない」

その時の彼は、自分が苦しめている彼女を、苦しめているという理由でひどく憎んだ。「きみを愛せない」だなんて！　彼女は、彼が彼女を愛しているのを知っているのだ。彼は彼女のものだった。彼女を愛せない、その体を、肉体を、愛せないなどと言うのは、彼女の愛を知っているからこその、妄言に過ぎなかった。彼は子供のように愚かだった。彼は彼女のものだった。彼の魂は彼女を求めていた。彼女は、彼が誰かに操られていると推測した。彼の中に誰か別の人間の冷酷さが感じられた。

「家の人たちに何か言われたの？」彼女は訊いた。

「そんなことじゃない」と彼は答えた。

彼の言い方で、そうだということが分かった。彼女は無教養な彼ら、ポールの家族を軽蔑した。あの人たちには物の真価が分からないのだ。

その晩、ポールとミリアムはそれきりほとんど話さなかった。結局、彼はミリアムを放り出して、エドガーと自転車で出かけた。

ポールは母の元へ戻った。母との絆こそが、彼の人生の一番強い絆だった。振り返ると、ミリアムはもうかすんでいた。ぼうっと現実感のない感じだった。他の人間も問題ではなかった。この世に一つだけ、決して溶けて消えることのない堅固な場所があり、それは母のいる場所だった。それ以外はすべて影のようなもので存在しないも同然だったが、母は違った。母こそが彼の人生の軸であり中心であり、彼はそこから逃れることができなかった。

母も同様に、彼を待っていた。今では、彼の中に彼女の人生があった。結局、彼女は、来世に重きを置かなかった。何かができる場所はここだと思っていた。そして、何かをすることこそ、彼女には大事だったのだ。ポールが彼女の正しさを証明してくれるだろう。彼は何事にも足をとられない立派な人になってくれるだろう。何かこの世を変えるほどの大切な仕事を残してくれるだろう。彼がどこに行こうと、自分の魂が同行した。彼が何をしようと、自分の魂はいつもその側にいて、彼に必要とする道具を手渡してやれる気がしていた。彼がミリアムといるのは耐えがたかった。ウィリアムはもういない。ポールを守ろうと必死だった。

そのポールが戻って来た。彼の心の中には、母親を裏切らなかったという自己犠牲の満足感があった。彼女は何よりも彼を愛し、彼は何よりも彼女を愛した。しかし、まだ足りなかった。あまりにも強く圧倒的な彼の若く新しい命は、別のものにせきたてられた。彼は苛々して狂いそうだった。母も気づいて、ミリアムがそういう若さだけを引き受けて、根元は自分に残しておいてくれるような女だったらと、苦々しく思った。ミリアムと戦ったのとほとんど同じ激しさで、彼は母とも戦った。

彼は一週間、ウィリー農場へ行かなかった。ミリアムはとても苦しみ、彼にまた会うのが怖くなった。彼に捨てられたという屈辱感を忍ぶ羽目になるのだろうか？　いや、それは形だけの一時的なことに終わるだろう。彼は戻って来るだろう。彼女は彼の魂の鍵を持っているのだ。だが、当座は、彼の抵抗にひどく苦しめられるだろう。彼女は怯えた。

それでも、彼は復活祭が終わった次の日曜日のお茶にやって来た。その姿に、ミセス・リーヴァーズが喜んだ。彼女はポールが何かに苛立っているのを、気がふさいで楽しめない心境を察した。慰めてもらいたくて彼女に寄って来るようだった。彼女は優しかった。敬うような態度で、とても親切に接してやった。

彼女は小さい子供たちと表の庭にいた。

「よく来てくれたわね」彼女は人の心に訴えるような大きな茶色い目で、ポールを見た。「とてもいいお天気でしょう。ちょうど、今年になってはじめて外に出てみようかと思っていたところなのよ」

彼は彼女が自分に来てもらいたがっていると感じた。そう思うと心がなごんだ。彼らはとりとめのない話をしながら出かけた。ポールも穏やかで低姿勢だった。ミセス・リーヴァーズが自分を丁重に扱ってくれるのがありがたくて涙が出そうだった。自分が情けなかった。

乾草の山のある囲い地の奥で、ツグミの巣を見つけた。

「卵を出して見せてあげましょうか？」と彼は言った。

「見せて！」ミセス・リーヴァーズは答えた。「いかにも春が来た感じがしますもの。気持がふくらんで」

茨をかきわけて取った卵を掌にのせて見せた。

「結構熱い――ぼくたちに驚いて逃げたんだ」彼は言った。

「そうね、かわいそうに！」ミセス・リーヴァーズは言った。

ミリアムはその卵と、それをとても上手に包みこんでいる彼の手に触らずにはいられなかった。

「ふしぎな温かさ！」彼女は彼に近づく口実に呟いた。

「血の熱さだ」と彼は答えた。

彼は生垣に体を押しつけて、やさしく卵をくるんだ手を茨のあいだにそろそろと伸ばして、卵を巣に返そうとしていた。ミリアムは、その姿をじっと見ていた。彼は一心不乱だった。そういう彼を彼女は愛さずにいられなかった。彼はただそれだけで、一人で充ちたりていた。彼女の手の届かない彼方にいた。

お茶の席で、ポールはミセス・リーヴァーズと聖金曜日（復活祭前の金曜日）の説教について議論した。礼拝堂は、今のこの母親の足では遠すぎた。それに、彼女はポールから説教の中身を彼の意見や註釈つきで聞く方が好きなくらいだった。他の者も全員耳を傾けた。大きな荒くれ男たちも真剣に聞いて、ポールの話から教訓を得た。

「彼は『誰がわれわれの聞いたことを信じ得たか』で始まるあの章（『イザヤ書』第五十三章）を取り上げた」とポールは言った。「そのことは良かったと思う」

ミセス・リーヴァーズの大きな茶色の目がかがやいた。

「ところが彼はそれをめちゃくちゃにした――台無しにした」

ポールが不意にミリアムを見た。今こそ味方をしてもらおうと思ったのだ。

「牧師はこう言った――」

ポールは真剣に、怒りに燃えて、その説教を繰り返した。ミリアムはこういう彼をこそ愛した。彼女は彼を見つめて、深い満足を味わった。その愛し方はベタニヤのマリア（『ヨハネ福音書』第十一章）の愛し方だった。彼の内なる男が現れた時だけ、二人の間で戦争が起こった。彼の中で、使徒と男と、どちらが強いのだろうか。ミリアムは前者を信じ、前者によってポールを掴んでいた。

彼女がテーブルを片づけていると、彼がこわばった声で言った。

「片づけがすんだら二人で出よう」

彼は流し場の食器を拭くのを手伝った。ミリアムは不安でかすかに震えた。だが、今夜は、彼の怒りを怖がる必要がないことは分かった。

「本を持って行く?」彼女は大好きな『ゴールデン・トレジャリ』（十九世紀後半の有名な詩詞集）に触れながら訊いた。二人で詩を読む時のポールが一番優しかったのだ。

「それはだめ」と彼は言った。

彼女の心は沈んだ。本棚の前に迷いながら立っていた。ポールは『タラスコンのタルタラン』（フランスの作家ドーデの小説。）を選んだ。二人はまた、乾草の山の足元に腰をおろした。彼は二ページばかり読んだが、上の空だった。犬のビルがまた同じように遊んでもらおうと、駆けよって来て、鼻面をポールの胸にすり寄せた。彼はちょっとだけ犬の耳をいじったが、すぐに押しのけた。

「あっちへ行け、ビル。うるさいよ」彼は言った。

ビルがこそこそ走り去ると、ミリアムは今度は何が始まるのだろうと、怖くなった。ポールは妙に黙りこくっていて、それが彼女を不安にして動けなくした。彼女が恐れていたのは彼の激怒ではなく、静かな決意だった。

ポールは彼女に顔を見られないように少し横を向いて、ゆっくり、辛そうに口を開いた。

「どうだろう――ぼくがこんなにしじゅうやって来なければ――きみだって誰か他の人が好きになれるんじゃないかな――他の男を」

またこの話を持ち出すのだった。

「でも、わたし、他に男の人は知りません。なぜそんなことを訊くの?」彼女は答えた。彼を責めているような低い声だった。

「だって」つい口走った。「皆、ぼくがこんなにしじゅうここへ来る権利はないって言うんだ――結婚する気がないんなら――」

ミリアムは自分たちの問題に他人が口を出すことに腹を立てた。彼女の父も、ポールに向かって笑いながら、彼がこんなによく来る理由は分かっていることを匂わせてミリアムを怒らせたことがあった。

「誰が言ってるの?」彼女は自分の一家が言っているのではないかと思いながら訊いてみた。そうではなかった。

「母とか――他にもいる。この調子だと、皆、ぼくが婚約してると思うって。ぼくもそのつもりにならなければ、きみに悪いって。よく考えてみたけれど――きみにたいするぼくの愛は、妻にたいする男の愛じゃない――きみはどう思う?」

ミリアムは不快そうにうつむいた。彼女はこんな喧嘩自体に、腹を立てていた。二人のことは二人に任せてほしかった。

「分からない」と彼女はつぶやいた。

「ぼくたちは、結婚できるほど充分に愛し合ってると思う?」彼ははっきりと訊いた。彼女は身震いした。

「いいえ」彼女は正直に答えた。「思わない——まだ若すぎる」

「もしかしたら」彼は辛そうに続けた。「きみは何にでも熱中するたちだから、きみの方がぼくに多くを捧げてくれていて——ぼくはそれに充分返せない。でも今だって——きみがその方がいいと思うんなら——婚約すればいい」

ミリアムはもう泣きたくなった。怒ってもいた。いつだって彼は、こんなに他人の言いなりになる子供なのだ。

「いいえ、そうは思わない」彼女はきっぱり言った。

彼はちょっと考えこんだ。

「それで、ぼくの場合——誰か一人がぼくを独占するなんてことは——その人がぼくのすべてになるなんてことはあり得ない——絶対にないと思ってる」

彼女は無視した。

「そうね」とつぶやき、一息置いて、また彼を見た。その黒い瞳がぎらりと燃えた。

「お母さんなのね」と、彼女は言った。「あなたのお母さんはずっとわたしが嫌いだった」

「違う、違う」彼は急いで言った。「今度は、母もきみを心配して言ったんだ。母は、このままつきあうのなら婚約するつもりでなきゃいけない、とだけ言ったんだ」ちょっと言葉がとぎれた。「それに、いつだってぼくが誘えば来てくれるだろう？」

彼女は答えなかった。とても怒っていた。

「じゃ、わたしたち、どうするの？」彼女はポツンと言った。「フランス語はやめた方がいいでしょうね。やっと分かってきたとこだけれど。でも一人でもやれると思うわ」

「そんな必要はないと思う。フランス語を教えるくらい、大丈夫だ」

「じゃ、——日曜の晩は？　わたし、礼拝堂へ行くのはやめないわ。楽しいし、世間の人に会えるのはあの日だけだから。でも、わたしの家まで送る必要はないわ。一人で帰れます」

「分かった」彼はうろたえながら答えた。「でも、もしぼくがエドガーに頼めば、彼はいつだって一緒に帰ってくれるから、そうすれば何も言われやしない」

沈黙がおりた。そうだとすれば、結局、彼女が失うものは大きくなかった。ポールの家でいくら騒ごうと、大した違いは生じない。あの人たちは口を出さないでいて欲しいものだ、と彼女は思った。

「じゃ、あまりくよくよ考えず、気にしないでね？」と彼が頼んだ。

「もちろんよ」と答えたミリアムは、彼の顔を見ようともしなかった。

彼は黙った。ミリアムは彼を頼りないと思った。目標が定まらず、自分を繋ぎとめる道徳基準という錨がない。

「男は自転車なんかに乗って」と彼はつづけた。「仕事にも行かなきゃならないし――いろいろやることがあるからね。でも、女は考えこんでしまう」

「わたしはくよくよしないわ」ミリアムは言った。本心だった。

だいぶ、肌寒くなった。二人は家に入った。

「ポール、真っ青よ！」ミセス・リーヴァーズが声を上げた。「ミリアム、どうしてポールを外で座らせたりするの。ポール、風邪ひいたんじゃない？」

「そんなこと！」彼は笑った。

だが、疲れきっていた。心中の葛藤にくたびれ果てていた。ミリアムは彼を哀れんだ。だが、彼はとても早く、まだ九時前に、帰ろうとして立ち上がった。

「帰るんじゃないわよね？」ミセス・リーヴァーズが心配そうに訊いた。

「いえ、帰ります」と彼は答えた。「今夜は早く帰ると言ってきましたから」

彼はとてもぎこちなかった。

「でも、本当に早いわ」ミセス・リーヴァーズは言った。

ミリアムは揺り椅子に座っていて、何も言わなかった。いつものように立って、自転車のある納屋まで送ってもらうつもりで、ポールはぐずぐずしていたが、彼女は動かなかった。彼は困惑した。

「じゃ――皆さん、おやすみなさい！」消え入りそうな声で言った。

ミリアムは家族たちと一緒におやすみと言った。しかし、窓を通りしなに中を覗いた彼の顔が、彼女には見えた。彼女の目に映ったその顔は青く、いつものようにかすかに眉根を寄せ、目には暗い苦しみの表情を浮かべていた。

彼が門を出て行く頃、ミリアムは立ち上がって戸口まで行き手を振った。彼はまるで捨て犬のように惨めに、松の木蔭をゆっくり走った。丘を下る段になると、自転車は勝手に傾き勢いづいた。首の骨でも折ればさぞ救われるだろう、と彼は思った。

二日後、彼は一冊の本にこれをぜひ読んで忙しくしなさいという手紙をつけて、彼女に送った。しかし、彼は以前の彼ではなかった。自分の立場が見えてしまった。彼女と決して結婚する気がないのが分かった。彼女を愛する理由が、結婚したい理由にはならない——そう結論を下した。母も今の状況は永続きしないし、あの娘を不幸にするとやかましく言い立てた。そこで彼は、彼女との間にできるだけ距離を置いた。彼女に冷たくきびしく振舞った。ミリアムにはすべてが辛かったが、彼の母親のせいにして、じっと忍んだ。彼は私から離れられないと思っていた。だが彼は彼女との間に壁を築いて、自分はその陰に隠れ、彼女から逃げようとしているようだった。ミリアムはとても苦しんだ。

その頃の彼の友情のすべてはエドガーに捧げられた。ポールはこの一家を心から愛し、その農場を心から愛し、この世で一番大切な場所になっていた。自分の家はそれほど良くはなかった。愛しているのは母だけで、だから母と一緒ならどこでも幸せなはずだった。だが、ウィリー農場のことは情熱的に愛した。男たちのブーツの音が聞こえ、犬が踏みつけられまいと片目をあけて寝そべっている狭苦しい台所が大好きで、夜、食卓の上にランプが下がり、すべてが静まりかえった時間も良かった。ミリアムがよく使う花と本とローズウッドの背の高いピアノがあって、ロマンスの雰囲気漂う、天井が低く長細い客間も大好きだった。庭も、何もない畑の縁に緋色の屋根を見せる建物も、大好きだった。家は安らぎを求めるかのように森の方へ伸び、野生の風景はえぐるように谷を下り、反対側の未耕の丘々を上った。ここにいるだけで、彼は晴々として喜びを感じた。世間ずれがしてなくて奇妙な皮肉が面白いミセス・リーヴァーズも大好きなら、温かく、若々しく、人好きのするリーヴァーズ氏も大好きだし、ポールが姿を見せると顔をかがやかせるエドガーも、弟たちも、小さな子供たちも、犬のビルも――さらには、キルケという牝豚や、ティプーというインド産シャモさえ大好きだった。ミリアム以外に、これだけの大好きなものがあった。それを諦めることはできなかった。

だから、これまでと変わらずよく出かけたが、大抵エドガーと一緒にいた。それでも、夜にジェスチャーなどのゲームをする時は、父親も含めて家族全員が集まった。その後で、ミリアムが皆を集め、それぞれ役をきめて、廉価版の『マクベス』を朗読したりもした。この時はすごく盛りあがった。ミリアムが張り切り、ミセス・リーヴァーズも高揚し、リーヴァーズ氏も楽しんだ。それから、暖炉の火を囲んで視唱法で覚えた歌を一緒に歌った。だが、今では、ポールがミリアムと二人きりになることはほとんどなかった。彼女は待っていた。彼女とエドガーとポールの三人で礼拝堂やベストウッド文学愛好会から一緒に帰る時、ポールがとても熱くとても異端的な話をするのは、実はミリアムに聞いてもらいたいからで、彼女もそのことは分かっていた。それでも彼女は、ポールとサイクリングに出かけ、金曜の夜を一緒に過ごし、昼に畑で一緒に働けるエドガーがうらやましかった。彼女の方は、金曜の晩に彼の家へ行くことも、フランス語の勉強もなくなった。彼女はたいてい一人きりで、森を散歩して思いにふけったり、本を読んだり、勉強したり、夢見たりして、じっと待っていた。彼はしきりに手紙を書いた。

ある日曜日の晩、二人はめずらしく以前の調和を取り戻した。エドガーが聖餐式はどんなものか見たいと言って、ミセス・モレルと礼拝堂に残ったので、ポールとミリアムは二人だけでポールの家へ帰って来た。彼はまた少し、ミリアムの虜《とりこ》になっていた。例によってその日の説教について話しあった。彼は今ではまっしぐらに不可知論の方に突き進んでいたが、きわめて宗教的な不可知論だったので、ミリアムもあまり苦しまなかった。二人ともルナン（十九世紀フランスの思想家・言語学者・宗教史家。実証主義の思想によって、キリスト教の先駆的研究を行った）の『イエス伝』の段階だった。ミリアムは、ポールが自分の信仰のすべてを脱穀する脱穀場だった。彼女の魂を足場にして自分の思想を踏みつけてみると、自分の真理が立ち現れた。彼女だけが彼の脱穀場になれた。彼女だけが彼の理解を助けた。彼女は、彼が論じ、説明するのを、ほとんど何も感じないかのように、おとなしく聞いていた。するとなぜか、彼女のおかげで、少しずつ自分の誤りが分かってきた。彼が理解した内容は、彼女にも分かった。わたしなしではこの人はやって行けない、と彼女は感じた。

ポールの家はひっそりしていた。彼が流し場の窓から鍵を取って、二人は中へ入った。彼はずっと自分の議論をしていた。ガス灯を点け、暖炉に石炭を足し、食器室から彼女に菓子を取ってきた。彼女は皿を膝にのせ、静かにソファに座っていた。桃色がかった花をいくつかつけた白い大きな帽子をかぶっていた。安物だが、ポールはこの帽子が好きだった。その下の金色を含む小麦色で血色の良い顔は静かな愁いを帯びていた。彼女の耳はいつも、短い巻毛の下に隠れていた。じっとポールを見ていた。

ミリアムは、日曜日のポールが好きだった。日曜に、彼は体のしなやかな動きがよく分かる黒いスーツを着た。すると、清潔でくっきりした印象になった。彼はまだ、自分の考えを彼女に語りつづけていた。不意に、その手が聖書に伸びた。体を伸ばしてぱっと欲しいものに達する彼の鋭さが好きだった。すばやく頁をめくると、ヨハネ伝の一章を読んできかせた。彼が肘掛椅子に座り、ただ考えに没頭したまま声に出して本を読む姿を見ていると、何か仕事に熱中している男が手許《てもと》の道具を使うように、彼女はポールに無意識的に使われているような気がした。彼女はそれがとても嬉しかった。彼の声の焦がれる感じは、何かに一心に手を伸ばしているようで、自分がその道具になった心地がした。彼から離れたソファに座ったまま、彼女は彼の道具となってしっかり摑まれているようだった。強い喜びが体を貫いた。

彼は言いよどむようになり、何かを気にしはじめた。そして「女が子を産む場合には、その時がきたというので、不安を感じる」（『ヨハネ福音書』第十六章二十一節）まで来ると、そこを飛ばした。彼が神経質になってゆくのが、ミリアムには分かっていた。この有名な節をポールが飛ばすと、彼女はひるんだ。彼はまだ読み続けていたが、彼女の耳にはもう入らなかった。悲しみと恥ずかしさで、彼女は頭を垂れた。半年前だったら、彼は淡々とその節を読んだだろう。今の彼のミリアムとの交渉には引っかかりがあった。今では、二人の間に敵対する何かが、恥となる何かがあるのを、彼女は感じた。

彼女はもくもくと菓子を食べていた。彼は議論をつづけようとしたが、前の調子に戻れなかった。まもなくエドガーが入ってきた。ミセス・モレルは友達の家へ行っていた。三人はウィリー農場に向けて出発した。

ミリアムは、ポールとの別れを考えつづけた。彼は何か他のものを求めていた。満足することができず、彼女にも安らぎを与えられなかった。今では常に争いの種があった。彼女は彼を試してみようと思った。自分こそ彼の人生に一番必要なものだという信念には変わりがなく、それさえ自分にも相手にも証明できれば、他は枝葉末節で、成り行きまかせに未来を信じておけばいい。

そこで五月になると、ミリアムは彼に、ミセス・ドーズに会ってみないかと言ってウィリー農場に誘った。彼には何か焦がれるものがあった。二人の間でクララ・ドーズの話がでると彼がかならず興奮してちょっと怒ったようになるのに、ミリアムは気づいていた。クララが嫌いだと彼は言った。だが、しきりに彼女のことを聞きたがった。それなら、自分で試してみればいい。ミリアムは、彼には高いものを求める欲望と低いものを求める欲望とがあって、けっきょく高いものへの欲望が勝つだろうと信じていた。とにかく、彼が自分で試してみればいい。ミリアムは、彼女の言う「高い」と「低い」が自分の基準でしかないことを忘れていた。

彼はウィリー農場でクララに会うという話にずい分興奮した。クララは朝から農場へやって来た。頭の上に鳶色の髪を重そうに巻き、白のブラウスに紺のスカートをはいていた。彼女がいるとなぜか周囲のものが貧弱でつまらなく見えた。台所は狭苦しくあまりにお粗末に見えた。ミリアムが使うほの暗く美しい客間は野暮ったく見えた。リーヴァーズ一家が昼のロウソクのように影が薄くなった。彼らにとって、クララはいささか我慢ならなかった。彼女は申し分なく愛想がよかったにもかかわらず、冷たく堅い鉄のようだった。

ポールが来たのは午後だった。早く着いた。ミリアムが見ていると、自転車からひらりととび降りた彼は、熱心に家の方をふり返った。クララが来ていなければ失望しただろう。ミリアムは日差しのまぶしさに頭を垂れて彼を迎えに出た。ナスタチウムがひんやりした葉の陰で真っ赤な花をつけていた。黒髪のミリアムが嬉しそうに彼を迎えた。

「クララは来てないの？」彼は訊いた。

「来てるわ」ミリアムが美しい声で答えた。「本を読んでいるわ」

彼は自転車を押して納屋へ入れた。ご自慢の美しいネクタイをしめ、それに合わせた靴下をはいていた。

「今朝来たの？」彼は訊いた。

「ええ」並んで歩きながらミリアムが答えた。「リバティの人から来た手紙を持ってきてくれるって言ってたわね。忘れなかった？」

「あ、いけない、忘れた！」彼は言った。「でも、持ってくるまで、せっついてね」

「せっつくのなんて嫌」

「そんなこと言わないでさ。クララは少しは感じよくなった？」と続けた。

「いつだって感じのいい人だと思うけど」

彼は黙っていた。今日いやに早く来たのは明らかにクララのせいだ。ミリアムはもう苦しみ始めた。二人は家の方へ歩いた。自転車に乗る時使うクリップはズボンから外したものの、せっかくの靴下とネクタイなのに、靴の埃は払おうとしなかった。

クララは涼しい客間に座って、本を読んでいた。ポールの目に、白いうなじとその上にあげた美しい髪が映った。興味なさそうに彼を見ながら、彼女が立ちあがった。握手をするために片腕をまっすぐ上げると、彼を近づけまいとしながら、同時に何かをこっちへ投げてくるように見えた。ブラウスの下の彼女の胸のふくらみを、腕のつけ根を包む薄いモスリンの下の肩の美しい曲線を、彼は見のがさなかった。

「天気のいい日に当たりましたね」彼は言った。

「偶然よ」彼女は言った。

「ええ、よかった」と彼が言った。

彼女は彼の丁寧な挨拶に礼を言うこともなく、腰をおろした。

「朝のうちは何をしていたの？」ポールはミリアムに訊いた。

「そう、実はね」ミリアムはかすれ声で咳をしながら言った。「クララはうちのお父さんと一緒に来たの——だから——まだ来てからたいして経ってないの」

クララはテーブルにもたれ、つんとすまして座っていた。ポールが見ると、その手は大きいけれどもよく手入れがしてあった。皮膚は粗いと言ってもいいほどで、白く不透明で、金色のうぶ毛が生えていた。その手をポールに観察されていても平気だった。ポールをばかにするつもりなのだ。太い腕を片方、テーブルに無頓着に投げ出していた。怒ったように口をかたく閉じて、軽くそっぽを向いていた。

「この前の晩、マーガレット・ボンフォード（婦人参政権論者で後に労働大臣になったマーガレット・ボンドフィールドを想起させる）さんの集まりに見えてましたね」ポールはクララに言った。ミリアムは、こんなに腰の低いポールを見たことがなかった。クララはちらりと彼を見た。

「ええ」

「どうして知っているの？」とミリアムは訊いた。

「汽車まで時間があったんで、ちょっとだけ寄ってみたんです」と彼は答えた。

クララはばかにしたように、また横を向いた。

「あの人はかわいいですね」ポールは言った。

「マーガレット・ボンフォードが！」クララは声をあげた。「あの人はたいていの男より、ずっと頭がいいわ」

「そうでないとは言いませんでしたよ」彼はなだめるように言った。「それでも、かわいいんです」

「そして、それ以外はどうでもいいのね」クララは威圧するように言った。

彼は半分戸惑い、半分腹を立て、頭をかいた。「頭がいいことより、その方が大事なんじゃないかな」彼は言った。「頭がよくたって、結局天国へは行けないし」

「あの人は、天国へなんか行きたがっていないわ――この世で、正しい分け前にあずかりたいと思っているだけよ」クララは反論した。まるでミス・ボンフォードが、ポールのせいで何かを奪われているみたいな言い方だった。

「ええ」彼は言った。「温かい人だと思いました、とてもいい人だ――ただ、弱すぎる。楽で静かな生活ができればいいのにと思いました――」

「『旦那さんの靴下をかがりながら』ってわけね」クララは容赦なかった。

「あの人だったら、ぼくの靴下だってかがってくれるだろうと思いますよ」とポールは言った。

「しかも上手にね。ぼくの方だって、あの人に頼まれたら喜んで靴を磨いてあげますね」

しかし、クララは、彼のこの切り返しには答えなかった。彼はしばらくミリアムと話した。クララはつんとすましていた。

「さあ」彼は言った。「エドガーのところへ行ってみようかな。彼は畑?」

「石炭を取りに出かけたと思う」ミリアムは言った。「すぐ帰って来るはずだけど」

「じゃ迎えに行ってみよう」ポールは言った。

ミリアムには、三人でと言い出す勇気がなかった。彼は立ちあがって外へ出た。

ハリエニシダの花が咲いている一番高い道まで行くと、エドガーが牝馬の横をだらだら歩いて来た。馬は石炭をがしゃがしゃ鳴らして引っぱりながら、白い星のついた額を上下に振っていた。エドガーはポールの姿を見ると顔をかがやかせた。エドガーは、黒い温かい目のハンサムな男だった。着ているものは古くてずい分みすぼらしいけれど、歩きっぷりは堂々としていた。

「おおい」彼は帽子もかぶっていないポールを見て言った。「どこへ行くんだい?」

「きみを迎えに来たんだよ。『ネヴァーモア』さん（E・A・ポウの詩「大鴉」に出てくるリフレイン）にうんざりしちゃってね」

エドガーが可笑しそうに笑い、白い歯が光った。

「『ネヴァーモア』さんって、誰？」

「例のご婦人さ――ミセス・ドーズだよ――『もうたくさん《ネヴァーモア》』と語りし大鴉夫人てとこだ」

エドガーは大喜びで笑った。

「嫌いなのかい？」

「全然だめ」ポールは言った。「じゃ、きみは？」

「まっぴらだ！」腹の底からそう思う答え方だった。「まっぴらだ！」エドガーは口をすぼめた。

「あまり好みじゃないね」と言うとちょっと考えていた。「でも、どうしてあの人のことを『ネヴァーモア』さんなんて呼ぶの？」

「ああ」ポールは言った。「あの人は、男を見ると偉そうに『もうたくさん《ネヴァーモア》』と言うし、鏡に映った自分を見てもさげすむように『もうたくさん《ネヴァーモア》』、過去を振り返るとうんざりして『もうたくさん《ネヴァーモア》』だし、未来を思っても鼻で笑って『もうたくさん《ネヴァーモア》』だからさ」

エドガーにはポールの説明は少し考えてもよく分からなかったが、笑いながら、「男嫌いということだな？」

「**自分**ではそのつもりなんだ」ポールは答えた。

「でも、きみはそうは思わないんだね？」

「思わない」ポールは答えた。

なかった。

「彼女はきみには感じがよくなかったのかい？」

「あの人が誰かに感じよくするって想像できる？」ポールは訊いた。

エドガーは笑った。二人は力を合わせて、石炭を車から庭へ下ろした。ポールは、もし窓から顔を出せばクララに見えるのが分かっているので、それを気にして固くなった。彼女は顔を出さなかった。

土曜の午後は馬にブラシを掛けて手入れをする。ポールとエドガーは馬のジミーとフラワーの体から出る埃にくしゃみをしながら、一緒に手入れをした。

「何か新しい歌を教えてくれないか？」エドガーが言った。

彼はその間も働きつづけた。屈むと首の後ろが赤く日に焼けていて、ブラシを握る指が太かった。ポールは時折、彼をじっと見ていた。

「『メアリ・モリソン』はどうかな」ポールは言った。

それにしよう、とエドガーも言った。彼は美しいテノールの声の持主で、ポールが知っている歌を何でも覚えたがった。荷馬車に乗っている時に歌うのだ。ポールはお話にならないバリトンだったが、いい耳を持っていた。だが、クララに聞かれるのが嫌で、小声で歌った。すると、エドガーがよくとおるテノールで一節ずつ繰り返した。時々、二人ともくしゃみをした。するとまず先にした方が、次に後からした方が、それぞれ自分の馬をののしった。

ミリアムは、男たちに我慢できなかった。つまらないことをすぐに面白がる。ポールだってそうだ。つまらないことにここまで熱中する彼は異常ではないか、と彼女は思った。

二人の作業が終わるとお茶の時間だった。

「何の歌だったの？」ミリアムが訊いた。

エドガーが教えた。話は歌のことになった。

「こんな風にとても楽しいのよ」と、ミリアムはクララに言った。

ミセス・ドーズは重々しくゆっくり物を食べた。男たちがいるとかならずよそよそしくなった。

「歌はお好き？」ミリアムは彼女に訊いた。

「上手な歌ならね」と、クララは言った。

当然、ポールが赤くなった。

「高級な、訓練を受けた歌い方ならというわけですか？」彼は言った。

「歌らしくなるためには、声の訓練が必要だと思うの」と、彼女は言った。

「口をきくのを許すにも、まず声の訓練が必要だと言ったらどうですか」彼はやり返した。「本当は、ただ楽しいから歌うっていうのが普通ですよ」

「他の人間には迷惑ってこともあるわよね」

「それなら、耳に蓋をつければいい」

若い男たちは笑った。沈黙がおりた。ポールは真っ赤になって、黙々と食べ続けた。

話はまたも女の給与も男のそれと同じであるべきかという問題に戻った。ミセス・リーヴァーズが男には扶養家族があると主張したのに対して、クララ・ドーズは、男女を問わず同量の労働には同額の給与を支払うべきだと言った。リーヴァーズ氏もこの主張にほぼ賛成だった。ポールはミセス・ドーズの言うことには何もかも反対したくなった。彼は女というのは労働市場では補助的役割を果たすにすぎず、多くは一、二年間自分一人が食うための一時的な存在だと主張した。クララは父母や姉妹などを養っている女性の数をあげた。

「それに、世の中の三十歳以上の男の大半は妻子を養っている——そして、その妻は普通、給与所得者ではない」とポールは反論した。

「わたしね」クララが氷のような口調で言った。「あなたみたいなタイプ、前にも会ったことがあるわ。何でも知っているとうぬぼれている若い男——」

「すると、あなたは、男は何も知らないと思っている若い女性ですね」とポールがやり返した。

「ええ、そうよ——お話がお上手ね」と彼女は言った。

ポールはかっとした。それから、吹きだした。

「まるで婦人参政権論者の集会みたいだ。あなたが演壇に立っていてね」と彼は言った。

すると、クララは、頭のてっぺんまで真っ赤になった。

「どうして、ぼくのことを、男の人たち呼ばわりをするんだ。こっちは一人のぼく自身にすぎないのに」と彼は続けた。

「それじゃ不足みたいにね」と、エドガーが笑った。

「そしてぼくはブーディカ女王（一世紀の東ブリテンの女王でローマ人と戦って敗れた）から『シャツの歌』（トマス・フッドが一八四三年『パンチ』誌に発表した針子の過重労働を歌った詩）まで、英国史上のあらゆる罪の責任を取らされる。こんなバカなことがあるものか——男にも現代社会に居場所があればと思うよ——どんなに狭い隅っこでもいいから」

「まあまあ」ミセス・リーヴァーズが冗談を言った。「結局、人間ていうのはこんなものだから、彼の場所だって大して変わらないわよ」

だが、この冗談は微妙すぎてクララにしか通じなかった。クララはむっとした。

お茶が済み、ポール以外の男が皆出て行くと、ミセス・リーヴァーズはクララに言った。

「で、あなた、今の方がお幸せ？」

「はるかに」

「ご満足なのね！」

「自立して自由な暮らしができればいいですわ」

「それで人生に物足りないところはないんですか？」ミセス・リーヴァーズは穏やかに訊いた。

「過去のことは、みんな忘れてしまいましたわ」

ポールはこのやりとりを聞いていると落ち着かなかった。彼は立ち上がって、

「その忘れたものに、いつも躓《つまず》くことになりますよ」と言い、牛小屋の方へ出て行った。自分でも上手く言ったと思い、男の誇りに高揚した。煉瓦道を歩きながら、口笛を吹いた。

少し後にミリアムが、クララと三人で散歩に行かないか訊きに来た。三人でストレリー・ミル農場の方へ出かけた。ウィリー池のある側を小川ぞいに歩きながら、茂みの向こうにピンクのセンノウが木洩れ日にかがやく森の外れを眺めていると、木の幹や細いハシバミの低木の彼方に、男が鹿毛《かげ》の大きな馬を引いて窪地を行く姿が見えた。赤く大きな馬がほの暗いハシバミの緑の群生の中、空気までが過去の世界のようにほの暗い中を踊り進むような姿には中世ロマンスの香り

がした。悲恋のディアドラかイズールト（共にケルト伝説のヒロイン）のために咲いたような青ざめゆくブルーベルの花の群生に埋もれていた。

　三人は、魅せられて、足をとめた。

「騎士になりたいな」と、ポールは言った。「ここに大きなテントを張るんだ」

「そして、あたしたちを間違いのないよう閉じこめるわけ？」クララが応じた。

「そう」彼は答えた。「侍女と一緒に刺繍をしながら歌を歌ってもらいますよ。ぼくは白と緑と薄紫の、あなたの旗印を掲げます。楯には『女性社会政治同盟』のW・S・P・Uというイニシャルを刻み、その上に立ち上がる女性を描きます」

「あなたはきっと、女に自分で戦わせるより、自分が女のために戦いたい人なのね」クララは言った。

「それがいい！　自分で戦っている女というのは、鏡に映った自分を見て怒り狂っている犬みたいだ」

「そして、**あなた**が鏡っていうわけ？」クララが口をゆがませて言った。

「あるいは鏡に映った犬かも」彼は言った。

「あなた、頭が良すぎるんじゃない、残念ながら」クララは言った。

「じゃ、善い人間になるのはあなたにまかせます」彼は笑いながらやり返した。「善い人になってね、美しの君よ。ぼくは頭が良いだけの人になります」

だが、クララは彼の軽口に飽きていた。彼はその顔を見ていて、不意に、彼女が上を向いているのは軽蔑のせいではなく、惨めだからだと、気がついた。彼の心にすべての人への優しい気持があふれた。振り返って、その時までないがしろにしていたミリアムに優しくした。

　三人は森が切れるところで、リム氏に出会った。色の黒い痩せた四十男の彼は、ストレリー・ミル農場を借り、牛を育てていた。逞しい種馬のたづなを、疲れた表情で力なく握っていた。三人は、最初の小川の踏み石を彼に先に行かせようと立ちどまった。ポールは、こんな大きい動物が底知れない生命力で足どりも軽く歩くのに感嘆した。リム氏が三人の前で止まった。

「リーヴァーズのお嬢さん、お父さんに言っといてくれ」妙に甲高い声で言った。「お宅の牛が三日つづけて奥の柵を破ったんだよ」

「どこの柵を？」ミリアムはびくびくしながら訊いた。

　大きな馬は息づかいも激しく、赤い脇腹をくねらせた。頭を下げ、垂らしたたてがみの下から、大きな美しい瞳で、うさんくさそうに三人を上目づかいに見ていた。

「ちょっとこっちへ来て」リム氏が答えた。「見せてやるから」

　男と馬が前に進んだ。馬は小川に足を踏みいれると、白いけづめ毛を震わせ怯えたようになって横に跳んだ。

「変なまねするな」男は温かく馬を叱咤した。

　馬は小走りに土手を上がると、水しぶきをたてて二番目の小川を巧みに渡った。クララはむっとした投げやりな顔で歩いていたが、馬の動きにはばかにしながらも魅せられた。リム氏は足を止め、柳の下の柵を指さした。

「ここだ、入った跡があるだろ」と、彼は言った。「うちの者が三回とも追い返したんだ」

「ええ」ミリアムは自分が悪いことでもしたように赤くなった。

「寄ってくかい？」男は訊いた。

「お気づかいありがとうございます、でも池の方を通らせていただきたいんです」

「ああ、好きなように」彼は言った。

馬は家のすぐ側まで来た嬉しさに、何度も小さくいないた。

「帰って来て喜んでる」クララが言った。馬に魅かれていた。

「そうだ――今日はだいぶ遠くまで行ったから」

門を入ると、大きな農家から、やや小柄で色黒で興奮しやすそうな三十五くらいの女が出て来た。髪に白髪がまじり、黒い目は獣のようだった。両手を後ろにまわして歩いて来た。兄のリム氏も前に進んだ。大きな鹿毛《かげ》は女の姿を見ると、また一声いなないた。女は夢中で駆け寄った。

「坊や、お帰り！」彼女は優しく、男ではなく馬に言った。この立派な獣は、彼女の方に身をくねらせ頭をすり寄せた。女は後ろ手に隠していた黄色いしなびたリンゴを馬の口にそっと入れてやると、目の縁にキスをした。馬は嬉しそうに大きく息を吐いた。女は馬の頭を両手で抱え、自分の胸に押しつけた。

「すばらしい馬ですね！」ミリアムは女に言った。

ミス・リムが顔をあげた。その黒い目が真正面からちらりとポールを見た。

「まあ、リーヴァーズさん、こんばんは」彼女は言った。「ずいぶんお久しぶりね」

ミリアムは連れの二人を紹介した。

「ほんとに見事な馬！」クララは言った。

「そうでしょ！」と言って、女はまた馬にキスをした。「どんな男にも負けないくらい愛してくれるの！」

「大半の男よりもっと愛してくれるでしょ」クララは答えた。

「いい男《こ》なの！」女は叫んで、また馬の首を抱きよせた。

クララもこの大きな馬に魅せられ、近づいてその首筋を撫でた。

「とっても優しくてね」ミス・リムは言った。「大きな奴って、そうでしょう？」

「ほんとに美しい！」クララは答えた。

彼女は馬の目を覗きこみたかった。この馬に自分を見て欲しかった。

「口がきけないのが残念ね」彼女は言った。

「あら、でも話せるんですよ――話せるようなものです」相手の女は答えた。

すると、彼女の兄が、馬を引いて歩きだした。

「家に寄っていきませんか？　ぜひ、お立ち寄り下さい、ええと、お名前は？」

「モレルさんよ」ミリアムが言った。「で、またの機会に。でも水車小屋の池のそばを通らせていただきたいんですけど」

「ええ、どうぞどうぞ。モレルさん、あなた、釣りをなさいます？」

「いいえ」ポールは言った。

「もし釣りをなさるのなら、いつでもお出かけください」ミス・リムは言った。「いつも、めったに人に会えないので、大歓迎です」

「池には、何の魚がいるんです？」彼は訊いた。

彼らは前庭を抜けて水門を越え、険しい土手を池に向かって上った。池は陰の中に横たわり、その中に木の茂った島が二つ浮かんでいた。ポールはミス・リムとならんで歩いていた。

「ここで泳ぎたいなあ」と彼は言った。

「どうぞ、どうぞ」彼女は答えた。「お好きな時にぜひ。兄もあなたと話ができて喜ぶわ。話し相手がいないので黙りこくってるの。ぜひ泳ぎにいらして」

クララが側に来た。

「いい深さね、水が透きとおってる」彼女は言った。

「ええ」ミス・リムが答えた。

「あなたは泳ぎますか？」ポールはクララに言った。「今、ミス・リムに、来たい時に泳いでもいいと言われてたんですが」

「もちろん作男たちはいますけど」とミス・リムは言った。

三人で少し話してから、この獣じみた目をした孤独な女を土手に残して、野生の丘を上って行った。

丘は陽光にあふれていた。人手の入らない藪だらけの地を兎が走り回っていた。三人は黙々と歩いた。

すると、「あの人といると窮屈だ」とポールが言った。

「ミス・リムのこと?」ミリアムは訊いた。「たしかに!」

「あの人、何がまずいんだろう?　孤独すぎて気が変になりかけてるのかな?」

「そうよ」ミリアムは言った。「ああいう生活のできる人じゃないのよ。こんなところに置いとくのは残酷だわ。もっと会いに行ってあげなくちゃ。でも——あの人と会うと気がめいって」

「気の毒になるね——そう、彼女といるとうんざりする」彼は言った。

「あの人」クララが不意に言った。「男が欲しいのよ」

あとの二人が少し黙りこんだ。

「でも、変になったのは孤独のせいだ」とポールが言った。

クララは答えずに、大股で坂を上って行った。両腕をぶらぶらさせ、枯れたアザミや藪の草を蹴とばすような大きな歩幅で、頭を下げて勢いよく歩いて。歩くというより、彼女の凜とした体が勝手に坂を上ってゆく感じだった。ポールはかっと体が熱くなった。彼女を知りたくなった。苦労の多い人生だったのかも知れない。並んで歩きながら話しかけてくるミリアムのことは忘れた。ミリアムはポールが返事をしないのに気がつき、ちらりと彼を見た。彼の目は前を歩くクララに釘付けだった。

「あの人のこと、やっぱり感じが悪いと思う?」彼女は訊いた。

彼にはこの質問が唐突には思えなかった。自分の考えていたことと一致していた。

「何か問題を抱えている」彼は言った。

「ええ」ミリアムは答えた。

丘の頂は、隠された原野だった。二方は後ろが森で、もう二方はサンザシとニワトコの木が緩く背の高い生垣を作っていた。伸び放題の低木の間に牛が通り抜けたような隙間があったが、牛の気配はなかった。芝が綿ビロードのようになめらかで、兎の足跡や穴があった。野原そのものは荒れていて、刈られたこともない背の高い大きなキバナノクリンザクラが一面に生えていた。背の高い妖精の船がひしめく停泊地のようだった。

「ああ！」ミリアムが叫び、黒い瞳を見開き、ポールを見た。彼も微笑んだ。二人で、花の野を満喫した。クララはやや離れたところに立ち、キバナノクリンザクラを暗い顔で見ていた。ポールとミリアムは身を寄せ合うようにして低い声で話した。彼は片膝をついて、花から花へ、一番いいものばかりを手早く摘んでまわりながら、ずっと小声で喋っていた。ミリアムは愛おしむように、一本一本丹念に摘んでいた。彼女は、ポールのやり方はいつでもあまりにも素早すぎ、科学的にさえ思えた。そのくせ、彼の花束はミリアムのよりも自然のままの美しさがあった。彼は花を愛したが、それは花が自分の物で、自分には花にたいして権利があると言うような愛し方だった。彼女は、もっと花を崇拝した。花には、彼女が持っていない何かがあった。

集めた花はとてもみずみずしくいい匂いがした。ポールは花を飲んでしまいたかった。集めている間も、小さく黄色い「ラッパ」の所を食べてみた。クララはまだ暗い顔で歩きまわっていた。彼は彼女に近づいて「なぜ花を摘まないんですか？」と言った。

「摘むのはよくないと思う。生えているままの方がきれいだわ」

「でも、少しは摘みたいと思うでしょう?」

「花は、そっとしておいてもらいたいでしょ」

「そうは思いません」

「あたしは、自分のそばに花の死骸なんか置きたくない」と、彼女は言った。

「それは固苦しい、不自然な考え方だ」彼は言った。「生えたままでも、花瓶に挿しても、寿命は同じです。それに、花瓶に生けると美しい——生き生きします。死骸に見えるものだけを死骸と呼ぶのです」

「ほんとうは死骸でも?」

「ぼくには、死骸じゃないんだ。枯れた花も花の死骸とは違います」

　クララはポールの言葉を無視した。

「でも、そうだとしても——どんな権利があって、花を摘んだりするの?」彼女は訊いた。

「好きだからですよ、摘みたいからです——それにたくさん咲いている」

「だから、いいの?」

「いいですとも。いけませんか?　ノッティンガムのあなたの部屋に置けば、いい匂いがしますよ」

「それで、その花が枯れて行くのを眺めて楽しめってわけね」

「でも、枯れたって、かまわないじゃありませんか」

　これだけ言うと、ポールはクララから離れ、淡く光る泡の塊のように野に咲きみだれる花の上に屈みながら歩き出した。ミリアムも近づいてきた。クララも膝をついて、キバナノクリンザクラの匂いを嗅いでいた。

「わたし」と、ミリアムが言いだした。「敬意をもって扱いさえするなら、花に害を加えることにはならないと思うの。大事なのは花を摘むときの心よ」

「そうだよ」彼は言った。「でも違う、きみが花を摘むのは、花が欲しいからにすぎない」彼は自分の摘んだ花を彼女に差し出した。

　ミリアムは黙っていた。彼はさらにまたいくつか摘んだ。

「見てごらん、これを！」彼は続けた。「強く潑剌《はつらつ》として、小さな木みたいだ。ムッチリした脚の男の子みたいだ」

　クララの帽子は、そう遠くない草の上に置いてあった。彼女はひざまずいて、まだ屈んだまま花の匂いを嗅いでいた。そのうなじを見ると、ポールは胸が締めつけられて痛くなった。こんなに美しいのに、今は自らを誇ることもない。ブラウスの下で、乳房がかすかに揺れた。アーチ状にカーヴした背中も強く美しかった。彼女はコルセットを着けてなかった。不意に、われ知らず、ポールは彼女の髪から首筋へ、手いっぱいのキバナノクリンザクラを撒きちらした。

　灰は灰に、塵は塵に還る。

　神があなたを召されなければ、悪魔があなたをさらって行く。

と唱えた。

ひんやりとした花が彼女のうなじに落ちた。彼女はポールが何をしているのだろうといぶかるように、怯えた灰色の悲しい目で彼を見あげた。花が彼女の顔に落ち、彼女は目を閉じた。

彼女の上に立っていたポールは、急に、自分をぶざまに感じた。

「葬式をして欲しいんだろうと思って」彼はどぎまぎして言った。

クララは奇妙な声を立てて笑い、髪についた花を手に取りながら立ちあがった。帽子を拾い上げ、ピンで髪に留めた。花が一つ、まだ髪にからまっていた。彼は気がついたが、黙っていた。そして、クララの上に撒いた花をまた集めた。

ブルーベルの花が森の縁から野の方に溢れこぼれて、洪水のようになっていた。今は、色あせかけていた。クララがふらふらとそちらに近づいた。ポールも彼女の後を追った。彼はブルーベルに魅せられた。

「森からこんなに溢れ出て！」彼が言った。

すると、クララが、不意に温かい感謝の表情を浮かべて振り返った。

「ええ！」と言って、微笑した。

彼の血が沸き立った。

「森に住んでいた原始人のことを想像してしまいます、遮るもののないこの広い野と対峙して、どんなに怖かっただろうと」

「怖かったと思う?」彼女は訊いた。

「古代人には、どっちが怖かったかな——暗い森から急に開けた光の空間に飛び出すのと、開けた場所から忍び足で森の中へ入って行くのと」

「後の方じゃないかしら」彼女は言った。

「そうか、あなたは自分が開けた場所にいて、無理やり暗い所へ潜りこもうとするタイプだと感じているんだ?」

「さあ、どうかしら」彼女は奇妙な声で答えた。

これで話は途切れた。

夕闇が深まっていった。谷間はすでに闇の中だった。向かい側のクロスリー・バンク農場に、ぽつんと小さく四角い明かりが点っていた。丘々の頂は夕映えにかがやいていた。ミリアムが、大きくばらばらになりそうな花束の中に顔を埋もれさせながら、泡立つように一面に咲くキバナノクリンザクラに足首まで埋まって、ゆっくり近づいて来た。背後では、木々が黒々とした影になりかけていた。

「行きましょうか?」彼女が言った。

三人は家路についた。皆、黙っていた。道を下ると、真向かいに家の灯が見え、丘の尾根には空に接する炭鉱村の暗く細い輪廓が、小さく点々と点る明かりとともに見えた。

「良かったね?」ポールは訊いてみた。ミリアムはつぶやくように良かったと言い、クララは答えなかった。

「そう思いませんか?」彼は食いさがった。だが、クララは頭を上げて歩くばかりで、やはり答えなかった。彼には、投げやりなクララの歩きぶりから、彼女が心の奥で苦しんでいるのが分かった。

この頃、ポールは母をリンカンへ連れて行った。母は相変わらず明るくて意欲的だったが、車内で向かい側に座ると、弱々しく見えた。一瞬、母が自分の前から遠ざかってゆく感覚に襲われた。彼女をつかまえ、縛りつけ、鎖につなぎたいほどだった。この手で母を掴んでいなくてはいけない気がした。

二人の汽車がリンカン市に近づいた。二人とも、窓から有名な大寺院を探した。

「そら、あそこだ、母さん!」彼が叫んだ。

大寺院は腹ばいで頭だけもたげた獣のように、平原に身を横たえ、頭を上げていた。「ああ!」母も叫んだ。「あれね!」

彼は母を見た。母の青い目は、静かに大寺院を見つめていた。また、母が手の届かない所へ行ってしまったような気がした。大空を背に青く気高くそびえるこの大寺院の永遠の休息の中にある死が、母の中にも見えた。すでに生き終えたものの宿命はもはや変えがたく、彼がその若い意志の力をいかに振りしぼっても、どうしようもなかった。彼は母の顔を見た。皮膚はまだ美しい艶を失わずうぶ毛に包まれていたが、目尻には小じわが寄り、少し下がった瞼は動かず、いつも固く結んだ口元には、幻滅が漂っていた。そして、ついに死ぬ運命を知ったかのような、あの寺院と同じ永遠の表情が浮かんでいた。彼は魂の総力を挙げ、これに抵抗した。

「母さん、町の上に大きくそびえてるじゃない？　あの下にいくつもいくつも通りがあるんだよ。町を全部あわせたより大きく見える」

「ほんとに！」母はまた生の明るさを取り戻して声をあげた。だが、彼はすでに、座ってじっと窓から大寺院を凝視していた母を見ていた。その動かない顔と目には、人生の容赦なさが映っていた。目元の小じわと、かたくなに閉ざされた口元を思い、彼は気が狂いそうになった。

二人は、母には法外な浪費と思える食事をした。

「わたしが喜んでるなんて思わないでよ」彼女はカツレツを食べながら言った。「わたしは嫌なの、ほんとに嫌なの！　おまえの金を浪費するなんて！」

「ぼくのお金は、気にしないで」彼は言った。「ぼくが恋人をデートに連れ出してる男だってこと、忘れないで」

そして、母に、青いスミレを何本か買った。

「ほんとにおやめ！」母が命じた。「わたしがそんなものをつけられて？」

「余計なことを言わないで！　じっとしてて！」

こう言うと、ハイ・ストリートの真ん中で、母の上着に花をつけた。

「わたしみたいなお婆ちゃんに！」彼女は鼻を鳴らした。

「いい？」彼は言った。「すごいおしゃれに見られたいんだ。だから、偉そうにして」

「ぶつわよ」母は笑った。

「もったいぶって歩いて！」彼が命じた。「孔雀鳩になって」

母を連れてこの通りを歩くのに一時間かかった。グローリー・ホール（イギリス最古の十二世紀の橋ハイ・ブリッジの通称）の上に立ち、ストーン・ボウ（十五〜十六世紀建造のリンカン市南門）の前に立ち、いたる所に立って、感嘆の声をあげた。

男が一人近づいて来て、帽子を取り、彼女にお辞儀をした。

「奥さま、町を御案内いたしましょうか？」

「いいえ、いいんです。息子がいますから」と彼女は答えた。

ポールは、彼女の答え方に威厳が足りないと言って怒った。

「勝手になさい！」彼女は叫んだ。「あら！　あれがユダヤ人の家（十二世紀に建った英国最古の住宅の一つ）！　ほら、あの講演おぼえてる？　ポール――」

だが、母は、大寺院に行く坂を上ると息が切れた。初め、ポールには分からなかった。ところが、突然、母が口もきけなくなったのに気づいて、小さなパブに連れて行って、休ませた。

「何でもないよ！」彼女は言った。「心臓がすこし古くなっただけよ、仕方がないわ」

彼は答えずに、母を見た。また胸が熱く締めつけられた。彼は泣き叫びたかった。怒りに物を叩き壊したかった。

また、一歩一歩、とてもゆっくり、坂を上り出した。一歩一歩が彼の胸に載せられる重しのようだった。心臓が裂けるかと思った。母子はようやく頂上まで上った。母は城門や寺院の正面を見て、陶然とした。自分のことはすっかり忘れた。

「ほんとに、こんなにいい所だとは思わなかった！」彼女が叫んだ。

だが、彼は堪らなかった。母についてどこへ行っても気持が晴れなかった。二人は寺院の中で座った。聖歌隊席の小さな礼拝に参加した。母はおどおどしていた。

「誰でも入れるんだろうね？」彼女は息子に訊いた。

「うん、追い出すような失礼なまねはしないでしょう」

「まあ、そうね！」彼女は声をあげた。「でも、あなたのそんな言葉を聞いたら、きっと追い出すわね」

彼女の顔は、礼拝の間、また喜びと安らぎにかがやくようだった。ポールの方は、怒り狂い、泣きわめき、ものを叩き壊したいとずっと思っていた。

礼拝がすんで、外の壁にもたれて眼下の町を眺めていると、彼が突然、言い出した。

「どうして若い母親を持てないんだろう？　どうして母親は老いているんだろう？」

「まあ」母は笑った。「母親の方だって、どうしようもないわね」

「それに、どうしてぼくは長男に生まれなかったんだ！　ほら――よく、下の子の方が得をするって言うだろう――でも、長男は、若い母親を持てるんだ。母さんもぼくを長男に産めばよかった」

「わたしがそうしたわけじゃないわ」母はたしなめた。「考えてちょうだい、あなただって同罪よ」

母の方を向いた。彼は蒼白で、目は怒りに燃えていた。

「どうして、母さんは年をとるの！」無力感に逆上していた。「どうして、歩くこともできないの！　どうして、ぼくといろんな場所へ行けないの！」

「昔なら」母は答えた。「あんな坂くらい、あなたよりずっと楽々駆け上がれたわよ」

「それが、ぼくに何になるの！」彼は叫んで、握りこぶしで壁を叩いた。急に愚痴っぽくなった。

「母さんが病気だなんて、何てことだろう。そんな――」

「病気だなんて！」母は声をあげた。「すこし、年をとっただけよ、それは我慢しなくちゃ、それだけのこと」

二人は黙った。だが、これ以上耐えられなかった。お茶になると、また陽気さを取り戻した。ブレイフォードの脇の店に腰をおろして舟の往き来を眺めながら、彼はクララのことを母に話した。母は次から次へと訊いてきた。

「じゃ、その人、今は誰と暮らしてるの？」

「ブルーベル・ヒルの母親のところにいるんだ」

「暮らしには困ってないのね？」

「困ってるんじゃないかな。レースの内職をしてるんだと思う」

「で、その人の魅力はどこ？」

「魅力的かどうか分からないけど、でも、すてきな人だ。まっすぐな人だ――深みはない、全然ない」

「でも、あなたよりずっと年上でしょう」

「三十だ。ぼくはそろそろ二十三」

「どうしてその人が好きなんだか、まだ聞いてないわ」

「自分でも分からないからさ――何となく反抗的な――ちょっと怒ってるみたいなところ」ミセス・モレルは考えた。今なら息子がその気のある誰かと恋におちたら喜んだだろう。ただ、何に関しての、その気なのかは分からなかった。それでも、ポールはひどく苛々して、急に怒りだすかと思えば、また落ちこんだりした。誰かいい女性と知り合えばいいと思いながら――具体的なことは分からなかったので、曖昧にしておいた。とにかく、クララには反対ではなかった。

アニーも結婚することになった。相手のレナードは就職して、バーミンガムにいた。週末に彼が帰って来たとき、ミセス・モレルはレナードに、

「あなた、あまり顔色がよくないわ」と言った。

「そうでしょうか」彼は言った。「具合が悪いようなあまり良くないような感じで、お義母さん」

彼は少年っぽくもう「お義母さん」などと呼んでいた。

「下宿はほんとに大丈夫なの？」彼女は訊いた。

「ええ、ええ。ただ――お茶を自分でいれて――それを受け皿にあけてぴちゃぴちゃ飲んでも誰にも怒られないのが、何か変なんです。なんだかまずくなるような気がするんですよ」

ミセス・モレルは笑った。

「それで体調くずしたの？」

「どうかな――結婚したいんです」指をねじり自分の靴に視線を落として、急に言いだした。二人とも黙った。

「でも、あと一年待つって言ったわよねえ」ミセス・モレルが声をあげた。

「ええ、たしかに」しかし、彼に譲る気配はなかった。

彼女はまた考えた。

「それに」彼女は言った。「アニーは少しお金使いが荒いでしょう。十一ポンドしか貯金がないのよ。それに、あなただって、まだそんなに」

彼は耳たぶまで赤くなった。

「二十三ポンドあります」彼は言った。

「それだけじゃ、すぐなくなるわ」

彼は何も言わずに、指をねじった。

「それに」彼女は続けた。「わたしには一銭もないから――」

「そんなこと、とんでもない、ぼくは、お義母さん！」彼は真っ赤になって、辛そうに、異議を申し立てた。

「そうね、分かってるわ。ただ、わたしにお金があったらと思ってね。結婚式や何やらに五ポンド要るでしょう――すると二十九ポンドしか残らないわ。それっぽっちじゃ、大したことはできないわ」

彼は、下を向いたまま、がっくりきて、頑なに指をねじっていた。

「でも、あなた、本当にアニーと結婚したいの？」彼女は訊いた。「どうしても、したいの？」

彼は青い目でまっすぐ彼女を見つめた。

「はい！」

「それなら」と、ミセス・モレルは答えた。「皆でできるだけのことをしなくちゃね」

また顔をあげた彼は、涙を浮かべていた。

「アニーにみじめな思いをさせたくないんです」彼は苦しそうに言った。

「ねえ、あなた」ミセス・モレルは言った。「あなたはしっかりしてるし——ちゃんとしたところに勤めてるじゃないの。わたしが若くて、男の人に心から望まれたら、前の週の給料しかなくても結婚したわ。貧乏なスタートを切るのは、アニーには多少辛いかも知れない。それが若い娘ってものよ。きれいな自分の家に住むのが、楽しみなの。でも、わたしだって家具は高価だった！だから、どうってこともないのよ」

こうして、アニーとレナードの結婚式が間もなくあった。アーサーも帰って来て、光りかがやく軍服姿を披露した。アニーはのちのち晴れ着になるような明るいグレーのドレスで、とてもよく似合っていた。ミセス・モレルは娘が結婚するのをばかだと言って、婿になるレナードにも素っ気なかった。ミセス・モレルはボンネットに白い羽根飾りをつけた上、ブラウスも白をあしらったものを着て、二人の息子にめかし過ぎだと冷やかされた。レナードは陽気で愛想よく、自分がひどいばかに思えた。ポールには、アニーが結婚したがる理由があまりよく分からなかった。彼はアニーが好きだったし、彼女もポールが好きだった。悲しみながらも、二人の結婚がうまく行けばいいと願った。真紅と黄の軍服姿のアーサーは目がさめるほどハンサムで、本人もそれを分かっていたが、内心では軍服を恥じていた。アニーは母と別れる段になって、台所で大泣きした。ミセス・モレルも少し泣いたが、その後はアニーの背中を叩いて、

「さあ泣くんじゃない、あの人が優しくしてくれるよ」と言ってやった。

モレルは足を踏み鳴らして、わざわざ自分を縛りつける娘はばかだと言った。レナードは蒼白な顔で緊張しきっていた。ミセス・モレルは彼に向かって、

「この子を頼みますよ、任せましたからね」と言った。

「大丈夫です」彼はこの試練にほとんど死にそうな思いで言った。これですべてが終わった。

父とアーサーが床に就いても、ポールはいつも通り、腰を下ろして母と喋っていた。

「母さん、アニーが結婚しても悲しくないんだね？」と、彼は訊いた。

「あの子が結婚したからって、悲しくないわ――ただ――あの子がわたしから離れてゆくのは、変な感じね。わたしよりレナードと暮らす気になるのも辛い気がするけど。それが母親ってものなんだね――ばからしいのは分かってるけど」

「アニーのことで落ちこんだりするかな？」

「自分が結婚した時のことを考えると」と母は答えた。「とにかく、あの子にはわたしみたいな人生を送らせたくないと思うわ」

「でも、母さんは、彼ならアニーを任せて大丈夫だと思ってるんでしょう？」

「ええ、ええ！　彼にはアニーはもったいないって人は言うけれど、わたしはレナードみたいに人間が正直で、女の方でも大好きって言うんだったら、もうそれで――大丈夫。あの人だってアニーに劣りはしない」

「じゃ、いいんだね？」

「相手がどこまでも真っ正直な人間だと思わなかったら、絶対に自分の娘を結婚させないわ。でも、いなくなると、穴があいたようね」

二人とも落ちこんで、アニーを取り戻したくなった。黒に白い縁の新しい絹のブラウスを着た母が、淋しそうだった。

「とにかく、母さん、ぼくは絶対に結婚しない」彼は言った。

「ああ、皆そう言うのよ。いい人に会うまでの話。あと一、二年のことよ」

「でも、母さん、ぼくは結婚しない。母さんと暮らして、女中を雇おう」

「ああ——口で言うのは簡単。いずれ分かる時が来るわ」

「いつごろ？　ぼくはもうそろそろ二十三だ」

「そうね——あなたは早く結婚するたちじゃないわ。でも三年経てば——」

「三年経ったって、やっぱり母さんと一緒だ」

「いいわよ、どうせ分かるから」

「でも、母さんはぼくに結婚して欲しくないんだろう？」

「あなたが誰も世話をしてくれる人なしに一生を終えるなんて嫌——だめよ」

「じゃ、結婚すべきだと思うの？」

「誰だって、いつかは結婚しなくちゃ」

「でも、母さんは、なるべく遅い方がいいわけだね」

「辛いからねえ——とても辛いだろうねえ。よく言うでしょ、

『息子は嫁をもらうまでわたしの息子
　娘は一生わたしの娘』

って」

「じゃ、母さんも、ぼくは奥さんのものになっちゃう息子だと思うんだ？」

「だって、母さんつきで結婚してくれなんて、あなただって頼めやしないわ」ミセス・モレルは微笑んだ。

「奥さんは好きにやればいい――ぼくたちのことに干渉する必要はない」

「結婚前はそうよ――問題はその先よ」

「先なんかどうだっていい。ぼくは母さんがいる限り結婚しない――絶対にしない」

「でも、わたしはあなたを一人だけで残して死ぬのは嫌よ」彼女は叫んだ。

「ぼくを残して死んだりするもんか。母さんは？　五十三だ！　七十五歳まで大丈夫だ。その時、ぼくはでっぷり太った四十四だ。地味な相手と結婚するよ。ね？」

　母は椅子に座ったままで笑った。

「寝なさい」彼女は言った「寝なさい」

「きれいな家に、母さんとぼくで住んで、召使を一人置こう。それで万事幸せだ。絵を描いて金持になってるかも」

「寝なさいったら！」

「そしたら、母さんには小馬に引かせる馬車を買おう。どう——ヴィクトリア女王みたいに乗りまわすのさ」

「寝なさいって言うのよ」彼女は声を上げて笑った。

彼は母にキスして二階へ行った。彼の未来の夢はいつでも同じだった。

ミセス・モレルは座ったまま、考えこんだ——アニーのこと、ポールのこと、アーサーのことを。娘がいなくなり鬱々とした。彼女の人生は豊穣の時を迎えていた。今こそ、子供とともにいるために生きなければ、と思った。一家は固く結びついていた。ポールは母を求めたし、アーサーも母を求めた。アーサーにはその瞬間瞬間しかなく、自分がどれほど母を愛しているか分かっていなかった。自分というものをいやおうなく理解する経験がまだなかった。軍隊は体を鍛えてくれたが、魂を鍛えてはくれなかった。健康そのもので、とても美しい顔立ちで、生気に輝く茶褐色の髪が小さめな頭に撫でつけられていた。鼻のあたりに子供っぽい感じがあり、濃い青色の目には娘っぽさもかいま見えた。だが、茶色い口ひげの下の肉厚の赤い唇は男のもので、顎もがっしりしていた。口は父親のもので、鼻と目は母の母方の——美しい顔立ちで信念に欠ける一族のものだった。ミセス・モレルはこの子が心配だった。すっかりやらかしてしまえば、その後は大丈夫だろう。でも、いったい、何をやらかすのだろう？

結局、軍隊は何一つ彼の役に立たなかった。彼は、下士官にいばられるのをひどく怒っていた。獣のような服従の義務を嫌がった。だが、反抗するほど無分別ではなかった。そこで、軍隊生活をせいぜい楽しむことにした。歌もうまいし、陽気な友達にもなれた。へまをするのは毎度のことだったが、男らしいへまなので、すぐに許された。自尊心は満たされなかったが、それなりに楽しんでいた。顔立ちのよさや姿の美しさに加え、あかぬけてもいたし、まずまずの教養もあったから、欲しいものはたいてい手に入り、挫折感はなかった。それでも腰が座っていなかった。何か心に疼くものがあった。じっとしていられず、一人でいられなかった。母には低姿勢だった。ポールには敬意と愛情を抱きつつ、かすかに軽蔑していた。ポールも彼に敬意と愛情を抱きつつ、かすかに軽蔑していた。

ミセス・モレルには父が残してくれた数ポンドがあったので、これで息子を除隊させることにした。彼は狂喜した。休暇をもらった少年のようだった。

彼は以前からビアトリス・ワイルドが大好きだったが、この休暇にまた彼女と親しくなった。彼女は前より強く健康になっていた。二人でよく遠くまで散歩に出た。アーサーは軍隊式にやや堅苦しく彼女に腕を貸した。彼女が家に来てピアノを弾き、彼が歌うこともあった。すると、アーサーは軍服のカラーのホックをはずして、上気した顔で、目をかがやかせ、逞しいテノールの声で歌った。歌い終わると、二人でソファに腰をおろした。彼は自分の体を見せびらかす風だった。彼女も、彼の厚い胸、脇腹、ぴっちりしたズボンの下の太腿を意識した。

彼女が相手の時は、好んで方言で話した。ビアトリスは一緒に煙草を吸うことがあった。彼の煙草を三、四回だけふかすこともあった。

「だめ」ある晩、彼女がアーサーの煙草に手を伸ばすと、彼が言った。「だめ。でも、煙のキス

ろうとした。

「煙草が吸いたいのよ、キスはまっぴら」彼女は答えた。

「だって、キスのついでに煙草も吸えるぜ」

彼女は「あんたの煙草から吸いたいの」と叫ぶなり、アーサーがくわえている煙草をひったくろうとした。

彼はビアトリスと肩をくっつけて座っていた。

彼女は小柄で電光石火だった。彼はかろうじて身をかわした。

「煙のキスだ」彼は言った。

「アーティ・モレルさんって、やな人」彼女はまたソファに深く掛けた。

「さあ、煙のキスだ?」

アーサーは、笑いながら屈みこんだ。その顔がビアトリスの顔のすぐそばに来た。

「だめよ!」彼女は言うと、横を向いた。

彼は煙草を大きく吸い、口をすぼめて彼女に唇を近づけた。刈りこんだ焦げ茶色の口ひげが、ブラシのように逆立っていた。彼女はとがった真っ赤な唇を見たと思うと、さっと彼の手にした煙草を引ったくって逃げ出した。彼は彼女の後ろから跳びかかって、頭の後ろの櫛をもぎ取った。彼女は振り返り、煙草を投げてよこした。彼はそれを拾ってくわえ、またソファに座った。

「やな人!」彼女が叫んだ。「櫛を返して!」

彼女は、アーサーに会うために念入りに結《ゆ》った髪が解けないか気になった。立ったまま、両手で頭を押さえていた。彼は櫛を膝の間に隠した。

「持ってないよ」

言いながら、口にくわえている煙草が笑いで震えた。

「嘘つき！」彼女が言った。

「ほんとさ」彼は両手を見せて笑った。

「ワル！」彼女は叫んで、彼が膝の下に隠した櫛を取ろうとかかってきた。彼女がぴちっとしたズボンの下のなめらかな彼の膝を引っぱってもがいていると、彼は笑いころげて、ソファに引っくり返った。煙草が口から落ちて、あやうく喉を火傷しそうになった。日焼けしたなめらかな皮膚の下では血が沸き返り、彼はその青い目がかすむほど、喉がつまって苦しくなるほど、笑いころげた。それから、起き上がった。ビアトリスは、櫛を頭に差していた。

「くすぐったいじゃないか、ビート！」彼がしゃがれ声で言った。

ぱっと彼女の小さな白い手が飛び、彼の顔を打った。彼は思わず立ちあがって彼女を睨みつけた。二人は睨み合った。女の頬がゆっくりと赤らんだ。彼女は目を伏せ、ついにはうつむいた。彼はむっとした顔で腰を下ろした。彼女は髪を直しに、流し場へ引っ込んだ。一人になると、涙が頬をつたった。どうしてか、彼女にも分からなかった。

戻って来た彼女は平然としていた。だが、それは、彼女の内側の火を隠す膜にすぎなかった。彼は乱れ髪のまま、むっとソファに座っていた。彼女は向かいあった肘掛椅子に座った。どちらも口をきかなかった。静寂の中で、時計の音が大きく響いた。

「きみは小猫だ、ビート」彼がようやく、半分言い訳のように、口を開いた。

「あなた、図々しいわ」彼女が応じた。

また、長い沈黙がおりた。彼は動転しながら強気をくずせない男のように、一人で小さく口笛を吹いていた。突然、彼女が彼につかつかと近づいて、接吻した。

「したげたわよ、かわいそうな坊や！」彼女はからかった。

彼は奇妙な笑みを浮かべ、顔をあげた。

「もう一度？」彼は誘った。

「できないと思って？」彼女も応じた。

「さあ！」彼は彼女の方に口を突き出して挑発した。

奇妙に震える笑みを浮かべながら、彼女はゆっくりと、彼の唇に自分の唇を重ねた。その笑みは女の体全体に広がっていった。たちまち、彼の両腕が女を抱きかかえた。長い接吻が終わると、彼女はすぐに彼から顔を離し、そのほっそりした指を開いたカラーのすきまから彼の首筋に入れた。それから、目を閉じて、また接吻に身をゆだねた。

彼女は自分の自由意志で行動する女だった。したいことをして、自分でその責任を取った。

ポールは身のまわりの生活が変わりつつあるのを感じていた。青春の時期は過ぎた。今は大人ばかりの家庭だ。アニーは結婚したし、アーサーも、他の家族には分からない彼一人の人生を楽しんでいる。彼らは皆、ずっと長い間、家庭が中心で、そこから外へ遊びに出るという生活をしていた。ところが今では、アニーもアーサーも、生活は母のいる家の外にあった。家は休暇の時、休息したい時に帰って来るだけだった。だから、この家には鳥が飛び立った後のような、奇妙な空しさが漂っていた。ポールはますます落ち着かなくなった。アニーとアーサーはすでに去り、ポールも後に続きたくてうずうずしたが、彼にとって、家とは母の傍らのことだった。それでも、他に何かがあった。外に彼が欲する何かがあった。

彼はますます、苛々した。ミリアムでは満たされなかった。彼女と一緒にいたいというかつての激しい欲望は、徐々に薄れた。クララとも時にはノッティンガムで会い、時には一緒に集会に行き、時にはウィリー農場で会った。だが、農場で会うのは難しくなった。ポールとクララとミリアムの間に、敵対する三角関係が生まれたのだ。クララと一緒だと、ポールは、およそミリアムには受けいれがたい、こざかしくて小生意気な人間になった。その前の彼は露と消えた。ミリアムが寄り添ってしんみりしていても、クララが現れるとすぐにいっさいが変わり、彼はこの新しい女のために演技を始めた。

ミリアムと乾草の中で美しい夕べの一刻を過ごしたことがあった。彼は馬に馬鍬《まぐわ》を引かせる仕事が終わり、乾草を積みあげているミリアムの手伝いに来た。そして、自分の希望と絶望を語《ま》って、自分の魂を彼女の前にさらけだした。ミリアムは、彼の内にある震える生命そのものを目のあたりにする思いだった。月が出て、二人は一緒に家に戻った。どうしても彼女が必要でやって来た様子だったので、彼女は愛情と信頼のすべてを捧げて彼の話に耳を傾けた。ポールが彼の最良の部分を自分に預けてくれたので、自分は一生それを守っていこうと思った。空が星を抱きしめるよりももっと堅固に、もっと永《とこし》えに、ポール・モレルの魂の善なる部分を守ってやろうと決意した。ポールと別れた後も、彼を信じる喜びに酔いながら、一人で家路についた。

その翌日、クララが来た。皆で乾草畑でお茶をすることになっていた。夕映の空が金色に染まり、やがて暗くなって行くのをミリアムはじっと見ていた。その間中、ポールはクララとふざけていた。彼が高く高く乾草を積みあげ、二人でそれを飛びこえた。ミリアムはこの遊びが気に入らず、脇に立って見ていた。エドガーとジェフリーとモリスとクララとポールが跳んだ。体の軽いポールが勝った。クララは躍起になった。彼女はアマゾンの女族のように足が速かった。ポールは、彼女がきっとなって乾草の山めがけて走り出し、向こう側へ跳んで降りる姿に魅せられた。彼女の胸が揺れ、豊かな髪がほどけた。

「触ったよ！」彼は叫んだ。「たしかに触った！」

「嘘よ！」彼女はすぐやり返すと、エドガーを振り返って、「触らなかったわよ、ねえ？　きれいに飛べたでしょ？」と言う。

「さあ」エドガーは笑った。

誰にも分からなかった。

「でも、草に触った。きみの負けだ」

「触りませんったら！」彼女は叫んだ。

「絶対だよ」とポール。

「この人、ぶんなぐってやって！」彼女はエドガーに叫んだ。

「だめだよ」エドガーは笑った。「できないよ。自分でなぐれよ」

「なぐられたって、きみが草に触った事実は変わらない」ポールは笑った。彼女はポールに激怒した。大勢の男たち相手にあげたささやかな勝利が、消えてしまったのだ。彼女はこの遊びに我を忘れていた。それが今、ポールに攻められている。

「あなたって、最低！」彼女は言った。

ポールがまた笑った。その笑い方がミリアムを苦しめた。

「それに、きみがあの高さを跳べないくらい、分かってたさ」彼は相手をからかった。

クララは彼に背を向けた。しかし彼女が耳を傾け、意識する相手は彼だけで、彼の方でも彼女しか意識していないことは、誰の目にも明らかだった。男たちは、二人の喧嘩を見て面白がった。だが、ミリアムはやりきれなかった。

ポールがより高いものを棄てて低い方に流れかねないことがミリアムには分かった。自分自身を、より深い真のポール・モレルを裏切りかねないのだ。彼にはアーサーのように、父親のように、軽薄になり欲望の満足だけを求める危険があった。ポールが自分の魂をないがしろにして、クララとこんな下らないやりとりをしていると、ミリアムはやりきれなかった。二人でひやかし合ったりして、ポールがはしゃいでいる脇を、ミリアムは苦い気持で黙々と歩いた。

しかも、後で、ポールは自分で認めはしなかったが、自分で自分のふるまいが恥ずかしくなって、ミリアムの前にひれふした。それでいて、また反抗を始めるのだった。

「宗教的な姿勢っていうのは、宗教的ではない」と彼は言った。「空を飛んでいる時の烏は、宗教的だと思うんだ。でも、烏は行くところへ運ばれてゆくように感じて飛んでるだけで、何も自分が永遠につながると思って飛んでいるわけじゃない」

しかし、ミリアムは、人間は万事において宗教的でなければならない、神の正体が何であれ、すべてに神を見なければならないと思っていた。

「神が神自身についてそれほど知っているとは思わない」彼は叫んだ。「神はものを**知らない**んだ。神はもの**そのもの**なんだ。神は魂で一杯の存在ではない」

これを聞くと、自分勝手に快楽を求めるポールが無理やり神を自分の味方にしたがっているように、ミリアムには思えた。二人の戦いは長く続いた。彼はミリアムのいる前でも完全に彼女を裏切り、後で恥じ入り、後悔した。それから、また憎んで、彼女の元を去った。その果てしない繰り返しだった。

彼はミリアムに魂の底まで苛立った。彼女は変わらなかった——悲しげに思いに沈んで彼を崇拝しつづけた。その彼女を彼は悲しませた。彼はミリアムを思って深く胸を痛めながら、同じくらい、彼女を憎んだ。ミリアムは彼の良心だった。そして彼の良心はなぜか彼には重すぎた。ある意味で、ミリアムが彼の最良の部分を掴んでいるので、彼女を棄てられなかった。彼女は彼のそれ以外の四分の三の部分を認めてくれないので、彼女の側に留まることもできなかった。こうして、彼は自らを傷つけて、いても立ってもいられなくなった。

彼女が二十一になった時、彼はミリアム相手でなければとても書けない手紙を書いた。

「あなたに誕生日の手紙を書くべきなのか？——計画を立ててそんな手紙を書くのは百害あって一利なしだと思いませんか？　必ずやもったいぶって説教くさくなるでしょうから」そして、もったいぶった言葉がつづいた。「この前のぼくの手紙を読んで、あなたも成年に達したことを喜べたのではないですか。財産を相続した相続人になった気がしませんか？　今やあなたは百パーセントあなたの持ち物です。自分を持つだけではまだ不足ですか？——まさか！」

このあたりからポールは自意識過剰に苦しみ始めた。足元を削り取られて、自分の足で立てずに、もがいて、あがいて、しどろもどろになった。

「最後にもう一度だけ、ぼくたちの古い擦り切れた愛を語ってもいいでしょうか。この愛もまた変わりつつありますよね。いわば、この愛の肉体は死に、不死身の魂があなたに残ったのではないでしょうか？　そう、ぼくはあなたに精神の愛を贈ることはできます。それなら、もうずっと長いこと、あなたに捧げてきました。でも、肉体化した情熱を捧げることはできない。そう、あなたは尼僧です。ぼくがあなたにあげたものは、清らかな尼僧に——神秘家の僧が神秘家の尼僧に捧げるものです。それをあなたが一番高く評価しているのは間違いありません。でも、あなたは、もう一つのことを嫌っています——いや、嫌ってきました。ぼくたちの関係には、肉体が一切ありません。ぼくはあなたに向かって、感覚を通して語るということをしません——むしろ精神を通して語ります。だからぼくたちはふつうの意味で愛し合えません。あなたに話しているのに、あなたを見ていないことがよくあります。分かりますか？　あなたの黒くて美しい瞳に語りかけることも、さっと振ると絹のように美しい髪に隠れた耳にささやくこともしないで、心の中の奥深くにいるあなたに話しかけているのです。運命が介入しない限り、これは一生変わらないでしょう。分かりますか。ぼくがなぜ、クリスマスのヤドリギの下でしかあなたに接吻しないのか、分かりましたか。分かりますか？——果たしてぼくは分かっているでしょうか。それに、これでいいのでしょうか、どう思う？　ぼくは自分が洗練されすぎている、文明化されすぎていると思います。こういう人間はたくさんいると思います。

あなたはぼくの中に、他の人には埋めることができない場所を占めています。あなたはぼくの成長を根本から支えてくれました。さて、二人の魂の間に雲のように横たわっていたこの深い悲しみは、消え始めているのではないでしょうか？　ぼくたちの愛は日常的な愛情ではありません。今までのところ、ぼくたちはこの世に生きているので、二人で一緒に生きようとするとひどいことになります。と言うのも、ぼくはあなたの側にいると、バカができないのです。いつも聖人ぶっていたら、ぼくは骸骨になってしまいます。結婚した男女は、当たり前のように、下らない部分も見せあいながら愛情豊かな人間として生活を共にしなければなりません。魂の繋がりではないのです。ぼくはそう感じています。

将来、ぼくも結婚するかもしれません。相手はぼくが接吻し抱くことができる、子供を産ませることができる、ふざけたことも、下らないことも、まじめなことも話せる女です。こういう恐ろしい深刻さとは無縁の女です。運命の組み合わせというものを考えてみて下さい。あなたも結婚するかもしれませんが、相手は、あなたの前に火のように自分をさらけだす男ではないでしょう。分かっていただけるでしょうか——自分だって分かっているのかよく分かりませんが。でも、あなたには、こんな話をするとぼくが不愉快になることが分かっていますよね。だから、この話はこのくらいで終わりましょう。何から何までごめんなさい——すべて不自然なことは分かっていますーーこの手紙は燃やしてください、そして、もう考えないでください。あるいはぼくに考えさせないでください。そうすれば二人の重荷も少しは軽くなることでしょう。『倫理学入門』はどう思われるでしょうか？　きっと、気に入ると思います、そしたら、今度その話をして、ぜひ学び合いましょう。あなたはさらに豊かになるでしょう。違いますか？　ぼくたちの交際は、一つの小さな誤りさえなければ、すべて美しいものになるはずでした。

　そしてあなたは二十一。あなたが今や自立した女になったのがとても嬉しいです。あなたはぼくに劣らず強い、違いますかーーいや、ぼくよりも強い。生きるためには賢くなって、あまり自分を追いこんではいけません。下らないことを楽しみ、苦ではなく美を求めていかないと、にっちもさっちもいかなくなります。気をつけて、気をつけて、神経の過敏な箇所には一言も触れてはいけません。

　そう、土曜のあなたのパーティでは明るく行きましょう。ぼくは悲しんでない、今は、少しも、ぼくの心は悲しんでない。

　この手紙を出したものかーーぼくは迷う。でもーー理解することが一番です。さようなら」

　ミリアムはこの手紙を二度読み、その後で封をした。それから一年後に、封を解き、手紙を母親に見せた。

「あなたは尼僧ですーーあなたは尼僧です」この言葉が何度も何度も彼女の心を突き刺した。彼の言葉で、これほど深く、確かに、彼女の心に致命的な傷を負わせたものはなかった。

　パーティの二日後に、彼女は返事を出した。

「『ぼくたちの交際は、一つの小さな誤りさえなければ、すべて美しいものになるはずでした』」という彼の言葉を引き、ミリアムは書いた。「その誤りはわたしの誤りだったのですか？」

彼はほとんどすぐに、ノッティンガムから返事を出し、同時に小型本の『オマル・ハイヤーム』（十一〜十二世紀のペルシャの詩人、ここでは十九世紀末に英国で流行した有名な詩集『ルバイヤート』をさす）も送った。

「――この小さな本の薄っぺらな表紙のあいだにはたくさんのことが入っています。しかし、ぼくがこれを買ったのは、生きている間は生きるという赤葡萄酒を飲んで楽しもうというその教訓のせいです。ぼくはもう一冊『祝福されし乙女』（昇天した女性を主人公とするD・G・ロセッティの神秘的な詩）も持って行って、夕べにあなたとロセッティを語りあいたい。

悪かったのは自分か、とお尋ねですか？　そんな！　一体どこに、一人で過ちを犯せる人などいたでしょうか？　あなたの犯した誤りは永遠を求めた故の偉大な誤りでした。ところが、ぼくの誤りは執拗に肉体を――もろく、固く、窮屈な肉体に目を向けることでした。そして、その肉なる我を、ぼくは交互に憎んだり愛したりしたのです。自分の肉体を愛した時はあなたに辛く当たり、憎んだ時は自分とその他のすべてに辛く当たりました。ぼくにはとても残酷になれる才能があると思いませんか。

あなたの誕生日にもまだ荒れていたとしたら、それは長々と降った火曜日の霙《みぞれ》に洗われた輝きが水曜日の陽光の中に見えたからです。ぼくは、あなたのようにじっくりと戦い抜くことはせず、敵の首を締めて、揺さぶり、この汚らわしい野良犬めと言ってやります。そうやって追い払い、自由になるのです。それからあいつは弱虫だったと言って笑ってやります。ところが、しばらくすると、奴がまだそこにいて死んでいないのに気がつき、また真っ暗な気分に落ちこみ――たまらなくなるとまた奴に激しく打ってかかります。このゲリラ戦がうまく行ったり、行かなかったりする。大勝利はありません。ワーテルローの会戦とはいきません。だから、ひどく苦しむわけではないものの、より不安定になります。結局、ばかみたいな話です、『ぼくたちの』問題は。違いますか？

返事をもらって嬉しいです。あなたが実に冷静で自然なので、ぼくは恥ずかしくなりました。ぼくは何という大げさな騒ぎかたでしょう！　でも、ぼくはプレーしなければなりません。理解しがたいとは思いますが、ぼくは敵のまわりをぐるぐる廻って踊りながら、彼らに向かってわめき、彼らを偵察し、こちらの手に入るものは何でも利用してフェイントをかけながら、時に取っ組み合うのです。あらゆるものと取っ組み合い、あなたのように悲しみを胸に秘めていては、疲労しきって死んでしまうでしょう。この点、ぼくたちの性格は極端に異なります。だから、ぼくたちの気持はよくすれ違います。しかし、根本では、いつも一緒なのかも知れません。

ぼくの絵に好意を示してくださるのには、お礼を言わなくてはいけません。多くのスケッチがあなたのために描かれました。これはぼくにとって恥ずかしくもあり名誉でもありますが、あなたの変わらぬ大いなる共感的批評こそぼくの楽しみとするものです。笑っちゃうけど、嬉しくもあり。

さようなら。そろそろこのひどく味気ない話に格好をつけなくては。この手紙は焼いてくださいね。何でも燃してしまうというのが、ぼくの方針です。喜びを思い出させるものほど、良いものはないのですから。そして、たいていのものは涙を秘めていて、そういうものからは逃げ出さなくてはいけません――」

これで、ポールの恋愛の第一段階が終わった。彼もそろそろ二十三で、まだ童貞だったが、これまで長いことミリアムがあまりにも洗練させてしまった性本能が、今や異様に激しくなってきた。クララ・ドーズと話していると、血が熱く速く動きだすような、そのあたりに生きものがひそんでいて妙に胸を締めつけられるようなあの感じによく襲われた。新たな自己が、新しい意識の中心が生まれて、いずれ女を求めずにはいられなくなるぞと彼に警告した。だが、彼はミリアムのものだった。彼女があまりにもそう信じきっているので、彼も彼女の権利を認めた。

第十章　クララ

二十三の時、ポールはノッティンガム城で催される冬季展覧会に、風景画を一つ出品した。ジョーダン社長の娘が彼に非常に興味を持って家へ招いてくれたこともあり、彼は他の画家たちと知り合いになった。彼は野心を抱きはじめた。

ある朝、彼が流し場で顔を洗っていると郵便配達が来て、急に母親のものすごい声が聞こえた。

台所へ飛びこんだ彼の目に、暖炉前の敷物に立って手紙をひらひらさせながら、狂ったように「バンザイ！」と叫ぶ母の姿が映った。彼はびっくりして、怖くなった。

「ああ、母さん！」

母は飛んできて、一瞬両腕で彼を抱きしめ、また手紙を振って、叫んだ。

「バンザイ、やったわね！　こうなると思ってたのよ！」

彼は怖かった——頭も白くなりかけた小柄で厳格な母が、急に半狂乱に陥ったのだ。郵便屋のフレッドも何事かと駆けもどって来た。窓の下半分だけを隠したカーテンの上に郵便屋のかしげた帽子がのぞくと、ミセス・モレルは戸口へ走った。

「ポールの絵が一等になったのよ、フレッド」彼女は叫んだ。「そして二十ギニー（一ギニー＝一・〇五ポンド）で売れたの」

「こりゃ驚いた、たいしたもんだ！」若い郵便屋は言った。彼は生まれた時からこの一家の知合いだった。

「それに、買ったのはモートン少佐なのよ！」彼女は叫んだ。

「ほんとに大変なことなんだろうね、奥さん！」郵便屋は青い目をかがやかせた。とても幸運な手紙を運んで来たのを喜んでいた。ミセス・モレルは家の中に戻り、震えながら座った。ポールは母が手紙を読み違えたのではないか、結局失望するのではないかと心配で、繰り返し精読した。まちがいなく、本当だった。喜びに胸をはずませて、彼も腰をおろした。

「母さん！」声が上ずっていた。

「きっとこうなるって言ったでしょう！」泣いているのを見せまいとしながら母が言った。

彼は暖炉からやかんをおろして、紅茶をいれた。

「でも、まさか――」彼がためらいがちに言いかけると、

「そりゃ――まさかこれほどまでは――でも、きっとすごいことになるとは思ってたのよ」

「でも、ここまでは」

「そうよ――そりゃそうだわ――でもきっとこうなると思ってたのよ」

ここまで言うと、彼女も少なくとも表面は落ち着きを取り戻した。

彼はワイシャツの襟を裏返して、女の子のような喉を見せて座っていた。片手にタオルを持ち、髪の毛は濡れたまま逆立っていた。

「二十ギニーだよ、母さん！　ちょうどアーサーを除隊させるのに必要だった額じゃないか。これでもう、借金しなくてもいい。ちょうど足りる」

「まさか、みんなもらうわけにはいかないわ」

「どうして？」

「どうしても」

「それなら――母さんが十二ポンド、ぼくが九ポンドにしよう」

二人は二十ギニーの分け方についてごたごたとやり合った。母は足りない五ポンドだけでいいと言ったが、彼は聞こうとしなかった。そんな口論に、二人は興奮のはけ口を見つけた。

夜に炭鉱から戻ったモレルが「ポールが一等になって、その絵をヘンリー・ベントリー卿に五

十ポンドで売ったと聞いたぞ」と言った。

「まあ、でたらめな噂ばっかり！」母が叫んだ。

「何だ！」モレルは言った。「そんなこたあ嘘にきまってると言ってたんだ。ところが、おまえがフレッド・ホジキンソンに喋ったっていうじゃねえか」

「そんないい加減なこと！」

「そうか！」坑夫もうなずいた。

だが、そう言ったものの、彼は落胆した。

「一等をもらったのは本当です」ミセス・モレルは言った。

坑夫はどしんと椅子に座った。

「へえ、すげえや！」彼は声をあげた。

じっと部屋の向こう側を睨んでいた。

「でも、五十ポンドだなんて――でたらめを言って！」彼女は少し言葉を切った。「モートン少佐が二十ギニーで買ったのは本当なの――」

「二十ギニー！　まさか！」モレルがわめいた。

「本当です。そのくらいの値打ちはあります」

「ほう！　そうかい。しかし、こいつが一時間か二時間でちょこちょこっとやっちまった絵が二十ギニーか！」

彼は息子に鼻高々で、無言になった。ミセス・モレルは平然をよそおって鼻を鳴らした。

「で、ポールにゃいつ金が入るんだ?」モレルは訊いた。

「さあ。絵が先方へ送られる時じゃないですか」

沈黙がおりた。モレルは夕食を食べずに、砂糖壺を見つめた。仕事で凸凹の真っ黒な腕を、テーブルに投げ出していた。彼が手の甲で目をこすろうが、真っ黒な顔にさらに炭塵の汚れがつこうが、妻は知らん顔だった。

「もう一人の息子だって、あんな殺され方しなけりゃ、このくらいはやったよな」彼がぽつりと言った。

ウィリアムの思い出が冷たい刃のように母の心を貫いた。彼女は疲れを覚えて、横になりたくなった。

ポールは、ジョーダン社長の家へ夕食に呼ばれた。すると、

「母さん、燕尾服が欲しいんだ」と言い出した。

「そうね、そう言うだろうと思ってたわ」と彼女は答えた。彼女は嬉しかった。ちょっと、黙った後で、「ウィリアムのがあるわ」と言った。「四ポンド十シリングしたのに、三回しか着なかった――」

「ぼくに着て欲しい?」彼は訊いた。

「ええ、あなたにも合うと思う――少なくとも上着は。ズボンは短くしないとだめだろうけど」

彼は二階へ上がって、ベストと上着を着てみた。降りて来たところを見ると、フランネルのシャツとカラーがのぞいている上に燕尾服のベストと上着を重ねた姿は変だった。いく分大きくも

あった。

「洋服屋が直してくれるわ」母は彼の肩に手を当て滑らせながら言った。「上等な生地だわ。お父さんにはどうしてもこのズボンをはかせる気になれなかったけど、今になってみるとはかせなくてよかった」

彼女は絹の襟を撫でながら、死んだ長男を思った。だが、今服を着ているこの息子はたしかに生きている。彼女はその背中をさすって確認した。この子は生きていて、彼女のものだ。もう一人は死んでしまった。

ポールはウィリアムの燕尾服を着て、何度か晩餐会に出かけた。そのたびに、母親は誇らしさと嬉しさで胸が一杯になった。ポールは世の中へ乗り出した。彼はウィリアムの礼装用シャツを着て、母と弟妹がウィリアムに贈ったボタンが、そのワイシャツの胸を飾っていた。だが、ポールの方がすらりとしていた。顔はごつごつしていたが、温かみもあり愛想がよかった。特に紳士らしくはなくても、母の目には一人前の男に映った。

彼は起きたことのすべて、言われたことのすべてを母に話した。彼女もそこにいたかのようだった。夜の七時半に夕食《ディナー》（労働者は昼食がディナーになる）をとる新しい友人たちに母を引き合わせたくてたまらなかった。

「ばかなこと言って！」彼女は言った。「その人たちがどうしてわたしに会いたがるのよ？」

「会いたいにきまってるよ！」彼は憤然と叫んだ。「ぼくに会いたいと言う人たちだもの――そういう人たちなんだから、母さんにも会いたがるさ、母さんだって、ぼくと同じくらい頭がいいから」

「ばかばかしい！」母は笑った。

それでも母は、仕事で節くれだった手をいたわるようになった。しじゅう熱い湯を使うので皮膚はてらてらしているし、関節もごつごつしていた。それでも、なるべくソーダに触れないように気をつけ始めた。昔はあんなに小さく美しかった手がこんな風になって、彼女は悔しがった。年相応のもっとしゃれたブラウスをアニーに薦められれば、言うことをきいた。頭に黒のベルベットのリボンをつけることさえした。そのくせ例の皮肉な口調で自嘲して、さぞかし見ものだろうと言った。いや、モートン少佐夫人にも負けない、それよりずっとりっぱな貴婦人だとポールは断言した。一家は豊かになりつつあった。父だけが相変わらずで、むしろゆっくりと崩れていった。

ポールと母親は、今では人生について長く議論するようになった。宗教は背景に退きつつあった。ポールは邪魔な信条をすべて投げ捨て、雑草を抜いて地面をきれいにし、信仰の基盤に到達した。それは、善悪の区別は自分の内部で感ずべきもので、人には己れの神を徐々に理解してゆく忍耐が必要という信仰だった。生きることが一段と面白くなった。

「ぼくはね」と、彼は母親に言った。「金持の中流階級になろうとは思わない。ぼくは普通の人が一番好きだ。ぼくも普通の出だから」

「でも他の人にそう言われたら、あなた、涙をこぼして怒るんじゃないの？　どんな紳士にもひけをとらないと思ってるでしょ」

「ぼくはぼくとして」彼は答えた。「別に階級とか学歴とか物腰のせいでじゃない。ぼくはぼくとして紳士に負けないんだ」

「結構ね、でも――それならどうして、普通の出なんて言い出すの？」

「それは――人の違いは階級じゃなく、その人個人にあるからだ――でも、思想は中流階級にしかないし、普通の人びとの中にしか――生は、温かさはない。彼らからは愛や憎しみが伝わってくるだろ」

「大変結構ね。でも、それなら、お父さんの仲間とつきあえばいいじゃない？」

「でも、あの人たちはちょっと違うから」

「ちっとも違やしません。あの人たちが普通の人びとです。結局、あなたが今つきあってるのは普通の人びとの中のどういう人だって言うの――？　中流階級みたいに思想の話ができる連中でしょ。あとの人には興味がないというわけ」

「でも――そういう人には生きる力が――」

「教育のある他の女の人と比べて――たとえばミス・モートンなんかと比べて、ミリアムの方が生きる力があるなんて、わたしは思いません。階級にこだわってるのは、あなたです」

ポールには中流階級になって欲しいというのが彼女の正直な気持だった。それほど難しいことではなかった。ゆくゆくは上の階級の女性と結婚してもらいたかった。

絶えず苛立つ息子との戦いが始まった。彼とミリアムとの関係はつづいていて、きれいに別れることも、きちんと婚約することもできなかった。決断できずに、エネルギーを浪費しているように見えた。その上、気づかぬうちにクララに魅かれている節もあり、相手は夫のいる身なので、母親としてはポールが誰かもっと身分のある女と恋に落ちてくれればいいが、と思っていた。だが、愚かな彼は、ただ自分よりも社会的地位が高いというだけで、そういう女性には、愛するどころか敬意を払うことさえ拒んだ。

「いい?」母は彼に言った。「頭がよくて、古いものにもとらわれず、自分の手の中に生をつかんだというのに、あなた、大して幸せそうでもないじゃない」

「幸せなんて何だ!」彼は叫んだ。「そんなもの、ぼくには意味がない! どうしてぼくが幸せにならなきゃいけないの?」

端的に訊かれて、母は狼狽した。

「それは自分で判断することよ。でも、あなたを幸せにしてくれるいい女《ひと》に会えて――お金の心配もなくなって――あなたも身を固めることを考えるようになり――その結果こんなに苛々しないで仕事ができるようになれば――あなたにとって今よりずっといいでしょ」

彼は眉をひそめた。母は、ミリアムという彼の泣き所を突いてきたのだ。彼はその瞳を苦悩の焔でいっぱいにして、額にかかる髪をぐいとかき上げた。

「母さんは、その方が楽だと言うんでしょう」彼が叫んだ。「それが、女の人生観だ――魂も肉体も楽なことばっかり考える。ぼくは軽蔑する」

「ああ、そうなの!」母は叫んだ。「あなたのは聖なる不満ってわけね?」

「そうだよ――『聖なる』かどうかはどうでもいいけど、幸せなんか糞くらえだ! 生きることが充実していれば、幸せなんか、どうなってもいい。母さんの言う幸せなんかつまらない」

「あなたは一度だって、幸せになろうとしないじゃないの」そう言うと、急に、息子を思う悲しみが堰を切ってあふれた。「でも、それは大事なことなの！」と彼女は叫んだ。「あなたは幸せにならなくちゃいけないの、幸せになろうとしなきゃ、幸せに生きようとしなきゃ、いけないの。あなたが幸せな一生を送れないかも知れないなんて、わたしには耐えられない！」

「母さんの人生だって、ひどかったけど、それだって、もっと幸せだった人と比べても、結局は生きのびてきちんとしてるじゃない。母さんはよくやったよ。ぼくだって同じだ。ぼくの人生だって悪かないだろう？」

「違うわ。戦って――戦って――辛い思いをしてるじゃないの。そんなことばかりのように、わたしには見えるわ」

「いいじゃないか？　ぼくがそれが一番いいと――」

「よくないわ。人間は幸せにならなくちゃならないの。幸せにならなくちゃ」

ミセス・モレルは激しく身を震わせていた。母子の間にこういう争いがよく起きた。そういう時、母は、死に突き進む息子を何とか生かそうと、必死に戦っているようだった。彼は母を抱きかかえた。彼女は具合が悪く、哀れげだった。

「心配しないで、母さん」彼は呟いた。「人生がくだらなくみじめなものに思えさえしなければ、幸福でも不幸でもかまやしないんだ」

彼女は息子を抱きしめた。

「でも、あなたに幸せになってもらいたいの」哀れな声だった。

「そんな——それより、ぼくに生きて欲しいと言って」

ミセス・モレルは、息子を思って胸が張り裂けそうだった。この調子では、彼も死んでしまうのが分かった。ポールは自分のこと、自分の苦しみ、自分の人生にあまりにも無頓着で、緩慢な自殺も同然だ。彼女の心は破裂しそうだった。彼女は、こんな風にいつのまにかポールの生の喜びを蝕んだミリアムを、いかにも強い母らしく全身全霊で憎んだ。ミリアムにとっても避け得なかったということは問題にならなかった。これはミリアムの所業であり、だから彼女はミリアムを憎んだ。

彼女はポールが彼の配偶者にふさわしい教育もあれば性格もしっかりした娘と恋に落ちることを心の底から願った。だが、彼は、自分より身分が上の女には目もくれようとしなかった。彼はミセス・ドーズが好きらしかった。ともかく、その感情自体は健全だ。母はポールが破滅しないようにと、必死で、必死で祈った。祈ることはそれだけだった——魂とか正しさとかはどうでもよくて、ただ彼が破滅しないようにと祈った。ポールが眠っている間も、何時間も何時間も彼を思い、彼のために祈った。

彼は自分でも気がつかないまま、いつのまにかミリアムから離れて行った。アーサーは、除隊するとすぐに結婚した。結婚して半年で赤ん坊が生まれた。ミセス・モレルはまた元の会社に週給二十一シリングで勤められるようにしてやった。ビアトリスの母親にも助けてもらって、二部屋の小さな家もあてがってやった。彼もこれで捕まった。どんなにじたばたしてもはじまらない根が生えた。しばらくは苛々して、若い妻に当たり散らしたものの、妻は彼を愛した。体の弱い赤ん坊が泣いたり愚図ったりすると、半狂乱になった。母親に何時間もこぼしても、母は「自分でしたことなんだから、まあ、何とかしなさい」と言うだけだった。そのうちに彼も性根がすわってきた。仕事にも身を入れて責任を果たすようになり、自分が妻と子供のものであることを認めて、一所懸命頑張った。元々、親兄姉との結びつきはそう強くなかったので、これで完全に切れた。

月日がゆっくり流れた。ポールはクララと知り合ったせいで、ノッティンガムの社会主義者かつ婦人参政権論者でユニテリアン（進歩的なプロテスタントの一派）の人々とつきあうようになった。ある日、ベストウッドの彼とクララの共通の友人に、クララへの伝言を頼まれた。彼は晩に、スネントン・マーケットの広場を通って、ブルーベル・ヒルに行った。探し当てた彼女の家は、花崗岩の小石を敷いた狭く貧しい通りにあった。一段高くなった歩道は刻みの入った紺の煉瓦だった。家の入口は、歩くとうるさいこの粗末な歩道から一段高くなっていた。扉の茶色のペンキもひどく古くて、ひび割れたところから下地の木がのぞいていた。彼は道路に立ったままノックした。重い足音が聞こえて、六十くらいの太った大女が、のしかかるように戸口に現れた。彼は歩道からこの女を見あげた。女はこわい顔をしていた。

道路に面した客間へ通された。狭くて息のつまる死人のような部屋はマホガニー作りで、故人となった家族の陰気な炭素写真が何枚か掛かっていた。ミセス・ラドフォードが彼を置いて出て行ったが、その姿は堂々として武人のようだった。すぐにクララが現れた。彼女が真っ赤になっているので、ポールもすっかりどぎまぎした。彼女は家にいる時の自分を見られたくないようだった。

「まさかあなたの声だとは思わなかったわ」彼女は言った。

だが、こうなれば、彼女としても何を見られようと五十歩百歩だった。彼女は墓の中のような客間はやめて、台所へ彼を案内した。

ここも狭苦しくて薄暗い部屋だったが、中は息づまるほど白いレースにあふれていた（ノッティンガムはレース産業で有名。その内職もさかんだった）。母親はまた食器戸棚のそばに腰を下ろして、巨大なレースの織布から地糸を抜いていた。その右側には綿毛と抜きとった綿糸がたまり、左には四分の三インチ幅のレースがうず高く重なっていた。そして真ん前には、あのレース織布の山が、暖炉前の敷物を占拠していた。長いレースから引き抜いた縮れた綿糸が、炉格子の上にも中にも、一面に散らばっていた。ポールは山のような白いレースを踏みそうで、前に進む勇気が出なかった。

テーブルの上に、レースをボール紙に巻き取る機械があった。茶色い四角なボール紙が一山、すでに巻きとったレースが一山、ピンの入っている小箱が一つあった。ソファの上には、糸を抜き終わったレースが一山あった。

部屋中がレースだった。暗くて暖かいので、その雪のような白さがよけい目にしみた。

「お入りになるんなら、これにはおかまいなく」とミセス・ラドフォードは言った。「ほんとに足の踏み場もありませんけど、お掛けになって」

クララはひどく狼狽しながら、白いレースの山と向かいあった壁ぎわの椅子を勧めた。自分は恥ずかしそうにソファに座った。

「黒ビールを飲みますか?」ミセス・ラドフォードは訊いた。「クララ、こちらに黒ビールを一本、持って来なさい」

彼は遠慮したが、相手は聞かなかった。

「黒ビールでも飲んだ方がよさそうな顔色よ」彼女は言った。「いつもそんなに顔色が悪いの?」

「面の皮が厚いので、血がすけて見えないだけです」と、彼は答えた。

クララは恥ずかしさとくやしさのあらわれた顔で、黒ビールとグラスを一つ持って来た。彼はその黒い液を少し注いだ。

「では」と言うとコップを上げて、「ご健康のために!」

「ありがとう」ミセス・ラドフォードは言った。

彼は黒ビールを一口飲んだ。

「煙草もお吸いなさい。火事さえ出さなきゃいいんだから」ミセス・ラドフォードが言った。

「ありがとう」彼は答えた。

「お礼なんかいいのよ」彼女は答えた。「この家でまた煙草の匂いが嗅げるのが嬉しいんだから。女所帯なんていうのは、火の気のない家みたいに活気がなくって。あたしは独り隅にひっこみたがる蜘蛛のたちじゃないんだ。怒鳴りつけるだけの相手でもいいから、男にいてもらいたいね」

クララは仕事にかかった。低い唸りを立てて巻取機が廻った。彼女の指の間から白いレースが弾むように出て行き、ボール紙の板に巻きついた。一杯になるとそこで切って、巻きとったレースの端をピンで留めた。それからまた巻取機に新しいボール紙を取り付けた。ポールは、彼女をじっと見ていた。大柄な彼女がかがやくように座っていた。のども両腕もあらわだった。耳の下のあたりに、まだ赤みがさしたまま残っている。彼女は惨めな姿を恥じてうつむいたままだった。顔は仕事の方を向いたきりだ。真っ白なレースの横で、クリーム色の腕が命にあふれていた。手入れの行きとどいた大きな手は、せかせかしたところもなく、バランスよく動いていた。彼は自分でも気づかずに、ずっと彼女を見ていた。彼女が前に屈めば、その肩から首へのびるカーヴが目に入った。頭に巻いた褐色の髪が目に入った。動きつづけるつややかな腕を見つめた。

「あなたのこと、クララから少しは聞いてるんですよ」母親がつづけた。「ジョーダン社に勤めてるんでしょう?」彼女は手を休めずに、レースの糸を抜いた。

「ええ」

「その、トマス・ジョーダンは昔、わたしの持ってるキャンデーをくれくれってねだってたのよ」

「そうだったんですか?」ポールは笑った。「それで彼はもらえたんですか?」

「もらえたこともあるし、もらえなかったこともあるわ——後ではやらなくなったの。あれは何でも自分が取っちゃって、人にはくれないって人でしょ——とにかく昔はね」

「ぼくは、とてもいい人だと思いますが」とポールは言った。

「そう? それは結構ね」

ミセス・ラドフォードはじっと彼を見た。彼女には毅然としたところがあって、ポールはそこが気に入った。顔の皮膚こそたるんできているが、目に落ち着きがあり、性格の強さが感じられ、年寄りとは思えない。皺とたるんだ頬の方が、かえって場違いなようだった。生の盛りの冷静な力があった。相変わらず、ゆったりとレースの糸を抜いていた。織布が自然と彼女のエプロンの上に広がり、レースの長辺が脇へ垂れた。彼女の腕の線は繊細だったが、古い象牙のように黄色く艶があった。ポールを虜にしたクララの腕のあの鈍い光とは違った。

「あなた、ミリアム・リーヴァーズとつきあってるんですって？」と、母親が彼に訊いた。

「その――」彼は答えた。

「あの子はいい娘だわ」彼女は続けた。「とてもいいわよ。でもちょっと浮世離れしたところがあって、それがね」

「ちょっとそうですね」と、彼もうなずいた。

「羽でも生えて、みんなの頭上を飛べるようにでもならなきゃ、決して満足できないのね」彼女は言った。

クララが割りこんできたので、彼は頼まれた伝言を彼女に伝えた。彼女も話したが、腰が低かった。賃仕事の現場をポールに見られ、動揺していた。腰の低い彼女を前にして、ポールの自信と期待が首をもたげた。

「巻取機は面白いですか？」彼は訊いた。

「女に何ができて！」クララが苦々しく答えた。

「搾取されてるの？」

「まあ。女の仕事って皆そうじゃない？　これも、あたしたちが労働市場へ割りこんで以来の男たちのたくらみね」

「さあ、もう男のことを言うのはおやめ」母親が言った。「女がばかでなけりゃ、男だってそんなひどくはならないでしょ。それに、あたしにひどいことをした男は、それなりのしっぺ返しを食らってるわ。たしかに、男ってのはひどいもんだけど」

「でも、男が間違ってるわけじゃないでしょう？」と、彼は訊いた。

「まあ——女とはちょっと違うのよ」と母親が答えた。

「また、ジョーダン社で働く気はありませんか？」彼がクララに訊いた。

「ないわ」彼女が答えた。

「ありますよ！」母親が叫んだ。「また戻れたら嬉しいわ。この子の言うことなんか聞かないで。いつも気位ばかり高くて。そのくせお腹がすいて、やせ細って、すぐに二つに折れちゃうわ」

クララは、母親の言葉がとても辛かった。ポールにはいろいろなことが見えてきた。クララの声高な男性批判を真に受ける必要があるだろうか。ポールは喜びに震えた。彼女には自分の助けが必要かも知れないと思い、ポールは喜びに震えた。彼女はこつこつと紡ぎつづけた。彼女は多くを拒まれ、多くを奪われているようだった。しかも、決して機械の奴隷になってはいけないその腕が機械のように動きつづけていて、垂れてはいけないその頭もレースに向かって垂れていた。人生の海が打ち上げた塵芥に埋もれて、紡ぎつづけているようだった。無用の存在のように生に見捨てられるのはひどい話だ。彼女が抗議の声を上げるのも無理はなかった。

彼女は戸口まで送ってくれた。彼は貧しい道に立って彼女を見上げた。女のすらりと伸びた体は、天上の王妃の座を追われたジュノーのようだった。戸口に立ちながら、彼女は貧しい通りから、自分の環境から、顔をそむけていた。

「じゃ、ミセス・ホジキンソンとハックナルへ行くんですね?」

彼は意味のないことを喋りながら、じっとクララを見つめていた。最後に、彼女の灰色の目が彼を見た。その目はとらわれの身のみじめさを訴えながら、屈辱に黙していた。彼は体が震え、途方に暮れた。彼の知っている強く高慢な女は消えていた。

彼女の元を去ると、駆けだしたくなった。夢の中のような気持で駅に行き、家に帰っても、まだあの通りにいるようだった。

螺旋部の女工長スーザンが近く結婚するらしかったので、翌日、スーザンに訊いてみた。

「スーザン、結婚するっていう噂を聞いたけど、どうなの?」

スーザンが真っ赤になった。

「誰に聞いたの?」と彼女は答えた。

「誰ってわけでもないけど、風の噂に、きみが——」

「え、ええ。でも誰にも言わないでね。それに、結婚なんかしたくない」

「え、まさか」

「あら。でも、本当よ。ここにいる方がずっといい」

ポールは困惑した。

「どうして、スーザン？」

スーザンの顔がますます赤くなり、目がぎらっと光った。

「だから！」

「でも、どうしても？」

彼女は視線で答えた。彼には女に信用される率直さと優しさがあったのだ。彼も理解した。

「ああ、ごめん」そう言うと、彼女の目に涙が浮かんだ。

「でも、きっとうまく行くよ。大丈夫だよ」彼も寂しそうに言葉を継いだ。

「他に仕方がないの」

「そんな風に悪く考えるなよ。頑張って幸せになるんだ」

間もなく、また機会を作ってクララの家を訪ねた。

「ジョーダン社へ戻る気がありますか？」と彼は言った。

彼女は仕事を下に置くと、美しい両腕をテーブルに載せ、しばらく、返事をせずに彼を見た。その頰に徐々に血がのぼった。

「どうして？」

ポールは気まずかった。

「その――スーザンが辞めそうなんだ」

クララがまた仕事を始めた。白いレースが軽く弾みながら、ボール紙に巻きとられて行った。彼は待った。彼女はうつむいたまま、最後に、低く奇妙な声でこう言った。

「この話、誰かにした？」

「一言も。あなた以外は」

また、長い沈黙がおりた。

「求人広告が出たら、応募してみるわ」と彼女は言った。

「その前に応募して下さい。いつがいいか、きちんと知らせますから」

彼女は小さな機械を廻しつづけ、否とは言わなかった。

クララはジョーダン社に戻った。ファニーをはじめ古手の中には、かつての彼女の監督ぶりを覚えていてひどく嫌う者がいた。クララはいつでも「つんとして」いて、誰とも付き合わず、お高くとまっていた。女工の一人として、仲間になろうとしなかった。誰かの失敗を見つけると、冷やかに、実に礼儀正しく注意するので、相手は怒られる以上に侮辱された気がした。背の曲がったかわいそうな傷つきやすいファニーにも、クララはいつも親切に優しく接したので、ファニーは、かえって他の監督に怒鳴られるよりも辛い涙を流した。

クララには、ポールが嫌いなところもあったが、気持をかき立てるところも多々あった。彼女が近くにいると、その力強い喉や金色の毛がうっすらと生える首筋に見入ってしまった。顔や腕にも、ほとんど見えない細かなうぶ毛が生えていて、一度気がつくと、いつも目に入るようになった。

午後に絵を描いていると、よく彼女が側に来て足をとめ、じっと動かなくなった。すると、彼女が話したり触れたりしなくても、ポールは彼女を感じた。一ヤード離れてても、体を強く押しつけられているみたいで、女の温もりでいっぱいになった。すると、もう絵が描けなくなり、筆を投げ出して、彼女の方を向いて喋り出した。

彼女は、彼の絵をほめることもあり、批判的で冷たいこともあった。

「この絵、気どってるわ」と彼女が言うと、まんざら的外れでもないので、彼の血は怒りで沸きたった。

「これはどうだい？」と、彼が意気込んで訊くこともあった。

「ふむ！」彼女はうさん臭そうに軽く鼻を鳴らした。「あまり面白くない」

「きみには理解できないからだよ」と彼はやり返す。

「それならなぜ、あたしに訊くの？」

「きみは分かるだろうと思ったからだ」

彼女は絵をばかにしたように、肩をすくめた。彼はかっとした。かんかんになった。彼女を罵倒して、猛烈な勢いで、自分の作品の解説を始めるのだった。彼女はそれを面白がって、熱心に耳を傾けた。けれども、自分が間違っているとは、決して認めなかった。

女権運動に入っていた十年間に、彼女はかなりの教養を身につけていた。ミリアムにも通じる教養への情熱があり、フランス語を独習していて、苦労しながら何とか読めた。人とは違う女、とりわけ同じ階級の他の女とはまったく違う人間のつもりでいた。螺旋部の娘たちは皆きちんとした家の娘だった。小さな特殊な業種で、一種別格の趣があった。二つの部屋は、どことなく洗練されていた。だが、クララはこの同僚たちとも親しくつきあわなかった。

しかし、彼女は、こういった性格を決してポールに見せなかった。自分をさらけ出すたちではなかった。彼女には何となく謎めいたところがあった。あまりによそよそしいので、彼女はそれだけ沢山の何かを隠している気がした。彼女の人生の表面は分かっていたが、その奥の意味は誰にも見当がつかなかった。そこに興奮した。それに、時々、そっと、上目づかいに、むすっと彼を見ていることがあって、それに気がつくと、彼の体がぱっと動いた。視線が合うこともよくあった。だが、そういう時の彼女の目は膜で蔽われたようになっていて、何を考えているか分からなかった。彼女は、彼に対して、かすかな、優しげな微笑を見せた。豊かな知識と彼には手の届かない経験の果実を持っていそうなクララは彼にとってひどく挑発的な存在だった。

ある日、彼女の仕事場のベンチで、ドーデの『水車小屋だより』を見つけた。

「フランス語を読むの？」彼が声をあげた。

クララは面倒くさそうに振り返った。彼女は薄紫色の絹のストッキングを作っていて、螺旋機をゆっくりバランスよく規則正しく廻しながら、時々覗きこんで具合を見たり、針を調整したりしていた。薄紫の光沢の絹糸を背景に、うぶ毛と細いおくれ毛が生えるみごとな首筋が白くかがやいていた。さらに何回か廻してから、手をとめた。

「何ておっしゃって？」彼女が優しく微笑んだ。

彼女の慇懃無礼さに、ポールの目がぎらりと光った。

「あなたがフランス語を読むとは知りませんでした」彼もひどく丁寧に言った。

「そう？」彼女は嘲るような笑みをかすかに浮かべた。

「この気取り屋！」と相手に聞こえないくらいの声で言った。

むっと口をとざして、じっと彼女を見ていた。彼女は自分が機械的に作っているものをばかにしているように見えた。そのくせ、できあがった靴下はほとんど完璧な仕上がりだった。

「螺旋部の仕事は嫌いなんだね」と、彼は言った。

「まあ、仕事ですから」すべて分かっているような返事だった。この冷たさに彼は感嘆した。彼は何をするにも熱くなるたちだった。何とふしぎな女だろう。

「どんな仕事ならいいんです？」彼は訊いた。

彼女は目尻を下げて笑いながら答えた。

「あたしに選べる可能性なんてほとんどゼロだから、そんな無駄なことは考えたことないの」

「へっ！」今度は、彼がさげすむように言った。「自分がしたくてもできないことを正直に言うのが癪なんで、そう言うんでしょう」

「よくご存知だこと」彼女は冷やかに切り返した。

「あなたは、自分をものすごく偉いと思ってて、工場労働は永遠の侮辱だと思ってる」怒りのあまり礼儀を忘れていた。彼女は鼻で笑うように横を向いたきりだった。彼は口笛を吹きながらそこを離れ、ヒルダといちゃつき、大声で笑った。

後になって、一人で考えた。

「なぜクララにあんな失礼なまねをしたのだろう？」自分に腹を立てながら、喜んでいた。「いい気味だ。あの静かな高慢さは鼻につくよな」彼は憤然と心に思った。

　それから数日、彼はクララを完全に避けた。だが、しまいに、階下へ降りて、ある指示について話し合う用事ができた。表面上は不快で不機嫌だったが、内心はかつてないほど浮かれて上機嫌だった。

「胸に花をつけていますね」と彼は言った。「あなたのルールに反すると思ったけど」

「あたしにルールはありません」彼女はかなり傷んだ赤い薔薇の首をそっと持ちあげた。

「ええ、もちろん。好みというだけの話です。でも、原則として、ちょん切られてしおれかかっている花を胸につけたりはしないでしょ」

　彼女はぱっと薔薇を落とした。

「これは道に落ちていたのを拾ったの」と彼女は言った。

「『迷える女たちの捨てたもの』ですね――」と彼は言った。

「ぼくだったら、花と会話をしてみたいものだ――『薔薇と墓』（ヴィクトル・ユーゴーの詩）ですよ――この詩を知ってます？」

「いいえ」彼女は答えた。

「フランスのことは詳しいと思ったけど」彼がからかった。彼女の頬が赤くなった。意地の悪いことを言いかけたが、彼の方が先回りした。

「読んでみるといいですよ」彼はにやっと笑った。「その上で、詩を演じましょう。ぼくが腹話術で薔薇をやります。あなたは墓です」

「あなたは礼儀を学ぶべきね」と彼女は言った。

「何か得になるなら学びますけど」彼も頭に血がのぼりはじめた。「でも、ぼくはあらゆる美徳を自分のものにしようとは思いません——それに、あなたも墓の役ならすごく上手にやれるでしょう。誰だってあなたの地下納骨所の骸骨を見てみたいでしょう」

彼は熱くなって、やりすぎた。

「あ、すみません」彼は自分を止めた。

クララは冷やかにそっぽを向いた。彼は二階へ逃げた。

「ポールは地雷を踏んだね」と他の女の子たちは言った。

午後に、またクララのいる階下へ降りた。何となく気持が重く、それを晴らしたかった。クララにチョコレートをあげて、気を晴らそうと思った。

「一つどう？」彼は言った。「やさしい人間になろうと思って、少し買ったんだ」

クララが受け取ってくれたので、とてもほっとした。彼女の機械の横の作業用ベンチに腰をおろして、絹布を指に巻きつけたりした。彼女はポールが若い獣みたいな敏捷で意外性のある動きを見せるのが好きだった。彼はじっと考えながら、足をぶらぶらさせていた。菓子がベンチの上に散らばっていた。彼女は機械の上に屈みこみ、リズミカルに何回か廻すと、重りで垂れた靴下の具合をさらに屈んで見た。彼は女の背中の美しい丸みとくるくる床に垂れるエプロンの紐をじっと見つめた。

「あなたはいつも」と彼は言いだした。「何かを待ってるみたいに見える。何をしていても本当のあなたはそこにはいないで、機を織りつづけるペネロペ（機を織りながら夫の帰りを待つギリシャ神話の英雄オデュッセウスの妻）のように誰かを待っている」意地悪な言葉があふれ出るのを抑えられなかった。「あなたをペネロペと呼ぼう」と彼は言った。

「そうすると何か変わるの？」彼女は針を一本そっとはずしながら言った。

「ぼくが面白ければ、後はどうだっていい。それに、ぼくは上司だってこと、忘れてるみたいだね。今思い出したけど」

「だからどうだって？」彼女は冷ややかに訊いた。

「ぼくには、あなたに親分風を吹かせる権利がある」

「何か文句をおっしゃりたいの？」

「え？　嫌味を言うことないでしょ」彼が怒って言った。

「何を言いたいのか、分かりません」彼女は仕事の手を休めようとはしなかった。

「感じのいい、丁寧な態度で接してね」

「かしこまりました、とか？」彼女が静かに訊いた。

「そう、かしこまりました、だ。いいねえ」

「それでは、かしこまりました、二階へお戻りください」

彼の口が閉じ、眉根が寄った。急に、ベンチから飛び降りた。

「きみは高慢すぎて、手がつけられない」と彼は言った。

彼は他の女工たちの方へ行った。自分でも、必要以上に怒っている気がした。怒ったふりをしている気さえ、かすかにした。でも、それならそれでいい。クララは彼が隣の部屋で女たちと彼女の好かない笑い声を上げているのを聞いていた。

夕方、女工たちが帰ってから彼が作業室へ行くと、彼のチョコレートが手つかずのままクララの機械の前に転がっていた。彼は放っておいた。翌朝も相変わらずで、クララは働いていた。そのうち、プッシーと呼ばれる小柄な茶髪のミニーが、「ちょっと、チョコレート持ってない？」と彼に声を掛けてきた。

「ごめんよ、プッシー、みんなにあげるつもりだったんだけど、忘れたまんま帰っちゃって」と彼は答えた。

「そうね」

「午後に持って来るよ。転がってたのなんか嫌だろう？」

「あら、かまわないわよ」プッシーは微笑んだ。

「だめだ、埃だらけだ」彼は言った。

彼はクララのベンチに行った。

「チョコ散らかしといて失礼」彼は言った。

彼女は真っ赤になった。彼はチョコをかき集めて片手に握った。

「もう汚なくなっちゃった。きみが食べればよかったのに。なぜ食べなかったんだい？　きみに食べてくれって言うつもりだったんだけど」と彼は言った。

彼はつかんだチョコを窓から下の庭に放り捨て、ちらりとクララを見た。彼女は彼の視線にたじろいだ。

午後に、また一箱買ってきた。

「少しどう？」言って、まずクララに差し出した。「これ、新しいから」

彼女は一つ取ってベンチに置いた。

「何だ、もっと取りなよ——縁起がいいよ」と彼は言った。

彼女はさらに二つ取ると、それもベンチに置いた。そして、混乱して、仕事に戻った。彼は部屋の奥の方へ行った。

「さあ持って来たよ、プッシー」彼は言った。「食べすぎないでね」

「みんなこの人に？」他の女たちが叫んで押しかけた。

「もちろん違うよ」彼は言った。

女たちはまわりで騒いだ。プッシーは逃げ出すと、

「こっちよ！　あたしがいちばん先よね、ポール？」と叫んだ。

「みんなにも分けてやれよ」と言って、彼が出て行った。

「ポールさん、すてきっ！」女たちが叫んだ。

「十ペンスだから」と彼が答えた。

彼はクララの脇を何も言わずに素通りした。クララは三つのチョコ・クリームに触れると火傷しそうな気がした。勇気を振り絞って、エプロンのポケットにそっと入れた。

女たちは、彼を愛し、彼を恐れた。親切な時は心から親切だったが、怒るとひどくよそよそしくなり、まるきり彼女たちなど目に入らないような、せいぜい糸巻くらいの扱いしかしてくれな

くなった。彼女たちが生意気にすると、静かに「仕事を止めないでくれませんか」と言い、立って見ていた。

彼が二十三の誕生日を迎えた時は、家がごたごたしていた。アーサーは結婚の直前で、母は具合が悪かった。父は年取ってきて、何回もの事故で足が不自由になり、つまらない仕事しかもらえなかった。ミリアムは永遠の悩みの種だった。自分は彼女のものだと感じていながら、彼女に自分を捧げられなかった。加えて、モレル家が彼の収入を必要としていた。彼は四方八方に引っ張られていた。自分の誕生日も嬉しくなくて、鬱屈していた。

彼は八時に職場に着いた。ほとんどの事務員はまだ来ていない。女たちは八時半までに着けばよかった。彼が服を着換えていると、後ろで声がした。

「ポール、ポール、ちょっと来て」

背の曲がったファニーだった。秘密に顔をかがやかせて、階段の一番上に立っていた。ポールはびっくりして彼女を見た。

「ちょっと来て」と彼女は言った。彼は戸惑って突っ立っていた。

「来てよ」彼女は猫撫で声を出した。「手紙の整理を始めないうちに来て」

彼は五、六段階段を降りて、彼女の狭くて殺風景な仕上室へ入った。ファニーは先に立って歩いていた。その黒の上着はとても短く――脇のすぐ下がウエストで――動きの美しい彼の前を大股で歩くと、濃緑のカシミヤのスカートがひどく長く見えた。彼女は窓のすぐ前に煙突が見える一番奥の自分の席に行った。彼は、自分の前のベンチに広がる白いエプロンを興奮して引っ張る彼女の痩せた手や赤い平らな手首をじっと見た。ファニーはもじもじしていた。

「まさか、あたしたちが忘れてたなんて思ってやしないでしょうね？」彼女がなじるように言った。

「え？」彼は言った。自分でも誕生日を忘れていたのだ。

「え、ですって！　え、だなんて！　ねえ、ここを見て！」彼女がカレンダーを指さすので見ると、二十一日の黒く大きな数字のまわりに、鉛筆で小さな×印がたくさんついていた。

「ああ、ぼくの誕生日にキスを」彼は笑った。「どうやって知ったの？」

「そうよ、知りたいでしょう？」ファニーは大喜びでからかった。「みんなが一つずつ描いたのよ——クララ様は別だけど——二つ描いた子だっているわ。でも、あたしがいくつ描いたかは教えない」

「ああ、きみはべたべたでしょ」彼は言った。

「違いますよーだ！」彼女は憤然と叫んだ。「そんなに甘くないわ」力強いアルトの声だった。

「きみはいつだって性悪ぶってるけど」と彼は笑った。「どのくらいおセンチか、自分でも分かってる——」

「冷凍肉と言われるよりは、おセンチの方がましだわ」ファニーは口をすべらせた。クララのことを言っているのが分かって微笑した。

「ぼくのことも、そんな風に悪口言ってるのかい！」彼は笑った。

「あら、ばかね、あなた」ファニーが、ありったけの愛情を見せて言った。彼女は三十九だった。

「ばかね、あなた。だって、あなたは、自分は大理石の立派な彫刻で、あたしたちは塵《ごみ》みたいだなんて考えないじゃない？　あたしだって、あなたと同じでしょ、ポール？」こう訊いて、彼女は一人で嬉しがった。

「そりゃ、誰かが誰かより偉いなんてことはないだろう？」彼は答えた。

「でも、あたしもあなたと同じなのよ、ね？」彼女は思いきって食いさがった。

「もちろんだ。善い人ってことなら、きみの方が上だ」

彼女は今の成行きが怖くなった。我を忘れてしまいそうだ。

「あたし、皆より早く来ようと思ったの――ずるいって言われるかも！　さあ、目をつぶって――」彼女は言った。

「『それから口をあけて、神様の贈物をもらいなさい』って言うんだろう」彼はチョコの一つでも放りこまれるのだろうと思って、こう言いながら口をあけた。エプロンがかさこそいう音がし、かすかに金属の音もした。

「見るよ」

彼は目をあけた。ファニーは長い頰を上気させ、青い目をかがやかせて彼を見ていた。目の前のベンチに、絵具のチューブが一束載っていた。ポールは青くなった。

「いけないよ、ファニー」彼はすぐに言った。

「あたしたち皆からよ」彼女もあわてて答えた。

「そんな、でも――」

「この絵具でよかった?」彼女は喜びに体を揺すっていた。

「とんでもない！　カタログに出ている最高級のやつだ」

「でも、この絵具でいいのね?」彼女は叫んだ。

「買いたくてもあきらめていた絵具だよ」彼は唇を噛んだ。

ファニーが感極まった。そして、話題を少し変えた。

「皆、何かしたかったの。シバの女王以外は、皆で出し合ったの」

シバの女王とは、クララのことだった。

「彼女は加わろうとしなかったの?」ポールは訊いた。

「入れなかったの——教えなかったから——せっかくの楽しみなのに、あの人に大きな顔されちゃあ——仲間に入れたくなかったのよ」

ポールはファニーを見て笑った。彼はとても感激した。でも、もう行かなくては。ファニーは彼のすぐ側にいた。突然、彼女は両腕を彼の首に回して、熱烈なキスをした。

「今日はキスしたっていいわよね」彼女は言い訳のように言った。「顔が真っ青よ。胸が痛むわ」

ポールも彼女にキスをして、部屋を出た。彼女の腕があわれなまでに細く、彼の胸も痛んだ。

その日の昼食時に、手を洗いに下へ駆け降りると、クララに会った。

「お昼ご飯も外へ出なかったの！」彼は叫んだ。彼女にしては珍しかった。

「ええ、古い医療械器の台の上で食べてみたのよ。もう外へ出るわ。体の芯まで腐ったゴムみたいな気がしてくるから」

彼女はしかし動かなかった。彼はとっさに女の気持を察した。

「どこか、行く当てがあるの?」彼は訊いた。

二人は連れだって城へ行った。外へ出る時の彼女は見苦しいくらい地味な服を着た。屋内では、いつもきちんとしていた。ポールの横を、うなだれ、顔をそむけながら、ぐずぐず歩いた。野暮な服を着、背を丸め、およそ見映えがしなかった。力を秘めて眠っているようなあの逞しい体がほとんど分からなかった。人目を避けて、うなだれて小さくなっていると、取るに足らない女に見えた。

城の敷地は洗われたような緑一色だった。急坂を上りながら彼は笑ったり喋ったりしたが、彼女の方はずっと黙って、何か考えこんでいる風だった。切りたった岩の上にそびえるずんぐりと四角い建物の中に入る時間はほとんどなかった。二人は断崖が一気に下の公園まで落ちてゆく城壁にもたれた。眼下の砂岩の穴に作った巣で、鳩が羽づくろいをし、優しく鳴いていた。はるか下の、断崖が終わるところの並木路では、ちっぽけな木々が自分の影の中に佇立し、ちっぽけな人々が滑稽なくらい偉そうにせかせかと行き来していた。

「あの人たち、おたまじゃくしみたいに手ですくって何人か握れそうだ」彼は言った。

彼女も笑って、

「そうね——自分たちの姿をきちんと見るのに遠く離れる必要はないのね。木の方がよほどりっぱだわ」

「大きいだけさ」

彼女は皮肉に笑った。

並木路の彼方には、鉄道の線路の細い筋が並び、その縁《へり》には材木が小山のようにぎっしり積まれ、その横で玩具みたいな機関車が煙を吐きながらあくせくしていた。その先に、銀糸のような運河が黒い塊の間を縫って、でたらめに走っていた。さらにその先は、河岸の低地に密集する民家が黒い毒草のように幾列もびっしり立ち並んで、先へ先へと延びていた。所々で、高い木に断ち切られながら、川が象形文字のように風景の中でかがやくあたりまで続いていた。川向こうの断崖も貧弱に見えた。広々とした風景が、木立で暗くなり、麦畑でかすかに明るくなりながら、灰色の向こうに青く佇む丘々の麓の靄《もや》のあたりまで続いた。

「いやされるわ」クララが言った。「都会もこの程度の大きさだと思うと。まだ、田園風景の中の小さな爛《ただ》れに過ぎないもの」

「かさぶただ」ポールも言った。

彼女は身震いした。彼女は都会を毛嫌いしていた。自分には許されないはるかな田園に昏い眼差しを投げる、敵意を含んだ青く無表情な彼女の顔を見ると、ポールは、後悔の念に悶える不幸な天使を思い出した。

「でも、都会が悪いんじゃない」彼は言った。「これは一時的なものさ。今はぶざまな間に合わせでしかないけど、そのうちに答えが分かって、いい都会ができるんだ」

「オプティミストになりたいのね」クララは皮肉の微笑みを浮かべた。

「そうかもしれない。でも、ぼくは都会を憎んじゃいない。まだ無器用なだけだ。まだ人々が一緒に暮らす術を学んでないんだ」

「でも、私たちはそれを学びたいのかしら？」とクララは返した。「自分の骨の上の肉を憎み、自分の口が発した言葉を忌み嫌っている」

「きみはいつでもそんな調子かい」と、彼は訊いた。「何でも自然のままなら、美しいわ」

「ただ不自然なものだけが」と彼女は答えた。

「で、自然でないものって？」彼は訊いた。

「人間の造ったもの、人間自身も含めて、すべて」とクララは答えた。

「でも、女が男を造ったんだ」とポールは答えた。「それに旦那のドーズは自然じゃないかい？」

クララは真っ赤になって目を逸らした。

「その話題はやめて」彼女は言った。

「分かった――でも、ドーズは自然すぎるくらいだよ。ちょっと土着の獣に近すぎるくらいだ」

「甘やかされた獣もいるわ」と彼女は言った。

「その通りだ。でも、ドーズは今のままで文句なしだ。われわれは雑多な塊にすぎない。チンパンジーからこの僕を経て詩人や聖者に至るまで、七百万の段階がある。ドーズはヒルダにぴったりだ」

「あなたは他人の感情に敬意を払うことを学んでいないようね」彼女が冷たく言った。彼が笑った。

「叱られました」と彼はつづけた。「でも、かまわないさ！　考えて、興味を持つからこそ、発言するわけだ。それに、今この瞬間、ぼくらは空に浮かぶ二人の天使みたいに俗世よりはるかに高い所にいるわけだから――あ、ほら、あそこを偉そうに歩いている男がドーズだとして、あれくらい小さければ、そんなに気にしないで話題にしてもいいと思わない？」

知らないからこその陽気さで、家庭の事情に踏みこんできたので、彼女は怒るに怒れなくなった。彼女は心の中でポールに微笑んだ。面白い、いかにも若い男の子だ。

「あなたのことを『恐るべき子供《アンファン・テリブル》』って呼ばなくちゃね」彼女は微笑していた。彼女には演壇でやりとりするスキルが多少あった。

「何て呼んでもいいですよ」と彼は答えた。「どんな名で呼んでも『薔薇の香りは甘く』って、『ロミオとジュリエット』にもある」

断崖の穴の鳩が、岩に生える木々の茂みから、心地よさそうに鳴いていた。左手のセント・メアリ大教会が、この城に付き合って、ごみごみした町の上にそびえていた。クララは田園を見渡し、明るく微笑んだ。

「気分が良くなったわ」と、彼女は言った。

「ありがとう！」彼は答えた。「素晴らしい賛辞だ！」

「わが弟よ！」彼女は笑った。

「なんだ、それじゃ、今の言葉も帳消しだ。間違いない」彼は言った。

彼女がおかしがって笑った。

「でも、さっきはどうしたの？」彼は訊いた。「何か特に考えこんでたよね。まだ顔に残ってる」

「言いたくないわ」

「そうか――それじゃご自由に」

彼女は顔を赤らめ、唇を噛んだ。

「その、職場の女たちのこと」

「あの女たちがどうしたの？」

「一週間前から、何か企んでいるの。今日、特にその気配が強いの。みんな揃って。何か内緒にして、あたしをばかにする」

「そうなの？」ポールは心配して訊いた。

「あたしはいいのよ」彼女は怒りで甲高い声になった。「面と向かってそういう真似さえされなければ――わざわざ隠しごとをしてるのを見せつけるんだから」

「いかにも女だね」彼は言った。

「しゃくにさわるのよ、いやらしい顔でほくそ笑んでいて」彼女の口調は激しかった。

ポールは黙った。女工たちが何をほくそ笑んでいるのかは分かっている。新しい喧嘩の種が自分なのは辛かった。

「どんな秘密を持とうと、それはいいけど」クララが昏い顔で続けた。「わざわざ得意がって、あたしにこれ以上みじめな思いをさせることはないと思うの。ほんとに――ほんとに辛抱できないくらい」

ポールは二、三分考えた。ひどく困惑した。

「事情をみんな教えてあげるよ」彼は青ざめ緊張した。「今日はぼくの誕生日なんだ。彼女たち、ぼくにいい絵具をたくさんくれたんだ、みんなで。きみに嫉妬してるんだ」――「嫉妬」という言葉を聞いてクララが冷たく身をこわばらせるのを感じた――「時々、きみに本を貸すというだけのことでね」彼はためらいがちに続けた。「でも――分かるだろ――こんなの、くだらない話だ。気にしちゃだめだ、ね――だって」――彼はさっと笑った――「あの連中、いくら勝ったと言っても、ぼくたちが今ここにいるのを見たら何て言うか?」

今の二人の親しさを口に出すポールの野暮ったさに、クララは腹が立った。傲慢と言いたいくらいだ。それでも、彼のあまりの静けさに、努力を要したが彼を許した。

二人の手が城のざらざらした石の胸壁に置かれていた。ポールの繊細な形の手は母の手で、小さく生き生きした手だった。クララの手は、体の大きさに比例して大きかったが、色が白く力強く見えた。ポールはこの手を見て、クララという女を理解した。「彼女は、僕らを軽蔑しているにもかかわらず、誰かにこの手を握って欲しいのだ」そう思った。彼女も彼の二本の手しか見ていなかった。とても温かく活発なその手は、彼女のために生きているようだった。彼は今、その暗い眉の下から広々した風景をじっと見つめて考えこんでいた。風景から、あの細々とした興味深い多様性は消えていた。残ったのは、どの家も河岸も人も鳥もすべてに同じ、悲哀と悲劇の暗く巨大な母胎だった。形の違いはあっても、同じことだった。形の区別が溶けてなくなると、残るのはただ、この風景を織りなす大きな塊、格闘と苦悩の暗い巨塊だった。工場も、女工たちも、自分の母も、高くそびえるあの大教会も、町の木立も、すべてが、隅々まで暗く、悲しく、思いた。


に沈む大気の中に溶け入っていた。

「あれは二時の鐘?」クララ・ドーズが驚いて言った。

ポールははっとした。すべてが一気に形の中に戻り、それぞれの個性と無知と快活さが復活し

二人は急いで職場へ帰った。
夜の便の準備に追われながら、ファニーの部署から来るアイロンの匂いがする製品を調べてい
ると、夕方の郵便屋がやって来た。
「ポール・モレルさん」彼は笑顔で言うと、ポールに小包を渡した。「女性の字だね!　女たち
に見られないようにしなよ」
自分も人気者のこの郵便屋は、ポールが女たちにもてるのを面白そうにからかった。
小包は一冊の詩集で、短い手紙がついていた。「自分の孤独をまぎらすために、これを送るこ
とをお許しください。祝意を表し、ご多幸をお祈りします――C・D・」ポールはかっと熱くな
った。
「え――ミセス・クララ・ドーズ!　こんなものを買う余裕なんかないはずなのに。何てこと
だ――考えもしなかった」
不意に、激しく感動した。全身がクララの温もりに満たされた。その温かさに満たされ、まる
で彼女がそこにいる感じがした。腕が、肩が、胸が見え、それを触り、それが自分の中にあるよ
うだった。

このクララの行動が、二人をいっそう親密にした。他の女たちは、ポールがクララに会うと、彼の視線が上がり、その目が独特の意味ありげな光を放つことに気がついた。彼がそれを意識していないのを知っているクララは、彼とばったり会うと時々横を向く以外は、静かにしていた。昼休みには、しじゅう、二人で外へ出た。まったく隠しだてはしなかった。彼が自分の気持にまったく気づいていないので何も問題はないと誰もが感じているようだった。かつてミリアムに対した時と同じような熱のこもった口調で話していたが、話の内容への興味はうすれて、結論にこだわることもなくなった。

十月のある日、二人はラムリーまでお茶を飲みにでかけた。丘の頂上に来ると、不意に足を停めた。彼は牧場の木戸に登って腰掛け、彼女は柵に腰掛けた。静まりかえった午後だった。うっすらと靄がかかり、その向こうに黄色い麦束が明るく見えた。二人とも口をきかなかった。

「結婚した時、いくつだったの？」彼がそっと訊いた。

「二十二よ」

穏やかな、ほとんど従順な声だった。今なら話してくれそうだった。

「八年前か？」

「ええ」

「家を出たのはいつ？」

「三年前」

「五年！　結婚した時は彼を愛していたの？」

彼女はしばらく答えなかった。やがてためらいがちに、こう言った。

「愛しているつもりだったの——それなりに。あまり考えなかったのよ。彼があたしを求めていたし。その頃のあたしは、とてもお堅い女だった」

「それじゃ、考えもしないで結婚に迷いこんだようなもの？」

「そう！　人生の大半をずっと眠っていたような気がする」

「夢遊病者か？　でも——いつ、目をさましたの？」

「目がさめたことなんかあるかしら——子供の時以来」

「大人の女になる間に、眠ってしまったのか？　何て奇妙な話だ！　で、彼も起こしてはくれなかった？」

「だめよ——あの人はそこに到らなかった」彼女は淡々と答えた。

茶色の鳥が何羽も、野薔薇の真っ赤な実がよく見える生垣の上を、かすめて行った。

「どこに到らなかったって？」彼は訊き返した。

「あたしの所まで。あたしにとって、あの人はどうでもいい存在だった」

とても穏やかで、すべてが霞んで見える午後だった。青い靄《もや》の中で、小さな家々の赤屋根が燃えていた。彼はこういう日が大好きだった。クララの言っていることが感じとしては分かっても、本当には分からなかった。

「でも、どうして彼を棄てたの？　あなたにひどいことしたの？」

彼女はかすかに身震いした。

「あの人は――ある意味で、あたしを堕落させたの。あの人はあたしが本当にあの人のものにならないので、脅そうとした。すると、あたしは、拘束され、縛りつけられてるような気分になって、逃げだしたくなった。それに、あの人が汚らわしく思えた」

「分かるよ」

彼には何も分かっていなかった。

「彼はずっと汚らわしかったの？」

「少し」彼女は口ごもった。

「そのうち、本当にあたしの正体が分からなくなったみたいで。そうすると狂暴になって――すごく狂暴になった！」

「で、結局、何が原因で家を出たの？」

「その――彼の浮気よ――」

二人ともしばらく、沈黙した。彼女はバランスを取るため、木戸の柱の上に手を置いた。ポールがその上に自分の手を重ねた。彼の心臓の鼓動が激しくなった。

「でもあなたは――あなたは一度も――一度もチャンスをあげなかったの？」

「チャンス？　どういう？」

「あなたに近づくチャンスだ」

「あたしは彼と結婚したのよ――いつだって喜んで――」

二人とも声を震えさせまいと必死だった。

「彼はあなたを愛してるんだと思う」彼が言うと、

「そうらしいわ」と彼女も答えた。

彼は手を離したかったが、離せなかった。彼女の方で手を離してくれて、彼は助かった。沈黙の後で、彼はまた始めた。

「それで、あなたは彼を無視しっ放しなの？」

「彼はあたしを棄てたのよ」彼女は言った。

「彼は結局、あなたの大事な人にはなれなかったわけだね」

「あたしを脅かして、そうなろうとはしたけど」

だが、この話は、二人にとって手に負えなくなってきた。急にポールが跳びおりた。

「行こう」彼は言った。「どこかでお茶を飲もう」

二人はお茶を出してくれる家を見つけて、寒い客間に腰をおろした。クララが彼にお茶をついだ。彼女はとても静かだった。彼は、クララがまた自分の中に引きこもったのを感じた。お茶を飲み終わっても、彼女は結婚指環をくるくる廻しながら、ティーカップを覗いて考えこんでいた。自分でも何をしているのか気づかずに、指環をはずしてテーブルの上に立て、独楽《こま》のように廻していた。金の指環がきらきら光る半透明の球になった。指環は倒れると、卓上でぶるぶると震えた。彼女はくり返しくり返し廻した。ポールはそれを見て魅せられていた。

だが、彼女は既婚者だ。ポールは純粋な友情を信じていた。彼女について自分には何のやましいところもないと思っていた。これは、文明人には可能な、男と女の友情にすぎないと思っていた。

彼も同じ年頃の青年たちと変わらなかったのだ。彼の中で性の問題があまりにも複雑になりすぎて、クララでもミリアムでも、今までに知ったどの女性でも、自分が欲望を抱きうるとは想像できなかった。性欲は、具体的な一人の女とは無関係な独立した存在だった。彼はミリアムのことは魂で愛した。クララを思うと熱くなった。彼女とは争いもした。その胸のカーヴも肩の線も、自分の内部で作られたもののように知っていた。それなのに、はっきり彼女を欲望することがなかった。そんなことは永久に否定したかった。自分にはミリアムとの強い絆があり、いつか遠い未来に結婚するのなら、ミリアムと結婚するのが義務だろうと思っていた。それはクララにも分かってもらっているが、彼女は何も言わずに彼の自由にさせていた。彼は機会があればクララのところへ来た。ミリアムにもしきりに手紙を書き、時には訪ねもした。こうして冬が過ぎていった。だが彼は前ほど苛立っていないようだった。母も前より心配しなくなった。息子はミリアムから離れつつある、と思っていた。

ミリアムにも、彼がクララに強く惹かれているのが分かってきた。それでも、彼の中の最良の部分がいずれは勝つ、と信じていた。ミセス・ドーズへの気持といっても、彼女は既婚者でもあるし――ミリアム自身への彼の気持と比べれば、一時的な浅いものにすぎない、いずれ自分の元へ戻って来ると確信していた。その時、彼の若々しさは多少消えているかも知れないが、他の女たちのささやかな魅力にいだく彼の欲望も収まっているだろう。ミリアムは、彼の心が彼女を裏切らず、いずれ帰って来てくれるのであれば、すべてに耐えられた。

彼は自分の立場の変則性に気づいていなかった。ミリアムは古い友達で、恋人で、ベストウッドや彼の家庭や青春と切り離せなかった。クララはより最近の友達で、ノッティンガムや人生や社会と結びついていた。彼には明々白々な話だった。

クララと彼の間は、冷えこむ時期がよくあって、その時はほとんど会わなかった。だが、必ずまた親しくなった。

「あなたはバクスター・ドーズにひどかったの?」と、彼はクララに訊いた。気になっていたのだ。

「どんな風に?」

「そりゃ、分からない。でも、あなたは彼にひどかったんじゃないの? 彼が立ち直れないようなこと、しなかった?」

「例えば、どんな?」

「だから、分からないって」

「勝手なこと言わないで」

「自分は下らない人間だという気持に追い込むとか――男のプライドを粉みじんにするとか――あなたが彼に何かをしたように感じるんだ。いったい何をしたの?」

「あたしが男の誇りを潰したんだとすれば、それはよほど壊れやすかったのね」

「あなたほど強くはないから――でも、あなた、偉ぶってたよね。彼に対して偉ぶってたに決まってる。ぼくにだって偉ぶってるけれど、ぼくは気にならない」

「あたしがあなたにいつ偉ぶるのよ?」

「例えばね。いや、それはどうでもいい。きっとあなたは、彼があなたを傷つけたくらい、いや、それ以上に彼をひどく傷つけたんだ。足元をすくうようなことをして恥をかかせたんじゃないの」

「あの人、恥辱にまみれた顔してるでしょう?」クララが冷笑した。

「そして、面目丸つぶれという気持にさせたんだ——ぼくには分かる」とポールは断言した。

「あなた、ほんとにお利口さんね」彼女は冷やかに言った。

会話はここで途切れた。だが、この後、彼女はしばらくポールに冷淡になった。

クララがミリアムに会うことはめったになくなった。二人の女の友情は、途絶えたわけではないが、かなり弱くなっていた。

「日曜の午後に音楽会に行かない?」クリスマスのすぐ後にクララが彼に訊いた。

「ウィリー農場へ行く約束をしたんだ」と彼は答えた。

「あら、そう」

「悪く思わないでね」彼は言った。

「あら、どうしてあたしが?」彼女が答えた。

彼は少し気分を害した。

「知ってのとおり」彼は言いだした。「ミリアムとは、ぼくが十六の時から親しくしてるから——七年になる」

「長いのね」クララは言った。

「ああ。でも、なぜか、彼女とは――うまく行かないんだ――」

「どういう風に？」

「彼女はどこまでも自分の方にぼくを引き寄せて、ぼくの髪の毛一本、落ちて風に吹かれて飛んでいくのを許さないって風だ――その髪の毛も手元に置いときたいんだ」

「でも、あなたは手元で飼われたい口でしょ」

「それは違う」と彼は言った。「もっと普通の相互的なやりとりだったらと思う――あなたとぼくみたいに。女性に飼われてもいいけど、そのポケットに押しこまれるのは嫌だ」

「でも、あなたがあの人を愛してるのなら、あたしたちの間のような普通さは無理よ」

「いや――普通だったら、もっと愛せると思う。彼女があまりにもぼくのすべてを欲しがるので、ぼくは自分を与えられなくなってしまう」

「欲しがるって、どういう風に？」

「ぼくの体から魂を持っていこうとする。ぼくは思わず後退《あとじさ》りする」

「それでも、あの人を愛してるの？」

「いや、愛していない。キスもしていない」

「なぜ？」クララは訊いた。

「分からない」

「怖いのね」

「それは違う。ぼくの中の何かが激しく後退《あとじさ》るんだ――ぼくが立派じゃない時、あっちは実に立派なんだ」

「なぜミリアムのことが分かるの？」

「そりゃ、分かる！　彼女は魂の合体のようなものを欲してる」

「でも、どうして彼女の欲するものがわかるの？」

「七年も付き合ってる」

「それなのに、あなたは彼女の一番の基本が分かっていない」

「何のこと？」

「彼女は魂の交流なんか欲してないわ。それはあなたの想像よ。彼女が欲しいのはあなたなのよ」

彼はこの言葉に考えこんだ。自分は間違っているのだろうか。

「でも、見たところ――」彼が言いかけた。

「やってみたことないくせに」クララは答えた。

第十一章　ミリアムの試煉

春とともに、また以前の狂気と葛藤がよみがえった。ミリアムの元へ行かなくてはいけないのは分かっていた。だが、このためらいは何だろうか。それは二人のどちらも克服できない過度の純潔さにすぎないと、彼は自分に言い聞かせた。結婚する時期に来ていたが、彼の家庭の事情があったし、第一、彼自身、結婚したくなかった。結婚は一生のことだし、二人がとても親しくなっているからといってどうしても夫婦になるべきだと彼は思わなかった。気持の上でも、彼女と結婚したいと思わなかった。そういう気持になれればいいのに、と思うだけだった。彼女と結婚して彼女を抱きたいという喜ばしい欲望を抱けさえするなら、自分の首を渡してもいいと思った。しかし、なぜ、そうできないのか？　何か障害があったのだ。では、その障害は何なのだろうか？　それは肉体の桎梏《しっこく》にあった。彼は肉体的な接触の前に身がすくんだ。どうしてだろうか？ミリアムといると、彼は自分の中に閉じこもってしまう自分を感じた。自分の外に飛び出して、彼女と出会えなかった。自分の中に葛藤があって、彼女に届かなかった。なぜだろうか？　ミリアムは彼を愛していた。クララは、彼を求めているとさえ言った。それならば、なぜ、彼女の元へ行って、求愛し、接吻できないのだろう？　散歩の時でも、彼女がおずおずと彼の腕に腕をからませてくると、なぜ苛酷な気持になって撥ねつけようとするのだろう？　自分では彼女のものだと思い、彼女のものになりたいと思っているのに反発してすくんでしまうのは、愛が最初に示す激しい羞恥心ゆえなのかも知れない。ミリアムに嫌悪感を抱いてはいなかった。いや、まったく逆だった。激しい欲望がさらに激しい羞恥や純潔と戦っていた。そして二人の場合、純潔が最たる力で、これが戦いに勝っているらしかった。ミリアムの中のその力はあまりにも強くて、ほとんど勝てないと彼は感じた。それでも、彼と最も近いのは彼女だから、あえて共にこの壁を突破するとすれば、その相手は彼女を措いて他はなかった。ポールは彼女のものだった——だから、この問題を解決できれば、結婚もできるだろうと思った。だが、その結婚に強い喜びを感じられなければ、結婚しようとは——いや、絶対に。そうでなければ、母に向かいあうこともできない。自分でも望まない結婚の生贄《いけにえ》に自らを捧げるのは堕落であり、一生をめちゃくちゃに、台無しにしてしまうと思っていた。ただ、できることはやってみよう、と思った。

ミリアムを優しく思う気持は深かった。彼女はいつも悲しそうで、自分一人の宗教の夢に浸っていた。そして、ポールは、ほとんど彼女の宗教となっていた。ミリアムを裏切ることは到底できなかった。二人で頑張れば、最後はうまく行くだろう。

彼は自分の周囲を見まわしてみた。知人の中で一番いい連中の多くが、彼同様、自分の童貞であることに縛られ、それを打ち破れずにいた。相手の女に対して繊細すぎて、彼女たちを傷つけ、不正を成すくらいなら、生涯女なしで暮らそうという男たちだった。女性の聖域をずかずかと踏みにじる男を夫とした母の息子に生まれた彼らは、余りにもおずおずと内気になった。女に少しでも恨まれるくらいなら、自分を否定した方が楽だった。女は彼らの母に似ていたから、自分の母を意識せずにいられなかったのだ。他者という危険に賭けるくらいなら、独身の惨めさに耐える方がましだった。

彼とミリアムのすべての会話、哲学談義、利発な思考と理解は、二人の接吻になるはずの力が意識の言葉に変換されたものに過ぎず、彼女を腕の中に抱きしめればそこに起きるはずの熱が、哲学的思索に用いられたものに過ぎなかった。思考とは、理解とは、一体、何だろうか――それは彼を疲弊させただけではないか。それは生命という果実ではなかった。それは生の力が抽象に変換された死のかたちに過ぎなかった。もう止めなければいけない。ポールもミリアムもこの抽象志向を止めなければいけない。

ポールは、ミリアムの元に戻った。彼女を見ると、彼女の中の何かのせいで彼は涙ぐみそうになった。ある日、彼は歌っている彼女の後ろに立っていた。アニーがピアノを弾いていた。歌っているミリアムの口元に絶望があった。天に向かって歌う尼僧のようだった。ボッティチェリの描いた聖母の横で歌う天使の口と目を思わずにいられなかった。それほど霊的だった。また、熱い鉄に焼かれるような苦しみが彼を襲った。なぜ彼女に別のものを求めなければいけないのだろう？　彼女を求めて騒ぐ血など、呪われればいい。いつでも彼女に対して穏やかな優しい気持でいられるなら、彼女とともに宗教的夢想の空気を吸っていられさえするなら、どんな代償を払ってもいい。彼女を傷つけるのは間違っている。彼女には永遠の処女の面影があった。彼女の母も、七人の子供を産みながらその大きな茶色の目の中に、処女と訣別した時の恐怖と衝撃のようなも

手放せなかった。

彼女の上に降ってきた。だから、一度も、子供たちを自分のものにしたことがない母は、彼らを

のが見てとれた。子供たちは、母のことなどほとんど考えずに、彼女から生まれたというより、

ミセス・モレルは、ポールがまた頻繁にミリアムのところへ出かけるのに気づいて、愕然とした。彼は母に何も言わなかった。何の説明も弁解もしなかった。夜遅く帰って来て、母に咎められると顔をしかめ、居丈高に食ってかかった。

「何時に帰って来ようと、こっちの勝手だ」彼は言った。「もう子供じゃないんです」

「こんな時間になるまであなたを放さないの？」

「帰らないのは、ぼくなんです」彼は答えた。

「でも、ミリアムも何も言わないのね？――じゃあ、いいわ」

彼女はポールのためドアに鍵をかけずに、先に寝室に行った。ベッドの中で、彼が二階に上がって来るまで、耳をすましていた。上がって来てからも、ずっと眠れないことがよくあった。ポールがミリアムの元に戻ったのは心底悔しかった。だが、これ以上口を挟んでもむだだと分かっていた。今のポールは、少年ではなく大人の男としてウィリー農場へ出入りしているのだ。彼女に干渉する権利はなかった。母と子の仲が冷えた。ポールは彼女にほとんど何も喋らなかった。捨てられた母は息子の面倒を見、食事を作り、いそいそと奴隷のように仕えた。ただ、その顔は、仮面のようにまた閉じてしまった。もう家事以外、何もやることがなかった。それ以外では、彼は完全にミリアムのものだった。息子が許せなかった。ミリアムは、ポールが持っていた生の温

かい喜びを殺してしまった。昔の彼は実に陽気で、この上なく温かい愛情にあふれていたのに。今では日ごとに冷たく、怒りっぽく、暗くなってきた。母はウィリアムを思い出した。だが、ポールの方がひどかった。彼の方が事を進めるにより集中力が高く、自分のしていることもよく分かっていた。母には、彼が一人の女が欲しくてどれだけ苦しんでいるかが分かった。そしてミリアムのところへ出かける姿を見送った。いったん決めた彼を変えられるものはこの世にはなかった。ミセス・モレルは疲れた。ついに白旗を上げはじめた。もう役目は終わった。彼女は邪魔な存在なのだ。

ポールは頑として譲らなかった。母の気持はだいたい分かっていた。それは、彼の心をよけい頑なにしただけだった。彼は母に対して敢えて非情な態度をとったが、それは自分の健康をないがしろにするようなものだった。彼の足元が急に崩れだした。だが、彼は省みなかった。

ある晩、彼はウィリー農場で揺り椅子に寝そべっていた。ミリアムともう何週間も話していたが、まだ肝心な点には触れてなかった。不意に、彼が言い出した。

「ぼくも、そろそろ、二十四だ」

一人思いに沈んでいた彼女は、驚いてはっと彼を見上げた。

「ええ！　なぜそんなことを言うの？」

どこか張り詰めた気配に、彼女は怯えた。

「サー・トマス・モア卿は、人は二十四になれば結婚できると言っている」

彼女は奇妙な笑い方をした。

「結婚するのに、トマス・モア卿のお許しがいるの？」

「いや——でも、その年頃に結婚した方がいいんだ」

「ええ！」彼女はもの思う風に答えて、その先を待った。

「きみと結婚することはできない」彼はためらうようにつづけた。「今はね。二人ともお金がないもの——家でもぼくを当てにしているし」

彼女には、なかばその先の見当がついた。

「でも、ぼくは今結婚したい——」

「結婚したいの？」彼女が繰り返した。

「ぼくには女が——分かるでしょ」

彼女は黙っていた。

「もう、どうしてもという所まで来た」彼は言った。

「ええ」

「きみはぼくを愛しているね？」

彼女は辛そうに笑った。

「どうしてそれを恥じるの？」彼が答えた。「神の前では恥じないのに、なぜ人びとの前で恥じるの？」

「違う」彼女が深い声を出した。「恥じてなんかいない」

「恥じているよ！」彼が苛々と答えた。「それは、ぼくが悪いんだ。でも、きみにも分かるだろう、ぼくは――こういう状態で――どうしようもなくて――分からない?」

「あなたにもどうしようもないことは分かっている」彼女は答えた。

「ぼくはすごくきみを愛してる――でも、何かが足りない」

「何が?」彼女は彼の顔を見た。

「ああ、悪いのはぼくだ! 精神的欠陥人間としてぼくこそ恥じなければいけない。いや、ぼくは恥じてるよ。惨めだよ。なぜ、こうなんだろう?」

「分からない」ミリアムが返した。

「ぼくにも分からない」彼も繰り返した。「でも、ぼくたちは、いわゆる純潔さというものが強すぎるんだとは思わないかい? こんなに恐れたり嫌ったりするのは、これも不潔の一種だとは思わないかい?」

彼女ははっとして黒い瞳で彼を見た。

「きみは、そういうものにはすべて反発してきた。だからぼくの方にもそれが乗り移って、やはり反発してきた。いや、きみ以上だったかもしれない――」

二人ともしばらく黙りこんだ。

「そうね」彼女は言った。「その通りね」

「ぼくたちは」彼は続けた。「もう何年も親しかった。きみの前では、裸になったも同然だ。分かる?」

「分かると思う」

「それに、きみはぼくを愛している？」

彼女は笑った。

「辛そうにしないで」彼が懇願した。

彼女は彼を見て、気の毒に思った。彼の目は煩悶に暗かった。彼女は申し訳なく思った。この偏った愛は、きちんと男の相手になれない彼女よりも彼の方が辛いのだ。彼は果てしなく突き進んで何とか脱出路を見出そうと苛立っていた。彼の思うままにすればいい。わたしのことも彼の思うままにすればいい。

「違うわ」彼女が優しく言った。「わたし、大丈夫よ」

彼のためならどんなことでも我慢できると思った。彼のために苦しもうと思った。彼女は、前傾姿勢で座っていたポールの膝に手を置いた。彼はその手を取って口づけた。だが、心が痛んだ。自分をないがしろにしている気がした。彼は座ったままミリアムの純粋さの犠牲になっていた。その純粋さは虚無の味がした。接吻すれば、そのために彼女は遠のき、後には苦痛しか残らないというのに、どうしてその手に熱い接吻をできようか？　それでも、彼はゆっくり彼女を抱きよせて口づけた。

あまりに親しすぎて、何もごまかせなかった。接吻の間も、彼女はポールの目をじっと見ていた。奇妙な暗い炎に燃えて、部屋の向こうを睨んでいるその目に、彼女は心を奪われた。彼はじっと動かなかった。彼の胸で重く脈打つ心臓を感じた。

「何、考えてるの？」彼女は訊いた。

彼の目の中の炎が揺れ、朧《おぼろ》になった。

「ずっと考えてた、きみを愛しているって。ぼくは頑なだった」

ミリアムは彼の胸に顔を埋めた。

「そうなの？」

「それだけだ」彼の声はしっかりしていて、その唇はミリアムの喉に接吻していた。彼女は顔を上げると、愛にあふれる瞳で彼の目を覗きこんだ。彼の目の中の炎が暴れて、彼女から逃げようとするかに見えたが、やがて消えた。彼はさっと顔をそむけた。苦しみの一瞬だった。

「キスして」彼女がささやいた。

彼は目を閉じて、接吻した。両腕がますます固く彼女を抱きしめた。

家に向かう野原を歩く途中で、彼は言った。

「きみのところへ戻ってよかったと思う。きみといると、本当にすっきりする——隠すことなんか何もない気がする。幸せになろうね？」

「ええ」つぶやいた彼女の目に涙があふれた。

「二人の心の中に何かひねくれたところがあって」と彼は言った。「わざわざ欲しいものを否定して、そこから逃げ出そうとしてしまう。それと戦わなければいけない」

「ええ」彼女はぼうっとした。

道端の暗闇の、枝垂《しだ》れているサンザシの下に、彼女が立ちどまると、ポールは接吻しながら彼女の顔を指先でまさぐった。姿が見えず、触れることしかできない闇の中で、情熱が満ちあふれた。彼はミリアムを強くしっかり抱きしめた。

「いつか、ぼくを受け入れてくれる?」彼女の肩に顔を伏せながら言った。やっと口にした言葉だった。

「今はだめよ」彼女は言った。

希望も気概もしぼんだ。徒労感に襲われた。

「ああ」彼は言った。

彼女を抱いていた腕の力が緩んだ。

「そこにあなたの腕を感じるの、好きよ!」彼女は自分の腰に廻された彼の腕をさらに自分の体に押しつけた。「とても気持が安まる」

彼はミリアムが安らげるように、女の背中に廻した腕に力を入れた。

「ぼくたち、お互いのものだ」彼は言った。

「ええ」

「じゃ、なぜ、最後までお互いのものにならなきゃいけないの?」

「でも——」彼女は口ごもった。

「とても大変なのは分かってる」彼は続けた。「でも、きみにとって大きな危険はないんだ——『ファウスト』のグレートヒェンみたいなことはね。ぼくのこと、信じてくれるだろう?」

「あなたを信じてる!」すぐに力強い返事が来た。「そんなことじゃない——そんなことじゃまったくない――でも――」

「何?」

彼女はみじめそうに、かすかに叫んで、彼の首に顔を埋めた。

「分からない!」

少しだけヒステリックに、だが、何か怯えているようだった。彼の気持が沈んだ。

「あれを醜いことだとは思わないだろう?」彼は訊いた。

「ええ――もう思わない。**あなた**がそうじゃないと教えてくれたから」

「怖いの?」

彼女は急いで気持を静めた。

「そう、ただ怖いだけ」

彼は優しくミリアムにキスした。

「いいんだ」彼は言った。「きみのいいようにすればいい」

突然、彼女は両腕を固く彼の体に巻きつけ、自分の体をこわばらせた。

「あなたのものにして」彼女は歯を食いしばって言った。

彼の心がまた燃えあがった。彼女をきつく抱きしめ、その喉に口を押しつけた。彼女は耐えきれず、体を引いた。彼はミリアムを放した。

「遅くならない?」彼女が穏やかに訊いた。

その言葉はほとんど耳に入らないまま、彼は吐息をついた。彼女は彼が立ち去るのを待っていた。ついに、彼はさっとキスをすると、柵を乗り越えた。振り向いた彼の目に、木蔭の闇にほの白く浮かぶミリアムの顔が映った。今はただ、そのほの白い点しか見えなかった。

「さよなら！」彼女が小さく叫んだ。体は見えず、ただ声と朧《おぼろ》な顔だけだった。彼はそれに背を向け、拳を握りしめて道を一散に駆けた。湖を見おろす石塀まで来ると、塀に呆然と体を預けて、暗い水面を見つめた。

　ミリアムは牧草地を、飛ぶように家へ向かった。世間の人が言いそうなことは気にならなかったが、彼との間がどうなるかはとても怖かった。そう、彼がどうしてもと言うのなら、自分を与えてもよかったが、その後を考えると、心が沈んだ。彼は失望するだろう、満足できないだろう、結局、去って行くだろう。それでも、あれほど執拗に求めてくる。この彼女にはおよそ重大とは思えないことのために、二人の愛が壊れてしまうのだ。結局、彼も他の男たちと同じで、自分の肉体的満足を求めているのだ。ああ、それでも、彼の中にはそれ以上の何か、もっと深いものがある！　彼がどんなに欲望に溺れようと、彼女はそれを信じた。お互いのものになることこそ生の偉大な瞬間だと彼は言っていた。すべての激しい感情がそこに集中するのだと。きっとそうなのだろう。そこには、何か神聖なものがあった。それなら宗教的生贄として自分を捧げればいい。彼のものになるのだ。だが、こう思っただけで、彼女の全身は、何かにあらがうように激しく、ひとりでに硬直した。だが、生命がこの苦難の門も通らねばならないと命じているのだ。素直に従おう。とにかく、それで彼の求めているものを与えることになる。これが彼女の最も深い願いだった。果てしなく考えに考え抜いて、ようやく自分を彼に与える気持になった。

ポールは彼女に恋人のように接しはじめた。彼が火照ってくると、彼女は両手で彼の顔をはさんで離し、じっとその目を覗きこむことがよくあった。彼の方は彼女の目を直視できなかった。愛にあふれた、真剣に探るような彼女の目を見ると、視線を逸らせてしまった。彼女は一瞬たりとも彼を忘れさせなかった。また、いやおうなく、自らに鞭打って、自分とミリアムに対する責任を思い出させられた。片時もくつろげず、すべてを押し流す情熱の大波に身を委ねられず、また意識と内省の世界に戻らされた。いわば情熱の恍惚から、小さな人と人との関わりあいの世界へ、ミリアムが呼びもどしたのだ。彼はそれに耐えられなかった。「放っといてくれ——かまわないでくれ！」彼は叫びたかった。だが、ミリアムは、彼に愛にあふれた目で自分を見てもらいたがった。人格を超えた暗い欲情に溺れた今の彼の目は、彼女の世界とは関係なかった。

ウィリー農場はサクランボが豊作だった。家の裏手に並ぶ太い大きな桜の木の枝には、黒々とした葉の下に、さまざまな赤の丸い実がびっしり垂れさがっていた。ある夕方、ポールとエドガーはその果実を摘んでいた。一日中暑かったが、その空にも暗い暖かな雲が流れはじめていた。ポールは建物の真っ赤な屋根よりも高く木に登った。絶えずうめき声をあげる風に、木がうずくような繊細さでこきざみに揺れて彼の血を掻きたてた。彼は細い枝の間で不安定な姿勢のまま、その揺れに身をまかせていると、ほんの少し酔ったような気分になり、あざやかな深い赤の珠《たま》のサクランボがびっしりなった大枝に手を伸ばして、一摑みまた一摑みとすべすべした冷たい果肉の実をもぎとった。前に手と体を伸ばすとサクランボが耳や首に触れ、果実の冷えた指先から彼の血管に閃光が送られた。金朱から深紅までさまざまな赤の彩りが暗い葉蔭にかがやき、彼の目を打った。

沈みゆく日が、不意に、切れ切れの雲を照らした。東南の空に、金色の光が巨大な塊をいくつも作って燃えあがり、どこまでも空高くやわらかな黄色がひろがった。暗灰色だった大地も、驚き目覚めて金色のかがやきを映した。木も草も遠くに見える湖も、どこもかしこも薄闇から目覚めて光りかがやくようだった。

ミリアムもこの光にはっとして、外へ出て来た。

「まあ！」彼女の甘く豊かな声が聞こえた。「すばらしいわ！」

彼は下を見た。彼女の顔にうっすら金色の光が映えていた。彼を見上げるその顔は、とてもやわらかかった。

「ずいぶん高く登ったのね！」彼女は言った。

彼女の横に置かれたルバーブの葉の上に、鳥の死体が四つ載っていた。実をつつきに来て撃たれた鳥だ。果肉をきれいについばまれて、骸骨のような白い種だけになっているサクランボがあった。ポールはまたミリアムを見下ろした。

「雲が燃えている！」彼は言った。

「きれい」彼女も叫んだ。

下にいる彼女はとても小さく、とてもやわらかく、とても優しく見えた。彼はサクランボを一つかみ、彼女に投げつけた。ミリアムはびくっとして怖がった。彼は喉の奥でくっくっと笑い、また投げつけた。ミリアムは物蔭に駆けこみ、いくつかその実を拾った。一対のきれいなサクランボを耳につけ、またポールを見上げた。

「まだ採るの？」彼女が訊いた。

「もうよさそうだ。ここにいると船に乗っているみたいだ」

「いつまでそこにいるの？」

「夕焼けが消えるまで」

彼女も柵のところへ行ってそこに腰掛けた。金色の雲が切れ切れになり、広大な薔薇色の廃墟となり、闇の塊と化していった。金色が激しくかがやく苦しみのように燃えて、朱色に変わる。その朱色が薔薇色に変わり、薔薇色が深紅に変わり、たちまち空から情熱の受苦が消えた。一面、暗灰色となった。ポールが籠《かご》を持って急いで木から降りかかると、途中でシャツの袖が裂けた。

「きれい」ミリアムがサクランボをいじりながら言った。

「袖が裂けた」彼は言った。

彼女は三方に破れたところを摘み、

「あたしが繕《つくろ》ってあげなくちゃ」と言った。肩のあたりで、彼女は破れ目から中へ指を入れ、

「熱い！」と声を上げた。

彼は笑った。その笑い声に新しい奇妙な響きがあった。彼女はそれを聞いて、はっとした。

「少し外にいようか？」彼が言った。

「雨が降り出さないかしら？」

「大丈夫だ。ちょっと歩いてみよう」

二人は野を抜け、樅や松の深い林に入った。

「もっと奥まで行こうか？」彼は訊いた。

「行きたいの？」

「ああ」

樅の林はひどく暗く、尖った葉先がミリアムの顔をつついた。彼女は怖かった。ポールは黙っていて、いつもと違った。

「ぼくは闇が好きだ」彼が言った。「もっと暗いといい——強く深い闇が欲しい」

まるで彼女を人と見ていないようだった。彼にとって、彼女は女にすぎなかった。ミリアムは恐ろしくなった。

彼は一本の松の幹を背に立って、彼女を抱きしめた。彼女は男に身を預けたが——それは恐怖の匂い立ちこめる生贄と変わりなかった。世界を忘れたしわがれ声のこの男は、彼女にとって他者だった。

そのうち、雨が降りはじめた。松の木が強く匂った。ポールは地面の枯れた松葉に頭を載せ、横たわったまま、熱く間断なくシャーと音を立てて降る雨に聞き入っていた。心が沈み、とても憂鬱だった。彼はミリアムがいつも自分とともにいたのではなく、彼女の魂が遠くにあったことに気づいて、慄然とした。肉体は楽になったが、それだけだった。寒々とした心で、とても悲しく、とても優しく、憐れむように、指先で彼女の顔をまさぐった。彼女はまた彼を深く愛した。彼は優しく美しかった。

「雨!」彼が言った。

「ええ――あなたにもかかる?」

彼の体に手を伸ばし、その髪に、肩に触れ、雨に濡れているかどうか確かめた。心から彼を愛していた。枯れた松葉の上に顔を伏せて横たわっている彼は、果てしないしずけさを感じていた。雨が体にかかっても気にならなかった。横になったまま肌までずぶ濡れになっても気にしないだろう。何がどうなってもよくなり、自分の生が塗りつぶされて、すぐ側にあるとても美しい来世に吸いこまれる気分だった。このふしぎに穏やかな死の希求は、彼にとって初めての体験だった。

「もう帰らなくちゃ」と、ミリアムが言った。

「ああ」と彼は答えたが、動かなかった。

今の彼には、生命は影に見えた。昼は白い影で、夜、死、静寂、静止こそが実在に見えた。生きて、何かを執拗に求め、固執することは非在であり、最も善いのは、闇に溶けて、その中に漂い、大いなる存在と一体化することだった。

「雨がこっちまで来る」ミリアムが言った。

彼は立ちあがって、彼女に手を貸した。

「残念だ」彼は言った。

「え?」

「行かなきゃいけないのが残念だ。とてもしずかな気持だ」

「しずか!」ミリアムが繰り返した。

「こんなにしずかな気持になったのは生まれて初めてだ」

彼はミリアムと手を繋いで歩いていた。彼女は少し怖くて、彼の指を強く握った。彼が手の届かないところにいる気がした。彼を失いそうで怖かった。

「樅の木は闇の上に立つ存在のようだ。一本、一本、存在そのものだ」

彼女は怖くなり、黙っていた。

「しずまっている。夜全体が、賛嘆しつつ、眠っている。これが死の中で我々がすることだと思う――賛嘆しつつ、眠っている」

それまでの彼女は、ポールの中の獣を恐れていたが、今では神秘家の彼も怖くなった。彼女は黙って彼の横を歩いた。雨が「しー」と激しい音を立てて、木々の上に降りそそいだ。二人はようやく荷馬車置き場にまでたどりついた。

「しばらく、ここにいよう」彼は言った。

一面、雨の音で、すべてを掻き消していた。

「とてもふしぎでしずかな気持だ」彼は言った。「何もかも」

「ええ」彼女は気持をおさえて答えた。

その手を強く握っていたが、彼はまた彼女のことを忘れたようだった。

「自分という、意志や努力と同義の個人を捨て、力を脱いで目覚めながら眠っているように生きる――それはとても美しいと思う。それが人間の後生《ごしょう》――永遠だ」

「そう？」

「ああ——とても美しい」

「いつもは、そんなこと言わないわ」

「ああ」

しばらくして、家に入った。皆が好奇の目を向けた。彼の目にはまだ静かで真摯な光が残っていた。声にも静けさがあった。皆、何となく、彼をそっとしておいた。

この頃、ウドリントンの小さな家で暮らしているミリアムの祖母が病気になり、ミリアムはこの家の家事を任された。小さく美しい家だった。表に広い庭があり、これを赤煉瓦の塀が囲んでおり、塀にぴったり沿ってスモモの木が植わっていた。裏手にもとてもきれいな庭があり、年を経て背が高くなった生垣がその向こうの野とこの庭を区切っていた。ミリアムは大してすることもなかったので、好きな読書をしたり、気の向くまま思いを綴った短文を書いたりした。

休日がつづくと、体調が戻った祖母は、ダービーにいる娘のところで一日二日過ごすために馬車で出かけた。この変わり者の年寄りは、翌日帰るのか翌々日帰るのか分からないので、ミリアムは一人で留守番をさせられ、これもまた楽しかった。

ポールはよくこの家に自転車で出かけて、ミリアムとたいていは穏やかで幸せな時を過ごした。彼女を困らせることもあまりなかった。ところが、月曜の祝日をまる一日彼女と過ごすことになったのである。

申し分ない天気だった。彼は母に行先を告げて、家を出た。母が一日中独りになることで彼の気持に影が落ちた。だが、これから三日は完全に彼のもので、その間、何をしてもいいのだ。自転車にまたがって朝の小道を飛ばして行くのはいい気分だった。

十一時頃に、目指す家に着いた。ミリアムは忙しそうに食事の支度をしていた。上気した顔で忙しそうにしている彼女の姿は、その小さな台所に完全に調和していた。彼はキスすると、腰を下ろして彼女を見ていた。部屋は小さく居心地がよかった。ソファは赤と水色の格子のリネンにすっぽり包まれていた。古い洗いざらしだったが、かわいらしかった。隅の食器戸棚の上に、ケースに入った剝製のフクロウがあった。窓に並んだいい匂いのゼラニウムの葉の間から、日が差しこんでいた。ミリアムは彼のために特別に鶏を一羽料理していた。その日一日、ここは彼らの家で、二人は夫婦だった。彼は卵を掻きたてたり、じゃがいもの皮を剝いたりした。彼女は彼の母にも負けないくらい家庭的だ、と思った。火の前で上気した、もつれた巻き毛の彼女くらい美しい女は他にいそうになかった。

すばらしい食事だった。彼は若い夫のように鶏を切り分けた。二人は疲れを知らないかのようにずっと熱っぽく喋りつづけた。食事がすむと、彼女の洗った皿を彼が拭いて、二人は野に出て行った。切り立った堤の下を、沼に向かって小川がきらきら流れていた。二人はぶらつきながら、まだ咲き残っているわずかなリュウキンカやたくさんの大きな青い忘れな草を摘んだ。ミリアムは、ほとんどが金色のリュウキンカの花束を両手いっぱいに持って、堤に腰をおろした。顔を花の中に埋めると、花は顔を一面に黄色く染めた。

「顔が光りかがやいている」と、彼は言った。「キリストの変容のようだ（『マタイ福音書』第十七章一～十三節、『ルカ福音書』第九章二十八～三十六節）」

彼女は問いかけるように彼を見た。彼は申し開きするように笑い、彼女の手に手を重ねた。そして、その指に、その顔に接吻した。

世界は陽光に溺れて静まっていたが、眠っているわけではなく、ある種の期待にうち震えていた。

「こんな美しい景色、見たことがない」と、彼は言った。ずっと、ミリアムの手を握りしめていた。

「川も流れながら歌を歌っている――きみも好き？」

ミリアムは愛にあふれる目で彼を見た。彼の目はとても暗く、とてもかがやいていた。

「すばらしい日だね？」彼は訊いた。

彼女は口の中で、ええと答えた。彼女はたしかに幸せだった。彼にもそれは分かった。

「ぼくたちの日だ――二人きりの」彼は言った。

二人はしばらくそこにいた。それから、いい匂いのするタイムを踏んで立ちあがると、彼はミリアムをまっすぐ見た。

「帰ろうか？」彼は訊いた。

二人は手を繋いで、無言のまま、家へ帰った。雛鶏がミリアムの方に小道を駆けて来た。彼が玄関の鍵を掛けると、小さな家は二人きりのものになった。

カラーをはずしながら、彼女が裸でベッドに寝ている姿を見た時のことを、彼は一生忘れなかった。最初はその美しさしか見えず、目が眩んだ。想像したこともないような美しい女の腰だった。彼は驚嘆の念になかば微笑みながら、動くことも、口をきくこともできず、彼女を見つめて立っていた。それから、彼女を求めて、何もかも脱ぎすてた。それから、彼が近づいた時のことだった。彼女は哀願するようにわずかに両手を上げた。彼はその顔を見て、動けなくなった。彼女の大きな茶色の瞳が、しずかに諦め、愛をたたえて、彼を見つめていた。自らを生贄に捧げるように横たわっていた。その体は彼の前にあったが、女の目の奥には、屠られるのを覚悟した動物のような表情があった。それを見て、彼は金縛りにあった。全身の血がひいた。

「本当にぼくが欲しい？」まるで冷たい影に包まれたように彼は訊いた。

「ええ、本当に」

彼女はしずかだった、落ち着いていた。彼女は、彼のためにしていることだとしか思わなかったが、彼には耐えがたかった。彼女は彼を深く愛しているばかりに生贄になるつもりで身を横たえていて、自分はその彼女を犠牲にせずにはいられないのだ。一瞬、自分に性がないか、いっそ死んでしまえばいいと思った。それからまた、彼女を見ないようにすると、また全身の血が湧きたちはじめた。

そのあと、彼は彼女を愛した——彼女を愛して、彼の存在のすべてを絞りつくした。彼は彼女を愛した。だが、なぜか、泣き叫びたかった。彼女を思うと、耐えがたい何かがあった。夜遅くまで彼女と一緒にいた。自転車で家路につきながら、自分はついに知ったのだと思った。もう少年ではなかった。だが、どうして、魂が鈍く痛むのだろうか？　どうして死を思い、死後の世界を思うと、これほどまでに甘美な気持になり、心がなぐさめられるのだろうか？

彼はその一週間をミリアムと過ごした。しまいには、彼の情熱が彼女を疲れ果てさせた。いつも、頑ななまでに彼女を無視して、自分の獣じみた気持の力だけで動いた。始終できるわけではなかったが、かならず挫折と死の後味がした。彼女と本当に一体になりたければ、自分と自分の欲望を脇に置かなければならなかった。彼女を自分のものにしたければ、彼女を脇に置かざるを得なかった。

「きみを抱く時」苦痛と恥辱に瞳を曇らせて、彼が訊いた。「きみはぼくを本当に欲してはいないよね?」

「そんなことない!」ミリアムはすぐ返した。

彼は彼女の顔を見た。

「嘘だ」

彼女が震えはじめた。

「ねえ」彼女はポールの顔を両手に取り、自分の肩に押し当てて何も見えないようにしながら言った。「今の状態じゃ——あなたに馴れることなんて、できっこない。結婚すれば、うまく行くわ」

彼は顔を上げて彼女を見た。

「それじゃ、今でも、いつも、ショックが大きすぎるの?」

「ええ——それに——」

「きみはいつも体を固くして、抵抗している」

彼女は心を乱して震えていた。

「ねえ、こういう考えに馴染めなくて――」

「もう馴染んでいるよ」

「でも、ずっと、お母さんに言われてきたの。『結婚生活には、いつでも恐ろしいことが一つあって、それは我慢するしかない』って。わたしはそれを信じていた」

「そして今でも信じている」と彼は言った。

「違う！」彼女はあわてて叫んだ。「あなたと同じで、ああいうやり方でだって、愛するのは、生の頂点だって信じているわ」

「きみがあれを決して望まないことに変わりはない」

「違う」彼の頭を抱えこみ、絶望に身を揺すりながら言った。「そんなこと言わないで！　あなたは分かっていない？」彼女が悶えた。「あなたの子供が欲しいのよ！」

「でも、ぼくを欲しくはない」

「どうしてそんなことを？　でも、子供を産むためには結婚しなくては――」

「それじゃ、結婚しようか？　ぼくだって、きみにぼくの子を産んでもらいたい」

彼は恭しく彼女の手に接吻した。彼女は悲しそうに考えこみ、彼を見つめた。

「まだ若すぎる」ようやく彼女が言った。

「二十四と二十三だ――」

「まだ早いわ」彼女は切なげに体を揺すりながら訴えた。

「きみがその気になったら、するよ」彼は言った。

彼女は深刻そうにうつむいた。彼の声の絶望的な響きに、心《しん》から悲しくなった。二人の間は、いつも失敗だった。ミリアムも無言のうちに同意した。

愛の一週間が終わった日曜の夜、ちょうど寝る時に、ポールが不意に母に言った。

「もう、あまりミリアムのところへは行かないよ」

母は驚いた。だが何も訊こうとしなかった。

「好きなようにしなさい」とだけ言った。

彼は寝室に戻った。だが、彼には、今までと違う新しい静けさがあり、ミセス・モレルは驚いた。彼の決意が分かる気もしたが、そのまま放っておいた。急いては事を台なしにしかねない。結局どうなるのだろうと思いながら、彼の孤独を見守った。彼は体調も悪く、あまりに静かすぎた。絶えず眉をわずかに寄せていた。何年も見ていなかった赤ん坊の時の癖がぶり返した。どうしてやることもできなかった。彼は一人で行かなくてはいけない。自分で道を切りひらかなくてはいけなかった。

ミリアムを裏切ることはなかった。ある一日は、とことん、彼女を愛した。だが、それが最後になった。挫折感がさらに強まった。はじめは、悲しいだけだったが、やがて、これ以上つづけられないことを悟りはじめた。彼は逃げ出したかった。外国へ行くのでもいい。どんな手立てでもいい。彼女を求めることもだんだんなくなった。それは、二人を近づけるよりも、離れさせた。そして、もう駄目だと、彼ははっきり悟った。努力しても何にもならない。二人の間はうまくいかない。

ここ数カ月、彼はほとんどクララに会っていなかった。たまに昼休みに三十分ほど散歩に出たが、いつも、自分はミリアムのものだと思っていた。だが、クララといると彼の顔は明るくなり、陽気さを取り戻した。クララは彼をまるで子供のように甘やかした。彼は、自分では気にしていないつもりだったが、心の中ではむっとしていた。

時々、ミリアムが言った。

「クララはどうしてるの？　この頃、ぜんぜん話を聞かないわね」

「昨日、二十分ばかり散歩したよ」彼は答えた。

「あの人、どんな話したの？」

「どうだったかなあ。ぼく一人で喋ってたんじゃないかな――大体そうなんだ。たしか、ぼくがストライキの話やストに対する女の考え方なんてことを喋ったと思う」

「そうなの」

こんな風に説明した。

だが、彼のクララへの熱い気持が、自分では自分の恋人だと思っていたミリアムから、いつのまにか、彼を引き離した。自分では充分に誠実を通しているつもりでいた。一人の女にたいする気持の熱さと強さは、その感情のコントロールがきかなくなって初めて正確に測れるものだ。

彼はむしろ、男の友人と、つきあうようになった。美術学校のジェソップがいた。ノッティンガム大学の化学実験助手スウェイン、教師のニュートンがいた。エドガーやミリアムの弟たちもいた。ミリアムには、仕事と称して、ジェソップとスケッチをしたり勉強したりした。大学にスウェインを訪ねて、二人で盛り場へ出かけたりした。ニュートンと同じ汽車で帰り、そのまま彼と月星亭で玉突きをした。母は少し安心しはじめた。ミリアムに男のつきあいを口実にする分には、一向に疚《やま》しさもなかった。

クララは、夏の間、時々、ゆったりした袖の柔らかな木綿の服を着ることがあった。彼女が手を上げると袖がまくれて、強く美しい腕が現れた。

「三十秒」彼が叫んだ。「そのまま腕を動かさないで」

クララの手と腕をスケッチした。スケッチからは、彼が心から魅せられていることが伝わってきた。彼の本やノートをいつも丹念に調べるミリアムが、この絵を見た。

「クララの腕は本当に美しいと思う」彼は言った。

「ほんとね！　いつ描いたの？」

「火曜。職場で描いた。絵を描く場所を隅にもらっているだろう？　よく、必要な仕事がみんな昼前に片づいちゃうことがある。すると、午後は自分の事をやる。あとは夜ちょっと見廻るだけ」

「ええ」彼女はそう言ってスケッチ・ブックをめくっていた。

彼はよくミリアムを憎んだ。屈んで彼の物を丹念に見る彼女を憎んだ。まるで彼が終わりのない心理の計算書であるように、忍耐強く足し算をつづける彼女を憎んだ。一緒の時は、彼を自分のものにしながら、自分のものにしきれない彼女を憎んで、ミリアムを苦しめた。きみはすべてを奪うばかりで何もくれない、と彼は言った。とにかく、きみからは、生の温かさが伝わってこない、と言った。きみは一瞬たりとも生きていない、生を感じさせない、と言った。彼女を探すのは、存在しないものを探すようなものだった。ミリアムは彼の良心にすぎず、伴侶ではなかった。ポールは彼女を激しく憎み、さらに残酷になった。二人の間は次の夏まで引きずったが、クララと会う回数がますます増えた。

ついに、彼がはっきり言った。ある晩、彼は家で絵を描いていた。彼と母は、互いに相手の欠点を遠慮なく言い合うふしぎな仲になっていた。ミセス・モレルは、また元気になっていた。息子はいずれミリアムと別れるだろう。よし、それなら、彼が何か言い出すまで知らん顔をしていよう。彼の心の中の嵐がはじけて、「母の元に戻る」と彼が言い出すまで、長い時間がかかった。その晩の二人には、息づまる特別な気配があった。彼は自分を忘れようとして狂熱的に機械的に筆を動かしていた。夜もふけた。開けた戸から、そっと、白百合の匂いが忍びこんで来た。外をさまよっているような花の匂いだった。彼は、不意に、立ちあがって、外へ出た。

夜の美しさに、彼は叫びたくなった。庭のはずれの真っ黒な楓の後ろに、暗い金色の半月が沈んで行き、その光で空は鈍い紫色に染まっていた。手前では、白百合の朧な列が庭を突っ切り、大気が生き物のように花の香りに揺れていた。彼は、揺れる百合の重い香りよりももっと鋭い匂いのナデシコの花壇を横切り、一列に並ぶ白百合の側に立った。どの花も、あえぐように頭を垂れていた。彼はその香りに酔った。沈む月を見ようと、野へ出た。

乾草置場で、クイナがしきりに鳴いていた。月はますます赤くなり、滑るように沈んでゆく。

背後で、大輪の百合が呼びかけるように、体を傾けている。と、その時、また別の、強く荒々しい匂いを嗅ぎつけて、はっとした。見回すと、紫のアイリスがあった。彼は、肉の厚いその喉や、暗色の握り拳のような花冠に触った。ともかく、何かを見つけたわけだ。花は闇の中で、体を固くして立っていた。その匂いは容赦なかった。月は山の頂に溶けかかっていた。月が沈むと、真っ暗になった。クイナはまだ鳴いていた。

彼はナデシコを一本手折り、不意に、家に入った。

「さあ」母が言った。「もう寝る時間よ」

彼はナデシコの花を唇にあてて立っていた。

「母さん、ミリアムと別れるよ」彼はしずかに答えた。

母は眼鏡越しに彼を見上げた。彼もまっすぐ見返した。母は一瞬、彼と目を合わせると、眼鏡をはずした。彼は顔面蒼白だった。彼の中の男が目ざめて、彼を制していた。彼女はその顔をはっきり見たくなかった。

「でも、思ってたのよ――」彼女が口を開いた。

「つまり」彼が答えた。「ぼくは彼女を愛していない。彼女と結婚しようとは思わない――だから、終わりにしようと思う」

「でも！」母はとても驚いて、声をあげた。「あなたはあの人を自分のものにする決意をしたんだと最近思ってたのよ。だから何も言わなかった」

「以前は――そうしたいと思っていたけれど――今は、違う。駄目なんだ。日曜日に別れようと思う。それが筋でしょう？」

「あなたが決めることよ。ずっと前にそう言ったでしょう？」

「どうしようもない。日曜に別れる」

「そうね」母は言った。「それが一番いいでしょう。でも、あなたはあの人と結婚する決意をしたんだと最近思ったの。だから何も言わなかったの。口を挟むべきじゃなかったし。でも、ずっと言ってきたように、あの人はあなたには向かないと母さんは思います」

「日曜に別れる」と言いながら、彼はナデシコの匂いを嗅いでいた。彼はその花を口に入れた。何も考えずに、歯を剝いて、ゆっくり花を嚙み砕いた。花びらが口一杯になった。それを暖炉の中へ吐き出し、母にキスをして、寝室に上がった。

日曜日の午後早々に、ウィリー農場へ行った。ミリアムにはすでに、ハックナルまで野を歩こうと書き送っていた。母はとても優しかった。彼は黙っていたが、母には彼の辛い思いがよく分かった。その思いつめた顔を見て、一瞬口をつぐんだ。

「大丈夫よ」と彼女は言った。「終わってしまえば、うんと楽になるわ」

ポールは驚き、反発し、ぱっと母を見た。同情は要らなかった。

ミリアムは小道のはずれまで迎えに来た。半袖で柄物のモスリンの新しいドレスを着ていた。その半袖とその下の哀れに人生を諦めたような小麦色の腕に、彼はあまりに苦しくなり、おかげで残酷になれた。ミリアムは彼のために、美しくさわやかに粧ってきたのだ。ただ彼のためにだけ花開いたように見えた。今はもう成熟した女となり、新しいドレス姿の美しい彼女に目をやるたびに、ポールは辛くてこらえきれず、抑えようとして、かえって胸が張り裂けそうになった。だが、決めたからには、もう元には戻れなかった。

二人は丘に登り、腰をおろした。彼はミリアムの膝に頭をのせ、ミリアムは彼の髪をいじった。彼女には、彼女の言い方で「彼がそこにいない」のが分かった。彼といながら、彼を探しても見つからないことがよくあった。だが、この日の午後は、不意討ちだった。

彼がミリアムに打ち明けた時は、もう五時に近かった。二人は小川の土手に座っていた。土手の黄色い土がえぐれて、芝が舌の先のように垂れさがっていた。気持が乱れて残酷になった時の癖で、彼は芝を枝で叩き切っていた。

「ずっと考えていた。ぼくたちは別れるべきなんだ」と、彼は言った。

「なぜ?」彼女は驚いて声を上げた。

「このままつづけても、意味がないからだ」

「どうして意味がないの?」

「意味がないよ。ぼくは結婚したくない。一生結婚したくない。結婚しないのなら、このままつづけても意味がない」

「でも、どうして、今さら?」

「決めたんだ」

「じゃ、この何カ月かのことや、あなたがその間に話してくれたことは、どうなるの?」

「仕方ない——もう、つづけたくない」

「もう、わたしのことは要らないのね？」

「別れたい――きみはぼくから、ぼくはきみから自由になる」

「じゃ、この数カ月かのことは？」

「分からない。ぼくは本当だと思ったこと以外話していない」

「それが、今になって、なぜ変わったの？」

「別に――変わっていない――ただ、このままつづけても意味がないと気づいただけだ」

「なぜ意味がないのか、まだ聞いていないわ」

「このままつづけたくないからさ――それに結婚もしたくない」

「あなたは何度も何度も、結婚しようと言ったじゃないの、わたしがしないと言っても」

「分かってる――でも、別れたい」

少しの間、沈黙がおりた。彼は意固地に土を突《つつ》いていた。彼女はうつむいて、考えこんだ。彼は分からず屋の子供だった。なみなみと注がれた水を飲み干すとコップを放って割ってしまう幼児だった。こんな彼を見ると、首根っこを捕まえて、筋を通してもらおうかと思った。だが、彼女は無力だった。そして、叫んだ。

「あなたが十四歳でしかないって言ったこと、あるわね――本当は四歳だわ！」

彼はまだ意固地に、土を突《つつ》いていた。だが、ミリアムの言葉は聞こえた。

「四歳の子供よ」彼女は怒って繰り返した。

彼は答えなかったが、心の中でこう言っていた。「いいとも、ぼくが四歳の子供なら、なぜ、きみはぼくを求めるんだ？　母親は一人で充分だ」だが、彼は何も言わず、沈黙がつづいた。

「それで、家の人たちにはもう話したの？」彼女が訊いた。

「母には話した」

ふたたび、長い沈黙。

「じゃ、あなたはどうしたいの？」彼女は訊いた。

「だから——別れたい。ずっと頼り合って生きてきたけれど、もう止めにしよう。ぼくはきみなしで自分の道を行くし、きみはぼくなしできみの道を行く。そうすれば、きみも独立した生き方ができる」

腹は立ったが、この言葉にある程度の真理があることは認めざるを得なかった。彼女の中に、彼に隷属している気分があって、このどうにもできない状況をひどく嫌っているのは自分でも分かっていた。彼への愛が大きくなり過ぎた時から、彼女はその愛を憎んでいた。心の奥で、彼を愛して彼に支配されたがゆえに、彼を憎んでいた。彼女は彼の支配に抵抗してきた。つまりは、彼から自由になろうと、戦ってきた。そして、彼女の方が彼よりも自由だった。

「それに、いつになっても」彼は言葉を継いだ。「ぼくたちはお互いが作りあげた人間だ。きみはぼくにたくさんのことをしてくれたし、ぼくもきみにたくさんのことをした。これからは出直して、一人一人で生きて行こう」

「あなたは何をしたいの？」彼女は訊いた。

「何も——ただ自由になりたいだけ」と、彼は答えた。

だが、ミリアムは、彼が自由になりたいのはクララの影響だと心の中では知っていた。それでも、黙っていた。

「で、わたしは、母に何て言えばいいの？」彼女は言った。

「ぼくは母に、きれいに、完全に別れるって言った」彼は答えた。

「わたしは、家族には黙っている」彼女は言った。

彼は顔をしかめて「きみのいいようにすれば」とだけ言った。

彼には、自分が彼女を窮地に陥れた上に見捨てようとしていることが分かっていた。そのことが腹立たしかった。

「嫌だから、ぼくと結婚する気がないから別れた、と言えばいいじゃないか」彼は言った。「そのとおりなんだから」

ミリアムは暗い顔で指を噛んでいた。この恋を初めから振り返っていた。いずれこうなるのは分かっていたのだ。ずっと分かっていたのだ。その辛い予想が的中したのだ。

「初めっから――初めっからこうだったんだわ！」彼女は叫んだ。「わたしたち、ずっと戦っていたのよ――あなたはいつもわたしから逃げようともがいてた」

彼女にとっても、稲妻のように思いがけず口をついて出た言葉だった。ポールは愕然とした。そんな風に思っていたのか？

「でも、一緒にいて、心から幸福だったこともあるでしょ、そういう時もあったでしょ！」彼はすがるように言った。

「ないわ！」彼女は叫んだ。「ないわ！　あなたはずっとわたしを追い払おうとしていた」

「ずっとじゃない——初めは違う！」彼が訴えた。

「ずっと、初めっから——ずっと同じだった！」

彼女はそこで言葉を切った。これで、言いつくした。彼は呆然と座っていた。「今までは幸せだった、でも、もう終わった」と、彼は言いたかったのに、彼が自らをさげすんだ時でさえ、彼女の愛は信じていたのに、その彼女がその愛を否定している。「ずっと彼女から逃げようともがいていた」って？　だとすれば、とんでもないことだ。二人の間には、実は何もなかったということになる——ずっと、ぼくの勝手な想像だったのだ。しかも、彼女はそれが分かっていたのだ。それが分かっていながら、ほとんど何も言わなかったのだ。彼女は初めから分かっていたのだ。心の底でずっとそう思っていた！

彼は苦い気持で口をつぐんでいた。ついに、その皮肉な全容が彼の前に現れた。彼がミリアムを、ではなく、ミリアムが彼を弄《もてあそ》んでいたのだ。彼女は彼への断罪をひた隠しにして彼をおだて、同時に彼を軽蔑していた。今や、彼は軽蔑されていた。ポールは知的に、残酷になった。

「きみは、きみを崇拝する男性と結婚すべきだ」と彼は言った。「そうすれば、相手を好きなようにできる。男の性格が分かれば、きみを崇拝する男はいくらでもいる。そういう男と結婚すべきだ。決してきみを追い払おうとしないからね」

「ご親切に！」彼女は言った。「でも、誰か他の人と結婚しろなんて忠告はもう止めて。前もあったわ」

「分かった。もう何も言わない」

彼は、むしろ自分が叩きのめされた思いで、じっと座っていた。二人の愛と友情の八年、彼の人生のかけがえのない八年が無に帰した。

「いつ、考えたの？」ミリアムが訊いた。

「はっきり決めたのは、木曜の晩だ」

「こうなるのは分かっていたのよ」彼女は言った。

この言葉に、彼は苦い喜びを感じた。「それはよかった！　分かっていたのなら、驚かないだろうから」と彼は思った。

「それで、クララにも、話したの？」彼女は訊いた。

「いや――でも、今度話すよ」

沈黙がおりた。

「去年の今頃、祖母の家であなたが言ったこと覚えてる？――いいえ、先月も言ってたわ」

「ああ」彼は言った。「覚えてるとも！　本気だった！　でも、だめになったものは仕方ない」

「あなたに他に欲しいものができたから、だめになったのよ」

「いずれにしても、だめになったよ。きみは初めっからぼくを信じていなかったんだから」

彼女は奇妙な声で笑った。

彼は黙って座っていた。騙《だま》されたという思いでいっぱいだった。ミリアムは、ぼくを崇拝していると思っていたのに、実はさげすんでいた。ぼくが見当ちがいなことを言っても、知らん顔で聞いていた。ぼくは一人相撲をとらされた。崇拝されていると思っていたのに、さげすまれていたとは。だが、間違っていると思ったら、そう言ってくれるのが本当ではないか。こんなやり方があるものか。彼は彼女を憎んだ。長い間ずっと、彼を英雄のように扱いながら、心の中では赤ん坊だと、愚かな子供だと思っていた。それなら、どうして、愚かな子供の愚行を放っておいたのだ？　彼の心が頑なになった。

ミリアムも怒りでいっぱいだった。分かっていた――そう、よく分かっていたのだ。彼が自分から離れている間中ずっと、彼女は彼を測り、その小ささを、卑しさを、愚かさを見きわめていた。彼女の方でも、自分の魂を彼に渡すまいとしていた。彼女は打ちひしがれていなかった、這いつくばっていなかった、いや、傷ついてさえいなかった。とうに分かっていた。だが、それでも、どうして、彼が側に座っていると、こんなにふしぎに圧倒されるのだろう？　彼の動きそのものに、催眠術にでもかかったように魅了された。それでも、彼は不誠実で、嘘つきで、気まぐれで、卑しい人間だった。どうして、こんなに逃れられないのだろう？　どうして、彼の腕の動き一つにこの上なく揺さぶられるのだろう？　どうして、彼に縛られるのだろう？　今でも、彼が自分の方を向いて何か命じれば従わずにいられないのは、なぜだろう？　ささいな命令にも、従いたい気持がおこってくる。だが、いったん従いさえすれば、あとは自分が彼を思いのままに動かし、好きな場所へ連れていけることも、彼女は知っていた。彼女は自分に自信があった。ただ、新しく彼を動かす何かがあった！　彼は大人の男ではなく、新しいおもちゃを欲しがって泣く赤ん坊にすぎなかった。どれほど魂を引きつける対象があっても、彼は揺れていた。仕方ない、去って行けばいい。だが、新しい感覚の楽しみに倦きれば、また戻ってくるだろう。

彼がいつまでも土を掘り返しているのに、ミリアムの苛々が限界に達した。彼女は立ち上がった。彼は座ったまま、土くれを小川へ放りこんでいた。

「この辺で、お茶を飲もうか？」彼が訊いた。

「そうね」と、彼女は答えた。

二人はお茶を飲みながら、取りとめのない話をした。店がコテージ風の客間だったところから、彼は室内装飾へのこだわりとその美学的意味を語った。彼女は冷やかで、口をつぐんでいた。家へ帰る途中で、こう言い出した。

「じゃ、これからは会わないのね？」

「ああ――まあ、たまには」彼は答えた。

「手紙も書かないのね？」まるで嘲る口調だった。

「きみのいいようにしろよ」彼は答えた。「他人同士じゃない――何があっても、それは変わらない。ぼくは時々手紙を書くよ。きみは好きなようにすれば」

「分かったわ」きつい言い方だった。

だが、彼は何を言われても傷つかないところまで来ていた。彼の人生に亀裂が走った。二人の愛は初めからずっと闘争だったと告げられた時の打撃が大きすぎた。それ以外、どうでもよくなった。取るに足らない恋だったのであれば、終わったからと言って大騒ぎする必要はなかった。

小道のはずれで彼女と別れた。新しいドレスの彼女は、独り、家族の待っている方に歩いて行き、ポールは彼女にあたえた苦痛を思いながら、恥辱の苦しみにまみれて、じっと立ちつくした。

彼は自尊心を取り戻したくて、ウィロウ・ツリー亭へ飲みに入った。その日どこかへ出かけた帰りの娘が四人いて、控え目にポート・ワインを飲んでいた。卓上にはチョコレートがあった。ポールはウィスキーを手に、その側に腰かけた。娘たちはひそひそと耳打ちをして、肘を小突きあっていた。じきに、褐色の髪のかわいい娘が彼の方に体を寄せると、

「チョコレート、いかが?」と言った。

その厚かましさに、他の娘たちは声をたてて笑った。

「ああ」ポールは言った。「固いのを一つちょうだい——ナッツ入りを。クリームは嫌いなんだ」

「じゃ、これ」娘は言った。「アーモンドよ」

娘がチョコレートをつまんだ。ポールが口を開けた。彼女はチョコをぽんと放りこんで、赤くなった。

「優しいんだね!」彼は言った。

「だって」彼女は答えた。「あんた、沈んでいるみたいだったわ。だから、皆が、チョコをあげられるかどうかやってみろって」

「もう一つもらってもいいよ——別の種類を」彼は言った。

じきに、皆で一緒に笑っていた。

帰宅したのは、地上から光が消えてゆく九時だった。彼は黙って家へ入った。待っていた母が心配そうに立ち上がった。

「話したよ」彼は言った。

「よかったね」母はとてもほっとした。

　彼はしんどそうに帽子を掛けた。

「すっかり終わりにしたいって、言った」

「それでいいわ」母は言った。「ミリアムにも、今は辛くても、結局それが一番いいわ。わたしには分かる。あなたはあの子に合わないわ」

　彼は腰かけながら、声を震わせて笑った。

「パブでどっかの女の子たちとすっかりふざけちゃった」と、彼は言った。

　母は彼を見た。彼はすでにミリアムを忘れていた。彼はパブにいた女の子たちのことを話した。ミセス・モレルは彼を見た。彼の陽気さは空ろに響いた。その陰には、大きすぎる衝撃と苦悩があった。

「さあ、ご飯よ」母がとても優しく言った。

　食事がすみ、彼が哀しそうに言った。

「ミリアムは、初めっから、ぼくと結婚する気はなかったんだ。だから、がっかりなんかしなかった」

「あの子」と母は言った。「まだ、あなたを諦めてはいないんじゃないかしら」

「そうだね」彼は言った。「そうかもしれない」

「あなたは、別れてよかったと思うようになるわ」

「さあ、どうかな」投げやりな口調だった。

「ま、放っておきなさい」母は答えた。

こうして、彼はミリアムと別れ、彼女は独りになった。彼女を愛する者はほとんどいなかった。彼女も誰にも関心を持たなかった。彼女は、独りぼっちで、待ちつづけた。

第十二章　情熱

彼は、徐々に絵筆で生活の資を稼げるようになった。すでにリバティはさまざまの布地に彼が描いたデザインをいくつか買い取っていたし、刺繍や祭壇布などのデザインも一、二軒の店に売れていた。今は大した金額ではなかったが、成長の可能性があった。製陶会社のデザイナーとも友達になって、彼の技術も学びつつあった。美術工芸が面白くてたまらなかった。同時に、絵の勉強にもじっくり取り組んでいた。光あふれる大きな人や動物を好んで描いたが、印象派の絵のように単に光とその影でできたものではなく、むしろミケランジェロの人物のように、輪廓がはっきりしながら光を発していた。そして、それを彼が真実と思う大きさで、風景の中に置いた。彼はあらゆる知人をモデルにして、記憶でぐんぐん描いた。自分の作品の価値を固く信じていた。落ちこんだり、怖じ気づいたり、いろいろあるものの、自分の仕事は信じつづけた。

二十四の時にこの初めての確信を母に語った。

「母さん、ぼくは社会で通じる画家になるよ」

彼女は例の妙な鼻の鳴らしかたをした。なかば嬉しいときに肩をすくめるのに似ていた。

「結構ね、楽しみにしてるわ」と彼女は言った。

「そうだよ、ほんとに！　母さんだって、そのうちいい暮らしができるから！」

「今も別に不足はないわよ」彼女は微笑んだ。

「でも、いずれは変わってもらわなくちゃ。ミニーの扱いだって！」

ミニーというのは、まだ十四歳の女中だった。

「ミニーがどうしたって言うの？」ミセス・モレルはきっとして訊き返した。

「今朝、ミニーが言ってたでしょ、『あら、奥さま！　わたしがしようと思ってたのに』って。母さんが石炭をとりに雨の中を外へ行こうとした時。使い方がなっちゃないよ！」

「あれは――あの子がいい子だからですよ」とミセス・モレルは言った。

「それに、あやまってたでしょ『一度に二つもできやしないから』って」

「あの子は台所の片づけで忙しかったんだもの」

「で、彼女は何て言った？『お急ぎになることは全然なかったのに。足がびしょびしょじゃありませんか！』って」

「そうね――生意気よね！」ミセス・モレルは微笑んでいた。

「それで、いい暮らしぶりに見られたいだなんて」

ミセス・モレルが鼻を鳴らした。

「召使は主人につくすのが仕事でしょ」と彼は言った。「母さんは、召使が追っかけてこないかと思って、動けないんでしょ」

「そう言えば」母が不意に叫んだ。「昨日、あなたが廊下を歩いてて、ミニーが『そこはだめです』って言ったわね。『どうして』ってあなた、言ってたわ。『今洗ったばかりなんです』そしたら、あなた、『マットまで跳ぶからさ』って。わたしに説教できる資格、ないんじゃありませんこと?」

「でも、威厳を見せて、人を使うことはできる」

母親は噴き出した。

「おっしゃる通りでございます」彼女はからかった。

「できるんだって。職場を見てほしいもんだ」息子が食い下がった。

「そうね」母は笑った。

「ぼくの部下の女性は、ぼくの足音を聞くと震えるんだ。でも、女性の部下が百万人いたって、母さんには通じないんだね」

母はただ笑った。

「でも、食堂に座ったまま、ベルを鳴らして、お出かけにはく靴を持ってこさせるなんていいよね」

「たしかに!」と言いながら、母は話半分に聞いていた。

「でも、そうなるよ。カーペットは本物のトルコ絨毯《じゅうたん》だ」

「結構ね――結構だわ――でも本当にそうなってみないとね。それに、それは、あなたの家でやることでしょ」

「どこの家さ――ぼくの家はここだよ」

「ずっとではないわ」

「いや、ずっとだよ」

「あら、そのうちに分かるわ」

「ああ、そのうちにだ。ミロのヴィーナスの像がぼくの方に歩いてくるまでだ」

「まあ！　あなた、ミロのヴィーナスみたいな女性が好きなの？」母は笑った。

「彼女はぼくより大物を望むかもね。グラッドストーン首相とならうんじゃない」

「まあ、グラッドストーン夫人もお気の毒に」ミセス・モレルは大笑いした。「とてもいい方なのに！」

「そう――そう――夫人は彼を崇拝してた。彼は自分を崇拝する女でなければ承知できなかった。ミロのヴィーナスが夫人じゃだめなんだ。ぼくなら好きになるかもしれないけど。でも、ヴィーナスさんはかなりのお年だ。とにかく、ヴィーナスさんがやって来たら、その時分かるさ」

笑いながら母を見た。母もまた、彼への愛に熱く火照っていた。その瞬間、彼女の上にすべての陽光がそそいでいるようだった。彼は嬉々として仕事を続けた。幸福な時の母はいかにも元気そうだったから、彼はその髪が白くなったのを忘れた。

その年の休みは、二人でワイト島へ行った。二人にとって胸躍る最高の旅だった。ミセス・モレルは大喜びで何を見ても感嘆した。だが、ポールは、母を歩かせすぎた。彼女はひどい目まいを起こした。顔は蒼白に、唇は真っ青になった！　彼はとても辛かった。誰かに胸にナイフを突き立てられる思いだった。彼女がよくなると、また忘れた。だが、不安が、口のふさがらない傷のように、彼の心に残った。

ミリアムと別れた彼は、まっすぐにと言っていいほど、たちまちクララの元に走った。ミリアムと切れた翌日の月曜には、クララの仕事場へ降りて行った。彼女は顔を上げて微笑んだ。二人はいつの間にか、すっかり親密になっていた。クララは、彼の新しい明るさに気がついた。

「どう、シバの女王様！」彼は笑いながら言った。

「あら、でもどうして？」と、彼女は訊いた。

「きみにぴったりの形容だからさ。新しい服だね」

彼女は顔を赤くした。

「それで？」

「よく似合うよ――ものすごく！　きみのドレスをデザインしたいな」

「どんなのになるかしら？」

彼は彼女の前に立ったまま、目をかがやかせて説明した。その目は彼女の目をとらえて放さなかった。不意に、クララをつかまえた。彼女ははっと後ろへ下がりかけた。彼はブラウスの布をぴんと引っ張り、胸のたるみを伸ばした。

「もっとこういう風に！」彼が言った。

だが、二人そろって真っ赤になり、ポールは早々に逃げ出した。彼はクララの体に触ってしまった。全身が、その感覚に震えていた。

二人には、すでに、暗黙の了解のようなものがあった。翌日の晩、汽車に乗る前のわずかな時間、彼はクララと映画館に入った。座ると、彼女の手がすぐ側にあるのに気がついた。しばらく、触る勇気がなかった。スクリーンが躍り、震えた。彼は彼女の手をとった。その手は大きく逞しく、彼の手の中にあふれた。彼はそれを強く握った。彼女は動かず、何の素振りも見せなかった。映画館を出た時は、彼の汽車の時間だった。彼は躊躇《ちゅうちょ》した。

「お休みなさい」と、彼女が言った。彼は脱兎のごとく道を渡った。

翌日、またクララのところへ話しに行った。彼女は少し偉そうだった。

「月曜日に散歩をしない？」と、彼は訊いた。

彼女が顔をそむけた。

「ミリアムには話すの？」当てこする口調だった。

「彼女とは別れた」と彼は言った。

「いつ？」

「この前の日曜」

「喧嘩したの？」

「違う！　ぼくが決めたんだ。もうぼくは自由だって、はっきり言った」

クララは何も答えず、彼は仕事に戻った。女はとてもしずかで、すばらしかった！

土曜の夕にポールは、会社が退《ひ》けたらレストランでコーヒーを飲もうとクララを誘った。彼女は打ち解けない、よそよそしい顔で来た。彼の汽車の時間まで、四十五分あった。

「少し歩こう」と彼は言った。

構わないと言うので、二人は城を過ぎて公園へ入った。彼はクララを恐れた。彼の横で、彼女は楽しくなさそうに歩いていた。怒っているような、嫌々ながらといった歩き方だ。その手をとるのは怖かった。

「どっちへ行こう？」暗闇を歩きながら訊いた。

「どっちでも」

「じゃ、階段を上がろう」

彼は急に踵《きびす》を返した。公園の階段を過ぎていたのだ。不意に置き去りにされ、彼女は腹を立てて突っ立っていた。彼は彼女を探した。彼女は離れて立っていた。彼は突然、彼女の体に腕をまわし、一瞬きつく抱きしめると、接吻した。それから、女の体を離した。

「行こう」彼が懺悔するように言った。

彼女がついて来た。彼はその手をとって指先に接吻した。二人は無言で歩いた。明るいところに来ると、彼は手を放した。駅へ着くまでどちらも口をきかなかった。駅に着くと、目と目を見交わした。

「お休みなさい」彼女は言った。

彼は汽車の方に向かった。体が機械的に動いた。人に話しかけられると、それに答える自分の声がかすかな谺《こだま》のように聞こえた。彼は錯乱していた。月曜がすぐ来なければ、発狂しそうだった。また彼女に会える月曜に、彼のすべては飛んでいた。その前に日曜もあるのが耐えがたかった。月曜まで、彼女に会えないことになる。日曜が間に挟まり——その一時間一時間を、苦しまなくてはならない。車両のドアに、頭を打ちつけたかったが、じっと座っていた。帰宅途中で少しウィスキーを飲んだが、かえってひどくなった。母を動揺させないようにと、それしか考えられず、気持をいつわって、早々と寝室に戻った。そして、そのまま着替えもせず、膝頭に顎をのせて座ったまま、少しだけ灯のともる遠い山を窓から見つめていた。何も考えず、眠るわけでもなく、身じろぎもせず凝視していた。そして、寒さにやっと我に帰って気がつくと、時計は二時半で止まっていた。もう三時過ぎだ。疲れ切っているのに、まだ日曜の朝でしかないと思うのは拷問だった。ベッドに入って寝た。翌日は一日中へとへとになるまで自転車を乗り廻した。どこを走ったのか、ほとんど分からなかった。それでも、あくる日は月曜日だ。彼は午前四時まで眠り、それからベッドの中で考え始めた。自分が近づいてくる——自分の姿が、生々しく、前の方に見えた。午後には彼女が散歩に行ってくれるだろう。今日の午後だ！　それは何年も先に思えた。

時間は蝸牛《かたつむり》のように進んだ。父親が起きた。ぱたぱた歩き廻る音がしていたと思うと、庭で重い靴をひきずる音がして、炭鉱へ出かけた。雄鶏がまだ鳴いている。荷馬車が一台、道を通った。母が起きた。火をかき起こしていた。間もなく、母がそっとポールを呼ぶ声がした。彼は眠っていたような声で答えた。抜けがらの彼だったが、うまく答えた。

彼は駅に向かって歩いていた――あと一マイルだ！　汽車はノッティンガムに近づいていた――トンネルの前で止まらないだろうか？――だが、そんなことはどうでもいい。昼食の時間までには着くのだ。彼はジョーダン社に着き、三十分後には彼女がやって来る。いや、来ていないのではないか。彼女は近くにいるだろう。彼が手紙の整理を終え、彼女がやって来る。いや、来ていないのではないか。彼は階段を駆け降りた。ああ！　ガラス戸の向こうに彼女が見える。仕事の上に少し前屈みになった彼女の肩が見えると、彼はもう前へ進めない気がした。立つこともできなかった。中へ入る。彼は、抜けがらと本当の自分がばらばらになっていた。

「じゃ、今日の午後に」彼は必死で言った。「行ける？」

「ええ」彼女はつぶやくように答えた。

それ以上何も言えずにクララの前に立っていた。彼女は顔をそむけた。また、意識が遠ざかった。彼は歯をくいしばって二階に戻った。ここまで仕事は間違いがなかった、この先もがんばろう。午前中はずっと、麻酔にかかったような、すべてが遠い気分だった。体が固く縛られているようだった。もう一人の自分が遠くにいて、記帳したりいろいろな仕事をするこの彼方の分身が間違えないよう、彼は注意深く監視した。

だが、この苦しみと緊張が終わるのは、それほど先の話ではない。彼は休みなく仕事をした。それでもやっと十二時だった。自分の服を机に釘で打ちつけたようにして、彼は立ったまま、一字一字自分の中から絞り出して書いた。一時十五分前——脱け出せる。階下に駆けおりた。

「噴水で二時に待ってる」と彼は言った。

「二時半でないと」

「でも！」

彼女はポールの暗い狂った瞳を見た。

「十五分過ぎを目ざすわ」

これで満足するしかない。彼は昼食を食べに外に出た。ずっと麻酔がきいているようで、一刻一刻が果てしなく長かった。通りを延々と歩いた。そのうち、待合わせの時間に遅れる気がしてきた。二時五分に噴水に着いた。それから十五分の精妙な拷問は言語に絶した。それは、生きている自分とその抜けがらを繋ぐ苦痛だった。その時、彼女が見えた。彼女が来た！　ぼくのところへ。

「遅いよ」彼は言った。

「たった五分よ」と、彼女は答えた。

「ぼくなら、きみとの待合わせに遅れない」彼は笑った。

クララは紺青色の服を着ていた。彼はその美しい体つきを見た。

「何か花をつけるといい」彼は言うと、すぐそばの花屋へ入った。

彼女も黙ってついて来た。彼は緋と赤茶のカーネーションを買ってやった。彼女はそれを上着につけ、顔を赤らめた。

「きれいな色だ！」彼は言った。

「もっとおとなしい色にしたかった」彼女は言った。

彼は笑った。

「朱色の塊が町を歩いてく感じかい！」彼は言った。

クララは人に見られるのを恐れて下を向いていた。ポールは並んで歩きながら、横目で彼女を見た。耳のあたりに夢のように美しいうぶ毛が密生していて、彼はそれに触りたかった。彼女が漂わせるある重々しさ、風の中でかすかに頭をたれる実り切った麦の穂の重々しさに目がくらんだ。町中を、すべてがぐるぐる旋回する中を、くるくる廻りながら歩く心地だった。

市電に乗って座ると、クララが重い肩を凭《もた》せてきて、彼はその手をとった。ようやく麻酔がさめて、呼吸を始めたようだった。金髪に半ば隠れた女の耳が、すぐ側にあった。そこに口づけしたくてほとんど抑えられなくなった。だが、電車の二階には他にも客がいた。するかどうかは彼次第だった。結局、彼は自分を失い、彼女に降りそそぐ陽光に似た、彼女の一部になっていた。

彼はさっと顔をそむけた。しばらく、雨が降っていた。平坦な町の上にそびえる城を戴く岩塊の大きな断崖が雨で縞になっていた。市電は英ミッドランド鉄道の広く黒いスペースを横切り、くっきり白く浮かぶ家畜置場を過ぎ、薄汚いウィルフォード通りを下った。

市電の動きに彼女の体が揺れ、彼に凭《もた》れかかったその体の揺れが彼の体に伝わった。彼は疲れを知らない、すらりとした体を持つ、元気な男になっていた。荒けずりな目鼻立ちの庶民の顔だったが、濃い眉の下の生気にあふれた目が彼女を魅了した。その目は踊っているようで、それでいてしずかで、今にも笑い出しそうな絶妙な表情をたたえていた。その口元も、高らかに笑い声をあげそうで、そうはならなかった。彼にはこの先どうなるか分からない鋭さがあった。クララは暗い顔で唇を噛んだ。彼の手は固く彼女の手を握りしめていた。

二人は入口で半ペニーずつ払って橋を渡った。トレント川はあふれそうだった。水の柔らかな体が橋の下を音も立てず無気味に流れていた。豪雨の後だった。洪水の時のような川面が光を放っていた。空は灰色で、ところどころに銀の光が射していた。ウィルフォード教会の墓地で、ダリヤの花が雨にびっしょり濡れて、赤黒い塊になっていた。川沿いの緑の低地に伸びる楡の並木道に、人影はなかった。

暗い銀色の水面に、緑の低地の土手に、金を散りばめた楡の木に、靄がうっすらとかかっていた。川の水の体が、まるきり音もなく、滔々《とうとう》と、複雑微妙な生きもののようにからみ合って流れていた。クララは暗い表情で彼の横を歩いていた。

「なぜ」彼女が少しけわしい口調でやっと切り出した。「ミリアムと別れたの？」

彼は顔をしかめた。

「別れたかったんだ」

「どうして？」

「もうつきあいたくなかった。結婚もしたくなかった」

クララはしばらく黙った。二人はぬかるんだ道を進んだ。楡の木から滴が落ちてきた。

「ミリアムと結婚したくなかったの、それとも、結婚そのものが嫌なの？」

「両方さ」彼は答えた――「両方だ！」

水溜りだらけで、柵の出入口の踏み段に行くのが一苦労だった。

「それで、彼女は何て言ったの？」クララは訊いた。

「ミリアムのこと？　ぼくは四つの赤ん坊だって。初めから彼女を追い払おうとしていたって」

クララは少し考えた。「でも、あなた、彼女とはかなりの間、深くつきあってたんでしょう？」と訊いた。

「そうだ」

「それでいて、もうつきあいたくないって言うの？」

「そうだ。だめなんだ」

彼女はまた考えた。

「あの人に対して、ずい分ひどくない？」と訊いた。

「ああ！　何年も前にやめるべきだった。ただ、このまま続けてもだめなんだ。間違いを二つ重ねても、正解にはならない」

「あなた、本当はいくつ？」クララが訊いた。

「二十五」

「あたしは三十よ」

「知ってるよ」

「すぐ三十一だわ――それとももう三十一だったかしら？」

「そんなこと、どうだっていい。かまわない！」
クリフトンの森の入口だった。落葉でべったり濡れた赤土の道が、草地に挟まれ、急な土手を上っていた。右も左も、楡の木が教会の列柱のように立ち並び、頭上高く交叉して屋根のようになっている。そこから枯葉が舞い落ちて来た。どこを見ても、人気も建物もなく、静まりかえって、びっしょり濡れていた。彼女が柵の出入口の踏み段の上に立つと、彼はその両手をつかんだ。彼女は笑って、彼の目をのぞきこんだ。それから跳んで、女の胸がポールの胸にぶつかった。彼はクララを抱きしめ、顔にキスの雨を降らせた。

二人で、滑りやすい赤土の急坂を上った。彼女は彼の手をふりほどいて自分の腰に廻させた。

「そんなにきつく握られちゃ、腕が痛いわ」彼女は言った。

さらに歩きつづけた。彼の指先が、女の胸の揺れを感じた。静まりかえって、誰もいなかった。左手の楡の木立の間から、濡れた赤土の耕地が見えた。右手、はるか下に楡の梢が並び、時折、川音も聞こえた。眼下に水をたたえてゆっくり滑るように流れるトレント川が、点々と牛が小さく見える川ぞいの牧草地が一瞥《いちべつ》できた。

「カーク・ホワイト（ノッティンガム生まれの十八世紀の夭折詩人、このクリフトンの森を謳った）が来たところとほとんど変わっていない」と彼は言った。

だが、彼が見ていたのは、彼女の耳の下の喉の、赤味がさす顔の色が蜜のような白さと溶けあっているあたりや、不満げに突き出した口元だった。歩くと彼女の体が彼にぶつかり、彼の体はぴんと張った絃のようになった。

楡の大きな並木を半分進んで、川の上にそびえる森の一番高いところまで来ると、二人の足りが止まった。彼は道を渡って小路の端の木蔭の草地へクララを導いた。赤土の断崖が木立や藪の間を一気に下り、木の間がくれに川面が暗く光っていた。はるか眼下の川ぞいの牧草低地の緑が深かった。ポールとクララは体をぴったりつけて互いに凭れあい、無言のまま、恐れを感じながら立っていた。川の奔流が下に聞こえた。

「どうして」ついに彼が口をひらいた。「バクスター・ドーズを憎んだの?」

彼女は女王のように燦然と彼の方を向いた。女の口が彼に差し出され、喉も男に捧げられた。目はなかば閉じられ、胸も彼を求めるかのように上を向いていた。彼はさっと短く笑い、目を閉じて、長く深く接吻した。彼女の口が彼の口と溶け合い、二人の体が一つに結ばれた。体を離したのは、何分もたってからだった。二人はいつ人が通るか分からない道の脇に立っていた。

「川岸まで降りようか?」と彼は訊いた。

クララは男の腕に体を預けたまま、相手を見た。彼は崖の縁を越して、這い降りはじめた。

「滑るよ」彼が言った。

「大丈夫」彼女は答えた。

赤土の崖は切り立つようだった。彼は低木につかまり草むらから草むらへ滑り落ちながら、木の根元の狭い平坦な足場を目ざした。そこで、興奮に笑いながら、クララを待った。靴が赤土だらけになり、彼女はなかなか降りられなくなった。彼は眉をひそめた。やっと彼女の手をつかみ、横に立たせた。頭上も足元も断崖だった。彼女の顔が上気し、目がかがやいていた。彼は足元の一気に落ちこんでいるところを見た。

「危ない」彼は言った。「やっかいなことは確かだ。引き返す？」

「あたしなら大丈夫」彼女はすぐに言った。

「よし。でも、手は貸せない。きみの邪魔になるだけだから。その小さな包みと手袋をこちらに。靴、ひどいね！」

二人は木の根元の勾配に何とか立っていた。

「じゃ、行くよ」彼は言った。

滑ったり、よろけたりしながら、降り始めた彼は、次の目標の木に猛烈な勢いでぶつかって、息がとまりそうになった。クララは後から、枝や草につかまりつかまり用心ぶかく降りた。こうして、少しずつ、少しずつ、川岸まで降りて行った。降りきると、岸の小道があふれた水に流されて、赤土の断崖がいきなり水につづいている始末だった。彼は靴の踵を土にめりこませて、力づくで踏みとどまった。抱えていた包みの紐がぷつんと切れ、茶色の包みはもんどり打って水の中に飛びこみ、滑るように流れ去った。彼は自分の木にしがみついた。

「畜生！」彼はちょっと怒声をあげた。それから、笑った。クララが危なっかしい格好で降りて来た。

「気をつけて！」彼は注意した。木に背中でもたれて待った。

「さあ」彼が両腕を広げて叫んだ。彼女が思い切って駆け降りた。彼が彼女を捕まえ、二人で一緒に、濁った水が剝きだしの岸をえぐるのを眺めた。さっきの包みはもう見えなくなった。

「いいのよ」彼女は言った。

彼はクララを固く抱いてキスした。四本の足が立つのがやっとの狭さだった。

「くそっ!」彼は言った。「でも、人の足跡があるから、先に行けばまた道へ出《は》る」

あふれる川の水は渦を巻いて流れていた。向こう岸の侘しい平地で牛が草を食んでいた。右手、二人の上に、断崖がそそり立っていた。二人は水のしずけさに抱かれて、木にもたれた。

「先に行ってみよう」二人は誰かの鋲を打った靴の足跡を頼りに、赤土の上を必死で歩き出した。熱く上気していた。泥まみれの靴が重かった。やっと途切れていた道が見つかった。川の石だらけだったが、それでも歩きやすくなった。二人は木の枝で靴の泥を落とした。ポールの心臓は激しく鳴っていた。次の角を曲がると、そこに狭い平地があったはずだ。彼が先頭に立ち、クララが何も言わずにつづいた。女の靴とスカートの尻は赤土だらけだった。二人で倒木をまたいだ。クララは土が靴に入り、少し遅れた。もうほとんど目的の場所だ。ポールの心臓は早鐘を打った。

その小さな平地に出ると、不意に、水際に黙って立つ二人の男が目に入った。彼ははっとした。釣人たちだ。彼は振りかえって、気をつけろとクララに手で合図した。クララは足をとめて、上着のボタンを掛けた。二人一緒に歩いて行った。

二人の釣人は、孤独な世界への闖入《ちんにゅう》者を物珍しげに振りかえった。焚き火をしていたが、もう消えかかっていた。何もかも静まりかえっていた。釣人たちはまた釣糸に目を戻し、灰色に光る水面を見下ろし、彫像のように立っていた。クララはうつむいた顔を赤らめながら歩いた。ポールは心の中で笑っていた。二人はじきに柳の蔭に入って見えなくなった。

「何だ、あんな奴ら、溺れちまえばいい」ポールが小声で言った。

クララは応えなかった。水ぎわの細い道を苦労しながら進んで行くと、それが突然、消えた。目の前で、赤土の崖がいきなり水面に没していた。彼は立ちどまり、歯を食いしばって小さく畜生と言った。

「無理だわ！」とクララは言った。

ポールは体をまっすぐに伸ばして、あたりを見まわした。ちょっと先の流れの中にコリヤナギが一面に生えた小島が二つあった。だが、そこに行くわけにはいかない。傾斜した壁のような断崖もはるかな頭上から迫ってくる。背後には、そう遠くないところに釣人たちがいる。向こう岸で、侘しい午後の一刻を牛たちが黙々と草を食んでいる。彼はまた畜生と胸の奥から小さく言った。そして、高くそびえる断崖を見上げた。人が通る道へ戻る他ないのだろうか？

「ちょっと待って」そう言うと、彼は赤土の斜面に踵をめりこませながら、すばやく斜めに上り始めた。木の根元を全部見てみた。ついに探しているものが見つかった。斜面に橅《ぶな》の木が二本並んで生えていて、その根元の間の上方に平坦な小さな場所があった。一面に湿った葉が落ちているが、何とか使えそうだ。釣人たちに見つかる心配もまずない。彼は自分のレインコートをぱっと敷いて、彼女に来いと合図した。

クララは何とか彼の横にたどり着いた。そして、黙って、重い視線を彼に投げると、彼の肩に頭をもたせた。彼はあたりを見ながら、彼女を固く抱きしめた。向こう岸の小さく寂しそうな牛の他は、誰にも見られる心配はなかった。彼はクララの喉元に唇を押しつけた。女の血がどくどく脈打っていた。すべてが静まりかえっていた。二人きりの午後だった。

やがて、彼女が身を起こした。ずっと地面を見ていた彼の目に、たくさんの真っ赤なカーネーションの花びらが突然、濡れた橅《ぶな》の根元に散る姿が飛びこんだ。まるで血がとび散るようだった。クララの胸からドレスを伝って赤い小さな花びらがはらはらと足下にこぼれ落ちた。

「きみの花がひどいことになった」と、彼は言った。

クララは髪を直しながら、沈んだ表情で彼を見た。不意に、彼が指先を彼女の頬に当てた。

「どうしてそんな沈んだ顔するの？」彼が咎めた。

彼女はまるで独りぼっちのように淋しく笑った。彼はその頬を指で撫で、接吻した。

「そんな顔、よしなよ！」と彼は言った。「気にしないで！」

彼女は彼の指先を強く握って、震えるように笑った。そして、その手を下ろした。彼は彼女の額にかかる髪をかきあげてやり、こめかみを撫で、軽く接吻した。

「ねえ、心配はだめだよ！」彼は小声で訴えた。

「心配なんてしないわ！」彼女は優しくあきらめたように笑った。

「いや、してる！　よしなよ」彼は愛撫をつづけながら哀願した。

「大丈夫！」女は彼をなぐさめ、接吻した。

また上まで戻るには、きつい登りで、十五分かかった。平坦な草地にたどり着くと、彼は帽子を放って、額の汗を拭き、吐息をついた。

「やっと普通の高さまで戻った」彼は言った。

クララは息を切らして、茂った草に腰を下ろした。頰がピンク色に染まっていた。彼が接吻した。彼女は欠びに身をまかせた。

「それじゃ、きみの靴の泥を落として、人前に出られる格好にしてあげよう」と、彼は言った。

彼はクララの足下にひざまずいて、棒きれや草でせっせと泥を落としにかかった。彼女は彼の髪に指をからませ、その頭を引き寄せて、接吻した。

「一体ぼくはどうすればいいんだ?」彼は笑いながら彼女を見上げた。「靴を磨くのか、恋にたわむれるのか?　どっち!」

「あたしが決めていいのね」

「今のぼくはあなたの靴磨き、にすぎません!」二人はずっとお互いの目をのぞきこんで笑っていた。そして互いの唇を軽く嚙みながら、何度も接吻した。

「ちっ、ちっ、ちっ!」彼は自分の母のように舌打ちをした。「まったく、女がそばにいると何もできない」

彼は靴磨きに戻り、小声で歌いはじめた。クララが彼のふさふさした髪を撫でると、彼はその指先に口づけした。せっせと彼女の靴を磨いた。やっと、見られる状態になった。

「そうら、できた!」彼は言った。「これで、またレディに戻ったよ。うまいもんだろ?　さあ、立って!　これで女神ブリタニアにも劣らない完璧さだ!」

彼は自分の靴の泥もちょっと落とすと、水溜りで手を洗って、歌を歌った。二人はクリフトン村へ入った。彼はクララに夢中だった。彼女の動きのすべてに、彼女の服の皺《しわ》のすべてに体が熱くなり、心酔した。

　二人がお茶を飲みに寄った店の老婆も、二人に釣られて陽気になった。

「もう少しいいお天気でしたらねえ」老婆はまわりをうろうろして言った。

「いいや！」彼は笑った。「ほんとにいい天気だって、話してたんだ」

　老婆はふしぎそうに彼を見た。彼は何とも言えない輝きと魅力を放っていた。暗色の瞳が笑っていて、口ひげを撫でる動きにも喜びがあった。

「そんなこと言ってたの！」彼女は老いた目を輝かせて叫んだ。

「ほんとだよ！」彼は笑った。

「それじゃ、ほんとにいい天気だったんだねえ」と老婆は言った。

　彼女はこまめに世話を焼いて、二人きりにしてくれなかった。

「ラディッシュも食べないかい」老婆がクララに言った。「庭にあるんだけど——それにキュウリが一本あるよ」

　クララが赤くなった。それがいかにも美しかった。

「ラディッシュ、いただこうかしら」彼女が言うと、老婆は嬉しそうによたよた出て行った。

「ほんとのことが知れたら！」と、クララがポールにそっと言った。

「大丈夫だよ。何やかや言って、ぼくたちはいい人間だっていう証《あかし》だ。きみは大天使も納得の美しさだし、ぼくも罪を犯した気分なんて全然ない——だから——こういうことをして、きみが美しくなり、そういうぼくたちに会うと人も幸せな気分になり、ぼくたち自身も幸せになれるんなら――それは人を騙しているわけでもない！」

二人は食事をつづけた。帰る時に、老婆が赤白まだらの小さなダリヤの花を三つ、おずおずと持って来た。美しく満開に咲き誇っていた。自分も嬉しそうにクララの前に立ち、

「お気に入るかどうか――」と言って、老いた手の中の花を差し出した。

「まあ、ほんとにきれい！」クララが叫んで受け取った。

「皆、彼女がもらうの？」ポールは老女を責めるように訊いた。

「そうよ、皆この人のものよ」老婆は顔を輝かせていた。「あなたはもう充分お楽しみだから」

「え、それなら、ぼくはこの女《ひと》から一本もらうよ！」彼はからかった。

「それはこちらの女《ひと》の自由だよ」老婆はにこにこしていた。そして嬉しそうに、ちょっと膝を曲げ、恭しく礼をした。

クララは口数少なく、居心地悪そうだった。歩きだすと、

「罪人のような気分じゃないよね？」とポールが言った。

彼女は灰色の目を丸くして彼を見た。

「罪人！　まさか」

「でも、悪いことをした気分って顔に書いてある」

「違う。でも、『人に知れたら』と思って」

「世間の人は真実を知ると、理解しようとしなくなる。知らないからこそ理解して、楽しんでいる。でも、世間なんかどうでもいい！　こうしてぼくと木しかいなければ、きみだって、悪いこ

としてる気なんかちっともしないだろう？」

彼はクララの腕をつかみ、自分の方に向かせ、その目をまっすぐ見つめた。何かが彼を苛々させた。

「ぼくら、罪人じゃないよね？」彼は不安げにかすかに眉をひそめて訊いた。

「ええ」と、彼女は答えた。

彼は笑って接吻した。

「罪悪感をちょっと楽しんでるんだね」と、彼は言った。「イブだって、楽園から身を屈めて出てくのは、楽しかったと思うよ。アダムだって、鳥たちも望めばつまみ食いできるリンゴ一つが原因で、この大騒ぎは何なんだとかんかんになっていたと思う」

だが、今の彼女には、ある輝きと静けさがあり、彼はそれが嬉しかった。汽車に乗って一人になると、激しい幸福感に襲われ、まわりの客が途方もなくいい人に見え、夜景も美しく、すべてがよく思えた。

家に着くと、ミセス・モレルは椅子に座って本を読んでいた。この頃は健康がすぐれず、顔色も血の気のひいた象牙色になっていた。そのことに彼はまったく気づかず、のちに、それを片時も忘れられなくなった。母はポールに体調の悪さを話さなかった。どうせ大したことない、と彼女は思っていた。

「遅かったわね！」彼を見て母が言った。

彼の目が輝いていた。顔が火照っているようだった。彼は母を見て、にっこりした。

「ああ――クララとクリフトンの森へ行って来た」

母はもう一度彼を見た。

「人の噂にならないかい？」と言った。

「どうして？　皆、彼女が婦人参政権運動をしてることとか知ってるんだ。それに、噂されたって、かまわない！」

「そりゃ、悪いことをしてるわけじゃないけれど」と、母は言った。「でも、人ってのは、一度あの女《ひと》が噂になったら――」

「でも、仕方ないさ。人の噂なんて結局そう大変なことでも」

「女性の身にもなりなさい」

「分かってるよ！　でも、どんな噂になるって言うの？――クララと二人で散歩したって？　お母さん、妬いてるんでしょ」

「わたしだって、クララが結婚してなきゃ嬉しいけどね」

「だけど、母さん――彼女は別居してるんだ、そして演説なんかする女なんだ――だから、すでに変わり者と思われてるし、ぼくに言わせりゃ、大して失うものはない。そう――彼女にとって今の自分の人生は無意味だ。無意味だからどうなってもいいんだ。でも、彼女がぼくとつきあえば――生きがいが生まれる。それなら、リスクは仕方がない――ぼくだって、そうだ！　世間の人はリスクが怖くて、むしろ食べないで飢え死にしてしまう」

「結構ね――どうなるか、結果を見ましょう」

「いいよ――結果は潔く受け入れるよ」

「いずれね！」

「それに――彼女はものすごくいい、心底いい！　お母さんには分からない！」

「それと、あの人と結婚するのは別よ」

「結婚するよりもっといいかも」

どちらもしばらく黙りこんだ。彼は母に訊きたいことがあったが、怖かった。

「彼女に会いたい？」恐る恐る言ってみた。

「ええ」ミセス・モレルの声は醒めていた。「どんな人か見てみたいわ」

「でも、いい人だ、母さん、心底！　下品なところなんかこれっぽっちもない！」

「そんなこと言ってません」

「でも、そう思ってるように見える――きちんとした女じゃないって――でも、百人中九十九人よりは立派な女だ、絶対に！　ずっと立派だ、本当だ。公正で、正直で、まっすぐだ！　ずるくない。偉ぶってもいない――彼女を意地悪く誤解しないでよ！」

ミセス・モレルの顔が上気した。

「意地悪くなんて、まさか。たしかにあなたの言う通りの女《ひと》なんだろうけど――」

「賛成できないって言うんだね」彼が後を継いだ。

「わたしが賛成すると思うの？」母は冷たく答えた。

「もちろん！――もちろん！――お母さんが物の分かる人なら、きっと喜ぶさ！　ねえ、会いたい？」

「会いたいって言ったでしょ」

「それじゃ、連れて来るよ——家へ連れて来てもいい？」

「どうぞご自由に」

「じゃ、家へ連れて来る——日曜に——お茶に呼ぼう。彼女のこと、悪く思ったら、承知しないよ」

母は笑った。

「わたしの気持なんて、関係ないくせに！」と彼女は言った。彼は自分の勝利を確信した。

「ああ、でも、母さん、クララがいると場が華やぐんだ——独特の女王然としたところがある」

今でも時々、教会の帰りにミリアムやエドガーと少し歩くことがあった。ウィリー農場までは行かなかった。それでも、ミリアムの態度は前とほとんど変わらなかったし、彼の方も、彼女の前でどぎまぎすることはなかった。ある晩、彼は独りのミリアムに同行した。はじめの話題は本だった。会えば必ず本の話をした。ミセス・モレルも言うように、彼とミリアムの恋は本を燃料に燃えているようなものなので、本がなくなれば火も消えてしまうだろう。ミリアムは、彼の心の内も本みたいに読める、一瞬で何章の何行目か分かると自慢していたので、ポールはたちまち誑《たぶら》かされて、ミリアムくらい自分のことがわかっている人間はいないと信じた。そして、ミリアムを相手に単純なエゴイストみたいに自分について語るのを楽しんだ。すぐに話題は、最近の彼の生活になった。自分がこれほど興味を持たれているのかといい気になっていた。

「で、この頃はどんなことをしているの?」

「ぼくが——ああ、大したことは——庭から見たベストウッドのスケッチをして、やっといい感じになってきた。もう百回くらい描いてるけど」

こんな話が、しばらく続いた。やがて彼女が言った——「最近はあまり出かけないのね」

「いや——月曜の午後にクララとクリフトンの森へ行った」

「あまりいいお天気じゃなかったでしょう?」とミリアムが言った。

「でも外出したかったんだ——大丈夫だったよ。トレント川があふれそうだった」

「バートンまで行ったの?」

「いや、クリフトンでお茶を飲んだ」

「まあ! それはいいわね」

「よかったよ! とても愉快な婆さんがいて——とてもきれいなポンポンダリアを何本かくれた」

ミリアムは頭を垂れて、考えこんだ。ポールに、隠し立てをしているつもりは全くなかった。

「どうして花なんかくれたのかしら?」

彼は笑った。

「そりゃ、ぼくたちのことを気に入ったからだよ——楽しそうだった、からじゃないかな」

ミリアムは指を噛んだ。

「帰りは遅かったの?」と彼女は訊いた。

ついに彼女の口のきき方がポールの癇に障《さわ》った。

「ぼくは七時半の汽車に乗った」

「そう！」

二人は無言で歩いた。彼は怒っていた。

「で、クララは元気？」ミリアムが訊いた。

「とても元気だと思う」

「結構ね！」皮肉まじりの口調だった。「そう言えば、彼女のご主人はどうしてるの？　まったく噂を聞かないけど」

「別に女ができて、やっぱりしごく元気」とポールは答えた。「まあ、ぼくはそう思ってるけど」

「あらそう――確かなことは知らないのね――ああいう立場って、女には辛いとは思わない？」

「そりゃひどく辛いさ！」

「まったく不公平だわ！」とミリアムは言った。「男は好き勝手なまねをして――」

「それなら、女も好き勝手にやればいい――」

「できるはず、ないでしょ！　そんなことをしたらどんな目に遭うか！」

「それがどうだって言うんだ！」

「えー―できっこないじゃないの！――あなたは女がどんなひどい目に遭うかが分からないから――」

「そりゃ分からないさ――でも女が世間の評判ばかり気にして生きてるとしたら、そんなもの、くだらないよ、死ぬほかないね！」

これで、ミリアムは、少なくとも彼の道徳観は理解したし、彼がそういう生き方をするだろうということも分かった。彼女は何につけ彼に正面からは質問しなかったが、必要なことは分かった。

ミリアムと会った別の日には、結婚の話になり、クララとバクスター・ドーズ夫妻のことに移った。

「つまりね」とポールは言った。「クララは、結婚の決定的な重さが分かっていなかった。ただ、結婚はするものだと思っていて——いつかはそうならざるを得ないから——ドーズという——たくさんの女に追いかけ回される男がいたから、彼でいいじゃないかってことになった！　それから、お決まりの『分かってもらえない女』になって、彼を邪険に扱った。これがぜったいに真相だと思う」

「それで、彼が分かってくれないというので家を出た？」

「そうだ。出ざるを得なかったんじゃないかな。分かる分からないの問題じゃなくて生きることの話だ。ドーズと一緒じゃ、彼女は半分しか生きていなくて、あとの半分は死んで眠ってた。その眠ってる女が『分かってもらえない女』のことだ。だから、目覚めることが必要だった」

「それで、夫の方は？」

「さあ——彼としては最大限に愛してたと思うけど。結局ばかなんだ」

「何だか、あなたのご両親の関係みたいね」と、ミリアムは言った。

「そう、でも、母は、初めのうちは父から本当の喜びと満足を得ていたと思う。父に夢中だったと思う。だから結局別れなかったんだ。あの二人はやはりお互いに結びついていた」

「そうね」とミリアムは言った。

「それはなくてはならないものなんだ」彼は続けた。「他者を通じて、ほんとうに、ほんとうに心が燃えあがることが――一生に一度でいいから、一度だけでいいから、たとえ三カ月しか持たなくても。ぼくの母だって、生きて成長してゆくのに必要なものは、すべて持っているように見えるでしょ。母は不毛な匂いがまったくしないもの」

「ええ」

「父に対しても、初めはほんとうの情熱があったのにちがいないんだ。そういう経験をしたことを――母も分かっている。母からはそれが感じられる。父からもそれが感じられる。そういう人は毎日会う人の中にたくさんいるよ。一度経験すれば、どんなことがあっても生きていける、育っていけるんだ」

「具体的には、どういう経験なの？」

「その説明はとても難しい。誰かもう一人の人間とほんとうに一つになった時、大きく激しい何かが起きて、違う人間に生まれ変わる。それが魂の肥やしとなり、一人で生きて成熟できるようになる」

「あなたのお母さんはお父さんとそういう経験をしたと思うのね？」

「そう――今じゃバラバラだけど、母だって心の底じゃそのことで、今も父に感謝しているんだ」

「そして、クララは一度もそれを経験していないと言うのね？」

「絶対に」

ミリアムは彼の言葉を噛みしめた。ポールの求めているものは分かった――情熱の火の洗礼、のようなもの。彼はそれを手に入れるまで満足しないだろう。ある種の男が放蕩を避けて通れないのと同じことかも知れない。この欲望を満たすことができれば、苛々と暴れることもなくなり、落ち着いて、わたしの手に人生を委ねてくれるようになるだろう。それなら、彼が去りたいというのなら、去って心ゆくまで欲望を満たさせてやればいい――彼の言う大きく激しい何かを味わってもらえばいい。とにかく、それを手に入れてしまえば、もうそれ以上、彼自身が言うように、求めなくなるだろう。彼はミリアムが持っているもう一つのものを求めるようになるだろう。彼は仕事をするために、ミリアムのものになりたがるだろう。彼が去ってゆくのは彼女にとって辛いことだったが、彼が一杯飲みに外に出るのは許せるのだから、クララの元に走るのを許すのも、それが彼の渇きをいやして彼を欲望から解き放ち、彼を彼女のものにできるのであれば、同じことだった。

「お母さんに、クララのことはもう話したの？」ミリアムは訊いた。

この問いがクララへの彼の気持の真剣さの試金石になるのは分かっていた。母親に話したとすれば、彼がクララに何かとても大切なものを求めていて、快楽のために娼婦のもとに行く男とは違うことが分かる。

「ああ」彼は言った。「それで、クララは日曜にお茶に来る」

「あなたの家へ?」

「ああ、母に会ってもらおうと思って」

「え!」

沈黙が訪れた。事態はミリアムが考えていたより速く進んでいた。ポールがこんなにすぐ、きっぱりと自分を棄てることに、不意に怒りを覚えた。クララは彼の一家に認められるのだろうか、わたしにはあれほど敵意を見せた人たちに。

「わたしも、教会へ行くついでにお邪魔するかも知れないわ」と彼女は言った。「クララともずいぶん会っていないから」

「どうぞ」ポールはびっくりし、無意識裡に腹を立てた。

日曜の午後、ケストン駅までクララを迎えに行った。ホームに立って、彼は自分の中の予感を探った。

「彼女がやって来る感じがするかどうか?」自問して、答えを探した。心臓が妙に縮む感じがした。これが予感なのだろうか。彼女がやって来そうにない予感がした。彼女は来ずに、思いえがいたように野を歩いて彼女を家へ連れて行くことはなく、自分一人で帰ることになるだろう。汽車は遅れていた。午後が徒労に終わり、夜もまたそうなるだろう。彼は来ないクララを憎んだ。なぜ守れない約束などしたのだろう? いや、乗り遅れたのかも知れない――彼もしじゅう乗り遅れている――だが、それが、わざわざこの汽車に乗り遅れる理由にはならない。彼は怒った―

――激怒した。

突然、音もなくカーヴを回って近づいて来る列車が見えた。ああ、そうだ、汽車は来る、だが、もちろん彼女は来ない。緑の機関車が湯気をあげてホームに入り、茶色い客車の列が止まり、ドアがいくつもあいた。いや、彼女は来ない！　そう！――いや、あそこにいた！　大きな黒い帽子をかぶって！　彼はクララの元に飛んで行った。

「来ないのかと思った」と、彼は言った。

彼女はポールに手を差し出して、少し息をはずませて笑っていた。二人の目が合った。彼は興奮を隠そうと猛烈に喋りながら、ホームを急ぎ足で彼女と歩いた。彼女は美しかった。帽子には光沢を消した金色の大きな絹の薔薇があった。暗い色の服にぴったり包まれた胸や肩も美しかった。彼女と歩くと彼の矜持がふくらんだ。彼を知る駅員たちが、畏敬と讃嘆のまなざしで彼女を見るのが分かった。

「きっと来ないと思った」彼は震える声で笑った。

彼女も小さな叫び声をあげるみたいに笑った。

「あたしも汽車の中では、もしあなたが駅にいなかったらどうしようと思ってた！」

彼はぱっと彼女の手を握って、小道を進んだ。ナットールに入り、レコニング・ハウス農場を越えた。よく晴れて日ざしの柔らかな日だった。いたるところに茶色い枯葉が散っていた。森の脇の生垣には深紅の野薔薇の実がびっしりあった。彼はクララにつけてやろうと、その実をいくつかもいだ。

「でも、ほんとは」彼はクララのオーバーの胸につけてやりながら言った。「鳥のためには、ぼくがこの実を採るのに反対すべきだ。ただ、この辺は餌が豊富だから、鳥も野薔薇の実なんか大して食べない。春に実がそのまま腐っていることがよくあるし」

クララにじっと立たせながら、彼は自分の話の中身もろくに分からないまま、ただ女の上着の胸に実をつけてやることだけを思って喋りつづけた。彼女は生き生きと速く動くポールの手を眺めて、今までの自分が何ひとつよく見ていなかったのに気づいた。今までは、すべてがぼんやりしていた。

炭鉱に近づいた。炭鉱は麦畑の真ん中に黒々と静かに立っていた。鉱滓《こうさい》の巨大な山が燕麦の中からそそり立つようだった。

「こんなきれいなところに炭鉱があるなんて、ほんとにひどい！」クララは言った。

「そう思うの？」彼は答えた。「ぼくは慣れっこになっているから、なければかえって寂しいよ──そう、ぼくは、ここかしこに炭鉱が見えるのが好きだ。貨車の列や巻揚機や、昼間は湯気が上がり夜は灯が見えるのが好きだ。子供の頃は、聖書に出てくる昼は『雲の柱』が、夜は『火の柱』がっていうのは、炭鉱のことだと思いこんでいた。湯気や灯が見えて、土手が燃えていたりするから──神さまはいつも炭鉱のてっぺんにいると思っていた」

家に近づくと彼女は口をつぐんで、足どりも鈍るようだった。彼は彼女の指を強く握った。彼女は顔を赤らめたが、それに応えはしなかった。

「家へ行くのは嫌なの？」彼は訊いた。

「いいえ、伺いたいわ」と彼女は答えた。

彼の家での彼女の立場がいささか妙で厄介なものになることに、ポールは気づいていなかった。彼にとっては、男の友人を母に紹介するのと同じことで、ただ男より女の友人の方が気が利いているというだけのことだった。

モレル家は丘の急斜面を下る見苦しい通りにあった。ひどい通りだった。建物自体は他の家より立派で、古く汚れていたが、大きな張り出し窓があった。二軒一棟の準一戸建てながら、見た目は暗かった。だが、ポールが庭に出るドアをあけると、すべてが変わった。別の土地に来たみたいに、陽光あふれる午後の風景がひらけた。庭の小道ぞいにはヨモギギクや低木があった。窓の正面には日当たりのいい芝生があり、ライラックの老木に囲まれていた。その先には伸びるにまかせた菊がこんもり固まって日を浴びているかと思うと、その向こうには楓の木もあり、その先は野原で、もっと向こうに赤屋根の家が数軒見え、果ては丘々に達していた。秋の午後の日ざしをたっぷり浴びていた。

ミセス・モレルは黒い絹のブラウス姿で、揺り椅子に座っていた。白髪まじりの茶色の髪を、額の生えぎわと高いこめかみから引っつめている。顔色がいく分青かった。クララは緊張しながら、ポールの後について台所へ入った。ミセス・モレルが立ちあがった。クララの目には、少し固苦しい貴婦人のように映った。クララはすっかりあがっていた。哀しげな、人生をあきらめたみたいな顔になっていた。

「こちら、母です――こちら、クララ」ポールが引き合わせた。

ミセス・モレルは手を差し出し、微笑んだ。

「お噂はいつもこの子から伺ってますよ」

　クララの頬に血がのぼった。

「お訪ねしたりして、失礼ではなかったでしょうか」彼女が口ごもった。

「お連れするってポールから聞いて、喜んでいたんですよ」とミセス・モレルは答えた。

　この光景を見て、ポールは胸を締めつけられるほど辛かった。美しさにあふれるクララの横で、母はいかにも小さく、顔色が悪く、やつれ果てている。

「すばらしい天気だ、母さん！」彼は言った。「途中でカケスを一羽見た」

　母はポールを見た。ポールは母の方を向いていた。仕立てのいい暗い色の服を着ていると本当にいい男だ、と彼女は思った。青白い顔で、人を寄せつけない雰囲気があり、こういう男を自分のものにしておくのは、女にとってさぞ大変だろう。母の胸は喜びに火照った。そして、クララが気の毒になった。

「オーバーや何か、客間に置いていらしたら」ミセス・モレルはこの若い女性に優しく言った。

「まあ、ありがとうございます」クララは答えた。

「こっちだよ」ポールは先に立って、古いピアノとマホガニーの家具、それに黄ばんできた大理石のマントルピースがある表の客間へ案内した。暖炉に火が燃えていた。本だの画板だのが散らかっていた。

「ぼくは、何でもその辺に転がしとくんだ。その方がずっと気楽だから」とポールは言った。

クララは、絵の道具だの本だの家族の写真に魅せられた。ポールはすぐに写真の説明を始めた。これは兄のウィリアム、これはウィリアムの許嫁だった女性のイブニング姿、これはアニーとその夫、これはアーサーとその奥さんと赤ん坊。クララは自分もこの家族の一員になった気になった。写真を見せられ、本を見せられ、スケッチを見せられ、しばらく二人で話した。それから、台所へ戻った。ミセス・モレルは本を置いた。クララは白黒の細縞の、上等なシフォンのブラウスを着ていた。髪は頭の上でシンプルに巻きあげていた。堂々として少し近づきがたく見えた。

「スネントン通りに住んでらっしゃるんですって！」とミセス・モレルが言った。「わたしも少女のころ――あら、少女は大げさね！――若い女性だった頃、一家でミネルヴァ・テラスに住んでたのよ」

「そうでしたの！」クララは言った。「六番地に友達がいます」

こうして、会話が始まった。二人はノッティンガムやノッティンガムの人々について話した。どちらにも興味がある話題だった。クララはまだ少し固かったし、ミセス・モレルもいく分構えて、一語一語を変にはっきりと正確に発音していたが、二人の相性の良さはポールにも分かった。

ミセス・モレルはこの年下の女性と自分を比べて、自分の方がはるかに強いと思った。クララはとても恭しかった。彼女はポールが母親を驚くほど尊敬しているのを知っていたので、さぞ厳しく冷たい相手ではないかと思って、この母と会うのを恐れていたが、小柄で好奇心が強く楽しそうによく喋る女性だったので驚いた。そして、ポールに対してと同様、この女性に抗っても始まらないという気持になった。この母には、これまでの人生で疑いを抱いたことが一度もなかったような、一徹な何かがあった。

じきに、昼寝をしていたモレルが、もじゃもじゃの頭であくびをしながら階下へ降りて来た。白髪まじりの頭をかきかき、靴も履かず、シャツの上にボタンもはめないでベストを引っかけた格好でのろのろ出てきた。彼は場違いに見えた。

「父さん、こちらはミセス・ドーズです」ポールが言った。

するると、モレルがしゃんとなった。父の頭のさげ方、握手の仕方はポールそっくりだとクララは思った。

「やあ、これは!」モレルは大声で言った。「お目にかかれて何よりです——ほんとに、よく。いや、いや、どうぞお気遣いなく。さ、お楽に、お楽に」

クララは老坑夫のたてつづけの歓待の言葉にびっくりした。何と紳士的で女性に優しい人だろう! 彼女はすっかり好きになった。

「で、遠くから?」と彼は訊いた。

「いえ、ノッティンガム」

「ノッティンガム。じゃ、外出日和で何よりだ」

こう言うと、彼はふらふら流し場へ行って手と顔を洗い、いつもの癖で拭きタオルを持って暖炉の前へ戻った。

お茶になると、クララはこの一家に品の良さと落ち着きを感じた。ミセス・モレルは固苦しさが少しもなかった。お茶を注ぐのもまわりの面倒を見るのも、ごく自然にはこんで、その間も黙りこむようなことがない。楕円形のテーブルは広々として、光沢あるテーブルクロスの上に並んだ、ブルー・ウィロウの磁器が美しかった。小型の鉢に小ぶりな黄菊が生けてあった。クララは一家の一員になった気がして、嬉しかった。だが、父親をはじめモレル家の落ち着きがいく分怖かった。その雰囲気が彼女にも乗り移ってきた。誰もが自然体で、釣り合いがとれ、全体が調和した、ひんやりと澄みきった空気だった。クララは楽しかったが、心の底に怖れる気持ちがあった。

母とクララが話している間に、ポールがテーブルを片づけた。クララは、風に吹かれたようにさっと近づいては離れて行くポールの敏捷で活気ある体の動きが気になった。木の葉が風に舞ってあっちこっちと思いがけない動きをするようだった。彼が動くと、彼女の意識も一緒に動いた。耳を傾けるように身を乗り出している彼女の姿勢から、ミセス・モレルは、クララが話をしながらも心はそこにないことを見抜いた。母はまた、クララを哀れに思った。

テーブルの片づけがすんだポールは、喋っている女二人を置いて、ふらりと庭へ出た。うっすらと靄がかかり、やわらかな日ざしのあふれる午後だった。クララには、菊の間をぶらつく彼が窓からちらりと見えた。自分がまるで手でさわれる何かで彼と縛られている感じがした。だが、彼は、いかにものびのびと、何の屈託もなく、美しい手つきで重く垂れさがった菊を支柱に結んでいる。その超然とした態度に心細くなった彼女は、叫び出しそうになった。

ミセス・モレルが立ち上がった。

「洗いもののお手伝いをさせてください」とクララは言った。

「あら、少ししかありませんよ、一分で片づいちゃいます」

それでも、クララはお茶のセットを拭くのを手伝って、ポールの母とこんなにうまく行くのが嬉しくなった。だが、彼と一緒に庭へ出られないのはとても辛かった。やっと庭へ出られた時は、足枷をはずされたようだった。

ダービーシャーの丘々が午後の日ざしを浴びて金色にかがやいていた。彼は向かいのもう一つの庭で、薄色のアスターの花の植えこみの横に立って、今年最後の蜜蜂が巣に入るのを眺めていた。クララの足音を聞いて、ポールはゆっくり振りかえった。

「蜜蜂ももう終わりだ」

クララが彼のそばに立った。目の前の低い赤塀の向こうに、野原と遠い丘々が広がり、淡い金色の靄に光っていた。

その時、庭の木戸からミリアムが入って来た。クララがポールに近づき、ポールが振りかえり、二人が一緒に足をとめるところが見えた。世界に二人きりといった雰囲気に、関係を持ったことが、結婚したに等しいことが、見てとれた。ミリアムはひどくゆっくり、細長い庭の石炭殻の小道を歩いた。

クララはタチアオイの茎からボタンのような実をもぎ、割って中の種を取り出そうとしていた。うつむいた彼女の頭の上に、まるで彼女を守ろうとするようにピンクの花が大きく咲いていた。最後の蜜蜂が巣の中に潜りこんでいた。

「いくら貯まった?」貨幣の束のような塊から平たい種を一つ一つ剝がしているクララに、ポールが笑って訊いた。クララが顔をあげた。

「お金持よ」彼女はにっこり笑った。

「いくら？　うわっ！」彼が指を鳴らした。「金貨に変えられないかな？」

「残念ながら」彼女も笑った。

二人は笑いながら、見つめあった。その時、ミリアムの存在に気づいた。カチリ。すべてが一変した。

「やあ、ミリアム！」彼は声をあげた。「来るって言ってたよね！」

「そうよ。忘れてらした？」

ミリアムはクララと握手をしながら、

「ここであなたにお目にかかるのは変な感じね」と言った。

「ええ」クララも答えた。「変な感じがするわ」

話が途切れた。

「きれいなところでしょ？」ミリアムが言った。

「ほんとに素敵」クララも答えた。

ミリアムは、自分とは違いクララがこの家で受け入れられたのを知った。

「一人で来たの？」ポールが訊いた。

「ええ！　アガサのところへお茶に呼ばれて来たの。これから一緒に教会へ行くところ。クララに会いたいと思って、ちょっと寄っただけ」

「お茶なら、家へ来ればよかったのに」ポールは言った。

ミリアムが短く笑うと、クララはたまりかねたように横を向いた。

「どう、この菊？」彼が訊いた。

「ええ――とてもきれい」ミリアムは答えた。

「どういう種類が一番好き？」

「さあ。青銅色のかしら」

「まだ全部見てないだろう。見てってよ。クララもどれが一番好きか見てってよ」

彼は二人の女を自分の庭の方に連れて行った。ありとあらゆる色の花が、小道ぞいにごちゃごちゃと咲き乱れて、そのまま野原につづいていた。彼としては、この状況は別に気まずくなかった。

「ねえ、ミリアム。これは、きみの家の庭から持って来た白いのだ。ここでは、あまりきれいに咲かない」

「ええ」

「でも、ここの方が花が冬に強くなる。きみのとこのは、過保護だから、大きく、繊細に育って、すぐ枯れちゃう。この小さく黄色いのはぼくのお気に入りだ。少し持っていく？」

三人が庭に出ていると、教会の鐘が鳴りはじめて、町を越え、野原を越えて、響きわたった。ミリアムはひしめく屋根に囲まれ誇らかにそびえる鐘楼を見て、前にポールが見せてくれたスケッチを思い出した。あの頃は今と違った、だが、今でも完全に彼女を棄てたわけではなかった。

彼女はポールに何か本を貸してくれないか頼んだ。彼は家の中へ駆けこんだ。

「え、ミリアムなの？」母が冷たい声で彼に訊いた。

「そう。クララに会いに来るって言ってたんだ」

「じゃ、あなた、ミリアムに教えたのね？」母は辛らつな口調だった。

「ああ。でもかまわないでしょ？」

「まあ、かまいませんけど」そう言ったきり、ミセス・モレルは本に視線を戻した。ポールは母の皮肉にたじろぎ、苛々と顔をしかめ、「ぼくの勝手じゃないか」と思った。

「ミセス・モレルにお会いになったの、初めて？」ミリアムはクララに訊いていた。

「ええ——とってもいい方！」

「ええ」ミリアムは下を向いた。「すばらしいところもある方だわ」

「そうね」

「ポールからいろいろ聞いてる？」

「ずいぶん聞いたわ」

「ああ！」

ポールが本を持って戻って来るまで沈黙がおりた。

「いつまで借りられる？」ミリアムが訊いた。

「いつでも」彼は答えた。

ポールが門までミリアムを送って行く間に、クララは家へ入ろうと向きを変えた。

「次はいつ農場の方へいらっしゃる？」ミリアムが声を掛けた。

「さあ」クララが答えた。

「母が、いつでもお待ちしているとお伝えするようにって」

「ありがとう——伺いたいわ——でもいつになるか」

「あら、いいのよ！」ミリアムは苦々しく叫んで、背を向けた。

ポールにもらった花を口に当てて小道を歩いて行った。

「ほんとに、家へ寄ってかないの？」彼が言った。

「結構です」

「ぼくたちも教会に行くんだよ」

「あら！　それならあっちでお会いしましょう！」ミリアムはひどく刺々しかった。

「ああ」

二人は別れた。ポールは彼女に悪いことをした気がした。ミリアムは怒っていた。彼を軽蔑した。彼は今でも自分のものだと、彼女は信じていた。だが、彼にはクララがいて、彼女を家へ招き、教会では彼の母の隣に彼女と並んで座り、何年も前には私に貸してくれたあの同じ讃美歌の本をクララに貸してやるのだ。彼が駆け足でさっと家へ入って行く音が聞こえた。

だが、彼はそのまま家へ入らなかった。芝生の上で立ちどまった彼の耳に、母の声が聞こえ、つづいてクララが「あたし、ミリアムの食らいついたら離れない警察犬みたいな性格が嫌なんです」と答えるのが聞こえた。

「そうなのよ」すぐに母が返した。「その通り！　まったく嫌になるじゃない！」

彼の胸が熱くなり、二人がミリアムの話をすることに怒りをおぼえた。どんな権利があるというのか？　だが、二人の言葉の中には、ミリアムに対する彼自身の憎しみを掻き立てるものがあった。それでも、クララが勝手にミリアムの悪口を言うのには、激しく反発した。何やかや言って、善良さということになればミリアムの方が上ではないか。彼は家に入った。母は高ぶって見えた。疲れきった女がよくやるように、ソファの肘をリズミカルに片手で叩いていた。彼は嫌でたまらなかった。女二人が黙りこむと、彼が喋り始めた。

教会で、ミリアムは、かつて自分にしたのとまったく同じように彼がクララのために讃美歌のこれから歌う箇所を見つけてやっている姿を目撃した。ポールには、説教の間、大きな帽子で顔が蔭になっているミリアムの姿が向こう側の席に絶えず見えていた。彼と一緒のクララを見て、ミリアムはどう思っただろう？　だが、彼はきちんと考えはしなかった。ミリアムに冷酷な自分がそこにいた。

礼拝の後、ポールはクララとペントリッチ村を歩いた。秋の夜は暗かった。二人はミリアムに別れを告げた。彼女を一人で放り出したポールの胸は痛んだ。「それでも自業自得だ」と心の中でつぶやくと、彼女の目の前で別の美しい女と一緒に立ち去ることに、喜びに近いものを覚えた。

暗闇に湿った枯葉の匂いが漂っていた。クララの手は彼の手の中で力が抜けていって温かかった。彼は心の葛藤に悶えていた。荒れ狂う思いに、やけくそな気持がおこった。

ペントリッチの丘を登る間、クララは彼に身を預けた。彼は彼女の腰に腕を回した。歩きながら腕に伝わる彼女の体の強い動きを感じていると、ミリアムが原因の胸のしこりもとれて、全身熱い血に浸された。クララを抱く腕にますます力が入った。

するといきなり「まだミリアムとつきあっているのね」と彼女がしずかに言った。


「話をするだけ——前から話をする以外はあまり何もなかった」彼は苦々しく言った。

「あなたのお母さんは、あの人がお嫌いね」クララは言った。

「うん——そうでなければ、彼女と結婚していたかも——でも、すべて終わった——ほんとだ！」

彼の声が突然、憎悪に激した。

「もし今彼女と一緒だったら、きっと『キリスト教の神秘』についてお喋りしてるだろう。本当に別れてよかった！」

二人はしばらく、黙々と歩きつづけた。

「でも、すっかり別れられないでしょう」クララが言った。

「別れるも別れないも、何にもないよ」

「ミリアムにすれば、あるわ」

「いつまでも友達でいるのは別にかまわないと思う。でも、ただの友達だ」

クララは彼から体を離した。

「どうして離れるの？」

彼女は答えず、ますます離れた。

「どうして一人で歩くの?」

それでも返事はなかった。女は下を向いて、怒ったように歩いた。

「ぼくがミリアムと友達でいると言ったからだ!」彼が叫んだ。

彼女は何一つ返事をしなかった。

「ミリアムとは話をするだけだ」彼はクララを抱こうとした。彼女は抵抗した。彼は突然ぐいっと彼女の前へ出て道をふさいだ。

「畜生!」彼は言った。「どうして欲しいんだ?」

「ミリアムを追いかけたら?」クララが嘲った。

頭に血が上った。彼は歯を剝いて立っていた。彼女は暗い表情でうなだれていた。暗い、人一人いない小道だった。いきなり彼女を腕に抱きしめると、彼は前のめりになって、怒りの接吻を彼女の顔に押し当てた。彼女は必死に顔をそらし、かわそうとした。彼は固く抱きしめて放さなかった。男の口は容赦なく女を求めた。彼の胸でクララは乳房が痛かった。最後に仕方なく力を抜いたクララに、彼は何回も何回も接吻した。

丘を降りて来る足音が聞こえた。

「さあ立って――立って!」彼はクララの腕を痛くなるほど握りしめ、くぐもった声で言った。このまま手を放すと、彼女は地面にくずおれてしまいそうだった。

彼女は溜め息をつきながら、彼の横をふらふら歩いた。二人とも黙っていた。

「野原を通って行こう」彼が言うと、クララも我に返った。

だが、柵を越える時にポールの手を借りなくてはならず、暗い最初の野原を歩く彼女はずっと口をきかなかった。ノッティンガムへ出て駅に向かう道であることは分かっていた。彼はあたりを見回しているようだった。二人は何もない丘の頂に出た。廃屋になった風車が一つ黒々と立っていた。すると、ポールが足をとめた。二人で闇の中を丘の頂に並んで立って、眼下にちりばめられた灯を眺めた。点々と、あちこちに、村の灯火が、高く、低く、夜の闇に浮かんでいた。

「星の間を歩いてるみたいだ」彼は震える声で笑った。

手を伸ばすと、クララを固く抱きしめ、長い接吻をした。それでも、女は唇を横へ滑らせ、低い声で訊いた。

「今、何時？」

「いいじゃないか」彼はかすれ声で訴えた。

「だめ、困るのよ——だめ——帰らなくちゃ！」

「まだ早いよ」

「何時なの？」彼女は執拗に訊いた。

塗りこめたような夜の闇に点々と灯火がまたたいていた。

「知らない」

彼女はポールの胸に手を当てて、懐中時計を探した。彼は体中の関節が溶けて燃えあがりそうだった。彼女がベストのポケットを探ると、彼は立ったまま息を荒くした。闇の中で時計の白い文字盤は見えたが、数字が見えなかった。女は時計の上に屈みこんだ。彼はあえぎながら、また彼女を抱く時機をうかがっていた。

「見えない」彼女が言った。

「じゃ、気にするなよ」

「だめ――帰らなくちゃ！」彼女は顔をそむけて言った。

「待って――ぼくが見る！」そうは言ったが、彼にも見えなかった。「マッチを擦ってみよう」

彼はひそかに、もう遅すぎて汽車に間に合わなければいいと思った。クララは彼が掌で囲った火が燃えあがるのを見た。彼の顔が浮かびあがって、その目がじっと時計をのぞいた。一瞬でまた真っ暗になった。彼女の前には、闇だけがあった。マッチの赤い火だけが、足下に見えた。彼はどこにいるのか？

「どう？」彼女は怖くなって訊いた。

「だめだ」闇の中から彼の声が聞こえた。

一瞬の沈黙がつづいた。彼女は彼の手中にある自分を感じた。彼の声の響きに、彼女はおびえた。

「何時なの？」彼女は静かに、きっぱりと、望みを捨てて、訊いた。

「九時二分前」彼は迷ったものの本当のことを教えた。

「それじゃ、ここから駅まで十四分で行けるかしら？」

「いや――とにかく――」

彼女には、一ヤードかそこら離れた彼の影がまた見えてきた。逃げ出したくなった。

「でも、だめかしら？」彼女が訴えた。

「急げばね」彼はつっけんどんに言った。「でも——歩いたって簡単だよ、クララ——市電の駅まで七マイルっきゃない——送って行くよ」

「いえ——汽車に乗りたいの」

「でも、なぜ？」

「なぜでも——汽車で帰りたいの」

急に、彼の声が変わった。

「分かったよ」冷淡な声だった。「さあ行こう」

彼は闇の中に飛びこんだ。彼女も泣きたい気持で後を追った。彼は冷たく無情になっていた。彼女は転びそうになりながら息を切らせて、暗い凸凹の野を走った。二列に並んだ駅の灯火がだんだん近づいてきた。

「汽車が来た！」急に彼が叫んで走り出した。

かすかにがたがたと汽車の音が聞こえた。右手、遠方に、発光する芋虫のような汽車が闇を縫って走る姿が見えた。その音が聞こえなくなった。

「陸橋を渡ってる——なんとか間に合う」

クララはすっかり息を切らせながら走りつづけ、やっと客車に転がりこんだ。汽笛が鳴った。彼はもう消えた。行ってしまった！——クララは満員の客車の中にいて、その非情さを感じた。

彼はくるりと振り向いて、家の方にどんどん歩き出した。あっという間に、もう家の台所だった。顔面蒼白で、目は酔ったみたいに、黒々とぎらぎら輝いていた。母が彼を見た。

「おや、ずいぶん靴がおきれいね！」彼女は言った。

彼は足下を見た。それから、オーバーを脱いだ。母は彼が酔っているのかと思った。

「じゃ、クララは汽車に間に合ったのね？」

「ああ」

「あの人の靴はそんなに汚れてないといいわね。いったい、どこを引きずりまわしてたのかしら！」

彼はしばらく口をつぐんだまま、動こうともしなかった。

「彼女のこと、気に入ったの？」ようやく、嫌々、母に尋ねた。

「ええ——気に入ったわ——でも、あなた、いずれあの人に飽きるわよ。自分でも分かってるでしょ」

彼は答えなかった。母は、彼が息を切らせているのに気づいた。

「駆けて来たの？」

「駆けなければ汽車に間に合わなかった」

「体を壊すわよ。熱い牛乳でも飲みなさい」

母の言うとおりだったが、彼は要らないと言って寝室に行った。そして、ベッドの上掛けの上に突っ伏して、悶々と涙を流した。体の内から湧きあがる苦悩に、血がにじむほど唇を噛みしめた。頭が混乱して、考える力ばかりか感じる力まで失いそうだった。

「彼女のせいでこんな目に」掛けぶとんに顔を押しつけたまま、何度も何度も、心の中で呪った。彼はクララを憎んだ。二人のやりとりを思い出して、憎しみを新たにした。

翌日の彼は、今までになくよそよそしくなった。クララはとても優しく、愛情そのものと言ってもいいくらいだったのに、彼は彼女に冷たく、少し見下すように接した。彼女は溜め息をつきながらも、優しい態度を変えなかった。彼の機嫌は直った。

その週に、ノッティンガムのロイヤル劇場で、サラ・ベルナール（一八四四―一九二三、フランスの名女優）が一晩だけ『椿姫』を演じた。ポールはこの有名な老女優が見たくて、クララを誘った。彼は母に玄関の鍵は窓のところへ置いておいてくれと頼んだ。

「予約しとこうか？」彼はクララに訊いた。

「ええ。それから、イブニングを着てきてね！　あなたのイブニング姿、見たことがないから」

「え、そんな、クララ！　**ぼく**が劇場にイブニング！」彼は渋った。

「嫌？」

「着てくれと言うのなら着るけど――でも、恥ずかしいなあ」

彼女はそんな彼を笑った。

「じゃ、あたしのために、恥ずかしい思いして――ね？」

こう言われて、彼は熱くなった。

「仕方ないな」

「どうしてスーツケースを持って行くの？」母親が尋ねた。

彼は真っ赤になった。

「クララに頼まれたんだ」

「どんな席なの？」

「二階のいい席――一人三シリング六ペンス！」

「まあ、驚いた！」母親は皮肉な叫び声をあげた。

「一生に一度かな」彼は言った。

会社で着がえ、コートを着、帽子をかぶり、カフェで落ちあった。クララは婦人参政権運動仲間の友達といた。およそ似合わない裾の長い古コートを着ている。頭にはスカーフを巻いていて、これも彼の気にいらなかった。三人で劇場へ出かけた。

劇場の階段を上る途中で、クララはコートを脱いだ。コートの下はイブニングのようなドレスで、腕と首と胸元が露わだった。髪も流行のスタイルだった。クレープのシンプルな緑のドレスがよく似合っていた。貴婦人のようだ、と彼は思った。ドレスがぴったり巻かれているみたいに、彼の目には、体の線がよく見えた。背筋の伸びた女の体のしなやかな強さが触《さわ》れそうだった。彼は拳を握りしめた。

これから一晩中、むき出しの美しい腕の隣に座り、逞しい胸から伸びる逞しい喉を、緑のドレスの下に盛りあがる胸を、タイトな服の下の太腿のカーヴを眺めることになる。この近さの拷問の踏み絵に、彼はまた女に憎しみのようなものを覚えた。そして、抗いえない運命に身をゆだねるように、首筋をのばし、口をとがらせ、悲しそうにじっと前を見つめる彼女の姿に、愛情をかきたてられた。彼女にはどうすることもできない——自分より大きなものの手の中にあった。悲しみのスフィンクスのような永遠を思わせる彼女の表情に、彼は接吻したくてたまらなくなった。わざとプログラムを床に落とし、拾うふりをして身をかがめ、女の手と手首に接吻した。女の美しさは拷問だった。女は揺るぎもせず座っていた。ようやく灯が消えると少し彼の方に身を寄せたので、彼は指先で女の手と腕を愛撫した。彼女の体の香りがかすかに匂うと、彼は欲望に我を忘れた。血が沸騰し、何度も高波となって押し寄せると、一瞬、意識が飛んだ。

劇はつづいていた。だが、彼にはそのすべてが遠く、どこか別世界のできごととしか思えなかった。どこかは分からないが、それは心の中のどこか遠くのようにも思えた。自分がクララの白く重い腕に、クララの喉に、クララの息づく胸になっていた。それが彼自身のように思えた。と、どこか遠くで芝居が進んでいて、それとも一体になった。自分はどこにもいなかった。クララの灰色と黒の瞳、襲いかかるその胸、彼の両手の中のその腕、存在しているのはこれだけだった。圧倒的な力でそびえる女を前に、自分が小さく無力に感じられた。

苦しみがはっきり意識できるのは、休憩時間に明るくなった時だけだった。闇の中に戻りたくて、どこでもいいから逃げ出したくなった。身を持てあまして、ふらふら一杯飲みに出た。そして、また灯が消えた。すると、クララと芝居の今まで味わったことのないような狂おしい現実がまた彼をとらえた。

舞台は進んだ。だが、彼は、クララの曲げた肘の内側のか細く青い静脈にキスすることしか考えていなかった。血管の感触が分かった。そこに接吻するまでは全生命が宙に浮いて収まらなかった。どうしても接吻したかった。だが、他の客がいる。さっと身をかがめると、そこに唇をあてた。髭《ひげ》が敏感な肌を撫でた。クララはぶるっと震えて腕を引いた。

芝居が終わり、明かりがつき、人々の拍手が聞こえると、ポールは我に返って時計を見た。最終の汽車は出た後だった。

「家まで歩いて帰らなきゃ！」彼は言った。

クララが彼を見た。

「間に合わないの？」

彼はうなずいた。彼女にコートを着せてやった。

「愛してる！　このドレスのきみはすごくきれいだ」雑踏の中、彼はクララの肩越しにささやいた。彼女は黙っていた。二人は一緒に劇場を出た。辻馬車が並んで、人がぞろぞろ歩いていた。彼を憎悪する二つの茶色の目に出会った気もしたが、彼は気にしなかった。二人は、駅の方に機械的に歩き出した。

汽車は出た後だった。彼は家まで十マイルの距離を歩く羽目になった。

「大丈夫だよ、歩くのは好きだから」彼は言った。

「今夜は」顔を赤くして、クララが言った。「あたしの家に泊らない？　あたしは母と寝ればいい――」

彼はクララを見た。二人の目が合った。

「きみのお母さんは大丈夫？」彼は訊いた。

「母は気にしない」

「本当に？」

「ええ！」

「行ってもいいの？」

「あなたが来たいなら」

「分かった！」

二人は引き返した。最初の停留所で市電に乗った。さわやかな風が二人の顔を撫でた。市内は暗く、市電は前のめりになって疾走した。彼はクララの手を固く握って座っていた。

「お母さんはもう寝てるんじゃない？」彼は訊いた。

「そうね——起きててくれればいいけど」

他に人影のない静まり返った暗い道を急いだ。クララはさっと家へ入った。彼は躊躇した。

「お入りなさい」彼女は言った。

彼は階段を駆けあがって家に跳びこんだ。

大柄な母親が怖い顔で、中の戸口に現れた。

「どなた？」母親は訊いた。

「モレルさんよ——汽車に乗り遅れたの。今夜は家へ泊めてあげたらと思って。十マイルも歩くんじゃ大変だから」

「ふむ！」ミセス・ラドフォードは言った。「それは**あんた**の勝手よ！　あんたがお呼びしたんなら、あたしの方はちっとも構いませんよ。この家の御主人はあんたなんだから！」

「ご迷惑なら、帰ります」彼は言った。

「いいえ、いいえ、そんなことしなくていいのよ！　お入りなさい――クララの夕食はお粗末なものしかありませんけど」

フライドポテトとベーコン一枚の小皿だった。一人前が卓上に雑に置いてあった。

「ベーコンはまだあるけど、ポテトはもうないわ」とミセス・ラドフォードはつづけた。

「ご面倒をかけてすみません」彼は言った。

「おや、あやまるのなんかやめてくださいよ。あたしはあやまってもらうような柄じゃないわ！　それに、クララを芝居に連れてってくれたんでしょう？」最後の言葉には棘があった。

「ええ、まあ――」ポールは居心地悪そうに笑った。

「それなら――ベーコンの一枚くらい！　コートをお脱ぎなさい」

大柄で姿勢のいいこの女は、この事態の意味を探って、食器棚のまわりをうろうろしていた。クララが彼のコートを受けとった。部屋はとても暖かく、ランプに照らされ、居心地がよかった。

「まあ、驚いた！」ミセス・ラドフォードは声をあげた。「二人ともすっかりめかしこんで！　一体全体どういうわけだい？」

「自分たちでもよく分からないみたいです」ポールは突っこまれるのを覚悟した。

「そんな大した格好をされたんじゃ、二人も洒落者を泊める場所なんか、この家にゃありゃしません！」と彼女はからかった。毒舌だった。

タキシードのポールと緑のドレスで腕を出したクララは戸惑った。狭い台所で、二人はかばいあわなくては、と思った。

「それに、この花！」ミセス・ラドフォードはクララを指さしてつづけた。「どういうつもりかね？」

ポールがクララを見ると、彼女は顔を火照らせて、首筋まで赤くなっていた。一瞬、沈黙があった。

「ご覧になります？」彼が訊いた。母親に牛耳られている。ポールの心臓はずっとばくばくしていて、体も不安にこわばっていた。だが、負けるわけにはいかない。

「もっとばかな格好だってありますよ」彼は言った。「この子のばかな格好をご覧になるかって！」老母は声をあげた。クララを守る体勢に入った。

「おや、そう！　いったい、いつ見たんだい？」皮肉な返しだった。

「とても見られない格好の人がいたんです」彼は答えた。

大柄で怖いミセス・ラドフォードはフォークを握ったまま、次の行動を決めかね、暖炉前の敷物の上に立っていた。

「どっちにしろ、そういうのはばかだよ」最後にそう言うと、ダッチオーブンの方に向いた。

「いや違う」彼は敢然と戦った。「なるべくきれいに装うべきです」

「で、あれが、あんたのきれいってやつかい！」母親はフォークで侮るようにクララを指した。

「あ、あんなのが、まともな服装かい？」

「ご自分が見栄を張れないので嫉妬してらっしゃるんじゃ」彼は笑って言った。

「あたしが！　あたしだってその気になれば、イブニングドレスくらい！」相手は鼻で笑った。

「じゃ、なぜその気にならなかったんです？」彼が急所を突いた。「そもそも着たことがおありなんですか？」

長い沈黙がおりた。ミセス・ラドフォードは、ダッチオーブンの中のベーコンを引っくり返した。怒らせてしまったのではないか――彼の心臓の鼓動が速くなった。

「あたしが！」ミセス・ラドフォードがようやく声をあげた。「着たことなんかありませんよ！お屋敷に奉公していた時なんか、肩を出した服なんか着た女中でもいりゃ、すぐ素性が分かったものよ。安いダンス・パーティに行くような女だってね！」

「あなたは偉くって、安いパーティに行かなかったんですね？」彼は言った。

クララは座って、うつむいていた。彼の瞳は黒々と光っていた。ミセス・ラドフォードはダッチオーブンを火から下ろし、ポールのそばに立って、ベーコンを彼の皿に並べはじめた。

「ここがカリカリのおいしいとこ！」彼女は言った。

「そんな、一番いいところなんか！」彼は言った。

「娘はもう好きなだけとったから」相手は答えた。

その口調は、見下しながらもあきらめる風で、彼女の心が和らいできたのが分かった。

「でも、ほんとにここ食べなよ！」彼はクララに言った。

彼女は灰色の目で独り情けなさそうに彼を見上げた。

「いいの」彼女は言った。

「食べればいいのに?」彼は愛撫するように言った。

彼の血が燃えあがっていた。大柄のミセス・ラドフォードは、すまして堂々とまた腰を下ろした。ポールはクララを放り出して、この母親の相手をした。

「サラ・ベルナールは五十だそうです」と彼は言った。

「五十だなんて！　もう六十過ぎてるわ！」鼻で笑うように相手は答えた。

「いや」と、彼は言った。「とても、そんなには見えません！　今日も、ぼくは泣き叫びそうでした」

「あんなあばずれ女に泣きたくなるなんて！」とミセス・ラドフォードは言った。「もう、孫でもいる年でしょ、性悪女《キャタマラン》が金切声あげちゃって――」

ポールは笑った。

「キャタマランていうのはマレー人の舟のことですよ（キャタマランという言葉は、元々はこの意味。後に、性悪女の意味にも使われるようになった）」

「**あたし**はその意味で使うの」彼女は言い返した。

「ぼくの母も時々そう言うんです――ぼくが言ってもきかなくって」彼は言った。

「あんた、顔をぶたれやしない?」ミセス・ラドフォードが嬉しそうに言った。

「ぶちたがってますよ――ぶちたいって言うと、背の低い母に踏み台を出してやるんです」

「そこがうちの母の一番困るところだわ」とクララが言った。「何をするにも踏み台いらずなんだから」

「それでも、相手がこんなお高い貴婦人じゃ、物干し竿でも触《さわ》れないわ」とクララの母はポールの方に向いて言い返した。

「物干し竿で触らなくたって」と彼は笑った。「ぼくはしません」

「あんたたち二人とも竿で頭をごつんとやられた方がいいんじゃない」母親は急に笑いだした。

「キツいこと言うなあ。何も盗んだりしてませんよ」彼は言った。

「そうね。でも気をつけるわ」女は笑った。

まもなく食事は終わった。ミセス・ラドフォードは椅子に座って見張っている。ポールは煙草に火をつけた。クララは二階へ行って寝間着を取ってくると、炉格子の上に広げて風を当てた。

「あら、そんなものがあること忘れてたよ」とミセス・ラドフォードが言った。「いったい、どこから？」

「あたしの引出しに入ってたの」

「ふむ！　あんた、バクスターのために買ったのに、彼はどうしても着なかったんだね」――そして笑いながら続けた「ベッドの中じゃズボンははかないって」。それから、ポールの方に向いて耳打ちした――「パジャマなんてもの、嫌だったのよ」

ポールは煙草で煙の輪を作っていた。

「好き好きですから」彼は笑った。

それから、少し、パジャマ談義になった。

「母はぼくのパジャマ姿が大好きです」と彼は言った。「まるでピエロだって」

「あんたには似合うわね」ミセス・ラドフォードは言った。

しばらくして、彼はマントルピースの上で時を刻む時計にちらりと目をやった。十二時半だった。

「変だな」と彼は言い出した。「芝居へ行った後は何時間も眠くならない」

「そろそろ寝る時間ね」ミセス・ラドフォードはテーブルの上を片づけ始めた。

「きみも疲れた？」彼はクララに訊いた。

「ちっとも」彼女は彼の視線を外した。

「クリベッジ（トランプ遊びの一種）を一回やろうか？」

「忘れちゃったわ」

「それなら、また教えてあげるよ。クリベッジをやってもいいですか、ミセス・ラドフォード？」と彼が尋ねた。

「どうぞご自由に。でももうずいぶん遅いわよ」

「一、二回やれば眠くなります」と彼は答えた。

クララはトランプを出して来ると、彼がシャッフルしている間、テーブルの上で結婚指環をくるくる廻していた。ミセス・ラドフォードは流しで食器を洗っていた。夜が更け、ポールは雰囲気がますます緊張してくるのを感じた。

「フィフティーンで二点、四点、六点、二点が八つ――！」

時計が一時を打った。トランプはまだつづいた。ミセス・ラドフォードは寝る前の細々した仕事を全部片づけ、戸の鍵を掛けてやかんの水も入れた。それでも、ポールはカードを配り点数を数えている。クララの腕と喉に取り憑かれていた。二つの乳房のちょうど分かれる場所が見える気がした。彼女の側を離れられなかった。彼女はじっと彼の手を見ていた。彼の手がさっと動くたびに、体の関節が融ける思いだった。彼ととても近かった。彼に触れられているようで――触れられていなかった。彼は熱かった。ミセス・ラドフォードを憎んだ。彼女は眠りそうになりながら、頑として椅子を立とうとしなかった。ポールは彼女をちらっと見、次にクララを見た。彼女と視線が合った。彼の目は怒り、あざけり、鋼のように硬かった。彼女の目が恥ずかしそうに応えた。ともかくクララも同じ思いなのは、彼にも分かった。そしてトランプをつづけた。

ついにミセス・ラドフォードがこわばった体を動かし、「もう二人とも寝た方がいいんじゃないの?」と言った。

ポールは答えずにトランプをつづけた。殺してやりたいくらいクララの母を憎んだ。

「あと少しだけ」彼は言った。

母は立ちあがって、その体を頑固に流し場まで運ぶと、ポールのためにロウソクを持ってきて、マントルピースの上に置いた。そして、また、腰を下ろした。彼女への増しみに血管がやけどしそうに熱くなり、ポールはトランプを落とした。

「じゃ、やめよう」彼の声はまだ喧嘩腰だった。

クララにはきっと結んだ彼の口が見えた。彼はまたクララをちらりと見た。了解が成立したようだった。彼女はトランプの上に屈みこんで咳ばらいをした。

「やれやれ、やっと終わった」と、ミセス・ラドフォードが言った。「さ、これを持って」――彼女は温まったパジャマをポールに持たせ――「それから、これがあんたのロウソク。部屋はこの真上――部屋は二つっきゃないから、間違えっこないわ――じゃ――おやすみなさい――ゆっくりお休みね」

「大丈夫です――いつもよく眠れますから」

「そうね――あなたの年なら当然ね」

彼はクララにおやすみと言って部屋を出た。よく拭きこまれた白木の曲がった階段は一段ごとにきしみ響いた。彼は頑なに段を上った。ドアが二つ向き合っていた。自分の部屋に入り、ドアを締め、鍵は掛けなかった。

狭い部屋に大きなベッドがあった。化粧台にクララのヘアピンが数本あった――ヘアブラシもある。服もスカートも、布がかけられ、隅に吊るされていた。椅子にはストッキングも一足ぶらさがっていた。彼は室内を隅々まで見た。彼の貸した本が二冊、棚にあった。パジャマに着かえてタキシードを畳み、ベッドに腰かけて耳をすましました。それからロウソクを吹き消し、横になったと思うと、二分でもう眠りかけた。と、カタ！　と音がして――すっかり目がさめてしまい、苦しみに悶えた。眠りこむ寸前に虫に刺されて痒《かゆ》くてたまらなくなったようだった。起き上がって、ベッドの上に座り、闇の中の部屋を見回した。すると椅子にかかったクララのストッキングに目がとまった。そっと立って、そのストッキングをはいてみた。静かに座っていると、彼女を抱かずにはいられないことが身に沁みた。それから、正座の姿勢でベッドに座り直し、じっと身じろぎもせず、聞き耳を立てていた。どこか外で、猫の鳴声が聞こえた――母親の重く落ち着いた足音が聞こえた――それからクララがこう言うのがはっきりと聞こえた。

「ドレスのボタンはずしてくれない?」

しばらく、静寂がつづいた。ようやく母親の声がした。

「さあ! あなた、二階に来ないの?」

「いいえ――まだ」と娘が静かに答えた。

「あら、そう! まだ遅くないって言うんなら、もう少しここにいたら。でも、あたしが眠ったところを起こしたりしないでね」

「すぐ行くわ」クララが言った。

直後に、母親がゆっくり階段を上る音が聞こえた。ロウソクの光が、彼のドアの隙間にちらりと差した。彼女の服がドアをこすると、彼の心臓は跳びあがった。また暗くなって、彼女の部屋の鍵の音がした。ひどく悠長な寝支度だった。長いこと待たされて、やっとすっかり静まった。彼はかすかに震えながら、ひどく緊張してベッドに座っていた。ドアは一インチほど開けてあった。クララが上がってきたら捕まえるつもりだった。じっと待った。物音一つしなかった。時計が二時を打った。――すると、階下でかすかに炉囲いがこすれる音がした。もう我慢できなかった。震えがとまらなくなった。降りて行かなければ死んでしまう。

彼はベッドから出て、一瞬、震えながら立った。それから、まっすぐドアに向かった。そっと歩くようにしても、最初の段は鉄砲玉みたいに響いた。彼は耳をすました。母親がベッドの中で動いた。階段は暗かった。台所に通じる階下のドアの下の隙間から光が洩れていた。一瞬立ちどまったが、あとは構わず降りて行った。一段ごとに階段がきしんで、二階の母親がドアを開けるのではないかと、背中がぞくぞくした。降り切ると、下のドアをいじった。掛金が大きな音を立ててはずれた。台所に入ると、背後のドアを騒々しく閉めた。これで、ラドフォード夫人はもう入って来ないだろう。

彼ははっとして立ちすくんだ。暖炉前の敷物に白い下着の山があり、その上に、裸のクララがひざまずいて、こちらに背を向け暖を採っていた。振り返ろうともせずしゃがんだまま、丸く美しい背中は見えても、顔は隠れていた。せめてもの慰めに、火で体を暖めていたのだ。背中の片側が薔薇色にかがやき、反対側は暗く温かかった。両腕はだらりと垂れていた。

彼は烈しく震えた。歯を食いしばり、拳を握りしめて心を静めようとした。それから彼女の方に行った。片手を彼女の肩に掛け、もう一方の指先を顎の下に置き、上を向かせようとした。彼に触れられ、彼女は一回、さらに一回、びくびくっと震えた。うつむいたままだった。

「ごめん！」自分の手が冷えきっているのに気づいて彼がささやいた。

するど彼女は、死を恐れる獣のように怯えた表情で彼を見上げた。

「手がとても冷たくて」彼が呟いた。

「気持がいいわ」彼女は目を閉じながら、そうささやいた。

彼女の息が彼の口にかかった。彼女の両腕が彼の膝を固く抱いた。彼の寝間着の紐が触れると、彼女はぶるっとした。体が温まってくるにつれ、彼の震えは収まってきた。

もうこれ以上立っていられなくなり、彼がクララを起こすと、彼女は彼の肩に顔を埋めた。彼の両手は、はてしなく優しく、ゆっくりと彼女を愛撫した。彼女は彼の体で自分を隠そうとして、ポールに体を押しつけた。彼はクララを力の限り抱きしめた。それから、彼女はようやく彼を見た。物言わず、訴えるように、恥じるべきかどうか確かめるように彼を見た。

彼の目は暗く、とても深く、とても静かだった。彼女の美しさを抱きしめて傷つき、哀しみに沈むようだった。彼女を見る彼の目にはわずかな苦しみと怯えがあった。彼女の前で彼はすべてのプライドを捨てていた。彼女は彼の目に熱い接吻を、まず片方に、それからもう片方に与えた。そして、体を丸めて彼にしがみついた。彼に自分を任せた。彼は女をしっかり抱きしめた。拷問のような激しい瞬間だった。

彼女を抱く力をゆるめると、彼の血は自由に流れはじめた。クララを見ると唇を噛まずにいられず、目に苦悶の涙がこみあげた。彼女はそれほど美しく、それほど魅力的だった。その乳房に初めて口づけ、彼は恐れにあえいだ。大いなる畏怖、大いなる自己卑下、恐ろしい欲望にほとんど耐えられなかった。彼女の乳房は重かった。彼はその乳房を片手に一つずつ、大きな果物のように持ち上げ、おそるおそる接吻した。クララを見るのが恐かった。彼の両手は彼女の体をそっと、優しく、繊細に、畏怖と讃仰の念に満たされて、撫でまわした。不意に、彼女の両膝が見えた。彼はひざまずいて、激しく接吻した。クララは身震いした。それから、脇腹を指先で撫でると、彼女はまた身を震わせた。

女を崇めて歓喜に震える男に身をまかせて立っていると、彼女の傷ついた誇りは癒えていった。

傷が癒えて、喜びがこみ上げてきた。背筋が伸び、裸の自分の中に誇りが湧き起こってきた。これまで、心の奥の誇りを傷つけられ、貶《おとし》められていたのだ。今、彼女は喜びと誇りに輝きはじめていた。彼女は回復し、自己を肯定した。

無我夢中の彼が、顔を輝かせて彼女を見上げた。二人は声を合わせて笑い、彼は彼女を力いっぱい抱きしめた。時が経っても、二人は口と口を合わせ、固く抱き合ったまま、一つの像のように、立っていた。

だが、彼の指先はふたたび、充たされぬ思いに、休みなく、彼女の身体をさまよった。熱い血潮が次々と押し寄せた。女は彼の肩に頭をもたせた。

「ぼくの部屋へおいで」彼がささやいた。

彼女は彼を見て、首を振った。不満気に口をとがらせ、その目は欲情に重かった。彼は彼女をじっと見つめた。

「いいじゃないか！」

彼女がまた首を振った。

「どうして？」彼は訊いた。

彼女は今も重く悲しい目で彼を見、また首を振った。彼の目から光が消えた。彼はあきらめた。後で、ベッドの中で、なぜクララは母親にも分かるように公然と彼の部屋へ来ることを拒んだのだろうと思った。そうなれば、とにかく、事態は決定的になっただろう。母親のベッドにもぐりこむ必要もなく、一晩中彼と一緒にいられただろう。説明がつかず、彼には理解できなかった。

だが、ほとんどあっという間に眠りに落ちた。

朝が来て、誰かが話しかける声に目を覚ました。目をあけると、堂々とした大柄のミセス・ラドフォードが、彼を見下ろしていた。紅茶を手に持っていた。

「この世の終わりまで寝ているつもりかい？」彼女は言った。

彼はすぐ笑って、

「まだ五時くらいでしょう」

「ま、とにかく七時半。さあ、紅茶よ」

彼は鼻と茶色の口髭をこすり、額にかかる乱れた髪をかきあげて、体を起こした。

「どうしてそんなに遅いんだろう！」彼がぶつぶつ言った。

起こされて怒っていた。ミセス・ラドフォードは面白がった。ネルの寝間着から出ている彼の女の子のように白くて丸みのある首筋が見えた。彼は不機嫌に髪の毛をかきまわした。

「頭をかいたって、時間は戻らないわ。さあ、いつまであたしにカップを持ったまま立たせておくつもり？」

「ああ――紅茶なんか！」彼は言った。

「もっと早く寝なくちゃ」

彼は図々しく笑いながら彼女を見上げた。

「ぼくの方があなたより先に寝たじゃありませんか！」

「あらまあ！――そうだったわね！」彼女は声をあげた。

「驚いたな」彼は紅茶をかきまわしながら言った。「ベッドまで紅茶を持って来てもらえるなんて！　母が聞いたら、ぼくももう終わりだと思うでしょう」

「お母さんはそうしないの？」

「とんでもない」

「ほんっとに――あたしは甘いんだわ！　だから誰も彼も、ろくでなしになっちゃったのね」

「お子さんはクララ一人じゃありませんか。ご主人は天国にいらっしゃるんだし。すると、ろくでなしは、あなたしかいないじゃありませんか」

「あたしはろくでなしじゃありません、ただ甘いだけ。ただばかなだけ！」彼女は部屋を出ていった。

朝食時のクララはひどく無口だったが、どことなく彼を自分のものと思っている風で、彼はとてもうれしかった。ミセス・ラドフォードも明らかに彼を好いていた。彼は自分の絵の話を始めた。

「一体、何になるの？」と母親は声を上げた。「絵なんかに骨身を削って苦労したり身をよじってあくせくしたりして？　何かあなたの得になるっていうの？　もっと人生楽しんだらどう」

「そんな」ポールも声を上げた。「去年は、三十ギニー以上稼ぎましたよ」

「え！――それは――かなりのものね、でも、それにかけた時間に比べたら問題にならないでしょ」

「それに、まだ四ポンド貸しがあるんです。ある人から、その人と奥さんと犬とで住んでる家の絵を五ポンドで描いてくれって言われたんですが、ぼくは犬を描かないで鶏を描いたので、その人怒っちゃって、こっちも一ポンド負けなきゃならなかったんです。ぼくはその仕事が嫌で、それにその犬も嫌いだったものだから。絵は完成したんです――彼が四ポンド払ってくれたら、どうしようかな？」

「だめよ！　自分のお金の使い途は自分で分かってるでしょ」ミセス・ラドフォードは言った。

「でも、この四ポンドはぱっと散財するつもりなんです。一日二日どこか海辺へ行きましょうか？」

「誰が？」

「あなたとクララとぼくで」

「何ですって――あんたのお金で！」彼女はちょっと憤って叫んだ。

「いいじゃないですか」

「そんなことじゃ、たちまち後悔するわよ」

「満足できる使い方さえしてりゃ、いいんです！　で、どうですか？」

「だめ――それは二人でお決めなさい」

「それでお母さんは行きたいんですね？」彼はびっくりして喜んだ。

「あたしが行きたかろうとどうだろうと」ミセス・ラドフォードは言った。「あんたたちの勝手になさい」

第十三章　バクスター・ドーズ

クララと劇場へ行ってまもなくのこと、ポールがパンチ・ボウル亭で友人と飲んでいると、バクスター・ドーズが入ってきた。このクララの夫は太りだしていた。茶色い目の上の瞼もたるみだし、健康的に引きしまった肉づきが失われかけていた。彼の人生が下り坂であることはあまりにも明白だった。妹とは喧嘩をして、安下宿に移っていた。愛人は彼を棄てて、結婚してくれるという男の元に走った。酔って喧嘩して一晩留置場のやっかいになったこともあったし、怪しい賭博事件に関係しているという噂もあった。

ポールと彼は仇敵同士だったが、二人の間には、一度も口をきいたことがない男同士に時折見られる、あのひそかに心が通じあう奇妙な親近感があった。ポールはよくバクスター・ドーズのことを考えては、彼に近づいて友達になりたいと思った。ドーズもよくポールのことを考えていること、ふしぎな絆でポールに引かれていることも分かっていた。それでも、二人は互いを敵意を抱かずに見ることはどうしてもできなかった。

ポールの方がジョーダン社でも地位が上だったから、ここは彼がドーズに一杯どうだと持ちかけるのが筋だった。

「何にする?」彼はドーズに訊いた。

「きさまみてえな奴と誰が飲むもんか!」と相手は答えた。

ポールは軽蔑の印にかすかに肩をすくめてそっぽを向いた。ドーズはさらに苛ついた。

「貴族制度っていうのは」と、ポールは話をつづけた。「一種の軍隊組織だ。ドイツがいい例。あそこには軍隊だけを生活の糧にする貴族が何千といる。みんなひどく貧乏で、ひどく退屈な生活を送っている。だから戦争を待ち望む。出世の機会になる戦争を楽しみに待っている。戦争が起らないかぎり、彼らは役立たずの怠けものにすぎない。戦争になると指揮官だの司令官だのになる。これで分かるよね——彼らは本気で戦争したいんだ」

彼は頭の回転が速すぎて尊大なので、酒場で議論するとあまり好かれなかった。断定的で自信過剰なので、年上の男たちの反感を買った。彼らは黙って耳を傾け、ポールの話が終わるとほっとした。

ドーズが嘲るような大声で、ポールの雄弁をさえぎった。

「そういう話は皆、こないだの晩の劇場で仕入れたのかよ?」

ポールが彼の方を見た。二人の目が合った。ポールは、クララと劇場から出て来るところをドーズに見られたことを知った。

「何だって、劇場ってのは何の話だい?」ポールの連れの男が何か面白そうな匂いがするというので、若僧をへこませてやれとばかり、訊きただした。

「おお、この野郎、タキシードなんか着こんでめかしやがってよ!」ドーズはさげすむようにポールの方に顎をしゃくってからんだ。

「おい、やるね」二人を知るその男が言った。「売女連れ？」

「売女、ったあ！」ドーズは言った。

「もっと喋れよ――吐いちゃえよ！」男が叫んだ。

「もう聞かせたさ。モレル君はやっちまったんだろ」

「うひゃあ！」男は言った。「で、ほんとの売女？」

「売女か、畜生め――そうだ！」

「どうして分かる？」

「そりゃおめえ」とドーズは言った。「あの晩、おそらく、奴は一緒に――」

どっと大笑いで、ポールはさんざんだった。

「でも、その女って誰？　おまえ、知ってるの？」男が訊いた。

「まあ、な」とドーズ。

また、どっと沸いた。

「じゃ吐いちまえよ」

ドーズはかぶりを振って、ぐいとビールを飲んだ。

「モレルの奴、よく今まで黙ってたもんだ」と彼は言った。「じきに自慢を始めるぜ」

「おい、ポール」男が言った。「隠したってむだだ――白状しちまえよ」

「何を白状するんだ？――ぼくが友人を劇場へ連れてったってことか？」

「だからよ、何でもないんなら、その女は誰なのか教えろよ」

「ちゃんとした女だ」ドーズが言った。

ポールは激怒した。ドーズはにたにたして、金色の口髭を指先で拭っていた。

「ぶったまげたな――！　そういう女か！」男が言った。「ポール、おまえにゃ驚いた――で、バクスター、おまえ、その女を知ってるのか？」

「まあ、ちょっとな！」

ドーズは男たちにウインクした。

「それじゃ」ポールが言った。「ぼくは帰る！」

男が彼の肩を押さえて引き留めた。

「だめだ、そうたやすく帰さんよ。すっかり聞かせてもらうまではな」

「聞きたければ、ドーズから聞けよ」

「自分のしたことから逃げるなよ」と男が諭した。

すると、ドーズがある言葉を吐いて、それを聞いたポールがコップに半分残っていたビールをドーズの顔に浴びせた。

「まあ、モレルさん！」女給が叫び、ベルを鳴らして、用心棒を呼んだ。ドーズは唾を吐き、ポールに襲いかかった。その瞬間、ズボンの尻がはちきれそうな屈強な男がワイシャツの袖をまくりあげて割って入った。

「さあ、さあ！」男はドーズに胸を突き出して、立ちはだかった。

「この野郎、表へ出ろ！」ドーズが怒鳴った。

ポールは青い顔で震えながら、カウンターの真鍮手すりにもたれていた。ドーズへの憎しみが燃えあがり、その場で死ねばいいと思った。だが、同時に、その額にかかった髪が濡れているのを見て、相手を哀れに思った。彼は動かなかった。

「外に出ろよ――」ドーズが言った。

「もういいじゃないか、ドーズさん」とさっきの女給が叫んだ。

「さあ」用心棒がなだめるように続けた。「帰った方がいいぜ」

そう言いながら体を寄せて相手をじりじり退らせて、ドーズをドアの方に追い立てた。

「あの小僧の方が始めたんだぞ！」ドーズはなかば脅されながら、ポールを指さして叫んだ。

「まあ、でたらめ言って、ドーズさん！」と女給が言った。「何もかもあんたのせいじゃないの」

用心棒はなおも胸で押した。ドーズはじりじり後退をつづけて、戸口まで下がり、さらに外の階段に出された。ここで振りかえると、

「おぼえてろ」と相手に顎をしゃくった。

ポールはこの男に、激しい憎しみと混ざり合った愛と呼んでもいいような奇妙な憐れみを感じた。色ガラスのドアがぐいと閉まって、酒場の中はしんとなった。

「いい気味！」と女給が言った。

「でも、ビールが目に入ると、ひどくしみるぜ」と連れの友人が言った。

「あたしは胸がすっとしたわよ」女給は言った。「モレルさん、お代りいかが？」

彼女はポールのグラスを差し上げて彼を見た。ポールはうなずいた。

「あいつはどんな目にあっても平気な男だ、バクスター・ドーズって奴は」と誰かが言った。

「ぷっ！　そうなの？」女給が、「大口ばっかり叩いてさ、ああいうのは皆だめよ。悪い奴でも、あたしは弁舌さわやかな人がいい！」

「なあ、ポール」さっきの連れが言った。「しばらくは気をつけなくちゃだめだぜ」

「隙を見せなければいいのよ」女給は言った。

「拳闘はできるかい？」違う友人が訊いた。

「全然だ」ポールはまだ青い顔をしていた。

「すこし教えてやってもいいぜ」

「ありがとう——暇がない」

間もなく彼は酒場を出た。

「送ってってあげなさいよ、ジェンキンソンさん」女給がウィンクして、小声で言った。男はうなずいて帽子をつかみ、「皆さん、お休みなさい！」と元気よく言って、ポールを追いかけた。

「ちょっと待って。たしかおれたち同じ方角だよな」

「モレルさんに嫌な思いさせたわ」女給は言った。「きっと、もうあんまり来てくれないわ——残念ね、いい人なのに。バクスター・ドーズなんか牢屋にぶちこんじゃえばいい、それがいいのよ」

ポールは、この事件をどうしても母に知られたくなかった。みじめで恥ずかしくて耐えがたかった。近頃は、どうしても母に話せないことが多かった。母とは縁のない——性的生活があった。

それ以外は今も母に話したが、どうしても隠さなければいけない何かがあるのは苛々した。母との間にある沈黙の領域があり、そこについては母から自分を守らなくてはいけないと思った。母に咎められている気がした。すると、母を憎む時があり、母の束縛から逃げたくなった。彼の生命は母から自由になりたがった。人生が円を描いて元に戻って、一歩も先に進めない。母が彼を産み、愛し、所有し、彼の愛も母の元に還り、そのため自分の人生を自由に前に進むことが、心底他の女を愛することができなくなっていた。この時期の彼は、自分でも気づかずに、母の束縛に抵抗していたのである。彼は母にいろいろなことを話さなくなり、二人の間に距離が出来た。

クララは彼を確保した気がして、幸福だった。とうとう彼を自分のものにしたと思った。だが、ふたたび、不安が頭をもたげた。ポールは彼女の夫との一件を冗談めかして彼女に話した。クララの顔が上気して、その灰色の目が燃えあがった。

「いかにもあの人らしいわ」クララは叫んだ——「乱暴な男！　きちんとした人たちとつきあえないのよ」

「でも、きみは彼と結婚したんでしょ」

彼の指摘に彼女は激昂した。

「たしかにしたわよ！」彼女は声を上げた。「でも、知りようもなかったのよ！」

「彼はいい旦那にもなれたんじゃない？」彼は言った。

「このあたしが、あんな人間にしたって言うのね！」彼女は声を荒げた。

「違う、違う！　それは彼が悪いさ。ただ、彼にはどこか——」

クララはポールをまじまじと見た。彼には、彼女にとってとても嫌な、他人事のように彼女を評する冷たい部分があり、クララの女心が反旗を翻した。

「それで、どうするおつもりなの？」彼女は訊いた。

「何を？」

「バクスターをよ」

「どうしようもないだろう？」

「必要なら撲りあうっていうわけね？」

「違う――ぼくは拳をふるうのは全然だめだ――変な話で――たいていの男は拳を固めて撲りたがる本能があるのに、ぼくは違っていて、喧嘩するなら、ナイフとかピストルが要るだろうね」

「じゃ、お持ちなさいよ」

「いや」彼は笑った。「短剣をふりまわす柄じゃない」

「でも彼は何か企むわ――あなたは彼を知らないけど」

「いいよ。その時はその時だ」

「黙ってやられるつもり？」

「まあね――仕方がなければ」

「殺されたら？」

「残念だね、彼のためにも、ぼくのためにも」

クララは一瞬、口をつぐんだ。

「あなたの話を聞いてるとまったく腹が立つ！」と叫んだ。

「今に始まったことじゃない」彼は笑った。

「でもどうしてそんなに間抜けなの？　あなたはあの人を知らないわ」

「知りたくもないさ」

「そうね——でも相手のしたい放題にやられるつもりもないでしょう？」

「ぼくはどうすればいいの？」彼は笑いながら返した。

「あたしなら、ピストルを持って歩くわ」彼女は言った。「あの人はほんとうに危険よ」

「自分の指を吹っとばすのが落ちでしょう」

「違う——でも、頼むから——」彼女が訴えた。

「嫌だ」

「何もしないの？」

「何も」

「じゃ、あの人のしたい放題に——？」

「ああ」

「あなた、ばかよ！」

「その通り！」

彼女は怒って、歯ぎしりした。

「あなたを**揺すぶって**やりたい！」彼女は興奮に身を震わせた。

「どうして?」

「あんな男の思うままにさせとくなんて」

「彼が勝ったら、彼のところへ戻ったら――」

「あなた、あたしに憎まれたいの?」

「いや――単に提案してるだけ」

「あたしを愛してるって言った舌の根も乾かないうちに!」彼女は低く憤然と叫んだ。

「きみを喜ばせるために、彼を殺さなくちゃいけないの?」彼は言った。「でも、そんなことしたら、彼の呪縛から逃れられなくなってしまう」

「あたしがばかだって言うの!」彼女は叫んだ。

「とんでもない。でも、クララ、きみにはぼくが分かっていない」

二人とも黙った。

「でも、自分を危険にさらしたらだめ――」彼女は訴えた。

彼は肩をすくめた。

「正義の鎧を身につけ、
清く罪なく生きるものは、
鋭きトレドの剣も、
毒矢も求めず――」

彼はローマの詩人ホラチウスの一節を口ずさんだ。

クララは探るように彼を見た。

「あたしにはあなたのことが理解できない」と彼女は言った。

「理解する中身なんか、何もないんだ」と彼は笑った。

彼女は頭を垂れて、考えこんだ。

彼は幾日もドーズを見かけなかったが、ある朝、螺旋部から上の部屋へ駆けあがる途中で、あやうくこの頑丈な金属職工とぶつかりかけた。

「この――」とドーズが言った。

「失礼！」ポールは言って通り過ぎた。

「失礼だと！」ドーズが嘲った。

ポールは陽気に流行歌の「ぼくを女の子たちと一緒にさせて」を口笛で吹いた。

「口笛なんか吹くな、この野郎！」ドーズは言った。

ポールは取りあわなかった。

「こないだの晩のお返しはさせてもらうぜ」

ポールは隅の自分の机へ行って、台帳をめくり始めた。

「ファニーのところへ行って、〇九七の註文品を早く寄こせって言ってくれ！」彼は部下の少年に言った。

ドーズは背筋を伸ばして脅すように戸口に立ちはだかり、ポールの頭のてっぺんを睨んでいた。

「六ペンスに五ペンスで十一ペンス、これに七ペンスで一シリング六ペンス」ポールは声を出して足し算をしていた。

「おい、聞けよ、聞こえてんのかよ！」ドーズが言った。

「**五シリング九ペンス！**」――ポールは金額を書きこむと――「何だい？」と言った。

「何だか教えてやるよ」ドーズは言った。

ポールは声を出しながらの集計をつづけた。

「この虫けら野郎――まともにおれの顔も見られねえのか！」

ポールがぱっと重い物差しをつかんだ。ドーズはびくっとした。ポールは台帳に何本か罫線を引いた。ドーズは激昂した。

「いずれどっかで出くわすから首洗って待ってろよ。起きあがれねえように片をつけてやるからな！」

「分かったよ」ポールは言った。

するとドーズは重い足取りで戸口から立ち去りかけた。と、その時、伝声管が甲高く鳴った。

ポールは通話口に行った。

「はい！」と言って、耳を傾けた。

「ええ――はい！」さらに耳を傾け、それから笑った。

「すぐ下へ行くよ――ちょうど来客中なんだ」

ドーズには、ポールの口調から、相手がクラクラだったのが分かった。彼はぐいと前へ出た。「この野郎！」彼は言った。「二分以内に、のしてやるぞ！　きさまみてえな奴をのさばらせておくと思うか？」

問屋部門の事務員がいっせいに顔を上げた。ポールの部下の少年が白いものを持って現れた。

「連絡してくれれば夕べ渡せたのにって、ファニーが言ってました」少年は言った。

「よし」ポールは答えて、そのストッキングを見た。「発送して」

ドーズは出鼻を挫かれ、怒ったまま立往生した。ポールは振り向いた。

「ちょっと失礼」彼はドーズに言うと、そのまま階下へ行こうとした。

「何だと、行かせやしねえぞ！」ドーズがわめいてポールの腕をつかんだ。彼が振りかえった。

「ちょっと！　ちょっと！」部下の少年がびっくりして叫んだ。

社長のトマス・ジョーダンがガラス張りの小部屋からとび出して、こっちへ駆けてきた。「どうした、どうしたんだ？」彼はこの老人特有のよく響く声で言った。

「この野郎をちょっと落ちつかせてやろうと――、それだけなんで」ドーズが困って言った。

「いったい、何を言ってるんだ」トマス・ジョーダンがぴしっと言った。

「つまりその」言いかけたものの、ドーズは舌先が鈍った。モレルは恥ずかしそうに苦笑いを浮かべて、カウンターにもたれていた。

「いったい何事だ？」トマス・ジョーダンは叱りつけた。

「何と言えばいいか」ポールは首を振って肩をすくめた。

「何と言えばだと！　何と言えばだと！」ドーズはそのハンサムな顔を真っ赤にして突き出し、拳を握りしめた。

「もう終わったのか？」老人は昂然と叫んだ。「とっとと失せろ、朝から酔っぱらって来たりするんじゃない」

ドーズは巨体をジョーダンの方にゆっくり向けた。

「酔っぱらってるだと！　誰が酔っぱらってる？　おれはあんたと同じくらい酔っぱらってないぜ」

「そんなセリフは聞きあきた」とジョーダンは切り捨てた。「さあ、出て行け、ぐずぐずするな。会社の中でわめきおって――」

ドーズはさげすむようにジョーダン社長を眺めた。ドーズの大きく汚れてはいるが仕事の割に形のいい両手が落ち着きなく動いていた。それがクララの夫の手だと思うと、ポールの身内を、憎しみが駆けぬけた。

「追い出されないうちに出て行け！」トマス・ジョーダンが怒鳴った。

「何だって、誰がおれを追い出すんだ、このカビ野郎？」ドーズは薄笑いを浮かべた。

ジョーダンはぱっと立ち上がると、つかつかとドーズの元に行き、手で追い払うようにしながら、太った小柄な体を相手に突き出して、言った。

「出て行け、わたしの会社から出て行け！」

ドーズの腕をつかんで引っぱった。

「手を放せ！」ドーズが肘で一突きすると、小柄な社長は後ろへよろけた。そして、助ける暇もなく、きゃしゃなバネ仕掛けのドアにぶつかり、これが開くと、五、六段、転がり落ちて、ファニーの部屋の中に突っ込んだ。一瞬、皆が息を吞んだ。つづいて、男も女も駆けよった。ドーズは苦い顔でこの有様をちらりと見て、それから出て行った。

ジョーダンは気が動転し、打撲傷があったものの、あとは大したことがなかった。それでも、怒りに我を忘れて、ドーズを解雇すると、彼を暴行罪で訴えた。

裁判では、ポールも証言する羽目になった。争いの発端を訊かれて、こう述べた。

「ドーズは、私がある晩ドーズ夫人と劇場へ行ったというので、夫人と私を侮辱しました。そこで私にビールをかけられたので、その復讐をしたかったのです」

「事件のかげに女あり！」判事はにやりと笑った。

結局、判事がドーズに「おまえはごろつきだ」と言って、それで訴えは棄却された。

「お前のせいだ」と、ジョーダンはポールを叱った。

「そんなことないですよ」とポールが答えた。「それに、あなただって本心から有罪判決を望んでいたわけではないでしょう？」

「それじゃ、何のための告訴だ？」

「いえ」ポールは言った。「ぼくの証言がいけなかったのでしたら、すみません」

クララもすっかり怒っていた。

「どうして、**あたし**の名前を出さなきゃいけないの？」彼女は言った。

「陰で噂されるより、はっきり言った方がいい」

「何も言う必要なんかなかったわ」彼女は声を荒げた。

「ぼくらは損をしちゃいない」彼は興味なさそうに言った。

「**あなた**はそうかも知れない」

「じゃ、きみは——?」

「あたしの名前を出す必要はなかった」

「すみません」と彼は言ったが、すまなそうには聞こえなかった。

彼は楽観的に「彼女はまた機嫌を直すさ」と思っていた。実際、その通りになった。

ポールは母には、ジョーダン氏が階段から落ちたこととドーズの裁判の話をした。ミセス・モレルはまじまじと彼を見た。

「で、そういうことをどう思うの?」彼女はポールに訊いた。

「あの男はばかだと思う」と彼は言った。

そう言ったものの、ひどく落ち着かなかった。

「こんなことをしてたら最後はどうなるか、考えたことあるの?」母は言った。

「いや、自然に解決するよ」と彼は答えた。

「そう、たいていは困った形でね」

「そうなったら、それとつきあえばいい」

「自分で考えてるほど、うまく『つきあえ』ないことが、いずれ分かるわ」と母は言った。

彼はせっせと図案を書きつづけた。

「クララの考えを訊いてみた？」とうとう母が言った。

「何について？」

「あなたのこと――それにこういうこと全部」

「ぼくのことをクララがどう考えていたって気にしない。彼女はぼくにぞっこんだけれど、そんなに深くはない」

「でも、あの人に対するあなたの気持ほどは深いでしょう」

彼は変な目つきで母を見上げた。

「ああ」彼は言った。「母さんも分かってると思うけど、ぼくにはどこか問題があるんだ。ぼくは愛することができない。彼女が目の前にいる時は大概、愛している。彼女を女と感じる時も、愛することがある。でも、彼女が何か言ったり、批評し始めたりすると、興味をなくしてしまうことが多いんだ」

「でも、クララもミリアムに劣らず頭がいいわ」

「そうかも。ぼくは彼女の方がミリアムより好きだ。でも、どっちにしても、どうしてぼくは女性の虜《とりこ》にならないんだろう？」

これは嘆きと言ってよかった。母は顔をそむけると、とても静かになった。椅子に座ったまま、あきらめを含んだ沈痛な視線をじっと部屋の向こうに投げていた。

「じゃ、クララと結婚しようとは思わない？」母は言った。

「思わない――初めは思ったかもしれない。でも、一体どうして、クララでも誰でも、結婚する気になれないんだろう？　時々、相手の女性を傷つけている気がしてくる」

「どんな風に？」

「分からない――」

彼は自棄《やけ》気味に絵を描きつづけた。問題の急所を口にしてしまった。

「結婚したいっていうことなら、時間はたっぷりあるわよ」と、母は言った。

「でも、違うんだ、母さん。ぼくはクララだって愛してるし、ミリアムだって愛していた。でも、結婚して自分を彼女たちに託すのは――それができないんだ。彼女たちのものになることができないんだ。彼女たちはぼくを欲しがっているようだけど、ぼくにはとても無理だ」

「あなたにぴったりの人に出会ってないからよ」

「母さんが生きているうちは、ぴったりの女性には絶対に出会えない」

母は黙ってしまった。人生が終わったような疲労感が戻ってきた。

「そのうち分かるわ」彼女は言った。

堂々めぐりをしている感覚に、彼は発狂しそうだった。

情熱ということで言えば、クララは彼に夢中で、彼の方も彼女に夢中だった。昼間の彼は、ほとんど彼女を忘れていた。彼女も同じ建物の中で働いていたのに、それを意識しなかった。仕事が忙しくて、彼女の存在は重要ではなかったのだ。だが、螺旋部で働いている彼女は、その間じゅうずっと、彼が上の階に、同じ建物の中にいることを、肌身にしみて感じていた。彼がドアから入って来ないかと絶えず思っていた。そして入って来ると心臓が止まった。だが、彼は往々にして彼女に素っ気なく、無愛想だった。事務的な口調で指図をするだけで、彼女を近づけさせなかった。クララはともすれば惚《ほう》けそうな自分を励まして、彼の言葉を聞き落とすまいとした。聞き違えたり、忘れたりしたら大変だと思ったのだが、彼女にとっては辛い話だった。彼女はポールの胸に触りたかった。ベストの下の彼の胸の形がよく分かっていて、その胸に触りたかった。彼が仕事の指図をする機械的な声を聞いていると気が狂いそうになった。こんな茶番はすぐに止め、彼が堅く身にまとう、仕事という下らない薄膜を破り捨て、その中の男にまた触りたかった。でも、怖かった。その温もりに触れる間もなく彼はいなくなって、彼女はまた苦しんだ。

会えない晩のクララがかならず落ちこむのを知っていたので、ポールはなるべく彼女と一緒にいるようにした。日中のクララはみじめなことが多かったが、夕暮から夜になると、二人に至福の時が訪れた。会っている時の二人は寡黙だった。何時間も一緒に座っているか、暗闇を一緒に歩くかしながら、時折ほとんど無意味な言葉を交すだけだった。それでも、彼女の手を握り、彼女の豊かな胸の温もりの名残りを自分の胸に感じながら、彼は欠けるところのない幸せを感じた。

ある晩、二人は運河のそばを歩いていた。ポールは何か思い悩んでいた。クララには、彼の心がここにないのが分かった。彼は延々と、小さく口笛を吹いていた。言葉より口笛の方が彼の気持を伝えるようで、クララはじっと耳を傾けた。その悲しく充たされない思いの旋律を聴くと、ポールがいずれ自分から離れて行くだろうと思った。彼女は何も言わず歩きつづけた。旋開橋まで来ると、彼は大きな横梁に腰をおろして、水面に映る星を眺めた。彼は彼女から遠いところにいた。彼女は思いをめぐらしていた。

「あなた、ずっとジョーダン社で働くつもり?」と、クララが訊いた。

「いや」彼は即座に答えた。「ノッティンガムを出て、外国へ行く――近いうちに」

「外国へ――どうして?」

「知るもんか! 落ち着かないんだ」

「でも、何をするの?」

「まずは、デザインの仕事で確実に食っていけるようにして、自分の絵も多少売れるようにならなくちゃ。でも、徐々にそうなってきてる。それは確かだ」

「それで、いつ出て行くつもり?」

「分からない。母がいる間は、長くは行ってられない」

「お母さんを放り出してはおけないのね?」

「長くはね」

彼女は暗い水面に映る星を見た。真っ白な星が彼女を見つめていた。ポールが自分から離れて行くのは拷問だった。だが、彼がそばにいるのも拷問に近かった。

「それで、たくさんお金がたまったらどうするの?」と、クララは訊いた。

「どこかロンドン近くのきれいな家に、母と一緒に移る」

「そう」

長い沈黙がおりた。

「それでも、きみに会いには来られるだろう。いや、分からない——先のことは何も訊かないで。自分でも分からないから」また沈黙がおりた。水面の星の影が震え、崩れた。かすかに風が吹いてきた。不意に、彼女に近づき、肩に手をかけた。

「先のことは何も訊かないで」その声は惨めだった。「ぼくには何も分からない——ただ、とにかく今はぼくと一緒にいて、ね？」

クララはポールを抱きしめた。結局、人妻の自分には権利のないものをポールは与えてくれる。彼は激しく自分を求めてくれる。彼女に抱きしめられても、彼は惨めだったが、彼女は自分の温もりで彼を包み、慰め、愛した。彼女はこの一瞬をただありのままに受け入れようと思った。

すぐに、何か言いたそうに、彼は顔を上げた。

「クララ？」彼はもがいていた。

クララは彼を激しく抱きしめて、自分で自分の胸に彼の頭を押しつけた。彼の声にひそむ苦悩が耐えがたかった。彼女の魂は怯えていた。彼になら自分のすべてを与えられる——自分のすべてを。ただ、真実を知りたくはなかった。それには耐えられない気がした。自分の上で彼に安らいで欲しかった。ただ、安らいで欲しかった。自分が立って抱きしめ愛撫する男は、彼女にとって未知の何かだった。ほとんど不気味な何かだった。クララはその彼をなぐさめ、忘れさせてやりたかった。

間もなく彼の魂はあがくのを止めて、彼は一切を忘れた。だが、彼にとってそこにいるのはもはやクララではなく、一個の温かく、愛おしく、崇めたくなるような闇の中の女だった。それはクララではなく、そのクララでない女が彼に身をまかせた。女を愛する彼の剝き出しの飢えと運命に、その原始の力の強さと盲目と容赦なさに、彼女は逃げ出したくなった。クララはポールの裸の孤独を知った。彼が自分の元に来ることの凄さも分かった。彼の飢えが彼女よりも彼自身よりも大きなものだったので、彼女はポールをそのまま受けいれた。彼女の魂は、彼女の中で静かだった。ポールに棄てられるかどうかは関係なく、彼が必要としたので、彼女は応じた。彼女は彼を愛していた。

ずっと、タゲリがけたたましく鳴いていた。意識が戻った。彼は、目の前の闇のなかで弧をえがく命にあふれたものは何だろう、聞こえてくる声は何だろうと、思った。と、それが草であり、鳴くタゲリであることに気づいた。温もりは、呼吸に上下するクララの体だった。彼は頭を上げて彼女の目をのぞきこんだ。女の瞳は黒く不思議に輝いて、その源にある野生の命が彼の命を見つめていた。女の未知の命と彼は出会った。彼は怖くなって、顔を彼女の喉元にうずめた。女は何者か？　強い、見慣れない、野生の命が今、彼の命とともに闇に息づいていた。彼らよりもはるかに大きなものに、彼は息を呑んだ。二人は出会った。その出会いのなかに、二人の体を突《つ》くさまざまな草の茎も、あのタゲリの鳴く声も、天をめぐる星々も、すべてがあった。

立ち上がると、他の恋人たちが、向かいの生垣ぞいにそっと歩いてゆくのが見えた。その存在がとても自然だった。彼らは夜の一部になっていた。

このような夜に、情熱の果てしなさを知って、二人はすっかり静かになった。なかば怖れながらも、自分たちを小さく、子どものように感じて、世界に驚きの目を見張った。罪を犯したアダムとイブが、自分たちを楽園から人間たちの大いなる夜と昼へと駆り立てた力の偉大さを知った時のようだった。二人にとって、これは開眼であり充足だった。二人は自らの無を知り、自分たちを押し流してとどまることのない大いなる生の奔流に目を開かれて、心の安らぎを知った。かくも大いなる力が彼らを圧倒し、彼らと合一することで、彼ら自身も自らが微塵でしかないことを、草の葉の一つ一つ、木々の一本一本、生きとし生けるものすべての一つ一つにわずかに頭を上げて生きることを許す巨大なうねりの中の微塵にすぎないことを悟るならば、どうして自らの身などを思いわずらう必要があろう？　彼らも生の流れに身をゆだね、互いの中にある安らぎを覚えればよかった。これこそ、二人が力を合わせて証《あか》したことだった。何ものもこの証を消し去って、なかったことにはできなかった。それは生を信じる二人の固い気持だった。

それでも、クララは不満だった。何かただならぬことが起きて、ただならぬものに包まれたということは分かった。だが、それは長つづきしなかった。朝になると、もう変わっていた。二人はすでにその瞬間を**知った**が、彼女はその瞬間を繋ぎとめておけなかった。彼女はもう一度その瞬間を欲した。永遠なるものを欲した。彼女は完全に分かってはいなかった。自分が求めているのは彼だと思っていて、その彼が不安定なのだった。二人の間に起きたことは、もう二度と起こらないかも知れない。彼はいなくなってしまうかも知れない。彼はまだ彼女のものではなかった。彼女は満足していなかった。たしかにただならぬ体験はしたけれども、何かを——自分でも分からない何かを、欲しくていても立ってもいられない何かをつかみ取っていなかった。

朝になると、ポールはかなり安らかな気持に包まれて幸福だった。情熱の火の洗礼を知って、落ち着きを得たようだった。だが、それはクララではなかった。クララが原因で起きたことだったが、クララではなかった。二人が前より近くなったわけではなかった。二人は大いなる力の盲目の代行者のようなものだった。

その日、会社で彼の姿を見ると、クララの心は、火の滴のように溶けた。彼の体に、彼の眉に身がとろけた。胸の中で炎が燃えさかった。どうしても彼を抱きしめたくなった。だが、その朝の彼はひどく静かで、沈んでいて、淡々と指示を出していった。クララは彼を追って暗く汚い地下室まで行くと、彼に向かって両腕を上げた。彼女に接吻すると、彼はまた激しい情熱に燃えた。誰かが戸口に来た。彼は上へ駆けあがった。彼女も夢遊病者のように作業場に戻った。

それから、火はゆっくり消えていった。自分が経験したものはクララではなく、個人を超えたものだというポールの気持はますます強まった。彼はクララを愛していた。共に激情を味わった後の、大きな優しさはあった。だが、彼の魂を支えていたのはクララではなかった。彼はクララに求めても無理なものを、彼女に求めていたのだ。

彼女の方は、彼を激しく求めて、狂ったようになった。彼の姿を見ると、その体に触れずにいられなかった。会社でも、彼の螺旋ストッキングの話を聴きながら、彼女の手は人目をぬすんで彼の脇と腰のあたりを撫でた。地下室まで追って行って、短い接吻を求めた。その瞳は常に黙し、求めて、抑えきれない熱情にあふれていた。彼以外のことは考えられなくなっていた。ポールは、他の女たちの前で醜態をさらしかねないクララを恐れた。昼休みにはいつも彼を待っていて、外に出る前に抱擁を求めた。彼にはクララが自分でもどうしようもなくなったように思われ、重荷に感じて、苛立った。

「でも、どうして、いつもキスや抱擁を求めるの？」と彼は言った。「時と場合っていうものがあるでしょ」

　ポールを見上げた女の目に憎しみが浮かんだ。

「いつでもキスを求めているですって？」彼女は言った。

「そうだ！　仕事の話できみのところへ行った時でさえ、そうじゃないか。仕事の時に愛を持ち出されるのは困るね。仕事は仕事だから――」

「じゃ、愛は何なの？」彼女は訊いた。「愛には愛するための特別な時間が要るの？」

「そうさ――仕事以外の時間だ」

「あなたはその時間を会社の退社時間に合わせるというわけ？」

「そうさ――とにかく仕事がない時間にしなくちゃ」

「暇な時だけのものなのね？」

「その通り――それだって、いつでもってわけじゃない――キスするのだって」

「考えてるのはそれで全部？」

「これで充分だ」

「ありがたいお考えね」

　彼女はしばらくポールに冷たくなった。彼女はポールを憎んだ。彼女が冷たくさげすむようになると、彼も不安になって、また許してもらえるまで落ち着かなかった。だが、よりが戻っても、二人が前より近づいたわけではなかった。クララが彼と別れなかったのは、彼に決して満たされなかったからだった。

春が来ると、二人は一緒に海辺へ行った。セドルソープの近くの小さな家に部屋を借りて、夫婦ということにして暮らした。ミセス・ラドフォードが一緒に来ることもあった。

ポールとミセス・ドーズの交際は、ノッティンガムで知られるようになったが、あまりはっきりしたことも分からなければ、クララはいつもぽつんとしているし、ポールの方はとても無邪気そうだったので、大した騒ぎにはならなかった。

ポールはリンカンシャーの海岸が大好きで、クララは海が大好きだった。二人はよく朝早く泳ぎに行った。夜明けの灰色の下に、冬の荒涼とした沼沢地帯がどこまでも続き、海辺の低湿地に草が生い茂る寒々とした風景に、ポールの魂は歓喜した。板を渡した橋から大通りに出てあたりを見渡すと、空よりもやや暗い単調な低地が果てしなく続いて、砂丘の向こうからかすかに波の音が聞こえてきた。すると、ポールは生の無情さに圧倒されて、その胸に力が充ち充ちた。クララはそういう時の彼を愛した。彼は独り、屹立して、その目は美しく輝いていた。

二人は寒さに身震いした。彼はクララと緑の芝土の橋まで競走した。彼女は足が速かった。すぐに顔が紅潮し、喉元は剥きだしになり、瞳が輝いた。ポールは彼女の重い豊かな体と敏捷な動きを愛した。彼自身も軽やかだった。彼女は美しくダッシュした。二人の体が温まり、あとは手をつないで歩いた。

空が赤く染まってきた。西に沈みかけている青白い月の影が霞んできた。薄暗い地上でさまざまなものが息づきはじめて、大きな葉をつけた植物の輪廓がはっきりしてきた。ポールとクララは冷え冷えとした大きな砂丘の間を抜けて浜辺に出た。何もない長い浜辺は夜明けの空と海の下でうなっていた。海は白い縁のある暗く平らな帯だ。暗い海の上の空が赤くなった。その赤い火がたちまち雲の間に広がり、雲を蹴散らした。真紅が燃えあがって橙《だいだい》色になり、橙色が鈍い金色に変わって、その輝きの中を太陽が上って来た。まるで歩く女の手桶から水がこぼれ落ちるように、燃える光のしぶきが波の上にしたたった。

波がかすれ声を長く伸ばして、浜辺で砕け散っていた。波打ち際の上を波しぶきのように小さな鷗が旋回していた。その鳴き声は体よりも大きく聞こえた。海岸線がはるかに延びて朝靄の中に溶け、草の生い茂った砂丘も低くなって浜辺と同じ高さに見える。メイブルソープの町が右手にとても小さかった。平坦な浜辺と海と上ってくる太陽とかすかな波音、甲高い鷗の叫びのすべてを、二人で独占していた。

風の来ない窪地を砂丘の間に見つけた。ポールは立って海を眺めていた。

「とても美しい」彼が言った。

「まあ、感傷的なこと言わないで」クララは言った。

ポールが孤独な詩人みたいに海をじっと眺めたりすると、クララは苛々した。彼は笑った。クララはさっと服を脱いだ。

「今朝はいい波があるわ」彼女が意気揚々と言った。

泳ぎはクララの方が上手かった。彼は手をこまねいて彼女の泳ぎを見ていた。

「来ないの？」彼女は訊いた。

「すぐ行く」彼は答えた。

クララは白く柔らかな肌をしていた。肩はがっしりしていた。海からかすかに吹いてくる風が、彼女の体にあたって、髪をかき乱した。

「うう！」クララは両腕で乳房を抱えた。「寒い！」

透明な美しい、金色の朝だった。北と南の空にうっすら残っていた暗さも消えかかっていた。クララは風の冷たさにわずかに身を縮こませて、立ったまま髪を編んでいた。真っ白な裸の女の後ろに浜辺の草が茂っていた。彼女はちらりと海を見て、それから、ポールを見た。彼は、彼女の好きな不可解な暗い目で、女をじっと見ていた。彼女は縮こまりながら笑って、両腕で乳房をかき寄せた。

「うう、きっととても寒いわ！」彼女は言った。

彼は屈みこんで彼女の腕に抱えられた真っ白に輝く二つの乳房に接吻した。彼女は黙って立っていた。彼は女の目を覗きこみ、寒々とした砂丘を見やった。

「さあ、行きな！」彼は静かに言った。

彼女は両腕を彼の首に投げると、彼を引き寄せ、激しくキスしてから、歩き出した。

「でも、あなたも来るわね？」

「すぐ行く」

クララはベルベットのように柔らかな砂浜を重い足取りで離れて行った。豊満な白い体が重く美しく浜辺を行った。砂丘の彼は大きな淡い色の海岸が彼女を包みこんでゆくのをじっと見ていた。女の姿が小さくなり、本当の大きさが分からなくなって、苦労しながら前に進む大きな白い鳥のように見えた。

「浜辺の大きめの白い小石程度だ――砂浜を風に吹かれて転がる泡の塊程度だ」と彼は心中、思った。波音轟く広大な浜辺を行くクララの動きはとても遅く見えた。見ているうちに、彼は彼女の姿を見失った。日の光に目がくらんだのだ。と、また彼女が現れた。その姿は白くざわめく波頭を背景に動く白いケシ粒にすぎなかった。

「何て小さいんだ！」彼はひそかに思った。「浜の砂の一粒みたいに見えなくなった――風に吹き飛ばされるケシ粒だ――白いちっちゃな泡同然だ――この朝の風景の中では無に等しいものだ。そんな彼女になぜこれほど惹かれるのだろう？」

その朝は完全に二人のものだった。クララはすでに海に入っていた。浜辺と青い海の草茂る砂丘ときらきら輝く海とがどこまでも果てしなく一つの光に溶けて、途切れなくつづく壮大な孤独の世界が現出していた。

「結局、クララとは何か？」と彼は心中、思った。「ここに今、美しい永遠の朝の大いなる海岸がある。あそこの女は苛立っていて、つねに満たされず、泡のように儚い。つまり、ぼくにとって、どういう意味があるのだろう？　一つの泡が海を表すように、彼女は何かを表しているはずだ。だが、その**彼女**とは何か？　ぼくにとって大事なのは彼女自体ではなく――」

この無意識の思考にはっとした。その思考の声が朝の風景すべてに届きそうなほど、はっきりと聞こえたのだ。彼は服を脱いで、砂浜を駆けて行った。クララがポールを探していた。その片腕がきらりと彼に向かって上がり、女の体は波に乗って持ちあがったかと思うと沈み、その両肩も銀色に光る水中に沈んだ。彼が波の中に飛びこむと、一瞬のうちに彼女の手が彼の肩にかかった。

彼は泳ぎが下手で、水中に長くいられなかった。彼女は得意になってまわりを泳いでは、自分の上手さをひけらかして彼をからかったが、これは彼もしぶしぶ認めざるを得なかった。太陽は水面に深く美しく輝いていた。二人は一、二分水中で笑いながら戯れると、今度は砂丘まで競走した。

息を切らせてゼイゼイ言いながら体を拭いた。息をはずませて笑っているクララの顔を、その輝くような肩を、彼女が拭くたびに揺れて彼を恐れさせる乳房を見つめて、彼は思い直した。「やはり、クララはすばらしい、この朝よりも、海よりも、大きい――いや、そうなのか？　果たして、そうなのか？」

クララはポールが暗い目でじっと自分を見ているのに気がついて、体を拭く手を停めて笑った。

「あなた、何を見ているの？」

「きみだ！」彼も笑って答えた。

二人の目が合ったと思うと、次の瞬間にはポールは、クララの鳥肌が立った白い肩に接吻しながら、考えていた。「この女は何だ？　この女は何だ？」

彼女は朝のポールを愛した。朝の彼のキスには、クララやクララの欲求をまったく顧みない、まるで自分の意志しか考えていないような、冷たく、固く、根源的な何かがあった。

その日の午後に、彼はスケッチに出かけた。

「きみは」と、彼はクララに言った。「お母さんとサットンへ行けばいい。ぼくは全然その気になれない」

彼女は突っ立って、彼を見た。彼は、彼女が一緒に行きたがっているのを知っていて、独りになりたがるのだ。彼女がいると、自由に深い呼吸もできないような、体に重しをのせられているような、縛られた気持がするのだ。クララは彼が彼女から自由になりたがっているのを感じた。

夕暮には、またクララの元に帰って来た。二人で暗くなった浜辺を歩いて、あの砂丘の窪地にしばらく腰を下ろした。

「何だか」灯一つ見えない夜の海を一緒に見つめていると、彼女が言い出した。「あなたは夜しかあたしを愛してくれないみたい——昼間は愛していないみたい」

彼はこの非難に罪悪感を覚えながら、指の間から冷たい砂をこぼしていた。

「夜はきみのものだ」と、彼は答えた。「昼間は独りになりたいんだ」

「でも、どうして？　どうして、短い休暇なのにそんな風なの？」

「さあ。昼間の愛は息がつまる」

「でも、いつも、べたべたしてる必要はない」

「二人一緒だと、いつもべたべたしてるよ」と、彼は答えた。

彼女はひどくやりきれなかった。

「ぼくと結婚する気なんかある?」彼は知りたそうに訊いた。

「あなたはどうなの?」

「あるとも。ぼくたちの子が欲しい」彼は嚙みしめるように答えた。

彼女はうつむいたまま、指先で砂をいじっていた。

「でも、きみはほんとうにバクスターと離婚する気じゃないんだろう?」

彼女はすぐには答えなかった。

「そうね」彼女はとても慎重に考えながら答えた。「離婚したいとは思わないわ」

「どうして?」

「分からない」

「自分が彼のものだという気がするのかい?」

「いいえ――そうじゃないと思う」

「じゃ、何?」

「あの人はあたしのものだと思うから」と、彼女は答えた。

彼はしわがれ声の暗い海を吹き渡る風の音を聞きながら、しばらく黙っていた。

「ぼくのものになろうと思ったことは一度もないんだね?」彼は言った。

「いいえ、あたしはたしかにあなたのものだわ」彼女は答えた。

「違う」彼は言った。「きみは離婚したいと思わないんだから」

二人には解けない問題だったので、これはそのままにして、手に入るものだけを楽しんで、得られないものは無視することにした。

「きみのバクスターの扱い方はひどかったと思う」とある時彼は言った。

彼は、クララも彼の母のように「自分のことをお考えなさい、あまり他人のことに口出しをしないことね」と言い返すのではないかとなかば予期していたが、クララが真剣に受け取ったので少し驚いた。

「どうして？」と彼女は訊いた。

「きみは彼をスズランだと思ってスズラン用の鉢に植えて、そういう世話の仕方をした。彼がスズランだときみの方で決めこんでしまって、彼が実はスズランじゃなかったことを許そうとも認めようともしなかった」

「あの人をスズランだと思ったことなんか一度もないわよ」

「何か実際の彼とは違うものだと思いこんでいたのさ。女ってそういう生き物だ。男にとって何がいいのか知ってる気になって、そのように世話をして、男が飢え死にしかかっていたってかまやしない、男が必要なものをもらおうと口笛を吹いたって、自分のものである男には、彼にとっていいと思うものしか女は与えないんだ」

「で、あなたはどうしてるの？」

「どんな口笛を吹こうか考えているところさ」と、ポールは笑った。

すると、クララは彼の横面を叩《はた》くどころか、彼の言葉を真剣に考え出した。

「あたしもあなたに同じようなことをしたがっていると思ってるの？」と、彼女は訊いた。

「そうだろうね——でも、愛には束縛じゃなく自由の感覚があるべきだ。ミリアムとの時は、杭につながれたロバになったみたいだった。彼女のところの草以外食べちゃいけなかった。うんざりした！」

「あなたは女には好きなようにさせるのね？」

「そう——自ら進んでぼくを愛してくれなくちゃ。そうじゃなかったら——その女とは別れてもいい」

「あなたがそれほどのいい男だったらの場合よね——」と彼女はやり返した。

「その場合、ぼくは実際のぼくみたいな完璧な男というわけだ」彼は笑った。

沈黙が訪れて、二人とも笑みを浮かべながら、お互いを憎んでいた。

「愛とは相手に必要なものを、その必要もないのに与えないことなり」と、ポールは言った。

「誰のこと？」

「そりゃ、もちろん、きみのこと」

このように二人の間に戦いがつづいた。クララは彼を一度でも完全に自分のものにしたことがないのを知った。彼のとても大きな大切な部分が彼女のものではなかった。それを得ようとも、それを理解しようとも彼女はしなかった。ポールの方でも、クララが今なおドーズ夫人のつもりでいることが何となく分かった。彼女はドーズを愛していないし、愛したこともなかったけれども、ドーズが自分を愛していて、少なくとも自分に依存していると信じていた。彼に対して、ポールには感じたことのない、ある種の自信があった。ポールへの恋はクララの魂を充たし、ある種の満足を与え、彼女を自己不信から解放した。内的自信が得られたのだ。本当の自分が見つかって、自分の足で自分らしく立てるようになった、とも言えた。いわば、自分の存在が確認された。だが、自分の人生がポールのものだとか、ポールの人生は自分のものだと信じたことはなかった。二人は結局別れるだろう。その後は、ポールを求める痛みの中で生きて行くだろう。それでも、とにかく、彼女は何かを知り、自分を確立した。そして、ポールにもほぼ同じことが起こった。二人はともに相手から生の洗礼を受けた。しかし、今では、二人の使命は別々のものになった。彼が行こうとしているところへ彼女は行けなかった。二人はいずれ別れざるを得ないだろう。たとえ二人が結婚して互いに貞節な夫婦になったとしても、彼は彼女を棄てて一人で行動し、彼女が彼の世話をするのは彼が帰って来た時だけということになるだろう。だが、それも無理な話だ。二人とも、手をたずさえて行ける相手を求めていた。

クララは母親とマパリー・プレインズに引越していた。ある晩、ポールとクララはウッドバラ通りを歩いていて、ドーズに出会った。ポールは向こうから来る男の歩き方に見覚えがある気はしたものの、その時は考えごとにふけっていたので、わずかに画家としての目で男の姿を観察しただけだった。不意に、ポールは笑い声をあげてクララの方を向くと彼女の肩に手をのせ、こう言った。

「でも、ぼくらはこうして肩を並べて歩いてるけど、頭の中では、ぼくはロンドンでオーペン（サー・ウィリアム、有名な肖像画家。一八七八―一九三一）と議論の真っ最中だ――となると、きみはどこ？」

その瞬間、ドーズがポールとぶつかりそうになりながら、すれ違った。ポールがちらりと見ると、そこに憎しみに燃えながら疲労をたたえた焦げ茶の瞳があった。

「誰だったの？」彼はクララに訊いた。

「バクスターよ」

ポールは彼女の肩に掛けていた手をおろして振り返った。すると近づいて来た時に見た男の体つきが今度ははっきり見えた。ドーズは相変わらず、顔を上げ、りっぱな肩を後ろに引いて、堂々と歩いていたが、瞳にこそこそした光があった。誰とすれ違っても、どう思われているかを気にしながらなるべく気づかれずに行き過ぎようとしている印象を与えた。両手も隠れたがっているようだった。古い服を着て、ズボンは膝がすり切れ、首に巻くハンケチも汚れていた。それでも、帽子は不良っぽく庇《ひさし》の片側をぐいと下げて被っていた。彼の姿を見て、クララは後ろめたくなった。彼の顔に浮かぶ疲労と絶望に心がいたみ、そのために彼を憎んだ。

「うさん臭い感じだね」と、ポールは言った。

だが、クララは、彼の声に聞こえる憐憫の情に責められている気がして、心が頑なになった。

「あの人の下品な生地が出てたわ」と彼女は答えた。

「憎いかい？」彼は訊いた。

「あなたは女が残酷だと言うけれど」と、クララは言い出した。「男が野蛮な本性をあらわした時の残酷さは知らないでしょ。女という存在がこの世にいることさえ忘れてしまうのだから」

「ぼくもかい？」

「そうよ」彼女は答えた。

「ぼくもきみがこの世にいることを知らないというの？」

「あたしのことなんか、何一つ分かってない――あたしのことなんか！」彼女が苦々しく吐いた。

「バクスターと同じだと言うのかい？」

「彼以下かもね」

ポールは戸惑い、無力感に襲われ、腹が立った。あのすばらしい時を共有したというのに、今並んで歩く彼女は見知らぬ誰かと化していた。

「でも、きみはぼくのことがかなり分かっている」と、彼は言った。

クララは答えなかった。

「バクスターのことも、ぼくと同じくらい分かっていた？」と彼は訊いた。

「彼は分からせてくれなかった」

「ところが、ぼくは分からせてくれたってわけ？」

「男って、決して分からせてくれない――近づけさせてくれない」

「ぼくも？」

「いいえ、あなたは違う」彼女はゆっくり答えた。「でも、あなたの方が決してあたしに近づいてこなかった。あなたは自分の殻から出られない。そういう人よ。バクスターの方がましだった」

彼は歩きながら考えこんだ。クララが彼よりバクスターを褒めたことに怒りを覚えた。

「いなくなったせいで、バクスターがよく見えるんだ」彼は言った。

「違う――あたしには彼があなたと違う点が見えるというだけ」

だが、ポールは、彼女が自分に不満を抱いているのを感じた。

ある晩、家に向かって野を歩きながら、クララはこう訊いて、彼をびっくりさせた。

「あれって価値があると思う？――その――性的なことだけど」

「愛の行為そのもののこと？」

「そう――あなたにとって何か価値がある？」

「でも、それだけを切り離せないよね」と、彼は言った。「それは、すべての頂点だ――親密さがそこに極まるんだ」

「あたしは違う」と、クララは言った。

彼は黙った。彼女に対する憎しみが噴き出した。結局、彼に満たされなかった。互いに満たし合っていると彼が思っていたその点でさえ、満たされていなかったのだ。それなのに、彼は盲目的に彼女を信じすぎた。

「あたし」と、彼女はゆっくりつづけた。「あなたがあたしのものになっていないような――あなたのすべてがそこにはないような気がする――それから、あなたが抱いているのは、あたしではないような気がする」

「じゃ、誰なんだ？」

「ただあなた一人のためだけの何かよ。あれが良かったから、そんなこと考えまいと思ったけれど。でも――あなたが欲しいのは**あたし**？　それとも、**あれ**？」

ポールはまた後ろめたくなった。自分はクララをないがしろにして、ただ一個の女を抱いていただけなのか？　だが、それは重箱の隅をつつくような話だ、と彼は思った。

「バクスターを抱いた時には、実際に抱いた時は、たしかにあの人のすべてがあたしのものになったと感じたわ」と、クララは言った。

「その方がすばらしかったっていうわけ？」

「そうよ──そうよ──もっと完全なものだった。あなたが与えてくれたものは彼よりも多くなかったとは言わないけど」

「彼が与えてくれたかも知れないものよりも、ってこと？」

「ええ──もしかしたら──でも、あなたは一度だってほんとうのあなたを与えてくれたことがないわ」

　彼は怒って眉をしかめた。

「きみと愛の行為を始めると、ぼくは風に吹かれる木の葉みたいになってしまう」

「そして、あたしのことは忘れるのね」

「でも、それではきみには無意味なのか？」彼は悔しさに体を固くした。

「意味はあるわ──時には夢中になった──何もかも忘れて──そう──だから、あなたを崇拝してるの──でも──」

「『でも』はよしてくれ」と言うと、体を走り抜けた炎に動かされて、さっとクララに接吻した。

　彼女も従順になって、口をつぐんだ。

たしかに彼の言うとおりだった。愛の行為を始めると、たいてい感情が激してきて、トレント川が逆流も黒い渦ももろともに音もなくすべてを運び去るように、理性も、魂も、血も、何もかもを一気に押し流した。わずかばかりの感覚や批判力が徐々に消え、思考も失われて、すべてが激流に流された。彼は知性をそなえた人間であることを止め、一個の大いなる本能と化した。両手はそれだけで生き物のようになり、四肢も、胴体も、意識をそなえた生命となって、彼の意志とは無関係に動きだした。冬空に強い光を放つ星も、そういう彼と同様に生命にあふれるようだった。彼も、星も、同じ炎の鼓動があった。目の前に見えるシダの固い葉も、彼のしっかりした体も、同じ生命の歓びに支えられていた。彼も星も黒々と見えるシダもクララも、すべてがめらめらと燃える巨大な炎に舐めあげられて、炎は上へ上へと噴き上がった。すべてが、生命に燃えて突き進みながら、すべてが彼とともにあって、非の打ち処なく、静まっていた。すべてが生の恍惚の流れに流されながら、それぞれに静まりかえっているこの稀有の時こそ、至上の歓喜と思えた。

クララは、これこそ彼を彼女に繋ぎとめているものだと分かっていたので、この情熱に頼った。しかし、彼女の方はしじゅうその情熱に裏切られた。二人があのタゲリが鳴いていた時に達した高みに、ふたたび達することはそれ程なかった。二人の愛し方は徐々に機械的な努力のせいでだめになり、歓喜を味わう瞬間はあっても、タイミングがずれたり、充分でなかったりした。ポールには、自分が一人で走っているような気のすることが絶えずあったし、二人とも今日は失敗だった、期待していたものは得られなかったと思う場合も多かった。今夜会ったのはかえって溝を深めただけだったと思いながら彼は帰路に就いた。愛の行為はますます機械的になり、魔法の輝きを失った。二人は多少とも満足感を取り戻そうとして、新奇な工夫を試みはじめた。顔の近くを黒々と水が流れるくらい川に近づくと、その危険から多少の興奮は得られた。町はずれの人通りのある小道の柵の下の窪みで愛し合ったこともあった。人の足音が地響きさえ聞こえそうなほど近づいてきて、聞かれるつもりのない奇妙な話が聞こえた。事が終わると、恥の感覚に襲われ、二人の間に溝が生じた。彼はクララが悪いかのように、彼女を少し軽蔑した！

ある晩、彼女と別れると、彼はデイブルック駅に向かって野を歩いていた。あたりは真っ暗で、もうすっかり春だというのに雪さえ降りそうな気配だった。あまり時間がないので、彼は足早に歩いた。町は、不意に、切り立った窪地の端で終わる。そこに黄色い灯の家々が闇を背にして建っていた。彼は柵を乗り越え、一気に窪地の中に飛びこんだ。スワインズヘッド農場の温かい窓の灯が一つ、果樹園の下にあかあかと見えた。ポールはちらりと振り返った。窪地の縁に立つ家々が空を背にした黒い姿は、黄色い目を光らせ、興味津々、闇を上から睨む野獣のように見えた。町も野蛮で無骨だった。町は彼の背後に広がる雲をにらみつけていた。農地の池の畔《ほとり》にある柳の木蔭で、何か動物が動いた。闇にまぎれて正体は分からなかった。

次の柵に近づくと、黒い人影がもたれていた。その男が脇へ動いた。

「こんばんは！」男は言った。

「こんばんは！」ポールは気づかないまま答えた。

「ポール・モレルか？」男は言った。

これで、男がドーズであることに気がついた。ドーズが彼の前に立ちふさがった。

「覚悟はできてる、な?」ドーズがぎごちなく言った。

「汽車に間に合わなくなる」ポールは言った。

ドーズの顔は見えなかった。ドーズの歯は、何か言うたびにがたがた震える感じだった。

「今夜は目にもの見せてやるぜ」ドーズは言った。

ポールは行こうとしたが、相手は前に立ちはだかった。

「外套を脱いでかかってくるか、それともくるまったまんまやられるか?」ドーズは言った。

ポールは、この男は気が狂っていると思った。

「でも」とポールは言った。「ぼくは喧嘩の仕方を知らない」

「そうかい」とドーズが言ったと思うと、どうなったのか分からないうちに、ポールは横面を撲られて後ろへよろめいていた。目の前が真っ暗になった。相手をかわしながら、外套と上着をぱっと脱ぎ、脱いだものをドーズの頭からかぶせた。ドーズは猛烈にわめいた。ワイシャツ一枚のポールは怒りに燃えて機敏に動いた。体全体が牙を剝《む》いた。腕力はない。だから、頭を使うのだ。相手の姿が前よりはっきり見えてきた。とくにワイシャツの胸のあたりがよく見えた。ドーズはポールにかぶされたものにつまずきながら飛びかかってきた。ポールは口から血を流していた。相手の口のあたりを撲りたくてたまらず、その欲望ががまんできないほど強かった。ポールはさっと柵を乗り越え、ドーズが後を追って乗り越えかけた時に、口のあたりに一発お見舞いした。ポールは快感にぞくぞくした。ドーズは唾を吐きながら、のろのろ近づいて来た。ポールは怖くなった。

また向きを変えて柵に近づこうとすると、突然、どうなったのか耳を猛烈に撲られて、ひとたまりもなく仰向けに倒れた。ドーズが野獣のようにあえぐのが聞こえた。それから、向こうずねを蹴とばされて、その痛さに思わず立ちあがって、しゃにむに相手の懐に飛びこんだ。撲られても、蹴られても、痛くなかった。自分よりも大きな相手に山猫のように食らいついていると、ついにドーズもどっと倒れ、平常心を失った。ポールも一緒に倒れた。ポールの両手が本能的にドーズの首にかかった。相手が苦しまぎれに暴れて逃れる隙も与えず、ポールは拳をスカーフにからませ、相手の喉に食いこませた。ポールは純粋な本能だけになっていた。理性も、感情もなかった。引きしまった見事な体が、もがく相手の体にしがみついていた。一片の筋肉も緩んでいなかった。意識は何もなく、肉体だけが相手を殺そうとしていた。彼にとっては、もう感情も、理性もなかった。敵に強く押しつけたその体は、相手を締め殺すという一つの純粋な目的だけに集中していた。何も言わず、一心に、着々と、呼吸も力加減もぴったり合わせて、相手の抵抗を殺していった。拳が少しずつ深く食いこんでゆき、相手はますます激しく狂暴にもがいた。ポールの体も少しずつ圧力を強めるネジのように、強く、強くなった。何かがポキンと折れそうだった。

するると、不意に、驚きと疑いにおそわれ、力をゆるめた。ドーズがぐったりしてきたのだ。自分のしていることに気がつくと、ポールは体中が燃えるように痛むのを感じた。頭は混乱しきっていた。急に、ドーズがまた必死になってあがき始めた。ポールの両手がねじられ、拳を巻いていたスカーフがほどけて、抵抗しようもなく投げ飛ばされた。ポールはドーズのぞっとするようなあえぎ声を聞きながら、呆然と倒れていた。それから、朦朧としたまま、相手に何度も蹴られて、ポールは失神した。

ドーズは苦痛に獣のようにうめきながら、うつぶせに倒れた相手の体を蹴とばしていた。その時、突然、野原二つへだてた向こうから、汽車の汽笛が鋭く響いた。ドーズは振り向いて、疑うようにその方角をにらんだ。何が来たのだ？　視界を横切るように、汽車の窓の灯の列が近づいてきた。彼は人が来るのかと思った。ノッティンガムに向かって野原を逃げ出した。ポールの骨を蹴った自分の足の箇所が気になった。その蹴った感触がまた体によみがえる気がして、彼はそこから逃れようと足を速めた。

ポールの意識は徐々に戻った。自分のいる場所も、何が起きたのかも分かっていたが、動く気がしなかった。ただ小さな雪が顔をくすぐるにまかせて、しずかに横になっていた。しずかに、しずかに横たわっているのは気持よかった。時間が経った。起こされたくなかったが、雪のせいで何度も目覚めた。ようやく、意志が働きだした。

「こんなとこで寝ていてはだめだ」と言った。「ばかげている」

それでもまだ動かなかった。

「立つと言ったじゃないか」彼は繰り返した。「なぜ、ぼくは立たないのだ？」

それでもほんとうに動き出す力がよみがえるまでには、時間がかかった。のろのろと立ち上がった。体が痛くて気分が悪く朦朧としていたが、頭は明晰だった。よろめきながら手探りで外套と上着を見つけて着ると、耳元の襟を立ててボタンをきっちりはめた。帽子がなかなか見つからなかった。まだ顔から血が出ているかどうかも分からなかった。ひと足ごとに痛さで吐きそうになりながら、やみくもに歩いて池まで引き返すと、顔と手を洗った。氷のような水に傷がしみたが、おかげで意識がはっきり戻った。這うようにして坂を上り、停車場に着いた。母の元へ行きたかった。母の元へ行かなければならない――何も考えずそれを目ざした。できるだけ外套の襟で顔を覆って、気分が悪いのをこらえて必死で歩いた。絶えず地面が足もとから崩れてゆく気がして、ひどい気分で奈落の底に落ちて行くようだった。こうして、悪夢のような体験を経て、家にたどりついた。

皆、寝ていた。ポールは自分の姿を見た。その顔は変色し、血がこびりつき、まるで死人だった。彼はその顔を洗って寝床に入った。一晩中、うなされた。朝、目をさますと、母が彼の顔を見ていた。母さんの青い目！――それだけで、彼は満ち足りた。母が目の前にいる。彼は母の手の中にいた。

「大したことないんだ、母さん」彼は言った。「バクスター・ドーズにやられた」

「どこが痛いの？」母は静かに言った。

「どこかな――肩――自転車で転んだことにしといて」

腕を動かせなかった。間もなく、小さな女中のミニーが紅茶を持って上がってきた。

「奥さまのことで腰を抜かしました。気絶なさったんです」と彼女は言った。

ポールはたまらなかった。看病してくれる母に成り行きを話した。

「もうあの人たちとはおしまいにした方がいいわね」彼女は静かに言った。

「そうするよ、母さん」

母は彼に毛布を上まで掛けてくれた。

「みんな忘れなさい」母は言った——「ただお眠り。お医者さんは十一時まで来られないから」

彼は肩を脱臼していて、二日目には急性気管支炎が始まった。母は顔が真っ青で、ひどく痩せていた。側に座って彼を見ていたかと思うと、視線を虚空に向けた。どちらからも言い出せない何かがあった。クララが見舞いに来た。彼女が帰ると、ポールは母に言った。

「クララに会うと疲れる」

「そうね。来てくれないといいわね」とミセス・モレルは言った。

翌日にはミリアムが来たが、まるで赤の他人のような気がした。

「ぼくはね、二人とも、もうどうでもいいんだ、母さん」と、彼は言った。

「そのようね」と母は悲しそうに答えた。

どこでも、自転車のけがだということにして置いた。まもなく仕事には出られるようになったが、絶えず心をむしばむものがあって疲れた。クララに会っても、クララが見えなかった。仕事もできなかった。母とはお互いを避けているようだった。二人の間に、ある耐えられない秘密があったのだ。彼は気づいていなかった。ただ、自分の人生がいかにも均衡を欠いていて、粉々に砕け散ってしまいそうだった。

クララには、彼の悩みが分からなかった。彼女のことを忘れているらしいのは分かった。彼女の所にいる時も、彼女を忘れているようだった。心はいつもよそにあった。彼をつかもうとしても、かんじんの彼がよそにいた。彼女は苦しみ、彼を苦しめた。一カ月もポールによそよそしくした時もあった。彼は彼女をほとんど憎みながら、そのくせどうしようもなく彼女に近づいた。たいていは、男の友達と付き合って、いつもジョージ亭かホワイト・ホース亭にいた。母は体調がすぐれず、よそよそしく、口数少なく、影のようだった。ポールは何かに怯えていた。母の顔をまともに見れなかった。母の瞳が暗くなり、母の顔がますます青白くなったが、それでも彼女は無理をして働いていた。

春の聖霊降臨節の休みには友人のニュートンと四日間ブラックプール（イングランド北部の有名な海岸行楽地）へ行くと、ポールが言い出した。ニュートンというのは、少し不良っぽい体格のいい陽気な男だった。ポールは母に、シェフィールドのアニーの所に一週間泊まってくればいいと言った。土地が変われば、病気にもいいんじゃないか。ミセス・モレルは、ノッティンガムの婦人科にかかっていて、心臓と消化器が悪いと言われていた。彼女は行きたくもなかったが、シェフィールド行きを承知した。この頃は、息子の望みなら何にでも従うようになっていた。ポールは、五日目には母のいるところへ行って、休暇明けまで自分もシェフィールドで過ごすと言った。これで話は決まった。

若者二人は浮き浮きとブラックプールに出かけて行った。ポールが別れのキスをした時のミセス・モレルはとても元気だった。駅へ着いた時には、ポールは何もかも忘れていた。四日間はまったく自由なのだ――不安一つ、気がかり一つないのだ。二人の若者はひたすら楽しんだ。ポールはまるで別人だった。いつもの彼は、どこにも残っていなかった――クララも、ミリアムも、母も、彼を苦しめるものは一つもなかった。この三人には一人残らず手紙を書いた。母には長い手紙を書いた。だが、みんな陽気な手紙ばかりで、母はそれを読んで笑った。彼はいかにもブラックプールに出かけた若者らしく楽しんでいた。その下にあるものは、母にはまったく見えなかった。

シェフィールドで母と何日か過ごすのだと思うと、ポールは嬉しくて胸がはずんでいた。その日はニュートンも一緒に来ることになっていた。汽車が遅れた。パイプをくわえたポールとニュートンは、さかんに冗談を言っては笑いながら、市電へ荷物を放りこんだ。ポールは母のために、本物のレースの小ぶりなカラーを買っていた。つけさせて、からかうのが楽しみだった。

アニーはいい家に住んでいて、小柄な女中が一人いた。ポールは元気に階段を駆けあがった。玄関には母が笑いながら待っていると思ったのに、ドアを開けたのはアニーだった。アニーはよそよそしかった。彼はびっくりして、一瞬立ち止まった。アニーは頰を差し出してキスをさせた。

「母さん、病気?」彼は訊いた。

「ええ——あまり良くないわ——静かにしてね」

「寝ているの?」

「ええ」

一挙に陽光が消え真っ暗になったような、奇妙な感情に襲われた。鞄を放り出して二階へ駆けあがり、恐る恐るドアをあけた。母はくすんだ桃色のガウンを着て、ベッドに起き上がった。彼女は恥ずかしそうに、許しを乞うように、おずおずとポールを見た。顔には血の気がなかった。

「母さん！」彼は言った。

「来ないのかと思ったわよ」母は陽気に応えた。

だが、彼はベッド脇にくずおれて、毛布に顔を埋め、悶えるように泣きながら、「母さん——母さん——母さん！」と言いつづけた。彼女は痩せた手で彼の髪をゆっくり撫でた。「涙を拭きなさい」と彼女は言った。「涙を拭きなさい——何でもないんだから」だが、血が溶けて涙になってゆくようだった。恐怖と苦痛に泣きつづけた。「拭きなさい——涙を拭きなさい」母も言葉が切れ切れになった。

彼女はポールの髪をゆっくり撫でていた。彼はショックに我を忘れて泣きつづけ、体中の繊維が涙にあふれた。急に泣きやんだものの、毛布から顔を上げる気力がなかった。

「遅いじゃないの——どこへ行っていたの？」母は訊いた。

「汽車が遅れたんだ」彼はシーツに顔を埋めたまま答えた。

「そう——セントラル鉄道はひどいわね！　ニュートンさんも来たの？」

「ええ」

「お腹がすいてるでしょう——下で食事の支度をして待っていたのよ」

彼はやっとの思いで顔を上げ、母を見た。

「何の病気なの、母さん？」彼はずばりと訊いた。

母は目をそらせながら答えた。

「ちょっと腫れ物ができただけ。心配しなくてもいいの。前から——塊がね——ずっと前からね」

また涙がこみあげて来た。頭ははっきりして落ち着いているのに、体が泣いてとまらなかった。

「どこに?」

彼女は脇腹に手を当てた。

「ここ。でも、薬で散らせるのよ」

彼は子供のように呆然と、なすすべもなく突っ立っていた。母の言うとおりかも知れない——そうだ、きっとそうだと自分を励ました。だが、そう思いながらも、彼の血と体ははっきり真実を知っていた。彼はベッドに座り、母の手を取った。昔から指環は一つだけ——結婚指環だ。

「いつから具合が悪くなったの?」

「昨日よ」彼女は素直に答えた。

「痛かったの!」

「そう——でも家で痛んだ時と変わりはない——アンセル先生はぜったい大げさよ」

「一人で来させるべきじゃなかった」と言った。母というより自分に向けて言った。

「そんなこと、関係ないわよ!」母はすぐに打ち消した。

母子はしばらく口をつぐんだ。

「さ、ご飯を食べてきなさい」母は言った。「お腹がすいてるでしょ」

「母さんは食べたの?」

「ええ。おいしい平目だったわ。アニーはほんとに優しいのよ」

ポールはもう少し母と話してから、階下へ降りた。真っ青な顔で、引きつっていた。ニュートンは気の毒そうにしょんぼり座っていた。

食事がすむと、ポールはアニーが食器を洗うのを手伝いに、流しに行った。小さな女中は用足しに出かけていた。

「ほんとに腫れ物なの？」彼は訊いた。

アニーはまた泣き出した。

「昨日の母さんの苦しみようって言ったら――わたし、あんなに人が苦しむのを見たの初めてだわ！」と彼女は泣いた。「レナードは気が違ったみたいにアンセル先生を呼びに走ったんだけど、母さんはベッドに寝て、『アニー、この脇んとこの瘤をみて――何かしら？』って言うのよ。わたし、そこを見たとたん腰が抜けそうになったわ。ポール、ほんとうに、わたしの拳二個分あるの。『まあ！　母さん、一体いつから？』って訊いたら、『ずっと昔からなんだよ』だって。わたし、死ぬかと思ったわ、ポール。母さんは何カ月も前から家でずっと苦しんでいたのに、誰も気がつかなかったなんて」

ポールの目に涙があふれたと思うと、また急に引いた。

「でも、母さんはノッティンガムの医者にかかってたんだよ――それにぼくには教えてくれなかった」ポールは言った。

「わたしが家にいたら、気がついたのに」

ポールは夢の中を歩く男のようだった。午後のうちに医者のところへ出掛けた。医者はてきぱきした感じのいい男だった。

「それで、何なんでしょうか？」と、ポールは訊いた。

医者はポールの顔を見て、手を組むと、

「膜に大きな腫瘍があるのかも知れません」とゆっくり言った。「薬で散らせるかも知れません」

「手術はできないんですか？」とポールは訊いた。

「あそこはむりです」医者は答えた。

「絶対？」

「たしかです！」

ポールはしばらく考えこんだ。

「腫瘍だということは間違いありませんか？」彼は訊いた。「なぜ、ノッティンガムのジェイムスン先生は全然分からなかったんでしょう？ 母は何週間も前から通っていたんです。心臓と消化不良の治療をしていたのです」

「お母さんはあの瘤のことを、何もジェイムスン先生におっしゃらなかったんですよ」医者は言った。

「で、先生はたしかに腫瘍だと？」

「いや、たしかとは言いません」

「腫瘍でないとしたら何でしょう？ 姉に、一家に癌はないかとお訊きになりましたね。癌かもしれないのですか？」

「よく分かりません」

「で、これからどうしていただけるのでしょう」

「ジェイムスン先生と一緒に診断したいと思います」

「ではお願いします」

「その手配をしていただきたいのです。先生がノッティンガムからここまでお出でになると、診察料は少なくとも十ギニーになるでしょう」

「それで、ジェイムスン先生にはいつ来ていただきたいのですか？」

「今夜伺って御相談しましょう」

　ポールは唇を噛みながらここを出た。

　母も食事に下へ降りて来てかまわないと医師は言った。息子は手を貸しに二階へ上がった。母はレナードがアニーに贈ったくすんだ桃色のガウンを着ていて、少し血色が戻ったので、また若々しくなっていた。

「それを着てるととてもかわいいよ」とポールは言った。

「そうね、みんなでとてもよくしてくれるから、自分でも見違えるくらいだわ」彼女も答えた。

　だが、立ちあがって歩こうとすると、血の気が失せた。ポールはかつぐようにして母を支えた。階段の一番上まで来ると、彼女の力が尽きた。ポールは母を抱え上げて、急いで下に降ろし、長椅子に横にならせた。母の体は痩せて軽かった。青くなった唇を堅く閉じた顔は死人のようだった。目があいた――あの青いしっかりした母の目があいて、許しを乞うような、すがりつく表情で彼を見た。彼がその唇にブランデーを当てても、口は開こうとしなかった。ずっと、いとおしむような目で、母はポールを見ていた。ただ彼にすまないと思っていた。彼の頰を涙がとめどなく流れたが、筋肉ひとつぴくりともしなかった。彼は彼女の口にブランデーを少しでも流しこんでやろうとした。やがて、スプーン一杯ほど飲むことができた。彼女は疲れ切って、横になった。ポールの顔を涙が流れつづけた。

「でも」と彼女が喘ぎながら言った。「すぐよくなるわ——泣くのやめなさい！」

「泣いてないよ」と彼は言った。

少しすると、また持ち直した。ポールは長椅子の横にひざまずいていた。母と子は互いの目を覗きこんだ。

「大騒ぎしないでね」と母は言った。

「ああ——母さんもとにかく静かにしてれば、すぐ良くなるから」

だが、彼は唇まで真っ青で、見交す目がすべてを知っていた。彼女の目はほんとうに青かった——忘れな草のような美しい青！　これが別の色だったら、少しは辛さも違うのにと彼は思った。胸の奥で、心臓がゆっくり裂けて行くようだった。彼はそこにひざまずき、母の手を握った。母も子も何も言わなかった。そこへ、アニーが入って来た。

「大丈夫？」彼女は不安そうに母の耳元でささやいた。

「当たりまえよ」ミセス・モレルは言った。

ポールは椅子に座って、母にブラックプールの話をした。母は面白がった。

一日二日して、ポールはノッティンガムのジェイムスン博士との往診の打合わせに出かけた。ポールは無一文も同然だった。だが、金を借りることはできた。

母は土曜午前の一般診療に通っていたが、この日は名ばかりの診察料を払えばよかった。ポールも同じ日に出かけて行った。待合室には貧しい女たちがいっぱいいて、壁ぎわのベンチで辛抱づよく待っていた。ポールは黒い服を着た小柄な母が同じように待っているところを思った。医師はなかなか来なかった。女たちは皆、少し怯えた顔をしていた。ポールがそこにいた看護婦に、先生が来たらすぐ会わせてくれないかと頼むと、そうなった。壁ぎわに辛抱づよく座っている女たちがこの若い男を物珍らしげにじろじろと見た。

ようやく医師が来た。四十ぐらいの、顔立ちのいい、日焼けした男だった。彼は妻を亡くしていて、その妻を愛していたので婦人科を専門にした。ポールは自分の名前と母の名前を告げた。医師は覚えていなかった。

「Mの四十六番です」看護婦が言うと、医師はカルテを探した。

「腫瘍かも知れない大きな瘤があるのです」と、ポールは言った。「アンセル先生がお手紙を差し上げると言っておいででしたが」

「ああ、あれですか！」医師は言うと、ポケットから手紙をひっぱり出した。とても愛想がよく、話しやすく、忙しそうで、親切だった。明日シェフィールドへ行くと言った。

「お父さんのお仕事は何です？」医師は訊いた。

「炭坑夫です」とポールは答えた。

「あまりお楽じゃないでしょう？」

「はい、今回は――わたしが支払います」ポールは言った。

「で、あなたは？」医師は微笑した。

「ジョーダン社に勤めています」

医師は彼を見て微笑んだ。

「ええと――シェフィールドへ行くわけか！」彼は両手の指先をくっつけて、目に笑みをうかべた。「八ギニーでいかがです？」

「ありがとうございます！」ポールは上気した顔で立ち上がった。「それで、明日お出でくださるのですね？」

「明日――日曜か！――いいですよ！　午後の汽車は何時のがありますか？」

「四時十五分にシェフィールドに着くセントラル鉄道があります」

「で、お宅まで行くにはどうすればいいですか。歩くのかな？」医師は微笑んだ。

「市電があります」ポールは言った。「西公園行のが」

医師はそれを書きとめた。

「ありがとう！」と言って握手した。

それから、ポールは、女中のミニーに任せてきた、父のいる家へ戻った。父のウォルター・モレルは近頃すっかり白髪になっていた。家に戻ると、父は庭で土を掘っていた。すでに手紙は出してあった。ポールは父と握手した。

「やあ、ポール！　帰って来たな」父は言った。

「ええ」息子は答えた。「でも、今夜また戻るんです」

「ほんとかい！」父は声をあげた。「で、もう何か食ったか？」

「まだ」

「おまえらしいな。中へ入れ」父は言った。

父は、妻の話題に触れるのを恐れていた。二人は家に入った。ポールは黙々と食べた。父は泥だらけの手で、シャツの袖をまくりあげた格好のまま、向かいの肘掛椅子に座って彼を見ていた。

「で、具合はどうなんだ？」とようやく小声で訊いた。

「起き上がることはできる――夕食の時は、抱いて下まで降ろせる」ポールは言った。

「そりゃありがたい！」父は声をあげた。「じゃ、じきに家へ帰って来られるな。そいで、ノッティンガムの医者はどう言ってる？」

「明日、診察に来てくれる」

「ほんとか！　よっぽど金がかかるんじゃないかね？」

「八ギニー」

「八ギニー！」坑夫は息をつまらせた。「じゃあ、どっかから工面しなくちゃ」

「ぼくが払うよ」ポールは言った。

二人はしばらく黙ってしまった。

「母さんが、父さんもミニーとうまく行ってればいいけどって」ポールは言った。

「ああ、おれは大丈夫だ、母さんもよくなるといいな」父は言った。「でも、ミニーはいい娘だよ、まったく！」父の顔は暗かった。

「三時半には出なくちゃ」と、ポールは言った。

「おまえも大変だな！　八ギニーか！　で、母さんはいつごろ家へ帰って来られるんだろうか？」

「明日、先生の意見を聞いてみるまで分からないよ」ポールは言った。

モレルは大きく吐息をついた。家の中が妙にがらんとしていて、父も見棄てられて、居場所もなく、年を取った感じがした。

「来週は、父さんも見舞いに行ってよ」と彼は言った。

「それまでには、母さんの方がこの家に帰ってるといいな」モレルは言った。

「もしそうならなかったら、行ってもらわなくちゃ」と、ポールは言った。

「金がなあ」モレルは言う。

「お医者さんの話は手紙で知らせるから」ポールは言った。

「だが、おまえの手紙は難しくって、おれにはさっぱり分からない」とモレルは言った。

「じゃ——やさしく書くよ」

モレルに返事を書けと言っても無駄だった。せいぜい自分の名前しか書けないのだから。

医者が来た。レナードは馬車で迎えに出なければと言って出かけて行った。診察はすぐ終わった。アニーとアーサー、ポール、レナードが不安な気持で客間で待っていた。二人の医者が降りて来た。ポールは二人をちらりと見た。自分を騙した瞬間もあったが、彼は覚悟していた。

「腫瘍かもしれません——もう少し様子を見ないと」とジェイムスン博士は言った。

「もしそうでしたら」とアニーが訊いた。「お薬で散らせるでしょうか?」

「たぶん」と博士は言った。

ポールはテーブルの上に一ポンド金貨を八枚と十シリング金貨を一枚置いた。博士はそれを数えて、財布から二シリング銀貨を出した。

「ありがとう!」彼は言った。「ご病気がこんなに重くてお気の毒です。しかし、できるだけのことはしましょう」

「手術はまったくできないんですか?」とポールは言った。

医師は首を振った。

「だめです。できたとしても心臓がもたないでしょう」

「心臓も危ないんですか?」ポールは訊いた。

「ええ、気をつけてあげてください」

「よほど危ないんですか?」

「いや、まあ――そんなことは。ただ気をつけてください」

こう言って医師は帰った。

ポールは母を抱きあげて階下へ降りた。彼女は子供のようにおとなしく抱かれていたが、階段に差しかかると、ポールの首に両腕をまわしてしがみついた。

「この階段がとても怖くって」と彼女は言った。

ポールも怖かった。次はレナードにやってもらおう。とても母を抱いて降りられないと思った。

「先生はただの腫瘍だと言ってるわよ！」アニーは母に大声で言った。「薬で散らせるでしょうって」

「もちろん分かってたわ」ミセス・モレルは鼻で笑うように言い返した。

彼女はポールが部屋から出て行ったことに気づかないふりをしていた。彼は台所に座って煙草をすっていた。上着についた灰を払おうとして、よく見ると、それは母の白髪だった。とても長かった！ つまみ上げると、暖炉の方へ飛んでゆき、煙突の中に消えた。彼は何もしなかった。長い白髪が宙に漂い、煙突の闇の中に消えた。

休みが終わった翌日の出勤時に、彼は母にキスをした。朝もまだ早く、二人きりだった。

「お前、心配するんじゃないよ！」と、母は言った。

「分かった、母さん」

「ばかばかしいからね。そして自分の体に気をつけるのよ」

「分かった」彼は答えると、しばらく間を置いて、「こんどの土曜にまた来るよ。父さんも連れて来ようか？」

「お父さんも来たいだろうね」母は答えた。「とにかく父さんが来たがったら、来させてあげなくちゃね」

彼はもう一度母に接吻すると、両側のこめかみから後ろへかけて、まるで恋人にするように、彼女の髪をしずかに優しく撫でてやった。

「遅刻しないのかい？」母はささやいた。

「もう行くよ」彼はとても小さい声で言った。

それでもまだ何分か、彼は立とうとせず、母のこめかみから後ろへ、茶褐色と白髪まじりの茶色い髪を撫でていた。

「悪くならないでね、母さん」

「ならないわよ」

「約束だよ？」

「ええ、悪くなんかなりません」

母に接吻して、一瞬、その体を抱きしめて、家を出た。日ざしのあふれる早朝の道を、彼は駅まで泣きどおしで走った。どうして泣くのか、自分でも分からなかった。母も彼を思いながら、その青い目を大きく見開いて、宙を見つめていた。

午後、彼はクララと散歩に出た。二人はブルーベルの花咲く小さな森に腰をおろした。彼はクララの手を取った。

「あのね」彼はクララに言った。「母はもう良くならないんだ」

「そんな、良くなるかもよ！」クララは答えた。

「ぼくには分かっている」彼は言った。

クララはいきなり彼を固く抱きしめた。

「忘れるのよ」彼女は言った。「忘れるのよ」

「ああ」彼は答えた。

彼女の胸が温かかった。クララの両手は彼の髪の中だった。心安まる思いで、ポールは両腕を彼女の体にまわした。だが、彼は忘れなかった。クララには関係のない話だけをした。いつでもそうだった。そして、クララは彼の煩悶を予感すると、ポールに叫んだ。

「忘れて、ポール、ねえ、忘れて」

彼女はポールを固く胸に抱きしめて揺すり、子供のように彼を慰めた。ポールもクララのために悩みを忘れようとしたが、一人になればたちまちまた思い出した。何をしていても、ずっとひとりでに涙が流れた。頭と手は忙しく働いていた。なぜ泣くのか分からなかった。血が涙を流していた。クララと一緒だろうと、ホワイト・ホース亭にたむろする男たちと一緒だろうと、孤独に変わりはなかった。彼と彼の心を押しつぶすこの苦しみ——存在するのはそれだけだった。時には本を読んだ。何かで心をまぎらす必要があった。クララも心をまぎらせる手段にすぎなかった。

土曜に、ウォルター・モレルはシェフィールドへ出かけた。誰からも見棄てられたような惨めな姿だった。ポールは二階へ駆け上がった。

「父さんが来たよ」彼は言って、母に接吻した。

「そう?」彼女は疲れきったように答えた。

老坑夫は少し怯えて病室に入ってきた。

「おまえ、どうだね?」と言うとベッドに近づいて、おそれるように急いで接吻した。

「ええ、まあまあ」彼女は答えた。

「そうらしいな」彼は突っ立って彼女を眺めていた。それから、ハンケチで目を拭いた。誰からも見棄てられたような途方に暮れた顔だった。

「あなたは、大丈夫？」妻は夫と話すのがうっとうしいみたいに訊いた。

「ああ」彼は答えた。「まあ、あの娘はちょっとぐずなとこはあるがね」

「食事はちゃんと作ってますか？」

「ああ、たまに怒鳴りつけることはあるがね」

「ぐずぐずしてたら怒鳴ってやらなくちゃ。何でもぎりぎりになるまでやらないんだから」

　彼女は夫にいくつか指示を与えた。彼はまるで他人の前に出たように、ぎごちなく、小さく、妻を見て座っていた。すべてがうわの空で、逃げ出したがっているようでもあった。針のむしろに座ったようで、いたたまれなくて逃げ出したいのに体面上逃げるわけにもいかないといった彼の様子を見ると、見ている者は余計いたたまれなかった。彼はこの災難を前に途方に暮れて、みじめな気持で眉をつり上げ、膝に置いた手を固く握りしめていた。

　ミセス・モレルの容態はあまり好転しなかった。彼女はそのまま二カ月シェフィールドにいた。そしてむしろ悪くなった。けれども、家へ帰りたがった。アニーにも子供たちがいたから、ミセス・モレルは家へ帰りたがった。そこで、汽車に乗れる容態ではなかったので、ノッティンガムから自動車を呼び、天気のいい日にこれで帰った。八月になったばかりで、何もかもが、明るく、暖かだった。青空の下に出ると、誰の目にも彼女が死に向かいつつあるのが分かった。それでも彼女は何週間かぶりに、はしゃいでいた。皆が笑い、喋った。

「アニー」彼女は声をあげた。「あの岩の上でトカゲが走ったわ！」

彼女は目ざとかった。まだ命があふれていた。

モレルは妻が帰って来るのを知っていて、表のドアを開けておいた。皆が首を長くして待っていた。通りの住民の半分は外へ出ていた。大きな自動車の音が聞こえた。笑みをうかべたミセス・モレルを乗せた車が家へ向かった。

「見て、皆、迎えに出てくれてる！」彼女は言った。「でも、わたしだってそうしたでしょう。ミセス・マシューズ、お元気？　ミセス・ハリソンも？」

その声は誰にも聞こえなかったが、それでも彼女が微笑んでうなずくのは見えた。その顔を見れば彼女が死にかけているのは誰でも分かる、と彼らは言った。彼女の帰宅はこの通りの大事件だった。

モレルは妻を抱えて家へ運びこもうとしたが、年を取りすぎていた。アーサーが、まるで子供のように彼女をかついだ。そして、暖炉側に置いた大きく深い椅子まで運んだ。前は彼女の揺り椅子があった場所だった。体をくるんでいた毛布もどけて椅子に座りブランデーをすすると、彼女は部屋の中を見まわした。

「あなたの家が嫌だったわけじゃないのよ、アニー」と、彼女は言った。「でも、自分の家へ帰って来れて嬉しいわ」

モレルがかすれ声で応えた。

「そうだとも、そうだとも」

風変わりな小さな女中のミニーも、

「帰ってらして何よりです」と言った。

庭には黄色いヒマワリが美しく咲き乱れていた。ミセス・モレルは窓の外を見て、

「わたしのヒマワリたちが咲いている！」と言った。

第十四章　解放

「ところで」ポール・モレルがまだシェフィールドにいたある晩、アンセル医師が言いだした。「ここの熱病患者病棟に、ノッティンガムの男がいるんです。ドーズという名の男で、あまり身寄りもいないようで」

「バクスター・ドーズですか！」ポールは声を上げた。

「その男です――昔はいい体をしてたと思うんですが、今はちょっとひどいもんです。ご存知ですか？」

「昔、今の私の勤め先にいたのです」

「そうですか？　何か彼のことを知っていますか？　ただふさぎこんでいるばかりで、そうでなければ、もうずっとよくなっているはずなんですが」

「家庭の事情については何も知りません、ただ奥さんとは別れて、それ以来少しまいっていたようです。でも、彼に私のことを話してみてくださいませんか？　見舞いに行くからと」

その次に医師に会った時に、モレルは訊いてみた。

「で、ドーズはどうですか？」

「話しました。『ノッティンガムのモレルという人を知ってるか』と訊いたんです。すると飛びかかりそうな顔をして私を見るので、『知ってるんだね、ポール・モレルさんだよ』と言ってやりました。それから、あなたが見舞いにいらっしゃるという話もしました。『何の用だ』って、あなたのことを警官みたいに言って——」

「で、私には会うと言ってましたか？」

「何も言おうとしません——いいとも、悪いとも、どっちでもいいとも」と医師は答えた。

「なぜでしょう？」

「それこそ、私が知りたいことなんです。来る日も来る日も、ただベッドでふさいでいるだけなんです。何の事情も聞きだせません」

「私が行ってもいいでしょうか？」ポールは尋ねた。

「ええ、いいでしょう」

敵同士の二人の間に、あの喧嘩以来、一種の連帯感が生まれていた。モレルは相手にすまないと思い、多少責任を感じていた。自分が今のような魂の状態だと、やはり絶望に打ちのめされているドーズに耐えがたいまでの親近感を覚えた。それに、二人は裸の憎しみをぶつけ合った同士で、これは絆だった。二人の中の裸の人間が出会ったのだ。

ポールはアンセル医師の名刺を持って熱病患者病棟へ行った。若い健康的なアイルランド人の看護婦が病室まで案内してくれた。

「カラスさん、ご面会ですよ」と彼女は言った。

ドーズはぎょっとして呻き声をあげながら、ぱっと振り返った。

「ああ?」

「カアですって?」と彼女はからかった。「この人ったら『カア!』としか言えないんだから。ご面会の方をお連れしましたよ。さ、『ありがとう』って言いなさい、すこしはお行儀を良くしたら」

ドーズは暗い驚いた目で、看護婦の後ろのポールをさっと見た。その目に恐怖、憎悪、不信、不幸があふれていた。相手の動きの速い暗い目を見つめて、モレルもたじろいだ。二人の男は、ともにさらけだした裸の自分たちに脅えていた。

「アンセル先生から、あなたがここにいると聞いたんで」モレルはそう言って手を差しのべた。

ドーズはその手を機械的に握った。

「だから訪ねてみようと思って」と、ポールは続けた。

返事はなかった。ドーズは寝たまま向こう側の壁を睨んでいた。

「『カア!』って言いなさいよ」看護婦がからかった。「『カア!』ってさ、カラスさん」

「良くなって来てるんですか?」ポールは彼女に訊いた。

「ええ、そうですよ！　ただ、ふて寝して、これで死ぬと思ってるだけ」看護婦は言った。「それで怖くなっちゃって、何にも言えないのよ」

「話し相手がいなくちゃね」ポールは笑った。

「そうなのよ！」看護婦も笑った。「お爺さんが二人といつも泣いてる男の子一人っきりでしょう。やんなっちゃうわ！　あたし、このカラスさんの声が聞きたくってたまらないのに、『カア』っきゃ言わないんでしょう？」

「それはたまらない！」モレルは言った。

「でしょ？」と看護婦が言った。

「ぼくなんか、天のお恵みみたいなものだ」と彼は笑った。

「ほんとよ、天から降ってくださったようなものよ！」看護婦も笑った。

やがて、彼女は、男二人だけにして出て行った。ドーズは痩せて、またいい男ぶりに戻っていたが、元気がなさそうだった。医師の言うように、寝たままふさいでいるばかりで、自分から回復に向かおうとはしなかった。自分の心臓が鼓動していることさえ不服そうだった。

「ひどい目にあったの？」ポールは訊いた。

また急に、ドーズは彼の顔を見て、

「シェフィールドに何しにきた」と訊いた。

「サーストン通りの姉の家で母が病気になって——あなたはここで何をしてるの？」

返事はなかった。

「いつから入院してるの？」ポールは訊いた。

「よく知らねえな」ドーズは嫌々答えた。

モレルなどいないと思いこもうとでもするように、寝たまま向こうの壁を睨んでいた。ポールは腹が立ってきた。「アンセル先生から、あなたがここにいると聞いた」彼は冷やかに言った。

相手は答えなかった。

「チフスというのはずい分辛いんでしょ」彼は辛抱づよく言った。

ドーズが突然、言った。

「お前は何しに来た？」

「アンセル先生が、あなたはここに全然知り合いがいないと言ったからさ。そうなのかい？」

「どこにも知り合いなんかいやしない」

「まあ、自分でそう仕向けたんでしょ」

また話がとぎれた。

「母はできるだけ早く家へ連れて帰るつもりなんだ」ポールは言った。

「どこが悪い？」自分と同じ病人への関心を見せて、ドーズは訊いた。

「癌だよ」

また沈黙がおりた。

「でも、家へ連れ帰ってやりたいんだ」と、ポールは話した。「自動車を借りなくちゃ」

ドーズはベッドの中で考えた。

「トマス・ジョーダンに頼んで、彼の車を借りたらどうだ?」と、ドーズは言った。

「あれでは小さい」とポールは答えた。

ドーズは黒い目でまたたきしながら考えた。

「じゃ、ジャック・ピルキングトンに頼め――貸してくれるぜ――お前も知り合いだろう?」

「ハイヤーを頼むつもりだ」ポールは言った。

「ばかか」とドーズは言った。

病人は痩せて昔の美男にもどっていた。その疲れ切った目を見て、ポールは気の毒になった。

「こっちで仕事は見つかったの?」彼は訊いてみた。

「来て一日二日で入院しちまったのさ」とドーズは答えた。

「療養所に入るといい」ポールは言った。

相手はまた顔を曇らせた。

「誰が療養所へなんぞ行くもんか」

「ぼくの親爺はシーソープの療養所に入ったことがあるけど、気に入ってたよ――アンセル先生が推薦して入れてくれるさ」

ドーズは横になったまま考えていた。明らかに、また世の中へ出て行く勇気がなかった。

「ちょうど今頃の海辺はいいよ」とモレルは言った。「砂丘には日がふりそそぎ、その向こうはもう海だ」

相手は答えなかった。

「いいかい！」ポールは自分の惨めさゆえに他人に尽くすのが嫌になって、こう止《とど》めを刺した。「また歩けるようになり泳いだりできることが分かれば、大丈夫だ！」

ドーズはちらっと彼を見た。その暗い目はこの世の誰とも視線を合わせるのを恐れていた。だが、ポールの声にまぎれもない不幸と絶望を聞いて、彼も少し安心した。

「お母さんはだいぶ悪いのか？」彼は訊いた。

「ロウソクが溶けるみたいに痩せていく」ポールは答えた。「でも明るい——生き生きしてるよ！」

彼は唇を噛み、その後すぐに立ちあがった。

「じゃ、帰るよ」彼は言った。「この半クラウン貨（二シリング六ペンス貨）を一枚置いてくよ」

「止《よ》せよ」ドーズは呟いた。

ポールはそれには答えず、銀貨をテーブルに置いた。

「じゃ」とポールは言った。「またシェフィールドまで来たら寄ってみる。でも、ぼくの義兄に会ってみたら？　パイクロフツ社に勤めてるんだ」

「おれの知らない人だからな」とドーズは言った。

「いい奴だよ。来るように言おうか。新聞くらい届けてくれるよ」

相手は答えなかった。ポールは病室を出た。ドーズのおかげで湧き起こった激しい感情を抑えたため、ぶるっと震えた。

このことは母には黙っていたが、クララには翌日話した。昼食の時だった。最近は二人が一緒に散歩に出ることは少なかったが、この日は彼女を誘って城内まで出かけた。真紅のゼラニウムや黄色いカルセオラリヤが明るい日差しを浴びている辺りで腰をおろした。最近の彼女はいつもポールを守るようで、同時に憤っていた。

「バクスターがチフスでシェフィールドの病院に入っているのは知っていた？」と、彼は訊いた。

彼女ははっとして灰色の目で彼を見た。顔が真っ青になった。

「いいえ」彼女は怯えた声で言った。

「よくなってはいるんだ——昨日見舞いに行った——お医者さんから聞いて」

クララはこの話にショックを受けたようだった。

「よほど悪いの？」と彼女は後ろめたそうに訊いた。

「前はね。今はよくなっている」

「あなたには何て言った？」

「ああ、何にも言わないんだ！　すねてるみたいだった」

二人の間には、距離ができていた。彼はクララにいろいろな情報を教えた。

彼女は自分の内に閉じこもって、何も言わずに歩いた。その次に散歩に出た時には、クララは彼の腕から身を離して、距離を置いて歩いた。彼は彼女に慰めてもらいたくてたまらなかった。

「優しくしてくれないの？」彼は訊いた。

彼女は答えなかった。

「どうしたの？」彼はクララの肩に腕を回した。

「よして！」彼女は身を振り離した。

彼は彼女をあきらめ、自分だけの物思いに沈んだ。

「バクスターのことが気になるの？」彼がようやく訊いた。

「あたしは**ひどい女**だった！」と、彼女は言った。

「きみは彼をひどい目にあわせたと、ぼくだって何度も言ったじゃないか」ポールは答えた。

こうして二人の間には対立が生まれた。それぞれが自分一人の思いにふけった。

「あたしはあの人を――ほんとに、ひどい目にあわせた」彼女は言った。「それで今度はあなたがあたしをひどい目にあわせてる。自業自得ね」

「ぼくがどんなひどい目にあわせてるの？」

「自業自得なの」彼女は繰り返した。「あたしは、あの人なんか自分のものにするほどの男じゃないと思ってた。すると今度は、あなたが、あたしを問題にしてくれない――でも自業自得――あの人はあなたなんかより千倍もあたしを愛してくれた」

「違うよ！」ポールは怒った。

「そうよ！　とにかくあの人はたしかにあたしに敬意を払ってくれた。そこがあなたとは違う」

「なるほどね！」

「そう！　そして彼をあんなひどい人間にしたのは、この**あたし**なのよ――間違いないわ！　あなたのおかげで分かった――それに彼の方があなたの千倍もあたしを愛してたってことも」

「分かったよ」ポールは言った。

彼はもう一人きりになりたかった。彼には彼だけの悩みがあって、それだけで耐えきれないほどだった。クララは彼を苦しめ疲れさせるばかりだった。彼女と別れても、後悔はなかった。

クララはすぐ機会を見つけて、シェフィールドに夫を見舞った。最初から首尾よく運んだわけではなかったが、それでも、薔薇と果物と金を置いてきた。彼女は償いをしたかった。彼を愛しているというわけではなかった。ドーズがそうして病床に寝ている姿を見ても、心が愛に熱くなることはない。ただ彼の前で自分を低くし、彼の前にひざまずきたかった。献身と自己犠牲を求めた。結局、彼女はポールに心から自分を愛させることができなかったのだ。彼女は道徳的にも動揺していた。罪滅ぼしをしたかった。こうして彼女はドーズの前にひざまずき、ドーズはそれを見て微妙な喜びを覚えた。だが、二人の間に横たわる距離は、まだとても大きかった——大きすぎた。男はそれに怯えていた。女は喜びに近いものを感じた。彼女は、自分が越えがたい距離を隔てて彼に仕えているという気持が快かった。女は誇りを取り戻した。

モレルは一、二度ドーズを見舞った。ずっと決定的な仇同士でありながら、二人の男の間には一種の友情が生まれていた。けれども、二人の間にいる女のことは決して口にしなかった。

ミセス・モレルの病状は徐々に悪化した。初めのうちは階下まで、時には庭にも連れ出せた。彼女は椅子の背にもたれて、微笑みながら、とてもかわいらしく座っていた。白い手に金の結婚指環が光り、髪は丁寧にとかされていた。咲き乱れたヒマワリが枯れてゆき、やがて菊の花が開き、ダリヤが咲き誇るのを彼女は眺めた。

ポールと母は互いを恐れていた。彼女が死にかけていることは彼も知っていたし、彼女自身も知っていた。だが、二人は陽気なふりを崩さなかった。毎朝、寝床を出た彼は、パジャマ姿のまま母の部屋に入って行った。

「眠れた、母さん？」彼は訊く。

「ええ」

「あまりよく眠れなかったんじゃない？」

「そんなことないわよ、眠れたわ！」

これで彼には母が一晩中眠れなかったのが分かった。毛布の下で母の手が脇腹の痛むところを押さえていることが分かった。

「よほど痛んだ？」彼は訊く。

「いいえ――少し、でも騒ぐほどじゃないわ」

こう言って、母は昔のように鼻先で笑った。寝ていると少女のように見えた。母の青い目は絶えず彼を見ていた。しかし、その目の下には痛みのせいで黒い隈ができていて、彼の心がまた痛んだ。

「いいお天気だよ」彼は言う。

「いい日ね」

「下へおろしてあげようか？」

「あとでね」

それから、彼は母の朝食を運びに下へ降りて行く。彼は一日中、母のことばかり考えていた。

ずっとこの苦しみに耐えていると、体が熱くなってきた。やがて宵の口に家に帰り着き、ちらりと台所の窓から中を覗いた。母はいなかった。起きて来なかったのだ。

彼はまっすぐ病室まで駆けあがって、彼女に接吻した。訊くのが不安だった。

「起きなかったの？」

「ええ」彼女は言う。「モルヒネのせいよ――疲れちゃって」

「量が多すぎるんじゃない」

「きっとそうね」彼女は答えた。

ポールは惨めな気持でベッド脇に腰をおろした。母は子供のように丸まって横に寝る癖があった。白髪まじりの茶色い髪がしどけなく耳にかかっていた。

「くすぐったくない？」彼はその髪をかきあげてやりながら訊いた。

「くすぐったいわ」母が答えた。

彼の顔は母の顔のすぐ側にあった。母の少女のような青い目がまっすぐに彼の目を覗きこんで微笑んでいた――優しい愛情をたたえて笑っている温かい目だった。彼はその目を見て、恐怖と苦悩と愛情に息をつまらせた。

「髪を編まなくちゃ」彼は言った。「じっとしてて」

それから母の後ろにまわると、丹念に髪をほぐして、たっぷりブラシをかけた。茶色と白の細く長い絹糸のようだった。両肩の間に首をすくめている。その髪に軽くブラシをかけて編みながら、ポールは気が遠くなりそうな思いで唇を噛んでいた。すべてが現実とは思えず、理解できなかった。

夜、彼はよく、母の病室で絵の仕事をした。時々顔を上げて様子を見ると、たいてい、彼女の青い目もじっとポールを見つめていた。目が合うと、彼女は微笑んだ。彼はまた機械的に手を動かしつづけ、自分でも気づかない内にいい作品を残した。

時折、彼は泥酔者のような予測できないすわった目つきをして真っ青な顔で音もなく病室に入って来た。母子はどちらも自分たちの間の裂けてゆく聖幕を恐れた。（『ルカ福音書』第二十三章四十五節で、イエスの死に際して聖所の幕が裂けるという記述がある）

すると、彼女は良くなって来たふりをして、彼に向かってにぎやかにお喋りをしたり、つまらない出来事を大げさに騒ぎ立てたりした。二人は、ある大きなものの前に屈服し、人としての自立が粉々になるのを避けようとして、つまらないことに熱中しなければならないところまで来ていた。二人は怖かった。だから、どんなことでも笑い話にして、陽気にふるまった。

彼は時々、母が寝たまま昔のことを考えているのに気づいた。彼女の口が徐々に固く結ばれていった。口から迸《ほとばし》ろうとする大きな叫びを洩らさずに死んでゆこうとして、彼女はじっと身を固くしていた。何週間もつづいたこの固く結ばれた全く孤独な頑なな口を、ポールは一生忘れなかった。時々その気持がゆるむと、彼女は夫のことを話した。今では夫を憎んでいた。夫を許さなかった。彼が同じ部屋にいることにさえ耐えられなかった。そして、いくつか彼女にとって最も辛かったことを思い出すと、ついこらえきれず息子に話した。

ポールは、自分の命が体内で切り刻まれて行く気がした。よく、急に涙がこみあげた。涙を道にしたたらせて駅まで走った。絵が描けなくなることもあった。ペンがとまってしまった。ただ呆然として宙を睨んだ。意識が戻ると、気分が悪くなって、手足に震えが来た。その原因を決して考えようとしなかった。分析や理解の努力は捨ててしまった。ただ身を屈して目を固くつぶり、成り行きに身をまかせた。

母も同じだった。ただ苦痛とモルヒネと次の日のことを考え、死についてはほとんど考えなかった。死んでゆくのは知っていた。それに屈する他なかった。けれども、死にすがりついたり、死と仲良くしようとは決してしなかった。目を固くつむり、顔をこわばらせたまま、人生の出口の方に向かって押されて行った。日が、週が、月が過ぎた。

時には、天気のいい午後など、母は幸福そうにさえ見えることがあった。

「楽しかった時のことを考えるようにするの――一緒にメイプルソープやロビン・フッド湾やシャンクリンに行った時のことなんか」と彼女は言った。「何て言っても、みんながみんな、こんな美しい所へ行けたわけじゃないから。ほんとうに美しかった！　そういうことを考えて、他のことは考えないようにするの」

そうかと思うと、一晩中口をきかないこともあった。ポールも黙っていた。母子は一つ部屋の中で身を固くして、頑なに、黙っていた。やっと自分の部屋へ寝に戻ろうとしても、ポールは体がしびれてしまったように戸口に寄りかかると、それ以上一歩も進めなかった。意識がかすんでいた。自分でも何だか分からない激しい嵐が体中、吹き荒れていた。彼は何も考えられずに、じっと嵐に身をまかせて、戸口にもたれていた。

朝が来れば、母子はまた普通に戻っていた。モルヒネのせいで母の顔から血の気が失せ、体も灰のようだったけれども、それでも、二人はまた明るくなっていた。よく、特にアニーかアーサーが来ている時には、ポールも母をかまわないことがあった。クララにはあまり会わなかった。たいていは男の友達と付き合っていた。彼は反応が速く、活動的で、生き生きしていた。けれども、彼が顎の先まで真っ青になって、目が暗くぎらりと輝き出すと、友人たちは何となく彼に不信感を抱いた。時々クララに会ったが、彼女は冷やかだった。

「ぼくを抱いてくれ！」彼は単刀直入に言った。

その気になる時もあったが、彼女は怖かった。彼に抱かれてみると、彼の中に彼女をすくませる不自然な何かが感じられた。クララは彼を恐れはじめた。彼はとても静かで、とても奇妙だった。彼女は、自分の側にいるのにいない男を恐れていた。この表面だけの恋人の蔭に別の男が潜んでいた。何か不気味な男がいて、その男は彼女の心を恐怖でいっぱいにした。まるで犯罪者を恐れるように、彼女はその男に怯えた。彼が彼女を求め、彼女を抱くと、彼女はまるで死に抱かれる心地がした。彼女は身震いしながら横たわった。女を愛する男はそこにはいなかった。彼女は彼をほとんど憎んだ。きまぐれに彼が優しくなる時もあったが、彼を憐むことさえ怖かった。

ドーズはノッティンガムの近くのシーリー療養所に入った。ポールは時々そこを見舞い、たまにはクララも出かけた。二人の男の間に奇妙な友情が生まれていた。回復がはかどらずひどく弱々しく見えるドーズは、自分をすっかりポールの手に委ねているようだった。

十一月の初めに、クララがその日は自分の誕生日だとポールに言った。

「もう少しで忘れるところだった」と彼は言った。

「すっかり忘れてるんだと思ったわ」彼女は答えた。

「違うよ！　今週末に海へ行こうか？」

二人は海に行った。寒くて陰気な日だった。クララはポールが温かく優しくなるのを待ったが、彼は彼女の存在をほとんど忘れているようだった。汽車の中でも座って外を眺めていて、彼女が話しかけると跳び上がった。別に何かはっきり考えているわけではなかった。何を見ても、現実感が失われていた。彼女は彼の隣へ行った。

「ねえ、どうしたの？」彼女は訊いた。

「何でもない！」彼は言った。「風車の羽根が単調に見えないかい？」

彼はクララの手を握っていた。話すことも考えることもできなかったが、それでも、彼女の手を握って座っていると心が安まった。彼女の方は物足りず、みじめだった。彼の心はそこになかった。彼女は無に等しかった。

夕暮れ時、二人は砂丘の真ん中に座って、暗い荒海を見ていた。

「母は絶対に諦めないんだ」彼がしずかに言った。

クララの心は沈んだ。

「そう」彼女は答えた。

「死に方にもいろいろある。父の家系はおびえてしまう。屠殺場へ送られる牛みたいに、襟首をつかまれて生から死の世界へ放りこまれる羽目になる。ところが、母の家系は、少しずつ、少しずつ、背を押されてゆく。頑なで、死のうとしない」

「そうなの」

「母はどうしても死のうとしない。死ねないんだ。この前、レンショー牧師が見えて、『よくお考えなさい！　あの世には、お母様もお父様も、御兄弟も、息子さんもいらっしゃるんですよ』っておっしゃった。すると母は『もう長い間そんな人たちがいなくてもやって来たんですから、今さらいなくても大丈夫です。わたしが会いたいのは生きている人間で、死んだ人たちじゃありません』って言った。今でも、生きようとしてる」

「まあ怖い！」クララは怖くなって口をつぐんだ。

「母はぼくを見る。ずっと一緒にいたがる」彼は淡々とつづけた。

「何て意志だろう、もう死なないみたいだ――ずっと！」

「もう考えないで！」クララは叫んだ。

「信仰はあった――今でもある――でも、役に立たない。絶対に死のうとしない。木曜に、ぼくはこう言った、『母さん、ぼくなら、死ぬしかない時は死ぬよ。積極的に死のうとする』って。すると母はきつい声で『わたしだってそうだよ――お前は自分の好きな時に死ねると思うのかい！』って」

彼の声がやんだ。泣いてはいなかった。ただ淡々と話しつづけた。クララは逃げ出したくなって、振り返った。暗い浜辺に波の音が轟き、頭上には暗く低い空があった。彼女は恐ろしくなって立ち上がった。光あるところへ、人のいるところへ行きたかった。ポールから離れたかった。

彼はぴくりとも動かず、じっとうつむいて座っていた。

「母には何も食べて欲しくない」彼は言った。「母もそれは知っている。『何か食べる?』って訊くと、言いにくそうに『ええ』と答える。『ベンジャーの滋養食をコップに一杯だけ』って。『体に力がつくだけじゃないの』って言うと、『そうね』と言ってから、泣きそうになりながら『でも、何も食べないと、とっても痛むのよ。それが我慢できなくって』と言うんだ。だから、食べものを作ってやる。癌のせいで、ひどく痛いんだね。早く死ねばいいと思う」

「ねえ!」クララがすげなく言った。「あたし、帰る」

ポールはその後について砂丘の闇を歩いた。彼女の元には行かなかった。女の存在をほとんど忘れているようだった。彼女は、彼を恐れ、嫌った。

二人とも激しく混乱し、呆然とした状態で、ノッティンガムへ戻った。彼はいつも何かをしたり次々に友達を訪ねたりして、絶えず忙しくしていた。

月曜には、ドーズを見舞った。ドーズは青白い顔で力なく起き上がると、椅子にしがみつきながら手を差し出した。

「起きちゃいけない」とポールは言った。

ドーズはどしんと椅子に腰掛けて、うさんくさそうにポールを見つめた。

「用事があるのに無理して来るんじゃないぞ?」

「来たかったんだ。さあ——少し菓子を持って来た」とポールは言った。

病人はそれを脇に置いた。

「いい週末じゃなかった」と、ポールは言った。

「お母さんはどうだい？」ドーズは訊いた。

「余り変わらない」

「日曜にあんたが来ないから、悪くなったんだろうと思ってた」

「スケグネスへ行ってたんだよ」と、ポールは言った。「気分を変えたくて」

相手は暗い目で彼を見た。自分からその先を訊く勇気もなく、相手が話してくれるのを待っているようだった。

「クララと行った」ポールは言った。

「そのくらい分かってる」ドーズは小声でつぶやいた。

「前からの約束だったんだ」ポールは言った。

「好きにしろよ」ドーズは言った。

二人の間ではっきりクララの名前が出たのはこれが初めてだった。

「いや」ポールはゆっくりと言い出した。「彼女はぼくにうんざりだ」

ドーズがまた彼を見た。

「八月から、ぼくに飽きてきた」ポールはもう一度言った。

二人ともとても寡黙だった。ポールはチェッカーをやらないかと誘ってみた。二人は黙々とゲームをした。

「母が死んだら、ぼくは海外へ行く」と、ポールは言った。

「海外！」ドーズは鸚鵡《おうむ》返しに言った。

「ああ――どんな仕事でもかまわない」

二人はゲームをつづけた。ドーズが勝っていた。

「何か新しい人生を始めなくちゃ」とポールは言った。「あなただって――」

彼はドーズの駒を一つ取った。

「どこから始めりゃいいのか、分からねえ」相手は言った。

「なるようになるもんだよ」とポールは言った。「何か自分でしようとしたってだめだ――少なくとも――いや、どうかな。トフィーをくれよ」

二人は菓子を食べてから、もう一回チェッカーを始めた。

「口の傷跡はどうしたんだ？」ドーズが訊いた。

ポールはさっと唇に手をやり、庭の方を眺めた。

「自転車で転んだ」

駒を動かすドーズの手が震えた。

「おれを笑ったりしなきゃ、よかったんだ」彼がぼそりとつぶやいた。

「いつ？」

「ウッドバラ通りで夜、お前とあいつが俺とすれ違った時だ――お前はあいつの肩を抱いてた」

「絶対、笑ってない」

ドーズの指は駒をつかんだままだった。

「すれ違う瞬間まで、あなただって気がつかなかった」ポールは言った。

「あれで、おれは切れた」彼はぼそりと言った。

ポールはまた一つ菓子をとった。

「誓って、笑ってない。いつでも笑ってるのは別だけど」

二人の勝負は終わった。

その夜、ポールは気をまぎらせようと、ノッティンガムから家まで歩いて帰った。ブルウェルの町の上に、熔鉱炉の火が一つの赤い染みのように燃えあがり、黒雲が低い天井のように広がっていた。街道を十マイル歩きつづけると、黒い空と黒い大地に挟まれて、命ある世界の外へ出る心地がした。だが、その果てにあるのは母の病室にすぎなかった。どこまでもどこまでも、歩きつづけても、行きつくところはそこだけだった。

家が近くなっても、疲れなかった。気づかないだけかも知れない。野の向こうに、母の部屋の暖炉の火が赤く跳ねているのが見えた。

「母さんが死んだら、あの火も消える」と思った。

静かにブーツを脱ぐと、足音を忍ばせて二階へ上がった。今も一人で寝ているので、母の病室のドアは一杯に開けてあった。火の明かりが踊り場まで赤々と伸びていた。彼は影のようにそっと戸口から中を覗いた。

「ポール！」母が小声で呼んだ。

また胸が張り裂けそうになった。中に入って、ベッド脇に腰をおろした。

「ずいぶん遅かったのね！」母はつぶやいた。

「それほどじゃない」

「だって、もう何時？」悲しげな、力のない声だった。

「十一時をちょっと過ぎたばかりだよ」

嘘だった。もう一時に近かった。

「あら、そう！」彼女は言った。「もっと遅いかと思ってたよ」

母にとって遅々として明けない夜がどんなにみじめかを知った。

「眠れないの？」彼は言った。

「ええ、眠れないのよ」母は嘆いた。

「大丈夫だよ！」彼はそっと優しく言った。「大丈夫だ。三十分くらいここにいるから。そのうちに眠れるようになる」

彼はこう言うと、ベッド脇で、ゆっくりと、何回も、何回も、母の額を指先で撫で、目を閉じてやり、空いている手で母の指先を握って、なぐさめた。他の部屋で眠る家族の寝息も聞こえた。

「さあ、もうおやすみ」彼の指に愛され静かだった母がつぶやいた。

「眠る？」

「ええ——眠るわ」

「気分はよくなった？」

「ええ！」母の返事は、むずかる子供が半分大人しくなったみたいだった。

それでも日々は過ぎていった。今ではめったにクララに会いに行かなかった。それでも、何か助けを求めて、落ち着きなく友人から友人へと訪ね歩いたが、どこにも助けはなかった。ミリアムが優しい手紙をくれたので、彼女に会いに行った。痩せて、血の気がなく、暗い目で途方に暮れる彼を見て、ミリアムの胸はひどく痛んだ。その哀れな姿にいてても立ってもいられなかった。

「お母さん、どうなの？」彼女は訊いた。

「相変わらず——相変わらずだ！」彼は答えた。「医者は長くはないって言うけど——ぼくは違うと思う。クリスマスまでもつよ」

ミリアムは体が震えた。彼女はポールを抱きよせ、固く胸に抱きしめて、何度も何度も接吻した。彼はされるままになっていたが、これは拷問だった。彼女のキスでは、彼の苦しみには触れられなかった。苦しみはぽつんと離れたところにあった。彼女に顔をキスされて、彼の血は燃えあがったが、その魂は別のところにいて死の苦しみにのたうっていた。彼女にキスされ、体をまさぐられ、彼はついに気が狂いそうになって、身をふりほどいた。彼が欲していたのはこれではない——これではなかった。ミリアムの方は、彼をなぐさめて、いいことをしたと思っていた。

十二月になり、少し雪が降った。今ではいつも家にいた。看護婦は雇えなかったので、アニーが世話をしに来た。皆に人気の教区の看護婦も、朝と晩に来てくれた。ポールはアニーと交代で看病した。夜など、友人が台所にいたりする時には、皆で腹を抱えて笑うこともよくあった。これは悲しみのあまりの反動だった。ポールはとても滑稽で、アニーはとても変だった。皆で笑った挙句、大声が出そうになって口を押さえた。闇の中で独り寝ているミセス・モレルはこの声を聞くと、やりきれない思いの中でもほっとした。

それから、ポールは恐る恐る、後ろめたそうに、母に聞こえたかどうかを見に二階へ上がった。

「ミルク飲む?」彼は訊く。

「少し」彼女は悲しそうに答えた。

ポールはミルクに水を足して、栄養にならないようにした。それでも母を自分の命以上に愛していた。

毎晩モルヒネを飲むので、母の心臓が不安定になった。アニーは同じ部屋に寝た。朝早く、姉が起きると、ポールは部屋に入った。母はモルヒネにやつれて、朝は灰のようだった。苦しみに目が黒ずんでゆき、全部が瞳孔のようになった。朝は、けだるさと痛みが耐えられなかった。それでも彼女は泣けず、泣かず、泣き言さえあまりこぼさなかった。

「今朝は少し遅くまで眠れたね」とポールが言うことがあった。

「そう?」彼女は疲れきって苛々と答えた。

「ああ――もうすぐ八時だ」

彼は立ったまま、窓の外を見ていた。見渡すかぎり雪に包まれた、白一色の荒涼とした風景だった。彼は母の脈を取ってみた。音とその谺《こだま》のように、強い脈と弱い脈があった。これは死が近い印と考えられていた。彼の望みを知っている母は、黙って手首をあずけていた。

時折、二人は互いの目に見入った。まるで協定を結ぶようだった。彼も一緒に死ぬことに同意するようだった。だが、母は死ぬことを承知しなかった――死を拒もうとした。その体は一握りの灰のように痩せ衰えていた。その目は暗くて、苦しみをたたえていた。

「何かもう楽にしてやれるものを与えられないのですか？」彼はついに医者に訊いた。

医者は首を振った。

「もういく日ももちませんよ、モレルさん」と彼は言った。

ポールは家の中へ入った。

「こっちの方が、そういつまでももたないわ――皆、気が狂ってしまう」とアニーが言った。

二人は腰掛けて朝食をとった。

「ミニー、あたしたちが御飯を食べているあいだ、お母さんについててちょうだい」アニーは言った。だが、女中は怖がった。

ポールは雪を踏んで森や野原を歩きまわった。白い雪の上に兎や鳥の足跡があった。彼は何マイルも何マイルもさまよい歩いた。けぶった赤の夕焼けがゆっくりと、苦しげに、いつまでもつづいた。母は今日死ぬ、とポールは思った。森のはずれで、驢馬が一頭雪の上を近づいてくると、彼に頭をすり寄せ、並んで歩きはじめた。彼は驢馬の首筋を抱き、その耳に頬ずりをした。

母は固く唇を噛みしめ、暗い苦しみをたたえた目だけになって、無言のまま、まだ生きていた。

クリスマスが近づいた。また雪が降った。アニーもポールもこれ以上耐えられない気がした。それでも、母の暗い目はまだ生きていた。夫はおびえて何も言わず、自分の存在感を消した。時には病室の妻を見舞った。そして途方に暮れた顔で出てきた。

彼女はまだ命にしがみついていた。炭鉱ストライキがあり、クリスマスの二週間ほど前に職場復帰があった。スト終了後二日目の日に、ミニーが吸い飲みを持って病室へ上がって行った。

「ミニー、男の人たちは手が痛いってこぼしてるかい？」屈しようとしない、刺のある小声で、母が訊いた。ミニーはびっくりした。

「いいえ、奥さま」彼女は答えた。

「でも、絶対、手が痛いはずよ」疲れきったように吐息をついて頭を動かしながら、母は言った。

「でも、とにかく、今週は多少物が買えるわね」

彼女は何一つ見落としてはいなかった。

「お父さんが炭坑で着るものを風にあてないといけないよ、アニー」男たちが炭坑へ戻ると、そう言った。

「そんなこと心配しちゃだめよ、母さん」アニーは言った。

ある夜、アニーとポールが二人きりになった。看護婦は二階にいた。

「クリスマスを越すわよ」アニーが言った。二人は戦慄した。

「そんなことはさせない」ポールがぞっとする声で言った。「モルヒネを飲ませよう」

「どの？」

「シェフィールドでくれた分を全部だ」ポールが言った。

「そうね――やりましょう！」アニーは言った。

翌日、彼は病室で絵を描いていた。母は眠っているようだった。彼は絵の前をそっと行ったり来たりしていた。突然、母がかすかに泣くような声を出した。

「歩きまわらないで、ポール」

彼は振り返った。黒い泡《あぶく》のような母の目が、彼を見ていた。

「分かった」彼は優しく言った。心の琴線がまた一本切れた。

その晩、彼はあるだけのモルヒネの錠剤を集めて階下へ降りた。それを丹念に砕いて粉にした。

「何してるの？」アニーが訊いた。

「夜飲ませるミルクに入れる」

二人はいたずらを企む子供のように一緒に笑った。すべての恐怖の上に、小さな正気がきらめいた。

その晩は、寝る前のベッド作りに看護婦が来なかった。ポールは吸い飲みに熱いミルクを入れて二階へ上がった。九時だった。

ベッドに起こしてやると、何としても苦しませたくない母の唇に、吸い飲みをあてがった。母は一口飲んだが、すぐ口を離して、暗い驚いたような顔でポールを見た。ポールも母を見た。

「ひどく苦いよ、ポール！」母は少し顔をしかめて言った。

「新しく先生がくれた睡眠薬だ」と、彼は言った。「これを飲めば、朝も今みたいじゃなくなるだろうって」

「そうなるといいけど」母は子供のように言った。

また少しミルクを飲んだ。

「でも、ひどい味！」彼女は言った。

ポールは、母が痩せ細った手で吸い飲みを握りながら、唇を少しとがらせるのを見た。

「そうだね——ぼくも舐めてみた」と、彼は言った。「でも、あとで普通のミルクを飲ませてあげるよ」

「そうだね」彼女は飲みつづけた。ポールには子供のように従順だった。母は知っているのだろうか、と彼は思った。まずそうに飲む母の、痩せおとろえたあわれな喉の動きが見えた。それから、残りのミルクを取りに、彼は下へ駆け降りた。吸い飲みの底には一粒の粉もなかった。

「飲んだ?」アニーが小声で言った。

「ああ——苦いって言ってた」

「まあ!」アニーは下唇を噛んで笑った。

「だから、新しい薬だと言ったんだ。あのミルク、どこにある?」

二人で二階へ上がった。

「どうして今夜は看護婦さん、ベッドを直しに来てくれなかったんだろうね?」母は子供のように、悲しそうに文句を言った。

「音楽会へ行くんだって」アニーは言った。

「そうなの?」

三人とも少し黙った。ミセス・モレルは普通のミルクを少し、ごくりと飲んだ。

「アニー、さっきの薬はひどかったよ!」

彼女は不服そうに言った。

「そう？――まあ、気にしないで」

母は、また辛そうに溜め息をついた。脈はひどく乱れていた。

「わたしたちでベッドを直すわ」アニーが言った。「看護婦さんはとても遅くなるかも知れないから」

「そうだね」母は言った。――「やっておくれ」

姉弟は上に掛けてある毛布を折り返した。母はネルの寝間着を着て少女のように丸くなっていた。二人は手早くベッドの片側を直すと母をそちら側へ移し、残りを直してから、寝間着をぴんと引っぱって小さな足をくるみ、全体に毛布を掛けた。

「さあ、できた」ポールは母を優しく撫でてやりながら言った。「さあ！――これで眠れるよ」

「そうだね」と言い、さらに、「あなたたち、こんなにベッド作りが上手だとは思わなかったわ」とほとんど陽気につけ加えた。それから手の上に頬をのせ、肩の間に首をすくめるようにして、丸くなった。ポールは長く細く編んだ母の白髪を彼女の肩に置き、キスをした。

「眠れるよ、母さん」彼は言った。

「ええ」彼女は信じきって言った。「おやすみなさい」

明かりを消すと、静かになった。

モレルはもう寝ていた。看護婦は来なかった。アニーとポールは十一時頃、母の様子を見に行った。薬を飲んだので、いつも通りに寝ているようだった。口がすこし開いていた。

「起きていようか？」ポールは言った。

「いつもみたいに、側で寝るわ」とアニーは言った。「目を覚ますかも知れないから」

「分かった。変わったことがあったら呼んでね」

「ええ」

暗く広がる雪模様の夜の中に二人だけぽつんと取り残された気分で、姉弟は病室の火の前に佇んだ。やっと、ポールが隣の部屋に戻り、床についた。

まもなく眠ったが、絶えず目が覚めた。そのうちにぐっすり眠った。アニーが、「ポール、ポール！」とささやく声にはっとして目を開けた。長いおさげを背中に垂らした白い寝間着姿の姉が闇の中に立っていた。

「何？」彼は身を起こしながらささやいた。

「お母さんを見に来て」

ベッドから抜け出した。病室にぽつんとガス灯が点っていた。母は寝入った時と同じ格好で、片手に頬をのせて丸くなっていた。だが、口がだらんと開き、鼾《いびき》をかいてるみたいに、ごうごうと息をしていた。息と息の間隔が長かった。

「このまま逝くね」彼がささやいた。

「ええ」アニーも言った。

「いつ頃からこうなったの？」

「今、目を覚ましたばかりだから」

アニーはガウンをひっかけ、ポールは茶色い毛布にくるまった。午前三時だった。彼は石炭を足した。そのまま、母の様子を見た。大きな鼾をかくように息を吸いこむ――息が止まる――息を吐き出す。その間隔が長い――ひどく長かった。二人はびくっとした。と、大きい鼾のような音がまた始まった。彼は屈みこんで顔をつけるようにして母を見た。

「たまらないわ！」アニーがささやいた。

彼もうなずいた。二人はなすすべもなく、また座りこんだ。また大きな鼾のような息が来た。それがまた止まり、また長く荒い息が吐かれた。とても長い間《ま》の後に、ひどく乱れた音が家中に響いた。夫は自分の部屋で眠りつづけていた。ポールとアニーは小さくじっとしゃがんでいた。大きな鼾のような音がまた始まった――呼吸が止まったまま耐えきれないほど間《ま》が開いた――またぜいぜいと息が吐かれた。時間は刻一刻と経った。ポールは低く屈んで、もう一度母を見た。

「この状態でもつかも」と彼は言った。

二人とも黙りこんだ。窓の外を見ると、かすかに庭の雪が見えた。

「姉さんはぼくのベッドで寝て。ぼくはここで座ってるから」と、彼はアニーに言った。

「だめよ、一緒にいるわ」彼女は言った。

「いてくれない方がいい」と、彼は言った。

アニーがようやく足音を忍ばせ部屋を出て行くと、ポールは独りになった。茶色の毛布に身を丸めて、母の前にしゃがんで観察した。がくんと下顎が落ちた母の顔は恐ろしかった。彼はじっと見つめた。この大きな呼吸が停まるのではないかという時もあった。待つのは拷問だった。と、突然、また大きく荒い息づかいが始まり、びくっとした。起こさないよう音を立てずに、また石炭を足した。刻々と時が経った。母の一息ごとに、夜が過ぎていった。一息ごとに心が折れたが、しだいにあまり感じなくなった。

父が起きた。彼があくびをしながら靴下をはいている音が聞こえた。シャツと靴下姿のモレルが入って来た。

「しーっ！」ポールは言った。

モレルは立ちどまって母を見た。それから、なすすべもなくおびえた顔で息子を見た。

「家にいた方がいいか？」彼がささやいた。

「いや――仕事に行って――明日まではもつから」

「そうはいくまい」

「大丈夫。仕事に行って」

坑夫はもう一度おびえたように妻を見て、おとなしく部屋を出た。靴下留めの端が揺れて足に当たっていた。

三十分後に、ポールは階下へ降りて紅茶を一杯飲み、病室へ戻った。モレルは炭鉱へ行く出で立ちで、また上がって来た。

「行ってもいいか？」彼は訊いた。

「ええ」

間もなく、音を呑みこむ雪の上をどさどさ歩く父の足音が聞こえた。坑夫たちは通りで声を掛け合っては群れをなして仕事に出て行く。長く恐ろしい息づかいがつづいた――胸がふくれる―

――ふくれる――ふくれる――と、ずっと止まったままになる――それからアァー――アァー――ハァァァァという呼吸に変わる。雪の上を遠くから製鉄所の汽笛が聞こえてきた。次から次へと、高く、低く、遠く、近く、炭鉱や他の工場の汽笛が鳴った。それも止むと、静けさが戻った。ポールは石炭を足した。母の激しい呼吸が静けさを破った——病人の様子は変わらなかった。彼はブラインドを押しやって外を覗いた。まだ暗かった。少しは空の縁が明るくなっただろうか。雪が青みを増した気がした。彼はブラインドを上げて服を着た。それから身震いしながら、洗面台の上の瓶からブランデーを飲んだ。雪は青みを増していた。荷車が一台、がらがらと通りを行った。もう七時だ、少し明るくなってきた。人の声が聞こえた。世界は目覚めようとしていた。灰色の死のような夜明けが雪の上を忍び足で近づいた。ああ、家々の形が見えてきた。彼はガス灯を消した。ひどく暗い気がした。母の呼吸はまだ聞こえていたが、もうほとんど慣れた。病人の顔が見えた。何も変わってなかった。重い服などを上に重ねればもっと重くなってあの恐ろしい息づかいも止むのではないか、と思った。病人を見た。それはもう母ではなかった——母の面影はどこにもなかった。毛布や重い外套を上に積み重ねれば。

　突然、ドアがあいて、アニーが入って来た。彼女は視線で彼に訊いた。

「全然、変わらない」彼はしずかに言った。

二人で少しひそひそ話して、彼は階下へ朝食を食べに降りた。八時二十分前だった。間もなくアニーも降りて来た。

「ひどいわ！　母さんの様子、ひどいわ！」彼女は恐怖に呆けた顔でささやいた。

ポールはうなずいた。

「あんな風になって！」アニーは言った。

「お茶をお飲みよ」彼は言った。

二人はまた上へ上がった。近所の人々がやって来て、恐る恐る「お母さん、どう？」と訊いた。何も変わらなかった。病人は片手に頬をのせ、口をだらんとあけて、ぞっとするような大きな鼾を繰り返していた。

十時に看護婦が来た。彼女も今までと違う、悲しみに打たれた顔だった。

「看護婦さん！」とポールは声をあげた。「こんな状態で幾日もつづくんですか？」

「ありえません、モレルさん」と彼女は言った。「ありえません」

沈黙がおりた。

「何てことでしょう！」看護婦も泣き出した。「普通ならもうもちません！　下へ、モレルさん、さあ、下へ」

ようやく十一時頃に、ポールは下へ行き、隣の家で待機した。アニーも一階に降りていた。病室には看護婦とアーサーがいた。ポールは頭を抱えて座っていた。突然、アニーが飛ぶように庭を走ってくると、半狂乱になって叫んだ。

「ポール――ポール――母さんが逝った！」

一瞬のうちに、家へ戻って二階に上がっていた。母は片手に顔をのせて、じっと丸くなっていた。看護婦が母の口を拭いていた。皆がその後ろに立っていた。ポールはひざまずいて、母の顔に顔をつけ、両腕で母の体を抱いた。

「母さん――母さん――ああ！　愛してる！」彼は何度も何度もささやいた。「愛してる――ああ、愛してる！」

背後で、看護婦が泣きながら言っていた。

「もう楽になられたんですよ、モレルさん、楽になられたんです」

彼はまだ温かい母の死体から顔を離して、そのまま階下へ降りて、靴を磨きはじめた。

手紙も書かなければならないし、すべきことがたくさんあった。医師が来て、ちらりと母を見て、嘆息した。

「ああ――お気の毒に！」と言って、横を向いた。「じゃ、六時頃、病院へ死亡証明書を取りに来てください」

父は四時頃、仕事から帰った。重い足取りで黙って入って来て、腰をおろした。ミニーは彼の食事の支度にばたばたした。彼は疲れて、真っ黒な両腕を食卓に投げ出した。食事は好物の蕪だった。父は知っているのだろうかとポールは思った。帰ってきてだいぶ経つのに、誰も何も言わなかったのだ。ようやく、息子が口を切った。

「ブラインドが降りているのに気がついた？」

モレルは顔を上げた。

「いや！」彼は言った。「え――死んだのか？」

「ええ」

「いつだ?」

「十二時頃」

「ほう!」

一瞬、動きが止まった。それから、夕食を食べはじめた。何事もなかったようだった。黙々と蕪を食べた。食事がすむと、体を洗って、二階へ着替えに上がった。妻の部屋の戸は閉まっていた。

「母さんに会った?」降りてくると、アニーが訊いた。

「いや」彼は答えた。

間もなく彼は出かけた。アニーも出かけ、ポールは牧師、医者、葬儀屋、戸籍係を廻った。時間が掛かって、帰宅したのは八時近くだった。じきに葬儀屋が棺の寸法を採りに来ることになっていた。母以外、家には誰もいなかった。彼はロウソクを持って二階へ上がった。

あんなに長い間いつも暖炉の火が燃えていた部屋が冷えていた。花、瓶、皿といった病室の小物は皆、運び出されていた。すべてが厳しく寒々としていた。母はベッドにやや上半身を起こして横たえられていた。立った足先からの流れるようなシーツの曲線が積もったばかりの雪のように見えた。物音一つしなかった。母は眠れる乙女のように身を横たえている。ポールはロウソクを片手に、母の上に屈んだ。彼女は恋を夢見る少女のように横たわっていた。口は苦しみに驚いたようにかすかに開いているが、顔は若々しく、その額はまだ人生を知らないみたいに晴れやかに白かった。ポールはもう一度、その眉を、少し横を向いた愛嬌のある小さい鼻を見た。母はまた若返っていた。髪の毛だけが、両側のこめかみから美しい弧を描く髪に銀色がまじり、肩にかかるすっきりした二本のお下げが銀と茶色の細線細工に見えた。母は目を覚ましそうだった。瞼を開けそうだった。彼女は今でもポールとともにいた。彼は屈んで、熱い接吻をした。だが、口を当てるとひやりとした。彼はぞっとして唇を噛んだ。母を見ていると、絶対に、絶対に離しはしないと思った。絶対に！　母の髪をこめかみから後ろへ軽く撫でた。そこもまた冷たかった。母の口は一言も発さずに、痛みに驚くようだった。ポールは床にしゃがんで、ささやいた。

「母さん——母さん！」

葬儀屋が来た時も、まだ母の側にいた。葬儀屋はポールの同窓生たちだった。彼らは母の体をしずかに、うやうやしく、事務的に扱った。母をきちんと見ることはなかった。ポールは彼らを嫉妬ぶかく見つめた。アニーと二人で母を激しく守った。誰一人、母に会わせようとせず、近所の怒りを買った。

少し後で、家を出て、友人のところでトランプをした。帰って来たのは真夜中だった。家へ入ると、長椅子に寝ていた父が起きあがって、切なそうに訴えた。

「もう帰って来ないのかと思ったぞ」

「父さんが起きてるとは思わなかった」ポールは言った。

父親はひどく頼りなげだった。これまでの彼は怖いもの知らずだった——まったく何も怖くなかった。その彼が死者しかいない家で一人で寝るのが怖かったのだと悟って、ポールははっとした。かわいそうに思った。

「父さんが独りなのを忘れていた」彼は言った。

「何か食うか？」モレルは訊いた。

「いや」

「なあ――ミルクを少し温めといたぞ。ぐいっとやりな。こんなに寒いと、なんか飲まなくちゃ」

　ポールはミルクを飲んだ。

「明日はノッティンガムへ行かなきゃ」と、ポールは言った。

　しばらくして、モレルは寝に行った。閉まっている病室の戸の前を大急ぎで過ぎて、自分の部屋の戸も開けたままにしておいた。まもなく息子も上がって来た。いつも通り、母におやすみの接吻をしに行った。病室は寒々として、暗かった。火を入れたままにしておいてやればよかった、と思った。母はまだ少女の夢を見ていた。だが、これでは母の体が冷えてしまう。

「母さん！」彼がささやいた。「愛してる！」

　母の体が冷たくて他人のように感じるのが怖く、接吻はしなかった。こんな美しい顔で眠っているのを見ると安心した。母を起こさないようにそっとドアを閉めると、寝に行った。

　朝が来ると、階下にアニーの声が聞こえ、踊り場の向こうの部屋のポールの咳も聞こえたので、モレルは勇気をふるい起こし、ドアを開けて妻の暗い部屋に入って行った。薄暗がりの中に体を起こした白い姿は見えたが、その顔を見る勇気はなかった。うろたえ、恐怖に度を失い、妻を残してまた部屋を出た。それきり二度と妻を見なかった。すでに何カ月も、怖じ気づいて妻を見ていなかった。彼女はまた若い頃の妻の姿に戻っていた。

「母さんに会った?」朝食が終わると、アニーがきつい口調で彼に訊いた。

「ああ」彼は答えた。

「きれいな顔だったでしょう?」

「ああ」

彼はまもなく出かけた。いつもこそこそ家から逃げているようだった。

ポールは、母の死の後始末にあちこち動きまわった。ノッティンガムではクララと会い、一緒にカフェでお茶を飲んだ。この時は、二人ともすっかり陽気に戻っていた。クララは彼が悲観的でないのを見て、限りなくほっとした。

やがて、親戚が葬式に集まりはじめて、すべては公の行事となり、子供たちも世間の一員になった。自分たちのことはしばらく忘れた。埋葬の日は激しい風雨だった。濡れた赤土が光って、白い花が皆びっしょり濡れた。アニーはポールの腕にしっかりつかまり、墓穴の方に身を乗り出した。ウィリアムの棺の一角が黒く見えた。オーク材の棺がじりじりと降ろされた。母はいなくなった。どしゃ降りの雨が墓穴にも流れこんだ。黒服の行列が傘を雨に光らせながら引き返した。寒雨降りしきる墓地に、人影が絶えた。

ポールは家で弔問客に飲みものを出すのに追われた。父は妻の親戚の「階級が上」の人たちと台所に座って、ほんとうにいい妻だった、自分は妻のためにできるかぎりのことをした、せいいっぱいやった、と泣きながら話した。一生ずっと彼女に力の限りつくしたのだから悔いるところはない。あれは逝ってしまったけれども自分は妻のために力いっぱいやった。彼は白いハンケチで目を拭った。悔いることは一つもないと繰り返した。妻のために一生ずっと全力を尽くしたのだから。

彼はこうやって妻のことを片づけようとした。一人の人間として彼女を考えることはまったくなかった。彼は自分の心の奥のものをすべて否定した。座りこんで母のことを感傷的に語る父をポールは憎んだ。父が同じことをあちこちの居酒屋でやるのは目に見えていた。真の悲劇はモレルの中で、本人も知らないうちに、まだ続いていた。その後、時々、昼寝から起きた父が、おびえた青い顔で、下へ降りて来た。

「あいつの夢を見てた」蚊の鳴くような声で言った。

「そう？　ぼくが見る夢の中じゃ、いつも母さんはまだ元気だった頃の母さんなんだ。母さんの夢はよく見るけど、まるで何事もなかったみたいにきれいで自然な夢だ」

ところが、モレルは、恐怖に打たれて暖炉の前にしゃがみこんだ。

なかば夢のように、何週間かが過ぎた。それほどの苦痛も、何事もなく、多少の解放感を感じながらも眠れない夜がつづいた。ポールはあちらこちらと出歩いて、休むことを知らなかった。母が悪くなって以来もう何カ月か、クララの体を求めていなかった。彼女はいわば彼に対して口を閉ざしたきりの遠い存在になっていた。ドーズの方はまれに彼女と会っていたが、二人を隔てる遠い距離は少しも縮まっていなかった。三人とも、時の流れに身をまかせて漂っていた。

ドーズはとてもゆっくり回復した。クリスマスは、ほぼ全快して、スケグネスの療養所で迎えた。ポールは数日間、海へ出かけた。父はシェフィールドのアニーの家だった。ドーズがポールの宿へ移って来た。療養所の滞在期限が切れたのだ。二人は互いにとてもよそよそしいのに、互いを決して裏切らなかった。今のドーズはポールに頼っていた。ポールとクララが事実上切れたことを、彼は知っていた。

クリスマスの二日後に、ポールはノッティンガムへ帰る予定だった。その前夜、ドーズと暖炉の前に座って、煙草を吸っていた。

「明日は一日クララが来る」ポールは言った。

相手はちらりと彼を見た。

「ああ、前に聞いたよ」ドーズは答えた。

ポールはグラスに残ったウィスキーを飲み干した。

「宿のおかみには、ドーズ夫人が来ると話しといた」

「そうか」ドーズは身を縮めながらも、自分をポールに預ける風だった。いく分ぎこちなく立ち上がると、ポールのグラスに手を伸ばした。

「注《つ》がせてくれ」彼は言った。

ポールがぱっと立ち上がった。

「あなたは静かに座ってて」と言った。

だが、ドーズは、震える手でウィスキーを注《つ》ぐのをやめなかった。

「どのくらいだ？」彼は言った。

「ありがとう!」ポールは答えた。「でも、立ったりしちゃだめだ」

「その方が体にいい」とドーズは答えた。「もう治ったと思えるようになるから」

「ほとんど治ったのさ」

「そうだ。たしかに」ドーズはうなずいた。

「レン義兄さんも、シェフィールドの会社の仕事を紹介できるって」

ドーズがまたちらりと見た。ポールの言うことなら何でも聞くといった風の、ちょっと彼の家来になったような暗い眼差しだった。

「妙な気分だ」ポールは言った。「やり直すっていうのは! ぼくの方がずっとぐちゃぐちゃみたいだ」

「どんな風に?」

「いや、分からない。分からない。暗くてやるせない迷路みたいな穴に迷いこんで、出口がどこにも見えないようだ」

「そう――分かるよ」ドーズはうなずいた。「でも、そのうち、解決する」

いつくしむ口調だった。

「そうだね」ポールは言った。

ドーズはすべてを諦めたようにパイプを叩いて灰を落としていた。

「おれみたいに地獄の底を見てないからな」と彼は言った。

パイプの柄を握って、すべてを諦めたみたいに灰をはたく男の白い手と手首が、ポールの目に映った。

「いくつになったの？」ポールは訊いた。

「三十九だ」ドーズはちらりと彼を見やった。

ドーズの茶色の瞳は挫折感にあふれて、励ましを渇望していた。誰かに温めてもらい、力づけてもらい、また元の自信を取り戻したがっているその瞳を見て、ポールの胸が騒いだ。

「もうすぐ人生の盛りだ」と彼は言った。「まだまだ生きる力はあるよ」

相手の茶色い瞳がさっとかがやいた。

「そうだ」彼は言った。「まだ、やれる！」

ポールは顔を上げて、笑った。

「ぼくらは、まだまだ何でもやれる力がある」彼は言った。

二人の目が合った。二人の目に同じ光があった。互いの中に情熱の力を確認し、そろってウィスキーをあけた。

「そうだ、やるぞ！」ドーズは高揚して言った。

少し言葉が切れた。

「それで」ポールは言い出した。「また元の場所からやり直せばいい」

「え！」ドーズは含みのある言い方だった。

「ああ――また力を合わせて昔の家庭を作れば」

ドーズは顔をそむけて首を振った。

「無理だ」彼は言った。それから皮肉な微笑を浮かべて顔を上げた。

「どうして？——その気がないの？」

「そうかもな」

二人は黙りこんで煙草を吸った。ドーズは歯を見せてパイプの柄を噛んでいた。

「彼女のこと、欲しくないの？」ポールは訊いた。

ドーズは厳しい表情で、じっと壁の絵を見上げた。

「よく分からない」

煙がゆっくりと立ち上った。

「彼女の方は、求めていると思う」ポールは言った。

「そう思うか？」ドーズはしずかに、皮肉っぽく、他人事《ひとごと》のように答えた。

「ああ——彼女とは一度もしっくり来なかった——いつもあなたの影があった。だから離婚しようとしないんだ」

ドーズはまだマントルピースの上の絵を皮肉な目つきで見つめていた。

「ぼくがつきあう女は、必ずそうなる」ポールは言った。「狂ったようにぼくを求めるのに、ぼくのものになろうとはしない——クララもずっと、きみのものだった。分かっていた」

ドーズの中の勝ち誇った男が首をもたげた。彼の歯がますます目立った。

「おれがばかだったのかも」と、彼は言った。

「大ばかだったさ」ポールは言った。

「だが、そうだったとして、あんたはもっと大ばかだった」ドーズは言った。

その口調には勝利の歓びと悪意がかすかにあった。

「そう思うのか！」ポールは言った。

二人はしばらく黙った。

「とにかく、ぼくは明日ここを出るから」ポールが言った。

「そうか」ドーズは答えた。

それっきり、二人は口をきかなかった。どちらにも、相手を殺してやりたいという本能が戻って来た。互いに顔をそむけ合った。

二人は同じ寝室を共有した。部屋に戻ると、ドーズはぼうっと何かを思う様子だった。シャツ一枚でベッドの縁に腰掛け、足を見ていた。

「冷えない？」ポールが訊いた。

「自分の足を見てた」相手は答えた。

「足がどうしたの？　いい足だよ」ポールは自分のベッドの中から答えた。

「見たとこは何でもない――でも、水が溜まっている」

「それで？」

「見てくれよ」

ポールは渋々ベッドを出て、くすんだ金色の毛が光るドーズの形のいい足を見た。

「ここだ」ドーズは向こう脛を指さした。「ここに水が溜まってる」

「どこ？」

相手は指先で押してみせた。小さく凹んで、ゆっくりと戻った。

「全然」ポールは言った。

「触ってみろよ！」ドーズは言った。

ポールは指で押してみた。小さく凹んだ。

「ふむ！」

「ひでえだろ？」ドーズは言った。

「え？——大したことない」

「足に水が溜まるなんて、男として情けない」

「別に」モレルは言った。「ぼくは胸が弱いんだ」

自分のベッドに戻った。

「あとはどこも悪くないと思う」ドーズはそう言って、明かりを消した。

朝になると雨が降っていた。モレルは荷造りをした。海は灰色で白波が見え暗鬱としていた。どんどん人生と縁を切ってゆく感じだった。そこに歪んだ快感があった。

二人の男は駅へ迎えに出た。クララは汽車を降りると、背を伸ばし、冷たく澄ましてホームを歩いて来た。長いコートに、ツイードの帽子をかぶっていた。男たちは彼女の落ち着きを憎んだ。ポールは改札口で彼女と握手した。ドーズは本の売店に背をもたせかけて、それを見ていた。雨で顎のところまで黒いコートのボタンを掛けていた。血の気の引いた顔をして、その静けさには一種の高貴ささえあった。足をほんの少し引きずりながら近づいて来た。

「もっと元気な顔をしてるかと思ってたのに」クララは言った。

「いや、もうすっかりいいんだ」

三人は間が悪そうに立っていた。女ゆえに、男二人は身の置きどころがなかった。

「まっすぐ宿へ行くかい」ポールが言った。「それともどこか？」

「宿へ戻ってみようか」ドーズが言った。

ポールが鋪道の一番外側を歩き、その横をドーズが、さらに横をクララが歩いた。さしさわりのない話をした。宿の居間は海に面していた。白波の立つ灰色の海が遠からぬ所でざわめいていた。

ポールが大きな肘掛椅子をぐいっと差し出した。

「ジャック、座れよ」彼は言った。

「その椅子じゃなくていい」ドーズは言った。

「まあ、座れよ！」ポールは繰り返した。

クララは帽子や外套を脱いで、長椅子の上に置いた。すこし怒っている感じがした。指先で髪をかきあげ、ちょっと澄まして腰を下ろした。ポールは宿のおかみに知らせに、階下へ走り降りた。

「寒いだろ」ドーズは妻に言った。「もっと火のそばへ寄れよ」

「いいの、結構暖かいわ」彼女は答えた。

女は窓の外の雨と海を眺めた。

「いつ帰るの？」

「ああ——部屋は明日まで取ってあるので、ポールはもう一晩泊ってけと言う。奴は今夜帰る」

「それで、あなたはシェフィールドへ行くつもり？」

「ああ」

「仕事に戻って体は大丈夫？」

「働くよ」

「ほんとうに口があったの？」

「ああ——月曜から」

「でも、体が」

「大丈夫！」

彼女は答えずにまた窓の外を見た。

「それで、シェフィールドに下宿は見つかった？」

「ああ」

彼女はまた窓の外を見た。滝のような雨で窓ガラスは曇っていた。

「あなた、ほんとうにやっていける？」

「ああ。やっていかなくちゃ」

ポールが戻った時、二人は黙っていた。

「ぼくは四時二十分の汽車で帰る」入ってくるなりポールは言った。

誰も答えなかった。

「靴を脱げばいい」ポールはクララに言った。「ぼくのスリッパがある！」

「いいの」彼女は言った。「靴は濡れてないから」

彼は彼女の足元にスリッパを置いた。彼女はそれに触ろうとしなかった。

ポールは腰を下ろした。男は二人とも途方に暮れたようで、どちらも少し追いつめられた顔つきだった。それでも、ドーズが落ち着いて静かに運命に身を任せているのに、ポールは必死であがいているようだった。クララは、こんなに小さくて貧弱なポールは見たことがないと思った。まるで自分をできるだけ小さな枠にはめこもうとしているようだった。動き回って物を片づける彼も、座って話しこむ彼も、どこか的はずれでうさんくさいところがあるように見えた。気づかれないように彼を観察して、この人は安定していないとクララは思った。人生の純粋な瞬間を味わわせてくれることもある、情熱的でそれなりにすばらしい男だったのに、今は色あせて見えた。まったく安定していなかった。夫の方が男らしい威厳があった。少なくとも、夫は風向きしだいでふらふらしなかった。モレルはどこか頼りなげで、うつろいやすく、嘘くさかった。決して女を安心させなかった。彼女は小さく縮こまってゆく彼を軽蔑した。少なくとも夫には男らしさがあり、負けた時には手を上げた。ところが、ポールは決して負けを認めなかった。落ち着きなく動きまわり、うろつきまわり、小さくなっていった。彼女は彼を軽蔑した。そのくせ、ドーズよりも彼を見ていた。三人の運命が彼の手の中にあるようだった。そういうポールを彼女は憎んだ。

彼女は、男というものが、男の力や性向が、分かってきたようだった。前より男が怖くなくなり、自分に対する自信がついた。男が彼女の考えていたような小さな利己主義者でないことが分かり、前より安心できた。彼女はすでに多くを学んでいた——学びたいことはほとんどすべて学んだ。彼女の経験の盃は満たされた。その盃は今でもなみなみとあった。ポールが消えても、彼女の側にあまり未練はなかった。

昼食時には、暖炉の側に座って、紅茶を飲んだりナッツをかじったりした。真面目な話はひと言も出なかったが、クララには、ポールがこの三人の環から身を引いて、彼女に夫と一夜をともにするか選択させようとしているのが分かった。彼女は憤った。彼は結局卑怯だった——自分の欲しいものだけ取って、事が終わると彼女を夫に返そうというのだ。彼女自身も、すでに自分の欲しいものを得て、心の底では、夫の元へ返して欲しいのを都合よく忘れていた。

ポールはぐしゃぐしゃで一人ぼっちになった気分だった。母こそが文字通り彼の人生の支えだったのだ。彼は母を愛した。二人でともに世界と対峙した。その母が逝って、彼の背後に、人生の亀裂が、ベールの裂け目が永遠に生じた。そこから人生がずるずると流れ出て、死の方向に引き寄せられるようだった。誰かに自らの意志で助けて欲しかった。愛する母を追って死に向かって崩れ落ちようとするこの危険を思うと、それ以外のことはどうでもよくなった。クララは支えにならなかった。彼女は彼を求めたが、分かろうとはしなかった。彼女が求めているのは男の表面であって、苦しんでいる真の彼ではないと、ポールは思った。彼女にはそんな面倒なことをする気はなく、彼の方でも彼女に面倒をかける気はなかった。彼女の手には負えない男だった。そう思って彼は自分を恥じた。こうして、混乱をきわめ、人生がぐらぐらしているのに、支えてくれる人もなく、現実世界の泡や影のように自分を感じることを内心恥じて、彼はどこまでも萎縮していった。死にたくはなかった。屈する気はなかった。だが、死が怖くはなかった。誰の助けもないなら、一人で歩いてゆくつもりだった。

ドーズは生の極限まで追いつめられて怖れを知った。彼は死の縁まで行き、そこから奈落を覗いた。そして、恐怖に縮みあがって這い戻ると、差し出されるものは乞食のように何でも受け取った。そこに、ある種の気高さがあった。クララの見立て通り、彼は自分の負けを認めて、何としても元に戻りたいと思った。それならば彼女にも、手立てがあった。

三時になった。

「ぼくは四時二十分の汽車で帰るよ」ポールは再度クララに言った。「きみも一緒に帰る？　それとも後にする？」

「さあ」彼女は言った。

「ぼくは七時十五分にノッティンガムで父と会う」彼は言った。

「じゃ、あたしは後で帰る」彼女は言った。

ドーズが、緊張の極みにあったみたいに、急にびくっとした。彼は海の方を眺めていた。だが、何も見えてなかった。

「その隅に一、二冊本がある」ポールは言った。「ぼくはもう読んだから、どうぞ」

四時頃に、彼が発った。

「それじゃ、また」と言って握手した。

「ああ」ドーズは言った。「それに、たぶん――そのうち――借りた金も返せるように――」

「取り立てに行くよ」ポールは笑った。「ぼくは、いずれ破産するだろうから」

「ああ――そう――」ドーズは言った。

「さようなら！」ポールはクララに言った。

「さようなら」クララは手を差し出した。最後にもう一度、何も言わず、慎ましく、ポールを一瞬見た。

　彼は行ってしまった。ドーズとクララはまた座った。

「こんな雨の日に帰るのは大変だ」と男は言った。

「ええ」クララは答えた。

　暗くなるまでとりとめのない話をした。宿のおかみが夕食を運んで来た。ドーズは夫みたいに、勝手に椅子を食卓まで引いて行った。そして、おとなしく座って、クララがお茶を注いでくれるのを待った。彼女はいちいち彼に訊かずに、妻のように面倒を見た。

　軽い夕食が済むと、六時近くになった。ドーズは窓のところへ行った。外は真っ暗だった。海が轟々と鳴っていた。

「まだ雨が降ってる」彼は言った。

「まあ！」彼女は答えた。

「今夜は泊まっていくんだろう？」彼がおずおずと言った。

彼女は答えなかった。彼は待った。

「この雨じゃ、帰らない方がいい」

「あたしに本当に泊ってほしい？」と彼女は訊いた。

暗色のカーテンを握る彼の手が震えた。

「ああ」彼は言った。

クララに背を向けたまま、動かなかった。彼女が立ち上がり、彼にゆっくり近づいた。彼はカーテンを放すと、おずおずと彼女の方に向き直った。彼女は両手を自分の背中で組んで、重く謎めいた目で彼を見上げて立っていた。

「バクスター、あたしが欲しい？」彼女は訊いた。

「お前はおれのところに戻って来たいか？」

彼の声はかすれていた。

彼女はうめくような声を出し、両腕を高く上げると、そのまま彼の首に腕を回して、彼を引き寄せた。彼は彼女を抱きしめ、その肩に顔を埋めた。

「もう一度あなたのものにして！」彼女は我を忘れてささやいた。「もう一度あなたのものにして、あなたのものにして！」そして、なかば意識を失ったように、その指で彼の柔らかく細い黒髪を掻きまわした。彼はますます強く彼女を抱いた。

「もう一度、おれが欲しいか？」彼の中で何かが破れて、声が洩れた。

第十五章　独り

　クララは夫とシェフィールドへ行き、ポールはそれきりほとんど会わなかった。ウォルター・モレルはすべての苦しみをただ苦しむばかりで、今も自分で落ちこんだ泥の中を這いずりまわっていた。父と子の間には、いよいよ相手が困った時には助けなければという気持以外、特に心の絆があるわけではなかった。家のことを見る者はおらず、父も子もがらんとした家の空気に耐えられなかったので、ポールはノッティンガムに下宿し、父モレルはベストウッドの親切な家族のところに住むことになった。

　ポールは、何もかもが砕け散った心地だった。絵が描けなくなった。母が死んだ日に描き上げたお気に入りの絵——あれが最後の作品だった。職場には、クララがいなかった。家へ帰っても、二度と絵筆がとれなかった。何一つ残らなかった。

　そして、いつも町中を男の友人たちとふらふら飲み歩いた。ほんとうに疲れ果てた。バーの女ばかりか、どんな女とも喋ったものの、彼の目には何かを追い求める、暗く緊張した眼差しがあった。

　すべてが変わり果て、夢の中のようだった。人々が町を歩く理由も、家々が日を浴びて重なるように並ぶ理由も無いように思えた。空間を占めるのが虚無ではなくてこれらの事物である理由も無いように思えた。友人たちが彼に話しかけた。彼はその音声を聞き、返事をした。だが、言語と呼ばれるノイズがどうしてあるのか、よく分からなかった。

独りの時、あるいは会社で機械みたいに夢中で働いている時が、一番自分になれた。職場では不要な意識が消えて、すべてを忘れられた。だが、その時間もやがては終わり、事物から現実感が薄れてゆくと、彼は心底傷ついた。スノウドロップの花が咲きはじめた。彼は灰色の世界にぽつんと咲いたスノウドロップの小さな白い花を眺めた。以前は生きている歓びを与えてくれた花だった。今ではその花を見ても、何も感じなかった。花はすぐに消えて、あとには空白が残るだけのことだった。夜は、背の高い市電が明々と通りを走った。こんな風にわざわざ行ったり来たりするのが不思議な気がした。「どうしてお前はトレント橋まで突っ走るのだ？」彼は走る大きな市電に問いかけた。有るよりも無い方がいいような気がした。

一番リアルなのは、夜の真っ暗な闇だった。これこそ欠けるところがなく、理解もできて、安らぎに満ちていた。これならば自分を委《ゆだ》ねることができた。不意に、足下から、紙が一枚舞いあがって、鋪道を吹かれて行った。全身を苦悩に焼かれる思いで、両手を固く握りしめ、体をこわばらせて、彼は立ちつくした。また、あの病室が、病室の母が、母の瞳が見えた。無意識裡に、彼は彼女の側にずっといた。さっと舞いあがった一枚の紙が、母の死を思い出させたのだ。だが、彼は母の側にいたのだ。すべてが止まってしまえばいい、そうすればまた母の側にいられると彼は思った。

日が経ち、週が過ぎた。だが、何もかもが融合して、一つの大きな複合塊と化したようだった。

一日一日の区別が、先週と今週の区別がつかず、一つの場所と別の場所との区別さえ難しかった。何一つくっきりとした形を持たず、区別できなかった。我を忘れたまま一時間が経ち、何をしていたのか思い出せないことも多かった。

ある晩、彼は、夜遅く下宿へ帰った。暖炉の火は弱く、皆もう寝ていた。少し石炭を放りこみ、ちらりと食卓を見やって、夜食は要らないと思った。肘掛椅子に腰を下ろした。完全に静かだった。何も分からなかったが、かすかな煙がゆらゆらと煙突を上るのが見えた。鼠が二匹、用心深く出て来て、落ちたパン屑をかじり始めた。彼は遠いものを眺めるように、鼠をじっと見ていた。教会の時計が二時を打った。彼方で貨車のガシャンガシャンという鋭い音が聞こえた。いや、貨車は彼方ではなかった。貨車はいつもの所にあった。だが、彼は自分のいる場所が分からなかった。

時間が経った。二匹の鼠は盛んに駆けまわり、彼のスリッパの上を図々しく飛びこした。彼はぴくりとも動かなかった。動きたくなかった。何も考えていなかった。それが楽だった。知る苦しみから解放された。時折、別の意識が機械的に動いて、鋭い言葉が閃いた。

「ぼくは何をしているんだ?」

なかば酩酊した忘我の中から、答えが聞こえた。

「自分を滅ぼしつつある」

ぼんやりとある生きた感情が、一瞬のうちに消えるその際《きわ》に、「それはいけない」と告げた。

少しして、不意に、問いが聞こえた。

「なぜいけない？」

また答えはなかった。だが、胸の内の熱い頑なな力が、自らの滅びに抵抗した。

重い荷車ががらがらと通りを行くのが聞こえた。突然、電灯が消え、一ペニー入れると電灯がつくメーターの中で、どさっという撲るような音がした。彼は身じろぎもせず座ったまま、前を睨んでいた。だが、鼠は逃げてしまい、暗い部屋で、暖炉の火が赤く燃えつづけた。

するとまったく機械的に、前よりもはっきりと、心の中の会話が再開した。

「母は死んだ――何のためだったのか――母の苦闘は？」

母の跡を追いたがる絶望の声だった。

「お前は生きている」

「母は違う」

「母は――お前の中に生きている」

突然、その重さに疲れた。

「お前は彼女のために生きつづけねばならない」と彼の中の意志は言った。

どうしても奮起すまいと、心の中でふてくされるものがあった。

「お前は母の人生を継がなくては、彼女のしたことを継がなくては。つづけてゆくのだ」

だが、やる気が起きなかった。すべてを投げ出したかった。

「それでも、絵は描きつづけられるではないか」と彼の中の意志は言った。「子供を作ることもできる。どちらも彼女の努力を引き継ぐことになる」

「絵を描くのは生きることではない」

「それなら、生きろ」

「誰と結婚するのだ?」ふてくされて訊くものがあった。

「最善をつくせばいい」

「ミリアム」

だが、それは信じられなかった。

突然、立ち上がり、さっと寝室に向かった。部屋に入ると、ドアを閉め、手を固く握りしめて突っ立った。

「愛する母さん――」彼はありったけの気持をこめて言いかけた。だが、そこで止めた。その先は言うまい。死にたいと、人生を終わりにしてしまいたいと認めるのは嫌だった。生に破れたとか死に打ち負かされたなどと、絶対言いたくなかった。

さっとベッドに入り、すぐに寝て、眠りの世界に身をゆだねた。

こうして何週間も経った。いつも独りで、彼の魂は初めは死の側へ、次には生の側へと、執拗に揺れつづけた。本当に苦しいのは、どこへも行く所がなく、何もすることがなく、何も言うことがなく、彼自身が無にひとしいことだった。時には、狂ったように通りを駆けた。時には、本当に狂っていた。事物はそこに存在せず、同時にそこに存在した。そういう事態に彼はあえいだ。酒を注文してパブのカウンターに立っていると、突然、すべてが自分から退いてゆくことがあった。バーの女の顔が、喋り立てている客たちが、びしょびしょ濡れたマホガニーのカウンターの彼のグラスが、彼方に見えた。彼と彼の周囲の間に、何かが挟まっていた。目の前にあるものと触れ合えなかった。欲しいと思わなかった。注文した酒を飲みたいと思わなかった。彼は急に踵《きびす》を返して外に向かった。敷居をまたごうとして立ち止まり、灯がついている通りを眺めた。だが、彼はそこにはおらず、その中の人間ではなかった。何かが彼を隔てていた。灯の下にあるものすべてから、彼は締め出されていた。手を伸ばしても届かなかった。電柱にも触れない気がした。どこへ行けばいいのか？　行き場所がなかった。パブへ引き返すこともできず、外へ出ても行く場所がない。息ができなくなった。彼には居場所がなかった。心中の緊張が高まり、自分がこなごなに砕けちりそうだった。

「これではいけない」そうつぶやいて、やみくもに踵《きびす》を返すと、店に戻って飲んだ。飲んで良くなることもあった。かえって悪くなることもあった。通りを駆けた。いつも落ち着けず、至るところを放浪した。絵を描こう、と決意した。だが、六回も絵筆を動かせば、絵筆への猛烈な憎悪が湧き起こり、また立ち上がると、あたふたとトランプやビリヤードがやれるクラブへ、彼の目にはビール注ぎのハンドルと変わらない女といちゃつける酒場へと、飛び出して行った。

彼はひどく痩せて、顎が尖ってきた。鏡で自分の目を見つめられずに、一度も鏡の自分を見なかった。自分自身から逃げ出したかったが、そのために縋《すが》れるものが何もなかった。絶望の中で、ミリアムを思った。もしかしたら——もしかしたら——？

と、ある日曜日の晩、偶然ユニテリアン教会へ入った彼は、二番目の讃美歌を歌うために皆が立ち上がった時、自分の前の方にいるミリアムを見つけた。歌っている彼女の下唇が灯を浴びて光っていた。彼女はとにかく何か縋《すが》れるものを持っているように見えた。この世にではなくとも、天国への希望といったものを。彼女の慰めと人生はあの世のもののように見えた。彼女への熱く激しい感情が湧いてきた。歌っている彼女は、神秘と慰めを渇仰しているようだった。彼はミリアムに希望を繋いだ。早く説教が済んで、彼女に話しかけたいと思った。

彼女は人波に押されて、すぐ目の前を出て行こうとしていた。もう少しで手が届きそうだった。彼女は彼がいることに気づいていなかった。彼はカールした黒い髪がかかった小麦色の慎ましい首筋を見ていた。彼は自分を彼女にゆだねようと思った。彼女の方が自分よりも善良で器も大きいのだ。彼女に頼ろうと思った。

教会の外へ出たミリアムは、あちこちに人々が固まっている間を、彼女らしくふらふら歩いて行った。人が大勢いるところでは、決まって頼りなく場違いに見えた。彼は近づくとその片腕をつかんだ。ミリアムは飛び上がった。大きく茶色い瞳が恐怖でさらに大きくなり、それから目の前のポールを怪訝そうに見つめた。彼はかすかにたじろいだ。

「知らなかった――」彼女は口ごもった。

「ぼくも」彼は言った。

彼は視線をそらした。不意に燃えあがった希望がまた萎んだ。

「町で何してるの?」彼は言った。

「従妹のアニーの家にいるの」

「ああ! ずっとかい?」

「いいえ――もう明日帰るの」

「今日はすぐ戻らなきゃいけない？」

彼女はポールを見て、すぐに帽子のつばで顔を隠した。

「いいえ」彼女は言った――「いいえ！　大丈夫」

彼が歩き出すと、ミリアムも並んで歩きはじめた。二人は固まっている人々の間を縫って進んだ。聖メアリ教会ではまだオルガンの音が響いていた。灯の点った戸口に暗い人影が現れ、階段を降りてきた。大きなステンド・グラスが、夜の闇にかがやいていた。教会は巨大な提灯のようだった。二人はホロウ・ストーン通りを歩いて、トレント橋行きの市電に乗った。

「ぼくのところへちょっと寄って夜食を食べてけば」と彼は言った。「そのあとで送ってくよ」

「ええ、いいわ」彼女は小さくかすれた声で答えた。

市電に乗っている間、二人はほとんど口をきかなかった。満々と黒い水をたたえたトレント川が橋の下を流れていた。遠くコリックの方まで真っ暗だった。彼の下宿は寒々した町外れのホーム・ロードにあって、川ぞいの低地の向こうにスネントン・ハーミティジの岩とコリックの森の急斜面が見えた。水が出ていた。音もなく流れるトレント川の水と暗闇が二人の左側にずっと広がっていた。怖い気さえして、二人は家々の前を急ぎ足で過ぎた。

夜食が用意されていた。彼は窓のカーテンを引いた。食卓にはフリージアと真紅のアネモネを差した花瓶があった。ミリアムはその上に屈んで、指先で花を触りながら、ポールを見上げて言った。

「きれいね？」

「ああ」彼は言った。「きみ、何を飲む――コーヒー？」

「いただくわ」彼女は言った。

「じゃ、ちょっと失礼」

彼は台所へ行った。

ミリアムは帽子と外套を脱いで室内を見まわした。がらんとした質素な部屋だった。彼女とクララとアニーの写真が壁に掛かっていた。ポールが何を描いているかと思って、画板を見た。二、三本、意味のない線が引いてあるだけだった。どんな本を読んでいるだろうと覗いてみた。ごく普通の小説らしかった。状差しの手紙はアニーとアーサー、それに彼女の知らない男からのものだった。彼が触れたもの、少しでも彼にとって大切なものなら、ミリアムは何でも飽きることなく調べた。彼はもうとても長いこと彼女から離れていたので、もう一度彼を、彼の立場を、今の彼の姿を、知りたかった。しかし、この部屋には、あまり手がかりがなかった。ミリアムはただ何となく悲しくなった。いかにも殺伐として、居心地が悪かったのだ。

彼がコーヒーを持って戻ってくると、彼女は面白そうにスケッチ・ブックを見ていた。

「何も新しいのはない」と、彼は言った。「それに、あまり面白いのもない」

彼は盆を置くと彼女の側に行って、後ろから覗きこんだ。彼女は何でも調べるつもりで、一枚一枚ゆっくりとめくって行った。

「あ！」彼女が一枚のスケッチのところで手をとめると、彼が言った。「これを忘れてた。そう悪くないね？」

「ええ」彼女は言った。「よくは分からないけど」

彼はミリアムからスケッチ・ブックを取りあげて、初めから終わりまで見た。彼はまた、驚きと喜びの混じった奇妙な声をあげた。

「ここにも、そう悪くないわ」彼女はまじめな顔で答えた。

「全然悪くないのがある」彼は言った。

ミリアムが彼の絵に興味を持っているのを彼はふたたび感じた。それも、彼ゆえだろうか？なぜ彼女はいつでも、絵に表れた彼に一番関心を抱くのだろう？

二人は夜食を食べはじめた。

「ところで」彼は言いだした。「きみ、自分で働いて暮らしてるんだって？」

「そうなの」彼女は黒い髪の頭をさげてコーヒーを飲みながら答えた。

「で、どんな仕事なの？」

「三カ月、ブラウトンの農業学校へ通ってるだけよ。たぶんそこの教師に雇われると思う」

「へえ――それはいい！　ずっと自立したがってたんだから」

「ええ」

「なぜ知らせてくれなかったの？」

「先週分かったばかりなの」

「でも、ぼくは一月も前に聞いた」と、彼は言った。

「ええ――でもその頃はまだ何も決まってなかったの」

「そのつもりだってことくらい、知らせてくれてもよかったのに」彼は言った。

彼女は以前と少しも変わらず、人前で何かするのが恥ずかしいかのように、ぎごちなく窮屈そうに物を食べていた。

「嬉しいでしょ?」彼は言った。

「とても嬉しいわ」

「そうだよ――ちょっとしたもんだよ」

彼はいく分がっかりした。

「大変なことだと思うわ」彼女はちょっと傲慢に、憤って言った。

彼は少し笑った。

「なぜ、そう思わないの?」彼女は訊いた。

「いや、大変なことだと思ってないわけじゃない。でも、自活さえできればそれでいいってものでもないことが、そのうち分かるよ」

「そうね」彼女は自分の思いをやっと呑みこみながら言った。「そうだと思うわ」

「男の場合は、仕事がほとんどすべてだってこともあると思う」と彼は言った。「ぼくは違うけど。でも女の場合は、仕事に使うのは自分の一部だけだ。女の本当の、大事な部分は、すっかり隠されている」

「でも男の人は、仕事に自分のすべてを賭けられるの?」彼女は訊いた。

「そう、事実上ね」

「そして女の場合は、大切でない部分だけだって言うの？」

「そう、その通り」

彼女はポールを見上げた。その目が怒りで見開かれた。

「それじゃ」と、彼女は言った。「もしそうだったら――ひどい話だわ」

「そうだ――でも、ぼくが何でも知ってるわけじゃないから」彼は答えた。

夜食がすみ、二人は火の側へ行った。彼が彼女の椅子を自分と向かい合うようにさっと置くと、二人は腰を下ろした。彼女は濃いワインレッドのドレスを着ていて、浅黒い顔と大づくりな顔立ちによく似合っていた。カールした髪は今もふさふさと美しかったが、顔は昔よりずっと老けて、小麦色の喉元もずっと細くなった。彼の目には、クララよりも老けて見えた。ミリアムの若い盛りは短かったのだ。すでにごつごつした硬さが見えていた。彼女はしばらく何かを考えていたが、やがて彼の顔を見て、

「で、あなたの方はどうなの？」と訊いた。

「まあ大丈夫」彼は答えた。

「嘘」ひどく小声で彼女は言った。

小麦色の神経質そうな両手を膝の上で握りしめていた。今でも、自信も落ち着きもなく、癇《かん》性《しょう》にさえ見える手だった。その手を見て彼の心はひるんだ。彼は陰気な声で笑った。彼女は指を一本くわえた。黒ずくめの、疲れ果てた彼の痩身はじっと椅子に横たわって動かなかった。彼女

は急に口にくわえていた指を放して、彼を見た。

「それで、クララとは別れたの？」

「ああ」

彼の体はまるで椅子の上に棄てられたようだった。

「わたしたち」と彼女が言った。「結婚すべきだと思う」

彼は何カ月ぶりかにぱっと目覚めて、襟を正して彼女の言葉を聴いた。

「どうして？」彼は言った。

「いい？」彼女は言った。「あなた、ぼろぼろよ！　病気になるかも知れない、死ぬかも知れない、何が起こるか分からないわ――それでは、わたし、あなたと出会った意味がない」

「で、結婚したとしたら？」彼は訊いた。

「少なくとも、あなたをぼろぼろにはさせない。それに他の女――たとえば――たとえばクララみたいな女の餌食にも」

「餌食？」彼は微笑みながら訊き返した。

ミリアムは黙ってうなずいた。彼は横たわったまま、また絶望感がよみがえるのを感じた。

「どうだろうか」彼がゆっくりと言った。「結婚すると、そんなに良くなるものか」

「わたしはただ、あなたのことを考えてる」彼女は答えた。

「分かってる――でも――きみはぼくをあまりにも愛していて、ぼくを自分のポケットに押しこみたがる。ぼくはその中で息ができなくなって、死んでしまう」

彼女はうなだれて指先をくわえた。心中にあの憤りが湧きあがった。

「で、結婚しなかったら、あなたはどうするの？」彼女は尋ねた。

「分からないよ――何とかやっていくだろ。近いうちに、国外に出るかも」

その口調に絶望の頑なさを聞いて、彼女は彼のすぐ側の暖炉前の敷物にひざまずいた。それきり何かに押し潰されたみたいに体を丸めたまま、顔を上げることもできなかった。彼の両手は椅子の肘にだらりと載っていた。彼女はその手を意識した。今ならこの人はわたしの思うままになる、と感じた。今、立ちあがって、彼に手を掛け、両腕を回して、「あなたはわたしのものよ」と宣言できたなら、彼はすべてを彼女に委ねるだろう。だが、わたしにそんな勇気がある？　自分を犠牲に捧げるのは簡単にできるだろうが、果たして、自分を主張する勇気はあるだろうか？　まるで命そのもののような彼の黒ずくめの痩せた体が、すぐ側の椅子でぐったりしているのを彼女は意識した。だが、思い切ってその体に両腕をまわして抱き上げ、「これはわたしのもの、この体はわたしのもの、わたしに預けて」と言えなかった。そうしたかったのに、女の本能が燃えるようにそれを求めていたのに、彼女はうずくまってしまって、できなかった。彼に払いのけられるのが怖かった。行き過ぎるのが怖かった。彼の体は目の前に投げ出されていて、彼女はそれを両腕に抱きかかえて、これはわたしのものだ、すべてわたしのものだと言うべきなのは分かっていた。だが――できるだろうか？　彼を目の前にしながら手も足も出ない。彼の中のある得体の知れないものの強い要求を前に何もできない。それが彼女の限界だった。両手がふるふると震えた。顔を少し上げた。震えながら訴えかける狂気に近い女の瞳が突然、彼の心を揺るがした。

彼の中にあわれみの情が湧いた。彼はミリアムの手を取り、抱き寄せると、なぐさめようとした。

「ぼくと、結婚するかい？」とても小さな声だった。

ああ、どうして奪い取ってくれないのだろう！　彼女の魂は彼のものなのに。彼女はもう長い間ずっと、彼のものなのに彼に求めてもらえない運命を忍んできた。その彼にまた苦しめられるのはもう耐えられなかった。彼女は頭を後ろに引き、彼の顔を両手で挟むと、その目を覗きこんだ。だめだ、彼は無情だった。彼が求めているのは何か他のものだった。彼女はその愛のすべての力で、彼女ではなく彼が決めてほしいと訴えていた。彼女には問題の正体さえ分からず、手のつくしようが、対応のしようがなかった。あまりの苦しさにくずおれそうだった。

「あなた、本当に結婚したいの？」彼女はとても重い声で訊いた。

「いや、あまり」彼は苦しそうに答えた。

彼女は横を向いた。それから気高く立ち上がると、彼の頭を抱えて自分の胸に押しつけ、優しく揺すった。ポールは自分のものにはならないのだ！　それなら、彼を慰めてやろう。彼女は彼の髪の中に指を入れた。そこには自己犠牲という苦い甘さがあった！　だが、彼にとっては、今度も失敗だったという恨みと辛《つら》みだけだった。自分をゆりかごのように揺すってくれるこの温かい胸は、彼の重荷を引き受けてくれない。それが耐え難かった。彼はミリアムに真の安らぎを欲したので、この偽りの安らぎは、拷問にすぎなかった。彼は彼女から身を引いた。

「結婚しなければ、何もできないの？」と、彼は訊いた。

苦しげに開けた口から歯がのぞいた。彼女は小指をくわえた。

「そうよ」彼女はまるで弔鐘のような低い声で答えた。「できないと思う」

これで二人の関係は終わった。彼女は、彼を引き受けて、彼自身という重荷から彼を解放してやることができなかった。彼女にできたのは、自らを犠牲として彼に捧げることだけだった——それなら、毎日、喜んで、できた。それは彼が望むことではなかった。彼はミリアムが自分を抱きしめ、喜びと威厳にあふれる声で、「この右往左往を、この死との格闘を止めなさい。あなたはわたしの夫です」と言って欲しかった。彼女にはその力がなかった。いや、彼女が求めていたのは、夫だったのだろうか？　彼女は彼の中にキリストを求めていたのではないだろうか？

こうして彼女の元を去ることで、彼女から人生をだましとったように彼は感じた。だが、心の中の崖っぷちの自分を押し殺してまで彼女の側にとどまるのは、自分の人生を否定することになる。自分の人生を無にしてまで彼女に人生を与えるつもりはなかった。

彼女は口をつぐんで座っていた。彼は煙草に火を点けた。ゆらゆらと煙が上った。彼は母を思っていて、ミリアムのことはもう忘れていた。不意に、彼女が彼を見た。彼女の心に、怒りがこみあげてきた。自分の犠牲は無駄だったのだ。ポールは自分の存在など無視して、超然と横になっている。急にまた、彼の無信仰と落ち着きのない不安定さが気になった。この人はつむじ曲りの子供みたいに自滅の道をたどるだろう。それなら、放っとけばいい！

「もう帰らなくちゃ」彼女は静かに言った。

その口調から、ポールは相手に軽蔑されていることが分かった。彼はそっと立ち上がった。

「送って行くよ」彼は言った。

彼女は鏡の前に立って帽子をピンで留めていた。犠牲を拒否された彼女の心は真っ黒、たとえようもないほど真っ黒だった！　これから先の人生が、光の消えた後の闇に見えた。彼女は屈んで花に顔を近づけた——いかにも美しく春めいたフリージアや誇らしげに食卓を彩る真紅のアネモネ。こういう花を飾るのは、彼らしかった。

部屋の中を動きまわっている彼には、敏捷で、非情で、静かな、ある自信が感じられた。ミリアムは、自分がとても彼の相手ではないのを悟った。彼は鼬《いたち》のように彼女の手から逃げていってしまうだろう。それでも、彼がいない人生は死んだも同然の状態でつづくだろう。思いにふけりながら、ミリアムは花を触っていた。

「持って帰れば！」と、彼は言った。そして花瓶から水が滴《したた》るのを取って、さっと台所へ行った。ミリアムは彼を待って、花を受取ると、二人一緒に外へ出た。彼は喋っていたが、彼女は死んだ心地がした。

彼女は彼の元を去ってゆく。彼女はみじめな気持で、市電に座って彼に身をもたせかけた。彼は反応しなかった。彼はこれからどうなるのだろう？　最後はどうなるのだろう？　彼女は、彼がいなくなった後の心の隙間に耐えられないと思った。何と愚かな、自業自得の、自分と折り合うことを知らない男だろう。これから、どこに行くのだろう。彼女を犠牲にしたことなど何とも思っておらず、信仰もなく——瞬間の魅力以外には関心のない浅い男だ。彼の行く末を見届けてやろう。もうこりごりだということになれば、ひざまずいてわたしにすがってくるだろう。

彼は彼女の従姉の家の前で握手すると、ミリアムと別れた。踵《きびす》を返すと、自分の最後の足場も流れ去ったことを感じた。市電の席からは、線路のカーヴの向こうに広がる市街が、のっぺりとかすむ光の塊に見えた。町の先には田園が広がり、さらにその先のあちこちにけぶったような数々の小さな町の光が見え――海があり――夜が広がり――どこまでも続いていた！　そして、その中に彼の居場所はなかった！　どこに立っても、彼は独りだった。彼の胸から、口から、無限空間が生まれ、彼の背後にも、至るところに、空間があった。街中を急ぐ人々も、彼を包むこの虚空のさまたげにならなかった。人間たちは声と足音を響かせる小さな影で、それぞれの中に、同じ夜が、同じ沈黙があった。彼は市電を降りた。郊外は静まり返っていた。高い空に小さな星々が光っていた。小さな星々は満々と流れる川の水面を地の空として、はるか下にも光っていた。至るところに、巨大な夜の広漠と恐怖があった。昼が束の間ざわめいて、夜を掻き乱しても、夜はまた戻ってきて永遠となり、その静寂と生ける闇の中にすべてを包みこんだ。時間は無く、空間しか無かった。母はかつては生きていたけれど今はいないなどと、誰も言えない。母はある場所にいて今は別の場所にいるという、それだけのことだ。そして母がどこにいようと、ポールの魂は母から離れられなかった。母は遠く夜の世界へ逝ったが、今でも彼は母の側にいた。二人は一緒だった。だが、それでも、彼の体は、彼の胸は今、柵にもたれていて、両手はその横木をつかんでいた。それは無視できなかった。彼がいるのはどこか？――彼は麦畑の中の一本の麦の穂よりも小さな一片の肉にすぎなかった。彼はそのことに耐えられなかった。巨大な闇の沈黙が四方から彼にのしかかってきて、この微塵のような存在を消し去ろうとしていたが、無にひとしいその彼も消えるわけにはいかなかった。すべてを呑みこむ夜がどこまでも、星の彼方、太陽の彼方まで広がっていて、そこではわずかな数の輝く微粒子にすぎない星々や太陽が、恐怖に旋回し、互いに抱きあっていた。はるかに巨大な闇の中で、小さくなって脅えていた。こんな大きな宇宙の中で微塵にすぎない彼は、その中核に無を抱えこみながら、それでも無にはならなかった。「母さん！」彼は泣き出しそうだった――「母さん！」

このような世界で彼を支えてくれるのは母だけだった。その母はすでに逝って、夜の世界の一部になっていた。彼は母に触れて欲しかった。母の側に呼び寄せて欲しかった。

いや、ぼくは屈しない。さっと向きを変えると、彼は金色の燐光けぶる町の方に歩き出した。手を固く握りしめ、口も固く結んでいた。母を追って闇に向かう道を行くことを拒んで、かすかなざわめきが聞こえてくる輝く町の方へ、きびきびと歩いていった。

原題　SONS AND LOVERS

訳者あとがき

本書『息子と恋人』は、二十世紀イギリス文学を代表する作家Ｄ・Ｈ・ロレンス（D. H. Lawrence、一八八五―一九三〇）が一九一三年に上梓した自伝的な小説 *Sons and Lovers* の翻訳である。これは、二十代後半の天才作家のみが書き得た、そこに人生のすべてがあるような豊かな小説だ。十九世紀後半から二十世紀初頭にかけてのイギリスを舞台に、主人公ポール・モレルの生い立ちと成長を中心に、親子関係、兄弟関係、仕事、恋愛、性、生と死と、この世で起こり得る人生のあらゆる重要な局面が、その喜びと悲しみの両方向から、力強く、生き生きと描かれている。

Ｄ・Ｈ・ロレンスは、日本では『チャタレー夫人の恋人』が有名で、これが代表作のような印象が一般にはあるかも知れないが、長篇小説に関して言えば、むしろ、『息子と恋人』が、それにつづく『虹』（*The Rainbow*）、あるいは『恋する女たち』（*Women in Love*）と並んで、芸術的に最も優れていると評価されている。とりわけ、『息子と恋人』は、リアリズムから離れた、癖の強い、あとの二作と比べて、最も一般読者に親しみやすい傑作と呼ぶことができる。

彼の生い立ちには、イングランド中部の炭鉱町に生をうけ、炭坑夫を父に持つという大きな特徴がある。坑夫には、地下深くにもぐり、粉塵をあびて真っ黒になりながら、石炭採掘というとりわけ危険な作業に従事するという、特異な労働者のイメージがあった。それに加えて、石炭は当時の主要エネルギー源であることから、坑夫は国の産業を支える礎として、中心的な存在だった。中流階級の読者にとって、坑夫は、間近で見ることもほとんどなく、その姿を想像することが難しいけれども、国を支える特異かつ特権的な労働者として気になる存在だった、と言えばいいだろうか。その坑夫の生態を間近に知り、これを描く新進気鋭の作家が現れたのは、それだけでも大きな文学的事件だった。一時期のロレンスは、その生い立ちとこの『息子と恋人』の内容から、労働者階級出身の文化的ヒーローと目された。

だが、それだけではない。『息子と恋人』は労働者階級小説であると同時に、脱労働者階級小説でもある。主人公の母が自分の子供たちを、父と同じような坑夫ではなく、事務員にさせようとするのは、十九世紀末から二十世紀にかけてイギリスで起きた脱肉体労働化の動きの反映だ。この時期のイギリスでは、オフィスの事務員など、比較的低所得のホワイトカラーの需要が激増し、肉体労働者ではないが、それほど豊かでもない中流階級——下層中流階級《ロウアー・ミドル・クラス》と呼ぶ——が増えた。彼らにとって、理想の生活は、都市近郊のきれいな住宅に住んで、親の世代が経験できなかった中流階級のライフスタイルをちんまりと楽しむことだった。『息子と恋人』の第十三章で、ポール・モレルが、将来の夢として、デザインの仕事でお金を貯めたら、ロンドン郊外の小ぎれいな家に住みたいと語るのは、この時代の典型的な下層中流階級の夢である。

そして、そのことが、小説冒頭の叙述ともつながっている。初めに、十九世紀半ばに旧式の炭鉱がより近代的で大規模な炭鉱に取って代わられ、これと並行して、藁葺きの古い長屋が取り壊されて、その跡地に一見小ぎれいな坑夫用住宅が建てられたことが語られるのは、それが近代化を進める同じ歴史の流れに属するもう一つの風景だったからだ。『息子と恋人』は、一見すると小ぎれいながら、まだまだ前近代的な側面を残す社宅に生まれた主人公が、刻苦精励して、真に小ぎれいで、都会に近い住宅に移り住もうとする話でもある。そして、地下深くで真っ黒になって働く陽気な坑夫の父親は、この小ぎれいさへと向かう近代化の波に取り残されて、家庭内で孤立してゆく。

この小説を、母子密着の悲劇と見る口もある。作者自身、『息子と恋人』完成直後の一九一二年十一月に、担当編集者への手紙の中で、作品の内容を悲劇として、次のように要約するのである。中流階級出身の女が労働者階級の男と結婚したがうまく行かず、女は息子たちと恋人のような関係を築く。その結果、成人した息子たちは、きちんと他の女を愛せなくなる。主人公は、母の死後、すべてを奪われた状態におちいり、最後は死の方向に漂流してゆく。

だが、これは、作者自身の言葉とはいえ、作品の要約として妥当なものだろうか。ロレンス自身、ある所で「芸術家は大概ひどい嘘つきである」と断言し、さらには「芸術家を信じるな。その作品を信じよ」とたたみかけている。果たして、『息子と恋人』は、母子密着の深刻な問題を扱っただけの、悲劇的なだけの作品だろうか。『息子と恋人』を単に悲劇と片づけてしまうには、この小説は楽しすぎる。生きることは楽しいと感じさせる人生の肯定的な側面があまりにも数多く書きこまれているのだ。脇役のおてんば娘ビアトリスがやってきて、ポールやポールの弟とふざけたり、パンを黒焦げにして母に見つからないように皆で大騒ぎする場面（第八章、第九章）、あるいは、主人公の父ウォルターが子供たちと物づくりに熱中したり（第四章）、妊娠中の妻を思って、紅茶を入れて寝室に持っていってやったり、ぎこちなく家の掃除をする（第二章）箇所からは、激しい夫婦喧嘩の繰り広げられるこの一見すると崩壊している家庭が、同時に、いさかいやトラブルのない時は、いかに活気と思いやりと愛情にあふれていたかが、推測できる。ポールと恋におちる年上の人妻クララが、のちにモレル家を訪れた時（第十二章）も、家族全員がのびのびと自分らしくしていて、落ち着きと調和と均衡と洗練に満ちた家庭であることに強い印象を受ける場面がある。モレル家は単なる悲劇的な崩壊家族ではない。

それに、主人公が最後に「死の方向に漂流してゆく」とする作者の要約は、不正確である。この小説の最後の文章は、主人公ポールが、死んだ母に象徴される死の闇の世界を拒否して、光あふれるノッティンガムの街に向かってきびきびと歩いてゆく描写で、原文では、'He walked towards the faintly humming, glowing town, quickly.' となっている。長大な小説の最後の言葉に、わざわざ'quickly'（きびきびと）という語を置いて、これを強調したことに注意していただきたい。'quick'という語は、単なる速さを示すのではなく、'the quick and the dead'（生者と死者）という言い回しからも分かるように、「生きている」という含みを持つ語である。だから、わざわざ、小説の最後の語として、'quickly'という言葉を用いたのは、主人公がこれから向かう世界が死ではなく生の世界であるということを強くほのめかしている。『息子と恋人』を、主人公が最後に「死の方向に漂流してゆく」悲劇であるとする作者ロレンスの言葉を信じる必要はない。小説そのものを精読すれば、やはり先述したロレンスの「芸術家を信じるな。その作品を信じよ」という言葉の正しさがはっきりする。

そもそも、*Sons and Lovers* というタイトルについて、母にとって息子は同時に恋人でもあるという意味で、母と息子の熱愛関係を表すとする解釈が一般的だが、これも果たして、そうだろうか。たしかに、英語の A and B は、日本語の「AとB」と異なり、「AにしてB」という意味をもつことがある。A Son and Lover とすれば「息子にして恋人」という意味になり、Sons and Lovers をその複数形と解釈することは可能である。

そして、これを母の視点で見ることもできる。

だが、どうしても、そう受け取らなければいけない理由はない。この小説は、母にとってと同時に、父にとっての「愛しい息子」A Son and Lover の話でもあるからだ。父ウォルターは、次男ポールに「ふしぎに惹かれ」（第三章）、彼に対して「ふしぎなくらい優しい言葉」（第四章）を用いるものの、ポールは母を恋人とする。そして、小説の筋の表面においては、この父と息子はどんどん疎遠になってゆく。だが、象徴的なレベルでは、むしろ、二人は、距離を縮めてゆき、全身で格闘した挙句、親密になって、和解するのだ。ウォルター・モレルは、ポールが性的関係を持つ年上の人妻クララの夫バクスター・ドーズという別の人物の姿を借りて再来し、ポールと和解する。ウォルターもバクスター・ドーズも、ともに魅力あふれる男性になり得る可能性を秘めながら、その男性的性格が配偶者に理解されないために、深く傷ついてゆくという同一タイプの人物で、物語後半で活躍するバクスターは、物語前半で活躍した後奇妙に影の薄くなる父ウォルターの身代わりと考えることができる。肉体的生命力にあふれたこのバクスターとの対立と和解を通して、ポールは象徴的に父子の和解を果たすのだ。

また、第十四章で、病院にバクスターを見舞うポールは、小説の中で、それまでのようにポールと呼ばれるだけでなく、モレルとも呼ばれるようになる。つまり、そこで、ポールとポールの父モレルとの同一化がほのめかされることに注目すべきであろう。これは、先行する第十三章でポールとバクスターが取っ組み合いの喧嘩をすることにより二人の間に和解が生じ、ポールは、それまで母との親密な関係によって妨げられていた、父との同一化を果たした、と解釈できる。志向の違う父母の間に引き裂かれた息子が、その分裂の克服の第一歩を踏み出した印が、ここに、象徴的に、記されている。

あるいは、日本語の「と」と同様に、*Sons and Lovers* の'and'を「息子がいて、それとは別に恋人がいる」という意味にとることも可能である。『息子と恋人』のテキストを精読するならば、母子以外の愛着関係もまた、たくさん描きこまれていることが分かるからだ。息子とは別に、ポールの母には恋人が二人いる。第一章では、牧師になりたかったかつての恋人ジョン・フィールドとの淡い恋が語られる。このジョン・フィールドが性格の弱さから果たせなかった聖職者になる夢を実現させ、毎日ポールの母に会いにモレル家を訪れるヒートン牧師との交流（第二章）も一種の恋愛関係ととることができる。夫ウォルターとの三角関係的な対立も、印象的に描きこまれている。

あるいは、このウォルターにも、息子以外に、実は男の恋人がいる、と言ったら驚くだろうか。第一章の最後のクライマックスをなす夫婦喧嘩の伏線となるのが、ウォルター・モレルとウォルターの親友ジェリー・パーディの交際である。モレル夫妻とこのジェリーもやはり三角関係にあり、モレル夫人はジェリーを毛嫌いしているばかりか、夫に対して、「あなたのすてきなジェリーさん'your beautiful Jerry'」、「あなたの愛するジェリーさん‘your beloved Jerry.’」という皮肉の言葉を投げつける。さらには、「ジェリーさんとでかけたとき、あなたが何をしてるのかは、お見通しよ」と言って、あたかも、男二人の間に秘密の恋愛関係が生じているかのような口ぶりでもある。

それだけではない。この箇所で、ウォルターとジェリーはノッティンガムまで二人でハイキングに出かけるのだが、途中、モレルは、野原のオークの木の下で一時間以上寝て、起きた後に、妙な気分になる。ここで「妙な」と訳した言葉の原語は、「クイア‘queer.’」という、今では主として同性愛の意味で使われる語である。「男と二人で出かけて、一時間以上寝ると、クイアな気分になる」という描写には、やはり、男性間のホモエロティックな関係を見ないわけにはいかない。『オックスフォード英語大辞典《オックスフォード・イングリッシュ・ディクショナリー》』を調べると、この同性愛の意味での「クイア‘queer.’」という語が初めて使われたのは、一九一四年の『ロサンゼルス・タイムズ』紙である。ただ、翌一五年には、イギリス文壇の大御所アーノルド・ベネットが日記で、同性愛の意味で「クイア‘queer.’」を用いており、すでにこの意味での使用が、ある程度広まっていたことが示唆される。したがって、一九一三年出版の『息子と恋人』で、この語が同性愛の意味で使われている可能性は大いにある。さらに、その後、第三章では、この木の下の昼寝が原因でウォルターが謎の長期の体調不良におちいっており、「クイア‘queer.’」の隠された重要性が重ねてほのめかされていると言える。

同様の親交は、息子のポールとミリアムの兄エドガー・リーヴァーズの間にもある。ポールとバクスターの間にもある。また、第十二章で、ポールがノッティンガムにあるクリフトンの森でクララと決定的な性体験をする際に、二人きりになれる人気《ひとけ》のない場所を求めてトレント川ぞいに下りてゆくと、二人の男に出会う。主人公がセックスの場所を求めて人知れぬ場所に下りてゆくと同性愛的なものに出会う、つまり、これは異性愛的なものと同性愛的なものはその根源において分かちがたく交じり合っていることを示した象徴的なシーンのように思われる。

そして、ロレンスの他の長篇をも合わせ見ると、このような異性愛と同性愛の交錯が、処女長篇『白孔雀』から最後の『チャタレー夫人の恋人』に至るまで、殆どの作品にあることが分かる。一例を挙げよう。『チャタレー夫人の恋人』第十章で、ヒロインが恋人の猟番と初めて結ばれた後、猟番が思い出すのは、かつて愛した軍隊時代の上官である。運命的な異性愛の裏にホモエロティシズムがぴったりと貼り付いている。

ロレンスの世界は広い。なかでも、彼のそれまでの人生のすべてを投げこんだ『息子と恋人』の世界は大きい。母と息子の異性愛の悲劇というだけでなく、この小説には、人生のさまざまな悲しみと喜びが、異性愛ばかりか同性愛的なものも含んだ愛の根源的衝動が、そして、愛だけでなく、人生の戦いが、描きこまれている。『息子と恋人』は、人生に当然のこととしてある悲劇にもかかわらず生きてゆく人間の逞しい姿が、滅びゆく人びとともに、多層的に描かれた作品と言うことができる。

この叙述の多層性をキーワードとして読んでいけば、たとえば、どうして、第一章の最後で悲惨な夫婦喧嘩を描き、それに続く第二章の冒頭でも険悪な夫婦仲が夫に及ぼす悪影響について触れたすぐ後で、同じ夫が妊娠中の妻を思いやって優しくふるまったり、出勤前の朝食や散策を楽しむ姿が描かれるのかに納得がゆく。人生の否定的側面と肯定的側面の双方を、矛盾をおそれず、むしろ一見矛盾に見えるものを人生の豊かな多層性として描いてゆくのが、この小説の語りの戦略なのだ。

モレル家の歴史を悲劇として要約すれば、次のようになる。飲んだくれの父ゆえに、主人公の家庭は崩壊して、貧困と暴力に苦しみ、それに起因する母子の癒着した関係ゆえに、長男が夭折し、主人公の次男は母以外の女性を愛せずに苦悩する。だが、この小説の叙述の肯定的側面に注目するならば、次のようになる。モレル家の陽気な夫と生き生きとして知的な母は、時折いさかうことはあるものの、二人の血を受け継いだ子供たちの多くはきわめて優秀で、長男はロンドンで成功し、次男も画家兼デザイナーとして将来有望である。何度か引越しをして、最後は、家に女中を置き、ピアノもあるような豊かな生活が実現する。主人公ポールは、母との関係が、多少親密すぎるかも知れないが、才能にも勤勉さにも恵まれ、女性にもてすぎるのが贅沢な悩みといった魅力的な青年である。『息子と恋人』は、多層的な描写を通して、どの家庭にもある家族の幸福と不幸の両面を見事に切り取った傑作と言うことができるのだ。

こういう小説を書いたD・H・ロレンスについて、同時代を代表するもう一人の作家E・M・フォースターは、「われわれの世代で最も偉大な想像力をもつ小説家」と評価した。もう一人の同時代作家で晩年のロレンスと親交のあったオールダス・ハクスリーは、ロレンスは普通人とはまったく別種の天才で、「存在の未知の領域」に対して稀有な感性をそなえていた、と振り返った。この尋常ならざる感受性が、時には、ロレンスに、存在の深淵を神秘的な言葉で描写する難解なパッセージを書かせることになる。『息子と恋人』で言えば、第十一章でポールが闇の中で雨に打たれながら死を感じる場面、第十三章でクララと外で交わり、宇宙的な生命を感じる場面などに、その片鱗がうかがわれる。また、ミリアムと会話する時のポールの口ぶりから、自分の考えを押し付けがましく、説教っぽく主張する傾向を感じとる読者もいるかも知れない。ロレンスのもっと出来の悪い小説では、彼の才能のネガティブな側面といえる、これらの神秘癖と説教癖が鼻につく場合がある。けれども、『息子と恋人』では、そういった欠点は目立たない。むしろ、ハクスリーが、ロレンスと田園を歩くことはすばらしい冒険だったと述べるように、自然と一体化するロレンスの才能が、作中いたるところに現れる素晴らしく力強い自然描写に反映されていて、人物描写のみならず、人間がその中で生きてゆく自然の凄さもあわせて描きつくされている感がある。

ロレンスがこの自伝的小説を構想したのは、一九一〇年のこと。三回書き直したものの満足できず、最後の四回目の執筆は一九一二年後半になった。その大半は北イタリアのガルダ湖畔でなされた。当時二十七歳のロレンスの人生は、その二年前の一九一〇年と比べて大きく変わっていた。一九一〇年末に母を喪い、一九一一年初めに処女長篇『白孔雀』を上梓した後、人として、作家として、自らの進む道を求めて試行錯誤を重ねていたロレンスは、一九一二年前半に、かつてその教員養成課程に通っていたノッティンガム大学の恩師アーネスト・ウィークリーの家を訪れた。そこで出会ったのが、当時、恩師の妻だったフリーダである。ドイツ軍人貴族の娘で、精神分析の創始者ジークムント・フロイトの弟子とも肉体関係をもったことのある、美しく聡明、かつ奔放な、ロレンスよりも六歳年上の猛女だ。『息子と恋人』に描かれたような人生の危機に悶えていたロレンスは、たちまちこのスケールの大きな人妻と恋におち、駆け落ちを決行した。最後には、二人でアルプスを徒歩で越えて、イタリアガルダ湖畔の町リーヴァにたどり着く。

これが、一九一二年九月のことで、そこから、生命力にあふれた型破りな外国人年上女性との、新しい人生が本格的に始まった。慣習にしばられたイギリスの地方都市郊外を逃れて、より解放された空気の中で、彼の人生が再スタートした。後年の例を探せば、型破りなオノ・ヨーコと出会って、地方都市リヴァプールの偏狭さから解放されたジョン・レノンにも似ている。二十七歳のロレンスは、この愛する女性とともに過ごすのびのびとした雰囲気の中で、『息子と恋人』最終稿の執筆に熱中する。これまでの自分の目に映った人生のすべてを振り返り、その実体験の強さと切実さを保持しながら、同時に、外国で新たに外国人女性と暮らすことによってはじめて可能になった故郷との絶妙な距離感を生かし、人生のさまざまな悲しみと喜びを描きつくしたこの傑作小説を書き上げた。先に述べた小説最後で主人公が死を拒否して光にむかって生き生きと歩いてゆくのは、このフリーダとの新生の喜びの反映でもあろう。

翻訳の底本には、ケンブリッジ大学出版局から一九九二年に出たD・H・ロレンス全集のテキストを用いた。これは、担当編集者エドワード・ガーネットが本の長さを気にして削除した部分を復活させ、作者ロレンスが本来意図した内容に戻したもので、それまでのテキストよりも、小説の前半部分を中心に、全体としては約一割長くなっている。本訳がこの底本を用いた最初の邦訳となる。

この仕事は、二〇一三年秋に恩師小野寺健先生から一本の電話をいただいたことに始まる。小野寺先生は、一九七三年に出版された先生の旧訳を元に、新しく出たケンブリッジ版テキストを底本とする『息子と恋人』新訳をちくま文庫のためにご準備の最中だったが、体調をくずされたので、手伝ってほしいとのこと。不肖の弟子に声をかけていただいたのは、実に光栄な話だったので、すでに出ている校正刷りに手を入れることになった。そして、拙い修正を加えて、完成させたのが、本訳である。私なりにベストを尽くしたものの、小野寺先生とは翻訳者として格が違う。渾身の力をふりしぼっての修正作業となったが、長い時間を要した。その間、辛抱強くお待ちいただいたちくま文庫編集部の鎌田理恵さんには、多大なご迷惑をおかけした。最終段階で、鎌田さんに代わって、ご担当いただいた打越由理さんにも大変お世話になった。打越さんには、第三の共訳者と言っていいくらいに訳文を読みこんでいただき、実に多数の適切な指示をいただいたことを、ここに記しておきたい。そして、いつも英語の不明箇所を優しく教えてくれる友人のジェームズ・レイサイドさんにも感謝の意を伝えたい。皆さん、どうも有難うございました。

　最後に、右に述べたとおり、本訳における私の貢献は小さなものではあるけれども、そのささやかな仕事を、癌と闘いながら『息子と恋人』の見事な卒業論文を執筆、完成させ、学位を得た直後にこの世を去った教え子飯島章子さんの霊に捧げたい。

訳者を代表して　武藤浩史

本作品は、ちくま文庫のための訳し下ろしである。

ちくま文庫

息子《むすこ》と恋人《こいびと》

二〇一六年二月 十 日 第一刷発行
二〇二三年一月二十五日 第二刷発行

著 者 D・H・ロレンス
訳 者 小野寺健（おのでら・たけし）
武藤浩史（むとう・ひろし）
発行者 喜入冬子
発行所 株式会社 筑摩書房
東京都台東区蔵前二―五―三 〒一一一―八七五五
電話番号 〇三―五六八七―二六〇一（代表）

装幀者 安野光雅
印刷所 三松堂印刷株式会社
製本所 三松堂印刷株式会社

ISBN978-4-480-42766-3 C0197